BASTEI
LÜBBE

JERRY COTTON

Bombenfracht nach West Virginia

Rosannas schärfste Waffe

Sterben für Marilyn

Drei Kriminalromane

BASTEI LÜBBE

BASTEI LÜBBE TASCHENBUCH
Band 31 939

Erste Auflage: April 2002

Lektorat: Rainer Delfs
Titelbild: Danièle Gaubert und Robert Goulet
in dem United Artists-Film ›Im Netz der Abwehr‹
(Die abgebildeten Schauspieler stehen in keinem Zusammenhang
mit den Romantiteln und dem Inhalt der Romane)
Umschlaggestaltung: QuadroGrafik, Bensberg
Satz: QuadroPrintService, Bensberg
Druck und Verarbeitung:
AIT, Trondheim, Norwegen
Printed in Norway

ISBN 3-404-31939-7

INHALT

Bombenfracht nach West Virginia

In den Tälern der Appalachen kann man sich verirren. Vor allem im Winter. Das ist eine Binsenweisheit. Unsere Verfolger mussten deshalb genau so aufpassen wie wir. Wenn sie unsere Spur verloren, konnte die Folge sein, dass sie selbst verloren waren.

Das Schneemobil brummte zuverlässig und transportierte uns einen Serpentinenweg hinauf. Meine hübsche Sozia hielt sich an mir fest, und das seit einer Stunde. So lange kurvten wir schon durch die tief verschneite Bergwelt. Mich störte lediglich die dicke Wintersportkleidung, die Diane auf Abstand hielt. Aber ihre Arme umfassten meinen Oberkörper. Ich brauchte nur den Kopf zu senken, um ihre Handschuhe auf meiner Jacke zu sehen.

In der Dienstanweisung von Special Agent Diane Bailey stand nichts davon, wie sie sich zu verhalten hatte, wenn sie mit einem Kollegen auf einem Snowcat unterwegs war. Also gab sie sich natürlich, völlig unverkrampft. Das gefiel mir an ihr.

Wir spielten unsere Rolle als Lockvogel-Pärchen.

In der kleinen Bergstadt Clifton Forge hatten wir uns mehr für Eisenbahn-Fahrpläne und Lagepläne von Schienensträngen interessiert als fürs Skifahren.

Diane war mir für diesen Job von ihrer Dienststelle, dem FBI-Hauptquartier in Washington D.C., zugeteilt worden. Dahinter stand unser Geheimdienst, die CIA, mit der wir in diesem Fall zusammenarbeiteten.

Unsere CIA-Kollegen hatten herausgefunden, dass ausländische Agenten einen Anschlag planten, der eine nukleare Katastrophe auslösen würde – wenn er gelang.

Ein Zug mit Interkontinentalraketen und scharfen Atomsprengköpfen sollte in die Luft gejagt werden.

Das Ergebnis würde ein Atomschlag gegen unser eigenes Land sein, ausgelöst von unseren eigenen Waffen.

Millionen Menschen schwebten in Lebensgefahr, ohne es zu wissen.

Mich durchlief es eiskalt, wenn ich nur daran dachte, was auf dem Spiel stand.

Clifton Forge, so vermutete man in Langley, dem CIA-Hauptquartier, würde der Ausgangspunkt der feindlichen Aktion sein.

Außerdem galt es als sicher, dass die fremden Agenten mit dem organisierten Verbrechen unseres Landes zusammenarbeiteten. Einheimische Gangster, die sich auskannten, waren vermutlich die besten Verbündeten, die sich die Attentäter vorstellen konnten.

Allem Anschein nach spielten Diane und ich unsere Rolle wirklich perfekt, denn die Typen, die in Clifton Forge prompt auf uns aufmerksam geworden waren, kauften uns offenbar nicht ab, dass wir ein harmloses Touristen-Paar waren.

Genau diese Wirkung hatten wir beabsichtigt, und jetzt saßen uns die Kerle im Nacken. Sie wussten nur nicht, dass wir auf diese Verfolgung vorbereitet waren. Denn sie ahnten nichts von Phil, meinem Freund und Dienstpartner.

Deshalb konnten sie auch nicht ahnen, dass wir sie in eine Falle lockten.

Phil hatte sich in Clifton Forge bewusst im Hintergrund gehalten und Diane und mich unauffällig per Telefon darüber auf dem Laufenden gehalten, wie wir beschattet wurden. Die vier Kerle waren ebenfalls keine Touristen, dazu interessierten auch sie sich zu wenig für den Wintersport.

Für welchen Boss sie auch arbeiten mochten – wahrscheinlich hatte er sie in die Berge geschickt, damit sie die Lage sondierten und Vorbereitungen für die Attentäter trafen.

Wir mussten herausfinden, ob diese Vermutung stimmte. Angesichts der nuklearen Katastrophe, die wir verhindern mussten, war es Diane und mir leicht gefallen, den Köder zu spielen. Als wir uns auf das Snowcat geschwungen hatten und die Gangster die

Verfolgung aufnahmen, hatte sich unsere Vermutung bestätigt.

Jetzt planten die Kerle, das mögliche Sicherheitsrisiko, das wir für die Attentäter darstellten, schnell und zuverlässig auszuschalten.

Wenn sie rauskriegten, dass wir genau das mit ihnen vorhatten, würde es für sie schon zu spät sein.

Doch ich machte mir nichts vor. Die verschneite Bergwelt war gut für Überraschungen.

Auf welche verteufelte Weise sich das bestätigen sollte, konnte ich zu diesem Zeitpunkt allerdings nicht ahnen.

Ein paar Mal hatte ich angehalten und den Motor abgestellt. Wir hatten uns dann die Beine vertreten. Kein Laut war in der klaren, eisigen Luft zu hören gewesen. Doch sie waren da, diese Burschen. Sie mussten da sein.

Mit ihrer Schneelast sahen die Rotkiefern aus, als warteten sie auf einen Fotografen, der Weihnachtspostkarten produzierte. Auf halber Höhe des bewaldeten Hanges zog ich das Schneemobil in eine Schneise, die sich rechts öffnete. Unser wendiges Gefährt glitt über jungfräulichen Schnee. Schon nach zwanzig Yards erreichten wir die Lichtung mit dem Blockhaus. Auch auf dem Vorplatz war der Schnee unberührt.

Ein Schlag durchzuckte das Windschutzglas.

Wie hingezaubert hatte ich ein Spinnennetz vor den Augen.

Weiter vorn stieg eine Schneefontäne auf.

Ich drehte das Gas voll auf. Im selben Sekundenbruchteil duckte ich mich. Diane duckte sich mit mir. Der Viertakter des Snowcats brüllte. Ich riss den Lenker nach rechts, gleich darauf wieder nach links. Das kettengetriebene Vehikel wühlte sich tiefer ins Weiß, war kurz vor dem Umkippen. Diane und ich stemmten uns gegen die Fliehkraft. Mit Erfolg. Ganze Serien dieser hässlichen Fontänen aus Schnee eilten uns voraus. Das Geschossblei sengte über uns hinweg.

Noch eine Sekunde, und sie würden sich eingeschossen haben. Dann würden wir in einen regelrechten Vorhang aus Blei hineinjagen.

Aber die Sekunde reichte, um hinter der Seitenwand der Hütte zu verschwinden. Ich brachte das Snowcat zum Stehen, und wir schwangen uns vom Sitz. Ich ließ Diane zuerst zum Hintereingang laufen. Kauernd wartete ich neben dem Fahrzeug, bis ich das Okay meiner Kollegin vernahm. Die lautlosen Schüsse hatten aufgehört. Doch wir wussten, dass sich das verdammt schnell ändern würde.

Ich zog den Zündschlüssel ab und folgte Diane.

Der Bergwald war still und scheinbar friedlich. Es roch nach Baumharz. Irgendwo in der Nähe mussten noch vor kurzem Forstarbeiter am Werk gewesen sein. Der Schneefall hatte erst vor zwei Tagen eingesetzt. Mittlerweile lag die weiße Pracht schon fast zwei Fuß hoch. Und es sollte noch mehr vom Himmel herunterkommen.

Ich schloss die Tür und legte den Innenriegel vor. Alle Fensterläden waren geschlossen, das Licht eingeschaltet. Aus dem Keller war das leise Brummen eines Aggregats zu hören. Diane hatte das Funkgerät bereits entdeckt. Ein großes Koffergerät, das von Akkus gespeist wurde. Meine Kollegin stellte es auf den Tisch, zog die Antenne aus, bis die Spitze die Balkendecke erreichte, und schaltete das Gerät ein.

Ich nickte ihr zu und beeilte mich. Sie hatte die Kapuze heruntergestreift. Mit ihren dunklen Augen und dem seidigen schwarzen Haar konnte sie einen Mann mühelos ablenken. Sie wusste es, und vielleicht lächelte sie deshalb, als sie die Kopfhörer mit dem angebauten Mikrofon überstülpte.

Nebenan im Kaminzimmer befand sich der Waffenschrank. Ich nahm die Schlüssel aus der Innentasche meiner dick gefütterten Jacke. Die Schlösser und Riegel des Schranks waren einbruchssicher. Gleichzeitig horchte ich, ob sich draußen etwas rührte.

Natürlich war es still. Und keine blindwütigen Kugeln prasselten in das Außenholz der Hütte. Die Kerle taten mir und Diane nicht den Gefallen, sich wie Anfänger zu verhalten. Deshalb hatten sie sich im Labyrinth der Täler auch nicht verirrt.

Deshalb hatten sie jedes Mal, wenn wir anhielten, rasch auch ihre Snowcats abgestellt.

Ich zog die dicke bunte Jacke aus und stieg aus den gewaltigen Snowboots und den wattierten Hosen. Darunter trug ich bereits den weißen Kampfanzug. Die passenden Springerstiefel standen schon da. Während ich sie anzog, hob ich den Kopf. Der Waffenschrank enthielt alles, was polizeiüblich war. Zwei Remington-Gewehre, zwei Schrotflinten, zwei Karabiner und zwei Maschinenpistolen. Den 357er von Smith & Wesson trug ich in einem Gürtelholster. Er war mir so vertraut wie mein 38er.

Ich hörte Diane reden. Zahlensalat. »Zwölf-fünf-sechs – sieben-drei-drei – eins-vier-eins. Over!«

»Zehn-vier!«, antwortete eine blecherne Schepperstimme, die zweifelsfrei meinem Freund und Kollegen Phil Decker gehörte.

12-56 waren Diane und ich. 733 bedeutete ›eingetroffen‹, und 141 stand für ›Berghütte‹. Mit 10-4 hatte Phil schlicht und einfach kundgetan, dass er verstanden hatte.

Ich entschied mich für eine Maschinenpistole MP5 von Heckler & Koch. Zwei Reservemagazine steckte ich in die oberen Beintaschen. Schnelllader für den 357er hatte ich schon bei mir. Auch ein Walkie-Talkie nahm ich mit. Vor drei Tagen waren zwei Forstbeamte mit einem geländegängigen Fahrzeug hier gewesen. Die komfortable Hütte gehörte einem Industriellen in Roanoke. Er hatte der County Police in Clifton Forge die Zweitschlüssel überlassen. Die Forstbeamten, die in Wahrheit Detectives der County Police waren, hatten ein paar Kartons ausgeladen, die so aussahen, als stammten sie von dem Supermarkt unten in der Stadt.

Im Vorbeigehen schaltete ich die Gasheizung ein. Wie lange unser Aufenthalt dauern würde, stand noch in den Sternen. Diane kam herüber. Das Funkgerät war eingeschaltet und empfangsbereit. Es rauschte. Dass unsere Belagerer uns abhörten, war anzunehmen.

»Irgendetwas gehört?«, fragte ich Diane.

Sie schüttelte den Kopf, während sie sich aus dem roten Skianzug schälte.

»Sie funken nicht. Ich bin hundertprozentig sicher.«

Ich nickte und wartete darauf, dass Diane bereit war. Wenn die Männer draußen wirklich mit niemandem Verbindung hatten, so bestärkte das unsere Taktik. Doch über den Funkverkehr hatten unsere Kollegen von der County Police den wirklichen Überblick. Wir würden endgültige Gewissheit erhalten. So oder so.

Die Steuereinrichtung für die Fensterläden befand sich in einem Wandkasten neben der vorderen Eingangstür. Diane trug einen weißen Pullover und eine ebenfalls weiße Armeehose. Ihre Faustfeuerwaffe war ein 38er. Auch sie wählte die kompakte MP5 aus.

Sie gab mir ein Handzeichen und lief geduckt in die Küche zurück, wo das Funkgerät stand. Die Fensterläden wurden mittels kleiner Elektromotoren geöffnet und geschlossen. Ich betätigte alle auf einen Schlag und ging auf Tauchstation.

Tageslicht flutete herein – erst in schmalen Streifen, dann langsam auseinander fächernd.

Ich huschte hinter das Fenster links vom Eingang und spähte über den Sims. Ich sah die Ketten- und Kufenspuren des Schneemobils. Der Wald war düster und drohend. Die Kiefern standen dicht, wenn auch ohne nennenswertes Unterholz. Keine Bewegung war zu erkennen. Kein Tier gab einen Warnschrei von sich. Es war nicht die Jahreszeit, in der Waldtiere besonders aktiv gewesen wären. Ich wusste, dass meine Kollegin aus Washington D.C. das Gelände nach hinten hinaus beobachtete. So schnell konnte keiner gewesen sein, dass er sich der Hütte schon genähert hatte.

Sie waren gut gerüstet, diese Burschen. Sogar Präzisionsgewehre mit Schalldämpfern besaßen sie. Das zeugte von weitem Vorausdenken.

Die nun offenen Fenster waren unsere Einladung.

Doch die Lauernden reagierten nicht darauf. Sie beherrschten sich auch jetzt noch. Ich fing an, eine Art von Respekt vor ihnen zu entwickeln. Ich zog mich vom Fenster zurück, um auf der anderen Seite nach dem Rechten zu sehen – dort, wo das Schneemobil stand.

Etwas zupfte an meinem Haar.

Erst in der nächsten Hundertstelsekunde hörte ich das Zischen und ein hartes Klatschen. Ich duckte mich tiefer.

Kein weiterer schallgedämpfter Schuss.

Rechts neben dem Fenster auf der anderen Seite sah ich den Einschuss. Die Kugel steckte so tief im Balkenholz, dass nur ein rundes Loch zu sehen war – wie von einem Bohrer.

Diane tauchte im offenen Durchgang auf. »Alles in Ordnung?«, flüsterte sie besorgt.

Ich signalisierte ihr lächelnd ein Okay. Dabei war mir nicht heiter zu Mute. Die Kerle brauchten nichts weiter zu tun, als sich in günstigere Schusswinkel zu bringen. Das erreichten sie, indem sie den Hang hinaufstiegen. Dann waren Diane und ich in der Hütte nicht mehr sicher. Das Schneemobil stand so da, wie ich es zurückgelassen hatte. Der Waldrand war an dieser Seite nur zehn Yards entfernt.

Günstig. Und gefährlich zugleich.

Auch hier war nichts zu erkennen.

Ich kehrte auf die Seite zurück, wo sie mir fast einen neuen Scheitel gezogen hätten. Diesmal war ich noch vorsichtiger beim Spähen.

Ein Schatten huschte von Baum zu Baum.

Ich prägte mir den Baum ein, hinter dem er verharrte.

Ohne den Blick von dem Baumstamm zu nehmen, lud ich die Maschinenpistole durch und entsicherte.

Ich stieß sie in dem Moment über den Sims, in dem der Schatten weiterhuschen wollte. Ich jagte die Kugeln knapp über Bodenhöhe. Das Hämmern der Maschinenpistole zerschlug die Stille. Die Waffe rüttelte an meiner Schulter.

Ich hörte einen Schrei und ließ mich sofort fallen.

Gerade rechtzeitig.

Es prasselte in den Sims, und es sengte durch das Zimmer, als wollten sie alles zerfetzen. Diese Schüsse – ohne Geschoss- und Mündungsknall – hatten etwas Teuflisches: Sie klangen harmlos, als ob jemand mit kleinen Steinen warf.

Ich robbte bis zum Durchgang. Diane kauerte hinter einem Fenster auf der Ostseite.

»Du hast einen von ihnen erwischt!«, rief sie halblaut. »Er krümmt sich im Schnee und kommt nicht wieder auf die Beine.«

Ich wollte etwas erwidern, doch in diesem Moment hörten wir das Geräusch.

Rotorklatschen.

Endlich.

Und die fast lautlosen Schüsse waren eingestellt worden.

Phil Decker war so dick vermummt wie der Pilot.

Die Luke auf der rechten Seite des Cockpits hatten sie unten bei der County Police zurückgelassen. Scharf und beißend wehte die Luft herein. Wolkenbänke schoben sich vom Norden heran. Sie hatten gerade noch Glück gehabt. In einer Stunde hätte der Hubschrauber vielleicht schon nicht mehr starten können.

»Das nächste Tal ist es!«, meldete der Pilot über Bordfunk. Er war Deputy, war in den Appalachen geboren und kannte die Bergwelt bei Clifton Forge wie seine Westentasche.

»Verstanden!«, antwortete der G-man und hob das Maschinengewehr aus dem Bodenraum. Er wuchtete es in die Lafette, die rechts an der Bodenkante neben seinem schwenkbaren Sitz montiert war. Er öffnete den Gurtkasten und hob den ersten Patronengurt heraus. Das Laden klappte sofort. Jeder Griff saß. An der FBI-Akademie Quantico fanden auch Lehrgänge für den Umgang mit militärischen Waffen statt. Es gab praktisch nichts, was ein G-man nicht beherrschen musste.

Der Hubschrauber schwirrte auf einen Bergkamm zu. Weiß bestäubt ragten die Kiefern empor. Die Maschine machte den Eindruck, als würde sie mit einem mühsamen Schritt knapp über den Kamm hinwegsteigen. Das Tal war so eng wie die meisten, die Phil vorher gesehen hatte. Es verlief von Osten nach Westen, wie ein Schnitt, der mit einem riesigen Messer gezogen worden war. Der Serpentinenweg am nördlichen Hang war zwischen den Baumstämmen deutlich zu erkennen. Der Weg begann am östlichen Ende des Tals und wand sich Richtung Clifton Forge in die Einsamkeit der Berge. Im Verlauf des Wegs gab es mehrere Lichtungen, die für die Forstwirtschaft angelegt waren und Trucks und Traktoren zum Ausweichen und Wenden dienten.

Das Dach der Hütte war mit Schnee beladen. Nur durch seine Glattflächigkeit fiel es auf.

Der Pilot hielt darauf zu, indem er den Hubschrauber quer über das Tal jagte. Jetzt war die Maschine rasend schnell.

Eine Lichtung öffnete sich im weiß und dunkel gemaserten Kieferntepppich – knapp hundert Yards unterhalb des Blockhauses. Im nächsten Sekundenbruchteil erblickte Phil die vier Snowcats.

Und da war eine menschliche Gestalt.

»Aufpassen!«, rief der G-man. »Ich lege die Kisten lahm!«

Der Deputy am Steuerknüppel reagierte sofort. Er zog die Maschine in einen weiten Rechtsbogen.

Phil ließ das Maschinengewehr rattern. Der mächtige Kolben strengte sich an, seine Schulterknochen zu zertrümmern. Aber die Winterjacke des FBI-Beamten war dick genug gefüttert. In kurzen Feuerstößen jagte er die Geschosse aus dem ummantelten Lauf. Er sah die Einschläge. Die Sitzbänke und die Tanks der Schneemobile wurden zerfetzt und wichtige Teile der Motoren zerstört.

Erst als die Maschine einen Halbkreis geflogen hatte, war die menschliche Gestalt deutlicher zu erkennen. Der Mann lag auf der Seite, doch er bewegte sich. Er zog die Beine an und schob sich auf dem linken Oberarm nach vorn. Hinter ihm blieb eine Blutspur im Schnee zurück. In der rechten Hand hielt er ein Gewehr. Er war gerade zwei, drei Yards über den Rand der Lichtung hinausgekommen.

Phil stellte das Feuer ein.

Im selben Moment ließ sich der Kriechende auf den Rücken fallen.

Phil brüllte eine Warnung. Doch es war schon zu spät.

Der Mann stieß das Gewehr hoch. Überdeutlich war der unterarmlange Schalldämpfer zu erkennen. Blassrosa Blitze zuckten aus der dicken Laufmündung.

Phil ließ das Maschinengewehr hämmern. Die Einschläge fraßen sich durch den Schnee auf den Mann zu, der unbeirrt weiterfeuerte.

Harte Schläge trafen das Sicherheitsglas der Hubschrauberkanzel.

Der Pilot zog den Steuerknüppel zu sich heran.

Die Maschine stieg.

Phil senkte den mächtigen Maschinengewehrlauf, indem er sich so hoch im Sitz aufrichtete, wie es die Gurte erlaubten. Die Schulterstütze traf ihn jetzt spürbarer.

Immer noch zuckten unten die Mündungsblitze auf. Der Mann schien zu wissen, dass er nichts mehr zu verlieren hatte.

Ein zweiter Schießer tauchte am Rand der Lichtung

auf. Sofort nahm die Zahl der Schläge zu, die das Kanzelglas trafen.

Ein Schmerzensschrei stach durch die Kopfhörer in Phils Ohren. Es durchfuhr ihn siedend heiß. Nur noch kurz fächerte er die Bleigarben. Er hatte den Eindruck, die Kerle getroffen zu haben, doch er war nicht sicher. Er konnte sich nicht mehr darum kümmern.

Die Maschine neigte bereits ihre Nase.

Er warf sich noch herum und sah den Piloten zusammengekrümmt in seinen Gurten. Mit zwei schnellen Handgriffen löste der G-man die eigene Gurtsicherung. Der Hubschrauber neigte sich weiter, raste nun auf die verschneiten Baumwipfel zu. Phil hatte keine andere Wahl, er musste den Deputy vom Steuerknüppel wegstoßen. Es ging ihm durch und durch, als der Mann vor Schmerzen aufschrie. Aber der G-man schaffte es – halb auf dem Verwundeten liegend. Mit der Linken hielt er sich am Pilotensitz fest, mit der Rechten packte er den Steuerknüppel.

Vorsichtig zog er die Maschine in eine stabilere Lage. Bedrohlich nahe raste der Baumteppich unter dem Bauch des Helikopters dahin.

Phil verbesserte seine Position. Während er den Hubschrauber allmählich in den Steigflug brachte, bewegte er sich vorsichtig, bis er auf der Sitzkante neben dem stöhnenden Kollegen saß. Der G-man ging auf Ostkurs. Nun konnte er den Steuerknüppel mit der Linken übernehmen. Die rechte Hand hatte er für das Funkgerät frei. Er rief die County Police in Clifton Forge und bekam sofort Verbindung.

»Schickt einen Rettungshubschrauber!«, rief er. »Euer Kollege ist verwundet!«

Der Beamte am anderen Ende der drahtlosen Verbindung bestätigte. Phil nannte ihm die Landeposition, die er vorgesehen hatte. Denn jetzt würde der Teufelstanz erst richtig losgehen.

Er hielt auf die nächste Lichtung zu, die sich ungefähr zweihundert Yards unterhalb jener befand, auf der er die Schneemobile zerschossen hatte. Und er brachte den Hubschrauber sicher auf die Erde. Der Pilot hatte das Bewusstsein verloren, aber er war am Leben.

Sofort packte er das Maschinengewehr, das neben dem Copilotensitz in einer Halterung steckte. Mit einem Satz war er draußen, während die Rotorblätter langsamer klatschten und das Triebwerk in einen lang gezogenen Heulton überging. Noch immer wirbelte der Rotor Schneeschwaden auf. Ein kalter weißer Nebel umhüllte daher die Maschine.

Und das war gut so.

Phil schlug vor der Maschine einen Bogen und lud das Maschinengewehr durch. Er erreichte den Rand des Rotornebels mühsam stapfend. Der Schnee war auf der Lichtung unterschiedlich hoch, reichte aber fast überall bis zu den Knien.

Die Bewegung war im Halbdunkeln des Waldrands kaum zu erkennen. Eigentlich waren nur das matte Schimmern von Waffenstahl und gleich darauf der Mündungsblitz zu erkennen.

Phil warf sich hin. Nicht schnell genug. Ein hartes Reißen an der Schulter machte es ihm klar. Er hatte keine Zeit, darauf zu achten, ob sich der Schmerz einstellte oder nicht. Schon im Fallen stieß er das Maschinengewehr nach vorn. Er feuerte in dem Moment, in dem er weich im Schnee landete. Ein zweiter Mündungsblitz war noch zu sehen. Doch die Schüsse aus dem Maschinengewehr hackten bereits durch den versiegenden Triebwerkslärm. Nur ein Feuerstoß.

Phil ließ das Maschinengewehr sinken. Das Gewehr des Mannes war emporgeflogen und im Schnee versunken. Jetzt kippte die Gestalt langsam vornüber, aus dem Waldrand heraus. Dennoch blieb der G-man vorsichtig und ließ die Waffe im Anschlag, nachdem er sich aufgerappelt hatte. Doch von dem Mann drohte keine Gefahr mehr. Phil drehte ihn auf den Rücken und sah, dass hier jede Hilfe zu spät kommen würde.

Er wandte sich noch einmal um und versorgte den bewusstlosen Piloten, indem er ihn mit Decken aus dem Gepäckraum umhüllte. Der Deputy hatte einen Durchschuss an der rechten Schulter. Es sah nicht lebensgefährlich aus. Und mehr als zehn Minuten würden nicht vergehen, bis der Rettungshubschrauber zur Stelle war.

Phil steckte Reservemagazine für das Maschinengewehr ein, bevor er sich auf den Weg machte. Ansonsten war er mit den schweren Springerstiefeln und der winterlichen Combat-Bekleidung aus Armeebeständen bestens ausgerüstet.

Noch immer verspürte er keinen Schmerz in der Schultergegend. Er wandte den Kopf weit nach links. Das Schulterpolster der weißen Kampfjacke war ausgefranst wie ein Blumenkohl. Graues, watteartiges Zeug lugte heraus. Phil tastete mit den Fingern nach. Da war kein Blut, und der Stoff des Pullovers, den er unter der Jacke trug, war unversehrt. Er hatte unglaubliches Glück gehabt.

Ohne Zeit zu verlieren, marschierte der G-man los. Er trabte den Weg bis zur nächsten Spitzkehre hinauf. Dort verließ er die Spurfurchen und begann sich den Hang emporzuarbeiten. In Zehn-Yards-Abständen verharrte und horchte der hoch gewachsene FBI-Beamte. Kein Laut drang an sein Gehör. Er fragte sich nur, ob die Überlebenden ihn belauerten oder ob sie sich auf Jerry und Diane in der Hütte konzentrierten. Fest stand jedoch, dass sie nicht weg konnten. Ohne ihre Schneemobile waren sie in der Bergwildnis hilflos.

Aber da war das Snowcat, das Jerry und Diane gemeinsam benutzt hatten.

Phil beeilte sich. Er sah bereits die Lichtung mit den vier Schneemobilen. Noch immer herrschte trügerische Ruhe im Bergwald. Der G-man verharrte am Rand der Lichtung. Er verzichtete darauf, sich hinauszuwagen und womöglich als Zielscheibe zu dienen. Ihm genügte, was er sah.

Der Mann, der durch den Schnee gekrochen war, lag noch dort. Das Gewehr mit dem riesigen Schalldämpfer war neben ihm in den Schnee gefallen. Der Mann hatte nur die Schusswunde am Bein gehabt, als er noch am Leben gewesen war. Dann hatte er auf den Hubschrauber-Piloten gefeuert und den Wahnwitz mit dem Leben bezahlt. Die Maschinengewehrgarbe hatte ihn mit gnadenloser Gewalt niedergestreckt.

Diane sah mich entsetzt an. Ihre Augen waren groß und fassungslos. Wir kauerten in der Küche. In einem Winkel zwischen den rustikalen Unterschränken aus massivem Holz waren wir vor hereinschwirrenden Kugeln einigermaßen sicher. Doch es war eine Frage der Zeit, wie lange das so blieb.

»Das kann doch nicht dein Ernst sein!«, hauchte meine Kollegin. Ich hatte ihr meinen Plan geschildert.

»Wie lange bist du beim FBI?«, entgegnete ich.

»Vier Jahre.«

»Und immer im Außendienst?«

»Natürlich. Sonst wäre ich doch für diesen Einsatz gar nicht eingeteilt worden.«

»Okay. Dann bin ich gespannt, ob du einen besseren Vorschlag entwickelst.«

»Jerry, du weißt genau, dass ich das nicht kann. Es gibt nur die beiden Möglichkeiten. Entweder wir bleiben beide wie Mäuse in der Falle hier im Haus, oder einer geht in den Wald.«

»Oder beide gehen hinaus.«

»Dann kann keiner mehr dem anderen helfen.«

»All right, dann sind wir uns also einig. Bleibt nur noch die Frage offen, ob ich mich als Macho aufspiele, wenn ich derjenige sein will, der rausgeht.«

»Sag mal«, entgegnete sie empört, »habe ich mich jemals als kämpferische Emanze aufgeführt?«

»Nein. Aber vielleicht hast du es nur nicht laut gesagt.«

»Hör auf! Sieh zu, dass du nach draußen kommst!«

Ich grinste. »Hast du es gemerkt? So leistet man Überzeugungsarbeit.«

Sie presste die Lippen zusammen und sah mich an, als überlegte sie ernsthaft, ob sie nicht doch ins Lager der Emanzen überwechseln wollte. Aber sie schwieg. Die Würfel waren gefallen. Ich nickte ihr aufmunternd zu und ließ sie allein.

Vor dem Hinterausgang lagen meine Waffen für den Job: die MP5, die ich mit einem gefüllten Magazin versehen hatte, und eine einläufige Schrotflinte, deren Röhrenmagazin fünf Patronen im Kaliber 121 enthielt. Ich hängte mir die Maschinenpistole um und nahm die Schrotflinte in die Linke. Dann hob ich den Riegel heraus, drehte den Schlüssel nach links und stieß die Tür auf.

Kauernd verharrte ich hinter dem Schrank gleich neben der Tür.

Kein Kugelhagel.

Nun gut, das musste nichts heißen. Wer feuerte schon auf eine Tür, hinter der nur Leere gähnte. Ich fackelte nicht lange und spannte die Beinmuskeln. Eine kurze Seitwärtsbewegung, dann schnellte ich los. Die Frostluft empfing mich wie ein Schlag, als sollte ich darauf aufmerksam gemacht werden, was mich hier draußen erwartete.

Ich rannte geduckt und Haken schlagend. Nur zehn Yards freie Fläche lagen vor mir. Dann begann der bewaldete Hang.

Ich schaffte es unbehelligt. Mit einem letzten Satz warf ich mich hinter einem Baumstamm in Deckung. Eines musste ich den Kerlen lassen, sie waren clever. Sie reagierten nicht auf die erstbeste Herausforderung. Sie loteten erst einmal aus, war für sie drin war.

Diane schloss die Tür. Ich konnte hören, wie sie den Riegelbalken vorlegte. Gleich darauf schloss sie auch die Fensterläden. Wir hatte es so besprochen. Denn es gab nirgendwo in der Hütte einen Winkel, wo sie vor

Kugeln wirklich hundertprozentig sicher gewesen wäre. Außerdem hatten wir vereinbart, dass ich ständig in Sichtweite bleiben würde, bevor Phil nicht zur Stelle war. Natürlich konnte ich nicht die gesamte Umgebung der Hütte beobachten, aber ich würde trotzdem mitkriegen, was sich abspielte.

Ich beobachtete meine Umgebung, wandte mich immer wieder nach allen Seiten, sodass ich sowohl die Lichtung als auch den Hangwald in meiner unmittelbaren Nähe überblicken konnte. Unser Schneemobil war noch immer unversehrt. Sie hatten es nicht in Stücke geschossen. Die Tatsache, dass Phil keine Funkverbindung mit uns aufgenommen hatte, bereitete mir kein Kopfzerbrechen. Wir hatten diesen Teil der Aktion offen gelassen. Und sicher war es jetzt besser, die Angreifer im Unklaren darüber zu lassen, was weiter geschehen würde.

Das Maschinengewehrfeuer hatten wir gehört, auch den landenden Hubschrauber. Dann waren noch einmal Schüsse gefallen. Ich hatte eine MP5 herausgehört. Das konnte nur Phil gewesen sein.

Ich richtete mich halb auf, sah mich noch einmal um und setzte dann meinen Weg fort. Ich musste höher hinauf, um die Lichtung besser überblicken zu können – so weit, dass ich auch einen großen Teil der Fläche vor dem Blockhaus einsehen konnte.

Nach drei vorsichtigen Schritten war es wie im Fernsehen.

Ein wüster Schrei platzte von links in mein Trommelfell.

Ich wirbelte herum. Instinktiv riss ich die Shotgun mit beiden Händen hoch. Mein Glück.

Der sausende Hieb zersplitterte den Vorderschaft der Waffe. Ich taumelte zurück und ließ die Waffe fallen. Es war ein Klappspaten, der die Flinte zerstört hatte. Der Mann wurde durch den eigenen Schlag vorwärts gerissen. Nur einen Sekundenbruchteil lang sah ich sein wutverzerrtes Gesicht, umrahmt vom Pelz einer Kapuze. Dann hatte ich mich gefangen und hieb meine Rechte mitten hinein.

Er brüllte vor Schmerz und ruderte mit den Armen – vorwärts wankend.

Auf der Lichtung krachte es ohrenbetäubend.

Ich ruckte nach links.

Und erstarrte. Ich sah die Holzsplitter noch fliegen, und ich begriff. Der Schrei des Kerls, der mir hinter dem Baum aufgelauert hatte, war vor allem ein Signal gewesen. Ein Signal für den anderen, der nun wusste, dass er ungehindert in die Hütte vordringen konnte, nachdem er seine Handgranate geworfen hatte.

Meine Nackenhaare sträubten sich. Wenn Diane von Splittern getroffen war …

Ich konnte nicht weiterdenken.

Ich sah eine in dickes Weiß gekleidete Gestalt, die unten auf das Blockhaus zuschnellte, auf das zerborstene Fenster zu. Es war an der Seite vorn. Diane hatte sich zuletzt in der Küche aufgehalten …

Der Lauerer hatte sich zum neuen Ansturm gesammelt. Ich hätte ohnehin den Waldrand nicht erreichen können, um dort unten noch eingreifen zu können.

Wieder schrie der Mann. Er hörte sich an wie ein Infanterist im Sturmangriff. Doch ich täuschte mich, wenn ich annahm, dass er erneut auf mich losging. Abwehrbereit kreiselte ich herum.

Und glaubte, meinen Augen nicht trauen zu können.

Breitbeinig stand er da, leicht vornübergebeugt, die Augen rot gerändert vor Schmerz und Wut. Die Nase blutete.

Doch das alles war nicht das Wesentliche. Er hatte die Jacke aufgeschlagen.

Und seine Rechte schwebte über dem Revolvergriff.

Ein Ruger, den er in einem Schnellziehholster im Gürtel trug.

»Ich habe dich für einen cleveren Burschen gehalten«, sagte ich kalt. »Es war schon eine reife Leistung, meine Marschroute genau zu ahnen. Aber jetzt …«

»Quatsch nicht!«, schrie er. »Zieh!«

Ich hatte das starke Gefühl zu träumen. Entweder hatte dieser Bursche zu viele Filme gesehen, oder die Fast-Niederlage hatte ihm den Verstand ausgelaugt. Wollte er auf diese verrückte Weise ausbügeln, dass es ihm nicht gelungen war, mich mit dem Klappspaten zu erschlagen? Dass ich ihm einen Hieb mitten ins Gesicht gesetzt hatte?

Ich würde es nie ergründen können.

»Zieh!«, wiederholte er mit schriller Stimme. Er wusste, dass er alle Zeit dieser Welt hatte. Denn er hatte mitbekommen, dass sein Partner unten in die Hütte eingedrungen war.

»Ich werde dir den Gefallen tun«, sagte ich, denn ich meinerseits hatte keine Sekunde zu verschwenden, wenn ich an Diane dachte. »Nur wirst du den Kürzeren ziehen. Du darfst es dir also noch einmal überlegen. Du hast nicht die geringste Chance. Du kannst es überhaupt nicht schaffen. Ich wette, du hast dein Schießeisen noch nicht mal draußen, wenn ich …«

Meine vermeintliche Überheblichkeit machte ihn rasend. Er stieß einen neuen Wutschrei aus, und gleichzeitig zuckte seine Rechte abwärts.

Ich zog, als er den Revolverlauf schon knapp über dem Rand des Holsters hatte. Er sah, dass ich nicht übertrieben hatte. Und im letzten möglichen Sekundenbruchteil wollte er gleichzeitig feuern und sich zur Seite werfen.

Er fiel mir in die Visierlinie.

Der 357er donnerte und riss meine Faust hoch.

Der Mann mit der blutigen Nase wurde gegen einen Baumstamm geschleudert.

Der Ruger fiel aus seinen erschlaffenden Fingern. Vorgewölbt und voller Staunen waren die Augen des Mannes auf mich gerichtet, als er zu Boden sackte.

Ich bückte mich und hob seinen Revolver auf. Ein 357er Magnum, wie mein Smith & Wesson. Die

Maschinenpistole, die mir vom Rücken nach vorn rutschte, klemmte ich unter den linken Arm. Den Ruger steckte ich in die Tasche. Ich sah die Stummelantenne und das obere Teil eines Walkie-Talkies. Es ragte aus der Brusttasche des Toten. Das Magnum-Geschoss war unmittelbar darunter eingedrungen. Ich zog das Walkie-Talkie heraus. Es war noch in Ordnung. Probeweise schaltete ich auf Empfang. Meine Vermutung bestätigte sich. Der Mann bei der Hütte meldete sich.

»… an Bear! Kommen! Eagle an Bear! Kommen, verdammt nochmal! Eagle an Bear! Was ist los, zum Teufel? Over!«

Ich schaltete auf Senden. »Bear antwortet nicht«, sagte ich. »Over.«

Sekundenlang war nur leises Rauschen zu hören. Die Stille des verschneiten Waldes schien wieder friedlich werden zu wollen.

»Wer spricht da?«, brüllte die Stimme. Die kleine Lautsprechermembrane war kurz vor dem Auseinanderfliegen. Der Mann vergaß seine Funkdisziplin. Sie wirkte in dieser Situation ohnehin mehr als lächerlich. »Cotton.«

»Was heißt das – ›Cotton‹?«

Ich hatte das Gefühl, dass mir das Gerät jeden Moment um die Ohren fliegen würde. »Mein Name ist Cotton«, erklärte ich, »Jerry Cotton.« Ich hielt das Walkie-Talkie weit weg, indem ich den Arm ausstreckte.

»Auch ein FBI-Bulle, was?« Der Mini-Lautsprecher schepperte.

Etwas Eisiges kroch mir über den Rücken. Hatte er Dianes Dienstausweis gesehen? Wenn ja, unter welchen Umständen?

»Stimmt«, antwortete ich deshalb. Hinhaltetaktik hatte keinen Sinn. Nicht den Geringsten.

»Dann beweg dich!«, brüllte der Mann. »Rein in die gute Stube! Ich fang nämlich an, FBI-Leute zu sammeln!«

»Verstanden. Ich komme.«

»Prächtig. Und versenk deine Schießeisen in den Schnee! Tust du's nicht, fliegt deine schnuckelige kleine Partnerin gleich wieder raus aus der Sammlung.«

Er lachte rau.

Trotzdem konnte ich die hochgradige Nervosität des Mannes heraushören. »Ich komme unbewaffnet«, wiederholte ich deshalb. »Jetzt sofort.«

Er antwortete nicht. Ein Knacken zeigte an, dass er sein Gerät ausgeschaltet hatte. Ich ließ das Walkie-Talkie bei dem Toten und lief zum Waldrand hinunter. Ein Hoffnungsschimmer war entstanden. Zumindest schien Diane am Leben zu sein. Am Waldrand blieb ich stehen und legte die Waffen langsam und deutlich sichtbar in den Schnee. In der Tat war es das Seitenfenster des Kaminzimmers, das der Mann mit der Granate aufgesprengt hatte. Möglich, dass er von dort herüberspähte. Erkennen konnte ich nichts. Alle anderen Fensterläden und die Hintertür waren noch geschlossen.

Ich hob die Hände, faltete sie auf dem Kopf und ging los. Der Schnee gab dumpfe Laute von sich, durch meine Schritte zusammengepresst.

Bevor ich herumrätseln musste, flog die Hintertür auf.

»Rein hier!«, befahl die Stimme, die ich in blecherner Form kannte.

Ich ging zügig weiter. Dass ich keine guten Karten hatte, war mir klar. Wenn ich ihm anbot, mich als Austauschgeisel für Diane zu akzeptieren, würde er mich auslachen.

Sechs, sieben Yards hatte ich noch bis zur Hütte. Ich sah das Schneemobil und stellte fest, dass es unbeschädigt war. Ob sich das nun als Vorteil erweisen würde, stand in den Sternen.

Etwas bewegte sich.

Ich musste mich höllisch zusammenreißen, um nicht

die Augen aufzusperren, zu blinzeln oder gar aus dem Marschtritt zu geraten.

Phil kauerte am Waldrand, in Blickrichtung hinter dem Snowcat. Er gab mir ein Zeichen, bewegte die erhobene Hand hin und her. Nur deshalb hatte ich ihn bemerkt – praktisch nur aus den Augenwinkeln heraus. Diese weißen Kampfanzüge tarnten wirklich hervorragend. Ich schaffte es, mir nicht das Geringste anmerken zu lassen. Phil war jedenfalls nicht gesehen worden. Er hatte die Seite gemieden, an der das Fenster aufgesprengt worden war.

Noch während ich über die Türschwelle trat, konnte ich niemanden sehen.

Denn drinnen herrschte Halbdunkel. Die Verbindungstür zum Kaminzimmer war geschlossen. Unvorstellbarer Leichtsinn, hätte man meinen können. Aber der Mann konnte es sich leisten. Er hatte den höchsten Trumpf in der Hand.

»Stehen bleiben!«, befahl er schneidend.

Ich gehorchte. Den Kopf brauchte ich nur wenig zu wenden, um ihn sehen zu können. Meine Augen gewöhnten sich an das schlechte Licht.

Er stand mit Diane ganz links, in der Ecke zwischen Fenster und Küchenschränken. Verdammt clever. Selbst wenn einer vom Nebenraum hereinstürmte, konnte er wenig ausrichten. Der Geiselnehmer war auf alle Fälle Herr der Lage.

Trotzdem fühlte ich mich besser, auch wenn ich kaum schlechter dran sein konnte. Denn Diane schien unverletzt zu sein. Wenigstens das. Nichtsdestoweniger war die Situation teuflisch. Ich sah das Weiße ihrer Augen. Die Angst darin ließ sich nicht leugnen. Angesichts der mattschwarzen Pistolenmündung an ihrer Schläfe kein Wunder. Dennoch wirkte Diane gefasst. Sie wusste, womit sie schlimmstenfalls zu rechnen hatte. Sie wusste aber auch, was möglich war.

»Gib dir keine Mühe, Bulle«, sagte der Gangster. »Diese Sache kriegst du nicht in den Griff. Das garantiere ich dir. Ich werde die Kleine erschießen, ohne mit der Wimper zu zucken. Darauf kannst du Gift nehmen. Und selbst wenn du es schaffst, mich umzulegen, bist du erledigt. Weil die Zeitungsschreiber sich nämlich nichts vormachen lassen. Die gehen der Geschichte auf den Grund – und wenn euer Verein zehnmal versucht, was zu vertuschen! Du bist erledigt, sobald ans Licht kommt, dass du deine Kollegin auf dem Gewissen hast. Ist doch klar, oder?«

»Natürlich«, antwortete ich einsilbig. Ich musste jedes Wort auf die Goldwaage legen. Vor allem durfte ich mir kein falsches Wort einfallen lassen.

Der Gangster war ziemlich groß. Er überragte Diane um Haupteslänge. Die Fellkapuze hatte er nach hinten geschoben. Sein Gesicht war breit und knochig, der buschige schwarze Schnauzbart prägte es entscheidend. »Was ist mit meinem Partner?«, bellte er mich an.

»Er hat versucht, es mit mir auszuschießen.«

»Was heißt das? Verdammt, rede! Oder …«

Ich erklärte es ihm. »Er war einfach nicht schnell genug«, fügte ich hinzu.

»So ein Idiot«, knurrte der Knochige. »Denkt, er ist im Wilden Westen!«

»So kam es mir auch vor.«

Er schrie: »Nach deiner Meinung habe ich nicht gefragt!«

Ich sah, wie Diane zusammenzuckte und größte Mühe hatte, ruhig zu bleiben. Leicht vorstellbar, wie der Kerl sie überwältigt hatte. Der Explosionsschock hatte sie sekundenlang hilflos gemacht. Und diese kurze Zeitspanne hatte dem Mann genügt, hereinzustürmen und sie zu entwaffnen.

Der Geiselnehmer zwang sich, ruhiger zu werden. Ich merkte es. Er wusste, dass die Nervosität zum Fallstrick für ihn werden konnte. Und ich wusste, dass er der einzig Überlebende war. Seit ich Phil gesehen hatte, war mir das klar.

»All right«, knurrte er. »Ich muss raus aus diesen verdammten Bergen.«

»Zurück nach Brooklyn?«

»Woher weißt du das?«

»Ich stamme aus New York City. Ich kenne New Yorker Akzente.«

»Wie schön für dich.« Er zwang sich sogar, humorvoll zu werden. Sicher glaubte er, damit besonders deutlich innere Ruhe auszudrücken. »Aber zum Stichwort New York! Damit wären wir schon beim Thema. Bevor ich mit deiner netten Kollegin abhaue, will ich wissen, was hier gespielt wird. Ich würde dir raten, damit herauszurücken.«

Zwar wurde nur umgekehrt ein Schuh daraus, aber es machte mir nichts aus, ihn mit ein paar Informationen zu spicken. Das würde sein Gefühl der Überlegenheit verstärken. Je weniger ihm seine wirkliche Lage klar wurde, desto größer wurden die Chancen für Diane, Phil und mich.

Denn der Gangster schien nicht zu ahnen, was passieren würde.

Er glaubte offenbar allen Ernstes, dass wir ihn mit Diane ziehen lassen würden.

Bevor ich anfangen konnte zu sprechen, war unvermittelt Hubschraubergeräusch zu hören. In den Augen des Knochigen war ein Aufblitzen zu sehen. Ihm wurde klar, dass es nicht einfacher für ihn werden würde. Doch seine Komplizen und er mussten einen eindeutigen Auftrag gehabt haben. Deshalb wollte er vor dem Mann, der ihn auf seiner Lohnliste führte, nicht mit leeren Händen dastehen.

»Ich nehme an, ihr habt uns in Clifton Forge beobachtet«, sagte ich mit fester Stimme. »Das heißt, wir haben es gemerkt.«

»Willst du damit sagen, wir waren nicht besonders vorsichtig?« Seine Stimme klang lauernd.

Meine Nerven spannten sich an. Was ich auch sagte, während das Rotorgeräusch draußen anschwoll, ich musste in jedem Fall mit einer Überreaktion rechnen. »Wie es auch gewesen sein mag«, antwortete ich, »wir haben es mitgekriegt.«

»Und uns diese Falle gestellt.«

»So ist es.«

Er lachte schallend. »Menschenskind, Mann! Wir sind aber nicht wirklich drauf reingefallen! Natürlich haben wir bloß so getan! Als du und die Kleine anfingt, mit dem Schneemobil loszugurken, war uns sofort klar, was lief.«

Ich wollte ihn nicht darauf hinweisen, dass sie angesichts solcher Klarheit reichlich eindeutig gescheitert waren. Diese Erkenntnis würde er früh genug bekommen. Ich beschloss, absichtlich mehr herauszulassen, als er erwartete. Möglich, dass ich aus seiner Reaktion neue Rückschlüsse gewinnen konnte.

»Wir mussten das tun«, erklärte ich, »denn ihr wurdet zu einem Risiko für uns.«

»Ach!«, feixte er. »Interessant! Erzähl weiter!«

»Wir haben einen Auftrag aus Washington«, sagte ich bereitwillig. »Es ist ein Fall, an dem CIA und FBI gemeinsam arbeiten. Wir haben Hinweise, dass an der Amtrak-Bahnstrecke Charlottsville-Charleston ein Bombenanschlag stattfinden soll – irgendwo im Grenzgebiet zwischen Virginia und West Virginia.«

»Was du nicht sagst!« Er grinste.

Also stimmten die Hinweise, die wir hatten. Gut so. »Wir konnten es sogar genauer einstufen«, fuhr ich fort. »In Frage kommt die Strecke zwischen Clifton Forge – das ist der letzte Bahnhof in Virginia – und White Sulphur Springs – das ist der erste in West Virginia. Dazwischen liegen die Appalachen, grob gesprochen.«

»Grob gesprochen!«, lachte er.

Ich hatte meine nächste Bestätigung.

»Sonst wissen wir noch nichts Genaues«, sprach ich weiter. »Kollegen von uns warten drüben in White Sulphur Springs – wie wir auf dieser Seite der Berge.

Wir rechnen mit zusätzlichen Informationen von der CIA. Vor allem, was den Zeitpunkt des Attentats angeht.«

»Da könnt ihr aber lange warten«, gluckste er. »Weil jetzt überhaupt nichts mehr läuft. Begriffen?«

»Total«, nickte ich. Er hielt sich für den großen Übermittler, der eine zu allem entschlossene Sabotage-Organisation vor dem großen Reinfall bewahren würde. Erstaunlich war lediglich, dass Typen wie er an der Sache beteiligt waren. Fremde Mächte führten Geheimdienstoperationen auf amerikanischem Boden normalerweise nicht mit Hilfe von New Yorker Mobstern durch.

Zur letzteren Sorte gehörte dieser Mann aber hundertprozentig.

»Okay«, sagte er mit gespielter, alles beherrschender Ruhe. »Dann wollen wir mal den großen Abgang vorbereiten. Raus mit uns drei Hübschen!«

Er erlaubte mir, vorzugehen. Die Hände musste ich immer noch auf dem Kopf gefaltet halten.

Die frische Winterluft empfing mich wie Balsam für Haut und Nerven. Der Himmel war grau. Da lag eine Menge in der Luft. Und für die Großwetterlage würde das Geschehen auf dieser Waldlichtung nur scheinbar so unbedeutend sein wie der häufig erwähnte Sack, der in Peking auf dem Platz des himmlischen Friedens umkippt.

Das Leben von Millionen Menschen konnte auf dem Spiel stehen.

Wenn die Schwarzseher unter den Politikern in Washington Recht behielten. Eben deshalb arbeiteten CIA und FBI Hand in Hand, wenn auch auf verschiedenen Ebenen.

Ich verscheuchte die Gedanken.

Das Hubschraubergeräusch hatte sich irgendwo in der Nähe stabilisiert.

Drei Yards vor der Hütte blieb ich stehen, ohne mich umzudrehen. In der nächsten Sekunde hörte ich den Schnee unter Stiefelsohlen knarren. Ich sah es nicht, aber ich konnte mir genau vorstellen, wie der Knochige mit Diane heraustrat. Und er verharrte, horchte auf den Hubschrauber. Jetzt ließ das Rotorklatschen nach. Die Turbine stimmte diesen unverkennbaren Heulton an, der besagte, dass die Drehzahl absank. Die Maschine war gelandet.

»Zum Schneemobil!«, bellte unser Bezwinger. »Und keine komische Bewegung!«

Ich konnte mir vage vorstellen, was er meinte. Willig stapfte ich los und stanzte eine Doppelreihe knietiefer Löcher in den Schnee. Der Knochige hatte wahrscheinlich noch nicht einmal darüber nachgedacht, wer den Zündschlüssel für das Snowcat hatte. Vielleicht war er aber auch ein Meister im Kurzschließen.

Links neben dem Ketten-Kufen-Fahrzeug blieb ich stehen.

»Okay, den Rest erledigen wir schnell«, sagte der Gangster aus Brooklyn. »Unsere tapfere FBI-Agentin setzt sich vorn auf den Bock, aber geduckt. Und du als ihr treusorgender Kollege …«, er grinste mich an, » … bindest ihr Hand- und Fußgelenke zusammen. Festhalten tue ich sie schon, ich sitze ja direkt hinter ihr.« Er lachte meckernd. Es sollte selbstsicher klingen, doch das Gegenteil war der Fall.

Ich beging nicht den Fehler, diesen Mann zu unterschätzen. Gefährlich und unberechenbar war er vor allem wegen seiner überstrapazierten Nerven.

Er ließ Diane in seine linke untere Jackentasche greifen. Sie warf mir ein zusammengerolltes Nylonseil zu, das er mitgebracht haben musste. Seine Komplizen und er hatten sich auf fast jede Situation eingestellt. Ich rollte das dünne Seil auseinander und nickte.

Der Gangster stieß Diane von sich. Sie stolperte auf das Schneemobil zu, stürzte aber nicht. Der Knochige hielt seine Automatik jetzt im Beidhandanschlag, mit ausgestreckten Armen. Er zielte auf Dianes Rücken, und er ließ sich nicht beirren. Meine Kollegin schwang sich vorn auf den Sitz, der an einen Motorroller-Sattel erinnerte, nur viel größer und breiter war.

Ich hatte einen Atemzug lang Zeit, unauffällig zum Waldrand zu spähen. Ich sah Phil sofort. Er war durch einen Baumstamm fast vollständig verdeckt. Doch ich konnte den 357er erkennen, den mein Freund am langen Arm hielt.

Diane beugte sich nach vorn. Ihr Gesicht war noch eben über dem Lenker. Sie streckte die Hände nach den Stiefeln aus. Ich bückte mich zu ihr hin und begann, sie wie angeordnet zu fesseln. Am rechten Rand meines Blickfelds sah ich den Knochigen. Sein Gesicht spiegelte äußerste Anspannung. Auf einmal wusste ich, was geschehen würde.

Er würde mich töten, sobald ich Diane fertig gefesselt hatte.

Denn dann war ich ihm nur noch lästig.

Ich riskierte es, ihn von der Seite anzusehen, während ich die letzten Knoten schlug. Seine Beretta war noch auf Diane gerichtet. Er grinste. Und ich wusste Bescheid. Er stellte sich genau das vor, was ich vermutete.

Ich spürte ein Kribbeln in der Gegend meiner Haarwurzeln.

»Fertig!«, sagte ich laut und vernehmlich, noch bevor ich mich aufrichtete.

»Dann hoch mit dir und weg von der Kiste!«, blaffte er mich an.

Ich gehorchte. Schwenkend folgte sein Waffenlauf meiner Bewegung.

Mir blieb keine Zeit, das Krümmen seines Zeigefingers zu beobachten.

Es krachte. Der Schuss hallte weit durch den Bergwald. Wie Donnergrollen.

Dann blieb nur die Stille.

Ich stand da und konnte es schwer fassen. Aber die

Welt um mich herum war noch Wirklichkeit. Diane, in ihrer unbequemen Haltung. Der Schnee. Das Blockhaus. Phil, der hinter dem Baumstamm hervortrat, den Smith & Wesson noch im Beidhandanschlag.

Und der Gangster. Er stand genau so da wie ich. Er starrte mich an. Zusätzlich glotzte die Mündung seiner Automatik. Unverändert. Doch kein Schuss fiel. Dabei schien sich der Zeigefinger am Abzug immer noch krümmen zu wollen. Es kam mir vor, als wäre ich eine Ewigkeit unfähig gewesen, mich zu rühren. Ich schaffte es endlich, zur Seite zu treten – aus der Visierlinie heraus. Nichts daran änderte sich. Die schwere Pistole folgte meiner Bewegung nicht. Stattdessen kippte der Mann vornüber wie ein Brett.

Die Automatik stieß mit seinen immer noch ausgestreckten Armen wie ein Bohrer in den Schnee. Der eine Schuss löste sich. Es klang, als ob jemand in einem Watteberg steckte und in die Hände klatschte.

Es blieb nicht bei der Stille. Das Hubschraubergeräusch schwoll wieder an. Eindeutig, dass da eine Maschine startete. Während ich Dianes Fesseln löste, erklärte Phil uns, dass es sich um den Rettungshubschrauber handelte, der den verwundeten Piloten abtransportierte. Auf dem kurzen Weg ins Blockhaus spulte mein Freund und Kollege den Rest seines Berichts ab. Gleich darauf hatte er Funkverbindung mit den Kollegen von der County Police.

Ich hatte Zeit, mich um Diane zu kümmern. Sie lehnte sich an mich, und ich legte den Arm um ihre Schultern.

»Ich habe unwahrscheinliches Glück gehabt«, sagte sie leise. »Stell dir vor, ich war gerade ins Kaminzimmer geschlichen! Ich wollte horchen, ob sich da vorn etwas tat. Ein Stück Holz vom Fensterrahmen hat mich getroffen. Deshalb lag ich schon auf dem Boden, als die Granatsplitter hereinsausten.«

Ich schob sie ein Stück von mir weg und sah sie an. Über dem rechten Oberarm war ihre Jacke aufgeschnitten. »Das war nicht nur Holz«, sagte ich und zeigte auf die Stelle. »Mindestens ein paar Splitter vom Fensterglas waren auch dabei.«

Sie bemerkte es erst jetzt, erschrak und tastete in die klaffenden Schnitte im Stoff. »Kein Blut«, sagte sie erleichtert, nachdem sie die Hand wieder herausgezogen hatte. Und spontan kam sie auf mich zu und hauchte mir einen Kuss auf die Wange.

Phil räusperte sich vernehmlich.

Wir sahen ihn an. Er hatte sein Funkgespräch beendet und musterte uns mit der strafenden Miene eines Schulmeisters. »Ihr seid im Dienst«, stellte er fest.

Diane lächelte mich verschmitzt an. Dann ging sie wortlos auf meinen Freund zu und bedachte ihn mit der gleichen gehauchten Anerkennung wie mich. »Selbst im Dienst darf man menschlich bleiben«, erklärte sie mit einem energischen Nicken. Schmunzelnd wandte sie sich ab und ging nach nebenan, wo es eine Kaffeemaschine gab.

»So kann man es natürlich auch sehen«, sagte Phil mit runden Augen.

Ich trat auf ihn zu und klopfte ihm auf die Schulter. »Irgendwo hast du trotz allem auch etwas Menschliches«, sagte ich tröstend.

Ich entging seinem Seitenhieb nur mit knapper Mühe. Dann berichtete er, was er über Funk mit den Police-Kollegen in Clifton Forge vereinbart hatte. Dazu gingen wir in die Küche, wo Diane die Kaffeemaschine zum Brodeln brachte.

»Wir werden gleich abgeholt«, sagte Phil. »Sie haben einen zweiten Piloten mitgebracht. Der Hubschrauber ist in Ordnung. Die paar Löcher im Kanzelglas konnten sie notdürftig flicken. Aber das Wichtigste: Die County Police hat den Funkverkehr überwacht. Die vier Kerle hatten keine Verbindung nach außen. Und telefoniert haben sie in Clifton Forge auch nicht. Ihre Angst, abgehört zu werden, muss ziemlich groß gewesen sein.«

»Begreiflicherweise«, nickte ich. »Die Sache, um die es geht, ist auch mindestens zwei Nummern zu groß für sie. Fragt sich nur, wann und wo sie zur Berichterstattung erwartet werden.«

»Wir können nur hoffen, dass die Frist lang genug ist«, erwiderte Phil. »In Clifton Forge haben wir jedenfalls alle Unterstützung. Der County Sheriff wird keine Presseverlautbarung herausgeben, solange wir es nicht wollen. Und die vier Toten werden erst bei Dunkelheit ins Leichenschauhaus gebracht – so unauffällig wie möglich. Alle beteiligten Beamten werden zu absolutem Stillschweigen verpflichtet. Und außerdem ist das Leichenschauhaus sehr verschwiegen. Es steht ziemlich abgeschirmt am Stadtrand. Dort können die Kollegen dann in aller Ruhe den Rest an erkennungsdienstlichen Maßnahmen abwickeln.«

Diane brachte den Kaffee.

Wir genossen ihn und rauchten eine Zigarette. Es gab ein wenig Grund zum Aufatmen. Als wir in Clifton Forge bemerkt hatten, dass wir beschattet wurden, hatten wir zuerst geglaubt, der gesamte Einsatz wäre zum Scheitern verurteilt. Nun aber wussten wir, dass wir weitermachen konnten. Wenn es gut ging, hatten wir wenigstens ein paar Tage zur Verfügung.

Nach einer knappen Zigarettenlänge landete der Hubschrauber auf der Lichtung vor der Hütte.

»Was tust du?«, rief Lydia aus dem Bad.

Dario Safarim grinste. »Ich stelle mir vor, wie es wäre, wenn man diese ganze verdammte Stadt in die Luft jagen würde.«

Lydia Malone erschien in der offenen Tür, vor dem hellen Licht der Badelandschaft aus Fliesen und Marmor. Sie blickte erstaunt. Ihr kurzes blondes Haar war wie von einem Strahlenkranz umgeben. Sie umhüllte ihren schlanken, sportlichen Körper mit einem roten Frottierhandtuch. Leichtfüßig überquerte sie den flauschigen Teppichboden des großen Wohnzimmers.

Safarim drehte sich nicht um. Der hoch gewachsene, breitschultrige Mann stand am Fenster und blickte auf den abendlichen Lichterglanz Washingtons.

Lydia hängte sich an seine Schulter. Das weiße Seidenhemd fühlte sich wie eine zweite Haut auf seinen harten Muskelsträngen an. »Wieso verdammte Stadt?«

»Diese Stadt ist Amerika.« Er starrte unverwandt hinaus. Aus dem Wohnhochhaus an der Monroe Street im Bezirk Brookland, im Nordwesten der Hauptstadt, hatte man einen überwältigenden Ausblick. Das Apartment, das sie möbliert gemietet hatten, lag im fünfundzwanzigsten Stock. Washington wirkte wie ein schwarzer Teppich, auf den jemand Diamanten unterschiedlicher Größe gestreut hatte. Besonders eindrucksvoll war das Capitol. Die angestrahlte Kuppel ragte wie eine gleißende Insel aus diesem Meer von Licht.

»Du musst differenzieren, Sweetheart«, gurrte Lydia. »Auch Kuba ist Amerika, auch Paraguay, Chile und ...«

Safarims Knurren schnitt ihr das Wort ab. »Erstens bist du Engländerin, und zweitens weißt du genau, was ich meine.«

»Richtig. Aber gerade du solltest dich klarer ausdrücken. Du – als Feind der USA. Die USA mit Amerika gleichzusetzen bedeutet doch, Kanada und Mittel- und Südamerika als nebensächliche Anhängsel hinzustellen. Es bedeutet, die Herrschaftsansprüche dieser Weltmacht auch verbal zu zementieren.«

»Mein Gott!« Safarim wandte sich ihr nun doch zu. Amüsiert blickte er auf sie hinab. »Was willst du beweisen? Dass du im Diskutieren nicht zu schlagen bist? Dass du mir im Theoretisieren überlegen bist?«

»Überhaupt nicht.« Sie blickte zu ihm auf. Sein schwarzes, leicht gelocktes Haar umrahmte ein schmales Gesicht, dessen harte Linien von kalter

Entschlossenheit zeugten. Er hatte die Hautfarbe eines Levantiners, obwohl seine Herkunft sogar für ihn selbst im Dunkeln lag. Er vermutete, dass er italienisch-arabischer Abstammung war. Die Pässe, die er verwendete, wiesen ihn jedoch überwiegend als Südamerikaner, gelegentlich auch als Libanesen aus. Er sprach ein völlig akzentfreies Englisch. Außerdem beherrschte er Spanisch, Hebräisch und verschiedene arabische Idiome. Lydia zwinkerte ihm schmunzelnd zu. »Ich will dich nur mit deinen eigenen Waffen schlagen.«

Statt einer Antwort ergriff er ihre nackten Schultern. Sie erschauerte unter der Kraft seiner Hände. Er tastete nach dem wulstigen oberen Rand des Badetuchs und öffnete es. Lydia ließ es widerstandslos geschehen. Er umschmeichelte ihre großen Brüste mit seinen Händen. »Weißt du, was mir lieber wäre?«, flüsterte er.

»Sag es!«, hauchte sie.

»Wenn du mich mit deinen weiblichen Waffen angreifen würdest.«

Sie schloss die Augen. Das Badetuch fiel vollends von ihr ab. »Und soll ich dich besiegen?«

Er lachte. »Du kennst die Qualität meiner Waffen. Jetzt, wo wir endlich wieder Ruhe haben, werden wir es darauf ankommen lassen. Egal, wie es ausgeht, Baby, es wird sein, als ob Washington unter einer Explosion erbebt.«

»Du bist gar nicht von dir eingenommen!«, spottete sie glucksend.

Der elektronische Dreiklang des Türgongs schwebte durch die Luxuswohnung. Safarim knurrte einen Fluch, Lydia sah ihn bestürzt an. Er schob sie achselzuckend von sich und wandte sich zur Eingangshalle. Lydia hob ihr Frottiertuch auf und wickelte sich darin ein, während sie ihm folgte.

Das Gebäude hatte all die Sicherheitseinrichtungen, die heutzutage für einen preis- und leistungsbewussten Mieter zur Mindestausstattung eines Apartments gehörten. Jede Wohnung war an die Videokamera unten im Eingangsbereich angeschlossen. Außerdem an die Kameras in der Halle und vor den Fahrstühlen. War ein Besucher dann oben, konnte der Wohnungsinhaber das Monitorbild umschalten auf den Bereich direkt vor seiner Tür. Anschließend ließ man den Besucher in dem kleinen Vorflur warten – zwischen der sich nun schließenden Wohnungstür und der zweiten, noch verriegelten Tür. Versuchte der Bursche – unter dem Auge der Videokamera – die vordere Tür mit dem Fuß offen zu halten, rief man die Polizei an. Nach Möglichkeit musste es dann gelingen, den Betreffenden zwischen den beiden Türen gefangen zu halten, bis die Cops eintrafen.

Safarim schätzte solche elektronisch gesteuerten Systeme. Allerdings zog er es in jedem Fall vor, die abschließende Arbeit selbst zu erledigen und sie nicht etwa der Staatsgewalt des jeweiligen Landes zu überlassen, in dem er sich gerade aufhielt.

Das erste Monitorbild zeigte einen Mann mit Hut und hochgeschlagenem Mantelkragen. Obwohl nur sein Oberkörper im Bild war, konnte man leicht erkennen, dass er fror. Er trat von einem Bein auf das andere. Sein Gesicht lag im Schatten der Hutkrempe.

»Kennst du ihn?«, fragte Safarim.

»Nein«, antwortete Lydia. Sie hütete sich, jetzt noch das sexhungrige Kätzchen zu spielen. Safarim konnte von einer Sekunde zur anderen in diese gereizte Stimmung geraten. Dann durfte man nichts von ihm wollen. Er stieß dann alles zurück, egal, was es war. Lydia war keine Anfängerin in der Branche, und sie hatte nicht vor, ihr Selbstbewusstsein dadurch zu gefährden, dass sie sich körperlich erniedrigen ließ. Safarim war jähzornig – ein Mann, der schnell und völlig überraschend zuschlug.

Er sprach in den Hörer, der Bestandteil der Anlage war. »Was wollen Sie?«, fragte er.

Der Mann auf dem Monitorbildschirm beugte sich

zur Sprechmuschel vor. »Sternenregen«, sagte er.

Safarim brummte zufrieden, ließ ein genuscheltes »Abendhimmel« hören und betätigte den Türöffner. »Zieh dir was an«, sagte er zu Lydia gewandt.

»Weißt du, wer es ist?«, fragte sie. Als er den Kopf schüttelte, verschwand sie gehorsam im Badezimmer.

Mittels der Videoschaltungen beobachtete Safarim den Mann auf seinem Weg zum Fahrstuhl und anschließend zur Wohnungstür. In der Schleuse zwischen den beiden Türen ließ er ihn ein paar Minuten schmoren und forderte ihn auf, den Hut abzunehmen. Der Mann sah arabisch aus, wirkte aber kein bisschen gereizt. Er schien die Geduld in Person zu sein. Lydia kehrte aus dem Badezimmer zurück. Die Enge ihrer weißen Jeans ließ keine Fragen offen, noch viel weniger das hellblaue Shirt, unter dem sie nichts Stützendes trug. Safarim musterte sie mit einem missbilligenden Seitenblick. Er hasste es, wenn sie sich zur Schau stellte. Andererseits hatte er gelernt, dass sie über etwaige Besitzansprüche nur spöttisch grinste. Und nicht zuletzt war er ein wenig von ihr abhängig. In diesem speziellen Fall.

Bei nächster Gelegenheit konnte das schon umgekehrt sein. So war es eben, wenn man seine Fähigkeiten auf dem freien Markt anbot und für den jeweiligen Auftrag Mitarbeiter suchen musste. Man nahm die, die man kannte und auf die Verlass war.

»Sieht sympathisch aus«, sagte Lydia.

Safarim grinste. »Willst du erreichen, dass ich ihn wieder wegschicke?«

»Es wäre das erste Mal, dass ich an dir so eine schlimme Eigenschaft wie Eifersucht entdecke.«

»Du kennst mich eben überhaupt noch nicht.«

»Gib nicht so an, Sweetheart.«

Safarim teilte dem Mann über die Sprechanlage mit, dass er seinen Mantel ausziehen und zusammen mit dem Hut an einen Haken hängen sollte. Der Besucher tat es sofort.

»Jetzt noch das Jackett«, verlangte Safarim.

Der andere befolgte auch diesen Befehl. Zum Vorschein kamen breite Lederriemen über einem weißen Hemd. Aus dem Schulterholster ragte das typische Oval eines Revolvergriffs. Der Mann nahm die Waffe unaufgefordert heraus und legte sie auf die Ablage unter den Garderobenhaken.

Safarim nahm seine eigene Waffe aus dem Schrankfach neben dem Monitor. Es war eine Cesky Zavody, Modell CZ 75, die gelackte schwarze Ausführung, die sich auch für den Tropeneinsatz eignete. Das doppelreihige Magazin fasste fünfzehn Schuss. Mit der zusätzlichen Patrone im Lager ergab das sechzehn Schuss Gesamtkapazität. Absolut zeitgemäß für eine Automatikpistole, wie man sie heutzutage brauchte.

Safarim ließ den Mann eintreten. Das Kennwort hatte ihn als Repräsentanten des Auftraggebers identifiziert. Weder Safarim noch Lydia Malone fragten ihn nach seinem Namen. Sie führten ihn an die Bar im Livingroom.

»Ich nehme Orangensaft«, sagte der Besucher. Er war ebenso groß wie Safarim und wirkte nicht weniger kräftig.

»Libyer?«, fragte Safarim.

Der Mann antwortete nicht. Lydia stellte ihm das Gewünschte hin. Der Eiswürfel im Glas machte träge Kreisbewegungen. Safarim zuckte mit den Schultern und gab seiner Partnerin mit einem Blick zu verstehen, dass sie das Gespräch führen solle. Schließlich hatte sie den Auftrag an Land gezogen. Dass er, Safarim, das ausführende Organ sein würde, spielte im Augenblick keine Rolle.

»Es war schwer, Sie ausfindig zu machen«, sagte der Fremde. »Unter der bisherigen Adresse, im Hotel ...«

»Wir mussten umziehen«, unterbrach Lydia ihn. »Natürlich hatten wir schon nach den ersten Tagen Beschatter am Hals. Aber damit haben wir ja von Anfang an gerechnet. Nicht, dass es uns Kopfzerbrechen bereiten würde. Wir wollten nur freier atmen. Deshalb haben wir diese Wohnung genommen.«

»Und Sie glauben wirklich, Sie werden noch nicht beobachtet?«, entgegnete der Mann spöttisch.

Lydia und Safarim wechselten einen erneuten Blick. Doch sie gingen nicht auf die Bemerkung ein.

»Ich nehme an, Sie sind nicht hergekommen, um uns auf Dinge aufmerksam zu machen, die wir selber einschätzen können«, sagte Safarim.

»Ihre Auftraggeber …«, erklärte der Besucher und zündete sich umständlich eine Zigarette an, » …sind ein wenig ungehalten.« Er blickte Lydia an, fixierte ihre Brüste unter dem Shirt und tat dabei, als existiere Safarim überhaupt nicht.

»Weshalb?«, entgegnete sie kühl. Sie wusste, dass dieser Bursche sie mit seiner langatmigen Art provozieren wollte. Nach der erniedrigenden Behandlung in der Besucherschleuse schien er sich jetzt am längeren Hebel zu fühlen.

»Es ist durchgesickert, mit was für Leuten Sie zusammenarbeiten.«

»Ja, und?«, antwortete Lydia rasch, denn sie sah, wie sich Safarims Gesicht verfinsterte. Es dauerte nicht mehr lange, und er würde diesem überheblichen Burschen an die Kehle gehen. »Entscheidungen über die Auswahl von Mitarbeitern liegen allein bei uns. Auf das Ergebnis kommt es letzten Endes an. Oder irre ich mich?«

»Im Prinzip nicht. Ihre Auftraggeber haben nur den Eindruck, dass die Zeitverzögerung mit der Wahl Ihrer – hm – Geschäftspartner zusammenhängt.«

Safarim hieb mit der Hand auf den Bartresen, dass es knallte.

Der andere erschrak nicht einmal. Er verzog keine Miene.

»Ich lasse mich nicht unter Zeitdruck setzen!«, brüllte Safarim. »Von niemandem …«

Der Besucher beugte sich vor und sah Lydia

lächelnd in die Augen, als hätte sie gerade etwas zu ihm gesagt. »Übrigens bin ich auf dem Weg hierher beschattet worden. Ich musste ja erst im Hotel nachsehen, weil mir niemand etwas von der neuen Adresse gesagt hat. Vielleicht sollten Sie …«

Safarim kam mit einem Satz hinter der Bar hervor. Der Fremde reagierte nicht schnell genug. Safarim riss ihn an der Schulter herum und punktete ihm einen Uppercut unter das Kinn, der die Qualität eines Huftritts hatte. Der Mann segelte quer durch den Raum, stieß eine künstliche Palme um und blieb auf dem Rücken liegen. Safarim war sofort zur Stelle und beugte sich über ihn, bereit, noch einmal zuzuschlagen. Doch es war nicht nötig.

Er griff in das Jackett des Bewusstlosen und zog seine Brieftasche heraus.

»Libyer«, knurrte er verächtlich. »Verdammter Kameltreiber!« Er warf ihm die Brieftasche auf den Brustkasten.

Lydia war wie auf Katzenpfoten näher gekommen. »Was willst du tun?«, flüsterte sie wie ein verängstigtes kleines Mädchen.

Er ruckte herum. »Das fragst du? Ich werde die Dreckarbeit erledigen, die dieser dämliche Wüstenscheich uns eingebrockt hat!« Er wandte sich ab, ließ sie stehen und eilte hinaus.

In der Eingangshalle versorgte er sich mit der CZ 75 und dem dazugehörigen Schulterholster. Das Riemengestell hatte ein zweites Schulterholster unter der rechten Achselhöhle. Dort verstaute er eine Walther PPK, die mit fest montiertem Schalldämpfer ausgerüstet war. Für ihn als berufsmäßigen Söldner und Abenteurer war es eine der leichtesten Übungen, sich überall dort die Waffen zu besorgen, wo er sie brauchte. Er streifte ein weites dunkelblaues Jackett über.

In der Eingangsschleuse zog er den Mantel des Libyers an und setzte dessen Hut auf. Es war ein echter Cashmere-Mantel, der Hut aus teuerstem Filz.

Kameltreiber mit Geld waren Safarim noch mehr zuwider als alle anderen. Er verfluchte den Tag, an dem Lydia ihn ins Bett gezogen und zum Mitmachen bei diesem elenden Job überredet hatte. Aber der hirnrissige Hundesohn in Tripolis zahlte gut. Das ließ sich leider nicht leugnen. Es war aber auch das Einzige, was einen Profi reizen konnte. Und natürlich das Renommee.

Wenn er den Job erfolgreich durchzog, und wenn es sich später in Fachkreisen herumsprach, brauchte er niemanden mehr von seinen Fähigkeiten zu überzeugen.

Als er das Haus verließ, schlug er den Mantelkragen hoch und grub die Hände in die Taschen. Er wandte sich sofort nach links und ging zu Fuß in Richtung Trinity College. An der Kreuzung 12th Street erwischte er ein Taxi. Beim Einsteigen sah er, dass sich in der Monroe Street ein Scheinwerferpaar von der Bordsteinkante löste und sich langsam in Bewegung setzte.

Safarim nannte die Pennsylvania Avenue und das Hoover Building als Ziel. Er grinste die Fahrt über. Ein paar Mal drehte er sich um und spähte durch die Heckscheibe. Vor dem Scheinwerferlicht nachfolgender Autos konnte er erkennen, dass er es nur mit einem einzigen Verfolger zu tun hatte. Der arme Kerl steuerte seinen Wagen selbst. Sie waren knapp an Personal, die staatlich bediensteten Beschatter dieses Landes.

Safarim zahlte und gab dem Fahrer ein unauffällig durchschnittliches Trinkgeld. Zügig ging er auf den Eingang des FBI-Hauptquartiers zu und daran vorbei, in die Seitenstraße hinein. Aber das würde der Beschatter nicht sofort erkennen. Safarim stellte sich feixend vor, dass der Typ erst einmal Maulsperre kriegte. Zehn Yards von der Abzweigung entfernt überquerte Safarim die Nebenstraße und kehrte auf der anderen Seite zur Pennsylvania Avenue zurück. Dort wartete er gehorsam bei der Ampel, die auf Rot für Fußgänger stand. Aus den Augenwinkeln heraus sah er den

Mann, der eben ins Allerheiligste des FBI stürmen wollte. In letzter Sekunde stoppte er seinen Vorwärtsdrall und versuchte, sich vor der Tür unauffällig zu geben, als hätte er es sich anders überlegt.

Safarim musste sich beherrschen, um nicht laut loszulachen. Aber Hochmut kam vor dem Fall. Das galt in seinem Geschäft mehr als in jedem anderen. Er bekam Grün und marschierte los. Nun legte er Tempo vor.

Mit weit ausgreifenden Schritten überquerte er die vierspurige Fahrbahn und erreichte sehr rasch die Constitution Avenue, entlang The Mall. Er war allein. Keine anderen Fußgänger waren um diese Zeit noch unterwegs. Er fragte sich, ob der Verfolger einen Funkspruch abgesetzt hatte. Wenn er Verstärkung angefordert hatte, konnte die Zeit verdammt knapp werden. Andererseits würde der Mann sich gegenüber seiner Dienststelle nicht lächerlich machen wollen. Für eine einfache Beschattung musste man keine personalintensive Aktion starten. In einem Beamtenapparat gab es immer eine verteufelte Menge Für und Wider abzuwägen – auch wenn dieser Apparat FBI oder CIA hieß. Safarim hatte seine Erfahrungen mit den Jungs.

Er ging zielstrebig hinunter zum Tidal Basin, der großen Wasserfläche am West Potomac Park.

Am Ufer blieb er stehen. Er lehnte sich an das eiserne Geländer und zündete sich eine Zigarette an wie jemand, der sich nach einem heißen Abend den kalten Nachtwind um die Ohren wehen lassen musste. Tief inhalierte er den Rauch. Schon nach den ersten drei Zügen hatte er Gewissheit. Der Mann war wieder hinter ihm. Und vor allem: Es war derselbe Mann. Keine Ablösung. Safarim drehte sich nicht um, er wandte den Kopf nur so weit, dass es nicht auffiel. Auf dem Gelände des Washington Monuments hatte der Beschatter es leicht. Rasen schluckte Schritte. Büsche schützten vor Blicken. Aber die Winternacht war nicht völlig dunkel. Das bewirkten die vielen Lichter der amerikanischen Hauptstadt. Am äußersten Rand seines Blickfelds sah Safarim den Schatten, wie er sich rasch von einem Sichtschutz zum anderen bewegte.

Safarim nickte zufrieden. Er hatte sich also nicht getäuscht. Dem Typ hatten natürlich die Augen getränt, als er plötzlich vor dem FBI-Gebäude gestanden hatte. Es war ein totaler Spaß gewesen, den Erfolg des kleinen Verwirrspiels zu beobachten.

Der Söldner schnippte den Zigarettenrest ins Wasser. Der Bogen der Glutspur endete mit einem knappen Zischen. Eis hatte sich noch nicht gebildet. Die Temperaturen lagen schon seit Tagen knapp über dem Gefrierpunkt. Hatte es geschneit, war der Schnee rasch wieder geschmolzen. Nur in den Bergen sollte sich bereits eine stabile Schneedecke entwickelt haben. Die Wintersportmöglichkeiten waren ideal.

Safarim ging an der Nordwestseite des Beckens entlang, bis er eine Steintreppe erreichte, die in den West Potomac Park und hinunter zum Ufer des Flusses führte. Der Potomac River – nicht der bedeutendste amerikanische Fluss, aber viel geschichtlich Entscheidendes hatte sich an seinen Ufern abgespielt. Unmittelbar rechts von der Treppe begann eine Mauer aus Quadersteinen, mehr als mannshoch.

Safarim sah einen Schatten in hundert Yards Entfernung. Das konnte nicht sein Verfolger sein. Er drückte sich in eine Mauernische, die sich auftat. Regungslos verharrte er in dem nach Urin stinkenden Steinwinkel. Er spähte nach rechts und horchte auf Schritte, die sich von der anderen Seite nähern mochten. Noch war nichts zu hören.

Der Schatten bewegte sich nicht. Safarim sah es jetzt. Er kniff die Augen zusammen. Ausgerechnet zwischen den Lichtkreisen zweier Parklaternen lehnte der Kerl am Mast einer nicht eingeschalteten Lampe. Als spürte er Safarims Ärger, setzte er sich unvermittelt in Bewegung – weg von dem Beobachter in der Nische.

Safarim musste grinsen.

In der rechten Hand des Typs, am langen Arm, blinkte etwas, als er sich dem Licht näherte. Eine Liter-Flasche. Nun war auch der ausgefranste Rand des Mantels zu erkennen.

»Du bist ein Geschenk des Himmels, Mann!«, flüsterte der Söldner. »Jetzt tu mir noch den einen Gefallen: Bleib nicht nochmal stehen!«

Es klappte. Safarim glaubte trotzdem nicht daran, dass er telepathische Fähigkeiten hatte. Der Tramp fror einfach, und er hatte sich darauf besonnen, dass die innerliche Rotweinwärme nicht ausreichte, um eine Winternacht lebend zu überstehen.

Der Beschatter kam die Steintreppe herunter. Noch bemühte er sich, leise aufzutreten. Doch im nächsten Moment legte er Marschtempo zu. Safarim kannte den Grund. Es lief genau so, wie er gedacht hatte: Sein Verfolger hielt den Tramp für denjenigen, hinter dem er her war. Das wurde begünstigt durch die Tatsache, dass der Weinfreund dort hinten schon wieder den Lichtkreis verließ. Auch Washington musste sparen. Nachts war nur jede zweite Straßen- und Parklampe eingeschaltet.

Safarim sah seinen Beschatter zum ersten Mal aus unmittelbarer Nähe. Ein mittelgroßer Mann, bartlos, mit dunklem Mantel und dunklem Hut. Er bemerkte die Mauernische nicht einmal. Safarim zog die Walther PPK und zielte. Die Entfernung betrug fünf Yards.

Dreimal rasch hintereinander drückte er ab. Die Walther war nicht lauter als eine Luftpistole. Alle drei Kugeln trafen den Mann in den Kopf.

Safarim sicherte die Schalldämpferpistole im Laufen. Er fing den Sterbenden auf, bevor dieser auf den Parkweg stürzte. Safarim brauchte nur Sekunden, um ihn hinter eine Buschgruppe zu schleifen. Er verstaute die Waffe im Holster und schlenderte zurück.

Oben suchte er die Mauerkrone ab. Er fand einen lockeren Quaderstein, der sich gerade noch transportieren ließ. Mit einem Granitblock auf den

Unterarmen stapfte er abermals hinter das Gebüsch. Er zog dem Toten den Mantel aus und legte den Quaderstein hinein. Dann wuchtete er den leblosen Körper auf den Stein und verknotete die Mantelärmel über seiner Brust und die langen unteren Enden über dem Unterleib.

Es gab einen befestigten Weg bis zur Uferpromenade. Dort entstanden keine Schleifspuren. Safarim vergewisserte sich, dass keine Menschenseele in der Nähe war. Dann ließ er den Toten über die algenbewachsenen Steine der Uferschräge in den Fluss gleiten. Die Leiche versank schnell. Vom jenseitigen Ufer schimmerten die Lichter Arlingtons herüber. Dort, auf dem National Cemetery, lag John F. Kennedy begraben. All das, wie auch diese Hauptstadt mit ihrer Pracht, würde bald jegliche Bedeutung verlieren.

Dario Safarim kontrollierte alle Stellen, an denen er gewesen war. Auf dem Rasen würden die Spuren von selbst verschwinden, und auf den Wegen gab es nicht einmal einen Blutstropfen. Der Tramp war längst nicht mehr zu sehen. Safarim beeilte sich, den Park zu verlassen. Im Eilschritt marschierte er die Independence Avenue hinauf bis zum riesigen Vorplatz des Capitols.

Kleine Gruppen von Menschen hielten sich trotz der späten Stunde noch hier auf. Japaner schossen mit ihren High-Tech-Kameras Nachtaufnahmen von dem prachtvollen erleuchteten Gebäude. Tagsüber wimmelte es auf diesem Platz von Touristen. Safarim betrat eine Telefonzelle unter den kahlen Bäumen. Er hatte die Nummer im Kopf. Während das Rufzeichen ertönte, blickte Safarim auf das Stadtzentrum, das zugleich Schaltzentrale der Supermacht war. Er lächelte versonnen. Die Detonation würde Washington nicht unmittelbar treffen. Aber der radioaktive Fallout würde diese Stadt unbewohnbar machen.

Das würde den Stolz der Amerikaner brechen.

Denn es würde sie schlimmer treffen als damals das klägliche Versagen in Vietnam.

»Hallo?« Lydia hörte sich an, als hätte sie eine halbe Stunde auf der Rudermaschine im Fitnessraum hinter sich.

Safarim schoss das Blut in den Kopf. Ihm wurde fast schwindlig, so viel Anstrengung kostete es ihn, seine Wut im Zaum zu halten. Er hatte Lydia oft genug keuchen hören. Er wusste verdammt genau, wie ihre Stimme hinterher klang, und er kannte ihre Lieblingsposition. Verdammt, sie hockte auf dem Kerl und hatte ihn in sich! Und sie telefonierte dabei!

»Alles in Ordnung«, knurrte er.

»Hier nicht!«, stieß Lydia hastig hervor. »Ich habe aus dem Fenster gesehen. Fahr direkt zum Treffpunkt. Ich rufe dich dort an.«

»Ja, bist du denn ...?« Safarim machte eine Pause. Fast hätte er losgebrüllt. Er dachte an das Geld, das bei der Zusammenarbeit mit Lydia herausspringen sollte. Und das Geld kam nur von ihr. Dummerweise. Sie kannte alle Tricks. Der Auftraggeber würde nur an sie zahlen. Sie hatte entsprechend vorgesorgt.

»Du hast gehört, was ich gesagt habe!« Lydia unterdrückte einen kleinen Schrei. »Es ist nicht mehr die Zeit zum Diskutieren.«

Safarim schwieg. Lydia verfehlte die Telefongabel beim Auflegen. Deshalb konnte Safarim noch hören, wie sie laut aufstöhnte, bevor es knackte.

Er stand noch minutenlang in der Telefonzelle und starrte hinaus, ohne etwas zu sehen. Möglich, dass sie tatsächlich einen neuen Beschatter am Hals hatten. Es gelang ihm, die mörderische Wut hinunterzuschlucken. Es war wirklich das Beste, jetzt zum Treffpunkt zu fahren ...

... nach Charlottsville in Virginia.

Im Dachgeschoss des Hotels ›Old South‹ gab es eine Cafeteria. Wir hatten einen Fensterplatz. Es war behaglich warm. Der spätabendliche Verkehr im

Zentrum von Clifton Forge quälte sich durch Schneematsch, der immer dicker wurde. Denn von oben rieselte herab, was die grauen Wolken an flockigem Weiß hergaben. Das Bahnhofsgebäude, ebenfalls in Sichtweite, zeichnete sich längst durch eine große weiße Haube über erleuchteten Glaswänden aus. Lichter reihten sich wie Perlenschnüre an den Gleisen auf.

»Es soll einen Temperatursturz geben«, informierte uns Phil mit Sorgenmiene.

»Also pfuscht wieder einer an der großen Klimaanlage herum«, nickte ich.

Diane versteckte sich hinter ihrem Teebecher. Sie verstand es, ihr Schmunzeln nicht zu zeigen. Von mir wusste sie, dass Phils liebstes Gesprächsthema Klimaanlagen waren. Doch sie hielt es nicht für angebracht, sich darüber lustig zu machen. Dazu kannten wir uns einfach noch nicht lange genug. Das FBI-Hauptquartier in Washington D.C. hatte uns Diane zugewiesen – einfach deshalb, weil ich eine Partnerin für die Rolle brauchte, die ich zu spielen gedachte. June Clark, unsere New Yorker Kollegin, hielt sich gemeinsam mit Joe Brandenburg und Les Bedell in Europa auf. Die drei ermittelten auf verschiedenen Flughäfen. Eine amerikanische Passagiermaschine war durch eine Bombenexplosion über Irland abgestürzt. Jetzt galt es, herauszufinden, welche Terrororganisation die Bombe wo in das Flugzeug geschmuggelt hatte.

Phil sah mich einen Moment lang nachdenklich an und sagte gedehnt: »So abwegig ist das mit der großen Klimaanlage gar nicht. Nur meinst du es wahrscheinlich anders als ich, Alter. Die Klimapfuscher sind wir Menschen selbst. Wenn wir ehrlich sind, müssen wir doch zugeben, dass sich eine Menge verändert hat - wettermäßig, meine ich. Ich denke nur mal an die vielen Naturkatastrophen der letzten Zeit. So etwas muss doch seine Ursachen haben!«

»Soll ich mich verantwortlich fühlen, weil ich früher auch diese Spraydosen benutzt habe?«

Ich sah, dass Phil zu einer Grundsatzerklärung anheben wollte. Deshalb fuhr ich rasch fort: »Bleiben wir lieber auf dem Teppich und in den Appalachen. Was sagt dein Fachverstand zum möglichen Temperatursturz?«

»Leg die Betonung auf möglich«, erwiderte mein Freund und Kollege. »Wenn wir ihn nicht kriegen, was aber alle Meteorologen prophezeit haben, dann wird es wahrscheinlich nicht aufhören zu schneien.«

Ich nickte und presste die Lippen aufeinander. Was steigende Schneehöhe für unseren Einsatz bedeutete, ließ sich nur schwer einschätzen. Auf alle Fälle nichts Angenehmes.

»Mit anderen Worten«, sagte Diane, »man könnte sich auch nach den alten Bauernregeln richten.«

»Kein Widerspruch«, grinste Phil.

Der Kellner, den ich um die Rechnung gebeten hatte, brachte ein kleines Silbertablett mit diskret gefaltetem Papier und ein schnurloses Telefon. »Ein Gespräch aus New York für Sie, Sir.«

Ich bedankte mich und sah mich um. Nur am anderen Ende des saalartigen Raumes waren noch zwei Tische besetzt. Ehepaare, die ihre Kinder zu Bett gebracht hatten und einen Drink in aller Ruhe genossen. Phil übernahm es, die Rechnung zu begleichen. Wir wirtschafteten ohnehin aus demselben Spesentopf.

Ich meldete mich. John D. High war am Ende der Verbindung.

»Die Alleghany County Police hat uns eine Menge Daten überspielt«, berichtete der Chef. »Hervorragende Erkennungsdienst-Arbeit. Wir sind einen Schritt weiter.«

Clifton Forge war der Verwaltungssitz des Alleghany County.

»Wer ist es?«, fragte ich nur.

»Joe Marotta.«

Ich stieß einen leisen Pfiff aus. »Auf ihn hätte ich nicht unbedingt getippt, Sir.«

»Ich weiß, Jerry, ich auch nicht. Aber die Erkenntnisse sind wasserdicht. Alle vier Personen stehen eindeutig auf Marottas Lohnliste. Und, was nicht weniger interessant ist: Marotta ist aus New York verschwunden. Mit unbekanntem Ziel, muss man sagen. Selbst die zuverlässigsten V-Leute wissen nichts.«

»Hoffentlich taucht er nicht da auf, wo wir ihn am allerwenigsten gebrauchen können«, erwiderte ich.

»Nach dem Stand der Dinge müssen wir es befürchten«, erwiderte der Chef.

»Die Kollegen von der CIA haben neue Informationen angekündigt – noch für heute Nacht. Ich melde mich damit, sobald ich es habe.«

Ich bedankte mich, und wir beendeten das Gespräch. Mit wenigen Sätzen informierte ich Diane und Phil über das Gespräch.

»Marotta ist Mittelklasse«, erklärte Phil, an unsere Kollegin gewandt. »Zu den umsatzstärksten New Yorker Mob-Familien gehört er nicht.«

»Vielleicht mischt er gerade deshalb mit«, sagte Diane.

Sie traf den Nagel auf den Kopf. Denn vermutlich war eine hohe Summe im Spiel, die bei Erfolg von dem oder den Auftraggebern gezahlt wurde. Wir hatten es mit dem ungewöhnlichen Fall einer Zusammenarbeit von Gangstern und fremden Geheimagenten zu tun.

Eben deshalb arbeiteten auch CIA und FBI so eng zusammen.

John D. High stand in direkter Verbindung mit CIA-Chef William H. Webster, einem alten Bekannten. Kein Wunder, denn Mr. Webster war FBI-Direktor gewesen, bevor er zur CIA überwechselte und William Steele Sessions das höchste Amt im FBI übernahm. Mr. Sessions hatte Mr. High die unmittelbare Einsatzleitung in dem Fall übertragen. Wir hatten dem Fall den Namen unserer großen amerikanischen Eisenbahngesellschaft gegeben.

AMTRAK.

Denn die Bahn würde eine entscheidende Rolle spielen. Das war so sicher wie das Amen in der Kirche.

Ich blickte einen Moment lang aus dem Fenster. Aus dem Bahnhof fuhr ein Güterzug ab. Überwiegend geschlossene Wagons waren Stückgutfracht. Es gab einige Nebenstrecken, über die abgelegene Städte in den Appalachen versorgt wurden. Ein mächtiger gelber Schneepflug fuhr auf einem anderen Gleis in den Bahnhof ein. Ein dieselgetriebenes Monstrum. Die Nebenstrecken wurden überwiegend noch mit Diesellokomotiven befahren.

Wir brauchten die Einzelheiten nicht weiter zu erörtern. Die Informationen, von denen wir bislang ausgegangen waren, mussten nicht korrigiert werden. Noch stimmte alles, und es hatte sich durch den Hinweis auf Marotta nur bestätigt. Die Kollegen von der CIA hatten erstklassige Arbeit geleistet.

Eine Top-Agentin, die auf der internationalen Bühne bekannt war, war in Miami, Florida, aufgefallen, als sie in einem Schwall von Touristen aus einer Chartermaschine ausgestiegen war. Die CIA-Kollegen hatten den Hinweis der Grenzbeamten sofort aufgenommen und sich drangehängt. Die Agentin war eine gewisse Lydia Malone. Bei ihrem Aufenthalt in den Staaten hatte sie bislang ein halbes Dutzend verschiedener Pässe benutzt. Sie hatte mitgekriegt, dass sie beschattet wurde, und deshalb war sie direkt nach Washington D.C. gereist, um die Kollegen von der Central Intelligence Agency zu verhöhnen. Einen anderen Grund konnte es dafür kaum geben – bestenfalls noch den, dass sie ihr Vorhaben verschleiern wollte.

Denn auch Safarim war aufgetaucht.

Dario Safarim.

Ein Spezialist für brisante Sachen.

Die CIA-Kollegen hatten eine Menge Puzzle-Teilchen für uns zusammengesetzt: Lydia Malones Fahrplan-Sammelwut in den Amtrak-Büros. Safarims Fahrt nach New York, wo man jedoch leider nicht beobachten konnte, mit wem er sich getroffen hatte. Nach Mr. Highs Anruf war es uns allerdings klar. Die Rekonstruktion von Lydias Flugreisen, die sie unternommen hatte, bevor sie in den Staaten aufgetaucht war. Die Frau mit dem britischen Pass und den vielen anderen Pässen war in Nordafrika gewesen.

Vor Jahren war sie Journalistin gewesen, und sie hatte bei einer Londoner Zeitung gearbeitet, die unverhohlen mit jenem Mann sympathisierte, von dem böse Zungen behaupteten, er sei in jungen Jahren von einem Kamel abgeworfen worden und dabei ausgerechnet auf den Kopf gefallen. Wenn die bösen Zungen Recht hatten, musste die Menschheit heute die Spätfolgen des Kamelsturzes ausbaden.

Safarim hatte ein paar Probefahrten mit Amtrak-Zügen unternommen. Und dann waren durch Undercover-Agenten die ersten konkreten Hinweise beschafft worden. Das Agenten-Pärchen hatte sich unauffällig für die Strecke Clifton Forge – White Sulphur Springs interessiert. Und den Grund dafür hatten wir uns zusammenreimen können, denn dank der Zusammenarbeit mit der CIA kannten wir die Bahnstrecken, die von den so genannten ›White Trains‹ benutzt wurden.

›White Trains‹ waren jene weißen Züge, die unter strengster Geheimhaltung fuhren. Sie waren ständig unterwegs. Ihre Fracht barg millionenfachen Tod: Interkontinental-Raketen.

Die mit Atomsprengköpfen bestückten Raketen wurden ständig von einer Abschussbasis zur anderen gefahren. Fremde Aufklärungssatelliten konnten niemals Aufschluss darüber liefern, wo die mächtigen interkontinentalen Geschosse gerade standen.

Was der Sprengstoff-Spezialist Safarim im Schilde führte, ließ sich leicht zusammenreimen. Aber wann würde er es tun? Wie? Und wo genau?

Das heimtückische Pärchen einfach festzunehmen war nicht die Lösung. Denn die Festnahme beseitigte nicht das Problem. Es würde keine Beweise für den geplanten Anschlag auf die Vereinigten Staaten geben, und man konnte die Verantwortlichen nicht vor den Vereinten Nationen anklagen. Außerdem konnten immer neue Attentäter ins Land geschleust werden. Wenn sich der Auftraggeber in seine teuflische Idee verbissen hatte, würde er sie auch in die Tat umsetzen wollen.

Es war auch keine Lösung, die weißen Züge einfach umzuleiten. Die geheimen Routen wurden ohnehin laufend geändert. Außerdem war eine Umleitung der atomaren Fracht vielleicht genau das, was sich Lydia Malone und ihr Partner wünschten. Möglich, dass sie sich eine Umleitungsstrecke ausgeguckt hatten, die für ihre Zwecke nur noch besser passte.

Amtrak-Züge in Richtung Charleston, West Virginia, mit dem Fernziel Chicago, fuhren nur einmal täglich ab Charlottsville, Virginia. Dort liefen die Bahnlinien von Boston und New York im Norden und von Miami, Florida, im Süden zusammen. Wer den Westwärts-Trip über die Appalachen machen wollte, musste in Charlottsville umsteigen.

Wir beschlossen, dem Dienst habenden Kellner mitzuteilen, dass wir in die Bar umsteigen würden. Nach diesem Wahnsinnstag in den verschneiten Tälern hatten wir einen Drink verdient. Mr. High würde uns auf jeden Fall erreichen.

»Er arbeitet mit Mobstern zusammen. Das ist ein Fehler. Du solltest dich von ihm trennen«, sagte der schwarzhaarige Mann. Im Schein der Nachttischlampe griff er nach dem Whiskyglas. Es war das dritte, seit seine körperlichen Leistungen nachgelassen hatten.

»Damit du seinen Platz einnehmen kannst?«, sagte Lydia spöttisch.

»Habe ich das nicht schon?« Er trank einen Schluck und drehte sich um. Unverhohlen musterte er sie.

Lydia lag auf dem Rücken, nackt bis zu den Zehenspitzen. »Bilde dir keine Schwachheiten ein«, grinste sie. »Glaubst du, du hast mich erobert – oder so etwas?«

»Wie würdest du es denn nennen?«

Sie lachte leise, während sie ihn beobachtete. Er war hart im Nehmen. Mit jedem Glas Whisky hatte sie ihm eine Prise Schlafmittel verabreicht. Aber erst jetzt schien sich die Wirkung anzubahnen. Seine Augenlider hatten sich kaum merklich gesenkt, während er sprach. Doch er hatte sich noch immer in der Gewalt. Sie konnte nur hoffen, dass es jetzt schneller ging.

»Ich brauche es nicht irgendwie zu nennen«, entgegnete sie. »Was geschehen ist, ist Folgendes: Ich habe dir erlaubt, mit mir ins Bett zu gehen. Und habe es dir nur erlaubt, weil ich Dario eifersüchtig machen wollte. Wenn er wütend ist, ist er zu Spitzenleistungen fähig. In jeder Beziehung.«

Der Libyer starrte sie an. Fassungslos blinzelnd leerte er das Glas auf einen Zug. »Hol mir noch einen Drink«, befahl er. Seine Zunge stieß beim Sprechen an, und seine Augenlider waren nun schon halb geschlossen. Doch er riss sie wieder auf, als Lydia lächelnd das Glas nahm und aus dem Bett stieg. »Bei Allah!«, stieß er hervor. »Dein Hintern ist noch schöner als deine Titten …«

Lydia drehte sich erstaunt um, als er plötzlich schwieg. Sie musste grinsen, als sie feststellte, dass er mit dem Gesicht voran ins Kissen gefallen war und sich nicht mehr rührte. Trotzdem ging sie zur Bar und mixte einen weiteren Whisky mit dem Spezialpulver, das sie aus einer kleinen Kapsel gewann.

Sie kehrte ins Schlafzimmer zurück, stellte das Glas auf den Nachttisch und drehte den schweren Mann auf den Rücken. Selbst im Schlaf waren seine Muskeln noch straff. Er konnte sich durchaus mit Safarim messen. Aber dieser Mann, dessen Namen sie nicht einmal wusste, gehörte zur unberechenbaren Sorte. Bei ihm würde sie den Kürzeren ziehen. Safarim war zwar nicht weniger gefährlich, hingegen war er kalkulierbar – trotz Jähzorn, Brutalität und Verschlagenheit.

Lydia griff dem Erschlafften in die Haare und hob seinen Kopf hoch. Er blinzelte und stöhnte und öffnete die Augen einen Spalt. Im nächsten Moment riss er sie weit auf und schielte. Ursache waren ihre schweren Brüste vor seiner Nase. Sein Blickfeld war damit ausgefüllt.

»Ich bringe dir den neuen Drink, mein Gebieter«, säuselte Lydia. Sie hatte es geahnt. Er war noch immer nicht ganz hinüber. Sie nahm das Glas, rammte es ihm zwischen die Zähne, dass er schrie, und goss ihm den Inhalt in die Kehle. Er war schon zu benebelt. Nicht einmal auf den Schmerz reagierte er noch.

Er war gezwungen zu schlucken. Dann röchelte er und verdrehte die Augen. Sie ließ seinen Kopf zurücksinken. »Vierfache Dosis«, sagte sie kopfschüttelnd und richtete sich auf. »Unglaublich.«

Sie brachte das Glas in die Küche, trank einen Schluck Wasser und lief ins Bad. Dort hielt sie sich nicht lange auf. Im begehbaren Kleiderschrank entschied sie sich für einen schwarzen Hosenanzug aus hochwertigem Denim. Dazu wählte sie einen grauen Rollkragenpullover. Der Pelzmantel und die gefütterten Winterstiefel waren ohnehin ein Muss.

Sie ging noch einmal ins Wohnzimmer. Vorsichtig schob sie zwei Jalousielamellen des äußersten linken Fensters auseinander. Die Straße war tief wie eine Schlucht. Aber es war hell dort unten, dank der nächtlichen Lichter. Sie nahm sich die Zeit, Torwege und Hauseingänge gründlich mit Blicken abzusuchen.

Was sie befürchtet hatte, war passiert.

Kein Beobachter war mehr zu sehen. Und abgezogen hatte man ihn garantiert nicht.

Ebenso wenig würde er sich eigenmächtig aus dem Staub gemacht haben. Es gab nur eine mögliche Schlussfolgerung.

Lydia beeilte sich, ließ sich von dem Alarmschrillen ihrer inneren Stimme antreiben. Sie stopfte ihre Handtasche voll. Die Schultertasche, die sie sich mit dem Riemen umhängte, war fertig gepackt wie immer. Die wichtigen Papiere und die Amtrak-Informationen befanden sich darin. Bevor die blonde Frau das Apartment verließ, zog sie ihre Pistole und schob sie in die weite Tasche des Pelzmantels. Ihre Waffe war eine Grendel P-10, eine überwiegend aus Kunststoff gebaute Automatik, die nur halb so viel wog wie herkömmliche Pistolen.

Die Agentin schloss die Wohnungstür ab und ging zielstrebig auf die Fahrstühle zu – wie jemand, der bemüht war, eine Verabredung einzuhalten. In dem eleganten Vorraum mit beigefarbenen Teppichen und Wand- und Deckenspiegeln lauerte niemand. Lydia tat, als beachte sie ihre Umgebung nicht. Dennoch spähte sie in jeden Winkel, ohne die Augen dabei zu bewegen. Nichts. Als sich die Fahrstuhltüren hinter ihr schlossen, fühlte sie sich dennoch nur halbwegs erleichtert. Möglich, dass die CIA-Beamten bereits in einem anderen Fahrstuhl auf dem Weg nach oben waren. Sie hatten sich zum direkten Vorstoß entschlossen, aus welchem Grund auch immer. Nichts anderes konnte der Grund für den Abzug des Beobachters von der gegenüberliegenden Straßenseite sein.

Lydia erreichte die Tiefgarage. Ihre rechte Hand schloss sich fest um den Pistolengriff in der Manteltasche. Sie trat in das helle Betongewölbe hinaus. Der Lack der Limousinen glänzte kalt im Licht der Leuchtstoffröhren. Nirgendwo rührte sich etwas. Aber es gab hundert Versteckmöglichkeiten. Lydia zögerte dennoch nicht. Unsicherheit war der Partner der Versager, das wusste sie. Die Erfahrung hatte es sie gelehrt. Sie steuerte durch die Fahrzeugreihen auf einen hellblauen Dodge Spirit zu, den weder Safarim noch sie bislang benutzt hatten. Ein Vertreter des

Autohändlers hatte den Wagen hergefahren und ihnen die Schlüssel ins Apartment gebracht.

Sie stieg ein, warf die Taschen auf den Beifahrersitz und betätigte die Zentralverriegelung von innen. Die Pistole legte sie neben ihren rechten Oberschenkel auf den Sitz. Sie deckte die Waffe mit dem Pelzmantel zu. Der Motor des nagelneuen Wagens sprang sofort an.

Lydia nahm die Funkfernsteuerung für das Garagentor aus der Handtasche und fuhr los. Ihre Nerven vibrierten. Mit der Linken umklammerte sie das Lenkrad. Die Fingerknöchel traten weiß hervor. Bei jedem Atemzug rechnete sie mit Gestalten, die hinter Fahrzeugen hervorschnellten, ihr breitbeinig den Weg versperrten und Maschinenpistolen im Anschlag hatten.

Doch nichts dergleichen geschah. Die kalkig helle Einsamkeit der Tiefgarage blieb, wie sie war. Lydia löste das Funksignal aus, das den codierten elektronischen Schlüssel des Rolltors in Betrieb setzte. Das Signal bewirkte auch, dass sich das Tor nach Sekunden selbsttätig wieder schloss. Lydia warf die Fernsteuerung nach rechts und gab Gas. Als sie die Rampe hinauffuhr und in die Monroe Street einbog, duckte sie sich unwillkürlich. Sie rechnete mit Kugeln, die in das Karosserieblech prasselten und die Hinterreifen zum Platzen brachten.

Doch der Dodge beschleunigte zuverlässig, die Automatik schaltete ruckfrei, und nicht die Andeutung eines Schlingerns entstand im Fahrwerk.

Lydia fuhr nach Westen, hielt sich strikt an die Geschwindigkeitsbeschränkungen und bog in die Rhode Island Avenue ein. Sie überquerte die Grenze nach Maryland. Über Hyattsville und Bladensburg schlug sie einen Halbkreis und erreichte schließlich den Interstate Highway 95, der sie nach Süden führte. Washington lag hinter ihr. Sie lehnte sich zurück. Die erste richtige Erleichterung machte sich bemerkbar. Es gab ihres Erachtens nur den einen denkbaren Grund für ihr Entkommen: Sie hatte ihnen den Libyer zum Fraß vorgeworfen.

Safarim gegenüber würde sie es niemals erwähnen. Denn der Fehler war zu offensichtlich gewesen. Sie hatte geglaubt, diesem nordafrikanischen Macho gefällig sein zu müssen, um damit auch bei ihrem Auftraggeber in einem guten Licht zu stehen. Aber die Beschatter des Mannes waren wieder zur Stelle gewesen, obwohl Safarim doch versucht hatte, sie abzulenken. Hatte auch er einen Fehler begangen? Oder hatte er es als raffinierten Plan eingefädelt, damit der nächtliche Besucher den CIA-Agenten in die Falle ging? Safarim musste geahnt haben, dass der Wüstensohn ihm wegen der Kontakte zum Mob auf die Finger klopfen sollte. Lydia grinste bei diesem Gedanken. Wenn es sich so verhielt, dann hatten Safarim und sie gleichermaßen folgenschwere Fehler begangen. Aber sie würde es nicht darauf ankommen lassen, dieser Frage auf den Grund zu gehen.

Im Grunde war eine Menge falsch gelaufen. Zu viel, genau genommen. Der Job konnte beinahe als verpatzt gelten. Aber das wusste niemand in Nordafrika. Und noch war alles möglich – mit Dario Safarim als Partner. Sie mussten nur schnell sein, verteufelt schnell. Jetzt galt es, das wahre Können zu zeigen. Es galt, herauszuholen, was noch herauszuholen war. Wenn sie den Auftrag ausgeführt hatten, würde niemand sie noch erwischen können. Völlig ausgeschlossen.

Nordafrika war weit. Aber das Geld, das von dort gezahlt wurde, befand sich schon auf amerikanischem Boden. Harte US-Dollars.

Genau zehn Millionen.

Lydia Malone war fest entschlossen, das Geld einzustreichen.

Wenn er sich bewährte, würde sie Safarim sogar beteiligen, wie sie es versprochen hatte. Bis jetzt hatte er gute Arbeit geleistet. Sie war einverstanden gewesen, dass er mit den New Yorker Mobstern zusammenarbeitete. Sie waren ohnehin auf fremde Hilfe angewiesen. Und Leute wie dieser Marotta wurden über ein gesondertes Kostenkonto bezahlt. Solche Kosten gingen nicht etwa zu Lasten des Millionen-Honorars. Safarim hatte seinerseits Lydias Plan zugestimmt, ausgerechnet nach Washington zu gehen und dort Informationen zu sammeln. Ihm hatte ihre Idee gefallen, das zu tun, was die Gegenseite am allerwenigsten erwartete. Denn so etwas entsprach nun einmal seiner Mentalität. Nun, der Washington-Aufenthalt war beinahe zur größten Pleite aller Zeiten geworden.

Aber eben nur beinahe.

Am Stadtrand von Alexandria, unmittelbar südlich von Washington, fuhr Lydia Malone auf den Parkplatz eines Highway-Restaurants. Sie stellte den Dodge in einer Parkbucht ab, die zum Highway hin von dichten Buschgruppen abgeschirmt wurde. Sie verstaute die Mini-Pistole in ihrer Handtasche und hängte sich die Schultertasche um. Den Wagenschlüssel ließ sie im Türschloss stecken. Es sollte ihr sehr recht sein, wenn jemand den Schlitten klaute und damit durch die Gegend fuhr. Das würde weitere Verwirrung bei der Polizei stiften und ihr einen zusätzlichen Vorsprung verschaffen.

Lydia betrat das Restaurant nicht. Sie schlenderte vor den teuren Limousinen auf und ab. Lange brauchte sie nicht zu warten.

Ein dicker Kerl mit pelzbesetztem Mantelkragen und Zigarre zwischen den Wulstlippen stierte sich fast die Augen aus dem Kopf, als er aus dem Restaurant kam und die Frau im Pelzmantel sah. Auf der bürgersteigartigen Insel am Rand der Parkbuchten hatte sie diesen typischen Bordstein-Schlenderschritt. Trotzdem konnte der Typ natürlich nicht sicher sein. Lydia machte es ihm leicht und ersparte ihm alle Zweifel, indem sie auf ihn zuging, während er sich seinem Lincoln-Continental näherte.

»Lust auf eine Reisebegleiterin, Sir? Richtung Süden?«

»Die Richtung stimmt«, krächzte er, und die Stielaugen begannen zu glitzern. »Und sonst?«

»Wir werden uns schon einig!«, lachte die Agentin. »Fahren wir erst mal los!«

Der Mann brauchte lange Sekunden, bis er das Zündschloss fand. Seine fleischigen Hände zitterten. Dann aber konnte er sich am Lenkrad festhalten. Fast tat er Lydia Leid. Er würde sie nach Charlottsville fahren, und dann kriegte er eher was auf die Finger, als auch nur einen Hauch von dem, was er sich erträumte.

Diesmal verzichtete ich auf ein schnurloses Telefon. Es war weit nach Mitternacht, als der Chef anrief. In der Bar des Hotels herrschte erstaunlich viel Betrieb. Die Gäste schienen das ausgleichen zu wollen, was es in Clifton Forge an Nachtleben nicht gab. Ich ließ mir das Gespräch in eine der Telefonzellen neben dem Eingang zur Bar legen – abhörsicher.

»Wir haben, was wir brauchen«, sagte John D. High ohne lange Einleitung. »Den CIA-Kollegen in Washington ist es gelungen, einen fremden Agenten umzudrehen. Allerdings war wohl nicht viel Überzeugungsarbeit notwendig.« Der Chef berichtete, in welchem Zustand die CIA-Agenten den Nordafrikaner in Lydia Malones Apartment gefunden hatten.

»Und die beiden Hauptpersonen?«, fragte ich.

»Haben sich abgeseilt. Ein Beamter der CIA wird zur Stunde noch vermisst. In Washington vermutet man, dass das auf Safarims Konto geht. Bevor er verschwand, war er von dem betreffenden Beamten beschattet worden.«

»Ein dreistes Pärchen«, sagte ich und presste für einen Moment die Lippen zusammen. »Es gehört ja schon einiges dazu, sich ausgerechnet in der Hauptstadt so aufzuspielen.«

»Es entspricht dem Droh- und Imponiergehabe ihres Auftraggebers. Aber zur Sache: Die Kollegen in Washington haben von dem Festgenommenen alles erfahren, was uns noch fehlte. Punkt eins: Charlottsville ist der Ausgangspunkt. Dort werden Safarim und die Malone morgen den Amtrak Superliner nach Chicago nehmen.«

»Und wo werden sie aussteigen?«

»Das müssen Sie herausfinden, Jerry. Über das Wo und Wie wusste der Libyer nicht Bescheid. Ich vermute, dass Safarim sich nicht ins Handwerk pfuschen lassen will. Er wird die Einzelheiten ausschließlich mit Marotta abgesprochen haben.«

»Und von dem Mobster gibt es noch immer keine Spur?«

»Nein. Ich vermute fast, dass Sie, Diane und Phil in der Beziehung eher zum Zug kommen werden als wir hier in New York. Fest steht jedenfalls, dass Lydia Malone und ihr Freund unter Zeitdruck stehen. Sie haben sich eine Spur zu selbstsicher verhalten. Jetzt müssen sie die Flucht nach vorn antreten.«

»Genau das werden sie tun«, sagte ich überzeugt.

»Wenn es anders wäre, können wir gegen das Pärchen leider nichts ausrichten.«

Wir beendeten das Gespräch. Ich wählte die Nummer der County Police. Die Kollegen waren vorbereitet. Ein Dienstwagen würde Diane und mich in einer Stunde abholen. Ein Hubschrauber mit Nachtflugeinrichtung würde dann bereitstehen, um uns nach Charlottsville zu bringen. Unser weiteres Vorgehen war genau abgesprochen.

Ich zog mich mit Diane und Phil in einen ruhigeren Winkel der Bar zurück und berichtete über das Telefongespräch. Mr. Highs Hinweis auf das große Handikap stand im Vordergrund aller Gedanken: Wir mussten Lydia Malone und Dario Safarim praktisch auf frischer Tat ertappen oder kurz vor der Tat. Ein höllisches Risiko, wenn man bedachte, was auf dem

Spiel stand. Aber wir hatten sonst nichts gegen das Agentenpaar in der Hand. Denn da war bestenfalls die Vermutung, dass Safarim einen CIA-Kollegen auf dem Gewissen hatte. Es ihm zu beweisen würde so gut wie unmöglich sein. Safarim war ein Profi.

Unsicherheitsfaktor Nummer eins waren für uns die vier Mobster, die wir in den Bergen aus dem Verkehr gezogen hatten. Marotta hatte sie losgeschickt, damit sie in Clifton Forge die Lage sondierten. Wir waren ihnen aufgefallen, und sie hatten ihre Konsequenzen daraus gezogen. Über ihr Scheitern war noch immer keine Zeitungszeile und keine Sendeminute herausgelassen worden. Möglich, dass der Erfolgszwang für das Agentenpaar und den Top-Mobster wichtiger war als alles andere. Ich nahm stark an, dass es innerhalb von vierundzwanzig Stunden keine offenen Fragen mehr für uns geben würde.

»Was mir am wenigsten klar ist ...«, murmelte Diane, während wir unsere Gläser leerten, »... angenommen, Lydia Malone und ihr Partner wollen wirklich auf der Bergstrecke aussteigen. Wie stellen sie das an? Der Zug hält dort nicht!«

»Ganz einfach«, entgegnete Phil lächelnd. »Man merkt, du hast nicht genug Wildwestfilme gesehen. Sie springen einfach ab! Am höchsten Punkt einer Steigung, wenn der Zug am langsamsten ist.«

»Ist so etwas denn heutzutage noch möglich?«, staunte Diane.

»Die Berge haben sich in den letzten hundert Jahren wenig verändert«, sagte ich. »Die Lokomotiven sind zwar stärker geworden, aber dafür wurden die Züge auch länger.«

Diane sah Phil und mich an, als hätte sie es auf einmal mit großen Jungen zu tun, die für Western-Storys schwärmten. Wenn es nur das gewesen wäre, hätten wir uns freuen können.

Der Pilot, der Diane und mich eine Stunde später in seine Maschine steigen ließ, hatte es eilig zu starten.

»Wenn wir Pech haben, können wir gleich wieder kehrtmachen«, sagte er über Bordfunk, nachdem wir die Helme übergestülpt hatten. »Uns steht eine Schlechtwetterfront aus Osten bevor. Wenn es ganz dick kommt, werden Sie Charlottsville nicht mal auf dem Landweg erreichen.«

»Was heißt das – ›ganz dick‹?«, fragte ich.

»Schneesturm«, antwortete der Pilot einsilbig. Er checkte seine Instrumente und startete in der nächsten Minute.

Es war ein Pessimist, der uns nach Charlottsville gebracht hatte.

Nach einem reibungslosen Nachtflug waren wir auf dem gut befeuerten Landeplatz des Polizei-Hauptquartiers der Stadt aus der Maschine geklettert. Eine neutrale Dienstlimousine hatte uns zum Hotel ›Elizabeth‹ gebracht, wo Zimmer für uns reserviert waren. Das Hotel befand sich im Zentrum, am Rand eines hübsch angelegten Platzes. Platanen, Ziersträucher und Blumenbeete gaben in dieser Jahreszeit nichts Reizvolles her. Am anderen Ende des Platzes erhob sich das Bahnhofsgebäude in den grauen Winterhimmel.

Auch bei Tagesanbruch hatte sich das Wetter noch nicht verschlechtert. Diane und ich frühstückten ausgiebig. Durch die großen Fensterscheiben konnten wir sehen, was für ein düsterer Tag es werden würde. Die Wolken hatten sich wie zu einer festen, undurchdringlichen Masse zusammengeschoben. Nur der Wind fehlte noch. War es die Ruhe vor dem Sturm, der dann alles zusammenballen würde?

»Ich hoffe, ich bin als Schauspielerin gut genug«, seufzte Diane, während wir Toast und knusprigen Schinken mit Spiegeleiern genossen.

Ich schmunzelte. »Direktor Sessions hält dich für die begabteste Schauspielerin im gesamten FBI.«

Diane verzog das Gesicht. »Erstens glaube ich dir nicht. Und zweitens klingt es abwertend. Als ob ich die dienstlichen Leistungen auch nur vortäuschen würde.«

Ich blies die Atemluft hörbar aus. »Auf jeden Fall scheinst du die spitzfindigste Kollegin zu sein.«

Meine schwarzhaarige Dienstpartnerin lächelte. »Sieht so aus, als ob ich noch heute unter der Last deiner Komplimente zusammenbrechen würde.«

»Ab sofort«, drohte ich, »hörst du kein nettes Wort mehr von mir.« Ich nahm mir zum krönenden Abschluss einen Stapel Buchweizen-Pfannkuchen von der Warmhalteplatte. Der Duft des Ahornsirups und der Pancakes erinnerte an Wärme und Gemütlichkeit in einer ländlichen Wohnstube und an klirrende Kälte, die der Mensch einfach aussperren konnte.

»Weißt du was?«, entgegnete Diane und sah mich verschmitzt an. »Du wirst dein Versprechen nicht wahrmachen können.«

»Da würde ich aber nicht so sicher sein.«

»Doch, bin ich. Wenn du deine Rolle richtig spielst, wirst du mich mit Freundlichkeiten regelrecht überschütten.«

Ich verdrehte die Augen und seufzte. »Richtig! Himmel, ich bin deinem Scharfsinn nicht gewachsen!«

»Soll das ein schlechtes Zeugnis für Phil sein? Heißt das, dass du deinen Geist normalerweise nicht so sehr anstrengen musst?«

Ich verzehrte gerade den letzten Bissen Pfannkuchen, und er blieb mir fast im Hals stecken. »Langsam wird mir eines klar«, krächzte ich, nachdem es mir gelungen war, mich nicht zu verschlucken. Ich schenkte Kaffee ein. »Ehefrauen und Kolleginnen können einen Mann total verwirren, wenn sie es drauf anlegen.«

»Und deshalb hältst du von beidem Abstand?«

»Nur von möglichen besseren Hälften.«

»All right.« Sie lehnte sich zurück und lächelte. »Dann wirst du die nächsten Stunden ja mühelos überstehen. Schließlich spiele ich weder deine Ehefrau noch deine Kollegin, sondern deine Sekretärin.«

»Hm.« Ich grinste, trank einen Schluck Kaffee und blinzelte sie über den Rand der Tasse hinweg an. »Sicher wird mir der genaue Unterschied im Verlauf des Tages noch klar werden.«

»Vergiss die Nacht nicht!«, ermahnte Diane mich zwinkernd.

Wir brauchten lediglich einen Beleg zu unterschreiben, bevor wir das Hotel verließen. Die Rechnung bezahlte der FBI-Distrikt Virginia. Wir nahmen ein Taxi und ließen uns zum Polizei-Hauptquartier bringen. Es war nur drei Blocks vom Hotel ›Elizabeth‹ entfernt. Obwohl ich sicher war, dass uns niemand gefolgt war, bat ich den Taxifahrer, uns auf dem Innenhof des Polizeigebäudes aussteigen zu lassen.

Die nächsten beiden Stunden verbrachten Diane und ich in einem kleinen Besprechungszimmer, das die Kollegen für uns reserviert hatten. Dritter im Bunde war ein FBI-Beamter, der eigens aus Richmond, der Hauptstadt Virginias, herübergekommen war. Er hieß Marvin Gruber und kannte seinen Kollegen Windermeere, unseren Maskenbildner beim FBI-Distrikt New York. Die Spezialisten für Personen- und Persönlichkeitsveränderung trafen sich regelmäßig zu Fortbildungsseminaren oder Fachvorträgen, etwa über plastische Chirurgie. Gruber war einverstanden, in Dianes und meinem Fall die denkbar einfachsten Mittel anzuwenden. Was wir brauchten, war vor allem etwas, was Wind und Wetter ebenso standhalten würde wie ein paar Stunden Heizungsluft in der Lounge oder der Bar des Amtrak Superliners.

Mir verpasste Gruber graue Schläfen und graue Strähnen, die sich nur mit einem Spezialshampoo beseitigen lassen würden. Auch die Gesichtsfalten, die ich nun mit mir herumtragen musste, würden nicht bei erstbester Gelegenheit dahinschmelzen. Es war ein atmungsaktiver, elastischer Kunststoff, den ich nicht einmal selbst von der echten Haut unterscheiden konnte.

»Das ist mein eigener Großvater«, sagte ich beim ersten Blick in den Spiegel.

»Angeber!«, feixte Diane. »Ich möchte meine eigene Tochter werden!«

»Das ließe sich machen«, grinste Gruber.

»Du liebe Güte!«, stöhnte ich. »Wir werden ein Paar für die Regenbogenpresse, fürchte ich! Alternder Millionär und blutjunge Begleiterin, die er Sekretärin nennt!«

»Jerry!«, sagte Diane warnend. »Ich hoffe, du freundest dich mit der Rolle nicht allzu sehr an!«

Ich wartete mit meinem Kommentar noch, bis Gruber sein Werk an meiner Kollegin vollendet hatte.

»Ich kann dir nichts versprechen«, erklärte ich dann, wobei ich Diane schwärmerisch betrachtete. »Es ist verdammt aufregend, sich vorzustellen, Anfang sechzig zu sein und so etwas Überwältigendes wie dich an Land gezogen zu haben.«

»An Land gezogen!«, protestierte sie. »Ich lasse mich doch nicht mehr an Land ziehen! Aus dem Alter bin ich denn doch ...« Sie unterbrach sich, als sie ihr Spiegelbild näher betrachtete.

Gruber schickte mir ein kumpelhaft-verschwörerisches Zwinkern herüber.

Er hatte sich nicht sonderlich anstrengen müssen, um aus Diane eine Art Kindweib zu machen. Das lange brünette Haar reichte ihr bis auf die Schultern – eine Perücke neuester Machart. Sie zeichnete sich dadurch aus, dass sie selbst unter extremsten Bedingungen nicht verrutschte oder gar davonflog. Mehr Veränderung war in Dianes Fall nicht notwendig gewesen. Den Rest würde die Kleidung bewirken.

Ich grinste breit. »Ich werde trotzdem jedem erzählen, dass ich dich an Land gezogen habe. Typen wie ich können gar nicht anders.«

Diane studierte das Unverhohlene in meinem

Gesichtsausdruck. Sie spielte wachsende Furcht und wandte sich Hilfe suchend an den Maskenbildner.

»Marvin, sind Sie sicher, dass ich zu einem solchen Einsatz gezwungen werden kann?«

»Ich fürchte, Sie können jetzt nicht mehr zurück«, meinte Gruber achselzuckend.

»Aber sehen Sie sich doch an, was Sie getan haben!«, rief Diane. »Sie haben nicht nur Jerrys Äußeres verändert, sondern auch seine Seele! Ich fürchte, er wird wirklich so, wie er aussieht – ein lüsterner alter Knabe.« Sie steigerte sich in ihre vorgetäuschte Besorgnis. »Ich sehe ihm an, dass er ein guter Schauspieler ist. Und gute Schauspieler spielen ihre Rolle nicht, sie leben sie!«

»Dem kann ich nicht widersprechen«, sagte ich grollend und machte ein Gesicht wie der Wolf, der eben die Großmutter gefressen hat und nun im Begriff ist, sich Rotkäppchen einzuverleiben.

Wir mussten lachen. Zu dritt.

Wir ahnten, dass es der vorerst letzte Moment von Heiterkeit für uns war.

Die nächsten Stunden verbrachten wir damit, Kleidung und Gepäck für die Bahnfahrt auszusuchen. Marvin Gruber assistierte uns und gab uns wertvolle Hinweise, wie wir auszusehen hatten.

Aldous Watford, der steinreiche Immobilienmakler aus Tampa, Florida.

Elda Zappan, seine Sekretärin, die nicht so aussah, als ob sie das Textverarbeitungsprogramm eines Computers von jenen Programmen unterscheiden konnte, die mit Joystick gespielt wurden.

Die kleine Elda musste von der High School geflogen und von zu Hause ausgerissen sein. Das musste einfach jeder denken, der sie sah. Und die männlichen Beobachter würden mich, den alten Knacker, beneiden. Sie würden herumgrübeln, wie ich es schaffte, so eine Fee an mich zu binden. Das alte, aufregende Thema.

Bei der Auswahl unserer Waffen brauchten wir keine Entscheidungshilfe. Und die Langstrecken-Tickets von Tampa über Charlottsville nach Chicago waren längst fertig – einschließlich der entwerteten ersten Teilstrecke. Wir aßen in der Kantine der Polizei von Charlottsville. Nach dem Essen rief ich Phil in Clifton Forge an. Auch bei ihm lief alles wie geplant. Die Anzeichen, die auf einen Schneesturm hingedeutet hatten, waren wieder verschwunden.

Am frühen Nachmittag kurvten Diane und ich mit Taxis durch die Stadt und flanierten in den Einkaufspassagen. Reisende, die mit dem Superliner aus dem Süden gekommen waren, hatten drei Stunden Aufenthalt, wenn sie den Anschlusszug nach Chicago nehmen wollten. Und genau das hatten wir letzten Endes vor. Wir sahen so elegant aus, wie es unserem vorgetäuschten Status entsprach. Ich trug einen Cashmere-Mantel mit schwarzem Pelzkragen, und meine fast jugendliche Begleiterin hatte ich mit dem denkbar teuersten Nerz behängt.

Wo wir hinkamen, folgten uns Blicke.

Der Taxifahrer, der uns aus einem nachgebauten österreichischen Kaffeehaus abholte, war Polizeibeamter. Unser Gepäck lag im Kofferraum seines gelben Wagens. In nahezu jeder amerikanischen Großstadt verwendet die Polizei echte Taxis, die von Kriminalbeamten im Undercover-Einsatz benutzt werden.

Der Kollege am Lenkrad berichtete, dass an allen wichtigen Punkten Beobachtungsposten im Einsatz waren. Bislang gebe es aber keine Meldungen über Safarim und seine Komplizin. Vor dem Bahnhof stiegen wir aus und reckten die Nase schnuppernd-fachmännisch zum Himmel. Die zu erwartenden Schneefälle machten allen Bürgern mit einem Mindestmaß an Wetterinteresse Sorgen. Also auch dem flotten alten Knaben und seinem rassigen Reisezeitvertreib. Unser Undercover-Kollege öffnete die

Heckklappe und winkte einen Mann vom Red Cap Service heran. Der Gepäckträger mit der Rotkäppchenmütze lud unsere Koffer und Taschen auf einen Handkarren. Ich drückte ihm fünf Dollar in die Hand und teilte ihm mit, dass wir ein Deluxe-Schlafwagenabteil im Amtrak Superliner nach Chicago gebucht hatten. Rotkäppchen verkniff sich ein anzügliches Grinsen und trabte los.

Diane hakte sich bei mir ein, und wir folgten ihm.

Wir waren rechtzeitig da. Es war gerade drei Uhr nachmittags geworden. Die Abfahrtszeit des Superliners nach Chicago war auf 15.45 Uhr festgesetzt.

Trotz des trüben Winterwetters wirkte die Bahnhofshalle hell und freundlich. Das lag in erster Linie an den verschwenderisch vielen Leuchtstoffröhren, nicht zuletzt aber an der blitzenden Sauberkeit. Adrett gekleidete Leute bewegten sich geschäftig zwischen makellos weißen Fliesenwänden, die mit Reklametafeln dekoriert waren. Die Kioske und Läden wirkten geradezu klinisch rein, und Abfall war nur da, wo er hingehörte – in den Papierkörben. Tramps, sonst zwingender Bestandteil eines Bahnhofbildes, konnte man in Charlottsville nicht einmal in den wenigen halb ausgeleuchteten Ecken entdecken. Man konnte meinen, hier wäre eine Kulisse vorbereitet worden für einen Werbefilm über die Bahngesellschaft Amtrak.

Doch es handelte sich um unverfälschte, alltägliche Atmosphäre.

Schwer zu glauben.

Wie es sich für einen Langstrecken-Superliner gehörte, war für den Amtrak-Zug Gleis eins reserviert worden. Es herrschte Hochbetrieb. Die Mehrzahl der Fahrgäste rekrutierte sich aus Umsteigern, die aus dem Nordosten oder Südosten kamen und einen geruhsamen Trip nach Chicago vorhatten. Unmöglich, in dem Gewühl auf dem Bahnsteig einen Überblick zu bekommen. Dies waren die direkten Auswirkungen der Unsicherheit im Luftverkehr. Katastrophen und

Beinahe-Katastrophen mit Verkehrsflugzeugen hatten zu einer Rückbesinnung auf die Bahn geführt.

Unser Zug hieß THE CARDINAL. Auswechselbare Schilder, rot beschriftet, hingen unter den Anzeigetafeln.

Mit seiner Aluminiumhaut und den großen Fenstern sah der Zug aus wie eine Kette von doppelstöckigen Greyhound-Bussen, die auf Schienen gestellt worden waren. Lautsprecherdurchsagen dröhnten unter dem Hallendach. Kein Hinweis darauf, dass die Abfahrt wegen der Wetterlage verschoben werden musste. Auch die Vorort- und Kurzstreckenzüge auf den anderen Gleisen fuhren noch nach Fahrplan.

Unsere Suite befand sich in einem der Schlafwagen in der Mitte des Zuges – zwei nebeneinander liegende Abteile mit allem Komfort. Eine Schiebetür diente als Verbindung. Kein unbeteiligter Beobachter würde glauben wollen, dass wir diese Verbindungstür allein aus dienstlichen Gründen brauchten. Und ob für andere Gründe überhaupt Zeit blieb, konnten wir nicht einmal ahnen. Die Deluxe-Abteile gab es nur in den oberen Etagen der Superliner Sleeping Cars. Die Abteile hatten jedoch den Vorteil, dass sie neben einem eigenen Bad auch genug Platz für das Gepäck boten.

Und gerade auf unsere Koffer wollten wir nicht verzichten.

Diane und ich richteten uns häuslich ein und gewöhnten uns an unsere Tarnnamen. Auch wenn wir allein waren, redete Diane mich mit ›Mr. Watford‹ an. Ich nannte sie entweder ›Elda‹, ›Kleines‹ oder ›Sweetie‹. Es dauerte eine Weile, bis wir dabei nicht mehr grinsten.

Wir nahmen nicht an, dass Lydia Malone und Dario Safarim gemeinsam im Bahnhof von Charlottsville aufkreuzen würden. Auch würden sie ihr Äußeres verändert haben.

Der Zug glitt dahin wie ein lautloses Luftkissenfahrzeug. Zumindest in der oberen Etage der Schlafwagen waren kaum Rollgeräusche zu hören. Das lag aber eindeutig auch an der Schallisolierung der luxuriösen Abteile.

Lydia Malone öffnete die Schiebetür zum Gang und trat hinaus. Die Geräuschkulisse, von der sie empfangen wurde, waren Gespräche von Erwachsenen und helle Kinderstimmen. Aufgeregte Stimmen. Die meisten Passagiere dieses Langstreckenzuges schienen Urlauber zu sein, oder sie wollten Verwandte besuchen.

Der Blick aus dem Fenster ergab nichts anderes als auf der Abteilseite des Wagens. Von der Landschaft war praktisch nichts zu sehen. Verschwamm ohnehin schon ab hundert Yards Entfernung alles im rieselnden Schnee, so umhüllte sich der Zug zusätzlich mit einer ständig wirbelnden Wolke. Schemenhaft huschten Masten von Telefon- und Stromleitungen vorbei, gelegentlich Bäume und Buschwerk nahe am Bahndamm.

Lydia blickte in das tosende Weiß und Grau hinaus, während sie den Gang entlangging, um sich die Beine zu vertreten. Der Zug war eine gute Viertelstunde unterwegs. Die Fahrtzeit bis Clifton Forge betrug exakt zwei Stunden. Weitere fünfzig Minuten brauchte THE CARDINAL für die Bergroute nach White Sulphur Springs in West Virginia. Alle Fahrpläne der Amtrak enthielten jedoch den überall auf der Welt üblichen Hinweis – klein gedruckt: Alle Angaben ohne Gewähr!

Sie kehrte ins Abteil zurück, schloss die Tür hinter sich und sah, dass sie nicht mehr allein war.

Sie zog den Vorhang zu und lehnte sich mit dem Rücken an die Tür.

Safarim trug eine Brille mit schwarzen Gläsern, und er hatte sich einen Schnauzbart zugelegt. Echt konnte die Oberlippenzier nicht sein. Selbst mit einem Haarwuchsbeschleuniger hätte er das in den paar Stunden nicht fertig gebracht.

»Du siehst lächerlich aus«, stellte Lydia fest. »Wie ein Karnevals-Ölscheich, der seinen Turban verloren hat.«

»Kompliment retour«, entgegnete er gehässig. »Statt rot hättest du dein Haar auch grün färben können. Es würde nicht unnatürlicher aussehen.«

»Du solltest Sachen beurteilen, von denen du etwas verstehst«, antwortete sie spitz.

»Einverstanden«, nickte er. Mit einladender Geste deutete er auf den freien Sessel, seinem Platz gegenüber. Bei Nacht wurden beide zu einer durchgehenden Liegefläche ausgeklappt. »Setz dich«, forderte er.

Sie tat erstaunt. »Ich war bis zu dieser Minute der Annahme, ich hätte mein Abteil betreten. Habe ich mich etwa in der Tür geirrt?«

»Lass um Himmels willen dein englisches Genäsel«, knurrte er. »Setz dich hin und hör mir zu. Wir haben etwas Gemeinsames zu erledigen, oder?«

»Spiel dich nicht auf. Wir haben getrennte Abteile. Punktum. Allein aus Sicherheitsgründen ist das so. Von häufigen gegenseitigen Besuchen war nie die Rede. Im Übrigen: Du arbeitest für mich. Nicht umgekehrt.«

»Oh, sorry! Ich werde mich hüten, dein Selbstbewusstsein zu zerstören. Also, ich bitte dich höflich, Platz zu nehmen und mich anzuhören. Der Besuch wird auch nicht unerträglich lange dauern.«

»Klingt schon besser«, sagte sie und folgte der Aufforderung mit erhobenem Kopf. »Hol uns einen Drink aus der Mini-Bar, okay?«

»Du hast einen Sinn für Gemütlichkeit«, nickte er und gab sich keine Mühe, seinen Spott zu vertuschen. »Alkoholfrei?«

»Natürlich. Kannst du es dir leisten, vor dem Job deinen Verstand zu benebeln?«

»Ich kenne meine Grenzen, Baby.« Er ging zu der Nische mit dem eingebauten Kühlschrank und holte eine Flasche Orangensaft und eine Dose Bier heraus.

Er stülpte Gläser über Flasche und Dose und kehrte zum Tisch zurück. Mit ruckartigen Bewegungen drehte er die Gläser um und schenkte ein. »Eines sollte dir klar sein, Lydia«, sagte er kalt. »Ich bin derjenige, der die eigentliche Arbeit erledigt. Ich bin es, der im Zweifelsfall in die Luft fliegt oder mit Blei voll gepumpt wird. Du hast eine Planung gemacht, nichts weiter. Du wirst dich auch hübsch zurückhalten, wenn es an der Front gefährlich wird. Okay, das alles kann ich noch leicht wegstecken. Aber ich kann es verdammt nicht leiden, wenn du auf meine Kosten neue Risikofaktoren in die Welt setzt. War das nötig – mit dem Kameltreiber?«

»Bist du jetzt fertig?«, entgegnete Lydia kühl. Sie trank einen Schluck, dann zündete sie sich eine Zigarette an. »Möchtest du erreichen, dass du zur Versöhnung unter meine Decke kriechen darfst?«

Seine Augen wurden schmal. Sekundenlang schien es, als fände er keine Worte. »Bilde dir keine Schwachheiten ein!«, flüsterte er dann. »Du hast eine gottverdammte Wirkung auf einen Mann. Aber irgendwo ist auch eine Grenze. Und bei mir hast du sie erreicht!«

»Wie konsequent du geworden bist!« Sie tat, als himmelte sie ihn an. Mit einer energischen Bewegung drückte sie die eben angerauchte Zigarette aus und stand auf. »Ich vermute, dass du nicht freiwillig gehen wirst. Deswegen gehe ich. Ich hoffe, allein sein zu können, wenn ich wiederkomme.«

Sie wandte sich ab, ohne eine Antwort abzuwarten. Im Hinausgehen riss sie ihre Handtasche an sich.

Lydia eilte den Gang hinunter, Richtung Lounge. Je mehr sie darüber nachdachte, desto mehr begann sie zu kochen: Sie hatte nicht alles in die Wege geleitet, hatte nicht den Wüstensohn in Washington schachmatt gesetzt und zum Schluss noch dem fetten alten Lüstling in seinem Lincoln auf die Wurstfinger geklopft, um sich jetzt von einem hergelaufenen Söldner

Vorschriften machen zu lassen! Sie würde das selbst gesetzte Alkoholverbot umgehen. Safarim war schuld.

Der Bastard!

Als sie das Ende des Schlafwagens erreichte, drehte sie sich kurz um. Safarim folgte ihr nicht. Nun kochte ihre Wut erst richtig.

Die Bar gehörte mir.

»Alle reden vom Schneesturm!«, lärmte ich. »Warum wir nicht auch?«

Gelächter belohnte mich rings um die Theke, die ein flaches U in Fahrtrichtung war. THE CARDINAL fuhr wie auf Samtpfoten. Nicht einmal die Gläser klirrten in den Spiegelregalen. Das Tosen und Wirbeln des Schnees draußen vor den Fenstern geschah wie auf einer Stummfilm-Leinwand. Und die beiden Barkeeper polierten und servierten mit stoischer Gelassenheit, als hätten sie festen Boden unter den Füßen.

Ich schwenkte mein halb volles Whiskyglas zu den Fenstern hin. »Ich meine, noch sind wir ja ganz schön in Fahrt, was! Sieht so aus, als machen wir unseren eigenen Schneesturm, stimmt's?«

Diesmal erntete ich jene Art von Zustimmung, wie sie an allen Theken der Welt üblich ist. Scheinbar tiefsinniges Nicken. In Wirklichkeit waren hinter diesen Stirnen nur Dunstwolken. In der einen Stunde, die wir jetzt hier zubrachten, hatten sie mindestens das Fünffache von dem gekippt, was ich mir erlaubt hatte. Trotzdem glaubten sie alle, dass ich das Doppelte ihrer Ration intus hatte. Ich redete viel und trank wenig. Eine Methode, die dank Dianes tatkräftiger Hilfe funktionierte.

»Wir kommen ja erst noch richtig in Fahrt!«, brummte einer, der drei Barhocker weiter saß. Dass er Handelsvertreter war, trug er deutlich spazieren. Ein buntes Plastikabzeichen an der Brusttasche seines Anzugjacketts wies ihn als Mitarbeiter dieser Firma aus, die Amerika von Küste zu Küste mit Fertigpfannkuchen versorgt. Er freute sich, als die anderen kicherten.

Sicher hatte er sonst nicht viel zu lachen im harten Geschäftsalltag.

Die anderen, ein knappes Dutzend Leute, waren das gewohnte Bar-Publikum, das man auf Fährschiffen, in Großraumflugzeugen, in Bahnhöfen, Airports und eben in einem Superliner von Amtrak antraf. Alles Alleinreisende, die ihre Langeweile bekämpften. Die sicher waren, die Fahrt am besten zu überstehen, wenn sie sie von Anfang bis Ende in der Bar verbrachten. Außer dem Pfannkuchenmann waren noch mindestens drei weitere Handelsvertreter dabei. Zwei Soldaten in Zivil, die sich für ihren Urlaubsanfang vorgenommen hatten, möglichst schnell möglichst voll zu sein. Eine elegante Lady, die unter ihrem schwarzen Django-Hut Kette rauchte und nicht ganz so schnell trank. Eine weitere Lady, deren Blond an Weiß grenzte und deren stramme Verpackung ebenso wie die schwülen Blicke verriet, dass sie ihren Bordstein-Arbeitsplatz vom touristenseligen Florida ins raue Chicago verlegte. Neben diesem harten Kern, zu dem auch Diane und ich gehörten, gab es jeweils zwei bis drei Barbesucher, die nur für einen raschen Drink blieben und dann in der Lounge verschwanden, wo sie ihren Anhang an die Tische beordert hatten. Dort spielte sich der familienfreundlichere Teil des Getränkeumsatzes ab.

»Und ob wir in Fahrt kommen!«, rief ich dem Mann mit dem Pancake-Schild zu. »Deshalb sind wir doch wohl hier, oder?«

In das erneute Gelächter mischten sich Nachbestellungen mit Fingerzeigen auf Gläser, in denen nur noch Luft war. Diane und ich hatten den gemütlichsten und praktischsten Platz an der vorderen Schmalseite der Theke. Hinter uns war nur eine fensterlose Nische mit Mahagonitäfelung und einer Zwergpalme unter indirekter Beleuchtung. Diane hatte wenig Mühe, die Erde im Palmenkübel unauffällig mit Whisky und Soda zu düngen. Ich konnte deshalb glatt noch Stunden durchhalten.

Ich hob die linke Handfläche und zeigte an, dass ich etwas Wichtiges mitzuteilen hatte. Als alle mich ansahen, senkte ich die Stimme zu bedeutungsvoller Schwere. »Ich habe es nicht einfach so dahergeredet, Freunde! Ihr wisst, was ich meine …« Ich blickte in die Runde. Sie wussten es nicht. »Das mit dem Schneesturm«, fuhr ich fort.

Ich trank einen deutlich sichtbaren Schluck, um die Spannung zu erhöhen.

Inzwischen gesellten sich Neulinge zur Stammrunde. Ein Glatzkopf, der seine Blicke rasch über die anwesende Weiblichkeit gleiten ließ und dann einen Bourbon orderte. Eine üppige Rothaarige mit verkniffener Miene und ein schwarzer Dandy in schreiend bunter Kleidung. Auch sie hörten meinem Vortrag sofort aufmerksam zu. Nur der Schwarze versuchte von Zeit zu Zeit, bei der Rothaarigen mit einem Grinsen Aufmerksamkeit zu erwecken, das wie ein Zähnefletschen aussah.

Auf mich wirkte die Rothaarige seltsam elektrisierend. Und das nicht etwa nur wegen ihrer atemberaubenden Figur. Aus den Augenwinkeln heraus sah ich, dass es Diane nicht anders erging als mir.

»Denken wir nach und seien wir ehrlich!«, rief ich wie einer von diesen Predigern, die man im Fernsehen sah. »Da draußen ist nichts als die weiße Hölle!« Ein paar von den Zuhörern erschauerten sichtlich, als sie meine Blickrichtung aufnahmen. »Und hängt unsere Sicherheit, unsere Behaglichkeit, mit der wir durch diese Hölle rauschen, denn nicht an einem seidenen Faden? Was geschieht, wenn wir mitten in den Bergen im Schnee stecken bleiben? Wenn wir von aller Zivilisation abgeschnitten sind? Die Vorräte werden zu Ende gehen, der Treibstoff zur Neige. Und es wird verdammt kalt werden …« Ich lachte. »Mir natürlich nicht! Ich habe ja eine Sekretärin, die ihren Beruf ernst nimmt! Die weiß, dass sie ihren Chef wärmen muss!«

Alles röhrte los, als ich meinen Arm um ihre Schultern legte. »Stimmt's, Sweetie?«, ließ ich mich dröhnend vernehmen.

»Aber ja, Mr. Watford!«, antwortete Diane mit gekonnt piepsiger Stimme. Und mit kleinmädchenhaftem Kichern kuschelte sie sich an mich.

»Ich will es aber nicht ins Lächerliche ziehen!«, spann ich meinen Faden weiter. »Es könnte nämlich ernster werden, als wir denken. Stellt euch mal die Situation vor! Tagelang eingeschlossen, von Kälte und Sturm umgeben, keine Hoffnung auf Rettung! Dann kommt die Gewissheit, dass man erfrieren und verhungern wird. Also – was geschieht? In uns erwachen Urtriebe! Logisch, völlig logisch! Wir tun das, was schon diese Jungs damals getan haben – diese – wie hießen sie doch? Ah, ja! Neandertaler! Ich sag's euch! Wir verheizen, was brennbar ist! Und wir fressen uns gegenseitig auf!«

Stumm starrten sie mich an.

»Verwechseln Sie da nicht irgendwas, Sir?«, fragte die Rothaarige vom anderen Ende der Bar. Sie war die Einzige, die völlig unbeeindruckt schien. Ihre Miene war regelrecht sauer. Damit lenkte sie glatt von der Enge ihres weißen Pullovers ab.

»Was denn?« Ich blinzelte irritiert.

Auch die anderen sahen unwillig aus, wegen der Störung dieses schaurig-schönen Bildes vom Kannibalismus.

Aber die Rothaarige hatte sich vorgenommen, mich, den Großspurigen, auf den Teppich zurückzubringen.

»Die Neandertaler waren keine Kannibalen«, sagte sie kühl. »Also haben sie sich auch nicht gegenseitig aufgefressen. Logisch.«

Einen Atemzug lang tat ich verdutzt. »Wirklich nicht?« Ich zog die Mundwinkel nach unten, scheinbar ehrfürchtig vor so viel Fachwissen. »Na, dann waren es eben die Pygmäen oder wie die Typen heißen.«

»Die gibt es noch«, stelle meine Kontrahentin richtig, nachdem sie mit einem Wermut-Orange versorgt worden war. »Und sie sind erst recht keine Menschenfresser.«

»Tja«, seufzte ich, scheinbar bedauernd. »Dann sind diese Geschichten über Kannibalen wohl alle erfunden worden.«

»Von Märchenerzählern wie Ihnen«, nickte die Rothaarige.

Diesmal gab es Gelächter. Aber sie war es, die es erntete. Zu meinen Lasten. Diane schmiegte sich tröstend an mich, und es sah aus, als plapperte sie mir voller Mitgefühl ins Ohr. »Versuche, sie an deine Seite zu kriegen«, flüsterte meine Kollegin.

»Wird nicht mehr nötig sein«, nuschelte ich durch den linken Mundwinkel, denn ich sah, wie sich der Gesichtsausdruck der Rothaarigen veränderte. Laut tönte ich: »Da ist der alte Watford aber mal aufs Kreuz gelegt worden, was? So ein einfältiges Sumpfhuhn aus Florida kann ja auch keine Ahnung haben! Freunde, ich muss es zugeben: Wir sind die reinsten Hinterwäldler da unten. Wenn wir die Touristen nicht hätten ...« Ich seufzte und atmete schwer.

Auch Diane sah jetzt, was ich bereits geahnt hatte: Die Rothaarige stand längst in den Startlöchern. Jetzt glitt sie vom Barhocker, nahm ihren feuerroten Drink mit und wiegte ihre Hüften auf den freien Platz rechts neben mir.

Auf einmal konnte sie lächeln. Meine jungmädchenhafte Reisebegleiterin beachtete sie nicht. »Es tut mir Leid, Sir, wenn ich Sie beleidigt haben sollte.«

»O Himmel!«, lachte ich. Mit dem Zeigefinger wies ich auf meinen obersten Hemdknopf. »Ich beleidigt? Da kennen Sie den alten Watford aber schlecht!«

Die anderen spähten interessiert herüber – jedenfalls der männliche Teil der Theken-Crew. Was sie erlebten, war ein Schauspiel. Sie glaubten fest daran, dass ich die Inszenierung in der Hand hatte. Und sie waren höllisch gespannt, wie es ausgehen würde. Über allem stand die neiderfüllte Frage, ob und wie es dieser vermutlich reiche Hundesohn aus Florida schaffte, neben einem dreimal so jungen Girl auch noch dieses Superweib an Land zu ziehen. Am missmutigsten sah der schwarze Dandy aus, doch er konnte sich auch nicht entschließen, seinem Jagdobjekt nachzusteigen.

Die Rothaarige reichte mir die Hand. »Dann also – Versöhnung?«

»Versöhnung«, nickte ich bekräftigend. »Nichts dagegen einzuwenden.« Ich drückte ihre Hand kräftig. »Und lassen Sie um Himmels willen den ›Sir‹ weg. Ich heiße Aldous. Okay?«

»Okay«, nickte sie, drückte das Rückgrat durch und hob das Kinn. Alles in allem hatte ihre Körperhaltung eine herausragende Wirkung. »Mein Name ist Virginia. Virginia Hayes.«

»Im Ernst?«, trompetete ich. »Virginia in Virginia? Auf der Reise nach West Virginia? Gibt's denn das?«

Die Thekenhocker lachten glucksend, diesmal wieder als Belohnung für meinen Beitrag zur allgemeinen Erheiterung.

»Da, wo ich herkomme, ist Virginia als Frauenname ziemlich verbreitet«, sagte das Wesen mit dem unglaublichen Körperbau.

»Ah, jetzt soll ich raten!«, rief ich. »Aber da gibt's nicht viel zu raten! Ich wette, Sie sind aus Old England, schöne Virginia!«

»Stimmt!«, strahlte sie.

Ich winkte einen der Barkeeper herbei und wandte mich beiläufig Diane zu. »Elda, Kleines, sei so lieb und geh ein bisschen Akten ordnen. Okay?« Ich wartete die Antwort nicht ab und bestellte zwei Bourbon für die angebliche Virginia und mich.

Diane trippelte los. Der schwarze Dandy sah neue Hoffnung und folgte ihr. Vor der staunenden Zuschauerkulisse prostete ich der Engländerin zu. Zugleich fragte ich mich, ob es im Ernst möglich war, dass sich die Frau, die ich suchte, mir freiwillig an den Hals warf – ohne dass ich mich anstrengen musste. Während ich Diane einen Blick nachwarf, sah ich einen weiteren Neuankömmling. Ein hoch gewachsener, breitschultriger Bursche mit Schnauzbart. Obwohl er seine Augen hinter dunklen Brillengläsern versteckte, war ich überzeugt, dass seine Augen abwechselnd Virginia und mich voller Wut anfunkelten.

Auf einmal kannte ich den Grund für ihre Anbändelei.

Sie wollte diesen Burschen eifersüchtig machen!

Mir sollte es recht sein.

Mein Jagdfieber erwachte. Denn ich rechnete keineswegs damit, dass es so leicht und glatt weitergehen würde. Im Gegenteil. Wenn wir uns gegenseitig etwas vorspielten, war das noch lange keine Erfolgsgarantie.

»Wirklich! Eine Lady aus England!«, staunte ich lauthals und gedehnt. »Dann sind Sie so was wie eine – eiserne Lady?«

»Nur manchmal«, beruhigte sie mich. »In bestimmten Situationen bin ich anschmiegsam wie ein Kätzchen!«

Wieder ging an der Bar das Gelächter um.

Nur hinter den schwarzen Brillengläsern kam keine Heiterkeit auf.

Umso klarer war mir, dass ich mit diesem Burschen noch meinen Spaß haben würde.

Die Betonplattform glitt über den beiden Männern zur Seite.

Fauchend wie ein Raubtier sprang der Wind sie an und trieb einen Schwall Schnee in den Schacht. Das Stück Himmel, das sie sehen konnten, war düster. Das Weiß der wirbelnden Flocken vermochte das Bild nicht aufzuhellen.

Hinter Joseph Marotta und seinem Stellvertreter Anthony Lanza schloss sich die Fahrstuhltür rumpelnd. Eine wasserdicht ummantelte Leuchtstoffröhre erhellte den Vorraum, in den der Wind pfiff. Die schmale Betontreppe schien in den grauen Himmel zu führen. Fröstelnd stülpten die Männer die Kapuzen ihrer Parkas über den Kopf und schlossen die Knöpfe bis unter das Kinn. Marotta nahm das Fernglas vom Haken und hängte es sich um. Lanza vergewisserte sich, dass in seiner Tasche die Funkfernbedienung steckte, mit der sich die Betonplatte auch von draußen öffnen und schließen ließ. Beide Männer zogen dicke Pelzhandschuhe an, bevor sie die Treppe hinaufstiegen.

Sie stemmten sich gegen den Wind.

Das Plateau war größtenteils noch kahl. Nur hinter den Felsentürmen und -rücken bildeten sich mächtige Verwehungen. Das Plateau, gut zehntausend Quadratfuß groß, war von den Felsformationen umgeben wie eine Burg mit ihren Zinnen.

Marotta und Lanza strebten auf einen kaminartigen Einschnitt an der Ostseite des Plateaus zu. Sie waren gezwungen, in eine Schneewehe hineinzustapfen, die sich dort gebildet hatte. Doch es war die einzige Stelle, von der man unbemerkt ins Tal spähen konnte. Der Wind orgelte durch den Kamin.

Mit unerwünschten Beobachtern war allerdings so gut wie nie zu rechnen. Mit Flugzeugen und Hubschraubern am allerwenigsten – bei dem augenblicklichen Wetter.

Marotta fluchte, als er das Fernglas an die Augen hob. Schneeflocken klebten die Linsen augenblicklich zu. Der nur mittelgroße, rundliche Mann wich zur Seite, in den Windschatten des Felsens.

Lanza machte eine beschwichtigende Handbewegung und blickte mit bloßem Auge ins Tal. Er war ein hagerer Mann, fast einen ganzen Kopf größer als sein Boss. Lanza kniff die Lider zu Schlitzen zusammen und trotzte dem Schneetreiben. Die Sicht war dennoch miserabel. Nur schemenhaft konnte Lanza die Umrisse der Bergketten erkennen, die das Tal im Norden und im Süden begrenzten. Es war ein lang gezogenes und fast fünftausend Fuß hoch gelegenes Tal. Der Boden war karg wie an so vielen Stellen in den Appalachen. Farmer hatten sich hier deshalb nie angesiedelt. Früher mochten Fallensteller und Jäger durch diese Gegend geschlurft sein. Doch solche Art, sich durchs Leben zu schlagen, nahmen heutzutage bestenfalls menschenfeindliche Sonderlinge auf sich.

Heute gehörte das Tal der Bahn.

Der doppelgleisige Schienenstrang der Amtrak war frisch geräumt. Die Schneepflüge, die zwischen den Bahnhöfen pendelten, kamen nicht mehr zum Stillstand. Die Bedarfsstation mit den Nebengleisen war in Luftlinie fünf Meilen vom Plateau entfernt.

Lanza blickte auf seine Armbanduhr, indem er den Ärmel mit dem Handschuh zurückschob.

»Was ist?«, rief Marotta ungeduldig. »Nichts zu sehen?«

Lanza wich für einen Moment hinter den Felsen zurück und rieb sich die Nässe aus dem Gesicht. »Noch nichts, Joe. Aber sie sind erst drei Minuten über der Zeit. Was erwartest du von einem Güterzug bei diesem Wetter?«

Der Mob-Boss schnaufte nur. Drinnen, in der behaglichen Wärme und von der Außenwelt abgeschnitten, hatte er sich nach der frischen Luft gesehnt. Jetzt sehnte er sich zurück in die Geborgenheit. Diese Berge und dieses verfluchte Schneetreiben waren nichts für ihn, waren ihm unheimlich. Er fragte sich, warum er es auf sich genommen hatte, New York zu verlassen. Die Antwort hatte er sich schon hundert Mal selbst gegeben, und er musste es sich immer wieder einhämmern: Es würde an der ganzen Ostküste keinen anderen sicheren Ort mehr geben. Man musste es einfach auf sich nehmen. Denn hinter dem Job stand nicht nur das Geld, das Safarim zugesagt hatte. Da waren außerdem noch die zehn Millionen, die man der Engländerin abknöpfen würde.

Und dann die Folgegeschäfte!

In einem zerstörten Land der einzige Überlebende zu sein, bedeutete, dass man unermessliche Werte an sich bringen konnte. Man musste nur die Zeit nutzen, die einem blieb, bevor der Staat in der Lage war, seine Kontrollorgane wieder einzusetzen. Und man würde selbstredend beim Wiederaufbau der zerstörten Gebiete mitmischen. Die nötigen Beziehungen zu den Behörden brauchten nicht erst hergestellt zu werden.

Die Voraussetzungen waren erstklassig, desgleichen die Ausrüstung. Joseph Marotta hatte sechsstellige Beträge investiert, um alles auf den neuesten Stand zu bringen. Bestechungsgelder machten allein ein Drittel dieser Beträge aus.

Doch die Investition würde sich hoch verzinsen. Das stand fest. Safarim musste nur seine Arbeit zuverlässig erledigen. Und genau das lag schließlich in seinem ureigenen Interesse.

Anthony Lanza spähte abermals ins schneedurchtoste Tal. Er spürte Marottas Blicke. Die Ungeduld machte den Mobster fast verrückt. Richtig zappelig war er geworden. Er musste mit Beruhigungstabletten voll gestopft werden, wenn es hart auf hart ging. Der Konkurrenzkampf in New York hatte ihn eine Menge Nerven gekostet. Lanza war da wesentlich ruhiger. Und er konnte von sich behaupten, dass er es war, der in den letzten Jahren die eigentliche Arbeit geleistet hatte. Joe wurde älter, doch er wollte es weder wahrhaben, noch wollte er sich das Ruder aus der Hand nehmen lassen. Also ließ man ihn gewähren und vermittelte ihm den Eindruck, dass er nach wie vor die Nummer eins war. Schließlich brauchte man sein Geld, um die Geschäfte abwickeln zu können.

Der Schnee wirbelte in auf und ab wallenden Wolken durch das Tal. Böen stießen immer wieder herab.

Die Natur kündigte an, zu welchem Wüten sie noch fähig sein würde.

Wenn auch nur in verschwommenen Umrissen, konnte Lanza doch den metallenen Riesenwurm sehen, der sich die Steigung heraufgequält hatte. Die bullige Diesellokomotive war der Kopf des Wurms, der sich nun in das Tal hineinwand.

Der Güterzug rollte auf das Nebengleis und kam langsam zum Stehen. Wolken von Schnee umwirbelten die Wagons. Die Menschen, die aus dem Hauptgebäude auftauchten, waren in dem Schneetreiben kaum zu erkennen.

Lanza gab seinem Boss einen Wink, und auch Marotta spähte ins Tal. Die Erleichterung war ihm augenblicklich anzumerken.

»Du musst dich beeilen, Tony!«, drängte er. »Jetzt kommt es drauf an. Du darfst sie um Himmels willen nicht verpassen!«

»Wir haben mindestens eine Stunde Zeit«, entgegnete Lanza.

»Das weiß man nie. Es kann sich immer was ändern. Komm jetzt.« Marotta wandte sich ab und ging vor.

Der hagere Mann folgte ihm schmunzelnd. »Keine Sorge«, sagte er besänftigend, als er den Mobster einholte. »In einer Viertelstunde freuen sich die Typen, dass es Geld gibt.«

Marotta konnte nichts dagegen sagen. Anthony Lanza war nicht ohne Grund sein Stellvertreter. Tony hatte seine Zuverlässigkeit in all den Jahren bewiesen. Es gab einfach nie einen Anlass, ihn zu kritisieren.

Lanza öffnete die kleinere der beiden Betonplattformen mit der Fernbedienung. Es gab den Fahrstuhlschacht für den Personentransport, und es gab den wesentlich größeren Fahrstuhl für den Hubschrauber. Das Ganze erinnerte an einen Flugzeugträger, aus dessen Bauch die Kampfjets ans Tageslicht geholt wurden. Nur stand der Hubschrauber wesentlich tiefer, unten im Berg, in seinem Hangar, von ein paar tausend

Tonnen Granit gestützt. Und der Start- und Landeplatz war praktisch nicht einzusehen. Selbst aus dem unmittelbar angrenzenden Tal musste man den Eindruck haben, dass die Maschine irgendwo zwischen den Bergspitzen verschwand.

Marotta und sein Stellvertreter nahmen den Fahrstuhl, der sie hundertfünfzig Fuß tief in den Berg versenkte. Als sie ausstiegen, befanden sie sich auf der Höhe des unterirdischen Hangars, der durch mächtige stählerne Druckschleusen von den darüber liegenden Schächten abgeteilt war. Das taghell erleuchtete Gewölbe glich einer Tiefgarage. Der Hubschrauber, ein Bell Jet Ranger, stand mit schlapp hängenden Rotorblättern da. Die Wachtposten, zwei Männer mit geschulterten Maschinenpistolen, grüßten mit militärisch wirkenden Gesten.

Marotta und Lanza verließen den Hangar durch eine weitere Druckschleuse. Sie traten in ein weiß getünchtes Treppenhaus, in dem ein anderer Fahrstuhl weiter in die Tiefe führte. Das Summen der Be- und Entlüftung und der Versorgungsaggregate war hier deutlicher zu hören als irgendwo sonst im Berg. Diesmal dauerte die Fahrt länger.

Unten befand sich der Aufenthalts- und Wohnbereich, der die obere Etage des atomsicheren Bunkers einnahm. Darunter gab es das Basement mit den Wirtschaftsräumen. Dazu gehörten auch das Lager, die Garagen und die ebenerdige Verbindung zum Tal.

Während sich Marotta in den Salon begab, fuhr Lanza sofort ins Basement.

Zwei Bodyguards, wintermäßig gekleidet, erwarteten ihn bereits in der Garage bei den Snowcats. Lanza übernahm ein Schneemobil für sich allein. Die beiden Männer schoben ein weiteres Fahrzeug auf den Gang zu, der eine Art Rolltreppe ohne Stufen enthielt. Mit mäßiger Steigung führte das breite schwarze Fließband auf den gut hundert Yards entfernten Ausgang zu. Zwei Druckschleusen mussten passiert werden.

Dann erreichten die Männer den Ausgang, ein perfekt getarntes Felsentor am Ende eines canyonartigen Einschnitts. Auch für dieses Tor besaß Lanza ein elektronisches ›Sesam-öffne-dich!‹, mit dem er den Schließmechanismus auslöste, kaum dass sie in der eisigen winterlichen Felslandschaft die Motoren angelassen hatten.

Lanza blickte noch einmal zurück.

Das hydraulisch bewegte Tor war selbst aus unmittelbarer Nähe nicht zu erkennen – so kunstvoll war es aus dem Granit herausgemeißelt und wieder eingefügt worden.

Marotta hatte mit dem Bunker wirklich einen Glücksgriff getan. In den sechziger Jahren hatte das atomsichere unterirdische Gewölbe einmal Leitsysteme der Air Force beherbergt. Darin waren neue, moderne Einrichtungen gebaut worden. Der Staat hatte die kostspielige Liegenschaft stillgelegt und zu verkaufen versucht. Ohne Erfolg. Die nächsten menschlichen Ansiedlungen sowohl in Virginia als auch in West Virginia waren zu weit entfernt, als dass eine Nutzung als ziviler Schutzraum in Frage gekommen wäre. Hinzu kam, dass keine Straßenverbindung an das Felsmassiv heranführte. Ausschließlich mit der Bahn und mit Hubschraubern waren das Hochtal und der Berg zu erreichen.

›Virginia ZX‹, so die amtliche Bezeichnung des Bunkers, war in Vergessenheit geraten. Die militärische Geheimhaltung entfiel. Staatliche Vermögensverwaltungen der untersten Ebene schoben die Akte ›Virginia ZX‹ von einem Kellerregal zum anderen, bis sich nur noch die älteren Sachbearbeiter überhaupt daran erinnerten.

Safarim war darauf gestoßen, als er die Fahrtrouten der ›White Trains‹ in Washington ausgeforscht hatte. Im Mikrofilm-Archiv der ›Washington Post‹ hatte er eine fünfundzwanzig Jahre alte Reportage entdeckt, in der der Bunker erwähnt wurde. Nur die genaue Ortsangabe fehlte. Safarim hatte Marotta das Weitere übertragen, und Anthony Lanza war in den Vermögensverwaltungen des Staates unauffällig auf die Pirsch gegangen. Die Schmiergelder, mit denen Marotta ihn ausgestattet hatte, waren ausreichend gewesen. Keiner der Bestochenen würde jemals ein Wort darüber verlieren, dass von der Akte ›Virginia ZX‹ Fotokopien angefertigt worden waren.

Marotta hatte den Bunker für Safarims Zwecke reaktivieren und umbauen lassen. Lanza hatte die Arbeiten überwacht. Jetzt war alles bereit.

Die Vorräte reichten für ein ganzes Jahr.

Ein volles Jahr konnte man dort unten zubringen, während draußen der nukleare Winter herrschte – fast im Herzen der Vereinigten Staaten. Niemand würde damit rechnen, dass auch nur eine Menschenseele in diesem Gebiet überlebt haben würde. Lanza empfand nicht einmal einen Hauch von Unsicherheit bei dem Gedanken, dass er sich dann nur in einer speziellen Schutzkleidung ins Freie wagen würde – wie die anderen auch. Sie würden sich durch menschenleere, verwüstete Landstriche durchschlagen müssen, um dann irgendwo die wahrscheinlich aufgebauten Absperrungen zu durchbrechen und unverseuchtes Gebiet zu erreichen. Eben dies war entscheidender Bestandteil des Plans. Alle Verantwortlichen – Lydia Malone, Dario Safarim und Joseph Marotta – existierten praktisch nicht mehr. Niemand konnte ihr Verschwinden rekonstruieren. Sie hatten ein Jahr Zeit, um ihre Identität zu verändern. Und wenn sie sich wieder in die Welt hinauswagten, dann vor allem, um abzukassieren. Das Geld, das der Auftraggeber zahlte, war bereits bei einem Mittelsmann deponiert. Die Engländerin garantierte in dieser Beziehung hundertprozentige Sicherheit. Überdies hatte sie Marotta bereits den Großteil seiner Kosten für den Bunker-Umbau erstattet. Es war also nicht an der Ernsthaftigkeit des Auftrags zu zweifeln.

Lanza verließ den Felseinschnitt als Erster. Eine Bö traf ihn, und er glaubte, vom Schneemobil geworfen zu werden. Doch das wendige kleine Fahrzeug ruhte sicher auf seinen Kufen und Ketten. Der Rückspiegel, ähnlich wie bei einem Motorrad am Lenker angebracht, zitterte im Wind. Lanza konnte jedoch erkennen, dass seine beiden Leibwächter ihm dichtauf folgten.

Er hatte sich verkalkuliert. Der Wind hatte bereits Sturmstärke angenommen. So brauchten sie für die knapp viereinhalb Meilen vom Fuß des Berges aus rund zwanzig Minuten.

Sie brachten die Snowcats zwischen dem Hauptgebäude und den Wagons zum Stehen. Etwa ein Drittel des Zuges war bereits abgekoppelt worden. Die Lok würde mit dem Rest der Wagons auf der Hauptstrecke weiterfahren, sobald der Amtrak-Schnellzug THE CARDINAL passiert hatte. Das verbliebene Drittel der Wagons war für die Kleinstadt Earlhurst bestimmt. Die eingleisige Nebenstrecke dorthin führte über einen Pass nach Südwesten aus dem Tal hinaus. In Earlhurst befand sich das Zentrallager einer Supermarktkette, die in diesem Bereich der Appalachen in verschiedenen Kleinstädten vertreten war.

Der Gedanke an die Lebensmittel in den Wagons brachte Lanza zum Grinsen.

Gemeinsam mit seinen Männern betrat er das Hauptgebäude. Daneben gab es nur noch die Schuppen, die für die Zwischenlagerung von Stückgut dienten. Lanza traf die beiden Eisenbahner, mit denen er zusammenarbeitete, in einem Büro neben dem Aufenthaltsraum. Es war jedoch behaglich warm. Statt einer Begrüßung nickte er ihnen lediglich zu. Die Bodyguards bauten sich links und rechts von der Tür auf.

»Läuft alles programmgemäß?«, fragte Lanza.

»Keine Schwierigkeiten«, antwortete der ältere der Eisenbahner. Mit einer Kopfbewegung deutete er zu der Seite, wo der Aufenthaltsraum war. »Wir müssen nur die anderen ein bisschen beteiligen. Wo was mit Rauschgift läuft, da ist Geld zu holen. So viel haben sie inzwischen mitgekriegt.«

»Verdammt!«, zischte Lanza. »Wie konnte das passieren?«

Die Eisenbahner grinsten, fühlten sich überlegen. »Zwei Mann sind ein bisschen wenig, um mit einem kompletten Güterzug klarzukommen«, erklärte der Jüngere besserwisserisch. »Wenn Sie denken, dass Sie ...«

»Sei still!« Sein Kollege ergriff seinen Unterarm. Dabei sah er Lanza an. »Wir haben den Leuten nicht gesagt, was läuft. Wirklich nicht. Die denken sich nur ihr Teil. Rauschgift und so.«

Lanza bemühte sich, seinerseits nicht zu grinsen. »Wenn diese Typen irgendwann die Klappe aufmachen, sind sie dran. Notfalls knöpfe ich mir jeden selber vor.«

»Sie können sich hundertprozentig auf uns verlassen«, versicherte der ältere Bahnmann. »Auf alle von uns.«

»Gut«, nickte Lanza. Er zog die Handschuhe aus und zupfte den Umschlag mit dem Bargeld aus der dicken Jacke. »Zählen Sie nach.« Im Grunde störten ihn die zusätzlichen Mitwisser nicht. Solange sie glaubten, dass es um Drogenhandel ging, waren sie ohnehin keine wirklichen Mitwisser.

»Zehntausend«, sagte der ältere Eisenbahner. »Das sind je fünf für uns beide. Aber die anderen ...«

Lanza legte fünftausend drauf und erntete Zufriedenheit. Sie gingen gemeinsam hinaus, und er ließ sich die Wagons zeigen. Die Abgekuppelten standen auf dem richtigen Nebengleis, nur fünf Yards vom Hauptgleis Richtung Clifton Forge entfernt, und es gab keine störenden Lagerschuppen oder sonstigen Gebäude dazwischen. Lanza und seine Begleiter verabschiedeten sich, nachdem sie erfahren hatten, dass sämtliche anwesenden Eisenbahner mit dem Güterzug weiterfahren würden, sobald der Amtrak Superliner durch war.

Das Schneetreiben schluckte Lanza und die Bodyguards wie Schatten. Marottas Stellvertreter war zufrieden. Alles lief so glatt, dass ein abergläubischer Mensch vielleicht schon Bedenken gekriegt hätte. Nicht er. Es bereitete ihm nicht einmal Kopfzerbrechen, dass die vier Jungs, die er nach Clifton Forge geschickt hatte, noch immer keinen Laut gegeben hatten. Wenn ihnen etwas zugestoßen wäre, hätte das Konsequenzen gehabt. Zeitungen und Fernsehen hätten losposaunt. Oder die gesamte Amtrak-Strecke wäre gesperrt worden. Irgendetwas in der Art. Doch nichts war geschehen. Eine Tatsache, die Lanzas Zuversicht verstärkte. Er hatte Joe Marotta von dem Auftrag der vier in Clifton Forge nichts gesagt. Er würde es auch weiterhin nicht tun. Sie hatten vereinbart, dass sie sich nur dann meldeten, wenn sie ein handfestes Ergebnis liefern konnten. Aber CIA und all die anderen Vereine schliefen offenbar. Nichts rührte sich hier draußen am Schienenweg. Und die vier Jungs überwinterten wahrscheinlich in einer Berghütte – zusammen mit ein paar strammen Appalachen-Girls.

Das ›Sesam-öffne-dich!‹ funktionierte auf den Schlag. Lanza und seine Leibwächter tauchten in den Berg hinab.

»Himmel, wie gemütlich!«

Sie sah sich um, drehte sich hin und her und klatschte entzückt in die Hände. Es hörte sich an, als hätte ich persönlich das Abteil eingerichtet. Mit einer letzten Drehung wandte sie sich mir zu und schlang die Hände um meinen Nacken. Ihr rotes Haar schimmerte freundlich im Licht der Wandlampen. Ihre graugrünen Augen sprachen Bände. Und was mein Jackett zweifach zu durchbohren schien, war ungeheuer prall.

»Trautes Heim, Glück allein«, sagte ich mit einem

schiefen Lächeln. Noch gelang es mir, meine Gedanken auf das Wesentliche zu konzentrieren.

Der Superliner wirbelte schon wieder jede Menge Schnee auf. Seine Höchstgeschwindigkeit schien er nach dem kurzen Aufenthalt in Clifton Forge schon wieder erreicht zu haben. Allerdings gab es jetzt häufiger Bergstrecken mit beträchtlicher Steigung. Dann ließ THE CARDINAL merklich nach. Und Böen klatschten Schneeschwaden gegen Aluminiumhaut und Fenster der Wagen, dass es sich anhörte wie schmetternde Schläge.

Lautsprecherdurchsagen hatten die Fahrgäste darauf hingewiesen, dass kein Grund zur Besorgnis bestehe. Die Strecke nach White Sulphur Springs sei als frei gemeldet, und man rechne nicht damit, dass der Wind noch zunehmen würde.

Ich betrachtete diesen Wind längst als Sturm. Sicher ging es vielen Leuten im Zug so. Durchhalteparolen waren also angebracht.

Einzig meine eiserne Engländerin redete überhaupt nicht vom Wetter. Sie hatte ein paar Drinks in sich hineingekippt, und sie schien nicht zu ahnen, weshalb ich ihrem Drängen so schnell nachgegeben hatte. Nichts auf der Welt war ihr erstrebenswerter gewesen, als endlich mein Abteil kennen zu lernen. Auf dem Weg aus dem Loungewagen hatte sie sich mit ein paar raschen Blicken vergewissert, dass ihre Inszenierung auch das gewünschte Ergebnis erzielte.

Eifersucht.

Folglich war mir klar, mit wem ich es zu tun hatte.

Diane hatte es mir ohnehin signalisiert, und als Frau mochte sie sowieso einen besseren Blick für Maskeraden haben als ein Mann. So unwahrscheinlich es mir vorkam, war es andererseits nicht. Schließlich hatten wir eine ganze Reihe von konkreten Hinweisen, die uns in eben diesen Amtrak-Schnellzug auf eben dieser Strecke geführt hatte. Und die Rolle, die ich gemeinsam mit Diane spielte, hatte sich auf Anhieb ausgezahlt. Kein Wunder. Lydia Malone wäre sicher nicht auf mich angesprungen, wenn ich still und schüchtern in einer Ecke gesessen hätte.

Sie hätte mich nicht einmal bemerkt.

Und jetzt war sie schon so weit, dass sie alles von mir wollte.

Falsch.

Sie war bereit, alles zu geben. Ich war nicht weltfremd genug, um es nicht zu merken. Noch vor einer Stunde hätte ich mir nicht vorstellen können, jemals auf Safarims Hilfe zu hoffen. Nun aber wünschte ich ihn mir als eifersüchtigen Gockel herbei, der mit hochrotem Kopf hereinstürmte.

Lydia zog mich rückwärts mit sich – auf die Sessel zu, die sich zu einer durchgehenden Horizontalen ausklappen ließen.

Phil Decker klemmte sich die blaugraue Dienstmütze unter den Arm und stieg die Treppe zur Lounge hinauf. Laute Stimmen von dort oben übertönten das Toben des Unwetters.

Diane alias Elda Zappan stürmte ihm im Vorraum entgegen.

Sie spielte äußersten Zorn – gekonnt, mit hochrotem Gesicht. »Es geht los!«, zischte sie, war im nächsten Moment schon an ihrem Kollegen vorbei und trippelte die Treppe hinunter.

Phil, der die Uniform eines Zugbegleiters trug, hatte noch Zeit, die Lounge zu durchqueren und an der Bar einen alkoholfreien Drink zu bestellen. Ihm fiel der hoch gewachsene Mann sofort ins Auge. Vielleicht lag es an der Brille mit den schwarzen Gläsern. Eine geradezu alberne Verkleidung. Bei dem Schnauzbart konnte man allerdings nicht genau sagen, ob er echt oder nachgemacht war. Der Mann stürzte den Rest aus seinem Glas hinunter und schwang sich vom Hocker.

Kein Zweifel, er verfolgte die kleinmädchenhafte Sekretärin des reichen Großmauls Watford.

Phil nippte an seinem Orange-Drink und zündete sich eine Zigarette an. Alle Barhocker waren besetzt. Die Unterhaltungen waren lautstark. Seit Charlottsville wirkte der Alkohol. Ein zweiter Mann setzte sich in Bewegung. Ein Schwarzer, der schreiend bunte Kleidung trug. Grüne Hose, rotes Hemd, blaues Jackett, gelbe Socken, weiße Schuhe. Er gab sich wenig Mühe, seine Eile zu verbergen. Und auch seine Absicht war eindeutig.

Er verfolgte den Schwarzbebrillten, der hinter Diane-Elda her war.

Die Sache hätte in einen Agentenfilm aus den sechziger Jahren gepasst.

Niemand außer Phil nahm vom Abmarsch des Bunten Notiz. Phil leerte sein Glas zur Hälfte und legte Dollarmünzen daneben.

Der Bunte hielt auf die Schlafwagen zu. In den Gängen standen jetzt kaum noch Fahrgäste. Man konnte nichts sehen außer dem ständig auf und ab wallenden Schneegewirbel. Und das Toben des Sturms war alles andere als anheimelnd. Da war es schon besser, sich in den Abteilen aufzuhalten und sich mit Spielen oder Lesen die Zeit zu vertreiben. Phil behielt den Bunten im Auge.

Diane und ihr Verfolger hatten beträchtlichen Vorsprung, waren jeweils schon einen ganzen Wagen weiter.

Es war der dritte Schlafwagen, den Phil betrat. Im vorderen Drittel des leeren Gangs verharrte der geckenhaft gekleidete Schwarze plötzlich. Als er herumruckte, auf ein offenes Abteil zu, schien er nur einen winzigen Moment zu zögern. Doch dann schnellte er los, in das Abteil hinein.

Phil sprintete. Er lief mit den sturmgepeitschten Schneeflocken um die Wette. Noch zwei Schritte war er von der geöffneten Tür entfernt, als der Schwarze herausgeschleudert wurde. Mit dem Rücken prallte er gegen die Wandverkleidung zwischen zwei Gangfenstern. Er wollte sich abstoßen, wollte wild entschlossen wieder dorthin, wo er Schiffbruch erlitten hatte.

Phil ließ die Eisenbahnermütze fallen, überbrückte den letzten Yard im Sprung. Er erwischte den Buntgekleideten an der Schulter und rammte ihn von den Füßen. Gemeinsam landeten sie auf dem Boden.

Ein trockener, hackender Laut. Dann ein Schmettern.

Phil warf sich herum. Den 357er hatte er im selben Atemzug draußen. Er sah noch das entsetzte Gesicht des Schwarzen neben sich. Dort, wo er mit dem Rücken gegen die Wagenwand geprallt war, hatte die Kugel aus dem Abteil ein Loch in die Holzverkleidung geschlagen. Phil kam federnd auf die Beine. Er ließ den Dienstrevolver hochfliegen.

»Achtung!«, schrie der Schwarze. »Ich bin CIA-Beamter! Der Mann da drinnen ist …« Es blieb ihm im Hals stecken.

Auch Phil erstarrte.

Denn es war Diane Bailey, die als Erste in den Gang hinaustrat.

Dass die Tür des Nachbarabteils aufflog, änderte nichts. Es konnte nichts mehr ändern, weil der schwarze Stahl einer Pistole neben Dianes Gesicht schimmerte.

Ich hatte die Stimmen gehört, dann den Schuss. Ein paar Sekunden hatte ich gebraucht, um mich aus Lydias Umklammerung zu befreien. Endlich kam ich von der Horizontalen weg. Den Smith & Wesson trug ich unauffällig in einem Inside-Holster unter dem Hosenbund.

»Nicht!«, kreischte Lydia. »Bleib hier! Sei doch bitte nicht …«

Sie verstummte, als sie den Magnum-Revolver in

meiner Rechten sah. Mit einem Satz war ich bei der Tür und riss sie auf. Nur einen halben Schritt brachte ich zu Stande. Dann war es, als ob eine Riesenfaust mich auf der Stelle festnagelte.

Ich sah Diane. Ich sah Phil. Und ich erblickte den schwarzen Dandy, der noch am Boden lag.

Schlimm war nur die Pistole. Eine CZ 75. Dieses tschechische Modell. Cesky Zavody. Die Mündung grub eine hässliche Mulde in Dianes Schläfe.

Unsere Kollegin war kreidebleich.

»Der Mann ist ein ausländischer Agent!«, keuchte der Schwarze.

Ich verkniff mir eine spöttische Bemerkung. Ich fing an zu begreifen, was sich hier abgespielt hatte. Aber es half alles nichts mehr. Wir waren zur Hilflosigkeit verurteilt.

»Schießeisen weg!«, befahl Safarim, bevor er in den Gang heraustrat. »Und keiner bewegt sich!«

Nur in meinem Abteil bewegte sich etwas – auf mich zu. Ich wich zurück. Noch konnte ich es riskieren, denn der Söldner hatte mich noch nicht gesehen. Ich ruckte herum. Lydias Gesicht war hassverzerrt. Ihre großen Brüste wogten, als sie mich ansprang. Mit dem linken Unterarm blockte ich sie ab. Schmerzerfüllt schrie sie auf. Nichts war mehr vorhanden von der entfesselten Gier, mit der sie sich die Sachen vom Leib gerissen hatte. Ihre Brüste, auf die sie so stolz war, hatten jede Wirkung verloren. Ihre Nacktheit wirkte eher erniedrigend. Als der Schuss gefallen war, hatte sie gerade angefangen, mit ihrer Entkleidungs-Hektik bei mir fortzufahren. Doch über ein paar Hemdknöpfe war sie nicht hinausgekommen.

Ich hatte keine andere Wahl. Ich packte ihren linken Unterarm, zog sie an meine Seite und hielt ihr die Revolvermündung ins Ohr.

Sie wurde steif.

Jemals selbst in eine solche Lage zu geraten, schien außerhalb ihrer Vorstellungskraft gelegen zu haben.

Safarim schob sich mit seiner Geisel heran. Ein Kloß bildete sich in meiner Kehle. Dianes bleiches Gesicht löste einen körperlich spürbaren Schmerz in mir aus.

Safarims Augen schienen aus den Höhlen quellen zu wollen, als er Lydia sah. Sein Blick glitt auf und ab über ihren entblößten Körper. »Hure!«, brüllte er. »Gottverdammte ...«

Ein lautes Knacken unterbrach ihn. Im selben Augenblick wurde der Zug merklich langsamer. Gleich darauf setzten die Bremsen ein. Mehr als ein metallisches Schaben war nicht zu hören. Wir mussten uns gegen die Fliehkraft stemmen. Ich sah, wie Phil und der CIA-Mann die Muskeln anspannten. Aber Safarim tat keinem von uns den Gefallen, das Gleichgewicht zu verlieren und reflexartig die Pistole von Dianes Schläfe zu nehmen. In dem Moment, in dem er es getan hätte, wäre er tot gewesen.

»Verehrte Fahrgäste!«, ertönte eine Männerstimme aus den Lautsprechern. »Auf Grund der Witterungsumstände sind wir leider gezwungen, einen kurzen Aufenthalt einzulegen. Schneeverwehungen, die sich überraschend schnell aufbauten, haben die vor uns liegende Bergstrecke unpassierbar gemacht. Räumfahrzeuge werden jedoch in Kürze aus White Sulphur Springs erwartet. Es besteht kein Grund zur Besorgnis. Wir werden Sie über den Stand der Dinge auf dem Laufenden halten. Vielen Dank für ihr Verständnis!«

Safarim dachte nur sekundenlang nach.

»Klamotten!«, schrie er dann. »Ich verlange Winterklamotten für die Kleine und für mich! Los, los, Bewegung! Und weg mit den verdammten Schießeisen, sonst lernt ihr mich kennen!«

Die Aufforderung galt Phil und dem Schwarzen. Sie hatten keine andere Wahl. Sie mussten gehorchen.

Der Zug stand.

Safarim und seine Geisel waren auf dem Weg nach vorn, dick vermummt jetzt. Ich verlor keine Zeit. Ich trieb Lydia zurück, bevor sie sich von ihrer Überraschung erholen konnte. Auf dem Weg in das kleine Duschbad steckte ich den Revolver weg und zog stattdessen die Handschellen hervor. Die Nackte öffnete und schloss den Mund unablässig, kriegte aber kein Wort heraus. Ich stieß sie auf den Toilettendeckel, fing ihr rechtes Handgelenk mit der Stahlacht ein und klinkte die andere Hälfte der Acht an das Abflussrohr des Waschbeckens. Ich wich zurück, bevor sie nach mir treten konnte.

»Verdammter Hurensohn!«, keuchte sie. »Du verdammter …«

Ich überließ sie ihrer Wut. Ich wusste nicht einmal, ob sie mich oder Safarim meinte. Es musste ihr höllisch zu schaffen machen, dass er sie zurückgelassen hatte.

Ich traf Phil und den Schwarzen vorn im Wagen. Die Tür war durch den Sturm zugeworfen worden. Von Safarim und Diane war nichts mehr zu sehen.

»All right«, sagte mein Freund und Kollege. »Jetzt gibt es nur noch eins: Zieh deine Spielgefährtin an, und dann hinterher!«

»Sie wird sich selber anziehen«, knurrte ich grimmig und sah den Schwarzen an.

Er wirkte zerknirscht. »Paul Randolph, CIA«, stellte er sich vor.

»Hervorragend«, nickte ich. »Wirklich ausgezeichnet! Hatten Sie den Auftrag, uns ein bisschen zu behindern?«

Er atmete tief durch. »Himmel, nein! Ich wusste überhaupt nicht, dass FBI-Kollegen im Zug sind! Mein Auftrag lautete, Safarim und die Malone aufzuspüren und zu beschatten.«

»Ist das nicht toll?«, rief Phil erbost. »Die CIA lässt einfach nichts unversucht, um die Dinge so schwierig wie möglich zu machen.«

Ich trat einen Schritt auf Paul Randolph zu. »Eines kann ich Ihnen versichern, Paul«, sagte ich leise, »wenn Diane Bailey auch nur das Geringste zustößt, werden bei der CIA ein paar Stuhlbeine abbrechen! Und Ihr Stuhl ist garantiert als Erster dran!«

Er presste die Lippen aufeinander und antwortete nicht. Phil und ich beeilten uns. Die Bahnbeamten, die im Gang aufgetaucht waren, hielten wir mit unseren Dienstmarken zurück. Sie wussten ohnehin, welche Rolle Phil spielte. Wir baten sie, wetterfeste Kleidung für uns heranzuschaffen.

»Ich übernehme das!«, rief Paul Randolph.

»In Ordnung«, stimmte ich zu. »Aber Sie selbst brauchen sich um das Wetter nicht zu kümmern.«

Er blinzelte mich an.

»Weil du hier im Zug bleibst, Kollege«, sagte Phil energisch-freundschaftlich und klopfte ihm auf die Schulter.

Wir ließen ihn stehen und betraten das Abteil.

»Lydia Malone«, sagte ich und lächelte eisig.

Sie sah auf einmal aus, als wollte sie klein und hässlich werden.

»Wir haben keine Zeit, uns gegenseitig etwas vorzumachen«, erklärte Phil und fügte hinzu, wer wir waren, wer Safarims Geisel war.

Wir brauchten sie nicht darüber aufzuklären, was er mit Diane vorhatte. Unsere Kollegin war sein Passierschein für jedes Hindernis – vorausgesetzt, der Sturm machte ihm keinen Strich durch die Rechnung.

»Was hat Safarim vor?«, fragte ich.

»Wisst ihr das nicht?«, entgegnete Lydia. Sie fing an, ihre Beherrschung zurückzugewinnen.

»Nicht genau genug.«

Ein lauernder Ausdruck trat in ihr Gesicht. »Ich weiß es auch nicht«, behauptete sie. »Aber ich kenne sein Ziel. Wenn ihr wollt, führe ich euch hin.«

»Ich könnte glatt vor Dankbarkeit zerfließen«, knurrte ich und wechselte einen Blick mit Phil. Jeder Kommentar war überflüssig. Lydias Angebot hatte nur einen einzigen Grund. Sie wollte hinter Safarim her.

Und sie hoffte, dass Phil und ich dabei draufgingen.

Eben diesen Gefallen wollten wir ihr aber auf keinen Fall tun.

Paul Randolph und zwei Eisenbahner brachten die Kleidung.

Die Böen schienen aus allen Richtungen zu kommen. Der peitschend herangetriebene Schnee bestand nicht aus Flocken, sondern aus Millionen feinster Nadelspitzen. Safarim hatte das Gefühl, durchgeschüttelt zu werden. Es war, als könnte sich der verdammte Sturm nicht entscheiden, was er mit seinen menschlichen Opfern machen sollte.

Safarim brauchte die Frau nicht anzutreiben. Ihr lag selber daran, der tobenden weißen Hölle zu entrinnen. Und sie wusste, dass er die Automatik in der Hand hatte – wenn auch in der Tasche seines dick gefütterten Parkas. Sie hielt sich erstaunlich gut, schien sportlich und durchtrainiert zu sein.

Der Zug war hinter ihnen, war schon nicht mehr zu sehen. Und nun türmten sich die Schneewehen vor ihnen auf. Hatte der Schnee eben noch bis zu den Knien gereicht, wurde er jetzt von Yard zu Yard höher. Die Beschaffenheit des Geländes war die Ursache.

Erstaunlicherweise konnte man hier draußen besser sehen als vom Zug aus. Safarim machte sich keine großen Gedanken darüber, woran das liegen mochte. Fest stand nur, dass es links vom Schienenstrang ziemlich tief hinunterging. Der Sturm tobte allem Anschein nach gegen den Hang an, der sich oberhalb der Gleise fortsetzte. Der Schnee glich aus, was die Menschen dem Berg einst als einen stufenartigen Einschnitt abgetrotzt hatten. Die Böen fegten und wirbelten, und es war klar zu erkennen, was sich abspielen würde. Keine zwei Stunden mehr, und der Steilhang würde eine durchgehende weiße Flucht bilden – vom Schnee zugekleistert.

»Rechts bleiben!«, brüllte er seiner Geisel zu.

Sie verstand ihn, obwohl der Sturm ihm die Worte von den Lippen fetzte.

Gehorsam wich sie ein Stück weiter nach rechts. Die Schneedecke reichte ihr bereits bis zu den Oberschenkeln. Es wurde immer mühsamer, hindurchzustapfen. Rechts waren noch kahle Stellen zu erkennen – Fels, vom Sturm blank geputzt.

Safarim wusste mittlerweile, wo er sich befand. Es war ermutigend. Er hatte die Karte genau genug im Kopf. Die Steigung, der Berg schon oberhalb der Vegetationsgrenze – alles stimmte.

Es war die letzte Steigung vor dem Hochtal.

Nur noch eine knappe Meile. Das musste zu schaffen sein. Hölle und Teufel, vielleicht war der Schneesturm ein Geschenk des Himmels? Alle Störenfriede und Verfolger aus östlicher Richtung würden hoffentlich im Schnee stecken bleiben. Und wenn die Strecke auf der Westseite des Berges noch frei sein sollte, dann würde der fällige ›White Train‹ ziemlich genau im Tal anhalten. Da, wo er hingehörte.

Wir mussten hinaus. Alles andere hatte keinen Sinn.

Schneemobile konnten wir nirgends auftreiben, denn wir befanden uns mitten in der Wildnis. Aus eben diesem Grund war auch nicht mit Hilfe von außerhalb des Zuges zu rechnen. Kein Hubschrauber konnte bei dem Unwetter zu uns vordringen. Es gab keinen anderen Weg als den, den auch Safarim mit unserer Kollegin als Geisel gewählt hatte.

Phil und ich bewachten Lydia Malone abwechselnd beim Anziehen. Da Schamgefühl ihr ohnehin fremd war, kam sie gar nicht erst auf die Idee, nach einer Beamtin zu verlangen. Zusätzlich zu den weißen Kampfanzügen, die wir schon in Clifton Forge getragen hatten, bepackten wir uns mit den Waffen, die sich in unserem Gepäck befanden. Gürtelholster und Schnelllader für die Magnum-Revolver. Maschinenpistolen mit jeweils drei Reservemagazinen. Die Magazine verstauten wir in den Beintaschen. Außerdem hatten wir eine Signalpistole, eine Taschenlampe, je ein Überlebensmesser und ein Walkie-Talkie. Ich suchte das Messtischblatt für den Streckenabschnitt heraus, auf dem der Amtrak Superliner festsaß.

Wir waren nur eine Meile von einem Hochtal entfernt, in dem sich eine Bedarfsstation befand. Dort zweigten Nebengleise ab, über die Güterzüge die südwestlich gelegenen Kleinstädte erreichten.

Keine zehn Minuten waren seit Safarims Verschwinden vergangen, als wir ebenfalls aufbrachen. Sein Vorsprung konnte nicht überragend sein. Das Wetter machte allem und jedem einen Strich durch die Rechnung. Es war uns nicht gelungen, Einzelheiten aus Lydia herauszubekommen. Sie wusste, welche Trümpfe sie in der Hand hatte. Entsprechend stark schien sie sich zu fühlen. Dabei hätte sie ihre Lage eigentlich klarer sehen müssen. Sie war enttarnt. Ebenso Safarim. Und nicht nur Phil und ich wussten das. Paul Randolph würde versuchen, Hilfe zu beschaffen – per Zugtelefon wahrscheinlich in Clifton Forge oder Charlottsville. Sobald das Wetter es zuließ, würden Hubschrauber und Schneemobile in Marsch gesetzt werden. Paul hatte ein Interesse daran, die Dinge ins Reine zu bringen, bevor irgendetwas an die große Glocke gehängt werden konnte.

Lydia Malone und ihre Komplizen konnten nicht mehr untertauchen und ihren großen Schlag in aller Heimlichkeit landen. Nur durch Schnelligkeit konnten sie jetzt noch zum Zug kommen.

Schon das Aussteigen aus dem Schlafwagen brachte Probleme mit sich. Ich stemmte mich gegen die Tür, und es kam mir vor, als sei sie verschlossen. Im nächsten Moment ließ die Bö nach, die dagegen gedrückt hatte. Beinahe flog ich hinaus. Ich glich meinen eigenen Schwung reaktionsschnell aus und ließ mich hinab. Eiseskälte pfiff mir wie mit Nadelspitzen bewehrt ins Gesicht, und wattig weicher Schnee raubte einem das Gefühl für den festen Boden. Doch er war da – Schotter zwischen den Schwellenenden, gleich neben dem Superliner.

Ich war gezwungen, Lydia beim Aussteigen zu helfen. Sie ließ sich in meine Arme sinken. Ich war wachsam, ergriff ihre Oberarme und sah, dass auch Phil sie im Auge behielt.

»Du bist ein gottverdammter Dummkopf!«, zischte die Engländerin in mein Ohr. »Warum arbeitest du nicht mit mir zusammen? Wir beide wären unschlagbar. Uns würden zehn Millionen Dollar in den Schoß fallen, und wir würden Safarim mit links ausbooten. Oh, ich könnte mir gut vorstellen, mit dir auf einer Karibikinsel …«

Ich schob sie von mir und schüttelte nur verständnislos den Kopf. Im Augenblick hatte ich andere Sorgen, als mich mit dem Verzweiflungsangebot einer in die Enge getriebenen Verbrecherin abzugeben. Ihr Gesicht verzerrte sich vor Hass. Denn sie begriff, dass sie nicht die geringste Chance hatte, bei mir zu landen. Sie brauchte mir auch nicht mehr damit zu kommen, dass das Gehalt eines FBI-Beamten nur ein Trinkgeld war – verglichen mit der Millionen-Beteiligung, die sie mir bot.

Phil folgte mir ins Freie. Paul Randolph und die Eisenbahner riefen uns etwas nach, das sich wie ›Hals- und Beinbruch!‹ anhörte.

Vom selben Moment an hörten wie so gut wie nichts mehr. Der Sturm sprang uns mit einer Gewalt an, als wollte er uns den Atem zurück in den Hals rammen. Die eisige Luft mit ihren Millionen Nadeln schien die Gesichtshaut zerfetzen zu wollen. Lydia wandte sich entschlossen nach vorn und stapfte los. Es sah aus, als wollte sie uns davonlaufen. Möglich auch, dass sie uns nur beweisen wollte, zu welchen körperlichen Leistungen sie fähig war. Wut und verzweifelte Entschlossenheit erzeugten ihren Vorwärtsdrang. Kein Zweifel.

Links über uns waren Gesichter hinter den Fensterscheiben zu erkennen. Die Augen, die uns beobachteten, begriffen nicht, was sich abspielte. Schneeflocken wurden gegen das Glas gepeitscht und bildeten eine Schicht, die nur noch träge wegschmolz. Der Fahrtwind fehlte. Solange wir uns noch zwischen dem Superliner und dem Felsenhang rechts von uns voranarbeiteten, waren die Böen einigermaßen kalkulierbar. Dann jedoch, als wir die freie Landschaft vor der mächtigen Lok erreichten, kam ich mir schlagartig wie ein Spielball vor. Das wirbelnde Weiß wurde vom Geheul des Sturms begleitet. Die Böen schüttelten uns. Lydia, die wir vor allem im Auge behielten, war ein paar Mal kurz davor, in den über kniehohen Schnee zu stürzen.

Die Naturgewalten waren noch nicht zu voller Kraft entfesselt. Aber sie zeigten uns schon jetzt, dass sie mit uns machen konnten, was sie wollten.

Wir folgten Lydia mit drei bis vier Schritten Abstand. Genau ließ sich das nicht einhalten. Die unterschiedliche Schneehöhe und das Toben der Böen machten jegliche Fortbewegung unkalkulierbar. Alles, was über diese drei, vier Schritte hinausging, war nur schemenhaft zu erkennen: der steil ansteigende Hang zur Rechten, die Kante des Felsenabsatzes auf der linken Seite.

Das Tal, das sich anschloss, konnte man schon nicht mehr sehen. Es war ein Nichts aus windgequirltem Weiß. Die beste Orientierungsmöglichkeit war und blieb der steil ansteigende Fels zur Rechten. Nur vereinzelt, an kahl gefegten Stellen, auf die sich die Böen eingeschossen zu haben schienen, waren die Schienen und Schwellen noch zu erkennen. Doch diese Löcher in der mächtigen Schneedecke wurden immer seltener.

Die Kälte konnte uns vorläufig nicht packen. Dagegen waren wir bestens gerüstet. Schwacher Trost.

Alles andere, was die Naturgewalt aufbot, war gegen uns. Sogar die Lichtverhältnisse. Es war so düster geworden, als wäre der Nachmittag ein Abend. Leicht konnte man in diesem mühevollen Voranstapfen jegliches Zeitgefühl verlieren. Und ich spürte, wie sich in meinem Kopf der Gedanke festfraß, dass wir das Hochtal nicht mehr erreichen würden, bevor es vollends dunkel wurde. Unsinn.

Völlig unmöglich. Wir würden es zehnmal schaffen. Da mussten schon haushohe Schneewehen kommen, um uns aufzuhalten.

Doch bereits in der nächsten Minute erhielt mein Optimismus einen Dämpfer. Auf der rechten Seite des Schienenstrangs stiegen die Verwehungen steil an, wurden mehr als mannshoch. Logisch. In den Winkel zwischen Felssockel und Steilhang presste der Sturm hinein, was nur hineinging. Eben das war auch der Grund, weshalb der Lokführer die Verantwortung nicht mehr übernehmen wollte. Wenn wir nicht Maulwurf spielen wollten, mussten wir nach links ausweichen, auf das Gegengleis. Dort wölbte sich der Schnee über der Felsenkante, und das Tal war etwas deutlicher zu erkennen.

Lydia hatte es erkannt. Sie strebte hinüber. Dabei schien sie von Panik erfasst zu werden. Weit nach vorn gebeugt stemmte sie sich gegen die Böen. Phil und ich waren gezwungen, Tempo zuzulegen. Eindeutig: Die Agentin befürchtete, dass der Weg zum Hochtal versperrt sein würde, bevor wir es schafften. Und einen anderen Gedanken hatte sie gehegt und gepflegt. Das wurde uns in der nächsten Sekunde klar.

Lydia drehte sich plötzlich um und ging rückwärts. Letzteres war auch unbedingt nötig. Denn in dem verdammten Toben und Heulen konnten wir gar nicht schnell genug reagieren. Wäre sie stehen geblieben, hätten wir sie glatt über den Haufen gerannt. Das Entscheidende konnten wir erst auf den zweiten Blick bemerken.

Sie hatte den rechten Handschuh ausgezogen.

In ihren schlanken Fingern ruhte ein grauschwarzes Ding aus Kunststoff. Die Laufmündung glotzte mich an – dick, groß und metallisch glänzend wie ein Kuhauge.

»Ihr habt es nicht anders gewollt!«, schrie Lydia. »Stehen bleiben, oder ich schieße!«

Sie würde es tun. Ohne mit der Wimper zu zucken. Ein unauffälliger Seitenblick zeigte mir, dass Phil genauso dachte. Und diese Taschenpistolen hatten die unvermutete Eigenschaft, beim ersten Abdrücken immer zu funktionieren. Irgendwann bei den nächsten Schüssen kam dann unweigerlich eine Ladehemmung. Das Dumme war nur, dass man nie genau vorhersagen konnte, wann. Man musste die Kunststoff-Kanone also so einstufen, als ob sie einer Smith & Wesson oder einer Beretta ebenbürtig wäre.

Wir gehorchten und hoben sogar die Hände, obwohl wir dadurch zu Segeln im Wind wurden.

»Rührt euch nicht vom Fleck!«, schrie die Frau. Sie ging weiter rückwärts.

Klar, dass sie Abstand von uns gewinnen wollte. Ihre graugrünen Augen funkelten unter der schon schneeverkrusteten Kapuze. »Keinen Schritt weiter!«

Ich unternahm einen Versuch, obwohl ich wusste, dass es wenig Sinn hatte.

»Du schaffst es nicht allein!«, rief ich. »Das ist unmöglich bei dem Wetter!«

»Kümmert euch um euren eigenen Dreck!«, schrillte ihre Stimme. Ruckartig hob sie die Waffe ein Stück und feuerte. Vor der Mündung entstand ein rotgelber Flächenblitz. Der Schuss klang wie ein trockenes Klatschen.

Die Kugel raste über uns in den Schneehimmel.

Phil und ich standen geduckt. Wir verstanden die Warnung. Wir hatten keine Chance gehabt, uns hinzuwerfen, aber wir würden für den nächsten Schuss gerüstet sein.

Lydia hörte nicht auf, rückwärts zu gehen. Mit der ausgestreckten Linken tastete sie nach der weichen Oberfläche der Schneeverwehungen, die sich zum Steilhang emporschoben. Lydias Pistole musste in der pelzgefütterten Jacke versteckt gewesen sein, vielleicht auch in einem anderen Kleidungsstück. Es half nichts, darüber jetzt noch nachzudenken.

Die Umrisse der Agentin begannen im Schneetreiben zu verschwimmen. Sie riskierte es noch nicht, sich umzudrehen, um schneller voranzukommen. Solange sie uns sehen konnte, würde sie sich rückwärts bewegen.

Immer dichter umwaberten die Schneeschleier ihre Silhouette.

Und dann war sie nicht mehr da.

Erst im nächsten Sekundenbruchteil begriffen wir.

Ein Schrei stach durch das Wüten des Sturms – dünn und unbedeutend. Schon im nächsten Atemzug übertönten die heulenden Böen wieder alles.

Phil und ich überlegten nicht erst. Wir arbeiteten uns voran. Auf dem linken Gleis war der Schnee nicht einmal besonders hoch. Tiefer als bis zu den Knien sanken wir bei keinem Schritt ein.

Auf einmal sah ich es. Unwillkürlich packte ich Phils Arm.

Lydias tiefe Schrittspur hatte einen deutlichen Linksdrall.

Der Abgrund war das Ende dieser Spur.

Ich spürte, wie sich meine Nackenhaare aufstellten. Vorsichtig näherten wir uns der Stelle. Und dann, aus ein bis zwei Yards Entfernung, hatten wir die Erklärung in eiskalter Deutlichkeit vor Augen.

Die Abrisskante war schroff. Auf mindestens drei Yards Länge war die überhängende Schneemasse abgebrochen. Nur dadurch war der Schneeüberhang überhaupt erkennbar geworden. In dem Wetterwüten hätten auch wir den weißen Wulst wahrscheinlich noch für festen Boden gehalten. Hinzu kam, dass

Lydia durch ihr Rückwärtsgehen Schritt für Schritt die Orientierung verloren hatte.

Wir spähten in die Tiefe. Ich spürte einen eisigen Schauer in der Rückgratgegend.

Sie war nicht einmal bis nach ganz unten abgestürzt.

Der Felsvorsprung dort, in etwa hundert Fuß Tiefe, war kahl und grau – wie aus blankem Hohn vom Sturm frei gefegt.

Lydia lag mit zerschmetterten Gliedern da, in unnatürlich verkrümmter Haltung. Die kleine Pistole hielt sie noch in der Hand. In der jähen Todesangst mussten sich ihre Finger um die Waffe gekrallt haben. Wir brauchten nicht noch einmal hinzusehen. Für sie kam jede Hilfe zu spät.

Trotzdem informierte Phil unseren CIA-Kollegen über Walkie-Talkie. Sobald das Wetter es zuließ, würde Lydia Malones Leiche geborgen werden. Doch im Moment hatten wir wirklich andere Sorgen.

Dario Safarim stieß einen Triumphschrei aus. Er brauchte sich nicht zu beherrschen. Außer seiner Geisel hörte ihn sowieso niemand. Es gefiel ihm, wie sie vor ihm zusammenzuckte. Dann packte er ihren linken Oberarm und zog sie rascher auf das ebene Gelände hinaus. Hölle und Teufel, es war eine Wohltat! Der Schnee kaum mehr als knöchelhoch, der Sturm berechenbarer und nur noch das ständige nebelartige Wehen, das aussah, als würden feine weiße Schleierlinien über den Erdboden gezogen.

Die Gleise waren größtenteils noch zu erkennen.

Fast verleitete diese ebene Fläche zum Laufen. Wie ein übermütiges Kind hätte man hier losrennen müssen. Aber Safarim bremste sich. Er wusste, dass er kein einfältiges Huhn als Geisel hatte. Die Frau war FBI-Agentin, und das war sie nicht geworden, weil sie dem FBI-Direktor schöne Augen gemacht hatte. Safarim beging nicht den Fehler, Diane Bailey zu unterschätzen. Andererseits war er überzeugt, dass auch die FBI-Leute nur mit Wasser kochten – egal, ob männlich oder weiblich.

Auf einmal schälten sich kantige Umrisse von Gebäuden aus dem nebelartigen Weiß. Weichen ließen die Gleise auseinander fächern.

Safarim hielt die FBI-Agentin fester. Er wusste, sie würde sich trotzdem losreißen können, wenn sie es darauf anlegte. Doch sie wusste, dass er schießen würde, ohne zu zögern. Denn jetzt war er nicht mehr unbedingt auf sie angewiesen. Vielleicht wurde sie ihm sogar lästig. Sie musste also bemüht sein, ihm nicht auf die Nerven zu gehen.

Er dirigierte sie weiter nach links.

Gleich darauf war auch der Güterzug zu sehen. Im Vordergrund stand das Hauptgebäude der Bedarfsstation. Die Lagerschuppen waren flacher, länger. Das vordere Ende des Zuges verschwamm im Schneetreiben.

Safarim und seine Geisel erreichten die Längswand des Hauptgebäudes.

Durch die Gasse zwischen Güterzug und Gebäudewand fegte der Sturm heftiger. Grob stieß der Söldner die Frau voran. Sie konnte gerade noch verhindern, ins Stolpern zu geraten.

Die Eingangstür kam in Sicht.

»Rein da!«, brüllte Safarim, und er wusste, dass ihm die Frau geradezu dankbar sein musste.

Diane packte den großen Türknauf. Es war nicht abgeschlossen. Der Sturm fauchte in den entstehenden Spalt. Mit zwei schnellen Schritten holte Safarim auf und trat gemeinsam mit seiner Geisel in den beleuchteten Korridor. Der Söldner drückte die Tür ins Schloss, indem er sich mit der verlängerten Kehrseite dagegenlehnte. Er empfand es als unbeschreiblich wohltuend, den Wind auszusperren.

Licht und Wärme zeigten an, dass Menschen anwesend waren.

Safarim hatte den Gedanken kaum zu Ende verfolgt, als die zweite Tür links geöffnet wurde. Safarim stieß die Frau zur Seite. Sie fand an der Wand Halt.

Der Mann, der in der aufschwingenden Tür erschien, trug Amtrak-Uniform.

Safarim riss die Pistole aus der Tasche, entsicherte sie und feuerte sofort. Im Donnern des Schusses zuckte der Getroffene wie unter einem Hieb. Mit beiden Händen griff er sich an die Brust, krümmte sich und kippte nach vorn. Der Mann, der gleich hinter ihm war, reagierte nicht schnell genug. Als er sich herumwerfen und in den Raum fliehen wollte, war es schon zu spät. Die zweite Kugel stoppte ihn brutal.

Diane Bailey hörte entsetzte Stimmen. Sie zögerte keinen Atemzug lang. In demselben Sekundenbruchteil, in dem Safarim losrennen wollte, stieß sie sich von der Wand ab. Mit der Schnelligkeit einer Tigerin sprang sie ihn an.

Er reagierte im allerletzten Moment. Blitzartig tauchte er weg. Und er bewies, dass er zur Spitzenklasse der Söldner gehörte. Noch aus der Abwärtsbewegung heraus schlug er brutal mit der linken Handkante zu.

Diane sank in sich zusammen, ohne noch einen Laut von sich zu geben.

Safarim schnellte los, auf die offene Tür zu.

Eine sehr schäbige Kantine, kalkig erhellt von Leuchtstoffröhren.

Die fünf Männer an den Tischen waren eben erst aufgesprungen, hatten die Schrecksekunde bei weitem zu langsam überwunden. Einer schaffte es noch, sich umzudrehen. In diesem Augenblick feuerte der hoch gewachsene Mann mit der schneebedeckten Jacke.

Die tschechische Automatik hackte das Blei in rascher Folge aus dem Lauf. Der Eisenbahner, der sich umgedreht hatte, wurde als Erster getroffen. Er war sofort tot. Auch die anderen starben schnell. Nur ansatzweise waren Schreie zu hören.

Safarim schoss im Beidhandanschlag, und er verschwendete keine Kugel. Von sechzehn Patronen, die die Waffe fasste, waren sieben verbraucht, als sich niemand mehr rührte. Damit hatte er noch immer neun Schuss.

Ein kaltes Lächeln hatte sich in Safarims Mundwinkel gekerbt, als er sich überzeugte, dass keiner der Eisenbahner mehr lebte. Er tastete die Toten kurz ab. Waffen hatte keiner besessen. Es kümmerte ihn nicht. Einen Moment lang überlegte er, ob es nicht sinnvoll war, auch die Geisel zu töten. Es würde ein Abwasch sein. Doch da war andererseits die Möglichkeit, dass er die Frau noch brauchte.

Er durfte nicht vergessen, dass Lydia Malone gefangen war.

Die Lösung fiel ihm schon nach Sekunden angestrengten Nachdenkens ein.

Er würde mit sich selbst einen Kompromiss schließen.

Die FBI-Agentin war noch bewusstlos. Safarim ging trotzdem kein Risiko ein.

Auf der anderen Seite des Korridors, im Raum für die Stückgutabfertigung, fand er Kunststoffschnüre, die wohl für Pakete verwendet wurden, wenn sie beim Transport aufgeplatzt waren. Er fesselte die Frau, die sich so jungmädchenhaft gegeben hatte. Safarim musste allerdings zugeben, dass sie ihre Rolle verteufelt gut gespielt hatte. Jedenfalls war Lydia auf den angeblichen Chef der angeblichen kleinen Sekretärin hereingefallen.

Safarim betrat das Büro neben dem Aufenthaltsraum. Er knipste das Licht an und fand das Telefon neben dem bahnüblichen Funkgerät auf einem staubigen Regal beim Fenster. Die Läden waren fest geschlossen. Er nahm den Hörer ab und wählte eine Nummer, die er auswendig kannte. Es war eine Nummer, die in keinem Telefonbuch stand. Nach dem dritten Rufzeichen wurde abgenommen.

»Hallo?« Die Männerstimme klang barsch und unwillig.

Safarim wusste sofort, dass er mit Marotta persönlich sprach. »Bin an Ort und Stelle«, sagte der Söldner.

Marottas Stimme klang sofort freundlicher. »Das ist gut! Ausgezeichnet! War kein Empfangskomitee da?«

»Doch.«

»Und?«

»Jetzt ist es nicht mehr da.« Safarim grinste den Hörer an. Die Tatsache, dass der Mobster von den Eisenbahnern wusste, ließ gewisse Schlussfolgerungen zu.

»Ich schicke meinen Stellvertreter«, teilte Marotta mit. »Er wird ein paar gute Ratschläge geben und mit anfassen.«

Safarim wollte aufbrausen und darauf hinweisen, dass er keine Unterstützung brauchte. Er zwang sich jedoch, ruhig zu bleiben. »Wo sind die Klamotten? Ich muss sofort anfangen. Eine halbe Stunde brauche ich mindestens. Und wenn es nach Fahrplan läuft, müsste der heiß ersehnte Zug in vierzig Minuten hier oben sein. Richtig?«

»Ja, aber …«

»Wie sieht es auf der Westseite der Berge aus? Auch Schneesturm?«

»Nein, da ist alles frei.«

»Siehst du, du Schlaumeier!«, knurrte Safarim, »Also, wo sind die Sachen?«

»In Schuppen A, auf Lagerposition 55-3131. Die oberste Kiste. Die Beschriftung lautet Ahornsirup. Wir haben das Zeug gleich zu Anfang da verstaut. Die Schuppenschlüssel hängen an einem Brett über dem Schreibtisch. Okay?«

Safarim sah das Schlüsselbrett und nickte. »Okay, alles in Ordnung.«

»Ich schicke meinen Stellvertreter dann trotzdem runter.«

»Meinetwegen.« Safarim legte auf und nahm den Schlüssel für den Lagerschuppen vom Haken. Mit je zwei gezielten Schüssen zerstörte er das Telefon und das Funkgerät. Bevor er sich wieder um die FBI-Agentin kümmerte, durchsuchte er die Taschen der Toten. Er förderte insgesamt fünfzehntausend Dollar in großen Scheinen zu Tage. Auf das Kleingeld seiner Opfer verzichtete er. Mit dem Geld konnte er sich ein paar Nächte machen, bevor das große Abkassieren begann. Unangenehm war nur der Gedanke, dass er so verflucht lange darauf warten musste – unten im Bunker. Andererseits hatte er den Vorteil, dass er Lydia die Millionen nicht mehr abjagen musste.

Wenn alles vorbei war, existierte die Engländerin ebenso wenig mehr wie die FBI-Bullen.

Und mit Marotta hatte er einen fähigen Partner, wenn er den Auftraggebern auf den Pelz rücken wollte.

Er schnappte sich die FBI-Agentin, verband ihr die Augen und stellte sie auf die Beine. Sie schwankte noch ein bisschen, hielt sich aber senkrecht. Draußen lief er mit ihr als Erstes zur Lokomotive.

Wenn er dort fertig war, würde er die Pistole nachladen müssen.

Bei jedem mühsamen Schritt hatten wir dieses teuflische Gefühl.

Die Befürchtung, auf einmal ins Leere zu treten, wollte nicht mehr aufhören. Denn längst war der Steilhang rechts nicht mehr zu erkennen. Allein uns zum Hohn schienen die Schneefälle in der letzten Stunde noch zugenommen zu haben.

Phil und mir blieb keine andere Möglichkeit, als uns so weit wie möglich rechts zu halten und zugleich darauf zu achten, dem Schneewulst über dem Abgrund nicht zu nahe zu kommen. Auf diese Weise waren wir gezwungen, uns durch hüfthohe Verwehungen voranzuquälen.

Um so verblüffter waren wir, als von einem Schritt zum anderen alles vorbei war.

Das Tal vor uns war glatt wie ein weißes Brett.

Das Gehen fiel nun so leicht, dass man fast durch den eigenen Schwung vorwärts gerissen wurde. Dennoch war der Sturm kein bisschen schwächer. Sollte das noch stunden- oder tagelang so bleiben, würde allerdings auch das Tal irgendwann zuwehen. Aber vorläufig konnten wir noch die Schienen durchschimmern sehen. Wir benutzten sie als Richtungsweiser.

Lange waren wir nicht darauf angewiesen.

Die Gebäude waren so plötzlich da, als hätte das Kind eines Riesen uns seine Bauklötze vor die Nase gestellt.

Wir verharrten unwillkürlich.

Unser Glück.

Denn plötzlich bewegte sich etwas. Mehr als ein Schatten war es nicht, was sich da aus dem Gebäude auf der rechten Seite löste.

Zwei Schatten!

»Diane!«, stieß ich halblaut hervor.

Phil ließ einen grimmigen Laut hören. Dennoch rührten wir uns nicht vom Fleck. Bewegen konnten wir uns nicht, denn dann mussten wir damit rechnen, von Safarim bemerkt zu werden. Aber die weiße Tarnkleidung bewährte sich.

Diane konnte aus eigener Kraft laufen, doch ihre Arme waren auf den Rücken gefesselt, und ihr Bezwinger zerrte sie mit sich – am letzten Wagon eines Güterzugs vorbei, auf einen Lagerschuppen zu.

Meine Nerven vibrierten, als wir warteten, bis der Komplize der toten Agentin mit seiner Gefangenen hinter den Wagons verschwunden war.

Wir schlugen einen Bogen nach links. Zwischen den Wagons und dem Schuppen waren Safarim und Diane nicht mehr zu sehen, als wir auf gleicher Höhe waren.

Geduckt liefen wir weiter. Unwillkürlich nahmen wir diese Haltung ein, obwohl wir davon ausgehen konnten, dass der Söldner uns jetzt am allerwenigsten entdecken würde. Zügig drangen wir bis zur Rückseite des Schuppens vor und blieben nahe der Gebäudeecke stehen. Wir zogen die Maschinenpistolen unter den schützenden Winterjacken hervor und ließen das erste Magazin einrasten. Vorsichtig luden wir durch. Trotz des Sturmgeheuls konnte gerade so ein metallisches Geräusch weiter zu hören sein, als uns lieb war.

Nichts geschah.

Ich gab Phil ein Handzeichen. Er folgte mir mit drei Schritt Abstand – an der Wand entlang. Zwischen diesem und dem nächsten Lagerschuppen gab es eine etwa zehn Fuß hohe Gasse. Ich stoppte meine Schritte an der Gebäudecke und beugte mich vor. Mit der gebotenen Vorsicht spähte ich nach vorn.

Unwillkürlich prallte ich zurück.

Phil sah mich erstaunt an. Ich bemerkte, wie er die Maschinenpistole reflexartig fester packte. »Was ist los?«, flüsterte er.

»Safarim!«, entgegnete ich ebenso leise. »Direkt vor unserer Nase!«

Phil trat neben mich, und wir beobachteten gemeinsam. Nach ein paar Sekunden wussten wir, dass wir nichts zu befürchten hatten. Er würde uns nicht bemerken, denn er war zu sehr in seine Arbeit vertieft. Doch eben die jagte uns einen eisigen Schauer über den Rücken.

Er hatte einen Güterwagon geöffnet. Diane stand neben der offenen Schiebetür, doch sie konnte uns nicht sehen. Safarim hatte ihr die Augen verbunden.

Der Söldner lud Kartons aus. Im Schnee stand eine Holzkiste, deren Deckel bereits aufgebrochen war und nur noch lose auflag. Im Wagon waren die Kartons bis unter das Dach gestapelt. Safarim musste hinaufgestiegen sein, um die ersten herunterzuwerfen. Wir waren sogar im Stande, die schwarze Druckschrift auf den Seitenflächen der Packstücke zu entziffern.

BRADBURY MILK CHOCOLATE

Aufgestempelt war zusätzlich als Bestimmungsangabe:

EARLHURST via CALLAGHAN

Safarim arbeitete sich in den Laderaum vor, bis er etwas mehr als einen Quadratyard freigeräumt hatte. Dann holte er die Kiste herauf und begann mit der eigentlichen Arbeit. An mehreren Stellen schnitt er Kartons auf.

Ich glaubte zu träumen.

Mit einem Messer bohrte er in die Schokoladentafeln. Behutsam steckte er silbrig schimmernde Stifte hinein, von denen Drähte bis auf den Boden des Wagons herabhingen.

Sprengkapseln!

»Hölle und Teufel!«, murmelte Phil. Trotz des Sturms konnte ich ihn mühelos verstehen.

»Diese Schokolade ist keine Schokolade«, flüsterte ich. Wir brauchten nicht herumzurätseln. Wir kannten diesen formbaren Sprengstoff, dieses Teufelszeug, das sich in jedes Material einarbeiten lässt. Terroristen benutzten es, um damit Flugzeuge mit unschuldigen Menschen vom Himmel zu holen. Schon ein paar Kilogramm reichten aus, um einen Jumbo-Jet zu zerstören. Was Safarim hier präparierte, war eine komplette Wagonladung von der teuflischen Sprengmasse.

Wir sahen nun auch, dass der eigentliche Güterzug hinter diesem Wagon stand. Der eine oder mehrere Wagons mussten abgekoppelt worden sein. Der Grund dafür lag eisig klar auf der Hand – der ganze teuflische Plan!

Safarim würde einen Zünder einbauen, der vermutlich über Funk ausgelöst wurde. Ein Zeitzünder ergab keinen Sinn, weil das Passieren des ›White Train‹ unmöglich auf die Sekunde genau vorausberechnet werden konnte. Auf jeden Fall würde die gewaltige Sprengstoffmenge ausreichen, die Interkontinentalrakete zur Detonation zu bringen, sobald sie an ihm vorbeirollte.

Hinzu kam noch, dass der ›Weiße Zug‹ auch auf der Westseite des Bergmassivs beträchtliche Steigung zu überwinden hatte. Er würde deshalb noch nicht besonders schnell sein, wenn er an der Bedarfsstation vorbeifuhr. Unklar blieb für uns lediglich, von wo Safarim das Geschehen im Hochtal beobachten und zugleich den Sprengstoffwagon zünden konnte. Er würde sich nicht selbst mit in die Luft jagen wollen.

Welches Ausmaß die Katastrophe annehmen würde, war für mich im Augenblick noch unvorstellbar. Ich wusste nur eines: Es ging nicht mehr allein um Diane, die wir retten mussten.

Es ging um Millionen von Menschen im östlichen Teil der USA.

Ich wechselte einen Blick mit Phil. Jedes Wort war überflüssig. Die Sprengstoffladung musste aus dem Tal verschwinden, koste es, was es wolle. Es reichte nicht, Safarim zu überwältigen. Denn er musste Komplizen haben, die ebenfalls in der Lage sein würden, den Wagon hochzujagen.

Phil und ich nutzten einen Moment, in dem Safarim uns den Rücken zuwandte. Mit kurzem Abstand liefen wir los. Zwei weitere Schuppen lagen vor uns.

Dann, von der Stirnseite des vorderen Gebäudes aus, hatten wir einen erstklassigen Überblick.

Zehn Wagons waren vom eigentlichen Zug getrennt und auf ein anderes Gleis rangiert worden. Das ergab nur den Sinn, dass der Hauptzug auf der doppelgleisigen Strecke nach West Virginia weiterfahren würde, sobald der Amtrak Superliner vorbei war. Das bedeutete aber auch …

Phil hatte den Gedanken im selben Moment. »Dann müssen auch die Eisenbahner hier sein«, sagte er. »So ein Güterzug fährt doch nicht ferngelenkt! Die Männer sind also genauso in Gefahr wie …« Er unterbrach sich und sah mich an.

Ich nickte. Wir brauchten nichts mehr zu sagen. Safarim würde kaum das Risiko eingegangen sein, sich bei seiner komplizierten Arbeit mit den Zündern stören zu lassen. Doch wir konnten jetzt beim besten Willen nicht nachsehen, was aus den Eisenbahnern geworden war. Was wir für Diane nicht tun konnten, konnten wir für Männer auch nicht tun.

Ich hatte die wenigen Minuten genutzt, um einen Plan zu entwickeln. In knappen Worten schilderte ich ihn meinem Freund. Verblüfft zog er die Augenbrauen hoch.

»Es gibt keine andere Möglichkeit, den Sprengstoff wegzuschaffen«, fügte ich hinzu. »Außerdem müssen wir so schnell wie möglich einen Funkspruch absetzen. Damit der ›Weiße Zug‹ gestoppt wird!«

Phil hatte sich überzeugen lassen. Ich sah es an seiner Miene.

»Dann mal los«, knurrte er grimmig entschlossen.

Safarim war noch in dem Sprengstoffwagon beschäftigt. Deshalb konnten wir gefahrlos die freie Fläche zwischen Lagerschuppen und vorderem Wagon überqueren. Wir wandten uns nach links und liefen auf die Lok zu, die gut fünfzig Yards entfernt war. Nur die blanken Oberflächen der Schienen ragten aus dem Schnee, doch der Verlauf der einzelnen Nebengleise war klar zu erkennen. Insgesamt vier waren es, und sie waren alle durch Weichen miteinander verbunden.

Wir verschwendeten keine einzige Sekunde. Ich enterte den Führerstand der Lok. Die Eisenbahner hatten nicht erst abgeschlossen. Das stählerne Ungetüm war noch immer warm. Der Schnee schmolz auf dem äußeren Stahlblech, und die Fenster des Führerstands waren frei. Phil hängte sich die Maschinenpistole auf den Rücken, damit er ungestört hantieren konnte. Ohne Probleme löste er die Kupplung zwischen Lok und erstem Wagon. Ich hatte mich unterdessen mit den Armaturen und Hebeln der Lok vertraut gemacht. Auch das Anlassen klappte problemlos. In dieser menschenleeren Gegend brauchte sich niemand jemals die Mühe zu machen, einen Schlüssel abzuziehen.

Die mächtige Dieselmaschine sprang mit einem dumpfen Grollen an. Ein Vibrieren lief durch den Stahlkoloss. Mir kam es vor, als müsste das Motorendröhnen meilenweit zu hören sein. Ich blickte nach hinten. Phil gab mir das Handzeichen und lief gleichzeitig nach vorn. Ich ließ die Lok anrollen, ging aber nicht höher als Schritttempo. Phil blieb bei der ersten Weiche stehen und wartete, bis ich sie passiert hatte. Er warf den Hebel herum, während ich abbremste, die Lok zum Stehen brachte und den Rückwärtsgang einlegte.

Phil war bereits auf dem Weg zu dem ersten Wagon auf dem Nachbargleis.

Doch jetzt hatte mein Freund die Maschinenpistole im Hüftanschlag. Spätestens beim Ankuppeln musste Safarim mitkriegen, was lief.

Phil erreichte den Wagon und wartete geduckt, die Waffe schussbereit. Ich verringerte die Geschwindigkeit so weit wie möglich. Dann öffnete ich das Seitenfenster und spähte hinaus. Ich glaubte, Dianes Silhouette zu erkennen – unverändert, wie sie gefesselt an dem Wagon lehnte. Es war der Letzte in der Reihe, ausgerechnet.

Doch von Safarim war nichts zu sehen. Entweder hantierte er noch mit seinen Sprengkapseln, oder er schlich sich bereits an. Im ersten Fall würde er gleich den Schreck seines Lebens kriegen. Und auf die zweite Möglichkeit waren wir gefasst. Auch meine Maschinenpistole war durchgeladen und gesichert. Ich brauchte sie nur hochzureißen.

Die Konturen des vorderen Wagons schälten sich deutlicher aus dem Schneetreiben heraus. Phil hob die Hände und zeigte mir den Abstand, wie er sich verringerte. Ich hatte keinerlei Übung in dieser Art von Arbeit, dafür aber eine verdammt genaue Vorstellung, wie es laufen musste. So sanft ich konnte, setzte ich die Lok vor den Wagon. Trotzdem krachte es hörbar. Ein Rumpeln setzte sich von Wagon zu Wagon fort.

Phil spähte noch einen Atemzug lang nach hinten.

Nichts schien sich dort zu tun. Er gab mir ein Handzeichen. Mit einem Satz war er zwischen Lok und Wagon und arretierte die Kupplung. Er wollte zurück, wie vorgesehen. Denn nun konnte er sich um Diane kümmern. Ich legte den Vorwärtsgang der Lok ein und ließ die Maschine aufbrüllen.

Phil war noch da unten bei der Kupplung.

Ein Pfeifen zerfetzte meine eben aufkeimende Ungeduld. Das Pfeifen war von einem hellen Klatschen begleitet. Und ich spürte diesen heißen Luftzug. Unverkennbar.

Blitzartig ging ich auf Tauchstation. Aus der Sicherheit unterhalb der Fensterkante sah ich das Loch im Sicherheitsglas auf der rechten Seite. Links war die Kugel durch das offene Fenster gerast.

Schüsse hämmerten. Der unverkennbare Klang der MP5.

Ich riskierte einen Blick, und augenblicklich sträubten sich mir die Haare. Zwei Schneemobile standen da zwischen Hauptgleis und erstem Nebengleis. Die Schießer hatten sich hinter den Snowcats in Deckung geworfen.

Phil hetzte Haken schlagend nach rechts. Er feuerte im Laufen. Und dann feuerte er sogar einhändig. Denn mit der Linken gab er mir ein Zeichen – heftig, beinahe wütend.

Fahr los!, hieß es. Verdammt, fahr los! Begreifst du denn nicht, dass es keine andere Möglichkeit gibt!

Ich tat es, weil ich es tun musste. Aber es brachte mich fast um den Verstand. Denn da war Phil, den ich seinem Schicksal überließ. Und da war Diane – immer noch in der Gewalt eines Mannes, dem ein Menschenleben garantiert weniger als nichts bedeutete.

Ich blieb geduckt und ließ die Maschine röhren.

Nur ein leichtes Rucken ging durch den Stahlkoloss. Scheinbar ohne sonderlichen Kraftaufwand setzte sich der kurze Güterzug in Bewegung.

Ich hörte den hellen Klang von Geschossen, die auf das Stahlblech prallten. Ein weiteres Loch entstand hinter mir im Sicherheitsglas. Doch die Lok gewann an Geschwindigkeit und erreichte bereits die weit geschwungene Kurve, mit der die Gleise nach halblinks führten, auf den Pass in südwestlicher Richtung zu.

Ich bewegte mich geduckt hinüber und riskierte einen vorsichtigen Blick aus dem linken Seitenfenster. Etwas wie ein Huftritt schien meine Magengrube zu treffen.

Diane war nicht mehr zu sehen.

Obwohl es in dem Schneegestöber nur Umrisse gewesen wären, die ich von ihr erkannt hätte, war ich doch absolut sicher, dass sie sich nicht mehr an der Stelle befand, wo sie ursprünglich gestanden hatte – neben dem letzten Wagon.

Das konnte nur eines bedeuten: Safarim musste sie hineingezerrt haben.

Und jetzt hockte er mit ihr zwischen seiner Tonnenladung Sprengstoff, inmitten von Sprengkapseln und vorbereiteten Zündern.

Ich stellte die Geschwindigkeit auf zwanzig Meilen pro Stunde ein. Mehr konnte ich beim besten Willen nicht riskieren. Denn ich hatte keine Ahnung, was für eine Strecke vor mir lag. Ich sah mich nach dem Funkgerät um. Und sobald ich weit genug von dem Hochtal entfernt war, musste ich mir Safarim schnappen.

Leicht gesagt.

Es war ein erneuter Tiefschlag, als ich das Funkgerät rechts im Führerstand entdeckte. Die Einschüsse, die es zerschmettert hatten, waren nur bei genauem Hinsehen zu erkennen.

Letzter Feuerstoß aus dem ersten Magazin.

Phil zwang die Kerle damit in Deckung. Keine leichte Sache, aus der Hüfte zu schießen und die

Snowcats möglichst nicht zu beschädigen. Mit einem letzten Satz warf sich der G-man hin. Im Schnee rollte er sich ab – rasend schnell nach rechts. Er erreichte einen Stapel Stahlschwellen, die vom Wind blank geputzt waren. Nur in den Zwischenräumen setzte sich Schnee fest.

Kugeln prasselten auf die Schwellen. Querschläger jaulten ein vielstimmiges Lied. Phil sah den kurzen Zug davonrollen, während er die Maschinenpistole nachlud. Er sah auch, dass Diane verschwunden war. Und er wusste, was es bedeutete.

Deshalb tat er genau das, was die Schießer am allerwenigsten erwarteten.

Er schnellte nach rechts – auf die freie Fläche beim Hauptgleis. Er rannte mit aller Kraft, mit allem, was seine Beinmuskeln hergaben. Noch zwei, drei Sekunden lang feuerten die Kerle auf den Schwellenstapel. Und dann fuhr ihnen der Schreck in alle Knochen.

Phil schaffte es bis auf das Hauptgleis.

In diesem Augenblick kriegten sie es mit.

Er verharrte breitbeinig und sah sie, wie sie hinter ihren Snowcats herumruckten. Sie schafften es noch, ihre Waffen herumzureißen. Doch der G-man wusste, dass er nur diese eine Chance hatte.

Gnadenlos jagte er die Kugelgarben aus dem kurzen Lauf der Maschinenpistole.

Mündungsblitze zuckten noch aus den Läufen drüben. Doch das Blei raste in den Himmel. Von Einschüssen geschüttelt, kamen die Schießer hinter den Schneemobilen hoch. Drei Mann. Die Maschinenpistolen flogen ihnen weg, und im selben Moment kippten sie auch schon hintenüber.

Die Maschinenpistole schussbereit vor der Hüfte, lief der G-man hinüber. Die Vorsicht war nicht mehr nötig.

Der Mann, der allein hinter seinem Snowcat gekauert hatte, lag auf dem Rücken. Phil kannte das Gesicht. Anthony Lanza, Stellvertreter Joseph

Marottas. Es gab kein Polizeiarchiv, in dem die Porträts dieser beiden Burschen nicht enthalten waren. Phil verschwendete keine Zeit. Die beiden anderen Kerle mussten zum Fußvolk gehört haben. Auch für sie gab es keine Hilfe mehr.

Der G-man nahm die Waffen der Gangster an sich. Er durchsuchte Lanza und fand zwei verschiedene Funkfernbedienungen, die er an sich nahm. Dann checkte er die Schneemobile. Lanzas fahrbarer Untersatz funktionierte noch und sprang sofort an. Der Güterzug war bereits nicht mehr zu sehen.

Phil schwang sich auf den Sitz und jagte los, auf das Hauptgebäude der Bedarfsstation zu.

Ihm drehte sich der Magen um, als er die Toten im Aufenthaltsraum sah. Nebenan stellte er fest, dass er keine Verbindung zur Außenwelt bekommen würde. Deshalb gab es nur noch das eine, das er tun konnte.

Er lief hinaus und schwang sich auf das Schneemobil. Er fuhr zurück bis zu der Stelle, an der die Toten lagen. Dann folgte er den Spuren, die schon zur Hälfte verweht waren.

Sie führten nach Westen, zum anderen Ende des Tals.

Safarim hockte auf dem Boden des Wagons. Er starrte die FBI-Agentin an, die ihm gegenübersaß. Sie lehnte mit dem Rücken an den aufgeschnittenen Kartons. Die Augenbinde hatte er ihr abgenommen, doch nicht etwa aus Menschenfreundlichkeit. Nein, der Entschluss entsprang dem teuflischen Teil seines Gehirns. Er wollte, dass sie alles sah. Verschiedenfarbige Drähte hingen links und rechts von ihr herab. Safarim hatte die blank geputzten Enden der Drähte bereits mit dem Zünder verbunden.

Diane sah ihm förmlich an, wie angestrengt er nachdachte. Sie wusste, dass ihr Leben an einem seidenen Faden hing – so oder so.

Er hatte seine Pistole gezogen. Noch einmal überprüfte er das Magazin, obwohl er genau wusste, dass es ein gefülltes war – mit fünfzehn Patronen darin. Er ließ das Magazin wieder einrasten und wog die Waffe in seiner Hand.

Diane ahnte seine Gedanken. Entweder, er tötete sie jetzt, um den Klotz am Bein loszuwerden. Oder er überließ sie einfach ihrem Schicksal. Dann würde sie mit dem Sprengstoff in die Luft gehen. So oder so.

Ein Grinsen kerbte sich in seine Mundwinkel.

Er lud die Waffe durch und legte den Sicherungshebel herum. Das metallische Schnappen war trotz der Rollgeräusche des Zuges zu hören.

Diane blickte in die Mündung.

Safarim grinste und zielte auf sie. Über dem Lauf der schlanken schwarzen Automatik sah sie sein linkes Auge, das sie fixierte – über Kimme und Korn, den Punkt knapp über ihrer Nasenwurzel. Diane fühlte sich wie zu Eis gefroren. Niemals war sie dem Tod so nahe gewesen wie in dieser Sekunde. Sie fragte sich, warum sie nicht schrie, warum sie nicht an ihren Fesseln zerrte oder versuchte, nach dem Mörder zu treten.

Gewiss, sie hatte eine Menge gelernt in Quantico, an der National Academy des FBI. Auch in den schwierigsten Situationen beherrscht zu bleiben, war eine Sache, die man trainieren konnte. Bis zu einem gewissen Punkt.

Beim Training stand man niemals einem wirklichen Mörder gegenüber.

In dieser Lage zählte nur noch die Willensstärke, die man aufbrachte.

Diane wusste, was Jerry und Phil tun mussten. Es gab keinen anderen Weg, um millionenfachen Tod zu verhindern. Ihr eigenes Leben zählte deshalb nicht. Diane wusste es von dem Moment an, in dem Safarim ihr die Augenbinde abgenommen hatte und sie die Sprengkapseln, die Drähte und den Zünder gesehen hatte. Sie war erstaunt darüber gewesen, dass er sie in den anrollenden Wagon gezerrt hatte. Da hatte sie noch geglaubt, dass er sie weiterhin als Geisel haben wollte.

Falsch. Er war unberechenbar. Seine Nerven bewältigten die Anspannung nicht mehr. Er wusste nicht mehr, was falsch oder richtig war. Diane schloss die Augen, nachdem sie gesehen hatte, wie sich der Knöchel seines Abzugsfingers weiß färbte.

Schallendes Gelächter brach über sie herein.

Ungewollt zuckte sie zusammen. Als sie die Augen wieder öffnete, senkte er die Pistole.

»Ängstlich, was?« Er prustete los. Während er die Pistole sicherte und holsterte, lachte er von neuem los. »Keine Sorge, so schnell stirbt es sich nicht! Außerdem wäre es um eine so hübsche Lady schade. Weißt du was?« Er beugte sich feixend vor. »Mir ist ein wichtiger Punkt eingefallen: Ich hab es noch nie mit einer FBI-Agentin gemacht. All right, da wäre ich doch ein Idiot, wenn ich mir die Gelegenheit selber nehmen würde! Habe ich Recht?«

Diane sah ihn aus schmalen Augen an. Sekundenlang. Als sein Grinsen unsicher wurde, erkannte sie, dass sie hinter seine Fassade vorgedrungen war.

»Ich kenne Typen wie dich«, sagte sie kalt. »Ihr schlagt Frauen, um euch irgendwas zu beweisen. Aus demselben Grund spuckt ihr große Töne. Alles nur aus einem Grund. Willst du es hören, Safarim?«

»Da bin ich aber mal gespannt!«, knurrte er.

»Ganz einfach. Typen wie du haben Angst vor Frauen. Weil ihr nichts zu Stande bringt. Genau deshalb hat deine Freundin Lydia auch dauernd andere Kerle im Kopf. In Wirklichkeit nutzt sie dich doch nur aus. Wie kann ihr denn etwas gelegen sein an einem so schlaffen …«

Jäh zuckte seine Rechte hoch. Sein Gesicht hatte sich verzerrt.

Diane sah die knochenharte Hand über sich schweben, und sie machte sich auf den Schmerz gefasst. Doch er schlug nicht zu.

Stattdessen kerbten sich listige Furchen in sein Gesicht. Es wurde ein Grinsen daraus. »Du denkst, du kannst mich hereinlegen, was?« Er ließ die Hand sinken. »Aber da hast du dich geschnitten. All right, ich könnte es dir jetzt besorgen. Aber genau das willst du erreichen. Dann hätte einer von deinen Partnern Zeit, mich fertig zu machen. Oder aber du bist wirklich heiß auf mich.« Er lachte erneut los.

Ohne noch ein Wort zu verlieren, stand er auf. Nach einem prüfenden Blick auf den Kasten mit dem Zünder und der stummelförmigen Antenne steckte er den Funkauslöser in die Jackentasche. Das Ding ähnelte einem Walkie-Talkie. Bevor er ging, stieß er Diane auf die Seite. Er fesselte auch ihre Fußgelenke und verband sie auf ihrem Rücken mit den Handgelenken. Das hatte zur Folge, dass sie nicht einmal kriechen konnte. Sie war hilfloser als ein Käfer auf dem Rücken.

Safarim schwang sich hinaus. Er bewies, dass er ein wirklicher Söldner war. Als er sich mit einem Klimmzug geschickt auf das Wagondach zog, konnte man sich vorstellen, dass er an einem Seil über eine tiefe Schlucht hangelte, mit einem Messer zwischen den Zähnen.

In dem windgeschützten Felseneinschnitt waren die Spuren noch völlig frisch. Sie führten in eine Wand aus Granit.

Phil brachte das Snowcat zum Stehen und überlegte nicht lange. Er probierte die eine Funksteuerung aus. Nichts rührte sich. Doch bei dem zweiten Gerät klappte es. Das hydraulisch gesteuerte Felsentor öffnete sich wie von Geisterhand. Der G-man schwang sich vom Snowcat. Er ließ es zurück. Ebenso die Waffen der Gangster.

Die Druckschleusen öffneten und schlossen sich automatisch. Phil erreichte das breite schwarze Fließband, das sich abwärts bewegte. Er begann zu laufen, und mit weit ausgreifenden Schritten wurde er doppelt so schnell wie das Band. Während er lief, wurde ihm klar, in was für eine Art von Höhle er hier vordrang.

Ein Bunker.

Und keine Frage, dass er atomsicher war.

Helligkeit wie von Flutlicht empfing ihn. Und die doppelte Geschwindigkeit zahlte sich aus. Die Kerle, die dort unten in der Garagenhalle Wache hielten, waren auf das Tempo programmiert, mit dem die Snowcats abwärts befördert worden wären. Und mit unerwünschten Besuchern rechneten sie kaum. Sie konnten sich einfach nicht vorstellen, dass jemand Lanza das ›Sesam-öffne-dich!‹ abnehmen würde.

Deshalb bequemten sie sich nur träge aus ihrem Glaskasten, in dem sie über die Fahrzeuge wachten.

Phil war es sehr recht, dass sie beide herauskamen, um den zu empfangen, den sie erwarteten.

Sie begriffen den Fehler, als sie ihn sahen. Beide rissen ihre Maschinenpistolen hoch. Der eine wollte noch herumwirbeln, um Alarm zu schlagen.

Der G-man jagte nur zwei Feuerstöße hinaus.

Die Waffen der Gangster hämmerten noch. Doch die Kugeln rissen nur Betonstaub aus der Decke. Als Phil auf die Zusammensinkenden zulief, drohte von ihnen schon keine Gefahr mehr.

Mir brach der Schweiß aus. Trotz der Kälte.

Es gab keine Verbindung. Dass Phil vom Stationsgebäude aus telefonieren oder funken konnte, wagte ich nicht mehr zu hoffen. Wenn Safarim an das Gerät in der Lok gedacht hatte, dann mit Sicherheit auch an die anderen. Natürlich. Wir hatten es mit einem Profi zu tun. Einem der Ausgekochtesten vielleicht. Daran änderte auch die Tatsache nichts, dass er Fehler begangen hatte.

Die kurze Passstrecke lag bereits hinter mir. Ich spähte nach vorn, über den riesigen Korpus der Diesellok hinweg. Vor mir lag ein ausgedehntes Tal. Die Schienenstrecke hatte hier nur geringes Gefälle. Auch der Wind war weniger stark. Mir wurde klar, dass der Höhenzug hinter mir eine Art Wetterscheide war. Aber das änderte alles nichts an den Tatsachen, mit denen ich nicht fertig wurde.

Was aus Diane geworden war, wusste ich nicht.

Und ebenso wenig wusste ich, wie es Phil ergangen war.

Doch ich war bereit, das Risiko einzugehen, einfach anzuhalten. Mir war klar, dass Safarim eben darauf nur lauerte. Im Augenblick bestand keine akute Gefahr für den herannahenden ›Weißen Zug‹, den niemand warnen konnte – weil niemand wusste, was sich im Hochtal abgespielt hatte.

Der Unsicherheitsfaktor war für mich der Zeitfaktor. Ich hatte nicht die leiseste Ahnung, wo sich der ›Weiße Zug‹ genau befand. Wenn es Safarim gelang, mich zu überwältigen – wenn es ihm gelang, den Sprengstoffwagon noch rechtzeitig zur Bedarfsstation zurückzubringen …

Verdammt, ich traute ihm zu, dass er sich zum Kamikaze machte!

Allein schon, um Diane und mich mit in die Luft zu jagen.

Über mir polterte es.

Meine Gedanken waren wie abgeschnitten. Reaktionsschnell wollte ich zum offenen Fenster. Doch nur den Ansatz der Bewegung schaffte ich noch. Ich sah den Schatten, der von der Dachkante herabtauchte. Reflexartig riss ich den rechten Arm hoch, um mein Gesicht zu schützen. Es war das Einzige, was mir noch gelang.

Der Rammstoß der Stiefelsohlen traf meinen Brustkasten und den Unterarm vor dem Gesicht. Es war wie eine Explosion. Ich wurde zurückgeschleudert.

Und die zweite, stärkere Explosion fand in meinem Hinterkopf statt und schien ihn in Stücke zu reißen. Ich begriff noch, dass ich gegen die Stahlwand des Führerstands geprallt war. Ich sah noch, wie Safarim schlangengleich durch das Fenster hereinglitt. Dann knickten meine Beine ein, und ich rutschte mit dem Rücken an der Wand abwärts – hinein in das schwarze Nichts der Bewusstlosigkeit.

Phil Decker betrat die Glaskabine der Gangster. In der einen Ecke dampfte eine Kaffeemaschine. Im Regalfach darunter flimmerte ein kleiner Fernsehapparat. Eine Videokassette lief ohne Ton. Die Bewegungen auf dem Bildschirm waren ruckend heftig – pornomäßig. Der G-man überprüfte das Telefon. Es war ein Hausapparat. Eine Verbindung nach draußen gab es nicht.

Er verließ den Glaskasten und spielte mit dem Gedanken, die restlichen Schneemobile und die golfkarrenähnlichen Radfahrzeuge lahm zu legen. Er hätte jeden einzelnen Zündverteiler zerstören müssen. Der Zeitaufwand war zu groß. Deshalb verwarf er das Vorhaben.

Er brauchte sich nur kurz umzusehen. Die verschiedenen Türen führten zu Lager- und Wirtschaftsräumen. Es gab nur eine einzige weitere Verbindung: Ein Fahrstuhl und eine Treppe führten nach oben. Phil entschied sich für die Treppe. Er wollte nicht unnötig die Pferde scheu machen.

Im oberen Stockwerk war es wohnlicher. Schon der lang gestreckte Korridor war mit Teppichboden ausgelegt. Nur das leise Summen der Frischluftversorgung erinnerte ihn daran, dass dies kein normales Gebäude war, sondern ein Bunker in der sicheren Tiefe unter einem Berg. Der G-man stellte fest, dass mindestens ein Dutzend Türen nach beiden Seiten abzweigten. Wo sollte er anfangen?

Jeweils links und rechts kontrollieren und sich langsam nach hinten vorarbeiten?

Eine mörderische Aufgabe für einen einzelnen Mann.

Er sah, dass ein zweiter Fahrstuhl weiter nach oben führte. Auch von dort konnte Gefahr drohen. Unmöglich, hier auf Nummer sicher zu gehen. Nur der schnelle Vorstoß zählte.

Auf leisen Sohlen wollte er auf die erste Tür rechts zu. Er war noch in Höhe des zweiten Fahrstuhls, hatte nur einen Schritt zurückgelegt, als er sah, was sich in der Decke des Korridors bewegte – zehn Yards entfernt, ungefähr in der Mitte.

Ein kleines weißes Stahlblech senkte sich. Das blanke Auge einer Videokamera kam herunter. Und gleich daneben etwas Bolzenartiges …

Phil schnellte nach vorn, überschlug sich auf dem Boden und rammte die Tür mit der vollen Wucht seines Körpergewichts auf. Es krachte ohrenbetäubend. Doch es hörte nicht auf, als die Tür schon zum Stillstand gekommen war.

Die Selbstschussanlage fächerte ihr Blei noch fünf Sekunden lang in den leeren Korridor. Dann erst nahm die automatische Tötungsmaschine die Meldung der Videokamera zur Kenntnis, dass da kein Ziel mehr existierte, auf das zu feuern war. Der G-man hatte sich aufgerichtet. Der Raum, in den er gestürmt war, war ein Abstellplatz für Staubsauger und andere Reinigungsgeräte. Phil zog den 357er und wagte einen Blick am Türrahmen vorbei.

Der Korridor war leer. Die Kamera neben dem bolzenartigen Selbstschussrohr schwenkte behäbig von einer Seite zur anderen.

Die Bleischwärme hatten den Teppichboden und die Kunststofftapeten aufgerissen. Der Hauch von Wohnlichkeit war dahin.

Phil stieß den Smith & Wesson hoch, bevor das

Video-Glotzauge ihn erfassen konnte. Er drückte nur einmal ab. Der Magnum-Revolver wummerte, dass die Trommelfelle schmerzten. Schon im versiegenden Mündungsblitz sah Phil das Ergebnis. Wo die Kamera geglotzt hatte, war nur noch Kunststoff-Blumenkohl. Die Selbstschussanlage blieb stumm.

Kein entscheidender Vorteil.

Drei, vier Türen flogen nacheinander auf. Die Männer schnellten heraus, staffelten sich auf Abstand, breitbeinig und geduckt. Noch im selben Atemzug hatten sie ihre Maschinenpistolen im Anschlag.

Phil feuerte gnadenlos. Ihm war keine Zeit geblieben, vom Revolver zur Maschinenpistole zu wechseln. In rasender Folge jagte er die Kugeln aus dem Lauf.

Die Wucht der Einschüsse schmetterte die ersten drei Gangster zu einem Knäuel von Leibern zusammen. Nur der vierte Mann schaffte es noch, auszuweichen und den Abzug durchzureißen. Zwei Geschosse sengten haarscharf an Phils Schulter vorbei. Dann erwischte seine Magnum-Kugel den Schießer. Der Mann wurde zurückgeschleudert, die Kugelgarbe aus seiner Maschinenpistole wanderte zur Decke hoch und gab dem vollautomatischen Video-Selbstschuss-Mechanismus den Rest.

Stille kehrte ein.

Der G-man wusste, dass er sich davon nicht täuschen lassen durfte. Er holsterte den Revolver, nahm die Maschinenpistole schussbereit in den Hüftanschlag und wagte sich auf den Korridor hinaus.

Die nächste Tür auf der rechten Seite war drei Schritte entfernt. Phil erreichte sie unbehelligt, stieß sie auf und ließ die Maschinenpistole als Erstes in den Raum spähen. Leere gähnte. Ein Fernsehzimmer. Knapp hinter der Türschwelle wirbelte der G-man herum. Aber draußen tat sich noch immer nichts.

Ohne Zeitverlust drang Phil weiter vor. Die nächste Tür war bereits dort, wo die Toten lagen.

Abermals gab es keinerlei Widerstand, als der G-man den Raum stürmte. Eine Art Kasino, mit Bartheke und bestens gefüllten Flaschenregalen. Es wurde immer deutlicher, dass hier an alles gedacht worden war. Die Bewohner des Bunkers hatten sich auf einen langen Aufenthalt vorbereitet. Über die Beweggründe dafür brauchte Phil nicht erst nachzudenken.

Dieses atomsichere Bergversteck war auch des Rätsels Lösung, was die Funkzündung des Sprengstoffwagons betraf. Aber dazu musste Safarim den Bunker erst einmal erreichen. Und es sah nicht so aus, als ob er seinen Wagon noch wieder dorthin bringen konnte, wo er ihn haben wollte.

Hinter den beiden weiteren Türen auf der rechten Seite befanden sich Schlafräume mit doppelstöckigen Betten. Keine Menschenseele hier und anscheinend auch niemand auf der anderen Seite. Durch die offenen Türen hatte Phil das meiste von den Zimmern dort gesehen. Er neigte fast zu der Ansicht, dass Lanza der Befehlshaber im geheimen Kommandostand gewesen war. Aber es war noch immer möglich, dass dort drüben jemand auf ihn lauerte.

Mit einem federnden Satz überquerte er den Korridor vor der hinteren Querwand. Er stürmte in ein luxuriös eingerichtetes Wohnzimmer. Durch ein imitiertes Fenster blickte man auf eine pazifische Palmenlandschaft. Aber auch hier war kein Mensch zu sehen. Einen Atemzug später wusste der G-man, dass er sich die Mühe schenken konnte, hinter den schweren Ledersesseln nachzusehen.

Er sah, dass es eine Durchgangstür zum Nebenzimmer gab.

Im selben Moment hörte er ein Geräusch vom vorderen Ende des Korridors.

Ein metallisches Schnappen, dann ein leises Rumpeln.

Der Fahrstuhl!

Phil machte auf dem Absatz kehrt und war mit

einem Satz draußen. Er sprintete los. Nur drei Sekunden brauchte er, um die beiden Fahrstuhlschächte zu erreichen. Ein Blick genügte. Wer auch immer hier die Flucht ergriff, er fuhr nach oben.

Phil lief ins Treppenhaus und nahm drei Betonstufen auf einmal. Er wusste, dass er den Fahrstuhl nicht einholen konnte, denn der Vorsprung der Fliehenden war bereits zu groß. Er nutzte den Weg nach oben, um den Smith & Wesson mit Hilfe eines Schnellladers im Handumdrehen nachzuladen. Die leeren Patronenhülsen klimperten hinter ihm die Stufen hinunter. Das Geräusch neben ihm im Fahrstuhlschacht endete.

Und er hatte noch mindestens zwanzig Stufen vor sich.

Als er den Hangar endlich erreichte, sah er, dass es zu spät war. Eine große runde Plattform glitt empor und verschwand durch eine gewaltige Druckschleuse, die sich sofort schloss. Phil konnte eben noch die Landekufen und den Bauch eines Hubschraubers erkennen.

Dann sah er den Fahrstuhl, der weiter nach oben führte. Ein verteufelt ausgeklügeltes System. Fragte sich nur, was jemand bei dem augenblicklichen Wetter mit einem Hubschrauber anfangen wollte.

Der Fahrstuhl oberhalb der Druckschleusen funktionierte, und er war schneller als der, den der G-man zuerst benutzt hatte. Mit sanftem Ausschwingen endete die Fahrt, und die auseinander gleitenden Türen gaben den Blick auf einen kahlen Vorraum frei.

Phil trat hinaus, blickte nach oben und entdeckte die feinen Ritzen an den Rändern der Betonplatte. Er nahm die Funkfernsteuerung, die unten bei der Felswand funktioniert hatte.

Die Betonplatte glitt zur Seite. Der Schneesturm fauchte. Aber das war nicht das Entscheidende.

Zwei grinsende Gesichter erschienen. Davor schimmerte Waffenstahl.

Phil schleuderte ihnen die Fernsteuerung entgegen. Er gewann die Schrecksekunde der beiden Kerle. Die Zeitspanne reichte ihm, die Maschinenpistole hochzureißen. Im Feuern warf er sich zur Seite neben die Treppe. Die Schüsse vereinten sich zu einem Donner.

Etwas Glutheißes schrammte über Phils linke Schulter. Er warf sich hin, rollte herum und feuerte dann noch einmal aus der Rückenlage. Jetzt verschwand auch das zweite Gesicht dort oben. Der G-man rappelte sich auf. Schmerz stach durch seinen linken Arm und in die Brust. Er achtete nicht darauf, lief die Betonstufen hinauf und sah den Hubschrauber zum Greifen nahe.

Nur ein Mann war drin. Er wechselte von den Passagiersitzen nach vorn.

Joseph Marotta.

Phil erkannte ihn sofort. Er jagte eine Kugel über seinen Kopf hinweg durch die Cockpitverglasung. Augenblicklich saß der Mobster wie festgewachsen.

Sturmböen zerrten an der Maschine. Die Rotorblätter schwappten auf und ab.

Die Maschinenpistole schussbereit, ging der G-man auf den Hubschrauber zu. Er musste sich gegen den Wind stemmen. Marotta starrte ihn an. Das vom Schnee umwirbelte Glas gab ihm ein unwirkliches Aussehen. Und plötzlich bewegte er sich doch. Schwarz schimmerte eine Pistole in seiner Rechten.

Phil warf sich zu Boden und rollte sich ab.

Der Schuss bellte, bevor Phil wieder auf die Beine kam. Im nächsten Atemzug hatte er die Maschinenpistole im Anschlag. Doch dann sah er, dass er das Feuer nicht zu erwidern brauchte.

Joseph Marotta hatte die Mündung seiner Pistole noch im Mund.

Der G-man lief auf die Maschine zu. Die elektrische Anlage war bereits eingeschaltet, und es sah so aus, als ob das Funkgerät funktionierte. Phil wollte sich neben dem toten Mob-Boss ins Cockpit schwingen, als er das Dröhnen hörte. Es kam von Westen, von unten herauf.

Er konnte nicht anders, er musste zum Rand des Plateaus laufen. Dort war er gezwungen, auf einen Felsvorsprung zu klettern, um nach unten spähen zu können.

Es überlief ihn eiskalt.

Von Westen kämpfte sich ein Zug die Steigung herauf.

Der Zug war weiß, als bestünde er aus Kühlwagen, die verderbliche Lebensmittel enthielten. Doch der Wagon, in dem sich die Fracht befand, war so lang wie vier Kühlwagen zusammen.

Phil erfasste eine andere Bewegung, weiter entfernt, im Südwesten. Durch einen Felseneinschnitt konnte er Güterwagons sehen, immer nur zwei zurzeit.

Sie rollten auf das Hochtal zu.

Phil spürte etwas wie eine eisige Faust, die sich um seinen Magen krampfte.

Er wirbelte herum und rannte auf den Hubschrauber zu. Doch selbst wenn er irgendjemanden per Funk erreichte, würde nicht mehr viel zu retten sein. Beide Züge waren höchstens noch eine Meile von dem Punkt entfernt, an dem Hauptgleise und Nebengleise zusammenliefen. Und wenn Safarim den Güterzug wirklich in seine Gewalt gebracht hatte, dann würde er den ›White Train‹ selbst dann erreichen, wenn dieser auf der Bergstrecke stoppte und zurückrollte.

Phil Decker hängte sich in fieberhafter Hast ans Funkgerät. Dennoch hatte er das niederschmetternde Gefühl, dass alles, was er getan hatte, letzten Endes überhaupt nichts war.

Die Welt, in der ich erwachte, war ein eng begrenzter Raum, der sich dröhnend fortbewegte. Es herrschte miserable Sicht, denn dieser enge Raum war voller wallender Schleier. Als ich begriff, dass mein eigener Kopf diese Schleier produzierte, war auch meine Erinnerung wieder da.

Ich hockte genau an der Stelle, an der ich zusammengesunken war.

Safarim stand zum Greifen nahe. Schräg von unten konnte ich sein verzerrtes Gesicht sehen, wie er am linken Seitenfenster stand und nach hinten spähte. Wie gebannt starrte er hinaus. Erst jetzt wurde mir klar, dass wir rückwärts fuhren. Schmerz wallte in meinem Kopf, als mir bewusst wurde, dass er mit meinem Erwachen noch lange nicht rechnete. Diese Chance zu erkennen löste einen positiven Stress in meinem gemarterten Schädel aus. Einen Moment lang wurde mir schwindlig.

Doch dann hatte ich mich in der Gewalt.

Ich riss alles zusammen, was ich an Willens- und Muskelkraft noch zu bieten hatte. Mit einem jähen Satz kam ich auf die Beine. Safarim zuckte zusammen. Er ruckte herum, wollte zur Waffe greifen. Angst und Wut machten sein Gesicht jäh zur Fratze. Ich schmetterte ihm eine Handkante auf den rechten Unterarm. Er schrie auf wie ein verwundeter Stier. Unter zwei weiteren Handkantenschlägen sackte er in sich zusammen. Ich hielt inne, durchsuchte ihn und schleuderte seine Waffen hinaus.

Dann brachte ich den Zug zum Stehen, ließ den Diesel aber laufen.

Ich durchsuchte Safarim noch einmal. Ich fluchte laut. Er hatte den Funkfernzünder nicht bei sich. Ich suchte den Führerstand ab und konnte nichts entdecken. Hölle und Teufel, es gab nur eines: Ich musste Diane so schnell wie möglich befreien, dann zurück in die Lok und wieder anfahren – weg vom Hochtal, so schnell es nur ging.

Ich überzeugte mich, dass Safarim bewusstlos war. Dann schwang ich mich ins Freie.

Der Schnee lag nicht besonders hoch. Ich begann zu

laufen – mit immer größeren Schritten. Mein Kopf wurde klarer. Und dann, endlich, erreichte ich den offenen Wagon am Ende des kurzen Zuges. Ich sah Diane auf der Seite liegen, in ihrer unbequemen Lage. Aber sie war unverletzt. Eilig schwang ich mich hinauf und wühlte das Überlebensmesser unter der Jacke hervor. Rasch durchtrennte ich ihre Fesseln.

Der Kasten mit dem Zünder, die vielen Drähte und die schimmernden Sprengkapseln machten diesen Ort höllisch ungemütlich.

Während ich Diane auf die Beine half, erklärte ich ihr, was wir tun mussten. Doch das Unerwartete geschah in dem Moment, in dem wir hinausspringen wollten. Der Wagon ruckte und warf uns um. Wir prallten gegen die unversehrten Kartons, die für das zentrale Lager eines Supermarkts in Earlhurst bestimmt waren. Angeblich.

Fassungslos rappelten wir uns auf.

Und stellten fest, dass der Zug schon wieder fuhr.

Doch er rollte in die Richtung, in die Safarim bestimmt nicht wollte: nach Südwesten, weg vom Hochtal.

Wir sprangen.

Der Schmerz tobte in ihm, und die Wut vervielfachte den Schmerz. Doch stärker als alles andere war seine Willenskraft. Er war ihnen überlegen! Allen war er überlegen! Hölle und Teufel, er musste es ihnen beweisen, den verdammten Bastarden! Er würde seinen Ruf ins Unermessliche steigern.

Niemand konnte ihn bezwingen – ihn, Dario Safarim.

Niemand.

Seine Gedanken waberten im glühenden Rot, das der Schmerz vor seinen Augen entstehen ließ. Dennoch konnte er Armaturen und blinkende Lämpchen wahrnehmen. Auch die Hebel sah er, wenn auch verschwommen. Triumphgefühl erfüllte ihn, dass er glaubte, bersten zu müssen.

Irgendwie kam er auf die Beine. Irgendwo hielt er sich fest. Seine Hände und Arme konnte er nur unter Höllenschmerzen bewegen. Aber er war sicher, dass es klappte. Seine Handflächen fielen auf Hebel und Knöpfe, und er glaubte, sie mit Fingerspitzengefühl zu berühren.

Dann, als die Lok anrollte, stieß er einen heiseren Triumphschrei aus.

Durch das Anfahren wurde er zu Boden geworfen. Es war, als versänke er in dieses verfluchte wabernde Rot. Doch nach einer Weile wurde es besser. Etwas besser.

Und der Zug rollte.

Safarim frohlockte.

Er tastete nach dem rechten Hosenbein, zog die Hose hoch und griff in den Stiefelschaft, wo er den Funkfernzünder verstaut hatte – vor allem, damit er es beim Kriechen über die Wagondächer nicht versehentlich auslöste. Er zog das flache Ding heraus und nahm es fest in die rechte Hand.

Abermals rappelte er sich auf. Es kam ihm vor, als ob er äußerst gelenkig war. Er fühlte sich irgendwie federleicht. Dieses Rollen der Räder machte ihn glücklich. Immer schneller rollte er in die roten Nebel hinein.

Er blinzelte angestrengt, und er sah, dass alles in Ordnung war. Die roten Schwaden lichteten sich von Zeit zu Zeit über dem Weiß der verschneiten Landschaft. Er begriff nicht, dass es nur sein Blick war, der für kurze Momente klar wurde. Ebenso wenig begriff er, dass seine Sinne ihm etwas vorgaukelten.

Er bekam nicht mehr mit, dass er in die falsche Richtung fuhr.

Er merkte auch nicht, dass der Zug immer schneller wurde.

In seiner Rechten lag das einem Walkie-Talkie ähnliche Gerät, und er wartete auf den Moment, in dem er den Knopf drücken würde.

Teufel auch, er sah den ›Weißen Zug‹ schon vor sich. Er konnte ihn sich genau vorstellen. Und darüber, dass er selbst mit in die Luft fliegen würde, dachte er schon gar nicht mehr nach.

Diane und ich versuchten noch, den Güterzug einzuholen. Schon nach Sekunden mussten wir aufgeben. Safarim musste den Verstand verloren haben. Eine andere Erklärung gab es nicht. Ich konnte mir in etwa vorstellen, was sich abspielte.

Wir liefen in die entgegengesetzte Richtung. Wir hatten keine Ahnung, wie die Landschaft südwestlich des Hochtals aussah. Aber es war ziemlich sicher, dass Safarim eine Katastrophe auslösen würde, wenn er nicht noch zur Besinnung kam.

Nur dreihundert Yards hatten wir zurückgelegt, als uns ein Snowcat entgegenkam.

Diane packte meinen Arm und wollte mich zurückreißen.

»Keine Sorge!«, rief ich erleichtert. »Das ist Phil!«

Wir blieben stehen und warteten, bis er zur Stelle war.

Mein Freund und Kollege hatte ein tragbares Koffer-Funkgerät aufgetrieben und es auf den Rücksitz des Snowcat geschnallt. Er berichtete in Stichworten. Der ›Weiße Zug‹ hatte gestoppt – wenn auch schon im Hochtal. Das hatte Phil von Marottas Hubschrauber aus veranlassen können.

Unterstützung für uns war auf dem Schienenweg von White Sulphur Springs aus unterwegs – zusammen mit den Schneepflügen, die den Amtrak Superliner auf der Ostseite des Höhenzuges freibaggern würden.

Phil stellte das Funkgerät auf, während ich ihm erklärte, was geschah. Im Handumdrehen hatte er

Verbindung mit der County Police in White Sulphur Springs.

Die Nachricht, die die Kollegen für uns hatten, war ein Schock.

Der nächste Ort hieß Callaghan.

Eine Kleinstadt.

Wegen der besonderen Tallage dieser kleinen Stadt gab es dort nur einen Sackbahnhof. Und auf der Strecke dorthin gab es keine nennenswerten Kurven – keine, die den immer schneller werdenden Güterzug aus der Bahn werfen würde.

Eine halbe Stunde blieb den Kollegen, um Callaghan zu evakuieren. Eine Zeit, die wir wie auf heißen Kohlen verbringen würden. Aber wenigstens konnten sie Hubschrauber einsetzen – mit Lautsprechern ausgerüstet. Denn dort drüben herrschte kein Sturm. Und auch die Telefonleitungen waren intakt.

Wir konnten nichts tun. Das war das Schlimmste.

Also kehrten wir zur Bedarfsstation zurück. Dort erfuhren wir, dass alles in Ordnung war – so weit. Der Kommandant des ›Weißen Zuges‹, ein Colonel, erschien im Hauptgebäude, um sich bei uns zu bedanken. Seine Freude wich, als er erfuhr, was noch bevorstand.

Wir warteten mit steinernen Mienen.

Safarim schrie und schrie. Sein Triumphgefühl wuchs von Minute zu Minute. Die Räder der Lokomotive und der Wagons hämmerten auf den Schienen. Das neblige Rot vor seinen Augen hatte sich nur wenig erhellt. Doch er konnte die dahinhuschenden Hänge sehen, die Bäume und die kahlen Felsen.

Und dann das Tal.

Die Gebäude.

Nirgendwo eine Menschenseele. Natürlich nicht. Woher auch! Er lachte schallend!

Sein Zug raste hinein in das Nebelrot.

Auch die anderen Wagons sah er. Waren sie nicht weiß? Klar, völlig klar! Weiß waren sie! Weiß mussten sie sein!

Und gleich ging sie ab, die nukleare Post!

Seine Finger krampften sich um den Zünder.

Der Zug stampfte, ratterte und raste.

Er fieberte dem Moment entgegen.

Die ersten Wagons tauchten links und rechts auf.

Safarims letzter Gedanke war, dass er gleich aussteigen würde, wenn alles erledigt war. Er würde nach Chicago fahren und sich dort für die fünfzehntausend Bucks alles an Luxusgirls leisten, was die windige Stadt zu bieten hatten.

Seinen Wahnwitz konnte er nicht mehr erfassen.

Als er den Zünder drückte, hatte er tatsächlich das Gefühl auszusteigen – hinein in dieses viel hellere Rot.

Der Donner schien die Berge erbeben zu lassen, und wir konnten den Flächenblitz und den Rauchpilz im Südwesten sehen.

Noch eine Viertelstunde lang dauerte die Ungewissheit. Dann erhielten wir die Funknachricht.

Die Kleinstadt Callaghan war dem Erdboden gleich. Aber kein Mensch war zu Schaden gekommen, denn sie hatten sich alle in ein Nachbartal retten können.

Callaghan würde wieder aufgebaut werden.

Callaghan war der Preis, für den die Ostküste der Vereinigten Staaten vor einer Atomkatastrophe bewahrt worden war.

ENDE

Rosannas schärfste Waffe

Willis Crawford ließ den Mercedes langsam ausrollen, damit sie nicht von der eigenen Staubwolke eingeholt wurden. Mit nachlassendem Tempo schien die Luft heißer zu werden. Beiderseits des Weges standen Eichen. Dunkelgrün schirmte das Laub die Sonne ab. Das Licht blieb oberhalb des Waldes. Doch die Hitze vervielfachte sich zum Boden hin und senkte sich als drückende Last in den offenen Wagen. Der Geruch von Baumharz war erstickend. Kein Windhauch regte sich.

Willis Crawford schwitzte mehr als sonst.

Rosanna beobachtete ihn. Wie hingegossen lag sie in dem Winkel zwischen Sitzlehne und Beifahrertür. Willis zog die Handbremse an und hob abwechselnd das linke und das rechte Bein, weil die Hose an seiner Haut klebte. Er zupfte ein Bündel Kleenextücher aus der Packung und rieb sich von der Stirn bis zum T-Shirt ab wie ein Boxer nach zehn Runden. Hastig zündete er sich eine Zigarette an, als brauchte er das Nikotin zum Überleben. Sein Atem rasselte.

»Was ist?«, fragte Rosanna lahm. »Was hast du?« Mit seinen einunddreißig Jahren war er ganz schön schlaff. Nur bei der einen Sache brachte er noch was zu Stande. Als ob er seinen ganzen Lebenswillen auf das eine konzentrierte.

Er druckste herum, wich ihrem Blick aus, paffte hastig. Das Sprechen schien ihn zu viel Anstrengung zu kosten. Rosanna hatte keine Lust zu warten, bis er endlich ein Wort rauskriegte. Interessant war sowieso nur, was er aus der Brieftasche zog. Nicht, was er redete. Sie wandte sich nach hinten, nahm ein Glas und füllte es zur Hälfte mit Eiswürfeln aus der elektrischen Kühlbox. Den Rest der Luft im Glas beseitigte sie mit Kentucky Bourbon. Sie ließ sich zurück in den Sitzwinkel sinken.

»Wir machen es gemeinsam, Kleines«, sagte Crawford plötzlich mit einer solchen Feierlichkeit, dass er sich anhörte wie ein Priester beim heiligen Donnerwetter.

Rosanna setzte das Glas an und genoss es, wie der kalte Whisky ihren Hals heiß werden ließ. Sie schluckte noch einmal und sah ihren reichen Gönner an. »Versteh ich nicht. Haben wir es jemals anders gemacht als gemeinsam?«

»Du weißt, wovon ich rede.« Das Feierliche in seiner Stimme vibrierte weiter. »Wir gehen gemeinsam in den Tod, Kleines.«

Sie starrte ihn an und kriegte den Mund nicht mehr zu. Sie wusste, dass sie ziemlich einfältig aussah, wenn sie so baff war wie jetzt. Im Augenblick war es ihr egal. Es gab ja keinen Zeugen. Außer Willis. Und der schien sie sowieso nicht zu sehen. Seine Augen sahen irgendwas, weit weg, was kein anderer sah. Rosanna leerte das Glas in einem Zug und langte nach hinten, um nachzuschenken. Wenn sie mit ihm zusammen war, musste sie sich sowieso erst in Fahrt bringen. Jedes Mal. Nüchtern konnte sie das nicht ertragen. Sobald Willis seine Klamotten abgelegt hatte, war es das Beste, die Augen zu schließen und sich Superman vorzustellen, wie der aus dem Trikot schlüpfte. Willis schleppte zwanzig Kilo Übergewicht und jede Menge Probleme mit sich herum.

Geld allein machte eben nicht glücklich.

Und nun war er auch noch durchgedreht.

Am Geld konnte das nicht liegen.

Jedenfalls schien dies der verrückteste heiße Septembertag ihres achtzehnjährigen Lebens zu werden. Was in den ersten drei Septembermonaten ihres Lebens gelaufen war, wusste sie natürlich nicht. Egal. So einen Tag im Indian Summer wie diesen hatte die Welt noch nicht gesehen. Rosanna leerte das zweite Glas Kentucky Bourbon bis zur Hälfte. »Ich hab keine Ahnung, was du meinst, Will«, sagte sie so beiläufig wie möglich.

Er schien sie nicht gehört zu haben. »Wir werden uns noch einmal lieben«, sagte er, etwas leiser jetzt, und er betrachtete den Metallstern auf der Kühlerhaube, als sähe er ihn zum ersten Mal. »Ich habe es mir genau überlegt. Wir gehen auf diese Waldwiese mit dem langen Gras. Du weißt, wo die Bäume im Viereck stehen – wie die Wände eines Zimmers.«

»Nur das Dach fehlt«, gluckste Rosanna. Sie hatte beschlossen, sich über seinen Schwachsinn lustig zu machen. Das war wohl das Beste. Ernst nehmen konnte man so was schließlich nicht. »Wenn ich mich im Freien ausziehe, fühle ich mich so nackt!« Sie prustete los, als hätte sie einen besonders gelungenen Witz erzählt.

Willis Crawford redete weiter mit dem Haubenstern. »Wir werden eins sein mit der Natur, und die Erde wird uns aufnehmen. Wir werden vereint sein, Kleines! Wir werden uns ein letztes Mal lieben und dann auf ewig zusammen sein. Weißt du, dass du der einzige Mensch warst, in dessen Nähe ich jemals Herzenswärme gespürt habe?«

»Ich bin noch immer da!«, protestierte Rosanna. Langsam wurde ihr komisch im Kopf. Wenn er nicht bald aufhörte, wie ein Prediger zu reden, konnte ihr wirklich ganz anders werden. »Und ich denke nicht daran …«

Er unterbrach sie, indem er die Hand auf ihre Schulter legte. Jetzt sah er sie an. »Kleines! Warum tust du mir weh?« Tränen traten in seine Augen. Seine Stimme klang weinerlich wie die eines Kindes, das seinen Willen nicht bekommt. »Ich habe es dir doch schon gesagt. Ich habe dir alles erklärt. Und jetzt nimmst du mich nicht ernst!«

Hm, dachte Rosanna, wahrscheinlich hast du es mir wirklich erzählt, alter Lustmolch. Aber da muss ich schon abgefüllt gewesen sein. Also hab ich nichts mehr mitgekriegt. Fällt ja auch schwer, bei deinem pausenlosen Gelaber. Da muss man ja irgendwann die Ohren abschalten.

Andererseits war sie auf ein regelmäßiges Einkommen angewiesen. Sie traf sich mit Willis dreimal die

Woche. Mindestens. Manchmal sogar öfter, wenn er es ganz besonders nötig hatte. O Mann, eine bessere Geldquelle hatte sie nie gehabt! Mehr Freiheit hatte sie auch nie gehabt. Und sie hatte ihre verdammte Freiheit nur deshalb, weil sie sie bezahlen konnte.

Also reiß dich zusammen, Rosanna, ließ sie sich von einer energischen inneren Stimme befehlen. Spiel ein bisschen mit, lass ihn jammern, in ein Ohr rein, aus dem anderen raus. Und nachher, wenn er fertig ist, legt er seinen Kopf in deinen Schoß und heult wie ein kleines Kind. Wäre ja nicht das erste Mal. Nur ist er bislang noch nicht auf die Idee gekommen, sich umzubringen. Wahrscheinlich will er sich nur mal wieder interessant machen. Mitleid braucht er, das ist es.

»Aber ich nehme dich ernst«, hauchte sie. Sie nahm ihr Whiskyglas in die Linke und legte ihre rechte Hand auf die seine, die immer noch schwer auf ihrer Schulter ruhte.

Auch sein Atem ging schwer. Er stopfte den Zigarettenrest in den Aschenbecher und steckte sich sofort eine neue an. »Es ist alles aus«, murmelte er zwischen zwei tiefen Zügen. »Alles!«

Rosanna erschrak. Verdammt, meinte er es etwa doch ernst? Wenn diese Geldquelle versiegte, sah es schlecht aus für sie. Ausgerechnet Willis! Von seiner Sorte liefen nicht allzu viele herum in Kingston, New York.

»Gib mir auch eine«, bat sie und nahm die Zigarettenschachtel aus der Brusttasche seines Hemdes, ohne dass er es richtig merkte. Sie gab sich selbst Feuer und steckte die Schachtel zurück. Dann kippte sie den Rest des Whiskys in sich hinein. Die Lust auf mehr war ihr vergangen. Auf einmal wollte sie nüchtern bleiben. Sie brachte es fertig, eine echt besorgte Miene aufzusetzen. »Was ist denn bloß los mit dir, Will? Du hast doch irgendwas! Komm, lass uns auf deine grüne Wiese gehen! Da bringe ich dich auf andere Gedanken!«

Er starrte durch sie hindurch, als hätte sie nichts

gesagt. Und wie selbstverständlich griff er in die Gesäßtasche seiner schweißklebenden Hose.

Jäh wich Rosanna von ihm weg. Panik schoss in ihr hoch. Mit dem Rücken stieß sie gegen die weich gepolsterte Türkante. Sie wollte schreien, aber sie schaffte es gerade noch, sich zusammenzureißen. Ihr war, als müssten ihre Augen jeden Moment wie Tennisbälle aus den Höhlen springen.

Dass eine Pistole so riesengroß war, hätte sie nie gedacht.

Sie konnte es nicht fassen, dass er das Ding die ganze Zeit in der Tasche gehabt hatte. Und sie konnte sich einfach nicht vorstellen, dass er wusste, wie man damit umging.

»Steig aus«, sagte er nur. »Wir gehen auf die Wiese.«

Rosanna presste die Lippen zusammen. Sie gehorchte und ließ die Zigarette in den Sand fallen. Sie schlug die Tür zu und stellte fest, dass ihre Beine zitterten. Willis stieg auf seiner Seite aus und hörte nicht auf, mit der gottverdammten Pistole auf sie zu zielen. Es sah nicht profimäßig aus, aber trotzdem gefährlich. Weil sein Finger schon am Abzug lag und er so höllisch zitterte. Schweiß lief ihm in Bächen über das Gesicht.

Rosanna spürte, wie sich die Angst in ihr ausbreitete. Dieser Idiot war nicht mehr zurechnungsfähig!

»Hör mal, Will«, sagte sie so vorsichtig wie möglich. »Reg dich bitte nicht auf, ja? Ich tue ja alles, was du willst, aber …«

»Dann ist es gut«, unterbrach er sie. Er war vor der Motorhaube stehen geblieben. »Geh vor. Du kennst den Weg.«

»Ja, einverstanden. Steckst du wenigstens die Pistole wieder weg?«

»Ja – ja, natürlich«, antwortete er zerstreut und schob das klobige Ding zurück in die Gesäßtasche. Seine beigefarbene Hose spannte unter der Bauchrolle.

Rosanna atmete auf und ging los. Einen Moment lang war sie versucht, sich bei ihm unterzuhaken und die guten, alten fröhlichen Zeiten wieder aufleben zu lassen. Aber sein Gesicht war so starr, dass sie einfach an ihm vorbeiging. Er folgte ihr. Seine Schritte klangen schwer und trampelnd.

»Meine Frau hat rausgekriegt, dass ich was mit dir habe«, sagte er, als sie den Waldweg erreichten. »Jetzt macht sie mir die Hölle heiß. Und den Kindern erzählt sie, was ihr Dad für ein Schwein ist.«

Womit sie nicht ganz Unrecht hat, dachte Rosanna in einem Anflug von Schadenfreude. Aber sie zwang sich, auf dem Teppich zu bleiben. Irgendwie spürte sie, dass es mit Willis noch nicht ausgestanden war. Sie begann, sich in den Hüften zu wiegen. Die hellblauen Edeljeans, das wusste sie, saßen schön stramm über ihrem Hintern. Und der hatte auf Willis immer so gewirkt, dass er sich wie ein Pavian fühlte. Vielleicht kam er wenigstens auf andere Gedanken.

»Ich trau mich nicht mehr nach Hause«, fuhr er fort und schluchzte fast. »Es ist ja nicht nur meine Frau. Mein Vater macht mich auch verrückt. Mangelnde Führungsqualitäten, kein Durchsetzungsvermögen – und so weiter und so weiter. Ich hab alles, was ein Manager normalerweise nicht haben darf. Er hat mir damit gedroht, dass ich zu Hause bleiben soll. Mein Geld würde ich trotzdem auch weiterhin kriegen. Für den Job würde er dann einen wirklichen Profi einstellen. Stell dir das um Himmels willen vor! Ganz Kingston würde über mich lachen! Meine Frau hat auch noch Wind davon gekriegt. Sie tut sich mit dem Alten zusammen, das weiß ich. Sie würde es fertig bringen, mein Verhältnis mit dir an die große Glocke zu hängen. Nein, ich bin sicher, sie bringt es fertig!«

Rosanna hätte ihm gern erklärt, dass es ihrer Meinung nach kein Verhältnis war, das sie hatten. Ihrerseits eher eine berufliche Beziehung. Doch sie sagte es nicht. Denn das hätte ihn wohl erst richtig in den Sumpf seiner Depression gestoßen.

»Du bist die Einzige, die mich je ernst genommen

hat.« Crawford schrie es fast, und dann schluchzte er wirklich. Er hörte sich an wie ein völlig verzweifeltes Kind. Nur mühsam konnte er sich beruhigen. »Mein Gott, es geht ja nicht nur um diese Äußerlichkeiten! Wenn es das nur wäre, könnte ich es vielleicht ertragen. Nein, es ist das, was unter dem Strich bleibt! Alle verachten mich. Sie verachten mich grenzenlos. Ich bin ein Nichts in ihren Augen, eine totale Null!« Er weinte.

Eine totale Null mit so viel Geld, dass man nur davon träumen kann, dachte Rosanna verbittert. Es gab eine Menge Leute, die sich nur an den Kopf fassen würden, wenn sie sein Gejammer hörten. Sie überlegte, wie sie aus dieser Situation herauskam. Erst einmal musste sie ruhig bleiben, die Klappe halten. Denn ihr lag so einiges auf der Zunge, wenn sie den Schwachsinn hörte, den er da herausschniefte. Gern hätte sie ihm empfohlen, nach New York City zu fahren, wo sie ein paar Jahre gelebt hatte. Dort sollte er sich mal in der South Bronx auf die Straße stellen und sein ach so beklagenswertes Elend rausposaunen! Es würde nicht lange dauern, und die Typen aus den Rattenlöchern würde ihm den Marsch blasen. Hinterher würde er dann wissen, was wirkliches Elend ist.

Sie erreichten die Wiese. In der Sonne war es warm. Trotzdem fröstelte Rosanna. Sie ging weiter, denn sie wusste, dass er es am liebsten in der Mitte mochte, von all dem verdammten Gras umgeben. Rosanna bekam Hautjucken von dem Grünzeug, aber er wollte die pure Natur, keine Decke oder irgendwas.

»Ich habe lange nachgedacht«, redete er weiter in seiner weinerlichen Art. »Weißt du, es ist nicht so, dass ich mein Leben wegwerfe. Ich will auch deshalb Schluss machen, weil ich die Menschen in meiner Nähe damit bestrafe. Verstehst du? Sie werden den Rest ihres Lebens mit einer schweren Schuld zubringen müssen. Denn sie werden sich sagen müssen, dass sie mich auf dem Gewissen haben. Ich wünsche mir nur, dass sie unter der Last zusammenbrechen, dass sie ihres Lebens nicht mehr froh werden. Dann habe ich erreicht, was ich will.«

Himmel!, dachte Rosanna mit einem flehentlichen Blick nach oben. Hoffentlich ist dieser Wahnsinn bald vorbei! Warum rannte sie nicht einfach weg? In den Wald! Bis er seine Pistole rausgezerrt hatte, bis er zielen konnte – verflucht, dieses blinde Huhn brachte es fertig und erwischte sie mit der ersten Kugel.

Sie blieb an der Stelle stehen, wo sich das Gras seit dem letzten Mal noch nicht ganz wieder aufgerichtet hatte. Ohne sich umzudrehen, zog sie sich aus. Noch vor ein paar Minuten wäre sie überzeugt gewesen, dass der Anblick ihres Körpers Willis auf andere Gedanken gebracht hätte. Jetzt aber war sie kein bisschen mehr sicher. Ein paar Teilchen in seinem Kopf mussten komplett ausgerastet sein. Rosanna spürte, wie sie eine Gänsehaut bekam.

»Dreh dich um«, forderte er. Es klang so energisch, als ob er jetzt einen Sergeant auf dem Kasernenhof imitieren wollte.

Rosanna gehorchte.

Und glaubte, vom Schlag getroffen zu werden.

Schon wieder hatte er die verdammte Pistole in der Hand!

Sein Gesicht sah aus wie eine gekalkte Maske.

Er stierte auf ihre Brüste. Dass sie eine Gänsehaut hatte, schien er aber nicht mitzukriegen. Sonst war er immer um jede Kleinigkeit besorgt gewesen, ganz der einfühlsame Liebhaber, der er bei seiner Alten nicht sein durfte. Rosanna wusste, dass so ein durchgedrehter Softie gefährlicher sein konnte als ein brutaler Hund. Bevor das große Nervenflattern ausbrach, musste sie wenigstens einen letzten Versuch starten. Und wenn das nichts half, konnte sie nur noch rennen – rennen wie ein Hase.

»Aber Willis, Darling!«, wisperte sie vorwurfsvoll. »Wir wollten doch erst …«

»Ich habe es mir anders überlegt«, knurrte er, und

seine Wut galt all denen, die ihn gequält hatten. »Ich will es hinter mich bringen. Wir werden uns im Paradies lieben, Kleines. Warte nur einen Moment. Es dauert gar nicht lange.« Er hob die klobige Waffe ein Stück höher, trat einen Schritt vor und drückte die Laufmündung auf Rosannas nackte Haut – in der Herzgegend.

Der Stahl war kalt, obwohl er bestimmt Crawfords Körpertemperatur hatte. Rosanna zuckte zusammen. Und im selben Atemzug überflutete Panik ihre Sinne.

Sie packte seinen Arm mit beiden Händen und stieß ihn hoch.

Der erste Schuss löste sich. Etwas wie ein zischender Gluthauch strich über ihre Schulter. Es krachte hart und trocken, und ihr war, als würde das Trommelfell ihres linken Ohrs zerschmettert.

Sie schrie.

Willis keuchte und feuerte. Die Schüsse krachten in rasender Folge und verursachten einen hellen Pfeifton in ihrem Ohr.

Rosanna spürte den verstärkten Druck seines Arms. Ihr Schrei steigerte sich zum Gellen. O Wahnsinn! Immer wieder drückte er ab. Die Kugeln fauchten an ihrem Kopf vorbei, eben darüber hinweg. So genau konnte sie es nicht feststellen. Die Welt um sie herum schmolz zusammen bis auf den kleinen Fleck niedergetrampelten Grases. Die Welt wurde zu einer Hölle aus Krachen und Dröhnen. Beißender Gestank von verbranntem Nitropulver breitete sich aus.

Nun schrie auch Willis. Sein Kalkgesicht war eine Wutfratze.

Rosannas Verzweiflung wuchs. Sie wusste, dass sie nicht mehr lange durchhalten konnte. Ihre Kräfte ließen nach, ihre Arme begannen zu zittern. »O Himmel!«, schrie sie. Hörte das denn überhaupt nicht auf? Wie viele gottverdammte Kugeln waren in dieser elenden Pistole?

Crawford feuerte und feuerte.

Rosanna hatte das Gefühl, von Feuer, Rauch und Brandgeruch verschlungen zu werden – wenn es denn schon nicht das Blei war, das sie traf und tötete. Sie wusste nicht, dass ein Fünfzehn-Schuss-Magazin für eine Pistole heutzutage durchaus gängig war.

»Wir sterben gemeinsam!«, heulte Crawford.

Rosanna merkte, wie ihre Armmuskeln schlaff wurden. In Todesangst, mit letzter Anstrengung, warf sie sich ihm entgegen. Es überraschte ihn. Doch die Pistole stieß noch immer ihre wütenden Blitze aus dem Lauf. Crawford stolperte rückwärts. Rosanna stürzte auf ihn zu. Ihren Griff lockerte sie nicht. Sein Pistolenarm knickte ein. Ein Sengen zischte an Rosannas Gesicht vorbei. Dann krachte die Pistole noch einmal.

Willis Crawford riss die nackte junge Frau mit sich zu Boden. Rücklings schlug er hin. Rosanna schrie noch immer. Sie merkte nicht, wie sie heiser wurde und ihre Stimme nach und nach versiegte. In ihrem linken Ohr schrillte es lauter denn je. Der übergewichtige Mann hielt ihren Arm, und nichts in der Welt schien ihn dazu bringen zu können, sie loszulassen.

Sie stieß sich von ihm weg.

Erst als sie hochkam, wurde ihr bewusst, dass er nicht mehr schoss. Es war still geworden, unnatürlich still.

Und erst jetzt hörte sie ihr eigenes heiseres Krächzen.

Der schwere Arm mit der tödlichen Waffe bedrängte sie nicht mehr.

Rosanna erstarrte, halb aufgerichtet, über den daliegenden Mann gebeugt.

Sie hatte noch nie einen Toten gesehen. Nur im Fernsehen, in den Krimis, aber da waren sie ja nicht echt. Und die Leichen bei Flugzeugabstürzen und Erdbebenkatastrophen sahen immer so verstümmelt aus, dass man keinen Gesichtsausdruck mehr erkennen konnte.

Trotzdem wusste Rosanna schlagartig, dass sie einen echten Toten vor sich hatte.

Diese Leiche hatte mal Willis Crawford geheißen.

Und die letzte Sekunde seines Lebens hatte Willis, der Idiot, dazu verwendet, sich selbst eine Kugel in die Brust zu jagen.

Rosanna richtete sich vollends auf. Sie fror. Es war kalt in der Nähe einer Leiche. Sie beeilte sich, ihre Sachen anzuziehen. Ihre Gedanken fuhren Karussell. Natürlich war sie nicht schuld am Tod dieses Verrückten. Ein Unfall. Also das Autotelefon benutzen, die Polizei anrufen – nein. Die Familie war zu reich und zu mächtig. Vor allem Mrs. Crawford würde einen Hass auf die kleine Nutte haben, bei der sich ihr Willis wohler gefühlt hatte als bei ihr. Rosanna fror auch dann noch, als sie angezogen war. Verdammt, sie musste sich dazu zwingen, geordnet zu denken.

Wenn niemand auf sie aufmerksam wurde, konnte sie auch von niemandem falsch beschuldigt werden.

Haargenau.

Das war der Punkt.

Sie überlegte, was wichtig war, was beachtet werden musste. Niemand hatte sie mit Willis zusammen gesehen. Das war ja auch immer in seinem Interesse gewesen. Sie hatten sich in der Bucht am Hudson River getroffen und waren dann ein Stück landeinwärts gefahren. Nur Feld- und Waldwege.

Okay.

Spuren verwischen. Fingerabdrücke und so. Was sonst noch? Ihr fiel nichts ein. Spuren und Fingerabdrücke, das war's. Sie zwang sich zur Ruhe, verharrte und überlegte. Alles, was sie auf dem Leib getragen hatte, hatte sie wieder angezogen. Sie hätte ihren Slip am Tatort vergessen können. Aber so etwas Beknacktes kam ja nur in den Fernsehkrimis vor. Die Pistole hatte sie nicht angefasst, Himmel, nein! Und Willis' Feuerzeug? Seine Autoschlüssel? Sie war nicht mehr sicher.

Sie biss sich auf die Unterlippe, bis es schmerzte. Es ging nicht anders, sie musste sich vergewissern. Rasch sah sie sich um, bevor sie sich bückte.

Auf der sonnenüberfluteten Waldwiese war sie die einzige Menschenseele. Will zählte ja nicht mehr, der arme Hund. Sie überwand sich und griff in seine Hosentaschen. Sie fand das flache silberne Feuerzeug. Sie suchte in den Taschen ihrer Jeans und fand ein unbenutztes Papiertaschentuch. Sorgfältig rieb sie das Feuerzeug damit ab und schob es in die Tasche, in der sie es gefunden hatte. Die Autoschlüssel hatte er nicht bei sich. Also hatte er sie in seiner Aufregung stecken lassen, der Trottel.

Rosanna starrte seinen Arm an, die Hand mit der Pistole. Sie richtete sich auf und sah sich noch einmal um. Lage unverändert. Okay, natürlich konnte der Wald voller Gaffer sein, und sie hätte es niemals herausgekriegt. Aber mit solchen Unmöglichkeiten brauchte sie sich wohl kaum zu belasten. Sie ging den Weg zurück, den sie gekommen war. Klar, dass die Polizei nicht etwa glaubte, Willis Crawford sei mutterseelenallein in der Landschaft herumspaziert. Doch es gab in Kingston schließlich noch ein paar andere Girls, die sich als Ein-Personen-Dienstleistungsbetrieb anboten. Eine Menge Auswahl würden die Cops da haben.

Mit größter Sorgfalt wischte Rosanna alles im Wagen ab, was abzuwischen war. Der Zündschlüssel steckte – wie vermutet. Auf dem schmalen Rücksitz lag Crawfords Jackett. Rosanna konnte dem plötzlichen Impuls nicht widerstehen. Sie griff in die Innentasche. Tatsächlich hatte er die Brieftasche dringelassen, der Trottel. Ein dickes Bündel Scheine steckte in dem weichen Leder. Rosanna zählte zweitausend Dollar für sich ab. Sieben- oder achthundert waren es noch, die drinblieben. Sie schob ihre zweitausend in die rechte Gesäßtasche und wischte die Brieftasche ab, bevor sie sie mit Taschentuchfingern an ihren Platz schob. Zweitausend! Toll! Das Zehnfache dessen, was Willis sonst gezahlt hätte. Vielleicht eine kleine Leistungszulage. Aber mehr als dreihundert wären nicht drin gewesen. Zweihundert würde sie melden. Das hieß, sie musste hundert abliefern. In Ordnung, das machte einen Gewinn von tausendneunhundert. Für zehn Minuten Todesangst verdammt angemessen. Sie kicherte verstohlen. Unter dem Strich hatte sich der Tag gelohnt, einschließlich Panik. Sie konnte ein paar Wochen überbrücken, bis sie Ersatz für Willis gefunden hatte.

Sie musste nur höllisch aufpassen, dass ihr Lumpenhund nicht dahinter kam, wie viele Bucks sie in Reserve hatte. Das Schwein würde jeden einzelnen Cent aus ihr herausprügeln.

Rosanna überprüfte noch einmal alle Stellen an dem nagelneuen Mercedes, die sie möglicherweise angefasst hatte. Das Glas, das sie benutzt hatte, nahm sie mit. Mit einem Bündel Kleenex-Tüchern verwischte sie ihre Spuren im Sand neben dem Wagen und wich auf den grasbewachsenen Wegesrand zurück. Dort ging sie auch in Richtung Flussufer. Das Glas warf sie an einer felsigen Stelle ins Wasser, wo es mindestens zehn Fuß tief war. Rosanna fühlte sich mit jedem Schritt besser. Sie kannte die Landschaft und die verschlungenen Pfade, auf denen man Kingston erreichte, ohne dass irgendjemand später hätte sagen können, aus welcher Richtung sie gekommen war.

Das Ufer erinnerte an einen Sandstrand in südlichen Breiten. Nur das Wasser leuchtete nicht so kristallklar, wie man es von den bunten Bildern in Reiseprospekten gewohnt war. Der Strand gehörte zu einem Baggersee. Die Wasserfläche hatte garantiert ihre zehn Hektar und nur eine schmale Zufahrt zum Fluss. In der Mitte des Sees thronte eine Insel mit einer Baracke darauf.

»Das scheint die Fährverbindung zu sein«, sagte

Phil und zeigte auf ein Ruderboot aus rostigem Stahlblech. Zwei Riemen aus verwittertem Holz lagen auf den Duchten. Aber der Kahn hatte kein Leck, war also noch in Betrieb.

»Sehr einladend«, brummte ich.

»Bevor du nicht das Gegenteil beweisen kannst, musst du davon ausgehen, dass Dodds ein gastfreundlicher Mensch ist«, belehrte mich Phil. »Er könnte sich hier schließlich abschotten wie auf einer Burg. Den Graben um sich herum hat er ja.«

»Danke fürs Augenöffnen«, grinste ich.

Wir gingen auf die Selbstbedienungs-Fähre zu. Nach zwei Schritten war Schluss damit. Ein Sandvorhang baute sich vor uns auf und stoppte uns.

Das Peitschen der Schüsse setzte mit dieser winzigen Zeitverzögerung ein, die der Schall zu seiner Fortpflanzung braucht. Nicht viel größer war die Zeitspanne, die Phil und ich brauchten, um uns hinter den Rostkahn zu werfen. Der Vorhang aus Sandfontänen folgte uns. Die Schüsse verdichteten sich zum Dröhnen. Phil und ich hatten vorläufig nichts anderes zu tun, als den Kopf einzuziehen.

Der gastfreundliche Dodds hütete sich indessen, seine schwimmende Rostbeule zu durchlöchern. Ein zweites Exemplar hatte er am Strand seiner Insel liegen. Natürlich brauchte er beide, um einen reibungslosen Fähr-Pendelverkehr möglich zu machen. Deshalb zwirbelte er seine Gewehrkugeln nur kurz vor unserer Deckung in den nachgiebigen Boden. Sand schwappte in das Boot. Es klang, als ob jemand Maisgries in einen trockenen Behälter schaufelte.

Das Schüssepeitschen hörte nicht auf. Barney Dodds probte den fliegenden Magazinwechsel.

»Welche Art von Gastfreundschaft ist das?«, erkundigte ich mich bei meinem Freund und Kollegen.

»Sei froh, dass er nicht auf den Jaguar schießt«, entgegnete Phil.

Ich bedachte ihn mit einem Seitenblick. Jedes Wort

war hier überflüssig. Dodds verdichtete den Sandboden mit Hochgeschwindigkeitsblei, und Phil hatte seinen versöhnlichen Tag. Überhaupt: Wir durften sicher auch froh sein, dass Dodds seine Besucher nicht über den Haufen schoss, bevor sie guten Tag sagen konnten. Wir durften mindestens genauso froh sein, dass er uns nicht hatte tanzen lassen. Das machte ich mir klar, während ich meinen Smith & Wesson zog und gewohnheitsgemäß die Trommel ausschwenkte, um die Kammern zu überprüfen. Sechs Magnum-Patronen in den Kammern. In Ordnung. Außerdem hatte ich zwei Schnelllader mit nochmal je sechs Patronen in den Taschen meines spätsommerlich leichten Jacketts.

Der Jaguar stand zwanzig Yards oberhalb von uns in der hohlwegartigen Einfahrt zum früheren Kieswerk. In dem roten Renner lagen zwei Maschinenpistolen, Marke Heckler & Koch, Modell MP5. Die offizielle Dienstwaffe des FBI. Nichts in der Welt hätte uns vorher darauf gebracht, dass wir für unseren Freundschaftsbesuch bei Barney Dodds besser mit der Maschinenpistole aufmarschiert wären. Ich konnte mir vorstellen, wie die Jungs in der Stadtverwaltung jetzt grinsten. Schadenfroh. Das sind schließlich alle Leute, die ahnungslose Engel ins Vergnügen schicken.

Auch Phil hatte seinen Dienstrevolver gezogen.

Und Barney feuerte und feuerte.

»Niemand soll behaupten, dass ich absichtliche Alleingänge unternehme«, sagte ich, kramte mit der freien Hand in der Jackentasche, zerbrach ein Streichholz und klemmte das kurze Stück zusammen mit dem längeren zwischen Daumen und Zeigefinger.

Phil sah mich misstrauisch an.

Und zog den Kürzeren.

Ich zeigte ihm, dass das zweite Stück wirklich länger war. Er seufzte und nickte. Ich wandte mich grinsend nach rechts und robbte an der Seite des Boots entlang, die der Barackeninsel abgewandt war. Früher war es mal eine Halbinsel gewesen, hatten wir bei der Stadtverwaltung von Kingston erfahren. Und früher hatte die Baracke das Büro des Kieswerks beherbergt. Dann hatte man den See weiter ausgebaggert, und die Halbinsel war zur Insel geworden. Es hatte sich nicht gelohnt, die Wellblechbude abzureißen. Schließlich war das Kieswerk stillgelegt worden. Barney Dodds hatte die Narrenfreiheit bekommen, sich hier häuslich niederzulassen.

Die Entfernung Ufer – Insel betrug dreißig Yards, schätzungsweise.

Ich stieß den Lauf des 357ers am Bootsheck vorbei.

Und ich feuerte, bevor der wild gewordene Schießer auf seiner Insel reagieren konnte. Der 357er ruckte und wummerte in meinen Fäusten. In rascher Folge zog ich durch und hatte den gewaltigen Rückschlag unter Kontrolle. Das Teilmantelblei hieb Löcher wie von unsichtbaren Fäusten ins Wellblech. Eine Fensterscheibe verwandelte sich in einen Scherbenregen. Die Schüsse dröhnten wie Donner über den See. Ich konnte Phils Schritte hören, wie er Haken schlagend zum Jaguar rannte. Das Gewehrpeitschen war verstummt. Die sechste Kugel jagte ich nur mit der rechten Hand hinaus. Gleichzeitig langte ich mit der Linken in die Jackentasche und angelte mir den ersten Schnelllader.

Trommel ausschwenken und Ejektor betätigen verschmolzen zu einem blitzschnellen Handgriff. Im Sonnenlicht funkelten die sechs leeren Messinghülsen aus dem Stahlzylinder. Ich stieß die sechs neuen Patronen hinein und schnippte den Kunststoff-Haltering weg. Es klickte, als ich die Trommel einrastete, und auf der Insel entschloss sich der wütende Barney zu einer neuen Taktik.

Er brüllte.

Eine Flüstertüte half ihm dabei.

»Verschwindet, ihr Bastarde! Was ihr macht, ist Hausfriedensbruch! Verschwindet, oder ihr fahrt zur Hölle!«

Einen Moment waren Phil und ich perplex. Es war nicht so, dass wir Dodds nicht ernst nahmen. Aber den handgreiflichen Teil seiner Verrücktheit konnte man denn doch nur mit einem gelinden Schmunzeln hinnehmen. Weshalb er uns mit Blei begrüßte, war uns sowieso ein Rätsel. Vielleicht tat ich den Jungs in der Stadtverwaltung doch Unrecht. Möglich, dass es sonst nicht Barneys Art war, erst auf seine Besucher zu schießen und sie dann nach ihrem Namen zu fragen. Doch zum Nachdenken blieb keine Zeit mehr.

Ein bis eben nicht da gewesenes Geräusch folgte der Brüll-Offensive.

Das neue Geräusch wirkte sich nicht nur auf die Trommelfelle aus. Es erreichte auch direkt das Rückgrat, wo es mit einem eisigen Kribbeln auf und ab kroch.

Es war diese unvergleichliche Mischung von Fauchen und Röhren, wie sie nur ein ausgewachsener Florida-Alligator von sich gibt.

Sehen konnte ich das Vieh noch nicht. Aber ich war sicher, es hauste mit Barney Dodds zusammen auf der Insel.

Phil machte kurzen Prozess. Er ließ die Maschinenpistole hämmern. Völlig richtig. Wir mussten zur Sache kommen. Schließlich waren wir nicht hier, um den Belagerungszustand zu eröffnen.

Ich kroch zurück, holsterte meinen Smith & Wesson und schob das Rostboot zu Wasser. Phil jagte die Feuerstöße in kurzen Abständen ins Barackenblech. Er hatte genügend Reservemagazine zur Verfügung, um die Begleitmusik für die Dauer meiner Überfahrt zu liefern.

Ich lief ins seichte Uferwasser und brachte das Boot in Fahrt. Als das Wasser schon kniehoch war, schwang ich mich hinterher. Geduckt erreichte ich die mittlere Bucht, warf die Riemen in die Dollen und pullte. Phils Maschinenpistole hämmerte zuverlässig. Verglichen damit hörte sich der Alligator kleinlaut an. Barney

Dodds kam nicht wieder zum Schuss. Trotzdem wollte sich in meinem Magen kein Wohlgefühl einstellen. Es musste daran liegen, dass ich nicht wusste, welcher Art von Empfang ich entgegenruderte.

Die paar Minuten, die ich bis zur Insel brauchte, vergingen wie im Flug. Ich konnte es kaum fassen, als ich den Kiel auf Sand knirschen hörte. Direkt links von mir war Barneys Rostboot Nummer zwei. Ich schwang mich in eben die Richtung und hatte zwischen den beiden Stahljollen erst einmal Deckung.

Phil feuerte weiter. Ich hörte jetzt deutlich die schmetternden Einschläge ins Wellblech. Dodds hatte keine Chance, sich an dieser Seite seiner Behausung ins Freie zu wagen. Ob er es an der anderen Seite tun würde, war die Frage. Ich erhielt die Antwort in der nächsten Sekunde.

Dieses Angriffsfauchen klang, als ob das Vieh mit etwas Hartem auf seinen eigenen Schuppen rasselte. Ich hörte es in den kurzen Pausen zwischen den Feuerstößen.

Und gleich darauf war es in meinem Blickfeld.

Ein Albtraum war nichts dagegen. Auf der Sandfläche zwischen Baracke und Booten watschelte es heran. Ein Riesenvieh. Bestimmt drei Yards lang. Genau ließ sich das nicht schätzen, weil es fortwährend den Schwanz hob und den Boden peitschte. Jeder Schlag dröhnte, und jedes Mal entstand eine lange Furche im Sand.

Zielstrebig witternd hatte der Alligator mich entdeckt. Aus kleinen gelben Augen starrte er mich an. Dann riss er die mächtige Klappe auf. Ich erhielt einen eindrucksvollen Vorgeschmack auf das, was mir blühte: Reißzähne, so weit das Auge reichte. Zwei ausgewachsene Männerarme hatten kaum mehr Spannweite als dieses Mordsgebiss. Ober- und Unterkiefer klappten zu. Das Schuppentier trug ein Halsband aus fingerdickem Leder mit einem Stück Kette daran. Barney Dodds' persönliche Hofhund-Variante.

Ich war versucht, eine Magnum-Kugel zwischen die tückischen kleinen Augen zu stanzen. Doch ich ließ es. Aus dem gleichen Grund wie Phil. Er beschränkte sich nach wie vor darauf, den wild gewordenen Inselbewohner in Deckung zu zwingen. Logisch, dass der Alligator durch das Gehämmer immer nervöser wurde. Und zumindest für mich kehrte sich Phils Feuerschutz ins Gegenteil um. Statt Dodds hatte ich den Alligator auf dem Hals.

Dabei durften wir dem lieben Tierchen nicht einmal ein Haar krümmen.

Okay, in Florida waren sie inzwischen wieder zur Jagd freigegeben. Da unten hatten sie sich wie Kaninchen vermehrt. Aber Barney Dodds hatte seine Riesenechse in den Bundesstaat New York importiert. Und hier zu Lande galten strenge Tierschutzgesetze.

Phil und ich würden den gesamten FBI in die Schlagzeilen bringen, wenn wir einen Alligator erschossen. Zumal wir nicht den geringsten Grund dafür hatten.

Denn dass man sich von so einem Vieh bedroht fühlt, ist für Tierschützer noch lange kein Anlass. Und wenn ein Alligator einen Menschen frisst, ist alles klar. Dann hat der Mensch das Schuppentier bedroht. Oder herausgefordert. Oder geärgert. Auf jeden Fall reagierte dieses Monstrum, das mich da mit seinem ellenlangen Maul angähnte, völlig natürlich und erklärlich. Ich würde keinen Funken Mitleid ernten, falls Barneys Haustier mich zwischen die Zähne kriegte. Daran änderte auch die Tatsache nichts, dass der Herr der Kiesinsel seinen vierbeinigen Freund mit voller Absicht auf mich gehetzt hatte. Nein, in der Welt der verständnisvollen Tierfreunde hatten Phil und ich zwangsläufig die schlechteren Karten.

ALLIGATOR FRISST BEWAFFNETEN G-MAN!

So eine Schlagzeile würde niemanden sonderlich aufregen.

Anders sah es im umgekehrten Fall aus.

FBI-AGENT ERSCHIESST WEHRLOSEN ALLIGATOR!

All right, ich war mir aller Konsequenzen bewusst. Die Zeit, die mir blieb, schmolz zusammen. Denn das schwergewichtige Reptil entwickelte seine Angriffstaktik. Es schleifte seinen breiten Bauch aus meinem Gesichtswinkel und schwenkte nach links weg. Die Absicht war mehr als deutlich. Der Alligator hatte einen Überraschungsangriff im Sinn, blitzschnell von der Wasserseite her. So viel Hinterhältigkeit hatte Barney Dodds ihm gar nicht erst anerziehen müssen. Das ist diesen Monstern angeboren. Ich weiß, wovon ich rede. Es war nicht das erste Exemplar dieser beißwütigen Art, das mir begegnete. Auch den harten Burschen, die sich mit ihnen auskannten, war ich begegnet – als Urlaube, aber auch während meiner beruflichen Aufenthalte in Florida und Louisiana. Gatorman Jackson aus Tampa war einer von diesen Burschen, die ihr Geld damit verdienten, vor ehrfürchtigen Touristen lebende Alligatoren aufs Kreuz zu legen und zappeln zu lassen. Ich rief mir die Handgriffe in Erinnerung, die Jackson mir beigebracht hatte.

Phils Maschinenpistolen-Stakkato mit Unterbrechungen war inzwischen zur vertrauten Geräuschkulisse geworden. Wenn Dodds nicht ein drittes Ruderboot auf der anderen Seite der Baracke liegen hatte, saß er auf seiner Insel fest.

Geduckt drehte ich mich um. Meine Nackenhaare sträubten sich. Die Echse war schneller, als ich gedacht hatte.

Mir blieb eine knappe Sekunde Reaktionszeit. Sie reichte für meinen Gegenangriff.

Ich spannte die Beinmuskeln und schnellte dem borstigen Baumstamm entgegen, der da mit affenartiger Geschwindigkeit auf mich zurauschte. Derartiges Verhalten sind sie nicht gewohnt, die Riesenviecher. Deshalb bekam der schuppige Bursche seine große Klappe nicht rasch genug auf. Mit Todesverachtung warf ich mich auf ihn und erwischte ihn mit beiden Armen.

Augenblicklich spürte ich die gewaltigen Kräfte, die in diesem baumlangen Tierkörper steckten. Der Alligator bäumte sich auf, peitschte das Wasser und versuchte, seinen Rachen aufzureißen. Doch genau das verhinderte ich mit eisernem Griff. Es war, als hätte ich einen jungen Dinosaurier im Arm. Sein bärenstarkes Gezappel verwandelte das Wasser in eine brodelnde, schäumende Hölle.

Ich musste raus aus dieser Hölle. So rasch wie möglich. Deshalb konzentrierte ich mich auf meinen Griff. Ich brauchte ihn nur wenig zu korrigieren. Die Echse zerrte und ruckte. Ich passte höllisch auf, nicht in die Reichweite der Pranken zu geraten. Selbst wenn er den Schwanz noch so sehr krümmte, konnte mich der Alligator damit nicht erwischen.

Ich fing an, ihn an Land zu ziehen – Stück für Stück. Natürlich merkte er es sofort. Und er bäumte sich auf. Im seichten Uferwasser jetzt, hieb er regelrechte Furchen in den sandigen Grund. Er sträubte sich gegen mein Ziehen. Seine Angriffswut schlug in Panik um. Ich merkte es, spürte seine Todesangst. Er gab ein dumpfes Gurgeln von sich. Der Alligator fühlte sich wie ein Tier auf dem Weg zur Schlachtbank. Er hatte keine Ahnung, wie viel Freunde er unter den Menschen hatte.

Aber ich hatte ihn an der richtigen Stelle vor dem breiten Schädel. Und ich lockerte meinen Griff nicht. Ich zog ihn auf die Boote zu. Die Gefahr wurde noch größer. Der Panzerkörper der Echse krümmte und streckte sich noch wilder. Es war die Panik, die das bewirkte.

Auf meine Umgebung konnte ich nicht achten.

Einer von Phils Maschinenpistolen-Garben folgte ein Schrei. Dann herrschte plötzlich Stille.

Ich konnte auch darauf nicht achten. Alles kam nun

auf meine Kraftreserven an, die ich mobilisierte. Der Echsenschwanz traf eines der Boote. Der Schlag dröhnte wie von einer Riesenpauke über den See.

Im selben Atemzug hatte ich das Gefühl, als würde sich der Schuppenkörper um mich wickeln. Ich knickte in den Knien ein. An Land schien sich das Gewicht des Alligators zu vervielfachen. Und der Schwung, den er sich selbst gab, drohte mich umzuwerfen. Mit größter Willensanstrengung schaffte ich es, auf den Beinen zu bleiben. Wie auf Stelzen dahinstochernd zerrte ich das sich aufbäumende Riesenvieh zwischen den Booten nach vorn. Es begleitete unseren gemeinsamen Weg mit weiteren Paukenschlägen.

Den kritischen Augenblick überwand ich mit eiserner Entschlossenheit. Ein winziger Moment genügte mir, um eine Bootsleine mit der Linken zu packen und um das Alligatormaul zu schlingen. Im Handumdrehen waren es mehrere Seilwindungen, die die Echse daran hinderten, noch einmal die Zähne zu zeigen. Auf Knoten verzichtete ich. Ich lockerte meinen Griff, sprang nach vorn und schnellte sofort zur Seite. Ein Schwanzhieb dröhnte haarscharf neben mir. Es hörte sich an, als ob mindestens eines der Boote in Trümmer zerlegt wurde.

Ich packte einen der schweren Riemen aus Eichenholz. Und ich war rasch genug zur Stelle, bevor die Echse mit dem Boot an der Leine auf Wanderschaft gehen konnte. Mit der Schmalseite des Riemenblatts schlug ich zu. Immer wieder. Ich traf präzise die Stelle hinter dem Schädel, die Gatorman Jackson mir gezeigt hatte. Er wäre stolz auf mich gewesen, wenn er mich in diesen Minuten gesehen hätte. Das bildete ich mir jedenfalls ein.

Der Alligator schnaufte und streckte sich.

Erst in diesem Moment merkte ich, wie verdammt still es um mich herum geworden war. Ich richtete mich auf und ließ den Riemen sinken. Der durchnässte Anzug klebte an mir.

Ich drehte mich um und sah Barney Dodds im Eingang seiner Baracke. Ein massiger, breitschultriger Mann mit spiegelnd kahler Kopfhaut inmitten eines dunklen Haarkranzes. Sein blau-weiß gestreiftes T-Shirt war blutgetränkt. Er musste die Tür aufgerissen haben. Das Schnellfeuergewehr war ihm aus den Händen gerutscht und in den Sand gefallen. Ich wandte mich zur anderen Seite. Phil stand am Ufer des Sees.

»Hol über!«, rief er und reckte die Maschinenpistole empor wie ein siegreicher Guerillero, der seine Compañeros aus dem Dschungel zusammenruft.

Ich verschnürte das komplette Paket an dem Pflock. Dann lief ich zu Dodds und stellte fest, dass seine Bewusstlosigkeit von einem Schulterdurchschuss herrührte. Nicht lebensgefährlich, wenn mein medizinisches Halbwissen ausreichte.

Ich stieg in eine der Rostjollen und erfüllte Phils Fährwunsch. Er hatte den Ambulanzwagen schon angefordert. Auch die Kollegen von der County Police in Kingston waren im Anmarsch.

Phil nickte wiederholt, während er sich umsah. Er schien alles bestätigt zu finden, was er vermutet hatte. Und er rümpfte die Nase. »Keine Klimaanlage«, stellte er fest. »Habe ich mir gedacht.«

Ich grinste nur. Klimaanlagen liegen meinem Freund und Kollegen mehr als alles andere am Herzen – besonders die Sorte, die dauernd nicht funktioniert.

Es war stickig heiß in der Bude. Der Geruch von verdorbenen Speiseresten hing in der Luft, die sowieso schon zum Schneiden war. Der Indian Summer erfreute die Einwohner des Staates New York in diesem Jahr mit Rekordtemperaturen. Besonders angenehm war das sicherlich für den Alligator, den es dank Dodds in unsere Breiten verschlagen hatte.

Die Kollegen von der County Police waren abgezogen. Dodds lag längst in Kingston im Hospital. Wahrscheinlich hatte er die Behandlung schon hinter sich. Auf jeden Fall wurde er scharf bewacht. Die Kollegen hatten es uns zugesagt.

Der Alligator lag an seinem ursprünglichen Pflock hinter der Baracke. Er war friedlich geworden, seit er wieder an seiner gewohnten Kette lag. Ein Spezialtransporter des Zoos in Albany war unterwegs, um die Echse abzuholen.

Als gefährliches Tier würde sie im Zoo bleiben. Die entsprechende richterliche Anordnung war nur noch eine Formsache.

Wir hatten die Baracke für uns.

Phils Ausschau nach der Klimaanlage war nicht so abwegig, wie es sich auf den ersten Blick anhörte. Ich fand einen Schalter neben der Tür und knipste. Elektrisches Licht aus Leuchtstoffröhren erhellte das unbschreibliche Chaos, in dem Barney Dodds gehaust hatte. Mitten in dem Durcheinander von schmutzigem Geschirr, leeren Konservendosen, Bergen von Kleidung, Schuhen und Stiefeln auf dem Fußboden gab es einen Tisch mit einem Personal Computer einschließlich Matrixdrucker. Auch ein Kühlschrank war vorhanden und ein Elektroherd. Ein Unterwasserkabel versorgte demzufolge die Dodds-Insel mit Energie. Traumhaft.

»Lassen wir die Chips für ihn sprechen«, sagte ich und schwang mich auf den Hocker am Computertisch. Dodds war bis zum Abtransport nicht aus seiner Bewusstlosigkeit erwacht. Mit all den Fragen, die wir ihm stellen wollten, hatten wir vorerst nicht landen können.

Phil brummte zustimmend und begann, durch das Wohnchaos zu streifen. Von den Mehltüten im Vorratsregal nahmen Kakerlaken raschelnd Reißaus.

Ich betätigte den Power-Schalter des Computers, und tatsächlich setzte ein wohlklingendes Summen ein. Die Schrift unter dem Bildschirm wies den

Apparat als einen ›Kingsford XT 22780‹ aus. Heimische Produktion. Die Herstellerfirma hatte ihren Stammsitz in Kingston. Ich konnte mir allerdings kaum vorstellen, dass ein Bursche wie Dodds vor Lokalpatriotismus glühte.

Ich schob die Programmdiskette ein, gab dem elektronischen Hirn ein paar Tastenbefehle und erhielt nach einer Weile die erste strahlend grüne Mitteilung auf dem Grau des Bildschirms.

Dies war der 22. September.

Die Zeit: 18.55 Uhr.

Augenblicklich erinnerte mich mein Magen mit verständlichem Knurren daran, dass die letzte Mahlzeit fast sechs Stunden zurücklag. Ein Pizzaviertel wäre das Mindeste gewesen, was ich meinem Verdauungszentrum um diese Zeit an Gutem hätte tun sollen. Noch besser ein T-Bone-Steak, ein Porterhouse, ein Sirloin oder etwas in der Güteklasse. Ich stellte das Knurren mit einem gedanklichen Versprechen ab: Sobald wir auf der Dodds-Insel fertig waren, würde unser erstes direktes Ziel eine Pizzeria oder ein Steakhouse sein. Kingston war zwar nur eine etwas größere Kleinstadt, mit Restaurants jedoch überdurchschnittlich bestückt. Was wohl daran lag, dass Kingston noch zum Fremdenverkehrsgebiet der Catskills gehörte.

Phil war nebenan in einem Abstellraum verschwunden. Von Zeit zu Zeit klapperten Werkzeuge oder Gerätschaften, die er untersuchte.

Ich nahm mir Dodds' Diskettensammlung vor. Nirgendwo in der ganzen Bude war etwas auf Papier Geschriebenes zu sehen. Begreiflich. Der zeitgemäße Computerfreak verließ sich ganz auf seine elektronischen Speicherkapazitäten. Und Kingston war auch in der Beziehung eine Hochburg.

KINGSFORD ENTERPRISES war der Computerkonzern. Die besagte Firma mit Stammsitz in Kingston. Kingsford-Zweigwerke gab es in verschiedenen

Bundesstaaten der USA. Immer, wenn mehr als nur ein Bundesstaat betroffen sein könnte, tritt bei polizeilichen Ermittlungen automatisch der FBI auf den Plan. Schon, wenn nur die Möglichkeit besteht, dass Gesetze verschiedener Bundesstaaten berührt werden könnten, ist der FBI zuständig.

Seit dem Abend des 16. September wurden wir von der County Police Kingston und der New York State Police auf dem Laufenden gehalten. Die State Police hatte ihre Kriminalabteilung eingeschaltet, das Bureau of Criminal Investigation, mit dem wir eng zusammenarbeiteten.

John D. High, unser Chef, hatte Phil und mich erst jetzt nach Kingston schicken können. Ebenso wie alle anderen Agenten des New Yorker FBI-Distrikts waren wir fest in anderen Fällen eingespannt gewesen.

Der 16. September war der Todestag Willis Crawfords gewesen.

Der Familie Crawford gehörte der Computerkonzern. Kingsford – die Firmenbezeichnung war zusammengesetzt aus Kingston und Crawford. Willis, der Alleinerbe, hatte seinem Leben ein Ende gesetzt. Das war die offizielle Lesart, die auf Wunsch der Familie auch an die Medien gegeben worden war. Die Kollegen von State Police und County Police wussten indessen, dass weder die Eltern noch die Witwe des jungen Crawford an einen Selbstmord glaubten. Deshalb hatten die trauernden Hinterbliebenen unsere Kollegen gebeten, den FBI zu informieren.

Auch die örtlichen Polizei- und Kriminalbeamten vermuteten, dass Willis Crawford ermordet wurde.

Es gab ein paar konkrete Spuren, die man uns reserviert hatte.

Eine dieser Spuren war Barney Dodds.

Seine Computerdateien bestanden aus Mädchennamen, Datumsangaben und Dollarbeträgen. Das wunderte mich nicht. Denn Barney Dodds war ein Zuhälter. Die Geldbeträge waren dreistellig, gelegentlich nur zweistellig. Ich schenkte mir ein langes Durchchecken der Disketten. Denn mich interessierte nur ein einziger Name.

Rosanna.

Ich gab den Namen als Suchwort ein und begann, es durch die Speicherpositionen der Disketten zu jagen. Immer wieder leuchtete ein gerastertes Feld auf: Suchwort nicht vorhanden.

Erst bei Diskette Nummer fünf hatte ich Erfolg. Ich stieß einen Pfiff aus, als sich die Kolonnen auf dem Bildschirm aneinander reihten.

»Phil!«, rief ich. »Das musst du dir ansehen!«

Er tauchte im Durchgang zum Abstellraum auf. »Und was hältst du hiervon?« Er hielt eine UZI hoch, das israelische Maschinenpistolen-Modell mit dem Stummellauf. »Unser Freund Barney ist auch ein Waffenfreak. Eine Schrotflinte, zwei Revolver, eine Automatik – und jede Menge Munition.«

»Reißt mich nicht vom Hocker«, entgegnete ich. »Ich habe Rosanna.«

»Im Ernst?« Phil ließ sich herüberlocken. Er schob sich vom Türrahmen weg, fand einen gefahrlosen Weg durch das Chaos und spähte mir über die Schulter. Auch er konnte sich einen Pfiff nicht verkneifen.

Rosannas Erfolgszahlen waren mindestens dreistellig. Doch sie hatte gelegentlich vierstellige Erfolgszahlen zu verbuchen gehabt. Und das unterschied sie von ihren Kolleginnen in Barney Dodds' elektronischer Kartei.

Ich ließ die ellenlange Liste über den Bildschirm rollen. Doch der Name Willis Crawford tauchte nirgends auf. So einfach sollte es uns denn doch nicht gemacht werden. Weitere Disketten ließ ich durchlaufen. Es gab nur die eine Rosanna-Datei. Phil packte das Waffenarsenal mitsamt Munition in eine Kiste. Die Kollegen konnten sich damit amüsieren. Bevor wir losfuhren, nahm Phil Funkverbindung mit dem Kingston-Office der State Police auf.

Rosanna, von der wir nun schon so viel gehört hatten, wurde beschattet.

Phil erklärte den Kollegen, dass wir in ungefähr zwei Stunden Übernehmen würden.

Rosanna war noch einmal kurz in ihre Wohnung gegangen. Nach dem Besuch im Hospital hatte sie sich zum Auswringen gefühlt. Einerseits. Andererseits wie ein junges Reh im Frühling.

Rosanna horchte auf den Klang ihrer hochhackigen Schuhe und fand, dass sich ihre Schritte selbstbewusst und energisch anhörten.

Sie gefiel sich selbst.

Es war noch immer nicht ganz dunkel. Die Straßenlampen an der Albany Street streuten blasses Licht aus. Es war einer dieser Abende, an denen man glaubte, dass die Nacht nie zu Ende gehen würde. Die Straßencafés waren voller Menschen, Fenster und Türen weit offen. Niemand konnte es in seinen vier Wänden aushalten. Die Quecksilbersäule stand noch genau da, wo sie am Nachmittag gestanden hatte. Kein Windhauch regte sich im Tal des Hudson River.

Musikfetzen begleiteten Rosanna und all die anderen, die noch unterwegs waren – auf der Suche nach dem richtigen Platz, wo die Drinks gut gekühlt oder die Steaks zart genug waren.

Rosanna konnte sich in den spiegelnden Schaufensterscheiben sehen, und sie war zufrieden mit sich. Ihr Haar – schulterlang, blond und raffiniert gelockt – schien bei jedem Schritt schwingend zu schweben, exakt wie in diesen Werbespots für Haarspray. Die weißen Hochhackigen waren genau das Richtige, um ihre Größe und die Superlänge ihrer Beine zu betonen. Erst von der Mitte der Schenkel aufwärts hatte sie die Pracht ein bisschen verhüllt. Diese Andeutung eines Rocks war knalleng und so weiß wie die reine Unschuld. Typen mit Forscherdrang fühlten sich durch so was aufgefordert. Passte die Hand unter den Rocksaum oder nicht?

Rosanna zwinkerte ihrem Schaufenster-Spiegelbild zu. Ihre leichte rote Bluse bestand aus einem Hauch von Seide. Der teure Stoff schien ein Eigenleben zu führen, wie er wogte, vom freien Federn ihrer Brüste in Bewegung gehalten. Rosanna war in der Stimmung für Forscherhände. Ihr machten die Blicke Spaß, die ihr von den Tischen der Cafés und Restaurants oder aus den dahinschleichenden Autos folgten.

Es hatte mit diesem neuen Freiheitsgefühl zu tun.

Nach dem Hospitalbesuch hatte die Kleidung auf ihrer Haut geklebt. In ihrem Apartment war sie unter die Dusche gesprungen und hatte sich kalt berieseln lassen. Und damit war dann auch Barney Dodds wie ein Zwei-Zentner-Sack von ihr abgefallen. Bildlich gesprochen. Er würde sie nicht mehr herumkommandieren, sie nicht mehr wie eine gottverdammte Sklavin behandeln. Wenigstens vorläufig nicht. Sie würde den Cops dankbar sein für jeden Tag, den sie ihn unter Verschluss hielten.

Leider war damit das Problem nicht für alle Zeiten gelöst. Zuhälterei und Widerstand gegen die Staatsgewalt reichten wohl kaum, um Barney, den Bastard, lebenslänglich in die sich bessernde Gesellschaft zu bringen. Irgendwann würde er also wieder da sein, würde sich wieder aufspielen wie der große Zampano und drauflosprügeln, wenn man nicht sofort gehorchte.

Es sei denn, es war inzwischen ein noch Größerer da. Einer, der Barney sagte, wann und in welche Richtung er abmarschieren durfte.

Ein drahtiger Jüngling tänzelte ihr in den Weg. Rosanna blieb stehen und sah die Gruppe Gleichaltriger. Kichernd lauerten sie unter einer Markise und äugten herüber. Ihr Vortänzer spielte sich auf, indem er mit einem Hunderter wedelte.

»Machst du's mir dafür ein bisschen nett?«, fragte er

feixend. Unter der Markise prusteten sie in die hohle Hand.

Rosanna grinste ihn an. »Ist das alles, was du gespart hast, Baby?«

Er blinzelte verdattert. »Wa – wa …?« Ihm fehlten die Silben. Rosanna zupfte ihm den Hunderter aus der Hand, rollte ihn zusammen und ließ ihn unter dem Rockbund verschwinden. Der Junge beobachtete es mit Kugelaugen.

»Nun geh nach Hause«, sagte sie mütterlich und tätschelte ihm die Wange. »Denk ein bisschen nach, lern dazu und spar weiter. Irgendwann wirst du so viel zusammenhaben, dass es für den Straßenstrich reicht. Also Kopf hoch, Baby! Du musst nur durchhalten. Einer wie du hat es schwer, ich weiß. Wenn man bei den normalen Girls nicht landen kann, macht einen das fertig. Total klar! Deshalb sag ich, du musst nachdenken. Irgendeinen Grund wird es ja haben, dass du armes Schwein auf Nutten angewiesen bist.«

Der Junge kriegte einen roten Kopf.

Unter der Markise grölten sie vor Vergnügen.

Rosanna machte Anstalten weiterzugehen.

»Mei – meine hun …«, stotterte der Jüngling, und wieder war sein Silbenvorrat erschöpft.

Rosanna blieb noch einmal stehen und sah ihn von oben herab an. »Dies war ein Beratungsgespräch, Baby, und du hast den Mindestsatz bezahlt. Dachtest du, du kriegst es umsonst? Ich bin nämlich auch Seelenklempnerin. Geschnallt? Das ist wie beim Rechtsverdreher. Jedes Wort kostet was.«

Die Zuschauer unter der Markise hielten sich den Bauch.

Der Junge setzte zum lauten Protest an und wollte nach Rosannas Arm greifen. »Ich will meine hundert wieder…«

»Sieh mal da!«, unterbrach sie ihn und deutete mit einer Kopfbewegung auf die Straße. Ein Streifenwagen rollte sehr langsam vorbei. »Möchtest du, dass ich schreie? Ich erzähle den Cops nur ein paar Takte, und du bist dran wegen versuchter Vergewaltigung.«

Der Junge wurde bleich.

Rosanna schmunzelte, marschierte los und freute sich über das anhaltende Gelächter der Markisensteher.

Nach vier Schritten drehte sie sich um und gab dem Jungen seinen Schein zurück. Sie hatte nie ein verdutzteres Gesicht gesehen. Aber auch kein Dankbareres. Sie klopfte ihm auf die Schulter und ging weiter. Der Rhythmus ihrer hohen Absätze klang härter und energischer. Sie war eine Siegerin. Dieser Abend und diese Nacht gehörten ihr. Alles würde so laufen, wie sie es sich vorstellte.

Sie steuerte auf die Bar an der nächsten Ecke zu.

THREE WILD MICE

Die drei wilden Comicmäuse tanzten über dem Empfang. Auf dem großen, wetterfesten Bild, das von Spots angestrahlt wurde, machten Katzen die Musik. Darunter hing ein Schild mit auswechselbaren Buchstaben wie vor einem Kino.

ROSEROOM RAMBLERS

Das war die neue Band, die ab heute spielte. Rosanna mochte keine Discomusik. Deshalb ging sie in Bars wie diese, wo die Musik nicht aus Konserven kam, sondern mit der Hand gemacht wurde. Das kam sowieso wieder in Mode.

Weshalb sie ins Hospital gegangen war, wusste sie noch immer nicht genau. Stand sie trotz allem noch so unter Barneys verdammtem Einfluss, dass es eine Art Zwang gewesen war? Sie hatte einfach hingehen müssen, wie die anderen Girls es auch getan hatten. Brav antanzen, damit man sich hinterher nicht prügeln lassen musste. Möglich also, dass Angst der Grund gewesen war.

Oder nur Neugier? Vielleicht auch das. Erst die schweißtreibende Angst und dann die Neugier, was mit ihm passiert war. Anschließend die Erleichterung, dass er noch in Narkose lag und gar nicht sprechen konnte. Sie hatten ihm den Schulterdurchstoß zugenäht, damit er so bald wie möglich fit fürs Gefängnis war.

Es gab noch eine dritte Möglichkeit, an die Rosanna eigentlich nicht recht glauben mochte: Sie war in die Höhle des Löwen vorgedrungen, um herauszufinden, ob man ihr auf die Schliche gekommen war. War sie wirklich so mutig? Hm, all right, vielleicht hatte sie keine andere Wahl gehabt. Sie musste einfach wissen, was los war. Aber jetzt war sie genauso schlau wie vorher.

Sechs Tage nach Willis Crawfords Tod waren zwei FBI-Agenten aufgekreuzt, hatten sie, Rosanna, einfach übergangen und waren direkt zu Barney Dodds vorgestoßen. Das musste einen Grund haben. Sechs Tage lang hatte anscheinend niemand daran gezweifelt, dass Willis Selbstmord begangen hatte. Weshalb sollte sich das plötzlich geändert haben? Vor allem hätte Barney sowieso nichts darüber sagen können, was sich auf der Waldwiese abgespielt hatte. Klar, dass Willis' Witwe die G-men darauf aufmerksam gemacht hatte, was ihr Verflossener in seiner Freizeit getrieben hatte. Vor allem, mit wem er es getrieben hatte. Der Hinweis auf Barney Dodds musste dann wiederum von den Cops gekommen sein. Denn Mrs. Crawford würde kaum jemals etwas von einem Burschen wie Barney gehört haben. Leute wie die Crawfords lebten schließlich in einer anderen, besseren Welt.

Rosanna lächelte dem Portier zu, der die Eingangstür der Bar für sie aufhielt und gleichzeitig seinen Blick an ihr auf und ab wandern ließ. Rosanna nahm es als ein Kompliment, schließlich war es Bewunderung.

Nicht mal die Cops, die Barney im Hospital bewachten, hatten sie angesprochen. Zuerst hatte Rosanna noch geglaubt, dass sie beschattet wurde. Aber sie hatte beim besten Willen niemanden entdecken können, der ihr folgte. Es gab ihrer Meinung nach nur eine Erklärung dafür: Man wollte sie zappeln lassen. Man verdächtigte sie.

Dieser Gedanke konnte ihre gute Stimmung jedoch nur wenig trüben.

Schließlich gab es keinen Zeugen und keine Beweise.

Wenn sie es nicht selber hinausposaunte, würde niemals jemand erfahren, wie Willis Crawford wirklich gestorben war.

Rosanna betrat die Bar, eine gelungene Anhäufung von messinggerahmten Spiegeln, Messingleuchtern, Mahagonitäfelung und dunkelrotem Teppichboden.

Auch die Theke war aus Mahagoni, und der Handlauf aus blank poliertem Messing glänzte matt im spärlichen Licht. Nur auf dem Bandpodium jenseits der ovalen Tanzfläche war es heller. Die Instrumente, Mikrofone und Lautsprecherboxen waren fertig aufgebaut.

An den Tischen saßen nur wenige Leute. Erst wenn es draußen kühler wurde, würde sich der Laden hier drinnen langsam füllen. Der Platz reichte für zweihundert Figuren.

Rosanna hatte kein Verlangen nach frischer Luft. Als Kind und als Jugendliche hatte sie genug davon bekommen. Immer dann, wenn ihre Alte die winzige Wohnung für sich brauchte, weil sie einen Freier da hatte, der ihr neuen Fusel finanzierte.

Barney Dodds war die absolute Krönung dieser Typen gewesen. So manches Mal hatte Rosanna sich gefragt, warum sie damals nicht einfach abgehauen war. Aber es musste wohl so gewesen sein, wie Barney ihr grinsend klar gemacht hatte, als er sich zum ersten Mal zu ihr unter die Dusche gestellt hatte: Ich sag dir was, Kleines, wir beide gehören zusammen. Ich bin dein Ersatz-Daddy. Ach was, ich bin besser als jeder Ersatz! Das wirst du schon noch merken.

Irgendwie hatte er Recht behalten, der Bastard.

Nur heute hatte er seinen ersten großen Fehler begangen. Hatte sich wie ein kleiner König in seiner Burg gefühlt, noch dazu mit diesem dämlichen Alligator-Vieh. Bloß, weil er mal in einer Fernsehserie gesehen hatte, dass Leute in Florida so was als Wachhund hielten. Im lokalen Fernsehen hatte ein Typ von der Polizei gesagt, dass Barney den Besuch der G-men als Hausfriedensbruch betrachtet habe. Und in dem Punkt hätte er sich wohl ein bisschen vergriffen. Okay, mit den Folgen musste er nun selbst fertig werden. Er konnte von Glück reden, dass er keinen der beiden G-men ernsthaft verletzt hatte. Was die beiden Federals aber bei Barney gewollt hatten, war in dem Fernsehbericht mit keinem Wort erwähnt worden.

Rosanna verscheuchte die Gedanken. Nicht mehr an Barney denken. Das Kapitel war abgeschlossen, mit ein bisschen Glück sogar für immer. Und die gottverdammte Vergangenheit gehörte in die hinterste Schublade. Heute genoss sie den Luxus in vollen Zügen, sooft sie nur konnte. Sie brauchte keinen Psychiater, um zu wissen, dass ihre Kindheit an allem schuld war. Sie hatte Nachholbedarf – und was für einen!

Die Barhocker waren noch alle frei. Rosanna schob sich auf einen an der Schmalseite der Theke. Joey, der schwarze Barkeeper, war allein. Hilfe bekam er erst später, wenn der Ansturm einsetzte. Rosanna lächelte ihm zu und nickte.

Er erwiderte ihren Gruß und brachte gleich darauf ihren Standard-Drink, einen puren Whisky ohne Eis, mit Quellwasser in einem extra Glas. Die ersten Musiker waren auf der Bühne erschienen. Sie redeten leise und checkten die Verstärkeranlage durch.

»Was sind das für Jungs?«, fragte Rosanna und nahm eine ihrer langen, schlanken Zigaretten. Die Schachtel legte sie neben das Whiskyglas.

Joey gab ihr Feuer. »Was willst du wissen? Was über die Musik? Oder über die Jungs?«

»Joey!«, sagte sie vorwurfsvoll. »Du kennst mich. Sehe ich so aus, als ob ich nur das eine im Kopf hätte?«

Er grinste und zwinkerte ihr zu. »Ehrlich gesagt – ja.« Als guter Bekannter konnte er sich das leisten.

»Alter Halunke!« Rosanna lachte, nippte an dem Whisky und spülte mit Quellwasser nach. Sie hob die Zigarette zwischen vornehm gestrecktem Zeige- und Mittelfinger und inhalierte. Mit gespieltem Tadel sah sie den Schwarzen an. »Wenn ich versuche, einen Burschen an Land zu ziehen, kann ich trotzdem was von Musik verstehen, oder?«

»Klar«, antwortete Joey, und seine Zähne blitzten wie Perlen. »Das eine beißt sich ja nicht mit dem anderen.« Er wurde ernst. »Okay, die Jungs sind aus New York City. Der Roseroom ist ihr Stammlokal, mitten in Manhattan. Ich hab sie mal in Tarrytown gehört, letztes Jahr. Was sie machen, ist der gute alte Jazz. Die New Yorker Spielart, aus den dreißiger Jahren.«

»Ah, dann wird es ein guter Abend.« Rosanna schob ihm einen Fünfziger hin und verzichtete auf das Wechselgeld. Joey strahlte.

Drüben, hinter der Tanzfläche, war die Band inzwischen komplett. Sieben Mann. Sie spielten ihr erstes Stück ohne Ansage. Dazu waren einfach noch nicht genug Leute im Laden. Das Stück hieß ›East Coast Trot‹. Rosanna kannte es, obwohl es zu den selten gespielten frühen Swingtiteln gehörte.

Die Musiker waren Routiniers, und trotzdem merkte man ihnen an, dass sie Spaß an der Sache hatten. Ihre Körperbewegungen zeigten, wie sehr sie in der Musik lebten.

Der Rhythmus ging auch den Zuhörern so sehr ins Blut, dass sich das erste Pärchen schon nach ein paar Takten auf die Tanzfläche wagte. Gleich darauf ein weiteres. Die Musiker trugen leichte weiße Anzüge. Rosannas Blick blieb auf dem Bassisten haften.

Und dann konnte sie ihren Blick nicht mehr losreißen.

Phil und ich warteten, bis zwei Taxis unmittelbar nacheinander vor der Bar ›Three Wild Mice‹ gehalten hatten. Wir schlossen uns den Ehepaaren an. Die Bar, so hörten wir aus den Gesprächen, hatte ihren besonderen Ruf durch die Live-Musik, die hier jeden Abend stattfand. Im Showroom der Bar setzten wir uns an einen Ecktisch, gleich rechts vom Eingang. Auch ein paar Nachbartische waren schon besetzt. Die Band spielte ein mitreißendes ›Swanee River‹.

Und Rosanna war nicht zu übersehen.

Ihren Platz an der Bar hatte sie günstig gewählt. Gut sichtbar für jeden, der hinsehen wollte. Aber es gab nur einen, für den sie sich zu interessieren schien.

Der Bassist sah haargenau so aus, wie man sich einen Bassisten in einer Jazzband vorstellte: ein breitschultriger, muskelbepackter Schrank von über sechs Fuß Größe.

Ein Jüngling war er nicht, doch in seinem dunklen Haar waren nur wenige graue Strähnen zu erkennen. Seine Blicke, die eindeutig Rosanna galten, waren mehr als nur von der beiläufigen Art. Fast konnte man meinen, dass sich die beiden schon länger kannten. Doch das wiederum wollte bei einem Girl wie Rosanna Dale nichts heißen.

Es war nicht nur der heiße Blickwechsel mit Rosanna, der mir an dem Bassmann auffiel. Es war auch nicht diese kraftstrotzende Show, die er da abzog: Er tanzte förmlich mit seinem Bass, und die Slaptechnik wirkte bei ihm, als ob er bei jedem Schlag mühelos die betreffende Saite zerreißen würde. Es war etwas anderes. Irgendwie kam der Kraftprotz mir bekannt vor. So etwas passiert unsereinem zwar häufig. Aber ich hätte ein Karteigesicht nicht unbedingt in einer Gruppe von Berufsmusikern vermutet.

Die Barbesucher an den Tischen wurden von Girls in raffinierten sommerlichen Kostümen bedient – eine Augenweide zwar, doch nichts, worüber sich Frauenvereine hätten aufregen müssen.

Phil bestellte Alkoholfreies. Orangensaft mit viel Eis. Der Tag verdiente einen kühlen Abschluss. Trotz der lauschig-schummrigen Umgebung fühlten wir uns noch immer im Dienst. Alkohol verlängert Reaktionszeiten, und wenn die Promillezahlen noch so klein sind. Eine zu lange Reaktionszeit kann in unserem Job den Tod bedeuten.

Ich studierte den Info-Zettel, der auf dem Tisch lag. Die ›Roseroom Ramblers‹ kamen aus New York City und hatten ihre regelmäßigen Auftritte im eigenen Lokal. Okay, ich konnte mich erinnern, vor zwei oder drei Jahren mal im Roseroom gewesen zu sein. Doch das war auch noch keine Erklärung. Der Zettel informierte über Geschichte und Stilrichtung der Band. Auch die Namen der Musiker waren aufgeführt. Der Bassist hieß Richard Johnson.

Ich faltete den Zettel zusammen und steckte ihn ein.

Der letzte Akkord von ›Swanee River‹ klang aus. Die Zuhörer klatschten. Phil und ich klatschten mit. Das Serviergirl brachte unsere kühlen Drinks. An der Bar schlug Rosanna ihre langen Beine übereinander: das Linke über das Rechte, nachdem es vorher genau umgekehrt gewesen war.

Der Trompeter der Band, ein hoch gewachsener Schwarzer mit deutlichem Brooklyn-Akzent, sagte das nächste Stück an: ›I can't give you anything but love‹.

Rosanna nippte an einer öligen Flüssigkeit, die der Farbe nach kein Bourbon Whisky aus Kentucky war. Eher das schottische Original. Dazu passte auch das kohlensäurefreie Wasser im höheren Glas. Und die superlange Slim-Zigarette setzte der Eleganz die Krone auf.

Rosanna.

Wir wussten mehr über sie als über jeden anderen in diesem Laden.

Willis Crawfords Witwe hatte uns alles erzählt, was sie über das heimliche Freizeitvergnügen ihres Mannes herausgefunden hatte. Mrs. Crawford hatte sich nicht gescheut, einen Privatdetektiv einzuschalten. Von ihm stammten die Informationen, die die Witwe uns gegeben hatte.

Die Bläser der Band beendeten den ersten Chorus. Johnson, der Bassist, war an der Reihe. Er beugte sich zum Mikrofon und sang eine männlich-heisere Version jenes Titels, den Ella Fitzgerald weltberühmt gemacht hatte.

Rosanna himmelte Johnson an. Sie schmachtete regelrecht. War es ihre Art der Anmache, oder war sie wirklich von ihm hingerissen? Auf jeden Fall reagierte er mit ziemlich eindeutigen Blicken. Und sie heizte ihn mit ihren Beinen an, deren Haltung sie in wohldosierten Zeitabständen wechselte.

Erstaunlich an Rosanna war ihr Alter. Sie war achtzehn, sah aber aus wie achtundzwanzig.

Sie war ein frühreifes Mädchen gewesen. Schon mit fünfzehn, so hatte Mrs. Crawford spöttisch berichtet, hatte Rosanna ältere Männer verführt. Was an Geld und teuren Geschenken dabei herausgekommen war, hatte der treusorgende Barney Dodds von Anfang an verwaltet. Leicht vorstellbar, wie wenig Rosanna von den Sachen gesehen hatte, die sie an Land gezogen hatte.

Ihre Mutter, Alkoholikerin und fast ständig im Delirium, hatte von all dem kaum etwas mitgekriegt. Zur Schule war das langbeinige Girl nur noch selten gegangen. Sie hatte begriffen, wie sie die angenehmen Seiten des Lebens auskosten konnte.

Und Barney hatte alles getan, um ihr immer wieder den Weg zu weisen. Er hatte sie vor der Jugendfürsorge geschützt, bis sie endlich volljährig war. Und er hatte dafür gesorgt, dass Rosannas Mutter von dem Geld, das ihre Tochter verdiente, zur Entziehungskur geschickt werden konnte. Rosanna hatte inzwischen wenigstens genug Geld für sich selbst, um sich eine eigene kleine Wohnung einzurichten.

Zweifellos hätte sie Barney Dodds als einen wahrhaft edlen Menschen betrachtet, wenn er sie nicht wie eine Leibeigene herumkommandiert hätte.

Trotzdem musste sie sich zu ihm hingezogen fühlen. Vielleicht war sie ihm hörig gewesen. Anders war ihr Besuch im Hospital nicht zu erklären. Und jetzt hatte sie einen Grund zum Feiern. Dodds würde sie so schnell nicht wieder drangsalieren.

Die Band legte eine Pause ein.

»Es geht los«, murmelte Phil.

Ich sah sofort, was er meinte. Johnson stellte seinen Bass weg und steuerte schnurstracks auf die Bar zu. Wie selbstverständlich ließ er sich auf dem freien Hocker neben Rosanna nieder. Und sofort waren die beiden in ein Gespräch vertieft, einschließlich Händchenhalten, als würden sie sich schon seit Jahren gut kennen.

Wir sahen nur gelegentlich hin. Dass wir sie beschatteten, ahnte Rosanna sowieso nicht. Auch auf der Straße hatte sie nichts mitgekriegt.

Ich nahm den Info-Zettel noch einmal aus der Tasche und zeigte ihn Phil. »Richard Johnson«, sagte ich halblaut. »Klingelt da irgendwas bei dir?«

Mein Freund und Kollege schüttelte spontan den Kopf. »Sagt mir überhaupt nichts.«

»Okay, wir checken das. Die Band spielt noch ein paar Tage in dieser Bar.«

Wir blieben bis zum Schluss, und die Serviererin war zu guter Letzt überzeugt, dass sie zwei Antialkoholiker bedient hatte.

Rosanna zog mit Johnson ab, wie wir vermutet hatten. Mit seinen Musikerkollegen hatte der Bassist den ganzen Abend kaum geredet. Entweder hatten sie sich nicht mehr viel zu sagen, oder es herrschte eine angespannte Stimmung in der Kapelle.

Zur Bar gehörte auch ein kleiner Hotelbetrieb in den oberen Stockwerken des Gebäudes. Die Musiker hatten dort ihre Zimmer. Johnson konnte es sich nicht bequemer wünschen.

Phil und ich kehrten in unser Hotel zurück, nachdem es sicher schien, dass Rosanna für den Rest der Nacht unter fremden Federn bleiben würde.

Unser Hotel war das ›Delaware & Ulster House‹, ebenfalls an der Albany Street, nur zwei Häuserblocks von der Bar ›Three Wild Mice‹ entfernt.

Es ging auf halb eins zu, als wir die Lobby betraten. Das Hotel gehörte zur gehobenen Mittelklasse. Es hatte einen Nachtportier. Der Mann händigte uns die Zimmerschlüssel aus.

Briefe waren für uns nicht gekommen. Anrufe auch nicht. Die meisten, mit denen wir von Amts wegen zu tun haben, sind nicht auf das Telefon angewiesen. Neben dem Funkverkehr gibt es inzwischen andere Wege der Nachrichtenübermittlung, die zudem sicherer sind als das gute alte Telefon.

Wir nahmen den Fahrstuhl. Unsere Zimmer lagen im vierten Stock, nach hinten hinaus, wo es ruhiger war. Den Chef wollten wir um diese Zeit nicht aus seiner verdienten Nachtruhe aufscheuchen. Es gab andere Möglichkeiten, etwas über Johnson herauszufinden.

Ich klappte den tragbaren Computer auf meinem Bett auf und zog das Telefon heran. Mit wenigen Handgriffen hatte ich den Akustikkoppler einsatzbereit.

Phil kam mit zwei Dosen Budweiser herein, die er aus der Minibar in seinem Zimmer geholt hatte. Er stellte die Dosen auf den Tisch und ging ins Bad, um die beiden Gläser von dort zu holen. Auf dem Rückweg verharrte er kurz am Fenster.

Hinter dem Hotel befand sich ein Parkplatz, mindestens so groß wie ein Fußballfeld. An Werktagen wurde der Platz auch von Mitarbeitern der Firmen in den Nachbargebäuden benutzt.

»In Kingston werden keine Autos geklaut«, sagte ich, rückte meinen Stuhl zurecht und beobachtete den orangefarbenen Bildschirm, der den Ladezustand des Programms anzeigte.

»Optimist«, brummte Phil. »Jetzt behaupte bloß noch, dass die Welt hier noch in Ordnung ist.«

»Ausnahmen bestätigen die Regel«, entgegnete ich und drehte mich um. »So was wie der Crawford-Fall passiert hier doch nicht jeden Tag. Und unsere Wagen scheinen auch noch da zu sein.«

»Sind sie.« Phil nickte und sah betrübt aus, weil er keine schlechtere Nachricht hatte. Zusätzlich zu meinem Jaguar hatten wir einen neutralen Dienstwagen, den uns das Bureau of Criminal Investigation zur Verfügung gestellt hatte. Das war durchaus in unserem Sinne. Falls Phil und ich getrennte Einsätze planten, brauchten wir uns nicht erst einen zweiten Wagen zu besorgen.

Ich schenkte mein Glas halb voll mit gut gekühltem Budweiser. »Du wirst sehen«, erklärte ich grinsend, »unsere Begegnung mit Barney Dodds war das Aufregendste, was uns in Kingston passiert ist. Der Rest läuft so ab wie in diesen alten englischen Krimis: Wir lassen ein Dutzend Zeugen aufmarschieren, jeder redet ein paar Takte, und dann ist Rosanna Dale als Mörderin überführt.« Ich gönnte meiner Kehle einen langen Schluck Budweiser.

Phil folgte meinem Beispiel. »Auf Sensationen kann ich verzichten«, stellte er fest. »Was ich befürchte, ist, dass Barney Dodds für uns ein Schlag ins Wasser war. Wie Rosannas Beichtvater hat er nicht gerade gewirkt. Ich wette, er hat keine Ahnung, was sein bestes Pferd im Stall mit Willis Crawford getrieben hat – beim letzten Tete-a-Tete, meine ich.«

»Falls es dieses letzte Beisammensein wirklich gegeben hat«, entgegnete ich. »Vergiss die Ungereimtheiten nicht, Alter. Crawford hat fast das ganze Pistolenmagazin leer gefeuert, bevor er auf sich selbst angelegt hat. Bestimmt hat er keine Kaninchen gejagt, bevor er die Selbstmordidee hatte.«

»Okay, okay, hören wir auf, es zu drehen und zu wenden. Mrs. Crawford ist überzeugt, dass ihr

Verblichener ihr auch an seinem letzten Tag untreu war. Wenn es so war, hat die süße kleine Rosanna keine Spuren hinterlassen. Also brauchen wir ihr nur nachzuweisen, dass sie es war, die mit seiner Pistole herumgeballert hat.«

»Und zum Schluss den großen Zufallstreffer gelandet hat?«

»Möglich. Warum nicht?«

»Du wolltest mit dem Drehen und Wenden aufhören.«

»Einverstanden. Jedenfalls komme ich mir langsam vor wie ein privater Teck, der hinter untreuen Ehemännern herschnüffelt.«

Der Bildschirm signalisierte Betriebsbereitschaft.

»Dann setzen wir dem Ganzen die Krone auf und befassen uns mit Rosannas Freiern.«

Phil verdrehte die Augen und schickte einen entsagungsvollen Blick zur Decke. »Dieser Job fängt an, der denkwürdigste meiner Laufbahn zu werden.«

»Nimm's weniger tragisch«, empfahl ich. »Wenn wir damit fertig sind, wirst du mehr Verständnis für Privatdetektive haben.« Ich wandte mich dem Bildschirm zu.

Phil verzichtete auf weitere Kommentare. Er begann, im Zimmer auf und ab zu wandern. Nach jedem zweiten Auf und Ab blieb er stehen und spähte aus dem Fenster. Fast kam er mir vor wie ein Stubenhocker, der in seiner Langeweile etwas Aufregendes herbeisehnte.

Ich baute eine Verbindung mit NCIC auf, dem National Crime Information Center, unserem FBI-Zentralarchiv in Washington D.C. Das Password verschaffte mir Zugang zu dem kompletten Datenvorrat, den die Zentralrechner des FBI-Hauptquartiers verwalten und von Tag zu Tag ergänzen. Wenn Richard Johnson, der Bassmann, gestern in Manhattan ein Strafzettel wegen falschen Parkens gekriegt hatte, würde ich es in ein, zwei Sekunden wissen. Vorausgesetzt, Johnson war schon mal wegen anderer Sachen beim FBI elektronisch gelistet worden.

Ich gab die spärlichen Anhaltspunkte ein, die ich hatte: Vorname und Nachname, Hautfarbe weiß, mutmaßlicher Wohnort New York City, Beruf Musiker, Instrument Bass, derzeitige Band ›Roseroom Ramblers‹, Stammlokal Roseroom, Manhattan. Über den Akustikkoppler schickte ich die Stichwort-Sammlung auf die Sekunden-Reise nach Washington. Dort war keine menschliche Mithilfe nötig, damit ich bekam, was ich haben wollte. Ich korrespondierte direkt mit dem Rechner. Der Umweg über eine Telefonverbindung mit dem FBI-Distriktgebäude in New York gehörte der Vergangenheit an. Seit es Laptop-Computer gibt, diese tragbaren Superhirne, die man auf den Schoß nimmt, kann unsereiner das Zentralarchiv NCIC jederzeit direkt anzapfen.

Auch wenn ich mit meinen Vermutungen völlig danebenlag und der zentrale Rechner noch nie etwas von Rosanna Dales augenblicklichem Nachtgefährten gehört hatte, nahm ich doch kein bisschen Kollegen-Arbeitskraft überflüssigerweise in Anspruch.

Eine erste Zeile zuckte in knackigem Schwarz auf das Bildschirm-Orange.

*** Data request 76321 *** Data avai-lable *** Password please ***

Eine Art Jagdfieber packte mich – etwas, wie es wohl Computerfreaks verspüren, wenn sie als Hacker am Keyboard hocken. Daten über Richard Johnson waren also verfügbar. Ich gab das zweite Passwort ein. Man brauchte es, um an die eigentliche Quelle heranzukommen. Diese mindestens doppelte Sicherung war bei allen Datenverbindungen des FBI eingebaut. Nicht auszudenken, was passierte, wenn ein Hacker NCIC anzapfte. Keine weltpolitische Krise, aber allein das organisierte Verbrechen würde ganz schön davon profitieren. Die Zeilen bauten sich jetzt in rascher Folge auf dem Bildschirm auf.

*** Data set Johnson 672 ***

Es gab also sechshundertzweiundsiebzig Johnsons im Zentralarchiv des FBI. Beachtlich. Ich beobachtete den Schirm und trank einen Schluck Budweiser.

Johnson, Richard. Männlich, weiß, Körpergröße sechs Fuß, zwei Inches, Haarfarbe dunkel, Augenfarbe braun, kräftige Statur, 50 Jahre alt, Bürger der Vereinigten Staaten von Geburt. Letzter amtlich erfasster Wohnsitz 722 West 46th Street, Manhattan, New York. Letzte polizeiliche Datenerfassung durch Zeugenaussage vor dem Bezirksgericht Manhattan-Süd. Berufliche Tätigkeit Musiker. Aktenkundige Hinweise auf Beteiligung am organisierten Verbrechen …

Es folgte eine Liste von Vorstrafen, die über mehrere Bildschirmhöhen ging. Als siebzehnjähriger war Johnson zum ersten Mal wegen Ladendiebstahls verurteilt worden. Und dann war es Schlag auf Schlag weitergegangen, bis hin zur Erpressung. Insgesamt hatte er zehn Jahre gesessen. Die letzte Verurteilung lag allerdings schon acht Jahre zurück. Seitdem arbeitete er als Berufsmusiker, hatte also einen anständigen Hauptberuf. Was er nebenbei machte, konnte man sich ohne große Mühe vorstellen. Bassspielen hatte er im Gefängnis gelernt. Wenigstens war also etwas Positives dabei herausgekommen.

Ich tastete das Stichwort Zeugenaussage mit der erforderlichen Codierung.

Das Ergebnis warf mich fast vom Hocker.

*** Johnson sagte als Zeuge im dritten Noble-Prozess aus *** Aussage zum Verdacht auf Kreditbetrug, Rauschgifthandel und illegales Glücksspiel ***

»Ich werde verrückt!«, stieß Phil hervor.

»Das kannst du laut sagen«, antwortete ich.

Doch als ich mich umdrehte, sah ich, dass er den Bildschirm gar nicht beobachtete.

Er starrte aus dem Fenster.

Es war mittlerweile halb zwei, und es war noch immer nicht richtig dunkel. Phil winkte mich ans Fenster. Er tat es mit einer Hast, als wäre da unten das neueste Zwölfzylindermodell von Jaguar vorgefahren.

»Sieh dir das an!«, flüsterte er, während er vorsichtig die untere Hälfte des Fensters hochschob. Auf dem Parkplatz musste jemand riesengroße Lauscher aufgestellt haben. Anders konnte ich mir nicht erklären, weshalb mein Freund und Kollege plötzlich so behutsam zu Werke ging.

Ich speicherte den Bildschirminhalt auf Diskette und klinkte den Laptop aus der Modemverbindung mit Washington aus. Weil nur die Nachttischlampe brannte, war es beim Fenster fast dunkel.

Phil stand regungslos. Die hereinwehende Nachtluft konnte man nicht kühl nennen. Hier in Kingston war es kaum anders als in Manhattan. Die Wärme des Tages staute sich zwischen den Gebäuden. Sterne glitzerten am schimmernden Dunkelblau des Himmels. Auch der Mond hing wohl irgendwo herum und war ziemlich voll. Deshalb konnten wir die Einzelheiten auf dem Parkplatz gut erkennen.

Die Fahrzeuge standen weit verstreut. Die Hochsaison für Urlauber war vorbei. Und die Angestellten der Firmen ringsum horchten noch an ihren Matratzen. Falls sie sich nicht eine lange Spätsommernacht leisteten – wie es die meisten taten. Im Hudson River Valley lebt es sich leicht und locker, das ist bekannt.

Die Typen unten auf dem Parkplatz gaben dieser Nacht ihren besonderen Inhalt.

Zuerst sah ich nur drei, vier hin und her huschende Gestalten.

Doch es reichte. Ich verzichtete sofort darauf, Phil den Unterschied zwischen wichtig und unwichtig zu erklären. Denn er hatte Recht. Mein stolzes Bildschirmergebnis konnte warten.

Überwiegend Limousinen waren es, die sich unten in der Nähe des hinteren Hoteleingangs zum Pulk zusammengeschart hatten. Ein paar Pickups und ein Kleinbus ergänzten die lockere Blechsammlung.

Unser Dienstwagen von der State Police war ein hellblauer Chrysler Eagle. Phil hatte ihn in der dritten Reihe geparkt. Mein Jaguar stand eine Reihe davor, vier Fahrzeugbreiten nach rechts versetzt.

Phil griff in die rechte Außentasche seines Jacketts – vorsichtig, als könnte ihn einer sehen.

Zwei Figuren tauchten aus dem Schatten des Chrysler auf. Geduckt liefen sie auf einen dunkelroten Pontiac 6000LE zu, der etwa dreißig Yards weiter rechts parkte. Wegen der getönten Scheiben war nicht zu erkennen, ob schon jemand drin saß.

»Ich gehe runter«, entschied ich im Flüsterton. Phil antwortete mit einem zustimmenden Brummton. Ich schnappte mir mein Walkie-Talkie und verließ das Zimmer.

Im Fahrstuhl überprüfte ich den Dienstrevolver. Von seiner Lebensversicherung sollte man schließlich immer wissen, ob sie in Ordnung ist. Dem Nachtportier lief ich nicht über den Weg, da ich den Ausgang nach hinten nahm. Jeder Hotelgast hatte für die Tür einen Schlüssel.

Im Schein der Notbeleuchtung ließ ich ihn lautlos ins Schloss gleiten. Die Tür schwang ebenso geräuscharm auf. Ich verharrte im Mondschatten des kleinen Vordachs. Zwei Steinstufen führten zum Parkplatz hinunter. Praktisch für mich. Ich konnte über die Dächer der Wagen blicken.

Der Pontiac stand noch an seinem ursprünglichen Platz. Kein Motorgeräusch war zu hören. Ich zog den 357er und nahm das Walkie-Talkie in die Linke. Phil meldete sich sofort, als ich ihn leise rief und ihm sagte, wo ich war.

»Okay«, antwortete er ebenso leise. »Sie scheinen mit dem Chrysler fertig zu sein. Zwei sind zum Jaguar gelaufen und noch nicht wieder aufgetaucht. Ich lasse den Chrysler jetzt an und bin in einer Minute unten.«

»Verstanden, Ende.« Ich steckte das Walkie-Talkie weg. Ein Kilo Stahl, zu einem 357er Smith & Wesson geformt, lag schwer und beruhigend in meiner Rechten. Der Chrysler hatte einen funkferngesteuerten Anlasser. Zu dem dafür eingebauten Empfänger hatte Phil den passenden Sender. Auch das war eine berufsübliche Lebensversicherung.

Von der Albany Street waren keine Motorgeräusche mehr zu hören. In Kingston gab es noch eine Nachtruhe, die man so nennen durfte. Wo die Unermüdlichen in den Bars hockten, waren die Stereoanlagen vermutlich auf Zimmerlautstärke heruntergedreht.

Nichts rührte sich auf dem Parkplatz. Wer sich den roten Jaguar auch vorgenommen hatte, ich konnte ihn nicht entdecken. Auch die große Pontiac-Limousine stand brav in ihrer Reihe, als gehörte sie einem Hotelgast, der ahnungslos dem Morgen des 23. September entgegenschlummerte.

Jäh orgelte der Anlasser des Chrysler los.

Das metallisch-gutturale Geräusch zerschlug die Stille.

Meine Sinne waren hellwach, alle Muskeln angespannt.

Nach zwei Anlasser-Umdrehungen flog die Fahrertür des Chrysler auf. Ich erstarrte. Der Mann, der aus dem Wagen schnellte, kam nur einen Schritt weit, bis zum Heckkotflügel.

Ein grellgelber Blitz zuckte aus dem Chrysler.

Die Detonation brüllte. Der Blitz wurde rot, dann dunkelrot. Ich duckte mich. Teile flogen durch die Luft. Blech, Gestänge, Polsterknäuel, geschrotetes Glas. Und mittendrin ein menschlicher Körper.

Ich spürte die Druckwelle. Die zerfetzten Autoteile schepperten zu Boden. Ich schnellte los, als das Scheppern weniger wurde.

Die beiden Unsichtbaren in meinem Jaguar hatten die gleiche Idee zur selben Zeit. Der Pontiac war ihr rettender Heimathafen, ihr Fluchtwinkel.

Zwischen erster und zweiter Parkplatzreihe verharrte ich breitbeinig. Der Explosionsdonner verklang.

»FBI! Stehen bleiben!«, brüllte ich die beiden rennenden Schatten an. Ebenso gut hätte ich ihnen den Wetterbericht vorlesen können.

Ich jagte einen Warnschuss über ihre Köpfe hinweg. Der schwere Magnum-Revolver ruckte, als wollte er sich in die Lüfte schwingen. Der Schuss klang tief und grollend. Das nächste Gebäude, jenseits des Parkplatzes, war zweihundert Yards entfernt. Ich konnte also niemanden gefährden, der mit dieser Sache nichts zu tun hatte.

In der Parallelgasse zwischen den Fahrzeugen gingen die hastenden Schatten auf Tauchstation. Ein Motor wurde angelassen. Ich sprintete weiter. Hinter mir flog die Hoteltür auf. Phil war zur Stelle. Ich erreichte das ausladende Heck eines Buick Regal. Links davon erhoben sich die Kanten eines Chevy-Pickup. Ich tauchte in den schmalen Zwischenraum.

Bläulichweiß funkte es von rechts über das Dach des Buick. Der dazugehörige Schuss klang hart und bellend.

Ich spürte das Sengen. Es war, als würde jemand mit heißen Fingern über mein Haar streichen. Scharf links von mir durchschlug das Projektil die Ladeklappe des Pickup.

Ich duckte mich tiefer, ohne mein Tempo zu verringern. Der zweite bellende Schuss wurde von einem Wummern überlagert.

Phils 357er.

In die entstehende Stille klangen stakkatohafte Schritte und das Heulen eines Wagens im Rückwärtsgang. Ich rannte in die Parkplatzgasse vor dem Buick. Das Wrack des Chrysler glimmte noch. Kleine, gefährlich aussehende Flammen züngelten.

Zehn Yards weiter rechts, in der Gasse, lag ein regloser Körper wie ein schwarzes Bündel.

Ich sprang in Schussposition – breitbeinig, den

Smith & Wesson im Beidhandanschlag. Weiter vorn sah ich den Schatten, zu dem die Stakkato-Schritte gehörten. Auch sein Ziel war überdeutlich: Rückleuchten und Rückfahrscheinwerfer des Pontiac glühten wie weiß-rote Raubtieraugen.

Auch Phils Schritte konnte ich jetzt hören.

»Stehen bleiben!«, brüllte ich den fliehenden Schatten an.

Zwanzig Yards hatte er noch bis zu dem rettenden Pontiac. Ich ließ weder ihm noch den anderen eine Chance. Sorgfältig visierte ich an der dahinhetzenden Silhouette des Mannes vorbei. Ich zog in dem Moment durch, in dem die Rückfahrscheinwerfer des Pontiac erloschen.

Nach dem harten Rückstoß hatte ich den Smith & Wesson sofort wieder in der Visierlinie. Die dumpfen Magnumschüsse vereinten sich zu einem Donnern.

Das Heck des Pontiac schien auseinander zu fliegen. Unter der ungeheuren Einschusswucht der Halbmantelgeschosse lösten sich die Schlussleuchten zu einem rot glühend stiebenden Funkenregen auf.

Der Fliehende gab sein Traumziel auf. Noch fünf, sechs Yards davon entfernt, warf er sich hinter die Motorhaube einer Limousine.

Bei den letzten drei Patronen hielt ich höher und zerlegte die Heckscheibe des Pontiac in Krümel. Exakt zu diesem Zeitpunkt war der schwere Wagen zum Stehen gekommen. Fahrer- und Beifahrertür flogen auf. Flach warfen sich die Schatten heraus.

Ich wich nach rechts in Deckung.

Phil übernahm meinen Part.

Ich sah die Mündungsblitze bei dem Pontiac. Phils 357er wummerte beruhigend. Ein Schrei gellte und erstarb.

Ich brauchte keine Sekunde, um den Dienstrevolver nachzuladen. Der Schnelllader bewirkte das. Geduckt federte ich nach links und unterstützte meinen Freund.

Gerade rechtzeitig. Neue Mündungsblitze platzten

auf wie Feuerblüten – ungefähr dort, wo der Rennende in Deckung gegangen war.

Zum zweiten Mal in dieser Nacht spürte ich dieses elende Sengen eines Geschosses.

Reaktionsschnell antwortete ich mit 357er-Blei. Ich jagte es über die Motorhaube des Wagens vor mir hinweg.

Phils Dienstrevolver krachte gleichzeitig. Ein erstickter Gurgellaut war zu hören. Und ein kurzer, abgehackter Schrei aus der Nähe des Pontiac.

Aus.

Die plötzliche Stille erschien unwirklich. Aber sie existierte. Wir ließen die Waffen sinken. Routinemäßig luden wir nach.

Sirenengeheul näherte sich.

Kingston unterschied sich auch in diesem Punkt von New York City. Hier fürchteten sich die Menschen noch nicht davor, die Polizei zu benachrichtigen, wenn es irgendwo knallte. Hier war das organisierte Verbrechen noch nicht so mächtig, dass es jeden x-beliebigen Zeugen ausschalten konnte, ehe er vor Gericht aussagte.

Phil und ich blieben, wo wir waren. Wir holsterten die Dienstrevolver und steckten die FBI-Plaketten außen an die Brusttasche des Jacketts. Überdies wussten die örtlichen Kollegen, dass wir im Hotel ›Delaware & Ulster House‹ wohnten. Sie würden also auch wissen, dass wir es waren, die die nächtlichen Schwierigkeiten auf uns gelenkt hatten.

Als der erste Scheinwerfer-Lichtkegel uns erfasste, verständigten wir uns mit den Kollegen per Walkie-Talkie.

Fünf Minuten später war der gesamte Parkplatz in gleißendes Licht von Standscheinwerfern getaucht. Die Einsatzleitung hatte ein Lieutenant der State Police übernommen. Detective Lieutenant Cass Hayes. Er leitete im örtlichen Office des Bureau of Criminal Investigation zugleich die Nachtbereitschaft.

Phil und ich klärten ihn in Stichworten über die Lage auf.

Hayes erteilte den Sergeants, die bereits eingetroffen waren, knappe Anweisungen. Zwei Streifenwagen der County Police fuhren wieder ab, nachdem die Deputys erfahren hatten, dass sie sich mit diesem Fall nicht zu belasten brauchten.

Gemeinsam mit Hayes gingen wir zu seinem Dienstwagen. Er angelte das Funkmikro aus der offenen Beifahrertür und gab seine Anweisungen durch.

Ambulanzwagen, Erkennungsdienst, Leichenwagen und Sprengstoff-Räumkommando würden so schnell wie möglich anrücken. Wobei die Sprengstoffexperten den längeren Weg hatten. Ihre Einheit war in Albany stationiert.

»Ich schlage vor, wir halten die Presse kurz«, sagte Lieutenant Hayes, als wir einen kurzen Rundgang unternahmen. »Mir scheint, wir würden schon zu viel Porzellan zerdeppern.«

»Eine Zehn-Zeilen-Verlautbarung«, nickte ich. »Feuergefecht nachts auf einem unbebauten Grundstück im Stadtzentrum. Über die Zahl der Opfer besteht noch Unklarheit. Ebenso über die Identität der Beteiligten. Etwas in dem Stil.«

»Und jeder Leser freut sich drüber«, grinste Phil.

Ich wandte mich dem Lieutenant zu. »Sein Herz schlägt für die Journalisten«, erklärte ich, indem ich mit einer Kopfbewegung auf meinen Freund deutete.

»Das hat man selten«, ging Hayes darauf ein.

Wir sahen uns meinen Jaguar an. Fahrer- und Beifahrertür waren geöffnet worden. Allerdings so gekonnt, dass man nicht einmal Kratzspuren erkennen konnte. Einer der Sergeants leuchtete mit seiner Stablampe in den roten Renner. Unter dem Armaturenbrett waren keine Drähte zu sehen, die dort nicht hingehörten. Trotzdem war ich überzeugt, dass diese Drähte existierten. Wir hüteten uns, dem Jaguar zu nahe zu kommen.

Vor der langen, flachen Motorhaube versammelten wir uns zur ersten Bestandsaufnahme.

Die Sergeants berichteten: Der Mann, den wir aus dem Chrysler hatten auftauchen sehen, war von der Bombe zerfetzt worden. Er musste den Zünder zusammengebastelt haben, der beim Anlassen des Wagens ausgelöst wurde.

Phil war fest davon überzeugt gewesen, dass sich niemand mehr in unserem Leih-Dienstwagen aufgehalten hatte. Vermutlich hatte der Mann also schon dringesessen, als Phil noch gar nicht bemerkt hatte, was sich auf dem Parkplatz tat.

Die übrigen vier Gangster hatten ihre heimtückischen Verdrahtungsversuche mit dem Leben bezahlt. Nur einer hatte Papiere bei sich, wenn auch gefälscht. Der Fahrer. Logisch. So rüstete man sich für den Fall einer Verkehrskontrolle.

Die wirklichen Personalien aller fünf Gangster würden wir noch in dieser Nacht erhalten, sobald die Fingerabdrücke ausgewertet waren. Dass wir es mit unbeschriebenen Blättern zu tun hatten, die bei NCIC nicht vorkamen, war mehr als unwahrscheinlich.

Der Pontiac war ein Leihwagen, bei einer Agentur in Kingston gemietet. Die Burschen hatten also zumindest gewusst, dass man in diesen Breiten besser nicht mit einem gestohlenen Wagen durch die Gegend kurvte.

Wir bedankten uns für die Unterstützung und erklärten dem Lieutenant, in welchem Hotelzimmer wir zu erreichen waren.

Unser Budweiser war warm geworden. Ich holte neue, kühle Dosen aus der Minibar in meinem Zimmer.

»Wir müssen den Chef verständigen«, sagte ich. »Das lässt sich jetzt nicht mehr vermeiden. Sieh du dir inzwischen an, was über Johnson auf der Diskette ist.«

Ich zog das Jackett aus und warf es aufs Bett. Dann schenkte ich mir ein Bier ein und setzte mich neben das Telefon.

Phil hatte sich bereits vor dem Bildschirm niedergelassen und ließ die Zeilen schwarz auf orange an sich vorbeirollen. Ich brauchte ihm nun nicht mehr zu erklären, was mich fast aus den Schuhen gehoben hätte. Phil kannte Leo Noble so gut wie ich. Der New Yorker Top-Mobster hatte bisher in drei Prozessen vor Gericht gestanden. Doch jedes Mal waren die wichtigsten Zeugen in letzter Minute umgekippt. Oder von der Bildfläche verschwunden.

Natürlich hatte Richard Johnson nicht zu den Belastungszeugen gehört. Eher zu denen, die den Mund nicht aufkriegten. Oder nur belangloses Zeug daherredeten, das nicht mehr wert war als die Zeitung von gestern.

Ich wählte die Privatnummer des Chefs.

Er meldete sich nach dem zweiten Rufzeichen. Seine Stimme klang so frisch und ausgeruht, als wäre es acht und nicht zwei Uhr morgens. Im Grunde ist John D. High für jeden Spezialagenten des FBI-Distrikts New York rund um die Uhr zu sprechen – ohne Ausnahme, egal aus welchem Anlass. Dass keiner den Chef anruft, um mit ihm über das nächste Footballmatch der Yankees zu reden, versteht sich von selbst.

»Kingston scheint nicht so ruhig zu sein, wie Sie dachten, Jerry.«

»Das war ein Schuss ins Schwarze. Sir.« Ich berichtete im Telegrammstil – erst über das Geschehen, das gerade zehn Minuten zurücklag, dann über den Fall Willis Crawford, über Barney Dodds und Rosanna Dale bis hin zu Richard Johnson und dessen Verbindung zu Leo Noble.

Der Chef ging sofort auf den nahe liegenden Punkt los. »Sehen Sie eine Verbindung zwischen Noble und dem Tod Crawfords?«

»Überhaupt keine, Sir.«

»Wie erklären Sie sich dann die Bombe in dem geliehenen Dienstwagen?«

»Noble muss eine starke Crew nach Kingston

geschickt haben – aus welchem Grund auch immer. Vielleicht als Hilfstruppe für Johnson und seine Mit-Musiker.«

»Sie meinen, dann wäre die Jazzband nur das legale Aushängeschild?«

»Wie im Großen, so im Kleinen vermutlich, Sir.«

»Angenommen, Sie haben Recht. Dann müssten die Mobster Sie und Phil beobachtet haben, als sie Rosanna Dale beschatteten. Sie werden nicht zwei G-men mit ihren Dienstwagen in die Luft jagen, nur weil es G-men sind. Es bedeutet dann eher, dass Johnson etwas vorhat, wobei er nicht gestört werden möchte.«

»Wir haben alles, was NCIC über Johnson ausgespuckt hat, Sir.«

»Und das reicht im speziellen Fall nicht. Ich verständige unsere Nachtbereitschaft, Jerry. Alles, was wir an V-Leuten auftreiben können, muss angezapft werden. Geben Sie mir Nachricht, falls Sie das Hotel verlassen. Ich melde mich, sobald ich etwas habe.«

Ich bedankte mich und legte auf.

Phil drehte sich auf dem Stuhl um. »Nicht zu fassen«, murmelte er kopfschüttelnd. »Wir sind hier wegen eines Selbstmords, der ein Mord sein könnte. Und wir sind auch nur deshalb hier, weil der gute Willis Crawford Juniorchef eines Mehrstaaten-Konzerns war. Führt uns Rosanna-Baby jetzt in eine völlig neue Richtung? Oder ist sie ein flatterhaftes Wesen, das von einem Blütenkelch zum anderen schwirrt?«

»Letzteres vermutlich. Ich würde das nicht annehmen, wenn sie nur mit Johnson losgezogen wäre. Aber nach der Bombenbastelei …« Nach meiner Atempause berichtete ich, was sich der Chef zusammengereimt hatte. Die Sache mit Johnsons möglichen Komplizen.

Phil nickte nachdenklich.

Eine Fortsetzung der Diskussion kam nicht zu Stande. Lieutenant Hayes gab uns den neuesten Erkenntnisstand über Walkie-Talkie durch. Die Sprengstoffexperten waren mittlerweile eingetroffen und hatten meinen Jaguar gesäubert. Tatsächlich hatte sich in dem Flitzer auch eine Bombe befunden. Zwei Kilogramm reinstes TNT, gleich vor dem Armaturenbrett im Motorraum platziert. Der gleiche Zünder wie in dem Chrysler. Die Fingerabdrücke der fünf Toten waren bereits im Labor des Bureau of Criminal Investigation. Dort wurden die Prints umkopiert, vergrößert und per Telefax an das Zentralarchiv der State Police und NCIC durchgegeben. Das Ergebnis würde wahrscheinlich nicht lange auf sich warten lassen.

Neben dem zerbombten Chrysler waren die in unmittelbarer Nachbarschaft parkenden Limousinen stark beschädigt worden. Ein paar Versicherungsgesellschaften würden das Vergnügen haben, sich um Zuständigkeiten zu streiten.

Eine Stunde verging. Draußen arbeiteten die Spurensicherer weiter. Bald würden sie ihre Standscheinwerfer nicht mehr brauchen.

Das erste graue Licht des neuen Tages kroch herauf. Hinter den meisten Fenstern des Hotels war es wieder dunkel geworden. Den Leuten, die der Höllenlärm aus dem Schlaf geschreckt hatte, war es nun schon wieder langweilig geworden. Eine Katastrophe kann sich ereignet haben, und die nicht mittendrin waren, gehen zur Tagesordnung über. Der Lauf der Welt.

Kurz nach drei Uhr kriegten wir die Ergebnisse Schlag auf Schlag.

Lieutenant Hayes gab uns die Namen der Toten durch. »Alle fünf«, sagte er, »sind registriert. Und alle fünf stammen aus New York City.« Er sagte es mit einem nicht zu überhörenden Unterton.

Doch ich wusste, dass er es nicht böse meinte. Eine lange Nacht zerrt an den Nerven, zumal dann, wenn man einen Job zu erledigen hat, den manch anderer für kein Geld der Welt übernehmen würde.

»Keine Sorge«, entgegnete ich. »Wir nehmen alles wieder mit, was wir angeschleppt haben.«

»Sorry«, sagte Hayes. »So war das nicht gemeint.«

»Schon gut. Ich schreibe die Namen mit. Nur die Namen.«

»Dave Perry, Alfred Mokane, Jack Seymour, Jorge Madera und Manfred Coleman. Auch Madera war übrigens gebürtiger New Yorker. Die Eltern stammen aus Puerto Rico.«

Ich bedankte mich und gab Phil den Zettel mit den Namen, da das Telefon seinen Dreiklang ausposaunte. Phil klappte den Laptop Computer zusammen und trug ihn mitsamt Akustikkoppler nach nebenan, in sein Zimmer. Dort konnte er sich die NCIC-Daten über die fünf toten Mobster auf den Bildschirm holen.

Am Telefon war der Chef, wie erwartet.

»Ich habe gewartet, bis wir drei Auskünfte zusammenhatten«, berichtete Mr. High. »Unsere V-Leute haben selten so schön übereingestimmt. Johnson ist bekannt wie ein bunter Hund. Er ist nicht irgendwer in Nobles Mob. Es heißt, dass Johnson sogar Unterführer ist. Natürlich sind das alles nur Gerüchte – mit dem üblichen Kern Wahrheit vermutlich. Seine Aufgabe ist jedenfalls ungewöhnlich. Johnson trifft bei seinen Auftritten eine Menge Leute – nicht nur in Manhattan, sondern überall an der nördlichen Ostküste. Es heißt, dass Johnson für Noble auskundschaftet, wo sich noch Lücken auftun. Geschäftliche Lücken.«

»Und dabei sagt man, eine Krähe hackt der anderen kein Auge aus.«

»Krähen sind anständige und hoch intelligente Wesen. Kein Mobster nimmt Rücksicht auf den anderen, wenn dieser andere eine Geschäftsidee verschlafen hat.«

Ich wusste nur zu gut, wovon der Chef sprach. Innerhalb des organisierten Verbrechens sind die Bezirke genau abgesteckt. Niemand pfuscht dem anderen ins Handwerk, niemand jagt dem anderen Millionengewinne ab.

Trotzdem hat es hin und wieder geldgierige Burschen gegeben, die sich nicht zurückhalten konnten. Die, die es anging, fassten es jedes Mal als Kriegserklärung auf. Top-Mobster vom Schlag eines Leo Noble waren in solchen Fällen die reinsten Krämerseelen. Wenn so etwas passierte, fühlten sie sich wie ein sizilianischer Zuckerbäcker, dessen Laden plötzlich von der Konkurrenz besetzt wird, die grinsend ihr eigenes süßes Zeug auf seinem Grund und Boden verkauft. Das Blut floss dann wie zu Capones Zeiten. Denn es ging nicht um Gewinnspannen, wie sie in der Zuckerbäckerei üblich waren, sondern um zigtausendfache. Heroin, Kokain und vor allem Crack machten das möglich. Aber auch Glücksspiel, Autodiebstähle und so feine Sachen wie Industriespionage.

»Gibt es einen konkreten Hinweis?«, fragte ich den Chef.

»Was Johnson in Kingston vorhat? Nein.«

Ich nannte ihm die Namen der Getöteten, die ich im Kopf hatte. Phil kam von nebenan zurück und gab mir einen Zettel, auf den er nur drei Wörter gekritzelt hatte: »Alles Noble-Leute.« Ich sagte dem Chef, wie das Ergebnis der Computer-Verbindung mit Washington aussah.

»Damit erübrigen sich die konkreten Hinweise«, entgegnete Mr. High. »Ich lasse die Kontakte zu den V-Leuten hier trotzdem weiterlaufen. Was steht bei Ihnen als Nächstes auf dem Plan?«

Ich antwortete, dass wir uns bei der State Police einen neuen Dienstwagen leihen würden. John D. High fragte nicht erst, warum. Er wusste es, denn er war länger im Geschäft als wir beide.

Rosanna erwachte in einer watteweichen Wolke. Dass es in Wirklichkeit Kissen und Decke eines breiten und sehr gemütlichen Bettes waren, wurde ihr klar, bevor sie die Augen richtig offen hatte.

Da schien ein Walt-Disney-Film zu laufen. Zeichentrick. Die Stimme, die da quäkte, hörte sich an wie von einem kastrierten Dschungelbären. Aber verzerrt. So, als ob das pelzige Vieh durch einen Blechtrichter brüllte.

Zu brüllen versuchte.

Rosanna rieb die Augen. Das Kastraten-Gequäke hielt an. Es wurde sogar noch lauter. Rosanna setzte sich auf, indem sie sich nach hinten mit den Händen abstützte. Sie sah Johnsons breiten, nackten Rücken.

Und sie sah, dass er einen Telefonhörer ein ganzes Stück von seinem rechten Ohr entfernt hielt.

Der Hörer würde wohl gleich auseinander fliegen. Durch den Druck, der sich da aufstaute. Johnson sah von hinten aus, als ob er völlig ruhig blieb. Vielleicht war er auch eingeschüchtert. Denn wer es sich herausnahm, ihn anzubrüllen, der musste es sich schon leisten können.

Rosannas Ohren waren nun ebenso klar wie ihre Augen, und sie konnte verstehen, was der Schreihals da tönte. »... bin ich bloß noch von Blödmännern umgeben, oder was? Was, zum Teufel, soll ich denn sonst davon halten? Fünf ausgewachsene Kerle führen sich auf wie die letzten Idioten! Hölle und Teufel!« Er musste Luft holen.

»Sie haben dafür bezahlt«, sagte Johnson ruhig.

»Bezahlt! Bezahlt!«, schrie der Typ im Telefon sofort wieder los, als hätte er auf das Stichwort nur gewartet. »Klar haben sie bezahlt! Mit 'ner Kugel sind sie viel zu gnädig davongekommen für ihre Dämlichkeit! Herr im Himmel! Wie willst du denn das wieder geradebügeln? Was glaubst du denn, was wir jetzt am Hals haben! He, was glaubst du denn!« Neue Atempause.

»Gar nichts.«

»Was?« Es klang wie das Zuschnappen einer Hundeschnauze.

»Gar nichts!«

»Was – ›gar nichts‹?«

»Ich meine, wir haben gar nichts am Hals.«

Es dauerte Sekunden, bis der Schreihals wieder zu Worten fand. Rosanna hatte nicht geglaubt, dass er sich noch steigern konnte. Aber er konnte es. Johnson hielt den Hörer noch ein Stück weiter weg.

»O verdammt, verdammt! Geht es bei dir jetzt auch los? Mann, euch bekommt wohl die Luft da oben nicht! Fünf gottverdammte Idioten basteln eigenmächtig an FBI-Schlitten rum, werden dafür abgeknallt, und du meinst, wir hätte gar nichts am Hals! Ja, zum Teufel, wir haben alle Probleme der Welt am Hals! Alle!«

Wieder musste der Brüller Luft holen.

»Abhörgefahr«, sagte Johnson trocken.

»Was?« Wieder war es dieses Schnappen.

»Die Leitungen hier sind doch nicht dicht, Leo.«

»Das weiß ich selber«, schnaufte der andere. Rosanna musste jetzt genauer hinhören, um ihn noch zu verstehen.

Er schien sein Pulver verschossen zu haben, und Johnson schien den Zeitpunkt, an dem das so weit war, genau zu kennen.

Rosanna schmiegte sich an seinen Rücken und achtete darauf, dass er ihre Brustwarzen spürte.

»Okay«, sagte der muskelbepackte Mann, »dann machen wir es so kurz wie möglich. Ich sag dir, wie die Lage meiner Meinung nach aussieht.«

»Komm mir jetzt bloß nicht mit Onkel Dicks Märchenstunde aus Kingston Town!«

»Wir sind hier nicht auf Jamaika, und wir tanzen keinen Calypso. All right, Leo, was Dave und die anderen sich da geleistet haben, war nicht eingeplant. Aber sie haben es gut gemeint, die Jungs. Sie haben mitgekriegt, dass die beiden FBI-Typen …«

»Welche sind das?«, schnappte der andere dazwischen.

»Cotton und Decker. Sie haben sie an diesem roten Britenflitzer erkannt.«

»Dem Jaguar?«

»Richtig. Aber ich nenne jetzt keine Namen mehr.

Sonst muss ich erst in eine Telefonzelle latschen, damit wir reden können. Einverstanden?«

»Okay, okay. Wie konnten die beiden Typen auf dich stoßen? Hast du dir ein Schild um den Hals gehängt und bist damit in Kingston rumgelaufen?«

»Klar!«, gluckste Johnson. »Auf dem Schild stand: Seht her, Leute, ich bin hier, um den Job des Jahrzehnts durchzuziehen, und alle Welt soll sich mit mir freuen, wenn es klappt!«

»Na, fein.«

»Es war so, Leo: Ich habe hier gerade die wahre Supermaus kennen gelernt. Dumm war daran nur, dass unsere beiden New Yorker Amigos auch hinter ihr her waren. Sind schließlich auch nur Menschen, stimmt's? Yeah, und dann hab ich ihnen die Supermaus vor der Nase weggeschnappt!« Johnson lachte.

Rosanna umfasste seinen mächtigen Brustkasten und ließ ihre Finger wie Spinnenbeine abwärts wandern.

»Ich komme nach Kingston«, entschied der Mann im Hörer.

»Dagegen kann ich nichts machen. Aber ich sag dir, sie haben wirklich keine Ahnung. Und weißt du, was als Nächstes läuft?«

»Wie sollte ich! Wo ihr doch alle unberechenbar geworden seid!«

»Wir werden eine hübsche falsche Spur legen. Das bietet sich nämlich richtig an.«

»Ich warne dich! Jetzt noch einen Fehler, und es gibt kein Pardon. Was ist mit unserem Mitbürger in Uniform? Ich meine, den wirst du ja wohl nicht aus den Augen verlieren.«

»Unsere kleine Supermaus ist wie geschaffen für den Job. Seit ich sie zum ersten Mal gesehen hab, hab ich doch nur ans Geschäft gedacht.«

Rosanna löste sich von ihm und trommelte mit ihren Fäusten auf seinen Rücken, der ihr wie eine Holzplatte vorkam.

»Okay, wenn das läuft, ist nichts dagegen einzuwenden. Wir reden weiter, wenn ich da bin.« Es knackte in dem Hörer, der wider Erwarten doch nicht auseinander geplatzt war.

Rosanna stellte ihr Fäustetrommeln ein und wich zurück, als Johnson sich wie ein angriffsbereiter Löwe zu ihr umdrehte.

»Du Schuft!«, rief sie und kicherte. Sie war schon kurz vor der anderen Bettkante.

Johnson packte sie, bevor sie hinunterfallen konnte. Er erwischte ihre Hüften, und ihr Kichern steigerte sich zum Schrillen. Mühelos, als wäre sie eine mit Federn gefüllte Stoffpuppe, wälzte er sich mit ihr herum und hob sie auf sich.

Innerhalb von einer Sekunde wurde aus ihr die Bereitwilligkeit in Person. Sie stieß einen leisen Schrei aus und schloss die Augen. Sie stemmte sich ein Stück hoch, und er konnte ihre Brüste aus der Froschperspektive bewundern. Er ließ sie seine Bewunderung spüren. Abermals schrie sie, lauter jetzt. Die Bewegungen ihres straffen Körpers setzten in einem langsamen, kaum merklichen Rhythmus ein.

»Dein Freund Barney …«, sagte Johnson. »Spielt er eigentlich die Hauptrolle in deinem Leben?«

»Nein«, keuchte sie, ohne die Augen zu öffnen. »Überhaupt nicht. Das bist du. Nur du!«

»Okay, okay, jetzt komm mal nicht in Ekstase, Baby. Hast du mal von einem Burschen namens Dewey gehört? Lieutenant Colonel Malcolm Dewey?«

Rosanna konnte nicht sofort antworten. Sie musste nach Atem ringen. »Ja, das – das ist – irgend so ein – Army-Typ. Hohes – Tier, glaube – ich.«

Johnson beschleunigte ihren Rhythmus. »Stimmt. Ein Lieutenant Colonel ist schon ein hohes Tier. Und das Schöne ist, der Junge leistet seinen Beitrag zu unser aller Sicherheit hier in Kingston. Wäre das was für dich, Baby? So ein hohes Tier, meine ich. Wir beide bleiben natürlich zusammen, verstehst du? Wir beide sind nämlich ein verdammt gutes Gespann. Aber alles, was du für mich tust, bringt einen riesigen Haufen Bucks. Und du wirst gut beteiligt, darauf kannst du dich verlassen.«

»Ja, ja, ja!«, wimmerte Rosanna, und es war ein Ausdruck höchsten Glücks. Da sie die Augen geschlossen hatte, konnte sie Johnsons zufriedenes Grinsen nicht sehen. Folglich ahnte sie auch nicht, dass sie wieder einmal bereit war, mit geschlossenen Augen in ihr Unglück zu rennen. Dass es diesmal schlimmer werden würde als je zuvor, konnte sie erst recht nicht ahnen.

Die Sonne lachte. Vögel zwitscherten wie im Frühling. Das Laub der Bäume leuchtete von dunklen Grüntönen bis zum ersten herbstlichen Hellbraun. Der Rasen war frisch gemäht. Die mehrstöckigen Gebäude standen in so günstigen Winkeln zueinander, dass man von allen Balkonen einen gleich guten Ausblick auf das hügelige Parkgelände hatte.

Dachte man sich die weißen Kittel weg, die überall eilig durch die Gegend wehten, konnte der ganze Komplex glatt für einen Bau voller Feriengäste durchgehen.

Selten hatte ich so ein Hospital gesehen.

Ich fragte mich, ob Barney Dodds das verdient hatte. Die Frage drängte sich einfach auf, ohne dass ich nachtragend war. Dabei wusste ich, dass es in Kingston nur dieses eine Hospital gab, das für Notfall-Chirurgie ausgerüstet war. Und jeder andere Fleck im Hudson River Valley war landschaftlich ähnlich schön. Daran musste man sich als New Yorker Betonbürger erst mal wieder gewöhnen, wenn man lange nicht hier gewesen war.

Aus dem Treppenhaus, das wie eine Glasröhre ans Gebäude geklebt war, erreichte ich den dritten Stock. Ich heftete die Messingplakette mit dem FBI-Adler außen an mein Jackett. Es war kühl, und es roch auffallend wenig nach Desinfektionsmitteln.

Zwei Schwestern mit messerscharf gekanteten Hauben kamen mir entgegen. Ihre Kittel waren so blütenweiß, dass ich überzeugt war, alle Versprechungen sämtlicher Waschmittel-Werbespots hatten sich erfüllt. Ich bemerkte den Beamten der State Police am Ende des Korridors. In seiner grauen Uniform und dem flachkrempigen Hut sah er so adrett aus wie die weißen Engel. Obwohl ich ihn nicht übersehen konnte, fragte ich nach dem Weg.

Die beiden Girls strahlten mich an, da sie meinen Messingadler längst gesehen hatten. Ich hoffte, sie strahlten nicht nur wegen des Adlers …

»Es ist nicht weit«, sagt die eine.

»Wir zeigen Ihnen den Weg, Sir«, beeilte sich die andere hinzuzufügen.

Sie nahmen mich in die Mitte, und schon nach zehn Korridoryards hatte ich das Angebot, am Abend in der Cafeteria des Schwesternwohnheims aufzukreuzen und ein bisschen über den FBI zu erzählen. Vor versammelter Schwesterncrew.

Traumhaft. Ich versprach, dass ich alles tun würde, um das Angebot anzunehmen. Wenn nicht an diesem Tag, dann bestimmt an einem anderen. Die beiden Hübschen hatten Menschenkenntnis. Sie sahen mir an der Nasenspitze an, dass ich es ernst meinte. Und bereits jetzt war klar, dass sie an mir nicht nur der Adler interessierte.

Der State Trooper vor Barney Dodds' Tür blickte ihnen genauso bedauernd nach wie ich. »Mein Kollege ist bei ihm«, murmelte der Beamte. »Ehrlich gesagt, Sir …« Er zögerte.

»Ja?« Ich sah ihn an, den Türknauf schon in der Hand.

»Wenn das der Steuerzahler wüsste! Zwei Mann rund um die Uhr für einen Strolch wie Dodds. Ich kann mir genau vorstellen, was die Leute dazu sagen.

Sie fühlen sich in ihren Wohnungen und Häusern nicht mehr sicher, und was tut die Polizei? Yeah, Sir, die State Police macht sich Sorgen um die Sicherheit von Schwerverbrechern.«

»Ist es in Kingston auch schon so schlimm?«

»Nicht hier, Sir.« Er lächelte schief. »Aber ich denke, Sie kommen aus New York City.«

»Stimmt«, nickte ich. »Aber wir sind alle noch am Leben, und unsere Stadt gefällt uns. Stellen Sie sich mal vor, es wäre nicht so. Dann müsste New York City doch längst ausgestorben sein.«

Er zog die Augenbrauen hoch. »So habe ich das noch nicht gesehen, Sir. Aber Dodds …«

» …ist ein wichtiger Zeuge. Er könnte uns helfen, auf einen Schlag einen ungeklärten Todesfall zu einem Selbstmord oder zu einem Mord zu machen.«

»Natürlich, Sir, nichts für ungut.« Der Trooper lächelte verlegen. »Aber Sie wissen ja, unsereiner ist mit dem Ohr hart an der Stimme des Volkes.«

Ich nickte und betrat das Krankenzimmer. Der Kollege hatte Recht. Manchmal kann es verteufelt schwierig sein, einem Normalbürger zu erklären, warum weiß gelegentlich schwarz sein muss und nicht weiß sein darf.

Das Ein-Bett-Zimmer war gleißend hell und ziemlich leer. Die Septembersonne stand auf dem großflächigen Fenster. Ich kniff die Augen zusammen und entdeckte das Krankenbett auf der anderen Seite der Fensterscheibe. Auch der State Trooper Nummer zwei war da. Barney Dodds lag im Schatten hinter einer Blende aus Segeltuch, die mit Metallrohren in Halterungen auf der Brüstungsoberkante befestigt war. Der State Trooper stand aufrecht an der Türfüllung und blickte scharfäugig auf die parkähnliche Hügellandschaft hinaus.

Als er mich sah, fiel sein Blick sofort auf das Blinken meiner Dienstplakette. Zum Gruß hob er die Hand an den Hutrand.

Er schnarrte. »State Trooper Edmonds beim Bewachen des Untersuchungsgefangenen Dodds, Sir!« Bisweilen lässt sich das Halbmilitärische an der State Police eben doch nicht verleugnen.

»Rührt euch«, sagte ich, und der Kollege musste über sich selbst grinsen.

»Keine besonderen Vorkommnisse«, erklärte er – wohl, weil er sich nicht zivilistenmäßiger auszudrücken vermochte.

»Seit wann ist er wach?«, fragte ich.

»Seit ungefähr drei Stunden, Sir. Er hat gefrühstückt und riskiert schon wieder eine dicke Lippe.«

Innerlich freute ich mich für den Trooper, dass er doch die normalmenschlichen Vokabeln kannte. »Inwiefern?«, erkundigte ich mich.

»Er macht den Schwestern Angebote. In Prozenten, meine ich. Er sagt ihnen, wie viel sie vom Verdienst behalten dürfen, wenn sie für ihn auf den Strich gehen.«

»Galgenhumor«, knurrte ich. »Trotzdem sollte man ihm für so was die Ohren lang ziehen.«

»Das ist Aufforderung zur Misshandlung Festgenommener, Sir«, grinste der Trooper.

Ich grinste zurück und trat auf den Balkon hinaus. Dodds war bis zum Hals in dickes Weiß eingepackt. Sein Kopf war nicht verbunden, nur an der Stirn hatte er ein paar Schrammen. Er erkannte mich sofort. Ich sah es am tückischen Aufglimmen in seinen Augen. Irgendwie erinnerte er in diesem Moment an die Bösartigkeit seines Alligators.

»Cotton, FBI«, sagte ich trotzdem und zeigte ihm meinen Dienstausweis. Wie es Vorschrift ist.

Er knirschte mit den Zähnen und machte die Lippen zum Strich. Eine Absichtserklärung, klar und deutlich. Er hatte nicht vor, auch nur eine Silbe mit mir zu reden.

»So schnell werden Sie mich nicht los, Dodds«, erklärte ich und ließ meinen Blick über die Parklandschaft schweifen.

Der Rasen, der sich sauber gemäht bis zu den Hügelkuppen hinaufzog, sah aus wie ein heiß aufgebügelter Kunststoffteppich. Büsche, Ziersträucher und sogar kleine Baumgruppen lockerten das Ganze auf. Menschen in Jogginganzügen gingen langsam die Parkwege entlang. Einige waren in Rollstühlen unterwegs.

Ich wandte mich um. Die Balkons waren terrassenartig angeordnet. Die Architekten hatten wirklich an alles gedacht. Auch daran, dass jeder auf jedem Balkon mindestens den halben Himmel sehen konnte.

Der Dachgarten, ganz oben, war durch einen buschigen Rand aus immergrünen Blattgewächsen abgegrenzt. Ich sah ein paar Gesichter, die aus den höher liegenden Stockwerken herunterlugten. Das war es, was die Architekten nicht bedacht hatten: die Neugier der Menschen, den Trieb, sich gegenseitig zu begaffen.

Ich wandte mich wieder dem Mann von der Kiesinsel zu. »Haben Sie einen Anwalt angefordert?«, fragte ich.

Er schüttelte den Kopf so heftig wie ein verstockter Schuljunge, der seinen Lehrer auf die Palme bringen will.

»Dann sollten Sie es aber …« Ich unterbrach mich.

Dodds schüttelte schon wieder den Kopf, obwohl ich noch gar nicht zu Ende gesprochen hatte. Diesmal sah ich, dass in dem Sonnenschutz zwei Löcher entstanden waren – dicht neben einem der Metallrohre.

»Deckung!«, rief ich und war im selben Moment unterhalb der Betonbrüstung.

Der Trooper begriff. Er verschwand im Zimmer und ging in die Waagerechte.

Geduckt packte ich die Streben des Betts, löste die Rollenbremse und zog. Mühelos beförderte ich Dodds auf diese Weise in das Zimmer. Doch ich hatte das verdammte Gefühl, dass es noch zwei- oder dreimal kaum hörbar klatschte. Dann, endlich, konnten Edmonds und ich das Bett gemeinsam in die sichere Zimmerecke neben dem Fenster stoßen.

Halblauf rief ich ihm zu, das Hospitalgelände abriegeln zu lassen. Edmonds begriff. Das Gelände war riesig. Es bestand eine reelle Chance, Streifenwagen rechtzeitig aufmarschieren zu lassen.

Ich war bereits auf dem Korridor. Der Trooper, der draußen stand, starrte mir nach. Mit langen Sätzen rannte ich in Richtung Treppenhaus. Dort war auch der Fahrstuhlschacht. Noch leuchtete keine Lampe. Im Vorbeilaufen drückte ich auf den Alarmknopf, der die ganze Anlage zum Stillstand brachte. Sofort schwenkte ich nach links. Ich nahm vier Stufen auf einmal.

Fünf Stockwerke hatte ich noch vor mir, wenn ich richtig gezählt hatte.

Ich zog den 357er, noch bevor ich das erste geschafft hatte. Ich musste an diesen neuen Sport denken. Treppenlaufen. Die Sache, die sie im Empire State Building auf die Spitze treiben. Aber ich brauchte die Zeit nicht zu nehmen. Als ich nach zweieinhalb Stockwerken die anderen Schritte hörte, wusste ich, dass ich keineswegs auf dem Holzweg war.

Diese anderen Schritte hörten sich verteufelt schnell an, noch schneller als meine eigenen. Und sie kamen mir entgegen.

Wer es auch war – er musste in Panik sein.

Denn damit, dass der Fahrstuhl auf einmal nicht mehr funktionierte, hatte er garantiert nicht gerechnet. Ebenso wenig damit, dass ihm im Handumdrehen jemand auf die Schliche gekommen war. Andererseits musste er sich gesagt haben, dass jeder stutzen musste, wenn er miterlebte, wie schallgedämpfte Gewehrkugeln Segeltuch zerschlugen und dann auch noch ziemlich genau das vorgesehene Ziel trafen.

So ein Zielfernrohr war schließlich kein Röntgenauge.

Also hatte irgendwo da oben so etwas wie ein Artilleriebeobachter gesessen.

Er sah mich in dem Moment, in dem ich die nächste Treppenschräge anging. Die Architekten hatten nicht daran gedacht, dass der angepappte gläserne Schlauch einem wie mir die Arbeit schwer machte.

Knapp über meinem Kopf gab es einen Schmetterschlag.

Ich setzte zum Landeanflug an. Die Stufen waren meine Rollbahn.

Glas flog auseinander. Aber die Kugel konnte keinen weiteren Schaden mehr anrichten. Der Schwung fehlte ihr, nachdem sie auch auf der anderen Seite, ein Stockwerk höher schon, die Glaswand durchschlagen hatte. Nur ein paar Scherben waren mir auf den Rücken gerieselt.

Rechtzeitig bremste ich meinen Anflug mit der freien Hand. Ich sah den Mann, wie er herumwirbelte und wieder nach Höherem strebte – etagenmäßig gesehen. Irgendwie schien er begriffen zu haben, dass er an mir nicht vorbeikommen würde.

Ich startete durch. Und sofort legte ich Tempo zu. Dieser Artilleriebeobachter sah nach Panik aus. Nicht im Traum hatte er damit rechnen können, dass er in die Art von Falle geraten würde, in der er jetzt steckte. Mit wehender weißer Sommerjacke hastete er weiter oben um den Fahrstuhlschacht herum.

Für den Augenblick war er aus meinem Blickfeld verschwunden. Er musste wissen, dass das Gebäude so oder so zur Sackgasse für ihn wurde. Es sei denn, er konnte fliegen. Vom Dach aus.

Mit den Stufen kam ich prächtig zurecht. Sie huschten unter mir weg. Es gab nur dieses eine Treppenhaus, das wusste ich. Der Fliehende hatte keine große Aus-wahl. Seine Möglichkeiten waren begrenzt. Wenn ihm jemand über den Weg lief, würde er nicht zögern. Panik und Geiselnahme waren noch immer die teuflischsten Partner. Ich musste an die beiden hübschen Krankenschwestern denken, an die Einladung in die Cafeteria. Das gab meinen Beinmuskeln noch mehr Power.

Im Sprung überwand ich die beiden letzten Stufen

vor dem nächsten Stockwerk. Flach wie eine Flunder schnellte ich auf den spiegelblanken Korridorfußboden hinaus.

Ein Schuss bellte. Die Kugel sengte über mich hinweg. Dazu ein Angriffsschrei.

Beides zusammen klang hohl und rollend. Es hörte sich an wie im Dschungel. So, als müsste ich mit bis an die Zähne bewaffneten Guerilleros rechnen, die aus dem Dickicht hervorbrachen. Ich rollte mich ab und fühlte mich kein bisschen nach Hollywood. Dazu war die Umgebung zu klinisch rein, zu ernüchternd real. Ich schlidderte über den glatten Boden.

Der zweite Schuss.

Entsetzenslaute waren zu hören.

Diesmal hackte die Kugel eine Furche in den Fußboden – exakt dort, wo ich eben noch geschliddert war. Ich sah es, als ich gegen eine Tür prallte und mich herumwarf. Der Türrahmen war eine lächerliche Deckung. Aus den Augenwinkeln heraus sah ich eine Krankenschwester, die weiter links aus einem Zimmer gekommen war und erschrocken zurückwich. Auf der anderen Korridorseite war eine Frau in geblümtem Bademantel aufgetaucht. Sie stand wie erstarrt, einen halben Schritt aus der Tür heraus, den Mund weit aufgerissen.

Ich hatte keine andere Wahl, ich musste alle Aufmerksamkeit des Schießers auf mich lenken. Kaum hochgekommen, ließ ich mich fallen, stieß mich ab und schnellte dorthin, wo ich hergekommen war – in den Korridor hinaus.

Wieder bellte die Waffe.

Etwas hieb auf meinen rechten Oberschenkel. Etwas wie eine Peitsche. Ich rollte und glitschte über die spiegelnde Glätte. Aus dem Rollen heraus stieß ich den Smith & Wesson vor. Beidhändig.

Da waren große Blumenkübel, seitlich voneinander versetzt. Die tropischen Blätter glänzten saftig grün unter künstlichem Licht. Plötzlich war mir doch wie im Dschungel. Hinter der zweiten Pflanze rechts sah ich Weißes. Ich warf mich noch einmal herum.

Eine blassrote Blüte platzte zwischen den lappigen Blättern auf.

Präzise da, wo ich vor einer Zehntelsekunde noch Bohnerwachs abgeschabt hatte, hieb das Blei eine Rille in den Boden.

Ich zerschoss die Blüte. Der 357er brüllte. Es hörte sich an, als hätte jemand eine Böllerkanone in den Korridor geschleppt und gezündet.

Das Weiß, wie ein Tropenanzug unter der Äquatorsonne, kippte von den Lappenblättern weg. Keine Feuerblüte mehr, kein Schrei. Sang- und klanglos war Schluss.

Ich glaubte, Sirenengeheul zu hören. Aber darauf konnte ich mich noch nicht konzentrieren. Den Patienten in diesem Block blieb Aufregung nicht erspart. Doch dafür gerieten sie in keine Gefahr mehr.

Ich sprang auf. Etwas Glühendes schien in mein rechtes Bein zu stechen. Ich achtete nicht darauf. Geduckt und Haken schlagend erreichte ich den Mann hinter der Blattpflanze.

Ich verharrte, entspannte die Muskeln. Der Schmerz im Bein ließ nach. Das weiße Sommerjackett hatte einen hässlichen Fleck bekommen. Blut. Auf der linken Brusthälfte. Der Fleck breitete sich rasch aus. Der Mann war groß und hager, das Gesicht bleich. In seinen Augen existierte kein Leben mehr.

Jetzt hörte ich das Sirenengeheul deutlicher. Und Schritte. Der Mann im weißen Sommerjackett hatte die Waffe aus der Hand verloren. Eine Beretta 92F. Ich lud den Smith & Wesson nach und schob ihn ins Holster. Die Schritte endeten neben mir. Ich brauchte mich um die Beretta nicht zu kümmern. State Trooper Edmonds war zur Stelle.

»Dodds ist tot, Sir. Das Gelände wird abgeriegelt. Wir haben noch keine Meldung …« Er unterbrach sich. »Und dieser Mann?«

»Hat dem Gewehrschützen Zielanweisungen gegeben. Vom Dach aus.«

Edmonds schüttelte fassungslos den Kopf. »Sie sind verwundet, Sir!«, stieß er im nächsten Moment hervor. »Lassen Sie sich verarzten. Ich habe die Spurensicherei schon verständigt.« Als müsste er es beweisen, hielt er ein Walkie-Talkie hoch. »Sie werden in ein paar Minuten hier sein. Ich schicke sie dann auch aufs Dach.«

Mein rechtes Hosenbein war aufgerissen. Ungefähr so hatte es ausgesehen, wenn wir als Jungen in Harpersvillage über Stacheldrahtzäune geklettert waren und nicht aufgepasst hatten. Ich wusste, es war nur ein Streifschuss. Und bevor ich etwas sagen konnte, wurde mir die Entscheidung abgenommen.

Edmonds' Walkie-Talkie schnarrte los. Die Stimme gehörte einem der Cops draußen an der Absperrung.

»Achtung, an alle! Achtung, an alle! Geiselnahme im Hospital-Park! Ich wiederhole: Geiselnahme im Hospital-Park! Keine Maßnahmen! Keine Maßnahmen! Anweisungen der Einsatzleitung abwarten!«

Edmonds starrte mich an. Aus spaltbreit geöffneten Türen lugten erschrockene, ängstliche Gesichter.

»Bleiben Sie hier«, sagte ich und lief los. Im Laufen drehte ich mich noch einmal um. »Erklären Sie den Leuten, was passiert ist! Sagen Sie ihnen, dass es keinen Grund zur Unruhe gibt. Hier nicht mehr!«

Edmonds salutierte schneidig. Das Militärische steckte ihm eben doch in den Knochen.

Der Park des Hospitals war menschenleer geworden. Patienten, Besucher und Personal hatten sich in Sicherheit gebracht. Meine Schritte knirschten auf dem mit feinem rötlichem Kies bestreuten Weg. Den Dienstrevolver hielt ich in der Rechten, am langen Arm. Ich war angekündigt. Die Kollegen hatten es über Funk geregelt.

Der Killer war einverstanden, zu verhandeln.

Dass er einen FBI-Agenten als Gesprächspartner bekam, imponierte ihm. Er fühlte sich aufgewertet, ernst genommen – alles, was seine in die Enge getriebene Seele streichelte.

Die herbste Enttäuschung seines Lebens stand ihm bevor.

Die Geisel war ein Patient des Hospitals, ein Mann, der einen Spaziergang gemacht hatte. Geiselnehmer und Geisel standen auf einer japanischen Holzbrücke, die über eine bachähnliche Verbindung zweier Zierteiche führte. Noch konnte ich sie nicht sehen. Eine rasenbewachsene Anhöhe versperrte die Sicht. Nach den Informationen, die ich über Funk erhalten hatte, betrug die Entfernung noch fünfzig Yards. Der Weg führte in einem weit geschwungenen Bogen um den flachen Hügel herum.

Möglich, dass der Killer bereits meine Schritte hörte.

Es war still geworden. Sirenen heulten nicht mehr. Der Verkehrslärm, sonst auch in Kingston nicht unbeträchtlich, war in weite Ferne entschwunden. Die Cops und State Troopers hatten das Hospitalgelände weiträumig abgesperrt.

Die Sonne strahlte vom wolkenlosen Himmel wie eine gigantische Infrarotlampe über einem Brutkasten. Die Luftfeuchtigkeit war hoch. Beides zusammen konnte für mich eine entscheidende Rolle spielen. Es gibt Menschen, deren Nerven im Indian Summer angespannter sind als zu einer anderen Jahreszeit.

Links erblickte ich eine Trauerweide. Sie stand am Ufer des einen Zierteichs. Meine Muskeln spannten sich reflexartig. Jede Faser meiner Sinne war darauf gefasst, blitzartig reagieren zu müssen. In den nächsten Sekunden würde ich zur Zielscheibe werden. Ich musste mit allem rechnen. Das Verhalten von Geiselnehmern ist nicht mit normalen Maßstäben zu messen.

Der Teich schob sich in mein Blickfeld. Die Ufer waren sehr natürlich gestaltet, mit Schilf und anderen Gräsern, deren Namen ich nicht kannte. Mir kam es vor, als klangen meine Schritte lauter. Ich fragte mich, ob ich äußerlich locker aussah, total cool, wie es sein musste. Sicher. Schon die Nachwuchs-Agenten üben das auf der FBI-Akademie Quantico. Ein bisschen Schauspielerei gehört eben auch zu unserem Beruf, muss dazugehören. Und wenn ein Menschenleben auf dem Spiel steht, schafft man es umso leichter.

Die Brücke.

Das Holz war knallrot lackiert, portalartig geschwungene Balken vermittelten diesen bekannten asiatischen Touch.

Der Killer fühlte sich beobachtet, man sah es ihm an. Er stand einen halben Schritt von dem anderen Mann entfernt, schräg hinter ihm, und hielt ihm die Pistolenmündung mit gestrecktem Arm in den Nacken. Auf diese Weise zweifelte kein Beobachter am Ernst der Lage. Dabei hätte der Gangster meinen können, dass er mit seiner Geisel allein auf weiter Flur war. Doch er war kein Anfänger. Er wusste, was außer Sichtweite und gut getarnt aufmarschiert war.

Beide Männer standen in der Mitte der Brücke.

Die Geisel war ein grauhaariger Mann, mittelgroß, sehr blass, in einem zu weiten blauen Jogginganzug. Verglichen mit ihm wirkte sein Bezwinger jung und kraftstrotzend: strohblond, athletisch, weiße Basketballstiefel, Jeans und weißes T-Shirt. Neben seinen Sportschuhen stand ein länglicher schwarzer Koffer. Einer von der Sorte, in der man ein Musikinstrument vermutet.

Beide Augenpaare erfassten mich im selben Moment.

Graue, teilnahmslos-gleichgültige Augen.

Zusammengekniffene, wild funkelnde.

Meine Nervenfasern dehnten sich zum Zerreißen. Der Smith & Wesson in meiner Rechten schien sein Gewicht zu verdoppeln.

Entfernung zwanzig Yards.

Ich war bereit.

Hölle und Teufel, wenn es jetzt geschah, würde ich es schaffen. Jeder Schritt, den ich machte, verbesserte die Überlebenschance des Mannes im Freizeitanzug. Ich hatte alles im Blick, was wichtig war: die Pistole, den Abzugsfinger und das hartlinige Gesicht des Blonden.

Er würde in dem Moment tot sein, in dem sich dieser Finger hinter dem Abzugsbügel zu bewegen begann. Ich wusste, wie schnell ich mit dem 357er war. Jeder FBI-Agent muss das wissen, um eine Lage wie diese bereinigen zu können.

Siebzehn Yards.

Die blinkende Dienstplakette auf meinem Jackett war deutlich zu erkennen. Unverwechselbar. Das machte die schildähnliche Form mit dem Adler obendrauf.

Fünfzehn Yards.

»Stehen bleiben!«, schrie der Gangster.

Der Mann mit der Pistole im Nacken zuckte nicht einmal zusammen. Auch in seinen Augen war kein Erschrecken zu erkennen. Unglaublich.

Ich gehorchte, ohne den Schießfinger und die Pistole aus den Augen zu lassen. Eine klobige Automatik war es. Die Ruger PS5, das neue Modell.

»Keinen Schritt weiter!«, gellte die Stimme des Mannes, der Dodds erschossen hatte. »Und weg mit dem Schießeisen!«

»Ja, ich werde stehen bleiben«, sagte ich und achtete darauf, dabei völlig ruhig zu bleiben. »Nur über die andere Sache müssen wir verhandeln.«

»Was gibt es da zu verhandeln, Mann! Was für eine andere Sache?«

»Die mit der Waffe. Ich gebe Ihnen die Möglichkeit, über Ihre Lage nachzudenken. Wenn Sie klug sind, geben Sie auf. Sie haben keine Chance, zu überleben.«

Er sperrte den Mund auf, seine Augen wurden größer, und er starrte mich an.

»Ich möchte etwas sagen«, ließ sich der Mann im

Jogginganzug mit leiser Stimme vernehmen. »Ist das in Ordnung, Junge?« Die Frage galt dem Gangster.

Er stimmte zu, knurrte ein Okay – wohl, weil er dadurch Zeit zu gewinnen glaubte. Von seinem möglichen Opfer als ›Junge‹ bezeichnet zu werden, schien ihn nicht zu stören.

Der Grauhaarige sah mich an. »Ich weiß, dass Sie bereit sind, Ihr Äußerstes zu geben, Sir. Sie sind FBI-Beamter, nicht wahr? Ein G-man.«

Ich nickte. Obwohl ich nicht verstand, worauf er hinauswollte, sah ich ihn auch jetzt nicht direkt an. Die Pistole, der Zeigefinger, das Gesicht des Killers – nichts anderes war wichtig.

»Ich muss Ihnen sagen, Sir, dass Sie sich umsonst anstrengen. Sicher gehören Sie zu der Elite, die in der Lage ist, den Todesschuss anzuwenden. Aber es erübrigt sich. Es ist so …« Er atmete heftig.

Eine furchtbare Ahnung kroch in mir hoch.

»Ich sterbe sowieso, Sir. Ich bin unheilbar krank. Ich bin in dieses Hospital gekommen, um zu sterben. Das ist die Wahrheit. Ich habe noch drei Monate, wenn es hochkommt.«

Ich spürte einen Kloß im Hals.

Die Augen des Gangsters begannen zu quellen. Er öffnete und schloss den Mund wie ein Fisch auf dem Trockenen. »Lüge!«, schrie er. »Bluff! Warum sagst du das erst jetzt, du Hund!«

»Ist das so schwer zu verstehen, Junge? Ich wollte sicher sein, dass die Polizei alles abgeriegelt hat, dass du nicht entkommen kannst. Jetzt kannst du mich erschießen. Praktisch tust du mir einen Gefallen. Ich werde die Schmerzen nicht mehr ertragen müssen, die …«

»Halt dein Maul!«, brüllte der Blonde. Er begann zu zittern.

Langsam hob ich den Dienstrevolver.

Der grauhaarige Mann sprach weiter, als wollte er den Gangster herausfordern. »Ich habe sofort gewusst, was lief, als ich den Jungen mit seinem Koffer sah«, berichtete er und brachte sogar ein Lächeln zu Stande. »Wissen Sie, Sir, ich hatte die Schüsse aus dem einen Gebäude gehört, und ich zählte zwei und zwei zusammen. Es ist mir tatsächlich gelungen, ihn festzuhalten, als er aus dem Gebüsch auftauchte. Ich wusste natürlich von vornherein, dass er den Spieß umdrehen würde. Aber Sie kennen jetzt den Grund für meine Furchtlosigkeit. Ich bin stolz, dies geschafft zu haben. Und nun nehmen Sie keine Rücksicht auf mich, Sir. Tun Sie Ihre Pflicht.«

Wahnsinn.

Es kommt selten vor, dass ich eine Antwort schuldig bleiben muss. In diesem Moment aber war es der Fall.

»Schluss mit dem Zirkus!« Die Stimme des Blonden schrillte, kippte über. »Schluss, sage ich! Hier wird gemacht, was ich sage, oder …«

Der Grauhaarige ging einfach los. Er löste sich von der Pistolenmündung, als wäre es die leichteste und selbstverständlichste Sache der Welt.

Dem Killer verschlug es nicht nur die Sprache. Etwas wie eine Schrecksekunde nagelte ihn auf dem Fleck fest. Was geschah, wurde ihm erst bewusst, als seine Geisel schon zwei Schritte entfernt war. Das Gesicht des Blonden verzerrte sich. Ich sah das Zucken seiner Mundwinkel. Und den noch winzigeren Bewegungsansatz seines Zeigefingers.

Mein 357er flog wie von selbst hoch.

Ich zog in dem Sekundenbruchteil durch, in dem das Fingerkrümmen erkennbar wurde. Der Magnum-Revolver brüllte und bäumte sich auf. Das Mündungsfeuer war wie ein Flächenblitz. Einen halben Atemzug verwischte es mir die Sicht.

Der trocken hackende Schuss der Ruger war zu hören.

Ich hatte den Smith & Wesson eisern in der Visierlinie. Und ich jagte die zweite Kugel aus dem Lauf.

Im selben Moment sah ich den grauhaarigen Mann

links in meinem Blickfeld. Der Killer drehte sich wie ein Kreisel. Das zweite Magnum-Geschoss erwischte ihn nicht mehr. Das erste hatte ihn um die eigene Achse geschleudert.

Rechtzeitig.

Der Grauhaarige blieb stehen. Voller Staunen wandte er sich zu mir um. Staunte er darüber, dass er noch am Leben war. Ich sprintete los. Der Blonde hatte die klobige Pistole aus der Hand verloren. Meine Befürchtung bestätigte sich nicht. Sein Kreiseln ging in ein Torkeln über. Er schaffte es nicht mehr, die Ruger an sich zu reißen. Mit einem letzten Satz war ich bei ihm, packte ihn und rammte ihn gegen das Brückengeländer.

Er schrie vor Schmerzen. Die Revolverkugel hatte seinen rechten Arm durchschlagen, knapp oberhalb des Ellbogens. Die ungeheure Wucht des Einschusses hatte ihn in diese Drehung um die Längsachse versetzt. Vor allem jedoch hatte das Geschoss seinen Arm und damit die Pistole aus der Visierlinie gebracht.

Sein Schrei ging in ein Wimmern über.

Ich war überzeugt, dass dies das Ziel des Mannes im Jogginganzug gewesen war: Der Gangster lebte. Ich hatte den Todesschuss nicht anwenden müssen. Doch andererseits war auch die Kugel aus der Pistole des Blonden nicht tödlich gewesen.

Der Gangster lehnte am Geländer, krümmte sich und hörte nicht auf zu wimmern. Der blutende Arm hing kraftlos herunter. Ich verzichtete darauf, ihn mit der Stahlacht irgendwo anzuketten. Stattdessen gab ich den Beobachtern ein Handzeichen. Mehr war nicht nötig. Schon als ich die Hand wieder sinken ließ, hörte ich Motoren aufbrummen.

Ich holsterte den Smith & Wesson und sah den Kranken an. Er erwiderte meinen Blick und kam auf mich zu. Zwei Schritte vor mir blieb er stehen. Doch er schwieg, konnte nur unverwandt den Gangster ansehen.

»Trotzdem begreife ich Sie nicht«, sagte ich heiser. »Trotz allem sollten Sie Ihr Leben nicht wegwerfen.«

»Ich stimme Ihnen zu«, sagte der grauhaarige Mann. »Um ehrlich zu sein, Sir – ich habe geblufft. Noch vor drei Wochen hätte es gestimmt, was ich sagte. Ich hatte mich selbst aufgegeben. Aber inzwischen bin ich operiert worden, und die Chancen stehen gut. Ich habe die Chance, weiterzuleben. Sehr lange weiterzuleben.«

»Dann haben Sie …« Ich schüttelte fassungslos den Kopf.

Mein Gegenüber lächelte. »Stimmt. Ich habe mich auf Sie verlassen, Sir. Ich habe Ihnen angesehen, dass Sie es schaffen würden. Und nun bin ich froh, dass meine Menschenkenntnis mich nicht getrogen hat.«

Ich war sprachlos. Zum zweiten Mal an diesem Tag.

Auf der anderen Seite der roten Brücke jagte der erste Streifenwagen über den feinen Kies heran. Schon in der nächsten Minute kamen Polizeifahrzeuge aus allen Richtungen.

Ich winkte eine Gruppe von Krankenschwestern und einen Arzt herbei, die hundert Yards entfernt standen und abwartend herüberblickten. Sie nahmen den Mann in ihre Obhut. Ich drückte ihm die Hand. Er lächelte mir zu, zwinkerte sogar wie ein guter alter Kumpel. Als sie schon mit ihm unterwegs waren, fiel mir ein, dass ich nicht einmal nach seinem Namen gefragt hatte. Nun, das ließ sich nachholen. Ich nahm mir fest vor, ihn zu besuchen, sobald der Einsatz in Kingston zu Ende ging.

Der Notarzt entließ mich mit einem Verband und der Ermahnung, mich spätestens morgen wieder medizinisch geschulten Händen auszuliefern. Mein Streifschuss war eine rote Schramme, umgeben von einem Bluterguss, der in verschiedenen dunklen Blautönen schillerte.

Ich verließ den Ambulanzwagen. Er hatte nur ein paar hundert Yards zurückzulegen brauchen und war bis unmittelbar an die japanische Holzbrücke herangefahren. Ein dunkelblauer Kastenwagen mit Gitterfenstern stand auf der anderen Seite der Brücke. Der Gefangenentransporter, den die State Police geschickt hatte.

Das Gelände war mit Trassierband abgesperrt – von den Zierteichen bis hin zu einem hundert Yards entfernten Hügel. Dort hatte der Killer im Gebüsch gelegen.

Ich ging auf den dunkelblauen Kasten zu. Ein uniformierter Sergeant der State Police salutierte und öffnete die Hecktür für mich.

Drinnen war es kalkig hell. Das Licht stammte aus Leuchtstoffröhren. Ein summendes Aggregat lieferte Strom auch für die Klimaanlage. Der Transporter war zugleich mobiles Vernehmungszimmer.

Auch der Killer war ärztlich versorgt worden. Den verwundeten Arm, dick verbunden und geschient, trug er in einer Schlinge. Die Kollegen hatten ihn auf eine Bank gesetzt und ihm einen Sicherheitsgurt angelegt. Einen von der Sorte, die nur ein Cop mit dem passenden Schlüssel öffnen kann. Ihm gegenüber, auf der anderen Seite eines fest verankerten Tisches, saßen zwei Beamte in Zivil, beide vom Bureau of Criminal Investigation. Detective Lieutenant Ferguson und Detective Sergeant O'Mahoney. Wir kannten uns schon.

Ich setzte mich an die Schmalseite des Tisches. Fragend blickte ich die Kollegen an.

»Wir haben alles, was wir brauchen«, sagte Ferguson und tat, als wäre der Heckenschütze Luft für ihn.

Ich bemerkte, dass es Absicht war, und ich ahnte den Grund. Man brauchte den Blonden nur anzusehen, um zu wissen, was mit ihm los war. Von jung und kraftstrotzend konnte keine Rede mehr sein. So bleich, wie er war, sah er aus wie sein eigener Großvater. Und wäre ich ein wohlmeinender Dentist gewesen, hätte ich ihn auf die Gefahren des allzu kräftigen Zähneknirschens hingewiesen.

O'Mahoney gab dem Lieutenant einen Schnellhefter. Ferguson klappte ihn auf und las mir ein paar Stichwörter vor. »Tatwaffe mit Fingerabdrücken sichergestellt. Gewehr, Fabrikat Remington, mit Zielfernrohr und Schalldämpfer. Fünf leer geschossene Patronenhülsen. Fingerabdrücke vom Griff des Gewehrkoffers. Und die Prints des Tatverdächtigen selbst. Leiche des Opfers – Barney Dodds – an den Coroner überwiesen. Obduktion bereits vom District Attorney angeordnet. Ballistiker sind bereit, den Geschossvergleich vorzunehmen. Haftbefehl ist unterwegs hierher. Gefängnishospital trifft Sicherheitsvorkehrungen. Spuren auf dem Dachgarten gesichert. Fingerabdrücke und Fernglas, das der Komplize benutzte. Beide waren mit Walkie-Talkies ausgerüstet. Personalien von beiden werden durch Prints ermittelt.«

Ferguson schloss den Schnellhefter. »Das wär's für den Augenblick.«

Ich sah den bleichen Blonden an und lauschte seinem Knirschen. Dann wandte ich mich wieder dem Lieutenant zu. »Also hat er seine Schweigeminuten eingelegt?«

Ferguson nickte. O'Mahoney grinste. »Nur in der ersten Schrecksekunde ist ihm was rausgeplatzt«, sagte der Sergeant. »Er ist Emperor Nortons Sohn, hat er gesagt. Wir haben nicht drüber gelacht, und jetzt ist er wohl sauer.«

Ich grinste. Norton, dieser allseits bekannte Typ, hatte behauptet, Kaiser von Amerika zu sein. Ernsthaft.

Wenn man lange genug im Ermittlungsdienst ist, lernt man die einfallsreichsten Leute kennen. Manche behaupten, den Namen einer berühmten Comic-Ente zu tragen. Andere halten sich für direkte Nachfahren eines wahnsinnigen Diktators. Spätestens dann, wenn das Ergebnis der Fingerabdruck-Entschlüsselung hereingetickert kommt, hören die Witzfiguren auf, Komiker zu sein.

»All right, Mr. Norton junior«, wandte ich mich an den Blonden. »Damit wäre dann alles gelaufen. Mordanklage und lebenslänglich sind Ihnen so sicher wie das Amen in der Kirche. Wenn Sie zur gesprächigen Sorte gehören würden, hätte ich eine Wette mit Ihnen abgeschlossen. Aber das können wir uns nun auch schenken.«

Er zeigte Reaktion. Sein Kopf ruckte herum, und er beendete den Zahnschmelzabrieb. In seinen Augen entstand so etwas wie Hass. Eine flackernde Art davon. Immerhin war ich derjenige, der ihn in diese Lage gebracht hatte. Sich selbst schrieb er garantiert nichts zu. So schätzte ich ihn ein. Schuld haben immer die anderen. Denkbar, dass er nach diesem verkniffensten aller Grundsätze lebte.

»Doch interessiert?«, lächelte ich und schoss meinen Pfeil ins Blaue ab. »Okay, die Wette hätte gelautet, dass Sie ein Noble-Mann sind. Und, dass Sie selber keine Ahnung haben, weshalb Sie ausgerechnet einen Kleinstadt-Zuhälter töten mussten – mit einem Aufwand, als handelte es sich um einen Drogenbaron aus Südamerika.«

All die angespannten Gesichtsmuskeln erschlafften auf einen Schlag. Trotzdem kam kein Kommentar.

»Wer für Leo Noble arbeitet«, fuhr ich genüsslich fort, »erfahren wir auch anders. Wir haben unsere Beziehungen.«

Ich ließ ihn mit den Kollegen allein und kehrte zu meinem Jaguar zurück. Der rote Renner stand vor dem Gebäude, in dem Barney Dodds vergeblich bewacht worden war. Ich setzte mich in den Wagen und versuchte, über die Zentrale der County Police mit Phil Verbindung aufzunehmen. Kein Erfolg. Phil hatte sich abgemeldet. Er hatte seinen neuen Dienstwagen verlassen und hing in einem teuren Restaurant an der Albany Street herum. Ich konnte ihn mir vorstellen, wie er sich einen der Tische ausgesucht hatte, an denen man sich hinter Zimmerpflanzen tarnen konnte.

Rosanna hatte am Abend vorher zwar nur Augen für Johnson gehabt.

Aber darauf allein verließ sich ein guter Beschatter nicht.

Ich teilte dem Beamten in der Funkzentrale mit, dass ich ins Stadtzentrum fahren würde. Ich ließ die Jaguarmaschine kommen und stieß aus der Parkbucht. Unterwegs hatte ich Zeit, die Dinge zu sortieren.

Punkt eins: Der Heckenschütze hatte haargenau in dem Moment geschossen, als ich zu Barney Dodds auf den Balkon getreten war. Das konnte kein Zufall sein. Der Killer und sein Komplize hatten den Auftrag gehabt, mir den Tod des Zuhälters filmreif zu servieren. Mir und keinem anderen.

Punkt zwei: Der Blonde und sein Artilleriebeobachter hatten ihr Vorgehen für so gelungen gehalten, dass sie an eine sichere Fluchtmöglichkeit geglaubt hatten.

Punkt drei: Hinter dem Mord an Dodds steckte eine wohl überlegte Absicht. Normalerweise passierte so etwas nur in den billigen Fernsehkrimis. Welchen Sinn sollte es in der harten Realität haben? Zwei und zwei ließen sich leicht zusammenrechnen. Mir hatten sie das tödliche Schauspiel geboten, also wollten sie auch bei mir eine bestimmte Wirkung erzielen.

Einschüchterung? So naiv konnten sie nicht sein. Wenn Leo Noble der Auftraggeber der beiden Gangster war, bedeutete es garantiert nur eines: Er wollte mir ein unlösbares Rätsel aufgeben. Ich sollte nachforschen, weshalb jemand Interesse daran gehabt hatte, Barney Dodds von der Bildfläche verschwinden zu lassen. Natürlich würde Phil mir dabei helfen. Ebenso sämtliche Kollegen aus Kingston. Rosanna Dale, von Nobles Verbindungsmann Johnson an Land gezogen, würde ein wenig in Vergessenheit geraten.

Punkt vier: Es hätte alles exakt so geklappt, wenn ich nicht den Killer und seinen Komplizen erwischt hätte.

Aus Punkt vier folgerte Punkt fünf: Phil und ich hatten einen kleinen Zeitvorsprung gewonnen. Bevor Noble reagierte, würden Rosanna und ihr neuer Freund nicht tatenlos herumhängen.

Im Hotelzimmer stieg ich in einen dunkelblauen Sommeranzug um, der kein Einschussloch hatte. Dann rief ich den Chef an und erfuhr, dass ich mit meiner Vermutung hundertprozentig richtig lag. Der Killer hieß Aldous Darby, der Name des Beobachters war Fred Zachary gewesen. Beide hatten auf Nobles Lohnliste gestanden. Diese Information hatte Mr. High im Handumdrehen eingesackt, weil unsere V-Leute sowieso in Habtachtstellung warteten.

Ich ließ Phil über Funk mitteilen, dass ich bereit war, ihn bei dem Beschattungsjob abzulösen.

»Tarnen und Täuschen ist alles!« Dewey kicherte wie ein Schuljunge und zog das Girl hinter die Rosenbüsche.

»Du gehst ganz schön ran!«, wisperte Rosanna in sein Ohr, hielt sich an seinen Schultern fest und kicherte ebenfalls.

»Ich bin der geborene Eroberertyp«, erklärte der schwarzhaarige Mann. »Sehr zum Leidwesen meiner Frau. Aber was soll ich machen? Gegen die Natur ist kein Kraut gewachsen!«

Im Halbdunkeln drückte Dewey die Flasche Sekt und die beiden Gläser in den weichen Erdboden, bis sie sicher standen. Rosanna beobachtete ihn, indem sie neben ihm hockte und die Hände über seine Schulter faltete. Die Rosen hatten noch immer Blüten. Ihr bentäubender Duft vereinte sich mit der kühlen Frische, die vom Fluss heraufstieg.

Licht, Musik und Stimmen waren nur ein paar

Dutzend Schritte von Dewey und seiner Eroberung entfernt. Die Leuchtschrift über dem mittleren der drei flachen Gebäude strahlte weit auf den Hudson River hinaus.

MINNETONKA YACHT CLUB

Büsche und Ziersträucher warfen harte Schatten auf den gepflegten Rasen. Die Segel- und Motoryachten an den Bootsstegen wirkten wie ein Schwarzweißgemälde aus einer Hafenstadt in einem südlichen Land. Auf der freien Fläche unterhalb der Clubterrasse war ein großer Baldachin gespannt, unter dem sich die Tanzfläche, das Podium der Band und die beiden Bars befanden. Da es sich um eine Wohltätigkeitsveranstaltung handelte, spielten die ›Roseroom Ramblers‹ ohne Gage. In der Bar ›Three Wild Mice‹ gab es an diesem Abend des 23. September ausnahmsweise Konservenmusik. Für den guten Zweck war eine solche Ausnahme durchaus mal zu rechtfertigen.

Für den guten Zweck …

Rosanna musste sich zusammenreißen, um nicht schon wieder zu kichern. Während Dewey umständlich Sekt in die Gläser am Boden schenkte, dachte Rosanna daran, wie Johnson die Sache gemanagt hatte. Praktisch hatte er dem Yachtclub die Band aufgedrängt. Nur hatte er das Angebot in nette, gönnerhafte Worte verpackt, sodass es keinem vom Club aufgefallen war. Im Gegenteil, sie waren über die Bereicherung hocherfreut gewesen, hatten sie doch ursprünglich vorgehabt, eine mobile Diskothek kommen zu lassen. Jedenfalls hatte Johnson auf diese Weise die Girls der Musiker mit eingeschleust – total problemlos.

Eine Stunde lang hatten sie züchtig an dem Tisch in der Nähe des Bandpodiums gesessen. Dann, als der Alkoholspiegel langsam stieg, hatten sie sich mühelos unter das wohlhabende Volk gemischt. Keinen von denen kratzte es, hundert Bucks für die Eintrittskarte zu bezahlen. Zu wissen, dass ungefähr die Hälfte der Gesamteinnahmen an die Kindergärten in Kingston verteilt wurde, vermittelte ein ruhiges Gewissen und das Gefühl, ein richtiger Wohltäter zu sein.

Alles, was in Kingston Rang und Namen hatte, war anwesend.

Rosanna kannte ein paar von den Männern. Aber die bemühten sich natürlich, sie nicht zu beachten, solange die besseren Hälften noch nüchtern genug waren, um heimliche Blicke zu bemerken. Zum Glück war niemand aus der Crawford-Familie da. Die trauerten ja noch alle um Willis. Wenigstens taten sie nach außen hin so. Dabei hatten sie den Schwächling zu Lebzeiten verachtet.

»Sag bloß,« tat Rosanna erstaunt. »Du bist verheiratet?«

Er gab ihr ein gefülltes Glas und prostete ihr zu. Dabei verlor er das Gleichgewicht und setzte sich auf den Hosenboden. Leise lachend ließ sich Rosanna neben ihn sinken. Der Sekt schwappte aus den Gläsern, versickerte im Stoff seiner hellen Seidenhose und rann über ihre nackten Schenkel. Der Hauch von einem Kleid war bis zum allerhöchsten Punkt hochgerutscht.

»Auf ein Neues!«, schnaufte Dewey und griff nach der Flasche. »So was haut doch einen alten Pionier nicht aus den Stiefeln! Sekt schlürft man in jeder Lebenslage.«

»Ich kenne aber bequemere Lagen«, gluckste Rosanna, nachdem es mit dem Prosten und Schlucken endlich geklappt hatte.

»Du? In deinem Alter?« Er staunte sie an. »So ein süßes kleines Girl hat es schon so faustdick hinter den Ohren! Das darf doch nicht wahr sein!« Er ließ sein Glas fallen und fing an, ihr den Sekt von den Schenkeln zu küssen.

»He, he, he!«, feixte sie. »Hat mich hier ein Granddad abgeschleppt? Oder wie muss ich das sehen? Außerdem drückst du dich um meine Frage.«

»Welche Frage?«, nuschelte er, indem er den Kopf auf ihre Knie legte und sie verträumt ansah.

»Himmel, vergesslich bist du auch wie ein Großvater. Ob du verheiratet bist, habe ich gefragt.«

Er staunte wieder. »Sieht man mir das nicht an?«

»Wie sollte man?«

Er ließ seine Fingerkuppen an der Unterseite ihrer Schenkel auf Forschungsreise gehen. »Ich denke, ihr Frauen habt einen Blick für so was.«

»Frauen? Eben war ich für dich noch ein unschuldiges kleines Girl.«

»Ich kann mich nicht erinnern, das Wort ›unschuldig‹ gebraucht zu haben.«

»Sag ich doch, dass du vergesslich bist!«

»Okay, okay. Mit dir will ich nicht diskutieren.«

»Sondern?« Sie prustete hinter der hohlen Hand wie ein Schulmädchen, das im Biologieunterricht zum ersten Mal vom Liebesleben der Maikäfer erfährt.

»Mit einer Frau, mit der man nicht diskutieren muss, macht man andere Sachen«, sagte er schulmeisterhaft. »Dabei fällt mir auf, dass es hier tatsächlich unbequem ist. Und es gibt dieses diskussionswütige Weib, das uns den ganzen Spaß verderben könnte.«

»Was für einen Spaß? Willst du Witze erzählen?« Rosannas Augen blitzten gekonnt. In ihrer Rolle als kleines Mädchen war sie unübertroffen. »Und mit diesem Weib meinst du dein angetrautes?«

»Na, was denn sonst!«, knurrte er. »Los, komm, wir fliehen! Weg von hier, irgendwohin, wo uns keiner findet!«

»Kannst du dir denn das leisten? Ich meine – einfach abhauen und so.«

»Ein guter Pionier findet immer einen Weg«, grinste er verschwörerisch und half ihr auf die Beine. Geduckt zog er sie mit sich zu den Bootsstegen hinunter. »Ich habe Urlaub bis zum Wochenende. Das sind drei freie Tage, Baby. Damit lässt sich doch was anfangen, oder?«

»Schade«, seufzte sie. »Ich dachte schon, du wärst ein richtiger Abenteurer. Falsch gedacht. Pionier – das ist so was wie ein Pfadfinder, stimmt's? Alles läuft nach festen Regeln. Bloß nichts dem Zufall überlassen. Das schafft Sicherheit im Leben. Habe ich Recht?«

Er führte sie auf einen Steg, an dem beiderseits Yachten vertäut lagen. »Spinn nicht rum«, knurrte er und tätschelte ihre pralle Kehrseite. »Was würdest du mit so einem chaotischen Aussteigertyp schon anfangen können. Dem geht irgendwann das Geld aus, und dann stehst du da. Außerdem ist es mir schon abenteuerlich genug, vor meinem Sergeant wegzulaufen.«

»Du meinst – vor deiner Frau?«

»Exakt. Stell dir das bloß mal vor: Ich, ein Lieutenant Colonel, hat Angst vor einem Sergeant!«

»So ein hohes Tier bist du? So siehst du gar nicht aus. Du siehst so …«, sie hielt sich die hohle Hand vor den Mund und kicherte, »… so normal aus.«

»Das kommt, weil ich meine Uniform nicht anhab.« Er half ihr an Bord eines weißen Kajütkreuzers, der vorn rechts am Steg lag. »Und außerdem: Welcher Frau siehst du schon an, dass sie besser brüllt als ein richtiger Sergeant?« Er verharrte auf dem Achterdeck und deutete auf die Kulisse aus Licht, Musik und heiteren Stimmen. »Nimm doch all die Gewitterziegen da oben! An einem Abend wie heute knipsen sie ihr Urlaubsgesicht an. Und sie freuen sich, wenn andere Männer sie sympathisch finden – möglichst die Ehemänner von Freundinnen, mit denen sie im Ladys-Vormittags-Club Tennis spielen. Ich sage dir, so sehen die verschiedenen sportlichen Betätigungen der älter werdenden Weiber aus.«

»Ich bin jung!«, rief Rosanna übermütig und schlang die Arme um seinen Nacken. Sie schmiegte sich an ihn. »Ich hoffe, ich werde niemals so wie die Tennis-Ladys in deinen feinen Kreisen.« Sie küsste ihn. »Und jetzt solltest du mich entführen, wenn du es ernsthaft vorhast.«

»Ich werde es mit diesem Kahn tun«, sagte er feierlich.

»Gehört er dir?«

»Nein, einem guten Freund. Er ist gerade auf Urlaub.«

»Und da hat er dir seinen Luxuseimer überlassen? Echt?«

»Unter Freunden ist so was drin. Außerdem kann keiner besser mit so einer Yacht umgehen als ein Pionier – ein Flusspionier.«

»Du scheinst ja mächtig stolz zu sein auf deinen Verein.«

»Yeah, das ist schon ein feiner Haufen.« Er löste sich ein Stück von ihr und sah sie versonnen an. »Am liebsten würde ich es mir mit dir in der Kajüte gemütlich machen. Aber das geht natürlich nicht.«

»Wegen deines Sergeants?«

»Exakt. Also machen wir erst mal die Leinen los und suchen uns eine romantische Bucht.«

»Du kennst dich aus auf dem Hudson River?« Sie lachte. »Als Pionier …«

Er stimmte mit ein. »Du bist ein kluges Girl. Es gibt nur wenige Sachen, die ich besser kenne als den Hudson.«

»Ich glaube dir aufs Wort. Und wehe, es stimmt nicht! Dann springe ich über Bord – Fahnenflucht. So nennt man das doch bei euch?«

»Du bist auch nicht auf den Kopf gefallen«, erwiderte er schmunzelnd.

»Hast du überhaupt Proviant an Bord?«

»Logisch. Ein guter Pionier denkt im Voraus an alle möglichen Vorkommnisse. Wir haben festen und flüssigen Proviant und Zigaretten für zwei Monate.«

Sein ewiges Pionier-Gelaber würde ihr irgendwann auf den Geist gehen, das wusste sie schon jetzt. Aber ansonsten würde sie mit ihm zurechtkommen. Schließlich sah er nicht schlecht aus, war trotz seiner vierzig Jahre schlank und sportlich und hatte nur an den Schläfen ein paar graue Haare. Wenn er ein einigermaßen brauchbarer Liebhaber war, konnte es sogar ganz lustig werden. Rosanna schätzte sich glücklich, Richard Johnson als Partner gefunden zu haben und mit seiner Hilfe auf so angenehme Weise Geld verdienen zu können. Schwierig war es überhaupt nicht. Sie brauchte nur ihre besonderen Waffen einzusetzen.

Ihre schärfsten Waffen.

In der Beziehung war sie ein Naturtalent.

Es war der richtige Zeitpunkt, ihre Begabungen zu nutzen. Sie hatte von Barneys Tod erfahren und sofort gewusst, welche Vorteile ihr sein Ableben brachte. Eine Spur, die zu ihr führte, war abgeschnitten. Sie war endgültig frei. Niemand hatte sie wegen Barney behelligt – kein Cop und kein FBI-Mann. Johnson war darüber sehr zufrieden. Rosanna hatte nur nicht verstanden, weshalb er in puncto Dewey so verdammt auf Eile gedrängt hatte.

Sie kippte fast in die Waldmeisterbowle, als sie Nachschub holen wollte. Der Typ, der seit einer halben Stunde nicht mehr von ihrer Seite wich, hielt sie rechtzeitig fest und füllte ihr Glas nach. Was ihren Alkoholspiegel betraf, war er alles andere als fürsorglich. Aus Berechnung?

»Ist sie das wirklich?«, murmelte Phil ungläubig. »Ich kann mir nicht vorstellen, dass sich die Frau eines hohen Offiziers so betrinkt.«

Wir hielten uns in der Nähe des Grills auf und warfen von Zeit zu Zeit einen Blick über den Tellerrand hinaus. Die Filetsteaks waren interessant genug, um sich allein darauf zu konzentrieren.

»Sie ist es«, versicherte ich. Ich hatte drei verschiedene sonnengebräunte und tennisgestählte Ladys gefragt. Sie hatten übereinstimmend und spöttisch bestätigt, dass die Blondine mit dem blauen Lidschatten und dem im Sonnenstudio gefestigten Teint Barbara Dewey war. Und wenn ich ganz dicht rangehen würde, könnte ich sehen, wie die Haut hinter ihren Ohren verknotet war, hatte mir eine Lady zugeflüstert. Gemeint waren die Hautstreifen, die der Chirurg beim Liften stramm zog. Ich war zu der Überzeugung gelangt, dass es sich um einen gehässigen Kreis von Freundinnen handelte, der sich hier offenbarte.

Der Typ, der Mrs. Dewey in ihrem gut überspielten Kummer beistand, stammte nicht aus Kingston. Auch war er zwanzig Jahre jünger als sie. Und er machte sich offenbar einen Sport daraus, die ältere Frau herumzukriegen. So lautete die einstimmige Meinung der Tennis-Ladys. Barbara Dewey war Mitte vierzig und durchaus attraktiv. Vielleicht wäre sie noch hübscher gewesen, wenn sie es mit Sonnenbräune und Make-up nicht so sehr übertrieben hätte.

Natürlich hatten wir auch die Ursache ihres heimlichen Kummers mitgekriegt. Schließlich hatten wir Rosanna nicht mehr aus den Augen gelassen.

Und sie hatte von allem nichts gemerkt, als sie uns unfreiwillig zu dieser wohltätigen Art von Veranstaltung führte.

»Und was sollen wir mit ihr anfangen?«, fragte Phil kauend.

»Ihr ständiger Begleiter erscheint mir wichtiger«, antwortete ich halblaut.

»Weil er nicht aus Kingston stammt?«

»Genau das.«

»Und Rosanna?«

»Ist in besten Händen. Schon Mrs. Dewey wird dafür sorgen, dass sie uns nicht durch die Lappen geht.«

Phil grinste. »Wenn Mrs. Dewey wieder nüchtern ist.«

»Was sollen deine böswilligen Anspielungen?«, sagte ich scheinbar vorwurfsvoll. »Müsste sie ein Mensch ohne Schwächen sein, nur weil sie mit Lieutenant Colonel Malcolm Dewey verheiratet ist?«

Phil zog ein Gesicht. »Aus mir spricht der durchschnittliche Klatschspalten-Leser. Oder wie nennt man das? Die Erwartungshaltung so eines Lesers? Immerhin sind schon hohe Politiker daran gescheitert, dass sie zu oft zur Flasche gegriffen haben.«

»Himmel!« Ich verdrehte die Augen. Dann verzehrte ich das letzte Stück Steak, stellte den Teller weg und besorgte uns je ein Glas Mineralwasser. Phil war noch mit seiner Doppelportion beschäftigt, als ich in die Nähe des Grills zurückkehrte.

Mrs. Dewey war von ihrer jugendlichen Errungenschaft zu einer Hollywoodschaukel am Rand der großen Rasenfläche geführt worden. Dort hatten sie sich niedergelassen, und Barbara schmiegte sich an ihn, als wäre er der Strohhalm für sie, die Ertrinkende. Die ›Roseroom Ramblers‹ spielten fleißig, hatten bis jetzt nur kurze Pausen zwischen ihren Drei-Stücke-Sets gemacht. Johnson hatte zu Anfang ein paar Mal mit Rosanna geredet. Als sie dann mit Dewey abgeschoben war, war er die Ruhe selbst geblieben. Keine Spur von betrogenem Liebhaber, nicht das kleinste Anzeichen von angriffswütigem Stier. Obwohl gerade das zu ihm gepasst hätte. Stattdessen schäkerte er mit den anderen Girls, die die Band mitgebracht hatte.

Mrs. Deweys freundlicher Begleiter hatte zu einer Gruppe von locker gekleideten Typen gehört, die anfangs mit den Musiker-Girls zusammen gewesen waren, sich mittlerweile aber in alle Windrichtungen verstreut hatten. Barbara Deweys Party-Freund war dunkelhaarig und schlank, ein Sommer-Sonne-Sandstrand-Schleicher, der so aussah, als wäre er direkt aus Florida eingeflogen worden.

Wir hatten Typ und Registernummer der Motoryacht, mit der Dewey einer aufregenden Nacht entgegentuckerte. Eine ausdrückliche Fahndung hatten wir nicht veranlasst. Ich hatte die Flusspolizei nur vorsorglich über Funk informiert. So ein weißes Luxusschiff ließ sich in dieser Gegend leicht aufspüren, zumal die Kursmöglichkeiten begrenzt waren. Mit Hubschrauberhilfe war so eine Suche kein Problem.

»An Johnson beißen wir uns heute Abend die Zähne aus«, murmelte Phil missmutig und beendete den Grillgenuss. »Der wird noch in zwei Stunden so tun, als ob ihn das alles nichts angeht.«

»Wahrscheinlich kann er es sich leisten«, nickte ich.

Phil nahm sich das Glas mit dem alkoholfreien Inhalt. »Mir gefällt das alles nicht«, sagte mein Freund und Kollege halblaut. »Es kommt mir vor, als ob Noble langsam der ganzen Stadt seine Läuse in den Pelz setzt, und wir können nichts dagegen tun.«

»Wir können«, entgegnete ich. »Verlass dich drauf.«

»Und wie?«

Das Startsignal kam von selbst. Barbara Dewey ließ sich von ihrem Florida-Typ aus der Schaukel helfen. Die beiden ordneten sich zum eng umschlungenen Dahinschreiten wie Teenager und steuerten auf die Bowlen-Bar zu. Von dem Waldmeister-Zeug konnten sie anscheinend nicht genug kriegen. Mit der Umständlichkeit von Betrunkenen holten sie sich neue, grün gefüllte Gläser. Dabei wurde mir klar, dass der Dunkelhaarige nur so tat, als ob er einen umnebelten Kopf hätte. Mit ihren Gläsern zogen sie ab in Richtung Bootshaus, einen von bunten Lampions bekränzten Weg entlang.

Ich verständigte mich mit Phil. Ein Blick genügte dafür. Mein Glas in der Linken, die Zigarette in der Rechten, schlenderte ich los. Ich achtete darauf, dass zwischen mir und der Band die muntere Schar der Tanzpaare war. Johnson kannte uns nicht, war nicht auf uns aufmerksam geworden. Trotzdem konnte es in dem Moment dazu kommen, in dem er mitkriegte, dass ich mich an Mrs. Dewey hängte. Oder besser: an ihren Begleiter.

An einem Hot-Dogs-Stand sah ich Detective Lieutenant Ferguson mit drei Frauen. Alle drei hatten viel Ähnlichkeit mit Barbara Dewey. Nach ihrem

Lachen zu urteilen, hatte Ferguson gerade einen Witz erzählt. Inmitten all der Heiterkeit bemerkte er mich und nickte mir unauffällig zu. Weitere Kollegen von der Kriminalabteilung der State Police waren auf das Festgeschehen verteilt.

Anlass für all das war Rosanna Dale.

Und die Vermutung, dass sich mit ihrer Person etwas verbinden würde, von dem wir noch nicht die leiseste Ahnung hatten.

Was lief mit Malcolm Dewey?

Dass er eine Schlüsselfigur werden würde, konnten Phil und ich uns nicht gerade vorstellen. Auch die Kollegen von der State Police hielten sein Techtelmechtel mit Rosanna eher für Zufall. Dewey war als Kleinstadt-Casanova bekannt. Wenn er nicht auf Partys versuchte, die frei verfügbare Weiblichkeit aufzureißen, befehligte er ein Bataillon Flusspioniere. Die Kaserne war nördlich von Kingston, direkt am Ufer des Hudson River. Die Motoryacht gehörte Deweys Stellvertreter, einem unverheirateten Major, der sein Geld für die angenehmen Seiten des Lebens ausgeben konnte.

Die leidgeprüfte Mrs. Dewey und der Florida-Junge hatten nicht vor, sich an einer der Bars in den Clubräumen den Rest zu begeben. Es lief menschlich verständlich. Barbara Dewey sagte sich, was ihre schlechtere Hälfte konnte, das konnte sie schon lange. Völlig klar. Einzig bedauerlich musste für sie sein, dass Göttergatte Malcolm nicht mitkriegte, wie sie es ihm heimzahlte.

Auf dem vorderen Teil des Clubgrundstücks, zum Parkplatz hin, herrschte weniger Betrieb als am Flussufer. Ich musste aufpassen und auf Abstand gehen.

Ziersträucher und Pergolen waren mir dabei willkommen. Ein paar Mal sah es verteufelt danach aus, dass Mrs. Dewey die Zeit nicht abwarten konnte. Um sich selbst zu beweisen, wie attraktiv sie sogar noch auf einen Fünfundzwanzigjährigen wirkte, war sie bereit, es hier und jetzt in die Tat umzusetzen – hinter dem erstbesten Busch. Ihr geduldiger Begleiter hatte aber allem Anschein nach die komfortablere Art im Sinn, den Rest der Nacht zu verbringen.

Auf dem Parkplatz wuchteten sich die beiden mühsam in einen dunkelblauen Saab 9000. Es war der fahrbare Untersatz des Lieutenant Colonel. Ich verbarg mich vier Wagenbreiten entfernt hinter der hohen Karosserie eines Plymouth Voyager und kam mir vor wie ein Spanner. Zwangsläufig. Dabei war durch die getönten Scheiben des Saab nichts zu erkennen.

Auf dem Parkplatz war keine Menschenseele zu sehen. Andere Pärchen, die Zweisamkeit suchten, bevorzugten komfortable Yachtkajüten, wie es der untreue Lieutenant Colonel tat.

Barbara Dewey würde sich nicht durchsetzen können. Garantiert hatte ihr Sonnyboy kein Verlangen danach, mit ihr in Jugenderinnerungen an Autorücksitze zu schwelgen. Wahrscheinlich hatte er ein verschwiegenes Hotelzimmer auf Lager. Oder er beabsichtigte, sich dreist in den privaten vier Wänden des gehörnten Fremdgängers einzunisten.

Ich beschloss, die beiden nicht erst losfahren zu lassen.

Die getönten Saab-Scheiben wirkten auch von innen nach außen. Der Florida-Typ bemerkte mich selbst dann noch nicht, als ich schon den Türgriff an seiner Seite in der Hand hatte. Vielleicht raubte Barbara ihm auch den Atem. Jedenfalls hatte er nicht verriegelt. Ein Glücksfall für mich.

Ich zupfte ihn aus der jähen Helligkeit der aufflammenden Innenbeleuchtung.

Barbara reagierte mit einem empörten Schrei. Dem Dunkelhaarigen raubte der Schreck die Sprache, bis er sich an die Seitenwand des Wagens genagelt fühlte. Er wollte alles gleichzeitig tun: losbrüllen, kurze und trockene Aufwärtshaken punkten, das Knie hochreißen und mich schachmatt setzen.

Dass ich die besseren Karten hatte, wollte er nicht begreifen. Ich vereitelte all seine Absichten mit einer knappen, bretharten Handkante. Er rutschte an der glatten Karosserie abwärts.

Mit der Linken schlug ich die Fahrertür zu, um Mrs. Deweys entsagungsvolles Protestgeschrei nicht mehr hören zu müssen. Auch war es besser, wenn keine anderen Leute rebellisch wurden. Rechtzeitig hielt ich den Bewusstlosen fest, damit er nicht auf den harten Asphalt schlug und sich wertvolle Körperteile eindellte. Ich setzte ihn mit dem Rücken gegen den Hinterreifen und verpasste ihm Handschellen. Dann kümmerte ich mich um die Frau.

Sie erschrak nicht einmal, als ich die Beifahrertür öffnete. Leise schluchzend hockte sie da, zusammengesunken in dem Sitz.

»Mrs. Dewey«, sagte ich so behutsam ich nur konnte, »ich bin FBI-Beamter, mein Name ist Jerry Cotton. Wenn Sie einverstanden sind, lasse ich Sie nach Hause bringen.«

Sie hob den Kopf ein Stück, als ich ihr meinen Dienstausweis zeigte.

Sie schluchzte lauter und rief etwas in ihre hohlen Hände. Ich konnte es nicht verstehen. Doch es klang nach Verzweiflung und Selbstvorwurf. Auch nach Ernüchterung. Ich knipste mein Walkie-Talkie auf Senden und rief die Kollegen von der State Police, die in einem neutralen Kastenwagen vorn an der Straße postiert waren. Die Einsatzzentrale sozusagen. Dort sollten die Fäden zusammenlaufen, wenn es sein musste. Jetzt musste es sein.

Zwei Beamte in einem grauen Dienstwagen holten Mrs. Dewey ab. Es lief unauffällig. Die Kollegen versprachen, die Frau ins Hospital zu bringen. Wir wollten es nicht riskieren, sie in ihrem jetzigen Zustand sich selbst zu überlassen.

Den Festgenommenen verfrachteten wir in den Kastenwagen, wo die richtige Atmosphäre für eine erste Vernehmung herrschte. Kaltes Licht, kühle Luft dank perfekter Klimaanlage.

Während der Sonnyboy auf einem Stuhl in der Ecke zu sich kam, öffnete einer der beiden State Police Detectives die Tür für Phil. Unsere Dienstmarken, die wir angesteckt hatten, und die matt schimmernde Stählerne Acht an seinen Handgelenken ließen dem Erwachenden keinen Zweifel über die Lage, in die er geraten war. Eine ungesunde Blässe seines Gesichts zeigte an, dass er eben diese Lage voll erfasste.

Wir setzten uns ihm gegenüber.

»Name?«, fragte ich.

»Rodolfo Valentino«, antwortete er.

Wir hatten alle den Eindruck, dass sich seine zerknirschte Miene jeden Moment mindestens in ein spöttisches Grinsen auflösen musste. Wenn nicht in brüllendes Gelächter. Klar, dass wir es mit einem neuen Clown zu tun hatten.

Ich fragte mich, was sie daran so toll fanden, sich mit wohlklingenden Namen zu schmücken, obwohl sie wussten, dass es eine sinnlose Tarnung war. Merkwürdig war allerdings, dass sich ein Bursche seines Alters an einen Star aus der Stummfilmzeit erinnerte.

»Okay«, knurrte Phil, »dann zeig mal deine Papiere, Rodolfo.«

Er tat es und brachte uns ins Staunen. Nicht nur, weil er allen Ernstes einen Führerschein bei sich hatte. Nein, er hieß tatsächlich Rodolfo Valentino. Phil und ich und die Kollegen sahen garantiert reichlich komisch dabei aus, wie wir uns gegenseitig diesen Führerschein mit dem unglaublichen Namen zuschoben. Aber Rodolfo machte sich nicht über uns lustig. Dazu war er denn doch zu respektvoll.

»Hab ich meinem Vater zu verdanken«, murmelte er. »Der Alte war der größte Witzbold aller Zeiten. Weil er zufällig Valentino mit Nachnamen hieß, meinte er, sich ein Komiker-Denkmal setzen zu müssen. Das Ergebnis bin ich – seit meiner Taufe.«

»Welch tragisches Schicksal!«, grinste ich. »All right, Rodolfo. Dann erkläre mal, was dich nach Kingston verschlagen hat. Dein Führerschein ist jedenfalls in New York City ausgestellt, und keiner von den Leuten auf der Party kennt dich.«

»Bevor wir mit ihm diskutieren«, mischte sich Phil ein, »sollten wir online nach Washington gehen. Mal sehen, was da an Bits und Bytes über ihn lagert.«

Ich nickte.

Rodolfo wurde blass um die Nasenspitze. Den Grund verschwieg er uns. Auch dann noch, als die beiden Detectives ihren Computer-Terminal summen ließen und über Akustikkoppler und Autotelefon unser bewährtes FBI-Zentralarchiv anzapften. Während die Zeilen über den Bildschirm rollten, fühlte sich unser Sonnyboy von Sekunde zu Sekunde unbehaglicher. Man sah es ihm deutlich an, wie er auf dem Stuhl hin und her rutschte. Richtig unangenehm wurde es ihm, als der Computer anfing, nach den persönlichen Daten auch noch sein Vorstrafenregister auszuspucken.

Von der vorsätzlichen Körperverletzung über Drogenhandel war da so ziemlich alles vertreten, was sich ein krummes Hirn ausdenken konnte. Der entscheidende Hinweis kam jedoch zum Schluss. Es war der Grund für die blasse Nasenspitze.

*** letzte Verurteilung: vier bis sieben Jahre Gefängnis Rikers Island – Entlassung auf Bewährung nach viereinhalb Jahren – Bewährungsauflage fester Aufenthaltsort – zweimal wöchentliche Meldung beim Bewährungshelfer ***

Die Kollegen speicherten das Ergebnis der NCIC-Anfrage auf Diskette.

Phil und ich wandten uns Rodolfo zu. Seine Entlassung von der New Yorker Gefängnisinsel lag erst ein halbes Jahr zurück, die Bewährungszeit war noch lange nicht abgelaufen. Seine Augen flackerten. Jetzt war es eindeutig Angst. Ich schüttelte verständnislos den Kopf. »Hast du ernsthaft geglaubt, du könntest das vor uns verbergen?«

»Nicht vor euch«, antwortete er und biss sich sofort auf die Unterlippe.

Phil und ich wechselten einen Blick. Hier offenbarte sich ein Treffer ins Schwarze, mit dem wir in dieser Form nicht gerechnet hatten. Vor allem nicht so schnell. Die Verbindungen lagen auf der Hand. Rosanna Dale – Richard Johnson – Leo Noble. Wir mussten nur noch herausfinden, wie die Schachfigur Malcolm Dewey ins Spiel passte.

»Du hast also falsche Tatsachen vorgetäuscht«, sagte Phil. »Jemandem verschwiegen, dass dein Bewährungshelfer dich zweimal in der Woche sehen will. Richtig?«

Rodolfos Unterlippe wurde weiß unter seinen Schneidezähnen.

»Wenn du ein paar Tage zu lange in Kingston bleiben musst«, fuhr ich fort, »wird es also schwierig für dich. Ansonsten könnten wir dir ja nur Widerstand gegen die Staatsgewalt anlasten. Es sei denn, Mrs. Dewey ringt sich dazu durch, dich wegen Vergewaltigung anzuzeigen.«

»Das wird sie niemals tun!«, entfuhr es unserem Festgenommenen. »Weil es nicht so war!«

»Das spielt keine Rolle«, konterte Phil. »Auch ohne Vergewaltigung marschierst du auf direktem Weg zurück nach Rikers Island. Und ich schätze, es ist nicht das allein, was dir Angst macht.«

Langsam musste man sich um seine Unterlippe Sorgen machen.

Deshalb nahm ich ihm die Entscheidung ab. »Die neuen Gesichter, die hier in Kingston auftauchen …«, sagte ich gedehnt, »… haben alle irgendwie mit Leo Noble zu tun. Die Erfahrung haben wir inzwischen gemacht. Und gehen wir mal davon aus, dass du auch auf Nobles Lohnliste stehst …« Ich ließ den Rest unausgesprochen in der Luft hängen.

Eben dieser Rest war entscheidend. Es war der Grund für Rodolfos Angst. Seine Mundwinkel begannen zu zucken. Schweißperlen traten auf seine Stirn. Er wusste nur zu gut, wie Noble mit jemandem umspringen ließ, der ihm etwas vorgemacht hatte. So einer war selbst hinter den Mauern von Rikers Island nicht vor Noble sicher.

»Es muss also folgendermaßen gewesen sein«, dachte Phil laut nach. »Der Job hier in Kingston wird so gut bezahlt, dass es dich mächtig gereizt hat, mitzumachen. Und weil du die Sache mit deinem Bewährungshelfer schon vorher verschwiegen hast, machte es ja keinen großen Unterschied, nicht wahr?«

»Und du könntest den Kingston-Job platzen lassen«, fuhr ich fort. »Der Job ist aber so wichtig, dass sie dich umbringen werden, bevor du den Mund richtig aufmachen kannst.«

Er senkte den Kopf und schwieg noch krampfhafter.

Ich bat die Kollegen nachzufragen, ob Mrs. Dewey noch im Hospital war. Sie war noch da. Eine wichtige Voraussetzung für den Plan, den Phil und ich gemeinsam entwickelten.

Rodolfo Valentino starrte uns ungläubig an. Er kriegte wahrhaftig den Mund nicht mehr zu. Doch dann fasste er Vertrauen zu uns. Er hatte begriffen, dass es die einzige Chance war, die er noch hatte.

Er gab zu, dass er für Leo Noble arbeitete.

Er sagte uns, was er über den Kingston-Job wusste.

Er wusste längst nicht alles.

Aber das Wesentliche.

Und das ließ nur den einen Schluss zu: Noble würde diesen Coup niemals sausen lassen, dazu war er einfach zu gierig. Denn es würden Unsummen dabei herausspringen. Sechsstellig war gar kein Ausdruck.

Die Morgensonne hatte den Winkel erreicht, aus dem sie die felsenumsäumte Bucht eine Stunde lang mit Licht und Wärme füllte. Dann war für den Rest des Tages Schluss damit, weil die Felsen an dieser Stelle zu hoch waren. Sobald die Sonne über Südwesten hinaus war, lag sogar der Flusslauf im Schatten.

Rosanna hatte trotzdem nichts dagegen gehabt, dass sie in der Bucht blieben. Es war das perfekte lauschige Liebesnest – vom Ufer her unerreichbar und zur Wasserseite hin so schmal, dass niemand die weiße Yacht sehen konnte. Ein Neugieriger hätte hereinfahren und gleich hinter der Felszunge um die Ecke linsen müssen. Diese Felszunge war gerade hoch genug, um die Yacht zu verbergen.

Rosanna und Malcolm lagen in der Sonne auf dem Vordeck. Er trug seine geblümten Badeshorts. Sie hatte sich für nichts als ihre nackte Haut entschieden. Es war das Kostüm, das ihm am besten gefiel.

Er spielte mit den Fingerkuppen in der Mulde ihres Rückens. »Du hast mir den Kopf verdreht. Ist dir das klar? Ich meine, ich will damit nicht sagen, dass es mir unangenehm ist.« Er lachte leise. »Aber in dieser Form ist es mir zum ersten Mal passiert.«

»Und das will schon was heißen.« Sie stützte ihre rechte Wange auf die Handfläche und sah ihn scheinbar verträumt von der Seite an. »Stimmt's?«

Er grinste. »Kommt drauf an, wie du das meinst.«

»Ich meine es so: gemessen an deinem sonstigen Frauenverschleiß.«

»Lass das bloß nicht Barbara hören!«

Rosanna seufzte. Diesen Satz hatte sie in den letzten drei Tagen mindestens drei Dutzend Mal gehört. »Himmel nochmal, die Angst vor ihr muss dir ja gewaltig in den Knochen stecken!«

Er setzte sich auf. »Sehe ich so ängstlich aus? Ich denke, wir sind uns einig? Du hast gesagt, unsere gemeinsame Zukunft …«

»Ich habe da so meine Zweifel«, unterbrach sie ihn.

»Wenn ich dir den Kopf verdreht habe, nützt mir das nicht viel. Bei dem, was auf uns zukommen würde, müsstest du schon einen klaren Kopf haben. Das vor allem.« Hinter ihrem Lächeln verbarg sie, dass sie seine Reaktion genau beobachtete. Sie musste absolut sicher sein, was seine innere Einstellung betraf. Johnson hatte es ihr eingeschärft. Bevor dieser Punkt nicht hundertprozentig geklärt war, hatte es keinen Sinn, die Sache durchzuziehen.

»Rede nicht solchen Unsinn!«, protestierte er. »Wenn ich sage, du hast mir den Kopf verdreht, ist das doch bloß eine Redensart. Du liebe Güte, ich könnte es auch anders ausdrücken: Ich liebe dich. Ich habe noch nie eine Frau kennen gelernt, nach der ich so verrückt war wie nach dir.« Er redete sich in Fahrt. »Und das ist keine Augenblickslaune, verstehst du? Wie oft soll ich es dir denn noch sagen! Willst du tausend heilige Eide darauf hören, oder was? Für dich bin ich bereit, alles aufzugeben! Alles! Weil das, was wir zusammen haben werden, das Leben ist! Das wirkliche Leben!«

Rosanna schlang ihre Arme um seinen Nacken und küsste ihn ausdauernd. »Ich glaube dir doch«, flüsterte sie schließlich. »Ich muss es nur immer wieder hören. Und du musst dir schließlich darüber im Klaren sein, dass du alle Brücken hinter dir abbrichst.«

»Ich bin froh darüber. Hast du schon mal davon gehört, dass eine Ehe ein Gefängnis sein kann?«

»Über diese Art von Gefängnis wurde genug geschrieben.«

»Siehst du. Und mit meinem Beruf bin ich nicht verheiratet.«

»Du wirst ein Deserteur sein.«

Er lachte. »Ein Deserteur aus Liebe. Das ehrt mich.«

Sie setzte ihr Klein-Mädchen-Gesicht auf und zwinkerte ihm zu. »Sei jetzt bitte ernsthaft, Malcolm. Ich hoffe wirklich, du hast dir alles gut überlegt. Ich möchte dich nicht in etwas hineinziehen, wenn du es nur halbherzig tust und wir dann beide gemeinsam

Schiffbruch erleiden.« Was sie verschwieg, war, dass es aus dieser Sache kein Zurück gab.

»Kleines«, sagte er sanft. »Ich bin ein paar Jahre älter als du. Ich habe etwas mehr Erfahrung als du. Also nimm mir bitte ab, dass ich eine Sache einschätzen kann. Natürlich brauchen wir Geld, wenn wir unsere Zukunft in den Griff kriegen wollen. Aber ich habe kein Geld. Und du auch nicht. Also müssen wir die Chance nutzen, es uns zu besorgen. Richtig?«

»Hundertprozentig.«

»Und dann müssen wir uns auf deine Freunde verlassen, dass sie uns helfen, in Südamerika Fuß zu fassen.«

»Sie werden uns nicht im Stich lassen, da bin ich sicher.« Rosanna strich ihm über das Haar. »Du musst mich verstehen, Darling. Es bedeutet schon eine Menge, wenn ein Mann in deiner Position alles aufgibt – einfach alles.«

Er nickte. »Natürlich, völlig richtig. Aber was glaubst du, wie oft ich nächtelang wachgesessen habe! Wie oft ich über diese eine Frage gegrübelt habe: Wie schaffst du es bloß, dich aus diesem verdammten Elend abzuseilen? Aus dieser Gefängnishölle, die Ehe heißt! Jetzt habe ich die Chance, und jetzt packe ich mit beiden Händen zu. Versteh doch! Ich bin jetzt sechsundvierzig. Es kann doch sein, dass es keine nächste Chance mehr für mich gibt. Aber noch bin ich nicht zu alt, um ein neues Leben anfangen zu können. Es sei denn …«

»Was?«, hauchte sie, und es gelang ihr, es beinahe erschrocken klingen zu lassen.

» …ich bin dir zu alt.« Er senkte den Kopf.

»Um Himmels willen!« Sie umarmte ihn stürmisch. »Wie kannst du nur so einen Unsinn reden! Habe ich dir nicht oft genug gesagt, dass mich diese grünen Jungen kein bisschen interessieren? Und hast du nicht selber gesagt, dass du bei jüngeren Frauen immer verdammt gut gelandet bist?«

Er lächelte schief. »Ja, schon, aber ...«

»Kein Aber. Du bist besser als alle anderen. Lass dir das gesagt sein. Und ich habe es nicht nötig, zu übertreiben. Für mich war die Auswahl immer groß.«

»Das glaube ich dir aufs Wort.« Sein Lächeln festigte sich, als er sie ansah. Er gab sich einen Ruck und nahm ihre beiden Hände. »Du musst wissen, dass das für mich das Wichtigste ist. Unser künftiges Leben! Ohne dich würde es mir nichts bedeuten. Ich muss nur sicher sein, dass wir wirklich zusammengehören.«

»Und bist du nun endlich sicher?«

»Ja. Hundertprozentig.«

Rosanna strahlte. »In Ordnung, Darling. Dann sollten wir sie jetzt anrufen. Wir haben den 27. September. Es wird Zeit.«

Wir kniffen die Augen zusammen. Phil trat auf die Bremse. Etwas wie eine Sonne gleißte vom Fabriktor her, als wir in die Zufahrt einbogen. Wir klappten die Blenden herunter. Phil lenkte den Leih-Dienstwagen vorsichtig weiter, bis die Blendwirkung nachließ. Links und rechts von den Bordsteinen erstreckte sich viel Betonfläche, und auf beiden Seiten gab es Wachgebäude, die statt Wänden Fensterglas hatten. Das Tor ruhte auf Rollen. In der Mitte zwischen den Fahrspuren war eine mit Rasen bepflanzte Verkehrsinsel. Dort thronte auf einem gemauerten Sockel dieses Ding, das so grell war wie eine künstliche Sonne.

Jetzt aber, wo die wirkliche Sonne für uns nicht mehr im Blendwinkel stand, konnten wir es klar erkennen.

Ein Silberdollar.

Nicht die Taschenausgabe, die man zusammen mit anderen Münzen klimpern lässt. Nein, dieses Ding hatte Denkmalsformat – einen Yard Durchmesser. Und natürlich war es nicht aus Silber, sondern vermutlich aus rostfreiem Edelstahl. Andernfalls hätten Burschen, die gierig genug waren, diesen Schatz längst abmontiert. Trotz aller Bewachung.

Die Riesenbuchstaben über dem Tor, gewölbt wie bei einer texanischen Ranch, waren mit ihrer matten Oberfläche eindeutig augenfreundlicher.

OLCOTT MINT

Phil brachte die Limousine vor dem geschlossenen Tor zum Stehen. Wir ließen die Seitenscheiben herunterschnurren. Das Tor wurde nicht geöffnet.

Aus dem Wachgebäude auf unserer Seite trat ein Uniformierter, der auf den ersten Blick aussah wie ein Beamter der State Police. Er führte einen Schäferhund an kurzer, kräftiger Lederleine. Wo man auch hinkam, überall war es das Gleiche: Private Sicherheitsfirmen kleideten ihre Angestellten nach dem Vorbild der örtlichen Polizei. Und die Polizei hatte nichts dagegen, weil es ihr half. Je mehr Cops herumliefen, rein äußerlich, desto besser. Das verstärkte den Eindruck von Schlagkraft.

Der menschliche Teil unseres Begrüßungskommandos trug ein Namensschild.

»Winthrop, Guardsman«, entzifferte ich, als er noch gar nicht ganz heran war.

Der tierische Teil trug eine Hundemarke am Halsband.

Da wir weit und breit die einzigen Besucher waren, lugten die Uniformierten aus beiden Wachgebäuden interessiert herüber.

»Mann o Mann«, sagte Phil anerkennend. »Fort Knox kann kaum schärfer bewacht werden als dieser Laden.«

»Du hättest an einen Hot Dog für Bello denken sollen«, entgegnete ich vorwurfsvoll. »Jetzt sind wir für alle Zeiten unten durch.«

»Bei wem?«, grinste mein Freund und Kollege. »Bei Bello oder bei Herrchen?«

»Hunde haben die bessere Merkfähigkeit«, erklärte ich. »Der findet dich in stockfinsterer Nacht unter hundert anderen heraus und zupft dir ein Loch in den Hosenboden.«

»Wieso mir?« Phil runzelte die Stirn. Er zog die Handbremse an. »Wer sagt dir, dass das nette Hundchen nicht dich aufs Korn nimmt?«

»Mein Fachwissen sagt mir das«, erwiderte ich selbstsicher. »Hunde haben einen fantastischen Instinkt.«

»Ja, und?«

»Merkst du es denn nicht? Sieh ihn dir doch an! Diese freundlichen Augen! Der hat längst erkannt, dass ich ein Tierfreund bin. Anders bei dir: Da spürt er genau, dass du Hunde nicht ausstehen kannst. Für so was haben diese Burschen eine Antenne, das kannst du mir glauben.«

Phil stöhnte, verdrehte die Augen und schlug sich mit der flachen Hand vor die Stirn. Es passiert selten, dass er sprachlos ist. In der Hinsicht konnte ich diesen 27. September als einen Erfolgstag auf mein persönliches Zufriedenheitskonto buchen.

Wachmann Winthrop und sein stämmiger vierbeiniger Dienstpartner waren inzwischen nahe genug heran, dass ich die Buchstaben auf Winthrops silbrig schimmernder Plakette entziffern konnte.

ASHOKAN SECURITY SERVICE

Wir befanden uns in der Nähe von Glasco, einer kleinen Stadt am Hudson River, knapp zehn Meilen nördlich von Kingston. Weiter westlich, Richtung Catskills, gab es das Ashokan Reservoir, einen künstlichen See, der nach einer alten indianischen Ortsbezeichnung benannt worden war.

Ich zog meinen Dienstausweis aus der Tasche.

Winthrop blieb an der Bordsteinkante stehen und ließ seinem Vierbeiner so viel Leinenspielraum, dass er sich aufrichten und seine Vorderpfoten auf die Unterkante meines offenen Fensters legen konnte. Ein massiger schwarzer Brocken war dieser Schäferhund. Er knurrte nicht, hechelte nur ein wenig wegen der Hitze. Daraus ergab sich zwangsläufig, dass er seine

Reißzähne blitzen ließ. Nur so. Eben das schien Winthrops unbeabsichtigt aussehende Absicht zu sein. Ein bisschen einschüchtern und nichts dafür können. Hinterher entschuldigte man sich dann ganz formell für den vorwitzigen Beißer.

Blitzschnell fasste ich mit der Rechten zu. Der Schäferhund sah meine Hand erst, als sie hochkam, weil sie vorher hinter der Tür verborgen gewesen war. Er zuckte nicht schnell genug zurück. Und die gefährliche Klappe kriegte er schon gar nicht auf. Ich klammerte sie ihm zu – nicht mit übermäßiger Kraft, aber doch so, dass er begriff, was in seinen Hundeverstand hineinging: Der Herr in diesem Revier, sprich Auto, war ich. Und kräftemäßig war ich ihm mindestens dann überlegen, wenn er seine Hauer nicht einsetzen konnte. Ruckend versuchte er, sich aus meinem Klammergriff zu entwinden. Er schaffte es nicht, im Gegenteil, es bereitete ihm Schmerzen. Ein klägliches Winseln war die Folge.

»Sind Sie verrückt, Mann!«, bellte Guardsman Winthrop. »Lassen Sie gefälligst den Blödsinn!«

Der schwarze Brocken wurde still. Nun hatte er begriffen, dass es nicht weh tat, wenn er sich nicht bewegte.

Ich lugte an ihm vorbei durch die Fensteröffnung, bis ich Winthrops genervten Gesichtsausdruck sehen konnte. Ein knorriger Mann war er, und ich hätte wetten mögen, dass er seine Dienstvorschrift auswendig kannte. »Wie heißt er denn, der Kleine?«, fragte ich scheinheilig.

»King!«, brüllte der Wachmann.

»Hübscher Name«, nickte ich beeindruckt. »Dann nehmen Sie ihn jetzt bitte zurück, bevor er sich verletzt.«

Winthrop gehorchte. Er wusste, was er falsch gemacht hatte. Ich lockerte meinen Griff in dem Moment, in dem er King mit der Leine vom Wagen wegriss. Ein scharfer Befehl, und der gefährlich aussehende schwarze Schäferhund setzte sich brav neben die Hosennaht seines Herrchens, den Kopf mit den aufgestellten Ohren in gleicher Höhe mit dem schweren Smith & Wesson im Gürtelholster und den blitzblanken Patronen in den achtzehn Schlaufen unmittelbar daneben. Noch immer kein Angriffsknurren. Im Gegenteil, King sah respektvoll zerknittert aus.

Ich klappte meinen Dienstausweis auf und hielt ihn aus dem Fenster.

Winthrop räusperte sich erschrocken. Um nicht nachdenken zu müssen, wie er die peinliche Sache bereinigen konnte, ließ er die gestreckte Rechte an den Hutrand schnellen. »Bei wem darf ich Sie anmelden, Sir?«, schnarrte er.

»Wir haben eine Verabredung mit Mr. Lyttleton«, antwortete ich freundlich, »mein Kollege und ich. Die G-men Decker und Cotton.«

»In Ordnung, Sir. Fahren Sie bitte immer geradeaus, der Straße nach. Sie kommen dann direkt auf das Bürogebäude zu.«

Ich tippte an die gedachte Hutkrempe. »Danke für den netten Empfang, Mr. Winthrop. Und nun stellen Sie sich Folgendes vor: Wir werden Kollegen. Ernsthaft.«

Sein Mund stand noch offen, als das Tor schon zur Seite gerollt war und Phil den Dienstwagen in Gang gesetzt hatte. Ich drehte mich nur kurz um. King hatte einen ähnlich fassungslosen Gesichtsausdruck wie sein Herrchen. Nichts Ungewöhnliches für mich. Ich hatte viel über dieses Phänomen gelesen. Es gibt in den Staaten sogar Wettbewerbe, in denen Hunde und Menschen preisgekrönt werden, die sich am ähnlichsten sehen.

Phil sah mich von der Seite an und grinste. »Musste das sein? An der Nuss hat der arme Kerl jetzt für den Rest des Tages zu knacken.«

Ein flaches Motorboot mit Innenborder glitt in die Bucht und ging längsseits. Vier Männer, lässig in Bermudashorts und geblümten Hemden, hingen in den Polstersitzen. Allein den Kopf heben zu müssen strengte sie offenbar schon an.

In der Felsenbucht war es trotz des Schattens brütend heiß. Draußen auf dem Fluss musste es dagegen angenehm luftig sein – vor allem in so einem schnellen Boot.

Dewey ergriff die Leine, die einer ihm zuwarf. Er vertäute den Sportflitzer der Besucher. Rosanna hatte sie herantelefoniert. Dewey kannte lediglich den Muskelprotz, den Bassisten der ›Roseroom Ramblers‹, wenn auch nur vom Sehen. Zwei Typen waren eindeutig Leibwächter. Sie trugen die Hemden offen über dem Hosenbund. Man brauchte nicht mal Fachmann zu sein, um zu wissen, dass sich darunter Revolver oder Pistolen verbargen.

Dewey registrierte es als Tatsache. Seine Gedanken fabrizierten kein neues Problem daraus. Rosanna war offen und ehrlich zu ihm gewesen. Er wusste, was auf ihn zukam. Und als Berufssoldat gehörte er schließlich nicht zur zimperlichen Sorte. Über die Männer, die im Mob das große Geld machten, wurde viel geschrieben. Dewey war sicher, jetzt so einen Top-Mobster vor sich zu haben.

Er hängte die kurze Leiter über die Reling, sodass sie bequem an Bord kommen konnten.

Dieser Typ hockte auf der breiten hinteren Polsterbank neben dem Musiker in der Steuerbordecke. Auch der Muskelprotz, der so ungemein selbstsicher wirkte, hatte vor ihm Respekt. Dewey sah das sofort. Er hatte es schließlich gelernt, Menschen einzuschätzen und zu führen. Das gehörte zu seinem Beruf.

Dieser Top-Mobster war ein eiskalter und aalglatter Hund, eindeutig. Mittelgroß, sehr schlank, schmaler Kopf mit schütter werdendem, dunkelblondem Haar. Dewey schätzte den Mann auf ebenfalls Mitte vierzig.

Seine Augen waren stechend und blaugrau. Mit dem dünnen Oberlippenbart sah er aus wie ein Dandy aus den dreißiger Jahren. Trotz der urlaubsmäßigen Kleidung wirkte er nicht weniger herrisch und befehlsgewohnt als einer, der im Nadelstreifenanzug herumlief.

Rosanna erschien auf dem Achterdeck, als der Top-Mobster an Bord stieg. Augenblicklich hellte sich seine Miene auf. Kein Wunder, dachte Dewey. Rosanna trug diesen winzigen Bikini, und sie war sein Girl. Er verspürte Eifersucht und fühlte sich dadurch zugleich wie ein Zwanzigjähriger, der eine Eroberung gemacht hatte und sie auf der Stelle gegen eine Meute sexhungriger zweibeiniger Wölfe verteidigen musste. Nun, wenn er Rosanna erst einmal länger kannte, würde er ihr wahrscheinlich sagen, dass er ihren Aufzug in einer Situation wie dieser für nicht sehr passend hielt.

Der Bassist kam als Zweiter auf die Yacht. Der augenzwinkernde Blick, den er Rosanna zuwarf, gefiel Dewey noch viel weniger als die Strahlemiene des anderen. Natürlich wusste Dewey, dass sich Rosanna und dieser Muskelmann gut kannten. Aber gerade deshalb bereitete ihm ihre Vertraulichkeit Unbehagen.

Er verscheuchte die Gedanken. Es ging um die Zukunft. Das war der Punkt.

»Ich bin Noble«, sagte der Dandy und streckte Dewey seine Rechte entgegen. »Leo Noble. Da wir ab sofort Partner sind, müssen wir unsere Namen kennen. Übrigens gibt es aus dieser Partnerschaft kein Zurück.«

Dewey schluckte trocken hinunter, nachdem er ebenfalls seinen Namen genannt hatte. Diese Bemerkung war so beiläufig gekommen, dass man sie fast hätte überhören können. Um so ernster musste man sie nehmen. Nun gut, er wollte kein Zurück. Das Nachdenken darüber erübrigte sich also.

»Richard Johnson«, sagte der Musiker dröhnend und reichte ihm die Pranke. »Sie können Dick zu mir sagen, Malcolm. Ist unter Partnern so üblich.«

Dewey nickte und rang sich ein Lächeln ab. Er bemühte sich, nicht darauf zu achten, dass die Begrüßung zwischen Rosanna und den beiden Männern reichlich herzlich ausfiel.

»Gehen wir unter Deck«, entschied Noble. »Ich hoffe, dieser Kahn hat eine ordentliche Klimaanlage.«

»Eine sehr ordentliche«, versicherte Dewey. Das Lächeln fiel ihm leichter, als die beiden Männer Rosanna nicht mehr beachteten und in die Kajüte hinabstiegen. Tatsächlich war es unten angenehm kühl. Rosanna blieb auf dem Achterdeck, um sich zu sonnen.

Noble und Johnson setzten sich. Dewey brachte ihnen Drinks mit viel Eis.

Er nahm ihnen gegenüber auf einem Hocker Platz, versorgte sich mit einer Coke und zündete sich eine Zigarette an.

»Rosanna hat Ihnen gesagt, worum es geht«, begann Noble. »Wenn Ihr Part der Geschichte läuft, haben wir im Grunde keine Probleme. Wir stehen nur ein bisschen unter Zeitdruck, aber damit werden Dick und ich fertig. Wir können uns also mit den Einzelheiten befassen.«

»Einverstanden«, erwiderte Dewey. »Nur eines vielleicht noch. Meine Frau – ich meine, von ihrer Seite würde ich eventuell mit Schwierigkeiten rechnen. Sie ist …«

»Ziemlich ungenießbar?« Noble sah Johnson an, und beide lachten. Der Top-Mobster wandte sich wieder dem Offizier zu und wurde ernst. »Gut, dass Sie es anschneiden, Malcolm. Das Thema können wir zum Glück abhaken. Keine Schwierigkeiten zu erwarten. Sie werden es nicht für möglich halten – aber ihre Lady ist mit einem meiner Männer abgehauen. Einfach weg! Stellen Sie sich das bloß mal vor!«

»Die beiden sind clever«, fügte Johnson hinzu, »machen das vor, was Malcolm und Rosanna erst noch planen!«

»Der Junge, der Ihre Frau verführt hat«, erklärte Noble, »hat einen guten Grund, sich abzusetzen. Aber meine Leute werden ihn finden. Auch Ihr geliebtes Weib, Malcolm. Sie wollen sie doch zurückhaben, oder? Eines Tages, meine ich, wenn alles vorbei ist …«

»Nein, danke«, sagte Dewey spontan.

Noble und Johnson wollten sich ausschütten vor Lachen.

Jeffrey Lyttleton war ein Mann, den man nur auf den ersten Blick für behäbig und gemütlich hielt. Klein und rundlich und mit dem strohblonden Haarschopf eines sommersprossigen Jungen machte er diesen Eindruck – oberflächlich gesehen.

Malcolm Dewey betrat das Büro des Direktors von ›Olcott Mint‹ und fühlte sich wie jedes Mal bei einem solchen Besuch.

Wie ein kleiner Junge.

Denn Lyttleton war stahlhart und jedem überlegen. Auch einem hohen Offizier, dem die Uniform so etwas wie ein Schutzschild war. Eine Panzerung, hinter der man sich verkriechen konnte. Lyttleton durchbrach eine solche Panzerung mit einem einzigen seiner spöttisch prüfenden Blicke. Er durchschaute jeden Menschen bis auf die Knochen. Vielleicht war es diese besondere Art der Überlegenheit, die Lyttleton zum ersten Mann bei ›Olcott Mint‹ hatte aufsteigen lassen.

Tageslicht durchflutete das Office. Die große Fensterfläche ermöglichte zugleich einen umfassenden Ausblick auf das Fabrik-Panorama. Lyttleton kam hinter seinem voll gepackten Mahagoni-Schreibtisch hervor und begrüßte den Bataillonskommandeur mit Handschlag.

»Freut mich, Lieutenant Colonel. Setzen Sie sich.« Es war Lyttletons knappe Art. Worüber er sich genau freute, durfte man raten.

»Ich bin Ihnen dankbar, dass Sie Zeit für mich

haben«, antwortete Dewey und versenkte sich in einen der Ledersessel. Er stülpte die Dienstmütze über sein rechtes Knie.

»Unsere gute Zusammenarbeit hat mir immer viel bedeutet«, entgegnete Lyttleton und kehrte hinter seinen Schreibtisch zurück. Hinter den Papierstapeln waren nur sein Kopf, der kurze Hals und das Hemd mit der gelockerten Krawatte zu sehen. »Ich weiß, dass Sie mich nicht behelligen würden, wenn es sich nicht um eine wichtige Sache handelte.«

»So ist es.« Dewey nickte. Er fragte sich, ob sein Gegenüber bereits seine Gedanken lesen konnte. Wenn er die Dächer der Lagergebäude und Fertigungshallen da draußen sah, fiel es ihm schwer, nicht an die goldene Zukunft zu denken.

Golden. Im wahrsten Sinne des Wortes.

Denn mit dem Silber würden sie sich nicht aufhalten. Transportgewicht und Ertrag klafften zu weit auseinander. Nur das Gold zählte. Es lag genug davon herum. In Barren. Es gab einen regelrechten Boom für die Sachen, die hier bei Olcott fabriziert wurden. Gedenkmedaillen zu allen möglichen Anlässen waren gefragt wie eh und je. Neuerdings aber auch kleine Statuen und Skulpturen aus reinem Gold. Ein goldener Eisbär auf einem goldenen Eisberg. Solche Sachen. Dewey hatte sich manches Mal gefragt, was für Leute es sein mochten, die für so etwas ihr gutes Geld ausgaben. Nun war er froh, dass es diese Leute gab. Denn ohne sie würde ›Olcott Mint‹ nicht über so hohe Lagerbestände an Barrengold verfügen. Die genauen Mengen wurden geheim gehalten. Aber wenn man sich den Produktionsausstoß ansah, konnte man sich ungefähr vorstellen, dass das Gold täglich tonnenweise verarbeitet wurde.

»Schießen Sie los«, forderte Lyttleton knapp. Mit dem eiligen Interesse des viel beschäftigten Mannes beugte er sich vor und faltete die Hände auf dem weißen Papierstoß in einem offenen Schnellhefter.

»Sie erwähnten schon unsere gute Zusammenarbeit«, erklärte Dewey. »Einen anderen Anlass habe ich auch diesmal nicht. Es ist so: Ich habe eine Menge neue Rekruten bekommen, Soldaten also, die ihre Grundausbildung hinter sich haben und mitten in der Fachausbildung stecken. Keiner von diesen Männern ist mit den örtlichen Besonderheiten vertraut. Unsere Zuständigkeit auf dem Gebiet des Katastrophenschutzes konnte ihnen vorläufig nur im theoretischen Unterricht näher gebracht werden. Die Praxis …«

»Ich weiß, ich weiß.« Lyttleton winkte ab. »Sie möchten unsere Fabrik mal wieder in Rauch und Flammen aufgehen lassen.«

Dewey lächelte und nickte. »Eine kleine Überschwemmung hätte ich auch gern dabei.«

»Wie wollen Sie denn die simulieren?« Lyttleton zog die Augenbrauen hoch.

Dewey lachte leise. Er fühlte sich wohler, weil er die Bereitwilligkeit des Direktors spürte, entgegenkommend zu sein. »Keine Sorge, Mr. Lyttleton, wir werden nichts wirklich überfluten. Die Jungs werden ihre Boote schleppen müssen – an bestimmten Stellen.«

Lyttleton schmunzelte. »In Ordnung, das ist Ihr Problem. Sie wissen, meine Leute machen immer sehr gern mit. Wohl nicht nur wegen der Abwechslung. Ich glaube, es ist auch das Sicherheitsgefühl, das ihnen vermittelt wird. Zu wissen, dass man in guten Händen ist, wenn wirklich einmal etwas passiert.«

»Das hört man gern«, sagte Dewey. »Immerhin müssen Ihre Mitarbeiter deswegen ja Überstunden machen.«

»Die Sicherheitskräfte auch«, erwiderte Lyttleton. »Aber sie nehmen es in Kauf – aus den genannten Gründen.« Er lehnte sich zurück. »Also machen wir Nägel mit Köpfen. Gleich jetzt. Wann soll es losgehen?«

»Möglichst bald. Aber den genauen Termin muss ich selbstverständlich Ihnen überlassen.«

»Einverstanden. Bleiben wir bei der bewährten Tradition, und legen wir die Sache auf einen Freitagabend. Das wäre also ...«, Lyttleton warf einen kurzen Blick auf seinen Terminkalender, » ...in drei Tagen. Reicht Ihnen die Zeit?«

»Aber ja«, antwortete Dewey erfreut. »Ich bin wirklich sehr froh über Ihr Entgegenkommen. Sie wissen, wie sehr es mir am Herzen liegt, dass meine Soldaten mit den Aufgaben des Katastrophenschutzes ...«

Lyttleton winkte ab und kam erneut hinter seinem Schreibtisch hervor. »Sie brauchen mir nichts zu sagen, Lieutenant Colonel. In gewisser Weise ziehen wir doch alle an einem Strang. Sie produzieren Sicherheit, wir eine Art Vermögensbildung. Praktisch dienen wir beide den Bürgern dieses schönen Landes.«

Malcolm Dewey stand auf. »So kann man es ausdrücken, Mr. Lyttleton. Ich darf mich noch einmal in aller Form bedanken. Ich wollte, die Zusammenarbeit mit den anderen Industriebetrieben im Raum Kingston wäre auch so gut. Gerade auf dem Gebiet des Katastrophenschutzes ist es schwer, gestellte Aufgaben zu bewältigen, wenn man nicht die Unterstützung bekommt, die man braucht.«

Lyttleton klopfte seinem Besucher auf die Schulter, während er ihn zur Tür geleitete. »Ich werde mich in der Industrie- und Handelskammer für Ihre Belange einsetzen. Noch einmal und mit Nachdruck. Das verspreche ich.«

Dewey schüttelte ihm die Hand. »Ich bin Ihnen sehr verbunden, Mr. Lyttleton.«

»Man tut seine Pflicht«, brummte der Direktor. Er griff nach dem Türknauf. Mit einem angedeuteten Zwinkern sah er den Lieutenant Colonel an. »Na, und was macht der private Katastrophenschutz? Neulich beim Yachtclub hatten Sie ja einen Bombenerfolg, wie mir schien.«

Dewey errötete wie ein Junge. »Nun, ja ...«

»Himmel, ich habe Sie beneidet, alter Junge!«, rief

Lyttleton dröhnend. »Zu so einer Eroberung muss man einen Mann doch beglückwünschen. Ich persönlich hätte ehrlich gesagt Angst vor dem schief hängenden Haussegen.«

»Tja, da habe ich eine Galgenfrist«, gestand Dewey mit zerknirschtem Lächeln. »Barbara hat nämlich auch eine nette Eroberung gemacht.«

»Ach, richtig!« Lyttleton öffnete die Augen weit. »Ich erinnere mich, sie mit einem flotten jungen Burschen gesehen zu haben. Nun, ist es nicht herrlich, wie sich im Leben alles ausgleicht?«

»Nicht immer trifft es sich so günstig.«

»Da haben Sie Recht, mein Lieber, da haben Sie Recht. Also einverstanden: Schicken Sie mir Ihren Übungsplan morgen, spätestens übermorgen. Meine Leute kennen den Zirkus ja. Bei uns werden die Vorbereitungen flotter über die Bühne gehen als bei Ihnen.«

»Leider«, seufzte Dewey. »Manchmal ist es schon ein Kreuz mit diesen Neulingen, die alle zwei linke Hände haben.«

Lyttleton verabschiedete ihn lachend.

Dewey ging hinaus zu seinem Jeep, und er fühlte sich wie jemand, der sechs Richtige im Lotto hatte, es aber nicht zeigen durfte.

Sein Fahrer ließ den Motor an, als er ihn sah. Dewey stieg ein und gab ein lässiges Handzeichen.

Doppelstreifen der Uniformierten des ›Ashokan Security Service‹ patrouillierten auf den Straßen und Plätzen der Prägeanstalt, insbesondere vor den Türen und Toren der massiven Gebäude. Zwei Uniformierte blieben stehen, als der Jeep vorbeirauschte. Dewey meinte, ihre Gesichter schon einmal gesehen zu haben. Natürlich. Logisch. Er schalt sich einen Narren. Die meisten hier hatte er schon einmal gesehen. Bei der Firma Ashokan wechselte das Personal nicht so oft wie in einem Bataillon der Army.

Dewey und sein Fahrer passierten das Tor, ohne

angehalten zu werden. Dewey fühlte sich wie nach einer erfolgreich geschlagenen Schlacht. Er war in Vietnam dabei gewesen. Was hier bei Olcott laufen sollte, war im Grunde eine seiner leichtesten Übungen. Er hatte die Idee nur noch nicht selber gehabt. Es hatte einer Frau wie Rosanna bedurft, um ihn darauf zu bringen. Zugegeben, sie hatten gründlich recherchiert, bevor sie auf den Plan mit der Prägeanstalt am Hudson River gekommen waren.

Dewey wusste, es würden Millionenwerte sein, die sie abtransportierten.

Niemals zuvor hatte es einen solchen Coup gegeben.

Was ihm dabei gefiel, war, dass es im Film immer eine Art Gentleman-Gangster waren, die in dieser Größenordnung absahnten. Und es gab ja sogar in Wirklichkeit solche Gentlemen. In ihrem Fall wusste alle Welt, dass sie in Südamerika in Saus und Braus von ihren erbeuteten Millionen lebten.

Dewey schwieg auf dem Rückweg zur Kaserne. Er träumte einen Tagtraum. Er sah sich mit Rosanna unter südlicher Sonne – an einem endlosen Strand, mitten unter lauter braun gebrannten, glücklichen Menschen.

Ungefähr so wie in Rio, an der Copacabana.

30. September. Es war ein Freitag, und auf den Schlag nach Feierabend begann der Sondereinsatz für alle, die bei ›Olcott Mint‹ arbeiteten. Dazu gehörten auch die Männer des ›Ashokan Security Service‹.

Phil und ich trugen die Uniform, die so sehr dem Outfit der State Police glich. Von den Wachmännern unterschieden wir uns nicht äußerlich, nur dadurch, dass wir statt der 38er Smith & Wessons die moderneren 357er in den Gürtelhostern trugen. Und zusätzlich Schnelllader mit jeweils sechs Patronen. Damit waren wir den vielschüssigen modernen Selbstladepistolen praktisch ebenbürtig. Maschinenpistolen, wie wir sie am Schulterriemen trugen, hatten auch alle übrigen Guardsmen. Von Jeffrey Lyttleton wussten wir, dass diese Ausrüstung bei Katastrophenübungen Standard war. Über Walkie-Talkie hatten wir Verbindung mit der Leitstelle, die im Vorzimmer des Direktorenbüros eingerichtet worden war.

Unser Einsatzgebiet war das Zentrum der Fabrikanlagen, der Lagerbereich, in dem Sicherheitsstufe eins galt. Eine Gruppe von gedrungenen Backsteingebäuden mit vergitterten Fenstern und stählernen Toren. Die Vorplätze bildeten zusammen ein fußballplatzgroßes Karree. Schwerlast-Trucks hatten hier genügend Platz zum Wenden.

Wir lehnten an einer Laderampe und beobachteten die erste Gruppe von Pionieren, die vom Haupttor heraufgekeucht kam. Sie trugen schwer an einem Zwanzig-Mann-Schlauchboot. Im Laufschritt. Je zehn Mann schleppten das wulstige Ding links und rechts auf den Schultern.

Ein Sergeant lief mit federnden Schritten neben den Jungs in ihren Kampfanzügen. Er brüllte den Takt der Schritte und warnte sie davor, einzuschlafen.

Phil und ich wechselten einen Blick und mussten grinsen. Der Typ hätte sich hören sollen. Es war geradezu eine überwältigende Geistesleistung, auf die Idee zu kommen, dass jemand bei dieser Art der Fortbewegung einschlafen könnte.

In der Zufahrt, beim Haupttor, tauchten die nächsten Schlauchboot-Schlepper auf. Dann weitere Gruppen, die Kisten und Kästen trugen. Ihre Sturmgewehre hatten sie quer auf den Rücken gebunden, wie es bei den Pionieren üblich war, die beide Hände frei haben mussten. Noch bevor das erste Schlauchboot in unserer Nähe war, rollten bereits Fahrzeuge durch das Tor. Alles genau nach Plan. Wir hatten Kopien davon in der Tasche.

Sirenengeheul schwoll an. Rote Feuerwehrfahrzeuge fegten als Erste auf das Fabrikgelände. Dann olivgrüne. Die Army-Trucks waren dafür vorgesehen, das Fabrikpersonal zu evakuieren. Es folgten die Sanitätsfahrzeuge und die schweren Geschütze – nämlich Bergepanzer, Planierraupen und Tieflader. Funkwagen und Jeeps wieselten durch die Kolonnen und bahnten sich einen schnelleren Weg zu ihren Einsatzpunkten.

Wir beobachteten die Keuchenden, die das erste Schlauchboot auf den Vorplatz wuchteten.

Noch sah nichts nach Chaos aus. Aber es würde kommen. Das hatte Lyttleton uns versichert. Schließlich war es der Sinn der Übung, den Leuten beizubringen, wie sie selbst im schlimmsten Durcheinander einen klaren Kopf behielten.

Dank Florida-Sonny Valentino hatten wir den klaren Kopf schon vorher. Es war so gekommen, wie Barbara Deweys gescheiterter Liebhaber prophezeit hatte. Nach seinem Kurzurlaub mit Rosanna hatte der Lieutenant Colonel tatsächlich die Idee gehabt, eine der zweimal jährlich stattfindenden Katastrophenübungen bei ›Olcott Mint‹ durchzuführen. Wovon der pflichtbewusste Bataillonskommandeur nichts wusste, war, dass sich seine bessere Hälfte nicht etwa auf einem gefühlsbetonten Trip mit ihrer Party-Errungenschaft befand, sondern in einem Hotelzimmer mitten in Manhattan. Dort würde sie so lange Stecknadel im Heuhaufen spielen, bis wir Entwarnung gaben.

Rosanna hatte sich in aller Dreistigkeit bei Dewey einquartiert. Ein wenig waren wir auch dafür verantwortlich, denn wir hatten Mrs. Dewey nach ihrem unauffälligen Abtransport aus dem Hospital gebeten, einen Abschiedsbrief zu schreiben.

Sie hatte es mit Wonne getan. Ihr Ehemann, der Kleinstadt-Casanova, wusste jetzt, dass er freie Bahn hatte. Ihre Drohung, dass er aus dem Süden von ihr hören würde, mit Scheidungsklage und Geldforderungen, hatte ihn sicherlich entzückt.

Ich ging auf die GIs zu, die neben ihrem Schlauchboot standen. Phil blieb bei der Rampe, das Walkie-Talkie in der Hand. Auf der Straße dröhnten die schweren Fahrzeuge sirenenheulend vorbei. Die zweite Schlauchbootgruppe war schon im Anmarsch. Der ersten hatte der Sergeant eine Zigarettenpause genehmigt. Ein Zehn-Mann-Trupp von Fußsoldaten erschien mit großen Rollen von Trassierband und rotweißen Markierungskegeln.

»Endlich an Land?«, fragte ich einen der Soldaten, einen schwitzenden, übergewichtigen Jungen, der offenbar zeitlebens zu viel Hamburger und Hot Dogs in sich hineingestopft hatte. »Oder habt ihr euren Kahn zu Wasser gelassen?«

Der Trassiertrupp zog ein erstes rotweißes Band zwischen Schlauchboot und Lagergebäuden.

»Hier ist Wasser, Sir«, antwortete er mit einem müden Grinsen und paffte an seiner Zigarette. »Da drüben …«, er zeigte hinter das Trassierband, » …fängt es an, trocken zu werden.« Er hatte einen deutlichen Südstaatenakzent. Keine Frage, dass er ein echter GI war.

»Schon lange dabei?«, fragte ich.

»Fünf Monate, Sir.«

»He!«, brüllte eine markige Stimme durch Motorendröhnen und Sirenengeheul. »Keine Privatgespräche, Freunde!« Es war der Sergeant. Er kam von der Spitze des Schlauchboots herüber und musterte mich von Kopf bis Fuß. »Irgendwas zu beanstanden? Sind Sie für irgendwas zuständig, von dem ich nichts wüsste?«

»Hundertprozentig«, nickte ich und grinste breit. »Ich bin ein getarnter Flussadmiral. Wenn es mir in den Kopf kommt, lass ich dich strammstehen, Amigo!«

Seine Kinnlade bekam Übergewicht nach unten. Die Soldaten feixten hinter seinem Rücken, hüteten sich aber, laut loszulachen. Denn das hätten sie anschließend nur selbst ausbaden müssen.

Die nächsten Schlauchbootgruppen lenkten ihn ab. Seine Sergeantskollegen brüllten Befehle, und die breiten Wulstkähne wurden in Reih und Glied zu Wasser gelassen – so bildeten sie es sich jedenfalls ein.

Der erklärte Feind von Privatgesprächen starrte mich noch einmal nach Menschenfresserart an. Dann wandte er sich ruckartig ab, um die erforderlichen Fachgespräche mit den anderen zu führen. In den Gesichtern der GIs las ich eine schadenfrohe Variante von Dankbarkeit. Sie waren wirklich alle richtige Soldaten.

Unser Unsicherheitsfaktor blieb, welche Einzelheiten sich Noble und seine Komplizen ausgedacht hatten.

Phils Walkie-Talkie quäkte. Jemand aus der Leitstelle war dran, gab Zeiten und Abläufe durch. Dort in Lyttletons Kommandozentrale saßen nur Leute, die sonst auch dabei waren: leitende Angestellte der Firma Olcott, der Chef der Fire Brigade, der Einsatzleiter von Ashokan und der stellvertretende Bataillonskommandeur der Flusspioniere – eben jener Major, dessen Yacht Dewey für seine paradiesischen Tage mit Rosanna ausgeliehen hatte.

Wir hatten bewusst auf eine verstärkte Mitwirkung der State Police verzichtet. Uniformierte Kollegen waren nur außerhalb der Fabrik im Einsatz, wo sie Aufgaben der Verkehrsregelung übernahmen – wie bei jeder normalen Katastrophenübung.

Die Motorengeräusche, das Heulen der Sirenen und die schweren Marschtritte eiliger Soldatentrupps hielten an.

»Verstanden, Ende«, sagte Phil in die Sprechmuschel des Walkie-Talkie. Er blickte mich an. »Es geht los.«

Ein dumpfes Krachen untermalte seine Ankündigung.

Das Sturmboot glitt mit mäßiger Geschwindigkeit in der Mitte des Flusses dahin. Wie gebannt spähten die Frau und die Männer zu den Fabrikanlagen. Der Silberdollar vor dem Haupttor spiegelte das Rot der untergehenden Sonne. Beide Fahrspuren – Ein- und Ausfahrt – wurden gleichzeitig von den olivgrünen Trucks benutzt.

Mit einem Donnerschlag ging die erste Ladung hoch.

Aus dem Fabrikgelände stieg ein schwarzer Rauchpilz auf. Der Nachhall der Detonation wehte dumpf rollend über den Fluss.

Dewey hockte im Bug des Sturmboots. Sein Gesicht entspannte sich. Die entscheidende Phase begann. Jetzt kam es darauf an, dass sich die nichts ahnenden Pioniere so richtig an ihrem Feuerzauber erfreuten. Er wusste, sie waren Meister darin, es krachen und wummern und Feuer und Rauch aufsteigen zu lassen. Zufrieden waren sie erst, wenn ein regelrechtes Inferno entstand. Das sie aber hundertprozentig unter Kontrolle hatten. Stark rauchende Feuer aus Spezialtonnen, Schwarzpulverböller mit enormer Qualmentwicklung und dergleichen bildeten die Grundbestandteile der wohl durchdachten Katastrophe.

Dewey wandte sich kurz um. Auch die anderen in seinem Boot trugen Kampfanzüge, allerdings ohne Rangabzeichen. Noble, Johnson und die Bodyguards, von denen einer den bulligen Außenborder bediente. Einen Stolz, der ihn zugleich mit Begeisterung erfüllte, empfand er, wenn er Rosanna nur ansah. Sie trug diesen geschlitzten Rock, der vom Gürtel zusammengehalten wurde, und die hochhackigen Schuhe wirkten im Grunde unpassend. Doch irgendwie hatte man das Gefühl, dass es ihrer außergewöhnlichen Persönlichkeit angemessen war. Auf dem Boden des Bootes lagen die Waffen bereit: ein Maschinengewehr mit Dreibein, Maschinenpistolen mit Reservemagazinen, Schnellfeuergewehre, Stabhandgranaten, Eierhandgranaten, Pionieräxte und Klappspaten. Die Walkie-Talkies trug jeder bereits bei sich.

Der Höllenlärm auf dem Fabrikgelände verstärkte sich. Immer rascher folgten die Detonationen aufeinander. Die fette schwarze Rauchwolke über den Gebäuden verstärkte sich. Auch Flammenschein war bereits zu sehen. In den schwarzen Rauch mischten sich emporsteigende graue Schwaden. Die letzten Army-Fahrzeuge rollten auf das Gelände.

Die beiden Boote hinter dem des Bataillonskommandeurs waren mit Noble-Leuten bemannt. Alle trugen Kampfanzüge, damit die Übung ihren rein fachlichen Charakter behielt. Dewey hatte sie den Soldaten gegenüber als Journalisten vorgestellt, die das simulierte Katastrophengeschehen möglichst hautnah erleben wollten.

Mit zwanzig, dreißig Yards Abstand folgte der große Pulk der restlichen Sturmboote. Ihre Aufgabe war es, die Evakuierung der Fabrikarbeiter zu übernehmen, falls die Verkehrswege zu Lande nicht mehr benutzt werden konnten. Was ja bei einer richtigen Katastrophe immer möglich war.

Hinter den Sturmbooten dröhnte eine Flotte von vier schweren Motorbooten den Fluss herauf. Sie schoben Pontons, die sich im Handumdrehen zu einer Fähre zusammensetzen ließen – gedacht für den Fall, dass Fahrzeuge mit wertvoller Ladung ebenfalls auf dem Wasserweg in Sicherheit gebracht werden mussten.

Und solche Fahrzeuge würde es im Verlauf der Übung geben.

Dewey nickte Rosanna zu, und ihr Lächeln erfüllte ihn mit Wärme. Er wandte sich nach vorn. Am Ufer, in Höhe des Fabriktors, herrschte noch immer klare Sicht.

Dewey hob das Walkie-Talkie. »Center an Alpha!«, sagte er schneidend. »Wo, zum Teufel, bleiben die Nebelkerzen auf Ihrer Position?«

»Alpha für Center. Werden sofort gezündet, Sir!«

Trotz des verzerrten Klangs aus dem winzigen Lautsprecher hörte sich die Stimme des Untergebenen schuldbewusst an.

Endlich wallten die hellgrauen Schwaden am Flussufer unterhalb des Fabriktors auf. Auf einer Front von gut hundert Yards Breite stieg die künstliche Nebelsuppe aus den Töpfen.

Dewey gab dem Mann an der Ruderpinne das vereinbarte Handzeichen. Auch die Männer in den folgenden Booten kriegten es mit. Sie drehten das Gas auf. Die Außenborder begannen zu donnern. Rosanna und die Männer in den Sturmbooten beugten sich vor, um der Beschleunigungskraft entgegenzuwirken. Die Schrauben quirlten das Wasser zu einer breiten weißen Schaumspur.

Die Soldaten in den restlichen Booten hatten ihre klaren Befehle.

Mit hochgerecktem Bug rasten die drei vorderen Boote auf die Nebelwand zu. Schon Sekunden später rumpelten und knirschten die Bootskiele auf die steinerne Uferbefestigung, die in ihrer gesamten Breite auch als Fährrampe benutzt werden konnte.

Dewey stürmte als Erster in den Nebel hinein. Er sah noch, dass sich Rosanna mit Handgranaten ausgerüstet hatte. Sie hatte sie einfach in den Gürtel gesteckt. Und gemeinsam mit den restlichen Männern stürmte sie los. Vereinbart war, dass Noble, sein Leibwächter und die Rudergänger in den Booten blieben. Der Top-Mobster hatte sich nicht davon abbringen lassen, an Ort und Stelle dabei zu sein. Wahrscheinlich, so dachte Dewey, misstraute er jedem Mitstreiter. Er wollte sich persönlich davon überzeugen, wo die Beute abblieb.

Logisch.

In diesem Geschäft musste sich jeder selbst der Nächste sein. Malcolm Dewey glaubte begriffen zu haben, was das Wesentliche in der neuen Phase seines Lebens war.

Es krachte und wummerte auf dem Fabrikgelände, dass es eine wahre Freude war. Die vielen Gasexplosionen, die damit nachgespielt wurden, waren absolut realistisch. Auch bei einer wirklichen Katastrophe würde es sie geben.

Auf der Zufahrt waren inzwischen ebenfalls Nebelkerzen gezündet worden. Der Höllenlärm und die miserable Sicht stellten an alle Einsatzbeteiligten höchste Anforderungen. So lautete einer der Kernsätze im Übungsplan.

Dewey grinste bei dem Gedanken. Trotz des Feuerzaubers und der Sichtweite von nur wenigen Yards achteten Rosanna, Johnson und die anderen darauf, ständig Blickkontakt zueinander zu halten. Dewey hatte es ihnen eingeschärft. Es war wichtig für das weitere Gelingen.

Was sich da auf dem Fabrikgelände abspielte, war der reinste Teufelstanz. Lärm, Rauch und Nebel heizten den Nerven prächtig ein. Es würde so manchen geben, der die vorgetäuschte nicht mehr von einer echten Katastrophe unterscheiden konnte. All right, für Olcott sollte es ja auch die größte Katastrophe in der Firmengeschichte werden.

Sie waren jetzt etwa fünf Yards vor dem Haupttor.

Dewey gab das Zeichen zum Halten. Er schaltete sein Walkie-Talkie ein.

Johnson gab das Zeichen an die anderen weiter. Die zwölf Männer aus den Sturmbooten zwei und drei gruppierten sich um ihn herum. Vier von ihnen trugen Holzkisten. Die anderen waren mit Maschinenpistolen bewaffnet.

»Center an Gamma!«, sprach Dewey in das Walkie-Talkie. »Center an Gamma! Over.«

»Hier Gamma für Center«, quäkte es zurück. »Over.«

»Sieben-Tonner-Trucks fertig machen zum Fahrerwechsel. Over.«

Der Befehl wurde wiederholt.

»Over und Ende«, sagte Dewey und knipste das Gerät aus.

»Abmarsch!«, befahl Johnson.

Die zwölf Männer, die die sechs Trucks als Fahrer und Beifahrer übernehmen würden, rannten los, auf das offene Tor zu. Im künstlichen Nebel war es allerdings mehr zu ahnen als zu sehen.

Dewey, Rosanna und Johnson warteten nur Sekunden, bis die Schritte verhallten. Dann sprintete Rosanna als Erste weiter. Die beiden Männer hatten Mühe, ihr zu folgen. »Die Kleine kann es mal wieder nicht abwarten«, knurrte Johnson.

Dewey hatte keine Gelegenheit mehr, darüber nachzudenken, ob die Bemerkung eindeutig oder zweideutig gemeint war.

Silhouetten wuchsen von rechts aus dem Nebel.

Ein Uniformierter und ein Schäferhund.

»He, he, he! Was haben wir denn da!«, polterte eine raue Männerstimme. »Frauen sind hier nicht zugelassen, Madam! Und dann noch in diesem Aufzug! Stehen bleiben! Personenkontrolle!« Der Mann, auf dessen Namensschild ›Winthrop‹ stand, verharrte breitbeinig. Seine Rechte ruhte wie selbstverständlich auf dem großen Revolvergriff.

Rosanna fauchte vor Wut, verlangsamte ihre Schritte nur wenig. »Hauen Sie ab, verschwinden Sie, Mann!« Im Donnern der Explosionen war sie erstaunlicherweise deutlich zu verstehen.

Deutlich genug vor allem für Winthrop. Er lockerte die Leine des Schäferhunds und zischte einen Befehl. Das Vorschnellen des Hundes sollte nur der Einschüchterung dienen.

Rosanna zuckte zurück. Ein Schuss hackte hart und trocken. Winselnd sackte der Hund in sich zusammen.

Winthrop erstarrte. Seine Rechte krampfte sich um den Griff der Smith & Wesson. Er zog. Zu langsam für Johnson. Der muskelbepackte Mann schwenkte die Maschinenpistole nur kurz und zog durch. Die Waffe, auf Einzelfeuer gestellt, hackte ein zweites Mal. Winthrop bekam den Dienstrevolver noch aus dem Holster. In Anschlag brachte er ihn nicht mehr. Die Gewalt des Einschusses schleuderte ihn zurück.

»Bist du wahnsinnig?«, schrie Dewey entsetzt. »Wir hatten vereinbart …«

Johnsons Linke zuckte vor. Er packte den Lieutenant Colonel am Kragen und ließ ihn spüren, welche Kraft in seiner Faust steckte. Rosanna wandte sich halb um. In ihre Miene trat ein spöttischer Ausdruck, als sie Deweys Hilflosigkeit sah.

Aufbrummende Truckmotoren waren durch die anhaltenden Explosionen zu hören. Gleich darauf Stimmen. Energische Männerstimmen. Rosanna erschrak und wirbelte herum. Schemenhaft waren die Wachgebäude zu sehen. Ebenso verschwommen die Umrisse der Uniformierten, die aus beiden Gebäuden auftauchten. Türen und Fenster waren geöffnet. Nur zwei oder drei Männer waren bislang im Freien. Noch schienen sie nicht vollends begriffen zu haben, was sich abgespielt hatte.

Rosanna packte die erste Handgranate, zupfte den Sicherungsstift heraus und schleuderte sie eiskalt nach rechts. Dann die zweite. Nach links.

»Deckung!«, schrie sie und wusste selbst noch nicht, wie sie dies zu Stande gebracht hatte. Sie warf sich Dewey und Johnson entgegen und riss beide mit sich zu Boden.

Die Granaten krachten fast gleichzeitig. Schreie gellten. Im Explosionsdonner vom Fabrikgelände ging beides unter. Rosanna glaubte das Zischen und den heißen Hauch von Splittern zu spüren. Aber es mochte eine Täuschung sein. Scherben klirrten zu Boden.

In dem Inferno wirkte all dies bedeutungslos.

Rosanna war erleichtert, als sie sah, dass sich Johnson gleichzeitig mit ihr aufrappelte.

»Weiter!«, rief sie. »Beeilung jetzt!«

Die Truckmotoren entfernten sich rasch.

Dewey kam erst auf die Beine, als Johnson ihn an der Schulter ergriff. Der Bataillonskommandeur riss sich los. »Da spiele ich nicht mit!«, brüllte er. »Davon war nicht die Rede! Ich lasse nicht zu, dass Menschenleben …«

Johnson stieß ihm den Lauf der Maschinenpistole unter das Kinn, und Dewey verstummte sofort.

»Es geht weiter, Freundchen!«, sagte der bullige Mann drohend. »Und du bist dabei, oder für dich ist hier Endstation. An diesem Punkt. Stell dir vor, wir brauchen dich im Grunde gar nicht mehr.«

Den Lieutenant Colonel durchfuhr es siedend heiß. Er sah Rosannas Lächeln und konnte es nicht deuten. Er wusste, dass er sterben würde, wenn er sich widersetzte. Er wusste, dass Rosanna eiskalt getötet hatte, ohne mit der Wimper zu zucken. Was er nicht wusste, war, wie sie wirklich zu ihm stand, wer sie wirklich war. Er musste es herausfinden. Er konnte sich nicht so sehr getäuscht haben.

»Schon gut, ich bin dabei«, quetschte er deshalb hervor.

Johnson ließ ihn los. »Dann Tempo! Und hör auf mit solchen Mätzchen! Wie kann einer bloß den ahnungslosen Engel spielen, wenn er sieht, dass wir jede Menge Schießeisen mitnehmen! Hast du gedacht, das ist nur Dekoration?«

Dewey presste die Lippen zusammen.

Rosanna übernahm die Führung, als sie durch das Tor liefen. Niemand behelligte sie. Auf dem Fabrikgelände waren die hinter Nebelwänden unsichtbaren Pioniere immer noch damit beschäftigt, Böller auszulösen. Die Feuerfässer taten noch immer ihren Dienst. Am Flussufer, nur zehn, fünfzehn Yards von Noble und den anderen entfernt, legten die Sturmboote der Pioniere an. Die Motorboote formierten sich mit ihren Pontons zur Fähre und näherten sich dem Ufer.

Malcolm Deweys Einsatzbefehle wurden minutiös ausgeführt.

Der Vorplatz zwischen den Lagergebäuden war die reinste Waschküche. Nur die Luftfeuchtigkeit war gleich null. Und diese besondere Sorte Nebelschwaden hatte einen staubtrockenen Geruch. Die Pioniere harrten wie befohlen bei ihren Schlauchbooten aus. Ihr Zeitplan war simpel. Irgendwann würden sie sich die Boote wieder aufladen und zurück zum Hudson schleppen. Dort würde es ihr Job sein, den Fährverkehr zu sichern – falls Menschen und Fahrzeuge auf dem Wasserweg in Sicherheit gebracht werden mussten. Das hatte uns einer der Sergeants berichtet, der zur kontaktfreudigen Art gehörte.

Der Lärm der Explosionen war beeindruckend. Die Mitarbeiter der Prägeanstalt mussten eine ziemlich genaue Vorstellung davon bekommen, wie es war, wenn zusätzlich noch Splitter und Trümmerteile durch die Luft flogen. Wenn Flammenwände Fluchtwege abschnitten. Wenn starke Rauchentwicklung Menschen zu ersticken drohte.

Die Soldaten mit dem Trassierband waren längst weitergezogen, hatten an den entscheidenden Punkten sicher längst die Grenze zwischen Hochwasser und trockenem Land markiert.

Phil und ich beendeten unseren dritten Rundgang über den Platz. Wir stiegen auf die Laderampe und konnten über einen Teil der Nebelschwaden hinwegblicken. Es war wie in einem Flugzeug, das über den Wolken flog. Die Abenddämmerung hatte eingesetzt. Doch es würde noch eine gute halbe Stunde dauern, bis es dunkel wurde.

Sämtliche Lagereingänge waren inzwischen mit Wachmännern besetzt. Diese zusätzliche Sicherheitsmaßnahme war völlig unbemerkt über die Bühne gegangen. Damit hatten wir den Feuerzauber und den Nebel für unsere Zwecke genutzt. Dewey und seine neuen Freunde konnten davon nicht die leiseste Ahnung haben.

Es krachte und donnerte weiter. Immer an denselben Punkten innerhalb des Firmengeländes. Die Feuerwerker unter den Pionieren hielten sich an die festgelegten Positionen.

Dieselmotoren röhrten aus dem Lärm heraus.

Auf uns zu. Noch war nichts zu sehen. Wir hörten die überraschten Rufe der Schlauchboot-Schlepper. Phil hatte das Walkie-Talkie sprechbereit in Gesichtshöhe. Das Dieseldröhnen schwoll an. Die Trucks blieben eindeutig nicht auf der vorbeiführenden Straße. Am Rand unseres Blickfelds sahen wir klotzige Schatten. In den schon höher gestiegenen Nebelschwaden fuhren sie einen Bogen – hinter das Trassierband.

»Hölle und Teufel!«, stieß Phil hervor. Noch wartete er mit seinem Funkspruch.

Die Trucks erreichten die Zone, in der wir den besseren Überblick hatten. Die Dächer der Fahrerhäuser und der Aufbauten ragten über das Nebelwolkenfeld hinaus.

»Foxtrott an Tango!«, sagte Phil. »Ashokan Security in Stellung! Bitte Bestätigung. Over!«

Reflexartig zog ich den Riemen der Maschinenpistole von der Schulter.

In knappen Abständen folgten die Meldungen der Wachmänner, die sich in dieser Sekunde in Deckung begaben. Die engen Gassen zwischen den Lagergebäuden boten dafür beste Voraussetzungen.

Sechs Army-Trucks waren es. Sie fuhren dicht hintereinander auf. Die Mitte der kleinen Kolonne befand sich in Höhe des Hauptlagers. Die Motoren brummten im Leerlauf, waren jetzt nur noch in den Lärm-Intervallen zu hören, wenn Explosionen abklangen und von neuem Krachen abgelöst wurden.

»Foxtrott an Tango!«, rief Phil. »Rücken auf Hauptlager vor. Eingreifen nach eigenem Ermessen!«

Die Bestätigungen kamen, während wir uns von der Rampe schwangen. Jetzt konnten wir die Hand vor Augen sehen. Viel mehr aber auch nicht. Es war der Pluspunkt für die Ashokan-Männer gewesen. Dank der Nebelkerzen hatten sie von der Bildfläche verschwinden können, als die Trucks schon auf wenige Yards heran gewesen waren.

Unsere Schritte wurden von den fortdauernden Explosionen geschluckt. Phil und ich liefen zu den Schlauchboot-Pionieren. Wenige Worte genügten. Die Sergeants begriffen, dass sie sich nicht vom Fleck rühren und notfalls in Deckung gehen sollten. Es bestand keine Gefahr, dass sie versuchen würden, Heldentaten zu begehen. Für die Übung waren natürlich keine Waffen ausgegeben worden.

Wir schlugen einen ausreichenden Bogen um den vorderen Truck. Nur als einen kantigen dunklen Fleck konnten wir das Fahrerhaus erkennen. Die Ladefläche mit der olivgrünen Plane war schon im wabernden Nebel verborgen. Umso deutlicher hörten wir jetzt das Brummen der Dieselmaschinen. Außerdem gedämpfte Stimmen. Da wurden Befehle erteilt, knappe Kommandos. Es hörte sich militärisch an. Die echten Pioniere bei den Booten hätten vermutlich keinen Verdacht geschöpft, wenn wir ihnen nichts gesagt hätten. Dann aber wäre ihre Reaktion in dem Moment unvorhersehbar gewesen, in dem Schüsse gefallen wären.

Phil und ich hielten Sicherheitsabstand, während wir uns dem Lagergebäude B näherten, das neben dem Hauptlager stand. Im B-Gebäude lagerten meines Wissens Silberbarren, während das Hauptlager die wertvolleren Palettenstapel barg.

Gold.

Die Ashokan-Guards konnten uns mit niemandem verwechseln. Wir trugen die gleichen Uniformen wie sie, und sie wussten es. Ich erreichte das B-Tor als Erster. Nur einen Moment verharrte ich. Immer noch wurden Nebelkerzen frisch gezündet, und der leichte Wind trieb das wallende graue Zeug in die richtigen Richtungen.

Ich glaubte, Schatten zu sehen. Ich kniff die Augen zusammen und spähte in die Suppe. Klar. Es war keine

Einbildung. Sie hasteten zwischen den Trucks und dem Hauptlager hin und her.

Phil schob sich neben mir an das Tor heran.

Ich setzte meinen Weg fort. Sekunden später hatte ich den Wachmann in der Gasse zwischen den beiden Gebäuden unmittelbar neben mir. Ich blieb stehen. Er erkannte mich. »Sie haben Sprengstoff«, flüsterte er. »Vier Mann. Ich habe gesehen, wie sie gelbe Pakete aus ihren Kisten genommen haben. Und Zündschnüre und all das Zeugs.«

Ich konnte die Schatten jetzt deutlicher erkennen. Der Guardsman hatte Recht. Vier Figuren hantierten am Tor zum Hauptlager.

Bei gelben Paketen handelte es sich eindeutig um TNT. Trinitrotoluol, das altbewährte Zeug. Die übrigen Fahrer und Beifahrer der Trucks waren vermutlich schon in Deckung gegangen.

Ich verständigte mich mit Phil und dem Wachmann. Beide hatten ihre Maschinenpistole schussbereit. Und die anderen Ashokan-Männer würden wissen, was los war. Wir zögerten keine Sekunde mehr.

Ich lief nach schräg rechts in den Nebel hinaus, bis ich die Kerle klar erkennen konnte. Gebückt hantierten sie vor dem Tor, mit ihren Kisten, den gelben Paketen und einem Gewirr von Drähten. Phil und der Guardsman folgten mir seitlich versetzt.

»Hier FBI!«, rief ich schneidend. »Die Hände hoch! Keine Bewegung, oder wir …«

Sie wirbelten herum, als wären sie auf beißwütige Taranteln getreten.

Ich ließ mich fallen.

Noch im selben Atemzug blitzte es von den Hüften der Olivgrünen her. Ihre Maschinenpistolen hämmerten hell.

Ich feuerte im Liegen. Phil und der Wachmann taten es mir nach. Die Schüsse verdichteten sich zu einem hellen Schmettern.

Möglich, dass die Gangster ihren Fehler noch begriffen. Doch sie schafften es nicht mehr, die Läufe zu senken. Unsere Kugelgarben schleuderten sie gegen den harten Stahl des Tores.

Wir verschwendeten keinen Augenblick. Kaum hatten wir den Feuerstoß aus dem Lauf, rollten wir uns ab – nach links, weg von den Trucks. Unser Glück.

Maschinenpistolen hämmerten von den Fahrerhäusern her. Geschosse klatschten auf den harten Betonboden. Querschläger zirpten durch das Explosionsgetöse. Doch schon in der nächsten Sekunde antworteten die Maschinenpistolen der Wachmänner. Kugeln hieben das Sicherheitsglas der Fahrerhäuser in Stücke. Schreie gellten. Abgehackte Schmerzenslaute gingen im Kampfeslärm unter. Die Detonationen verloren an Bedeutung, wurden zur nebensächlichen Geräuschkulisse.

Plötzlich sah ich sie.

Sie tauchten zwischen den Trucks auf, und nichts schien sie zurückhalten zu können. Rosanna hatte eine israelische UZI an sich gerissen, und sie feuerte wie besessen. Ebenso Johnson und Dewey. Ein paar Atemzüge lang schafften sie es wahrhaftig, uns tatenlos in Deckung zu zwingen.

Der Nebel lichtete sich ein wenig.

Ich verständigte mich mit Phil und dem Uniformierten hinter mir. Ohne einen Kommentar abzuwarten, schnellte ich aus der Gasse hinaus ins Freie – nach rechts weg. Sofort zirpten Kugeln hinter mir her. In flachem Sprung ging ich zu Boden. Ich zog den Kopf ein und überschlug mich, indem ich die linke Schulter als Stütze nahm.

Es gab Phil und den anderen die Chance, wieder zu feuern.

Als ich federnd hochkam, sah ich Dewey zusammenbrechen. Es war wie eine Momentaufnahme. Mit schmerzverzerrtem Gesicht umklammerte er seinen rechten Oberschenkel. Haken schlagend rannte ich nach vorn, auf den ersten Truck zu.

Ich sah noch, wie Johnson und Rosanna bei den Trucks Deckung suchten. Ihr Vorstoß war endgültig vereitelt.

Das Feuer der Wachmänner verdichtete sich. Phil verließ die Deckung und folgte mir. Garantiert ahnten Johnson und seine Komplizin, dass wir sie in die Zange nehmen würden. Sie mussten schon auf den Kopf gefallen sein, wenn sie das nicht begriffen.

Der Heulgesang eines Querschlägers empfing mich, als ich hinter der bulligen Haube des Trucks hervorsprinten wollte. Gerade noch rechtzeitig wich ich zurück. Ich hörte das Maschinenpistolen-Rattern von der Straße her.

Augenblicklich ließ ich mich fallen. Phil stoppte seinen Vormarsch hinter mir. Ein Schwarm von Kugeln durchstanzte das Kotflügel- und Haubenblech des Trucks.

Weiter hinten bei den schweren Fahrzeugen war das Feuer verstummt. Die Pioniere lagen platt wie Flundern zwischen ihren Schlauchbooten. Sie hatten nicht den Fehler begangen, sich einem der beiden in Panik Geratenen in den Weg zu stellen.

Sie machten Schluss mit ihrem Kugelhagel.

Und rannten.

Phil und ich rappelten uns auf. Phil rammte ein Reservemagazin in seine Maschinenpistole und zog das Walkie-Talkie aus der Tasche.

Ich schüttelte den Kopf. »Es könnte passieren, dass ihnen Unbewaffnete über den Weg laufen. Fordern wir sie nicht unnötig heraus.« Auch ich lud meine Maschinenpistole nach.

Phil nickte und steckte das Gerät wieder weg. Wir liefen los, hielten Seitenabstand. Zum Glück hatten Johnson und Rosanna freie Bahn. Das eigentliche Übungsgeschehen spielte sich weiter im Inneren der Fabrik ab. Mitarbeiter wurden auf Mannschaftswagen verfrachtet, Verletzte versorgt, Brände gelöscht – natürlich alles nur vorgetäuscht. Die wenigsten

Beteiligten hatten auch nur eine Ahnung, was sich beim Gold- und Silberlager abgespielt hatte.

Und am Haupttor.

Als wir es sahen, drehte sich uns der Magen um. Ich wusste, wer diese Toten auf dem Gewissen hatte. Ich hatte die Handgranaten gesehen, die Rosanna Dale noch an ihrem Gürtel hängen hatte.

Phil und ich legten Tempo zu. Wir liefen vorbei an der Leiche Winthrops. Er lag gleich neben seinem toten Diensthund. Ich spürte ein Würgen in der Kehle. Ich hatte mit Winthrop gesprochen, wir hatten nach Dienstschluss einen Drink genommen, und er war längst darüber hinweg gewesen, dass ich ihn auf den Arm genommen hatte.

Wir waren rechtzeitig oberhalb des Ufers, um zu sehen, wie sich Johnson und das Girl in ein freies Sturmboot schwangen.

Noble und vier seiner Kerle hatten am Ufer gestanden, hatten vermutlich auf die Trucks gewartet. Sie eröffneten das Feuer, kaum dass sie uns sahen.

Augenblicklich lagen wir flach. Im Liegendanschlag jagten wir die Kugelgarben hinaus – flach über die Böschung nach unten. Nach jedem Feuerstoß rollten wir uns ab. Kugeln hämmerten in den Erdboden.

Noble versuchte, hinter dem Rumpf eines Sturmboots in Deckung zu gehen. Zwei seiner Männer klatschten neben ihm ins Wasser.

Deutlich sahen wir, wie Noble zusammenzuckte. Ein dritter, sein Leibwächter vermutlich, war im Begriff, den Top-Mobster mit dem Körper zu decken. Dabei feuerte er aus der Hüfte.

Nach einem neuen Abrollen feuerte ich in die Mündungsblitze hinein.

Der Leibwächter warf die Arme hoch und schrie. Seine Maschinenpistole fiel ins seichte Wasser. Er selbst wurde gegen Noble geschleudert. Unter dem Anprall ging der Top-Mobster in die Waagerechte. Das Wasser klatschte.

Der vierte Mann schlug einen Salto, als Phil ihn mit einem Schuss in den Oberschenkel erwischte.

Auf dem Fluss röhrte das Sturmboot davon. In einem weiß schäumenden Bogen jagte es flussabwärts.

Phil und ich liefen zum Ufer hinunter. Mein Freund verständigte die Männer vom Security Service über Funk. Wir zogen Noble unter seinem toten Leibwächter hervor und ketteten ihn mit der Stahlacht an eine Verstrebung des Sturmboots, hinter dem er Schutz gesucht hatte.

In der nächsten Sekunde waren wir bereits in dem anderen Boot. Mit Hilfe der Paddel stießen wir es ab. Dann betätigte Phil den Elektrostarter des Außenborders. Auf den ersten Schlag brummte der kraftvolle Benzinmotor los.

Phil legte das Boot in eine enge Kurve und ließ es in Ufernähe losfegen. Ich erkannte seine Absicht, während ich mich im Bugraum einrichtete. Der Flusslauf beschrieb einen weit geschwungenen Rechtsbogen. Auf der linken Seite erhob sich ein felsiges Steilufer. Rechts war das Land wesentlich flacher.

Johnson lenkte sein Boot in die Mitte des Stroms, folgte dem Kurvenverlauf. Er kauerte vor der Pinne und schien zu sehr auf seinen Kurs konzentriert zu sein, als dass er bemerkt hätte, was ihm blühte.

Phil war dabei, ihm den Weg abzuschneiden.

Ich hatte meine eigene Maschinenpistole bereitgelegt. Zwei volle Magazine hatte ich noch. Es musste reichen. Notfalls mussten Phil und ich unsere verbliebene Feuerkraft gut einteilen.

Wir waren im Scheitelpunkt der Flussbiegung, als Johnson mitkriegte, was gegen ihn lief. Schlagartig nahm er Gas weg. Der Bug des flachen Bootes senkte sich. Es verlor rasch an Fahrt.

Rosanna hatte sich bislang nicht blicken lassen. Sie kauerte unterhalb der Bordkante.

Phil wollte vorbeiziehen. Der Seitenabstand betrug knapp hundert Yards. Wir waren fast auf gleicher Höhe, als ich sah, was Johnson vorhatte. Meine Nackenhaare sträubten sich.

Er wuchtete das Dreibein eines Maschinengewehrs auf die Bordkante.

»Stoppen!«, rief ich.

Phil reagierte sofort.

Ich brachte die Maschinenpistole in Anschlag. Phil drehte das Boot quer zum Strom, sodass wir Johnson die schmale Vorderansicht boten.

Das Maschinengewehr wummerte dumpf, in rasender Folge. Eine Kette von schäumenden Fontänen stieg auf – wanderte auf mich zu.

Mit Todesverachtung feuerte ich in die Fontänen hinein – richtete meine Visierlinie in deren halber Höhe ein.

Jäh brach das Maschinengewehrwummern ab.

Die Fontänen sanken in sich zusammen.

Phil gab in dem Moment Gas, in dem wir Johnson sehen konnten. Er hing über dem Maschinengewehr, hatte es halb nach außenbords gedrückt.

Wir rauschten auf das treibende Sturmboot zu.

Ich richtete mich im Bugraum auf, die Maschinenpistole im Schulteranschlag und bereit, auf die winzigste Bewegung zu reagieren.

Plötzlich kam Rosanna hoch.

Ich sah die Maschinenpistole in ihren Händen. Schon krümmte sich mein Zeigefinger. Doch ich entspannte ihn im selben Atemzug.

Rosanna hatte sich die Laufmündung unter das Kinn gedrückt. Sie kreischte. Auf dem Fluss, vor dem Felsenufer, hatte ihre schrille Stimme einen beinahe schaurigen Nachhall. »Mich kriegt ihr nicht! Niemals! Euch Scheißbullen mache ich einen Strich durch die Rechnung! Willis Crawford wird sich freuen! Jetzt folge ich ihm doch! Mann, wird der sich freuen, dass er noch im Himmel bumsen darf! Und er wird mir auch gar nicht mehr böse sein, dass ich seinem dämlichen Selbstmord ein bisschen nachgeholfen habe!«

»Seien Sie vernünftig!«, rief ich. »Wir sind vom FBI! Sie werden eine faire Gerichtsverhandlung bekommen und …«

Sie drückte einfach ab.

Phil drehte das Gas zurück. Aus, keine Chance, ihr zu sagen, dass es sogar für sie noch eine winzige Hoffnung gegeben hätte. Sie hatte in ihrem Leben fast alles falsch gemacht, und sie hatte gemordet. Geschworene und Richter hätten sie dafür zur Rechenschaft gezogen. Völlig klar. Aber sie hätten auch berücksichtigt, dass Rosanna Dale ein Opfer der Umstände gewesen war, unter den ihr verkorkstes Leben abgelaufen war.

Blieb also nur, Noble und Dewey hinter Gitter zu bringen.

Wir blieben ein paar Tage in Kingston, um den Papierkrieg zu erledigen. Barbara Dewey reichte die Scheidung ein, sobald sie hörte, was geschehen war. Malcolm Dewey wurde im Gefängnishospital behandelt. Seine Wunde war nicht schwerwiegend. Schon in wenigen Tagen sollte er Noble ins Gefängnis folgen – wie die anderen aus dem Mob, die es überlebt hatten.

Ich vergaß die Einladung nicht.

Die Cafeteria in diesem einmalig gelegenen Hospital war verdammt gemütlich. Das stellte auch Phil fest, den ich natürlich mitnahm. Unsere Gastgeberinnen waren ohne ihre Hauben und weißen Kittel noch hübscher …

ENDE

Sterben für Marilyn

Ganz unten in Manhattan ist der Broadway eine Straße wie jede andere. Die Wall Street, die er da kreuzt, läuft ihm glatt den Rang ab. Und die Canal Street, die er auch kreuzt, kennen die Touristen bloß, weil es da nach Little Italy geht. Und nach Chinatown. Wenn man sich diese Kreuzung so ansah, Canal Street und Broadway, dann waren beide Straßen nichts Besonderes. Fußgänger, die zu den dunklen Löchern der Subway unterwegs waren. Auf den Fahrbahnen klapperten Trucks, Lieferwagen und Taxis von Schlagloch zu Schlagloch.

Security Officer Jack Rollins vertrieb sich die Zeit mit solchen Gedanken. Das Gute daran war, er konnte gleichzeitig seinen Job tun. Dastehen und beobachten. Manchmal einer Lady den Toypudel halten, weil dieses Viehzeug ja nicht mit in die Bank durfte. Den Eingang nannte Rollins immer sein Gewächshaus. Sah auch so aus, dieser Glaskasten. War nur gepanzert. Und klimatisiert. Da konnte selbst diese verdammte stechende Herbstsonne nichts machen.

Der Voyager hatte endlich Glück. Schwungvoll zog er an die Bordsteinkante, wo gerade was frei geworden war. Elende Parkplatzsucherei. Der Wagen war schon zweimal vorbeigezuckelt. Rollins hatte das gleiche Modell zu Hause in der Garage. Auch die gleiche Farbe. Dunkelblau. Er dachte an das Wochenende. Mal wieder raus nach Long Island. Weit raus. Sich den Atlantikwind um die Ohren wehen lassen.

Die Gents, die da ausstiegen, hätten gut in die Wall Street gepasst. Rollins wäre gern mitgegangen. Das Börsenviertel war nur einen Katzensprung entfernt. Und doch war es eine andere Welt. Rollins hatte die Hoffnung nicht aufgegeben, dass sich zu seinem fünfundzwanzigjährigen Dienstjubiläum was tun würde. Die Chase Manhattan Bank vergab sich nichts, wenn sie einem bewährten Security Officer was Passendes zukommen ließ. Den Glanz der Hochfinanz. Jeden Tag eine frische Uniform. Mit messerscharfen Bügelfalten.

Und das Griffstück des Smith & Wesson aus lackiertem Edelholz.

Die drei Gents hatten nur zehn, zwölf Schritte vom Voyager bis zum Gewächshaus. Was sie in ihren schwarzen Aktenkoffern spazieren trugen, war wohl zu wichtig oder zu wertvoll für weite Wege. Rollins betätigte den Türöffner.

Der Tod, den er einließ, hatte sich elegant gekleidet.

Es war die Wall-Street-Uniform. Schwarzer Nadelstreifen-Anzug, weißes Hemd, dezent gemusterte Krawatte. Silbergraues Haar und gesunde Gesichtsbräune. Die hockten eben nicht acht Stunden im Büro. Die hatten Zeit, ihre Geschäfte am Swimmingpool zu machen. Oder draußen auf einer Motoryacht.

Sie brachten die Hitze der Herbstsonne mit.

Jack Rollins schloss die Glastür rasch wieder. Erst in diesem Augenblick fiel ihm auf, dass irgendetwas an den Gentlemen komisch war. Der Erste war schon neben ihm und nickte ihm freundlich zu. Aber es war ein Dauergrinsen, das sie draufhatten. Alle drei.

Alle drei sahen gleich aus.

Rollins riss den Mund auf vor Verblüffung.

Dieses Edelbraun im Gesicht, die schmale Nase, die etwas betonten Brauen und das silbergraue Haar. Wie Cary Grant.

Dreimal!

Drillinge im gesetzten Alter!

Der Mann, der dem Sicherheitsbeamten zunickte, hob die linke Hand, als wollte er damit grüßen.

Jack Rollins war in diesem Sekundenbruchteil so weit. Seine Sinne schlugen Alarm. Er wollte den Alarm in die Tat umsetzen. Aber da war ein feiner Stich, ein hingepunktetes Brennen, als wäre eine Wespe unter den Ärmel seines Uniformhemds gekrabbelt, um ihn zu piesacken.

Das Bild, das Rollins in die andere Welt mitnahm, war das Einheitslächeln der drei Gentlemen.

Der Zweite und der Dritte hakten ihn ein. Sie

führten den Toten in die kühle Schalterhalle, als hätte er nur einen Schwächeanfall erlitten. Eine kleine Kreislaufgeschichte.

Howard Walter fühlte sich ziemlich sicher, denn auch er arbeitete in einem Kasten aus Panzerglas. Über seiner Sprechluke hing das Messingschild: Cashier. Kassierer. In der Canal-Street-Filiale der Chase Manhattan Bank herrschte die Vornehmheit von dunklem Marmor und gedämpft geführten Gesprächen.

Als die drei Männer den Wachmann hereinbrachten, wusste Walter sofort, dass etwas nicht stimmte. Allerdings ging sein erster Gedanke automatisch in die Richtung, die sie beabsichtigten. Das wurde ihm erst später bewusst. Eine endlose Minute später. Schon gestern waren sie in New York umgekippt wie die Fliegen. Diese Sonnenglut war ungewöhnlich für den Herbst.

Da vorn im Eingang kriegte man zu viel davon mit. Rollins sah kreidebleich aus, und er war ja auch nicht mehr der Jüngste. Ein Ex-Cop, der sich vom besseren Gehalt hatte locken lassen. Das Objektschutz-Unternehmen, mit dem die Bank zusammenarbeitete, zahlte nicht schlecht.

Natürlich war auch das Licht in der Schalterhalle gedämpft. Außenjalousien sperrten die Sonne aus.

Howard Walter wandte sich von der Kundin ab, die er gerade hatte bedienen wollen. Er griff zum Telefon, um den Filialleiter zu verständigen.

In diesem Moment ließen die gut gekleideten Männer den Security Officer los.

Jack Rollins stürzte nach vorn wie ein Baum, dem die Motorsäge die letzten Fasern durchschnitten hatte.

Die Frau vor der Kassenbox schrie auf.

Howard Walter fasste das Telefon nicht an. Denn jetzt erkannte er die Ähnlichkeit der Gentlemen. Ihre Gesichter sahen lebensecht aus, waren es aber nicht.

Walter wusste, dass es diese Masken gab. Das Gummi wurde aus einer speziellen, hautfreundlichen Latexmischung hergestellt. Hauchdünn.

Der Schrei der Frau pflanzte sich fort. An den Tresen und Beratungstischen ruckten Frauen und Männer herum. Die Kinder in der Spielecke verstanden nicht, was geschah.

Die Aktenkoffer der drei Grauhaarigen klappten auf. Die Maschinenpistolen flogen ihnen buchstäblich in die Hände. Die leeren Koffer polterten zu Boden.

Schreie, immer noch Schreie.

Howard Walter bewegte sich bewegungslos, wie er es tausend Mal geübt hatte. Stück für Stück auf den Schuhsohlen. Sein Operkörper sah aus, als stünde er still.

Die Videoüberwachung lief sowieso.

Walter erreichte den Kontakt an der Schrankkante und löste ihn aus. Stiller Alarm. Keine Sirene gellte, kein Lichtblitz schnitt in das schwache Licht.

Die drei Grauhaarigen schwärmten aus.

Einer packte die Frau vor der Kassenbox. Er stoppte ihren Schrei, indem er ihr die Mündung der Maschinenpistole unter das Kinn drückte.

Der Zweite blieb in der Nähe des Eingangs. Er bezog Stellung hinter einer Zimmerpalme. Sie schützte ihn vor Blicken von der Straße. Der dritte Mann lief direkt auf die Spielecke zu, auf die Kinder.

Das Entsetzen machte die Menschen stumm.

Howard Walter schloss die Augen vor Angst. Er fühlte sich jetzt nicht mehr sicher. Was bedeutet schon Panzerglas! O Gott, wenn sie sich an den Kindern vergriffen!

Doch alles, was geschah, wurde am richtigen Ort beobachtet. Und nichts würde geschehen, was ein weiteres Menschenleben aufs Spiel setzen konnte.

»Das musst du doch merken!«, rief Phil von seinem Schreibtisch zu meinem Schreibtisch. »Ich verstehe nicht, wieso du das nicht merkst!«

»Mir geht es gut«, behauptete ich, obwohl es glatt gelogen war. Wenn ich die Nase in den Papierkrieg stecken muss, geht es mir nie gut. Meine Antwort betraf allerdings mehr das körperliche Wohlbefinden.

»Das ist dein Eindruck«, ereiferte sich Phil. »Aber wenn du nur ein bisschen Feingefühl hättest, würdest du es merken.«

»Was verlangst du von einem ungehobelten Klotz aus Harpersvillage in Connecticut!« Ich grinste das Aktenblatt an, das von einem festgenommenen Dealer handelte, der neben Kokain auch geklaute Luxus-Sportwagen über Staatsgrenzen verschoben hatte.

Phil seufzte entnervt, griff nach dem Pappbecher mit Kaffee und fluchte, weil er sich prompt die Lippen verbrannte. Es war das ewig gleiche Schauspiel. Was kochend heißen Kaffee aus dem Automaten anging, war mein Freund und Kollege einfach nicht lernfähig. Mit den Klimaanlagen versuchte er es zwar, wenn auch vergeblich. Er kriegte die Dinger gedanklich nicht in den Griff. Sie wollten nie so, wie er wollte.

Auch an diesem heißen New Yorker Herbsttag gab es ein Klimaproblem. Für Phil.

Die Anlage im FBI-Distriktgebäude an der Federal Plaza funktionierte so weit ganz gut, hatte aber einen klitzekleinen Fehler: Die Luftfeuchtigkeit war zu hoch.

Meinte Phil.

Und ich merkte es nicht. Es musste wohl an dem elenden Akten-Aufarbeiten liegen, dass mich ein hartnäckiger Teufel ritt. Ich hätte meine Ruhe haben können. Ich hätte nur zu sagen brauchen: Stimmt, das muss es sein! Hab mich schon die ganze Zeit gewundert, dass mir der Kragen so klebt! Natürlich, die Luftfeuchtigkeit! Entweder ist das ein Fehler in der elektronischen Steuerung, oder die Anlage hat was Mechanisches.

Andererseits hätte das Rätseln über die mögliche Fehlerquelle auch wieder stundenlangen Diskussionsstoff ergeben.

Einzig denkbare Abhilfe war etwas, das uns von Aktenstaub und Schreibtischhockerei erlöste.

Es geschah in dem Moment, in dem ich den frommen Wunsch im Kopf hatte.

Doch es war nicht erheiternd. Wie, zum Teufel, hätte es das auch sein sollen! Für einen G-man gibt es nun mal keine angenehmen Abwechslungen. Ich hätte mir für meinen Wunsch selbst in den Hintern treten können. Aber ich bin nicht abergläubisch. Deshalb fühlte ich mich nicht verantwortlich.

»Banküberfall an der Canal Street Ecke Broadway«, sagte John D. High in seiner ruhigen, energischen Art. »Jerry, übernehmen Sie gemeinsam mit Phil. Anlaufstelle ist das Revier an der Lafayette Street.«

Ich bestätigte in Stichworten, legte auf und scheuchte Phil aus seinen technischen Grübeleien auf. Er hatte natürlich längst begriffen. Die Sache mit den Klimaanlagen packt ihn meist nur dann, wenn wir uns dienstlich mit nervtötendem Kram beschäftigen müssen.

Wir stürmten hinaus und erwischten einen Expresslift. Keine zwei Minuten nach dem Anruf des Chefs saßen wir in meinem Jaguar. Ich klebte das Magnet-Rotlicht aufs Dach und jagte den roten Flitzer mit Sirenengeheul vom Hof der Fahrbereitschaft. Phil hatte bereits das Mikro in der Hand und meldete dem Kollegen in der Funkzentrale unsere Abfahrt.

Die Lafayette Street hatten wir vor der Haustür. Wären wir zu Fuß gegangen, hätten wir zehn Minuten gebraucht. So schafften wir es in einem Bruchteil der Zeit. Konzert und Lichtorgel wirkten sogar. Das Verkehrsaufkommen dieses späten Vormittags war noch nicht zähflüssig genug. Und auf die Sirene brauchten wir nicht zu verzichten, auch wenn die Canal Street nahe war. Heutzutage heult es in Manhattans Straßenschluchten ständig. Weil ständig etwas passiert.

Vor dem Revier ließ ich die Sirene ausorgeln. Phil teilte der Zentrale mit, dass wir an Ort und Stelle waren. Wir stürmten in den Deskroom. Nur noch einige Cops eilten im Laufschritt nach hinten hinaus. Die meisten waren schon im Einsatz. Unsere Dienstmarken brauchten wir nicht vorzuzeigen. In Manhattan-Süd wurde die gute Nachbarschaft gepflegt. Der Desk-Sergeant winkte uns durch, zeigte auf die breite Treppe zum ersten Stock.

Der Bereitschaftsraum der Detective Division war wie ein Bienenkorb. Festgenommene, eben noch im Verhör, wurden abgeführt. Kriminalbeamte in Hemdsärmeln und mit Schulterholstern telefonierten, rollten Lagepläne auseinander, teilten Einsatzkommandos ein. Detective Lieutenant Robert Marrow war nicht zu sehen, dafür aber zu hören. Hinten, in seiner Ecke, brüllte er herum.

»Die Psychologen interessieren mich nicht, verdammt nochmal! Ich will, dass die Scharfschützen Tempo machen! Zum Teufel, es muss doch möglich sein, dass – was? Ja, verdammt. Okay. Aber beeilt euch gefälligst.« Es knallte, als er auflegte.

Lieutenant Marrow war der Leiter der Detective Division, wie die Kriminalabteilungen der Reviere heißen. Er hatte einen Pulk von Detective Sergeants um sich geschart. Auch der Revierleiter war da, Police Captain Harold Anderson. Harold stand neben Roberts Schreibtisch und wirkte klein und unbedeutend. Die Sergeants zogen mit ihren Instruktionen ab. Breit und gewichtig prangte der Lieutenant im Zentrum unseres Blickfelds.

»Gut, dass ihr da seid«, sagte Captain Anderson.

Marrow nickte uns zu. Er stand auf. »Gehen wir gleich mal rüber«, entschied er. Der Captain folgte ihm willig.

Phil und ich kannten die Richtung. Raus auf den

Korridor, gegenüber, zweite Tür links. Das Communications Center, voll gestopft mit allem, was die Elektronik uns beschert. Der Raum war ungefähr so groß wie der Bereitschaftsraum.

Statt menschlicher Stimmen empfing uns der Chor der Computer. Die Dinger summten und brummten in den verschiedensten Tonlagen. Bildschirme zeigten grüne Schrift auf schwarzem Grund, rote Schrift auf grauem Grund oder schwarze Schrift auf weißem Grund. Da waren aber auch Bildschirme mit richtigen Bildern. Schwarzweiß oder sogar in Farbe. Matrixdrucker schnatterten. Telefaxgeräte schnurrten. Ein schwarzer Kasten neben einem Monitor druckte pausenlos Video-Standbilder.

Marrow ging auf den Drahtkorb zu, in dem die Aufnahmen landeten. Er zupfte an dem unteren Teil des Stapels herum. Was er suchte, fand er schnell. Wortlos hielt er uns das bunte Papier entgegen.

Es war die beste Möglichkeit, sich einen schnellen Überblick zu verschaffen. Natürlich wussten wir, welche Bank an der Canal Street Ecke Broadway ihre Filiale hatte. Denn genau das war der Grund für die Zuständigkeit des FBI. Die Chase Manhattan Bank gehört zu jenen Großbanken, die in verschiedenen Bundesstaaten der USA vertreten sind. Gerät ein solches staatsübergreifendes Unternehmen unter den Einfluss eines Verbrechens, ist die zunächst alarmierte Polizeibehörde verpflichtet, den FBI hinzuziehen.

Videokameras waren sowohl in der Schalterhalle als auch draußen am Gebäude installiert. Wie im Regieraum eines Fernsehstudios konnten die Cops im Communications Center die Aufnahmen der einzelnen Kameras auf den Schirm holen.

Bild eins zeigte die Halle vom Eingang aus. Die Kamera dort drinnen hat eine extrem lichtempfindliche Optik.

Im Bildvordergrund lag der reglose Körper eines uniformierten Wachmanns.

Die drei Bankräuber sahen aus wie Börsenjobber von der Wall Street. Mit dem kleinen Schönheitsfehler, dass die Haie der Hochfinanz keine Maschinenpistolen mit sich herumschleppten.

Sie hatten Kunden und Bankangestellte zu einem Pulk zusammengetrieben. Hinter den Frauen, Männern und Kindern erhob sich eine dunkle Marmorwand. Die Schreibtische und Zimmerpflanzen, die noch herumstanden, spielten keine Rolle. Es war eindeutig, welche Taktik die Gangster im Sinn hatten. Die Drohung, in Sekundenschnelle ein Blutbad anrichten zu können.

Der Kassierer befand sich als Einziger außerhalb der Gruppe. In seinem Glaskasten. Er würde gehorchen müssen, wenn er den Befehl erhielt, das Geld einzusacken.

Bild Nummer zwei war außerhalb der Bank aufgenommen worden, von einer Videokamera, die sich an der linken Seite über dem Eingang befinden musste.

Zwei Wagenlängen vom Eingang entfernt stand ein dunkelblauer Chrysler Voyager. Drei Männer in schwarzen Nadelstreifenanzügen waren ausgestiegen, die Aktenkoffer einheitlich in der linken Hand. Sie hatten die Schiebetür an der rechten Wagenseite benutzt. Die Beifahrertür war geschlossen. Wegen der dunkel getönten Scheiben der Großraumlimousine konnte man nicht erkennen, wie viele Personen noch drinsaßen.

»In der Bank haben wir folgende Lage«, erklärte Lieutenant Marrow und winkte uns zu einem Farbmonitor, auf dem das aktuelle Geschehen ablief. »Insgesamt sechzehn anwesende Kunden. Die teilen sich auf in fünf Frauen, drei Kinder und acht Männer. Der Wachmann ist Security Officer Jack Rollins, vierundfünfzig Jahre alt, weiß, US-Staatsbürger, unverheiratet. Da wir noch keinen Sprechkontakt mit der Bank haben, können wir nur annehmen, dass Rollins bewusstlos oder tot ist. Außer den Kunden sind acht Bedienstete da – vier Männer, vier Frauen – einschließlich Filialleiter und Kassierer.«

Manchmal hörte sich Marrow an wie ein wandelndes Protokollbuch.

»Und auf unserer Seite?«, fragte ich.

»Alles im Laufen«, erklärte der schwergewichtige Lieutenant stolz. »Versteckte Absperrung von allen Seiten. Wir wollen den Bastarden ja nicht zu schnell das Gefühl geben, dass sie in der Falle sitzen. Die Scharfschützen gehen in diesen Minuten in Stellung. Für die Verfolgung haben wir neutrale Fahrzeuge parat, die Reviere in der Umgebung sind verständigt. Hubschrauber sind startbereit. Ein paar von unseren Jungs meinten, wir müssten erst die Psycho-Experten aufmarschieren lassen – diese Burschen, die glauben, sie könnten einen Geiselnehmer so lange besoffen reden, bis er aufgibt.«

»Noch ist es ja keine Geiselnahme«, sagte Phil.

»Richtig«, brummte Marrow. »Wenn sie ihre Dollars eingesackt haben, werden sie versuchen, leise weinend zu verschwinden, und dann haben wir sie.«

So einfach stellte er sich das vor.

»Gibt es eine Aufzeichnung von der Übertragung?«

»Von dem Moment an, in dem der Kassierer auf den Knopf gedrückt hat. Was vorher gelaufen ist, haben wir nur in Standbildern. Die werden automatisch im Zeittakt gespeichert.«

»Würde ich gern alles sehen.«

Marrow sah mich an und schien zu denken, dass die Burschen vom FBI wohl immer so komische Anwandlungen haben mussten. Sich ausgerechnet jetzt den langweiligen Kram von vorne ansehen zu müssen! Wo es doch gleich zur Sache gehen sollte.

Nur Captain Anderson warf mir einen verständnisvollen Blick zu. Er fühlte sich in erster Linie für den uniformierten Teil der Revierbeamten zuständig. Marrow hatte es im Laufe seiner Dienstjahre geschickt verstanden, sich als Leiter der Detective Division zum Alleinherrscher zu machen. Und Anderson hatte es mit sich machen lassen. Dabei waren beide keine schlechten Kerle.

»All right«, brummte Marrow und klopfte dem Beamten vor dem Bildschirm auf die Schulter. »Schmeiß eine neue Kassette rein, Roy. Jerry und Phil wollen die Geschichte von Anfang an kennen lernen.«

Auf dem aktuellen Schirm legte der Kassierer gerade den ersten Leinenbeutel mit Bargeld auf den Tresen.

»Wird überhaupt nicht gesprochen?«, fragte ich, denn ich wusste, dass auch eine Tonübertragung existierte dank versteckter Hochleistungsmikrofone in der Bank.

»Im Augenblick nicht«, antwortete der Cop, der Roy hieß. »Sie haben ein paar Mal was von sich gegeben. Aber nur das Notwendigste.«

Wir begaben uns mit der Kassette an ein anderes Desk, wo es einen freien Videorecorder mit Monitor gab. Die eine Frage bewegte Phil und mich natürlich am meisten: Wussten die Gangster, dass zwischen der Filiale der Chase Manhattan Bank und dem zuständigen Polizeirevier eine Standleitung für Datenübertragung existierte – einschließlich digitaler Bildumset-zung?

Da heulten keine Sirenen in der Bank los.

Und auch im angeschlossenen Revier lief es ohne Lärm ab. Nur Warnlampen leuchteten auf, und dann konnten die Cops auf den Bildschirmen beobachten, was sich abspielte. Längst nicht alle Banken verfügten über dieses High-Tech-Alarmsystem.

Henry Vincent ließ sich einen Hot Dog herüberschieben. Dann die Coke mit zerstoßenem Eis. Er bezahlte, tupfte Senf auf den Pappteller und begann zu essen. Das Würstchen war knackig und aromatisch. Bis jetzt hatte er den Eingang der Bank keine Sekunde lang aus den Augen gelassen. Das war sehr einfach.

Der Imbissladen war genau gegenüber. Drinnen konnte man auf Stühlen an Tischen sitzen. Draußen hatte man die Möglichkeit, unter dem vom Tresen hochgeklappten Vordach zu stehen und quasi im Vorbeigehen zu futtern. Außer Vincent waren noch zwei Halbwüchsige da. Sie stopften sich mit Pommes frites voll.

Zum Glück floss der Verkehr. Deshalb war das Blickfeld immer nur für kurze Momente versperrt, wenn mal ein Truck vorbeirollte. Diesseits parkten nur Limousinen am Fahrbahnrand. Auch gut für den Überblick. Und auf der anderen Seite war der Voyager das einzige höhere Fahrzeug. Aber da spielte es letzten Endes keine Rolle.

Vincent musste grinsen, wenn er sich die Jungs in der Bank vorstellte. Bestimmt beneideten sie ihn. Sein Job war so was wie eine Pause beim schnellen Geldverdienen. Und noch lief alles wie ein Spaziergang. Kein Schwein hatte drinnen die Alarmanlage ausgelöst. Zweimal hatten sich bis jetzt Leute gewundert, dass der Eingang dicht war. Und dass der Uniformierte nicht mehr da war. Aber das kam wohl schon mal vor. Konnte ja sein, dass sie ihre Mittagspause vorverlegt hatten, die Banktypen. Die machten ja sowieso ihre eigenen Öffnungszeiten. So, wie es ihnen gerade in den Kram passte.

Vincent stopfte sich den Hot-Dog in den Mund, kaute ausgiebig und spülte mit der eisigen Coke nach Tat gut so was, an einem Tag wie heute. Wenn die Glücksgöttin es so gut meinte wie die Sonne, konnte man die Sache schon mal abhaken. Er zündete sich eine Zigarette an und lehnte sich an den Tresen. Genau genommen lief es wie was Geschäftliches. Das Einzige, was nicht zu Businessmen passte, war die Spritze mit dem indianischen Pfeilgift. Und die Schießeisen. Natürlich. Aber sonst – kurz und schmerzlos.

Hineinspaziert und abkassiert!

Nur mal eben Bares abholen, wieder raus und ab die Post!

Die Jungs hatten Recht. Je einfacher man einen Job machte, desto weniger konnte schief gehen. Und die einfachen Sachen klappten sowieso am besten. Auch das mit den Klamotten war in Ordnung, obwohl Vincent anfangs gedacht hatte, dass sie besser alle fünf in diesen piekfeinen Anzügen herumlaufen würden.

Aber die Mehrheit hatte anders beschlossen. Henry Vincent blickte an sich hinab. Mit seinem blauen Overall konnte er alles Mögliche sein. Ein Klempner bei der Frühstückspause. Oder einer von diesen Künstlertypen aus Greenwich Village.

Slim Keenes, drüben im Voyager, trug die gleiche Kluft. Gut so. Das musste man einsehen. Damit hatten sie mehr Bewegungsfreiheit, wurden nicht gleich mit den Nadelstreifen-Jungs in Verbindung gebracht – wenn es überhaupt was in Verbindung zu bringen gab.

Slims Gesicht war nur ein heller Fleck hinter dem getönten Glas. Die Leute auf dem Bürgersteig trabten ihren Zielen entgegen, ohne irgendwas zu beachten. Den Voyager nicht und auch den Eingang der Bank nicht. Die beiden, die sich da die Nase gestoßen hatten, hatten es als Schicksal hingenommen. Die befürchtete Menschentraube hatte sich noch nicht gebildet. Hoffentlich überhaupt nicht, dachte Henry Vincent und schlürfte Coke.

Aus der Einmündung des Broadway dröhnte ein großer weißer Truck im Schritttempo heran. Die Sperrmüllabfuhr. Der Mann im blauen Overall verzog unwillig das Gesicht. Der Truck bog nach rechts ein, fuhr auf die Bank zu und stoppte. Die Müllwerker sprangen ab und fingen an, einen Riesenhaufen von Kartons zu verladen. Ausgerechnet. Wenn der Voyager eingeklemmt wurde – womöglich in dem Moment, in dem die Jungs mit dem Abkassieren fertig waren – Vincent verdrehte die Augen. Im nächsten Atemzug kniff er sie zusammen. Irgendwas bewegte sich, was ihm nicht gefiel.

Aber wo?

Wo, zum Teufel?

Manchmal fiel einem was auf, und man wusste nicht, was es war. Aber ausgerechnet ihm durfte das nicht passieren! Hölle und Teufel, die anderen verließen sich schließlich auf ihn. Spähend suchte er die Umgebung des Müll-Trucks ab. Auf der anderen Seite der Broadway-Einmündung stand so ein weißer Kasten von Bürogebäude, fünf Stockwerke hoch. Die Wasserbehälter auf dem Dach sahen wie dicke Spinnen mit viel zu dünnen Beinen aus. Und der Aufbau mit der Fahrstuhltechnik …

Da.

Da war es.

Henry schaffte es, der ganz eiskalte Hund zu bleiben. Keine Spur von Erschrecken oder so was. Er trank den Rest Coke in aller Ruhe. Was sich bewegte, war da oben auf dem Dach. Im Augenblick rührte sich nichts. Aber …

Er hatte den Gedanken noch nicht zu Ende, als er es wieder sah.

Grauschwarzer Stoff. Ein Stück Stahl, auch schwarz, aber mehr matt schimmernd. Und für einen Moment war auch dieses Glotzauge von Zielfernrohr da. Vincent hätte gern laut geflucht und vor Wut losgebrüllt. Aber das ging nun mal nicht. Denn jetzt, verdammt nochmal, wurde klar, dass er alles andere als der Pausenclown war. Jetzt war er der wichtigste Mann im ganzen Verein!

Er ließ seinen Blick zur anderen Straßenseite wandern, die Canal Street entlang, zu den Dächern der Nachbargebäude.

Fast erschrak er. Da oben lag so ein Kerl im Gitterbalkon einer Feuerleiter!

O verdammt, verdammt!

Dieser grauschwarze Kampfanzug der Sonderkommandos, diese elend lange Knarre mit dem Zielfernrohr …

Der Typ war einfach aus dem Wohnungsfenster im vierten Stock gestiegen, und jetzt lag er da wie ein großes Insekt. In Lauerstellung.

Henry Vincent zog das Walkie-Talkie so unauffällig und so selbstverständlich wie möglich aus der Tasche. Er schaltete auf Senden und sagte halblaut: »Eskimo an Iglu! Eskimo an Iglu! Sieht so aus, als ob der Eisbär auf euch wartet! Over.«

»Verstanden, Eskimo«, schnarrte es zurück. »Spring auf deinen Hundeschlitten! Over und Ende.«

Vincent steckte das Walkie-Talkie wieder ein. Die beiden Jungs, die sich mit ihrer zweiten Portion Pommes mästeten, betrachteten ihn mit Kennerblick. Total klar, das konnte nur ein getarnter Cop sein. Einer von der Anti Crime Unit. Die liefen ja in allen möglichen Verkleidungen herum.

Vincent durchquerte den Fußgängerstrom zur Ampel hin. Ordnungsgemäß wartete er auf Grün und schlurfte dann mit den anderen Leuten hinüber. Die Müllmänner hatten den Kartonberg beseitigt. Und der weiße Truck rollte wieder an. Jetzt war er Nebensache geworden. Jetzt lief es nicht mehr mit dem schnellen ›Ab die Post!‹.

Henry Vincent stieg auf den Beifahrersitz des Voyager und knallte die Tür zu. »Verdammte Scheiße!«, schrie er. »Scheiße, Scheiße, Scheiße!«

Slim Keenes war blass. Er hatte das Funkgespräch mitgehört.

»Bob!«, rief ich. »Lieutenant Marrow!« Vielleicht klang es eine Spur zu schneidend, denn Robert Marrow starrte mich über die Reihe der Computer-Bildschirme hinweg an. So, als wollte er sagen, was mir den einfalle, ihn herumzukommandieren. Ich winkte ihm zu, wie man einem guten Kumpel zuwinkt.

Captain Anderson kam zu Phil und mir, ohne dass wir ihn auffordern mussten. Der Lieutenant setzte sein Körpergewicht nur widerstrebend in Bewegung. Phil hatte die Kassette im Recorder schon zurückgespult.

»Sehen Sie sich das mal an«, sagte mein Freund und Kollege und tippte auf die Play-Taste.

Anderson und Marrow blickten uns über die Schultern.

Linien flackerten über den Bildschirm. Der Bürgersteig mit den eiligen Fußgängerscharen schälte sich heraus. Dann die parkenden Fahrzeuge. Der dunkelblaue Voyager befand sich in der oberen Hälfte des Bildes. Die Beifahrertür wurde geöffnet. Ein Mann in blauem Overall stieg aus, schloss die Tür in aller Ruhe und schob die Hände in die Hosentaschen. Gelassen sah er sich um, wie jemand, der noch überlegte, wie er seine freie Zeit am besten verbringen sollte. Dann drehte er sich um, wandte der Kamera den Rücken zu und ging im Passantenstrom mit bis zur Ampel. Dort blieb er stehen und wartete, bis für ihn Grün kam.

Er ging auf die andere Straßenseite.

Phil schaltete den Recorder aus.

Ich stand auf. »Wissen Sie, was das bedeutet?«, sagte ich zu Marrow und ließ es so unvoreingenommen wie möglich klingen.

Der Lieutenant zog die Augenbrauen zusammen, holte tief Luft und schnaufte. Da er etwas kleiner war als ich, musste er zu mir aufblicken. »In was bin ich hier reingeraten?«, knurrte er. »In eine Unterrichtsstunde des FBI, Thema: Wie lenke ich einen Detective Lieutenant der City Police von seiner Arbeit ab?«

»Jetzt werden Sie aber unfair, Bob«, sagte Captain Anderson behutsam.

»Okay, okay.« Marrow wedelte mit der Hand. »Also, wir haben alle gemeinsam mitgekriegt, dass die drei Bastarde in der Bank draußen Komplizen haben! Fahrer und Beifahrer, wie es aussieht. Was ist daran so ungewöhnlich?«

Phil und ich wechselten einen Blick. Wir brauchten nichts zu sagen. Marrow ahnte längst, was auf ihn zukam. Captain Anderson wusste es. Nur Marrow wollte es natürlich nicht wahrhaben.

»Der Beifahrer«, sagte ich, »kommt in Ihrem Einsatzbefehl nicht vor, Bob. Am allerwenigsten kommt wohl drin vor, dass der Mann auf die andere Straßenseite getigert ist. Was wird er da wohl machen? Denken Sie um Himmels willen nicht, dass ich den Schulmeister spielen will. Ich sehe nur, was auf uns zukommt.«

Der Lieutenant grinste. »Dass ihr Jungs vom FBI besonders gute Augen habt, war mir schon immer klar.«

Captain Anderson sandte Phil und mir einen Blick zu, in dem er um Verständnis bat. Bob Marrow war nervös, hieß die Augenbotschaft, er hat sich zu viel zugemutet, geht nicht zu hart mit ihm um.

Phil brachte es für mich auf den Punkt. »Der Beifahrer ist der Außenbeobachter, Bob. Er wird die Scharfschützen gesehen haben. Das bedeutet, dass wir die Ausgangslage gleich vergessen können.«

»Vielleicht hätten wir doch erst die Psychologen ranlassen sollen«, wagte Captain Anderson zu sagen.

Marrow starrte uns nacheinander an, und zum Schluss schien er den Captain auffressen zu wollen. »Wer ist denn hier der Revierleiter!«, schnaubte Marrow seinen Vorgesetzten an.

Und das ging um ein Haar zu weit. Phil und ich sahen, dass der stets um Ausgleich bemühte Harold Anderson kurz vor dem Explodieren war.

Davor bewahrte ihn die Sprechanlage. Eine Stimme dröhnte in den Raum.

»Einsatzleiter ans Telefon! Einsatzleiter ans Telefon!«

Captain Anderson funktionierte seinen geplanten Zornesausbruch um.

Er schob den Lieutenant zur Seite und marschierte los.

Bob Marrow sah aus, als verstünde er die Welt nicht mehr.

Phil und ich folgten dem Captain. Das Telefon stand in der Nähe der Tür auf einem halbhohen Aktenschrank. Anderson nahm ab, rief die Zentrale und schaltete das Aufnahmegerät und den Mithörlautsprecher ein. Das Gespräch wurde auf den Apparat geschaltet. Der Anrufer hustete, bevor er zu sprechen begann. Es klang wie ein blechernes Scheppern aus dem Lautsprecher.

»Okay, spreche ich jetzt mit dem Oberbullen?«

»Hier Captain Anderson, Leiter des Reviers Lafayette Street. Mit wem spreche ich, bitte?«

Der andere lachte. »All right, Mann, kein langes Gequatsche. Wir sind hier in der Bank und wissen, was läuft. Ihr denkt, ihr habt uns am Haken. Auch gut so. Wir wissen Bescheid. Kapiert? Alles, was draußen aufmarschiert ist, nützt euch einen Dreck! Verstanden?«

»Ihnen wird nichts geschehen, wenn Sie …«

»Hören Sie auf mit dem Sermon, Mann! Passen Sie genau auf, jetzt. Wir wären gern ohne großen Bahnhof abgefahren! Aber das läuft ja nun nicht mehr. Weil ihr es nicht wollt! Also machen wir es anders. Wir haben hier drinnen vierundzwanzig lebendige Leute, drei davon sind Kinder.«

»Was ist mit dem Wachmann?«, fragte der Captain rasch.

»Der wird uns als Geisel leider nichts mehr nützen.«

»Er ist tot?«

»So kann man es ausdrücken.« Die Stimme des Gangsters nahm einen härteren Ton an. »Versuchen Sie nicht, mich vom Thema abzubringen, Mister Captain. Nochmal: Wir haben vierundzwanzig Menschenleben in der Hand. Das würden wir nicht ausnutzen, wenn Sie es nicht herausgefordert hätten. Ich fange jetzt an mit unseren Forderungen. Ich hoffe, Sie haben einen Recorder laufen oder schreiben mit.«

»Das Gespräch wird aufgezeichnet.«

»Auch gut. Die ehrenwerte Manhattan Bank hat leider nur zweihunderttausend Bucks in bar auf Lager. Also nutzen wir die Gelegenheit ...«

Lieutenant Marrow hatte sich herangeschoben und hörte mit offenem Mund zu.

» ...und verlangen nochmal achthunderttausend dazu. Himmel, so schnell kriegen wir unsere erste Million zusammen! Wer hätte das gedacht!« Er lachte wieder. »Aber jetzt mal im Ernst. Ihr habt eine halbe Stunde Zeit. Ist doch großzügig, was? Wenn die halbe Stunde um ist, will ich einen Burschen in Badehose sehen, der die achthunderttausend Bucks anschleppt! Das mit den fortlaufenden Nummern brauche ich wohl nicht erst runterzuleiern, oder? Ist das angekommen?«

»Achthunderttausend Dollar in gebrauchten Scheinen, nicht fortlaufend nummeriert. Soll der Mann in Badehose ein Polizeibeamter sein?«

»Klar doch. Und der Bürgersteig vor der Bank wird abgesperrt. Nur der eine Typ soll zu sehen sein. Und noch eins: Wir stehen in ständiger Verbindung mit unseren Leuten draußen. Ist ja amtlich, dass ihr den Voyager längst im Visier habt. Damit auch das klar ist: Wir bleiben bei dem Wagen. Da wissen wir, was wir haben. Nämlich keine elektronischen Tricks an Bord.«

Ich gab dem Captain ein Handzeichen.

»Einen Moment bitte. Ein FBI-Beamter möchte mit Ihnen sprechen.«

»Donnerwetter! Sogar die Elitebullen kümmern sich um uns! Her mit dem Kerl! Und fangt schon mal an, die Bucks zusammenzukratzen. Wenn die halbe Stunde um ist, und nichts hat sich getan, schmeißen wir die erste Geisel auf die Straße.« Er brüllte das eine, letzte Wort: »Tot!«

Ich übernahm den Telefonhörer.

»Jerry Cotton«, sagte ich. »Special Agent, FBI-District New York.«

»Fein. Hört sich gut an. Steigt euer Verein voll ein?«

»Ja.«

»Welche Ehre für uns. Da fühlt man sich direkt gebauchpinselt. Haben Sie was Bestimmtes auf Lager? Drohungen, Warnungen, irgendwas in der Art?«

»Nein. Wenn Sie einverstanden sind, werde ich das Geld überbringen.«

»In Badehose?«

»Natürlich.«

»Warum? Warum Sie?«

»Ich stelle mich als Geisel zur Verfügung.«

»Sind Sie übergeschnappt?«

»Nein.«

»Wollen Sie als Held in den Büchern stehen?«

»Nein.«

»Was dann, zum Teufel?«

»Ich will nur erreichen, dass Sie die anderen Leute freilassen. Alle.«

»Bescheidenheit ist nicht Ihre Zier, was, Cotton? Sie wollen wirklich mit uns und der Million Bucks durch die Gegend fahren?«

»Dazu bin ich bereit.«

»Okay, wir reden darüber. Bringen Sie erst mal die Lappen her. Dann machen wir 'ne Lagebesprechung, während meine Kumpel das Geld zählen.«

»In Ordnung. Sie erreichen meinen Kollegen Phil Decker über die Nummer, die Sie gewählt hatten. Das Revier Lafayette Street.«

»Toll, dass ihr schon zu zweit seid. Und jetzt Schluss mit dem Gelaber. Jetzt zählen Taten, Mann!«

Es krachte im Hörer, als er auflegte.

Lieutenant Marrow trat auf uns zu, und wieder sah er den Captain und Phil und mich an – doch diesmal mit einem völlig anderen Blick.

»Tut mir Leid«, sagte Bob Marrow leise.

Wir klopften ihm auf die Schulter.

»Ich kümmere mich um das Geld«, kündigte Phil an.

Ich benutzte eine andere Telefonleitung, um dem Chef die Lage zu schildern.

John D. High würde sich mit dem FBI-Direktor in Washington in Verbindung setzen. Ich ging schon jetzt davon aus, dass der FBI die Federführung in dem Fall übernehmen würde.

Es war wie zwölf Uhr mittags auf der Main Street.

Nur ein paar kleine Unterschiede waren vorhanden. Der Gegner, auf den ich zuging, würde es nicht offen und ehrlich mit mir austragen. Am allerwenigsten mit einem Sechsschüsser. Und damals im Westen waren die Sheriffs auch nicht in Badehose und mit einem Geldsack über der Schulter herumspaziert. Ich hätte mir ebenso gut wie der Weihnachtsmann vorkommen können.

Aber dieses Zwölf-Uhr-mittags-Gefühl ließ sich einfach nicht verscheuchen. Es musste an der leeren Straße liegen. Zwischen Wooster Street und Thompson Street war die Canal abgesperrt worden. Das sind die beiden nächsten Einmündungen westlich und östlich von der Kreuzung Broadway.

Jede Menge Augen beobachteten mich. Augen und Linsen. Es hatte sich nicht vermeiden lassen.

Die Journalisten wären schlechte Journalisten gewesen, wenn sie nicht Wind von der Sache gekriegt hätten. Auch ihnen hatte die halbe Stunde gereicht, die die Geiselnehmer uns als Frist gegeben hatten. So waren sie alle da, als ich die achthunderttausend Dollar schleppte. Fernsehteams, Fotografen, Rundfunkreporter und die schreibende Zunft. Die Kameras linsten hinter mir her, zoomten mich groß ins Bild oder zeigten mich klein und hilflos in der leeren Weite.

Lieutenant Marrow hatte den Banküberfall zur Geiselnahme gemacht. Die Journalisten machten die Geiselnahme zum Medienspektakel.

Halb New York erlebte mich live, barfuß auf dem

Beton. Alle Hausfrauen vor dem Küchenfernseher litten mit mir. Bestimmt. Und abends liefen dann nochmal die Aufzeichnungen für die heimkehrenden Brötchenverdiener. Die wirklichen Krimis waren eben immer noch die besten.

Ich ging auf den Glaskasten zu, in dem der Security Officer Jack Rollins getötet worden war. Wir hatten das inzwischen auf einem Video-Standbild entdeckt. Diese blitzschnelle Injektion. Curare, intramuskulär. Eine knappe, nicht einmal auffällige Handbewegung genügte für so etwas.

Noch rührte sich nichts.

Auf dem abgesperrten Teil der Canal Street war ich die einzige Menschenseele. Die Scharfschützen hatten sich von den Dächern zurückgezogen. Weisungsgemäß. Und die Journalisten hielten sich dran, die Absperrungen nicht zu durchbrechen. Trotz berufsmäßiger Neugier schien ihnen klar zu sein, dass Menschenleben auf dem Spiel standen.

Hinter dem Glaskasten war es dunkel. So sah es für mich aus. Ich wusste jedoch, dass das Licht in der Bank nur gedämpft war.

Ich blieb vor den Türflügeln aus Panzerglas stehen.

Den Geldsack ließ ich vor meinen Füßen zu Boden sinken. Ich hob beide Hände, um zu zeigen, dass ich unbewaffnet war. Dann bückte ich mich betont langsam und öffnete den Sack. Die gebündelten Banknoten mussten selbst in den Teleobjektiven der zweihundert Yards entfernten Kameras noch deutlich zu erkennen sein. Die Zentrale der Chase Manhattan Bank hatte das Geld zur Verfügung gestellt. Ohne bürokratisches Hin und Her.

Die Türflügel glitten auseinander.

Ich schlug den Sack zu, hob ihn auf und trat ein.

Hinter mir summte es, und die Tür schnappte zu. Hier können sie dich verhungern lassen, dachte ich. Aber das würden sie nicht tun, denn sie waren daran interessiert, ihre erste Million voll zu kriegen. Geteilt durch fünf. Wenn auch, Sie waren clever genug, ihre Forderungen nicht zu hoch zu schrauben.

Es dauerte nicht lange, höchstens zehn, zwanzig Sekunden, dann ließen sie mich herein.

Ich kniff die Augen zusammen, um mich an das Halbdunkel zu gewöhnen. Und es war kühl. Zu kühl, wenn man nicht mehr als eine Badehose auf dem Leib trug.

Einer der Gangster stand direkt neben mir. Der Lauf seiner Maschinenpistole zeigte auf meinen Bauch. Der Mann drückte den Türschließer in der Wand. Alle drei sahen noch immer gleich aus. Die Maske schien ihnen nichts auszumachen. Vielleicht hatten die Hersteller dieser Dinger eine neue, poröse Gummisorte erfunden.

Die kurze Zeitspanne, bevor der Bankräuber neben mir anfing zu reden, genügte mir für einen Überblick.

Der Tote lag nach wie vor an der Stelle, wo sie ihn hatten hinfallen lassen.

Kunden und Angestellte der Bank standen noch so, wie ich es auf dem Bildschirm gesehen hatte. Die Kinder schmiegten sich an ihre Mütter. Niemand gab mehr einen Laut von sich. Alle Gesichter waren blass, die Augen vor Angst geweitet. Keiner war in der Lage, seine Nerven zu beruhigen. Auch der Kassierer war jetzt bei den anderen – bewacht von den beiden Gangstern.

»Hallo, G-man«, sagte der, der die zweite Glastür geschlossen hatte. »Jetzt tragen Sie den Sack genau zehn Schritte vorwärts, bleiben stehen und falten die Hände auf dem Hinterkopf.«

Seine Komplizen begingen nicht den Fehler, sich umzudrehen. Sie behielten die Geiseln im Auge. Keiner dort drüben wagte es denn auch, sich zu bewegen.

Ich gehorchte, zählte meine Schritte und verharrte weit vor der Leiche des Wachmanns. Ich ließ den Sack sinken und hob die Hände wie befohlen.

»Jetzt drei Schritte nach rechts«, kommandierte der Gangster hinter mir. »Und die Hände schön oben lassen!«

Ich tat auch das. Alles Weitere lief wie ein Uhrwerk. Sie hatten genug Zeit gehabt, darüber nachzudenken. Sie schickten Howard Walter, den Kassierer, zum Geldzählen herüber. Der, der mich hereingelassen hatte, bewachte Walter und mich gleichzeitig. Niemand sprach ein Wort. Der Gangster stand in der Nähe des Toten. Im Ernstfall genügte ein kurzes Schwenken der Maschinenpistole, und der Maskierte konnte den Kassierer und mich mit einem einzigen Feuerstoß töten!

Die Kälte kroch mir in die Knochen. Es war aber nicht allein jene Kälte, die von der Klimaanlage produziert wurde. Es lag viel mehr daran, die Menschen in der Gewalt der Verbrecher zu sehen – und zu wissen, dass eine Kleinigkeit genügte, um hier ein grauenhaftes Blutbad auszulösen.

Ich wollte um nichts in der Welt der Anlass sein.

Deshalb sprach ich nicht unaufgefordert.

Solange wir nicht wussten, mit welcher Sorte von Gangstern wir es zu tun hatten, war auch das winzigste Risiko zu groß. Zwar hatte ihr Auftreten nichts Anfängerhaftes, doch der Eindruck konnte täuschen. Ich durfte nicht darauf bauen, dass diese Burschen so eiskalt und berechnend waren, wie sie aussahen. Der, der den Kassierer und mich bewachte, benutzte die freie linke Hand um ein Walkie-Talkie einzuschalten und sich mit seinen Komplizen im Fahrzeug in Verbindung zu setzen. Er erfuhr, dass draußen alles in Ordnung war.

Howard Walter bestätigte, dass die Summe stimmte und dass die Geldscheine gebraucht und nicht fortlaufend nummeriert waren. Er erhielt Befehl, die kleineren Geldsäcke vom Tresen neben den Schalter zu nehmen und neben den großem Sack zu legen. Anschließend wurde er zu den anderen geschickt.

In der nächsten Minute musste ich begreifen, dass ich keine Chance hatte.

»Auf Ihr großzügiges Angebot können wir leider nicht zurückkommen, Cotton«, sagte mein Gegenüber. »Wir haben hier nämlich keinen Röntgenapparat. Deshalb können wir nicht rauskriegen, ob Sie einen Peilsender oder ein Mikro geschluckt haben. Ist ja alles drin, stimmt's?«

»Sie irren sich. So etwas ist technisch nicht machbar«, entgegnete ich mit fester Stimme. »Denken Sie nochmal drüber nach. Mit einem FBI-Beamten als Geisel stehen Sie wesentlich besser da als ...«

»Nein«, unterbrach er mich peitschend. »Kommt nicht in Frage. Sie können mir viel erzählen. Was euer Verein an Tricks draufhat, überblicken wir nicht. Wir haben abgestimmt. Ergebnis negativ. Fall erledigt. Sie schnappen sich jetzt die komplette Million und bringen sie raus. Ein Stück nach links, und dann laden Sie die Säcke in einen dunkelblauen Voyager. Der ist nicht zu übersehen. In dem Wagen sitzen unsere Partner. Beide bewaffnet. Und vergessen Sie nicht, dass wir über Funk in Verbindung stehen. Okay ...« Er blickte in die Runde, als müsste er noch einmal alles kontrollieren. Die Bestandsaufnahme fiel zu seiner Zufriedenheit aus. Er nickte. »Dann Abmarsch, Cotton. Hände runter, Säcke aufnehmen und los!«

Ich gehorchte. »Was soll ich anschließend tun?«, fragte ich, schön mit der Million Dollar beladen.

»Gute Frage«, brummte der Maskierte. »All right, Sie erfahren das draußen, an Ort und Stelle.« Auffordernd und herrisch bewegte er den Kopf.

Ich wusste, dass ich nichts hinauszögern konnte. Ich neigte zu der Ansicht, dass wir es wirklich mit Profis zu tun hatten. Nicht unbedingt die Top-Elite. Aber es waren Burschen mit Erfahrung.

Wieder betätigte er den Türöffner für mich, und wieder stand ich eine Weile in dem Glaskasten. Nirgendwo auf den Dächern waren Scharfschützen zu sehen. Und nirgendwo hinter den parkenden Fahrzeugen bewegte sich etwas. Die Eingänge von Läden, Büros und Wohngebäuden waren geschlossen. Niemand stand hinter den Fenstern, um zu gaffen. Die New Yorker haben es gelernt, mit dem allgegenwärtigen Gewaltverbrechen zu leben. Und sie wissen, wie man sich verhalten muss, wenn Mitbürger in Lebensgefahr schweben.

Endlich wurde ich aus dem Glaskäfig entlassen.

Ich trug die Geldsäcke auf den Voyager zu.

Drei Schritte war ich noch von dem Wagen entfernt, als die Schiebetür auf der rechten Seite zurückglitt. Ich ging weiter. Der Mann, den ich zu sehen kriegte, trug einen blauen Overall. Scheinbar seelenruhig saß er auf der mittleren Sitzbank. In der rechten Hand hielt er eine Beretta. Die schwere Automatik ruhte auf seinem rechten Oberschenkel. Sein Kopf war unter einer gestrickten schwarzen Maske verborgen. Die Öffnungen für Augen und Mund hatten weiße Ränder.

»Rein mit dem Geldsegen«, sagte der Vermummte. Es klang dumpf. Er schob sich auf dem Sitz bis zur anderen Wagenseite. Mit dem Pistolenlauf deutete er auf die hintere Sitzbank.

Ich warf als Erstes den Sack mit den achthunderttausend Dollar nach hinten. Nun konnte ich auch den Fahrer sehen. Er trug die gleiche Strickhaube wie sein Komplize. Ich beförderte die kleineren Säcke auf die hintere Bank.

»Zurück an die Hauswand!«, befahl der Bewaffnete. Er ließ mich in die Mündung blicken. »Zwei Schritte vor der Wand bleibst du stehen. Dann streckst du die Arme aus und lehnst dich an. Die Haltung dürfte dir bekannt vorkommen, was?«

Der Mann am Lenkrad lachte hohl. Ich sah jetzt, dass er ein Walkie-Talkie sprechbereit hielt.

Das An-die-Wand-Lehnen war mir ganz und gar nicht fremd. Überall auf der Welt lassen Polizeibeamte Festgenommene auf diese Weise posieren. Das Gebäude neben der Wand beherbergte eine Anwaltskanzlei. Ich stützte mich ab wie angeordnet und betrachtete die Backsteine. Ich hörte den Voyager-Fahrer ins Walkie-Talkie sprechen. Ein kurzes Quäken tönte zurück. Dann war Funkstille.

Schon nach Sekunden verließen sie die Bank. Aus den Augenwinkeln heraus konnte ich sie beobachten.

Etwas wie ein glühender Klumpen landete in meinem Magen und dehnte sich aus.

Ein Gangster ging voraus.

Ihm folgten zwei junge Frauen.

Die beiden hielten sich an der Hand. Es war der verzweifelte Versuch, sich gegenseitig Mut zu machen, sich zu helfen – oder sich einfach nur zu trösten.

Den Frauen folgten die beiden anderen Gangster, die Maschinenpistolen schussbereit im Hüftanschlag.

Für die zweiundzwanzig Menschen in der Bank war die unmittelbare Gefahr vorüber. Ich hoffte, dass sie Ruhe bewahrten und nichts Voreiliges taten, was die Gangster zu einer Panikreaktion veranlassen konnte.

Sie dirigierten eine der Frauen zu dem Kerl mit der Pistole auf die mittlere Sitzbank. Die beiden anderen nahmen die zweite Geisel hinten in die Mitte, nachdem sie das Geld unter die Bank gestopft hatten.

Der, der in der Bank mit mir geredet hatte, trat noch einmal auf mich zu. Ich erkannte ihn an der Stimme.

»Ich habe mit Ihrem Kollegen Decker telefoniert, Cotton. Er weiß über alles Bescheid. Wir starten jetzt zu unserer kleinen Fahrt ins Blaue. Freie Fahrt ist garantiert!« Er lachte. »Natürlich kennen wir eure Tricks. Ihr werdet dranbleiben. Unauffällig. Darin habt ihr ja Routine. Aber eines dürft ihr euch hinter die Ohren schreiben: Kriegen wir auch nur irgendwie das Flattern, stirbt die erste Geisel! Ist das klar?«

»Hundertprozentig«, antwortete ich. »Wir werden nichts tun, um …«

»Sparen Sie sich den Senf«, unterbrach er mich. »Wir sehen selber, wie es nachher wird.«

Allan Fargo träumte von einem blonden Mädchen. Es hatte Marilyns Gesichtszüge, ja, es war Marilyn. Sie war ein richtiger kleiner Engel, wie sie da über die grüne Wiese schwebte. Mit ihm zusammen, Hand in Hand. Irgendwo.

Auf einmal störte sich Fargo an irgendetwas. Es dauerte einen Moment, bis es ihm klar wurde.

Dieses Bild stammte aus einem Werbespot. Grüne Frische. Mississippi Sunrise, dieser Quatsch.

Er blinzelte und stellte fest, dass er aufgewacht war. Die Weckautomatik hatte die Flimmerkiste angeknipst.

Allan Fargo rieb sich die Augen und setzte sich schlaftrunken im Bett auf. Er hörte die Stimme eines Sprechers, aber irgendwo hatte er noch Pfropfen in den Ohren. In seiner Dachwohnung war es schon wieder ganz schön heiß. Das war das Erste, was ihm richtig bewusst wurde. Von einer Klimaanlage konnte er hier nur träumen. Und Leute, die bis spät in die Nacht arbeiten mussten, waren sowieso benachteiligt. Meist kriegte man nie genug Schlaf, weil man einfach nicht den ganzen schönen Tag verpennen wollte.

»… beginnt nun offenbar das zweite Kapitel des Dramas. Die Canal Street ist nicht länger Schauplatz des Geschehens, sondern …«

Fargo war mit einem Schlag hellwach. Er schwang die Beine über die Bettkante und riss die Augen weit auf. Auch sein Gehör funktionierte automatisch besser. Er starrte auf den Bildschirm. Der Apparat stand auf einer Kommode am Fußende des Bettes.

Das Bild zeigte eine menschenleere Straße.

Nur Autos parkten links und rechts, keins fuhr.

»… sondern es beginnt eine Fahrt ins Ungewisse. Wie mögen sich die beiden Geiseln in diesen Minuten fühlen? Wie groß ist ihre Angst? Da!« Der Sprecher schrie es, als hätte die heimische Football-Mannschaft einen Punkt gemacht. »Der Wagen setzt sich in Bewegung!«

Stille.

Ein dunkelblauer Voyager löste sich von der Bordsteinkante und fuhr auf die Kamera zu. Langsam, kaum mehr als Schritttempo.

Allan Fargo fühlte sich wie gelähmt. Er erkannte jetzt die Umgebung – die Fassade des Bankgebäudes, die Kreuzung Canal Street und Broadway. Und da war doch ein Mensch! Er lehnte an der Hauswand neben der Bank. Nur eine Badehose trug er. Fargo hatte so was über Geiselnahmen schon öfter gesehen oder gehört. Alles in ihm drängte danach, zum Telefonhörer zu greifen und die Bank anzurufen.

»Marilyn …« Seine Lippen formten den Namen stumm.

Die Großraumlimousine endete im Bildmittelpunkt.

Fargo zuckte zusammen.

Durch das große Heckfenster des Wagens schimmerte es hell.

Blondes Haar.

Der Schreck traf ihn wie mit eisigen Nadeln.

Dennoch versuchte er, sich zu beruhigen. Rede dir nichts ein, sagte er sich, nicht solchen Unsinn. Marilyn ist nicht die Einzige, die in der Bank arbeitet. Außerdem nehmen sie doch eher Kunden, wenn sie schon Geiseln nehmen. Und blonde Frauen sind schließlich auch keine Seltenheit.

Er wurde nicht ruhiger. Sein Herz hämmerte. Er kannte das schließlich. Er war der Typ, der Schwierigkeiten anzog. Wie ein Magnet. Eine Zeit lang lief es gut, und dann passierte es wieder. In irgendetwas wurde er hineingezogen, ob er wollte oder nicht.

Der dunkelblaue Voyager bog nach rechts ab in den Broadway.

Neben der Bank richtete sich der Mann in Badehose aus seiner unbequemen Haltung auf.

»Wie ich gerade erfahre, liebe Zuschauer, hat der FBI-Beamte im Bild einen bewundernswerten Einsatz geleistet. Es ist Jerry Cotton, der Special Agent, von dem viele von Ihnen schon gehört haben werden. Er ist geradewegs in die Höhle des Löwen gegangen, hat das geforderte Geld überbracht und sich als Geisel zur Verfügung gestellt! Um all die Menschen in der Bank zu retten! Ich denke, man kann diese mutige Tat gar nicht hoch genug einschätzen. Leider sind die Gangster aber nicht auf das Angebot des furchtlosen G-man eingegangen! Wir werden in Kürze erfahren, wer die beiden Frauen sind, mit denen wir gemeinsam hoffen, dass es für sie glimpflich abgehen möge …«

Polizeifahrzeuge und Ambulanzwagen jagten auf die Bank zu. Der G-man ging ihnen entgegen.

Allan Fargo spürte seinen Körper nicht mehr. Nur noch das Entsetzen war in ihm, beherrschte sein Bewusstsein.

»Übrigens …«, fuhr der Sprecher fort, in einem Ton, als beschriebe er die Qualität des Rasens im Stadion, »… werden die Geiselnehmer natürlich verfolgt. Man geht dabei mit der gebotenen Vorsicht zu Werke. Das wurde uns von der Einsatzleitung versichert. Auch ein Team unseres Senders ist selbstverständlich mit von der Partie. Wir hoffen außerdem, dass wir einen Hubschrauber bekommen werden, sodass wir auch aus der Luft …«

Auf dem Bildschirm stürmten Polizeibeamte, Ärzte und Krankenpfleger in die Bank.

»Ah, ich erhalte gerade die aktuellste Meldung von den Einsatzleitern! Es besteht jetzt auch telefonischer Kontakt zwischen der Bank und dem Revier an der Lafayette Street. Nun wissen wir, wer die bedauernswerten Geiseln sind. Beide Frauen sind unverheiratet, und beide sind Angestellte der Chase Manhattan Bank.« Der Moderator machte eine bedeutungsvolle Pause, als kündigte er eine neue Mannschaftsaufstellung für die bevorstehende zweite Halbzeit an.

Allan Fargos Muskeln spannten sich. Er begann zu zittern.

Er wusste es, er wusste es!

Das Schicksal war gegen ihn.
Immer.
Immer wieder.
»In der Gewalt der Bankräuber befinden sich die neunundzwanzigjährige Laurie Winslow aus Jersey City. Miss Winslow leitet die Kreditabteilung der Bankfiliale. Die zweite Geisel ist – Moment …«
Fargo konnte nicht mehr atmen.
»… eine dreiundzwanzigjährige Sachbearbeiterin aus der Abteilung Anlageberatung, Miss …«
Fargo riss den Mund auf, um zu schreien.
»… Marilyn Barnett.«
Der Schrei des dunkelhaarigen Mannes wollte nicht enden. Er krümmte sich auf der Bettkante. Seine Seelenqualen wurden zu körperlichen Schmerzen. Es war, als würde er von Höllenfeuer durchbohrt.

Wir näherten uns der nördlichen New Yorker Stadtgrenze. Ich ließ den Jaguar im normalen Verkehrsfluss rollen. Ein Geflecht von Abbiege- und Einfädelungsspuren erhob sich über dem Grün des Van Cortlandt Parks – dort wo sich Henry Hudson Parkway und Mosholu Parkway vereinen.
»Sechs-sechs-eins kontinuierlich fünf-drei-acht«, meldete die Stimme eines Kollegen aus der Funkzentrale. In der Übersetzung des derzeit gültigen Codes bedeutete das: Fluchtwagen weiterhin in bisheriger Fahrtrichtung.
Also waren sie in Yonkers, hatten die Nachbarstadt sicher schon halb durchquert.
Phil bestätigte und klinkte das Mikro ein.
Die Meldungen über die Position der Geiselnehmer stammten von Polizeihubschraubern. Die Piloten hatten Anweisung, den Voyager aus großer Höhe und angemessener Entfernung im Auge zu behalten. Zu Lande hielten wir uns noch mehr zurück. Wir blieben außer Sichtweite. Die Entscheidung über den so

genannten Zugriff würde vorerst nicht fallen. Es hatte sich bislang keine Situation ergeben, die auch nur eine Annäherung an das Täterfahrzeug gerechtfertigt hätte.

Nichts durfte geschehen, was das Leben der Geiseln gefährdete.

Das war der oberste Grundsatz.

Nichts, aber auch gar nichts durfte Anlass sein, das Leben von Marilyn Barnett und Laurie Winslow aufs Spiel zu setzen – am allerwenigsten die Idee, der Chase Manhattan Bank die Million zurückzuholen.

Wenn es sein musste, würden wir sogar die Spur der Gangster verlieren.

Ich trug wieder meinen Anzug und das Schulterholster mit dem Dienstrevolver unter dem Jackett. Schwacher Trost. Auch die beiden Maschinenpistolen und die beiden weit tragenden Gewehre mit Zielfernrohr, hinter uns auf dem Sitz, vermochten weder Phil noch mich optimistisch zu stimmen. Wenn man es mit einem einzelnen oder höchstens zwei Geiselnehmern zu tun hatte, mochte Waffengewalt ein lebensrettendes Mittel sein. In unserem Fall waren es aber fünf Gangster. Niemals würden wir in der Lage sein, alle fünf blitzschnell und absolut gleichzeitig kampfunfähig zu schießen.

Für den Security Officer Jack Rollins wäre selbst sofortige Hilfe zu spät gekommen. So viel hatten schon die Notärzte aus den Ambulanzwagen feststellen können. Für die übrigen Leute in der Bank war es glimpflich abgegangen. Sie waren mit dem Schrecken davongekommen. Die Älteren waren nur vorsorglich ins Hospital gebracht worden, wegen Verdachts auf Schock.

Das Highway-Dreieck in der nördlichen Bronx blieb hinter uns zurück. Wir fuhren jetzt auf dem Saw Mill River Parkway, den auch die Gangster benutzten. Die schmucken Wohnhäuser von Yonkers flogen an uns vorbei.

»Ekliges Gefühl«, knurrte er.

Ich nickte. Ich kannte dieses Gefühl des Abgeschnittenseins nur zu gut, von dem mein Freund und Kollege sprach. Nicht zu wissen, was möglicherweise in diesen Sekunden passierte.

»Wir können uns immer noch eine Direktverbindung schalten lassen«, entgegnete ich. Phil wusste, dass ich die Hubschrauber meinte. War abzusehen, dass sich eine brenzlige Situation entwickelte, so hatten wir die Möglichkeit, einen der Kollegen in den Maschinen zu unserem indirekten Auge zu machen.

»Wir hängen drei Meilen dahinter«, sagte Phil. »Das können im Ernstfall drei Meilen zu viel sein. Außerdem habe ich die leise Ahnung, dass es da Typen gibt, die sich nicht an die Abmachungen halten.«

»Die Journalisten?«

»Exakt.«

»Du solltest nicht immer nur schlecht von ihnen denken.«

Phil deutete ein Grinsen an. »Den Ball könnte ich mühelos zurückgeben.«

Das Ruflämpchen des Funkgeräts flackerte. Mein Freund angelte sich das Mikro und meldete sich. Vom anderen Ende der drahtlosen Verbindung ertönte die Stimme John D. Highs. Unser Chef hörte sich so ruhig und gelassen an wie immer. Dabei wussten wir, dass ihm nichts von dem Geschehen gleichgültig war. Niemand konnte besser als Mr. High nachempfinden, wie sich die beiden Frauen in dem Voyager fühlten. Seit John D. Highs Ehefrau und Tochter vor Jahren von Gangstern getötet worden sind, hat er sein Leben dem Kampf gegen das Verbrechen gewidmet.

»Die Entscheidung in Washington ist gefallen«, erklärte der Chef. »Der FBI übernimmt ab sofort federführend die Einsatzleitung. Ich bin dem FBI-Direktor unmittelbar verantwortlich. Sie, Jerry und Phil, übernehmen den Fall vor Ort.«

»Verstanden, Sir. Haben wir die State Police dabei?«

»Das Bureau of Criminal Investigation ist Ihr direkter Ansprechpartner. Ich stehe ebenfalls mit den Kollegen in Albany in Verbindung. Das Schwergewicht liegt wie bisher auf der Überwachung durch Hubschrauber. Daneben werden getarnte Straßenposten aufgestellt, die mit Foto- und Videokameras ausgerüstet sind. Sorgen machen uns nur die Journalisten. Die Kollegen in der Luft haben ein paar Fahrzeuge identifiziert. Es scheint so, dass sich da ein ganzer Rattenschwanz drangehängt hat.«

»Haben die Gangster darauf reagiert?«

»Bis jetzt nicht. Ihre Taktik war vermutlich, im normalen Fahrzeugverkehr nach und nach unterzutauchen. Irgendwann werden sie merken, dass es den normalen Fahrzeugverkehr gar nicht mehr gibt.«

»Verstehe, Sir. Die Journalisten drängen alle anderen ab.« Phil warf mir einen Blick zu, der besagte: Siehst du! Wer hat mal wieder Recht gehabt?

»Die State Police ist angewiesen, mit Ihnen direkten Kontakt aufzunehmen«, erklärte Mr. High. »Ich halte Sie von hier aus auf dem Laufenden. Vorerst bleibt es bei absoluter Zurückhaltung.«

Phil hängte das Mikro weg.

Das Bureau of Criminal Investigation ist die Kriminalabteilung der State Police. Mit den Kollegen vom BCI hatten wir schon oft hervorragend zusammengearbeitet.

»Irgendjemand wird uns das Heft aus der Hand nehmen«, prophezeite ich.

»Wirst du jetzt zum Schwarzseher?«

»Dazu gehört nicht viel Talent – in diesem Fall.«

Es gab trotz allem einen einfachen Weg, am Ball zu bleiben. Dazu brauchten wir die Kollegen von der Kriminalabteilung aus Albany. Sie würden am schnellsten an Ort und Stelle sein. Ich brauchte nur drei, vier Sätze, um Phil meinen Plan zu schildern.

Er sah mich an. Dann nickte er und griff wortlos zum Funkmikro.

Sie hatten ihre Gummimasken abgenommen.

Marilyn Barnett fühlte sich dadurch irgendwie erleichtert. Es wirkte wie ein Zeichen der Entspannung auf sie. Der Mann links von ihr hatte ein kantiges Gesicht. Unter der Maske hatte es schmaler gewirkt. Sein kurzes blondes Haar unterschied sich nicht viel von dem Maskengrau. Der andere, rechts, war der typische Geier: Hakennase, stechende Augen, schwarzes Strähnenhaar.

Geredet wurde kaum.

Der Mann auf dem Beifahrersitz und die beiden neben Marilyn sahen sich nur ständig nach allen Seiten um.

Samtweich glitt der große Wagen über den Highway.

Marilyn hatte es nicht riskiert, Laurie anzusprechen. Laurie hatte sich auch nicht umgedreht. Sie saß stocksteif da, die ganze Zeit. Marilyn sah dauernd nur ihr dunkelblondes Haar und konnte sich lediglich vorstellen, welche Angst sich im Gesicht ihrer Kollegin spiegelte. Laurie musste es unendlich schwer haben. Sie nahm sowieso alles viel zu ernst, schon die kleinen Alltagsdinge. Marilyn hätte ihr gern Mut gemacht, ihr gesagt: Versuch doch, einfach nur die guten Seiten zu sehen. Die liegen doch auf der Hand.

Die Gangster schienen mit der Situation zufrieden zu sein.

Wie Triebtäter sahen sie nicht aus.

Also würde man sicher gut mit ihnen zurechtkommen. Man musste sich nur ruhig verhalten und all ihre Anweisungen befolgen.

Vielleicht hatte Laurie die meiste Angst vor dem Typ im Overall, der neben ihr saß. Er musterte sie immer wieder von der Seite und grinste dabei. Zugegeben, er wirkte wie ein Wolf voller Vorfreude. Aber er schien Laurie bis jetzt nicht einmal berührt zu haben. Dennoch glaubte Marilyn zu wissen, wie sich ihre Kollegin fühlte.

Laurie hatte ein komisches Verhältnis zu den Männern. Manche in der Bank nannten es Torschlusspanik. Mit ihren neunundzwanzig Jahren hatte sie noch immer keinen abgekriegt. So sah es aus. Doch die, die das glaubten, wussten nicht, dass Laurie zwei gescheiterte Beziehungen hinter sich hatte. Aus den Partnerschaften war nie eine Ehe geworden. Und Laurie Winslows Erfahrung daraus war übertriebene Vorsicht. Sie würde eher zur Panik neigen, wenn es Schwierigkeiten mit den Gangstern gab.

Andererseits war Marilyn sich auch darüber im Klaren, dass es bei ihr selbst eine Art Übermut sein konnte, der ihr so ein gutes Gefühl bescherte. Vielleicht machte sie sich etwas vor. Vielleicht war das ihre Art, mit der Angst fertig zu werden. Und wenn es dann knallte, war es auch bei ihr mit der Ruhe vorbei.

Möglich.

Sie wollte die Gangster als nette Menschen sehen.

Das war der Punkt. Aber es war keine Lösung. Sie musste es einsehen. Diese Männer hatten Mr. Rollins getötet. Eiskalt hatten sie ihn umgebracht. Folglich waren diese Männer Berufsverbrecher. Sie mussten es sein. Da hatten sich nicht etwa fünf Familienväter wegen ihrer Geldsorgen zusammengetan. Himmel, nein! Die hätten vor Nervosität herumgeschrien. Und wahrscheinlich einen Fehler nach dem anderen gemacht.

»Langsam geht es mir auf den Geist«, sagte der Mann auf dem Beifahrersitz. Er brauchte seine Stimme nicht anzustrengen, denn das Motorgeräusch war kaum zu hören. Der Mann war schlank und schmalgesichtig das Haar noch intensiver grau als das der Maske. Er schien der Anführer zu sein.

Marilyn schloss es aus der Art, wie die anderen auf ihn reagierten. Sie hörten auf ihn, kritisierten ihn nicht.

»Was denn?«, entgegnete der Hakennasige.

Der Anführer beugte sich vor, um in den rechten Außenspiegel spähen zu können. »Die Knipser. Da hängen immer mehr Typen mit ihren verdammten Kameras hinter uns.«

Die beiden neben Marilyn drehten sich um.

»Das ist nicht im Sinne des Erfinders«, knurrte der Blonde.

Der mit der Hakennase langte nach seiner Maschinenpistole. Marilyn erschrak, als er die Laufmündung neben ihr gegen die Heckscheibe hielt. »Die müssen auf den Teppich zurück!«, rief er. »Soll ich denen mal zeigen, was Sache ist?«

»Lass den Blödsinn!«, fauchte der Anführer. »Wir machen was anderes.«

Stille kehrte ein. Sie starrten nun alle nach hinten.

Als keiner mehr etwas sagte, nahm Marilyn ihren Mut zusammen und fragte: »Darf ich mich umdrehen? Nur mal sehen ...«

Ihre Bewacher starrten sie an.

Der Grauhaarige wandte den Kopf und lächelte. »Gegen die Art von Interesse ist nichts einzuwenden.«

»Danke«, sagte Marilyn artig.

Der mit dem Kantengesicht grinste, als sie sich vorsichtig umdrehte.

Sie sperrte den Mund auf. Ihre Augen wurden groß.

Die Gangster lachten.

Der Anblick war bestürzend, auf unerklärliche Weise bedrohlich. Der Pulk der Autos nahm die Breite aller drei Fahrspuren ein. Vorn und auch in der zweiten und dritten Reihe hatten sie Schiebedächer und Seitenfenster geöffnet. Mit ihren Kameras hingen sie heraus, als hätten sie noch nie in ihrem Leben einen dunkelblauen Chrysler Voyager gesehen. Mitten in dem Pulk fuhr ein offenes Cabrio. Ein Fernsehmann hatte sein Stativ mit Kamera in dem Wagen aufgebaut.

Marilyn konnte es kaum glauben.

Für die Presseleute schien das Ganze ein Riesenspaß zu sein.

So sah es jedenfalls aus.

Der gelbe Ford Thunderbird raste von hinten heran. Anscheinend hatte der Fahrer vor, mit einem einzigen, gewaltigen Rammstoß die Straße freizufegen. Ob er dann noch in den Genuss des totalen Überblicks kam, war allerdings fraglich.

Die Detective Lieutenants Brian Thayer und Derek Boswell hatten mit ihrem Jeep Wrangler die Schlussposition auf der linken Fahrspur. Noch war es ihnen nicht gelungen, weiter in die Meute der Presseleute vorzudringen. Außer dem vorpreschenden gelben Renner war hinter ihnen jede Menge Luft. Die Autofahrer, die mit der Sache nichts zu tun hatten, hielten sich weit zurück.

Thayer, der am Lenkrad saß, zog den Jeep ein Stück nach rechts.

»Denk dran, dass wir Reporter sind«, sagte Boswell. Die Kamera mit dem schweren Teleobjektiv ruhte auf seinen Knien.

»Wie meinst du das?«, entgegnete Lieutenant Thayer schmunzelnd.

»Wir sind rücksichtslos. Der Konkurrenz gegenüber.«

Der gelbe Ford Thunderbird hatte den Blinker links auf Dauerbetrieb und fuhr hart an der Leitplanke. Zusätzlich schoss die Lichthupe Serien von Blitzen ab. Der Jeep wich dem Raser nicht schnell genug aus. Und der Mann schien tatsächlich zum Rammen entschlossen zu sein. Jedenfalls täuschte er das perfekt vor.

»Okay«, knurrte Brian Thayer. »Dann kriegt er seine Lektion. Halt das teure Stück fest, Derek.«

Boswell packte die schwere Kamera mit beiden Händen und lehnte den Hinterkopf an die Kopfstütze.

Thayer zog den Jeep weiter nach rechts. Von hinten konnte der Thunderbird-Raser nicht sehen, wie der Wrangler vorn ausgestattet war. Der rasante Verfolger wurde zum Drängler und konzentrierte sich bereits auf den Vordermann der beiden Kriminalbeamten, einen grünen Dodge Spirit. Der Thunderbird quetschte sich in die Lücke. Der Beifahrer gestikulierte drohend. Zusätzlich hupte der Fahrer, während er langsam auf gleiche Höhe mit dem Jeep zog. Das Spektakel musste auch vorn auffallen, in dem dunkelblauen Voyager.

»Unverantwortlich«, sagte Lieutenant Thayer und tat, als erschrecke er. Durch den scheinbaren Schreck verriss er das Lenkrad nach rechts, und gleich darauf noch stärker nach links.

Der mächtige Rammschutz des Jeeps scherte auf den rechten Kotflügel des Thunderbird zu. Dessen Beifahrer riss erschrocken die Hände hoch.

Es krachte ohrenbetäubend.

Gleich darauf noch einmal, als der gelbe Flitzer mit dem linken Kotflügel gegen die Leitplanke prallte und daran entlangschrammte.

Lieutenant Thayer manövrierte den Jeep mühelos nach rechts frei.

In dem Spiegel war zu sehen, wie der Thunderbird zurückblieb. Der schnittige Wagen ging in die Knie, als er sich vorn etwas brach.

Thayer und Boswell wechselten einen Blick.

»Er hat unser Nummernschild gesehen«, sagte Boswell. »Also kann er seine Ersatzansprüche anmelden.«

»Damit wird er nicht durchkommen«, entgegnete Thayer. »Dieser Wahnsinnige wäre zur Gefahr für die Geiseln geworden. Ich konnte nicht anders handeln, stimmt's?«

»Hundertprozentig«, brummte der Lieutenant, der sich bei passender Gelegenheit als Pressefotograf betätigen würde. Kopfschüttelnd betrachtete er die Fahrzeugmeute der Journalisten. »Ich möchte nicht wissen, zu was sich diese Sache noch zuspitzt.«

Die beiden Beamten der State Police ahnten nicht, wie sehr sich Derek Boswells düstere Vermutung schon in wenigen Minuten bestätigen sollte.

Seit dem Funkspruch der FBI-Kollegen waren erst zwanzig Minuten vergangen. Die beiden Beamten des BCI hatten sich nicht groß umziehen müssen, um als

Journalisten durchzugehen. Jeans und Jacketts waren als Standardkluft glaubhaft. Nur die Presseausweise waren nicht echt, stammten aus der Requisitenkammer des Hoboken Office der State Police. Die Kamera wurde auch sonst benutzt, allerdings für Tatortfotos der Spurensicherer.

Ein, zwei Minuten war es her, dass sie den Thunderbird in die Schranken gewiesen hatten.

Unvermittelt glühten Bremslichter auf. Reifen kreischten. Die gesamte Meute wurde schlagartig langsamer.

Die Lieutenants erkannten den Grund schon Augenblicke später. Die Geiselnehmer waren auf einen Highway-Parkplatz abgebogen.

Und die komplette Medienmeute folgte ihnen.

»Verdammt, jetzt wird es haarig«, murmelte Derek Boswell. »Wenn es stimmt, dass die ausgebufften Profis einen Polizeibeamten auf drei Meilen gegen den Wind wittern, sehen wir ziemlich alt aus.«

»Seit wann glaubst du an Legenden?«, erwiderte Brian Thayer vorwurfsvoll. »Denk gefälligst nicht an so einen Quatsch. Sieh lieber zu, dass du anständige Bilder in den Kasten kriegst, wenn du schon die Chance hast.«

»… schalten wir nun wieder um zu unseren Kollegen auf dem Saw Mill River Parkway. Wie ich gerade von der Redaktion erfahre, befinden sich die Geiselnehmer jetzt in der Gegend von Hastings-on-Hudson, nur wenige Meilen nördlich von Yonkers – nun, wir warten noch auf die Bilder vom Highway. Bitte haben Sie etwas Geduld, liebe Zuschauer, wir werden die Bilder gleich bekommen. Sie verstehen – bei so einer Live-Übertragung kann es gelegentlich zu kleinen Pannen kommen …«

Allan Fargo rannte aus dem Badezimmer ins Wohnzimmer. Das Glas Wasser hielt er noch in der einen

Hand, die Glückspille in der anderen. Er verharrte vor dem Fernsehapparat. Die Sendeleitung hatte sich entschlossen, ein paar Werbespots einzublenden.

Fargo stand da und schluckte die Pille. Es lag zwei Jahre zurück, dass er den verdammten Tranquilizer zuletzt genommen hatte. Er hatte das Zeug nicht mehr gebraucht, seit er Marilyn kennen gelernt hatte. Sie hatte ihm aus dem Dreck geholfen.

Und jetzt saß sie da in diesem dunkelblauen Kasten!

In der Gewalt von gottverdammten Bastarden, mit denen er früher vielleicht zusammengearbeitet hätte.

Er schüttelte sich bei dem Gedanken. Die Erinnerung war wie eine Tonnenlast. Und er hatte schon geglaubt, sie abgeworfen zu haben. Endgültig. Mit Marilyns Hilfe. Mit ihrem grenzenlosen Verständnis. Sie hatte ihn nicht dafür verachtet, dass er als kleiner Buchmacher den Leuten das Geld aus der Tasche gezogen hatte. Okay, die Cops hatten ihn erwischt, und er war ins Gefängnis gewandert.

Er hatte die Mindeststrafe von eineinhalb Jahren abgesessen, und auch die einjährige Bewährungszeit hatte er ohne Probleme hinter sich gebracht.

In dieser Zeit hatte er sein Konto bei der Chase Manhattan Bank eröffnet, in der Filiale Bond Street. Marilyn Barnett hatte damals noch dort gearbeitet. Er hatte das Konto gebraucht, weil es ohne einfach nicht ging – in einem anständigen bürgerlichen Leben. Marilyn hatte er ein paar Tage später wiedergesehen, abends, in ›Giovanni's Osteria‹ an der Ecke Bond Street und First Avenue, wo er als Kellner arbeitete. Marilyn war mit Freundinnen da gewesen. Sie hatte sich nicht für zu fein gehalten, seine zaghaft beim Hinausgehen geflüsterte Einladung anzunehmen.

Eine traumhafte Beziehung hatte begonnen.

Die große Liebe.

Für Marilyn und für ihn.

Und jetzt trampelten diese Drecksäcke darauf herum, zerstörten ihm womöglich alles.

Einer überfütterten Katze wurde ein Fleischbrocken auf einem Porzellanteller serviert und mit silbernem Besteck angerichtet. Fargo war froh, als das schmatzende Vieh endlich vom Bildschirm verschwand. Dennoch wusste er, er würde vom Regen in die Traufe geraten. Und die Tranquilizer-Pille würde erst in einer halben Stunde wirken.

Er ging seitwärts, ohne den Blick vom Fernseher zu wenden, und erreichte das Regal mit den Flaschen.

Auf dem Bildschirm wurden verschiedenfarbige Autodächer sichtbar. Der Lack glänzte in der Mittagssonne. Dort, wo die Blechdächer zu Ende waren, stand der Voyager. Die Kamera fuhr mit ihrem Zoomobjektiv auf die geöffnete Schiebetür an der rechten Wagenseite zu.

Fargo leerte das Wasserglas in den Topf seiner einzigen Zimmerpflanze und füllte es mit Whisky. Schlürfend kehrte er in die Nähe des Fernsehers zurück.

Die offene Schiebetür wurde jetzt in Großaufnahme gezeigt.

Bewegung entstand in dem dunklen Rechteck.

Fargo trank hastig. Dann setzte er ab und umklammerte das Glas.

Blondes Haar schob sich schimmernd ins Sonnenlicht.

»Marilyn!«, ächzte Fargo voller Verzweiflung. »Marilyn, mein Gott!«

Und dann stand er abermals wie gelähmt.

Leichenblass trat Marilyn ins Freie. In ihrem Nacken ruhte der hässliche schwarze Lauf einer Maschinenpistole. Der Kerl, der die Waffe hielt, trug noch den eleganten Anzug, nicht mehr jedoch die Maske.

Fargo hob das Glas. Seine Hand zitterte vor Anstrengung. Er kippte den Whisky in sich hinein.

»Die Geiselnehmer ...«, sagte der Moderator mit leiser eindringlicher Stimme, »... haben ihr Verhalten entscheidend geändert. Sie haben die Masken abgenommen. Das bestätigt auch ein Blick in den Wagen, der den Kollegen hier durchaus möglich ist. Wahrscheinlich sagen sich die Gangster, dass sie nun, da sie nicht mehr unentdeckt sind, auch nicht unerkannt bleiben werden. Die Maskierung war ja wohl ohnehin nur unter der Voraussetzung verwendet worden, dass man glaubte, die Bank an der Canal Street ohne großes Aufsehen wieder verlassen zu können. Inzwischen aber …« Die Stimme des Mannes brach ab.

Fargo presste sich die Unterarme in die Magengegend, wo die Schmerzen zu toben begannen! Das Glas hielt er noch immer in der Hand.

Der Schweinehund, der die Maschinenpistole hielt, wurde voll von der Kamera erfasst. Ein Kerl mit Hakennase und strähnigem schwarzem Haar.

Fargo prägte sich das Gesicht ein – trotz aller Qualen, die er durchlitt. Nie würde er dieses Gesicht vergessen. Die Visage stand für die Todesangst, die Marilyn auszustehen hatte.

Die Beifahrertür wurde geöffnet, und ein zweiter Kerl stieg aus. Schlank und grauhaarig. Sein Alter war schwer zu schätzen, zumal er auch noch diesen Nadelstreifenanzug trug.

Der Fernsehsprecher flüsterte: »Wie es aussieht, wollen die Geiselnehmer eine Mitteilung machen. Allem Anschein nach haben sie vor, sich an die Öffentlichkeit zu wenden. Wir werden versuchen, näher heranzukommen …«

Fargo konnte nur noch Marilyns Gesicht ansehen. Diese Angst, diese furchtbare Angst. Was ihr Gesicht ausdrückte, grenzte an Selbstaufgabe. Es war wie bei einem Tier, das vom Jäger in die Enge getrieben worden ist und auf den erlösenden Schuss wartet.

Würde Marilyn jemals wieder lachen können? Würde jemals wieder diese ansteckende Fröhlichkeit aus ihren Augen sprühen?

Unvorstellbar.

Das Gemurmel der Presseleute wurde hörbar. Gleich darauf wurde es lauter.

Der Grauhaarige winkte fordernd in die Kamera.

Fargo begriff. Der Bastard wollte, dass er auf der Mattscheibe zu sehen und zu hören war. Schon in diesem Moment zweifelte Fargo nicht mehr daran, dass der Grauhaarige der Anführer war. Ein publicitygeiles Schwein also. Wollte alle Aufmerksamkeit auf sich lenken, wo er schon mal die Gelegenheit hatte, berühmt zu werden.

Fargo musste lernen, dass er sich in diesem Punkt irrte.

»Ich gebe eine grundsätzliche Erklärung ab«, sagte der Grauhaarige, als ein wulstiges Mikrofon vor ihm auftauchte. Links von ihm waren Marilyns kreideweißes Gesicht und die Visage des Hakennasigen.

Die Reporter wurden mucksmäuschenstill. Nur die Kameraverschlüsse schnatterten. Aber auch das hörte auf, als der Gangster eine herrische Handbewegung machte.

»Ich will keinen gottverdammten Verfolger mehr hinter uns sehen«, sagte der Grauhaarige schneidend. »Keinen!« Er blickte mit funkelnden Augen in die Runde und fuhr dann fort: »Anscheinend hält sich die Polizei so ziemlich an die Abmachungen. Aber bei euch Presseleuten scheint es mit der Einsicht nicht zu funktionieren. Deshalb sage ich es euch ganz klar und deutlich. Und ich sage es nicht zweimal!« Er legte seine Hand auf Marilyns Kopf.

Tränen rannen über ihr Gesicht, und dabei wagte sie kaum zu atmen.

Allan Fargo krümmte sich! Die Schmerzen in der Magen- und Darmgegend wurden unerträglich. Sein ganzer Hass, ohnmächtig und doch wild, konzentrierte sich auf diesen grauhaarigen Kerl.

Der Grauhaarige betonte jede einzelne Silbe, wie ein Schulmeister vor einer bockigen Klasse: »Ich will keinen Reporter mehr sehen!«

Er ließ eine Pause folgen, um den Satz wirken zu lassen. In der Tat herrschte Ruhe.

»Wenn ihr nicht aus unserer Nähe verschwindet«, fuhr der Mann fort, »werfen wir euch die Kleine vor die Füße.« Er bewegte Marilyns Kopf hin und her.

Fargo schrie auf. Dann wimmerte er und sank zu Boden.

»Wir machen keinen Spaß«, erklärte der Grauhaarige kalt. »Lasst euch das gesagt sein. Wir haben zwei Geiseln, und wir lassen uns keinen Ärger mehr bieten. Wir fahren jetzt weiter. Ihr bleibt hier. So einfach ist das. Klappt es nicht …« Er schüttelte Marilyns Kopf noch einmal.

Erneute Stille.

Sie stiegen wieder ein. Der Voyager fuhr ab. Im Bild war jetzt nur noch der leere Teil des Parkplatzes zu sehen. Die Redaktion des Fernsehsenders schien mit ihrem Konzept durcheinander geraten zu sein.

Fargo schaffte es, sich aufzurappeln. Das leere Glas rollte über den Fußboden. Er wankte zum Telefon, riss den Hörer hoch und wählte eins-eins-neun.

»City Police«, sagte eine freundliche Beamtenstimme.

»Warum tut ihr nichts!«, keuchte der schlanke Mann, der sich immer noch krümmte. »Warum erschießt ihr die Bastarde nicht! Mein Gott, wie könnt ihr nur mit ansehen …«

»Sir, würden Sie so freundlich sein, mir Ihren Namen und Ihre Adresse …«

»O Hölle und Teufel, die blonde Geisel ist mein Girl!«, schrie Fargo. »Warum befreit ihr sie nicht, verdammt nochmal? Ihr könnt doch nicht zulassen …« Er rang nach Atem.

»Sir, ich verstehe Ihre Sorge. Bitte haben Sie Verständnis. Es wird alles getan, was möglich ist. Das Leben der Geiseln wird auf keinen Fall gefährdet. Bitte seien Sie so freundlich und sagen Sie mir, wie Sie heißen und wo Sie …«

Fargo schmetterte den Hörer auf die Gabel.

»Sechs-sechs-eins jetzt fünf-drei-fünf. Position sechs-vier-drei ist eins-eins-sieben. Over.«

»Erreiche sechs-vier-drei in zwei Minuten. Over und Ende.« Phil stieß das Mikro in die Halterung.

Noch im selben Atemzug trat ich das Gaspedal und zog nach links. Mit einem Satz fegte der Jaguar auf die Überholspur. Zweihundertfünfundsechzig Pferdestärken entfalteten sich samtweich und doch voller unbändiger Kraft. Auf Rotlicht und Sirene verzichtete ich vorsichtshalber doch. Ich wusste nicht, wie nahe wir den Geiselnehmern möglicherweise kommen würden. Auf keinen Fall durften wir sie aufschrecken oder auch nur misstrauisch machen.

Die codierte Funkdurchsage stammte von unseren BCI-Kollegen Thayer und Boswell: Fluchtfahrzeug jetzt auf Weiterfahrt. Anhalteposition des Fluchtfahrzeugs ist unter unserer Kontrolle.

Ich knüppelte die Gänge hoch und kümmerte mich nicht um Geschwindigkeitsbeschränkungen. Die mittlere Leitplanke wurde zu einer fließenden Linie.

Über Funk hatten wir das Wesentliche schon mitgekriegt – die Forderung der Geiselnehmer vor allem. Aber auch die erfreuliche Meldung, dass Derek Boswell mit seiner Telekanone sogar in das Innere des Voyager geschossen hatte.

Eine Chance, weitere als Journalisten getarnte Polizeibeamte einzuschleusen, würde sich nun nicht mehr ergeben. Verständlicherweise hatten die Gangster die Nase voll von der Meute, die da hinter ihnen hergehechelt war.

»Im Grunde«, sagte Phil, »können wir froh sein, dass sich die Burschen die Verfolger selbst vom Hals geschafft haben.«

Ich wusste, was er meinte. Es wäre ausgeschlossen gewesen, die Reporter etwa durch einen Polizeieinsatz abzudrängen. »Natürlich«, antwortete ich. »Die Gangster hätten es sofort auf sich bezogen, wenn sie das erste Polizeifahrzeug gesehen hätten.«

Phil nickte. »Die Katastrophe wäre unvermeidlich gewesen.«

Es stimmte. Wir konnten noch einmal aufatmen. Die Beobachtung des Täterfahrzeugs lag jetzt ausschließlich bei den Polizeihubschraubern. Zum Glück war der Himmel fast wolkenlos. Deshalb konnte die Maschine in großer Höhe und mit ausreichendem Sicherheitsabstand fliegen. Auf jeden Fall waren wir weiterhin über die Position des dunkelblauen Voyager informiert.

Das erste Hinweisschild, das den Parkplatz ankündigte, kam in Sicht.

Ich nahm Gas weg. Die Tachonadel sackte von hundertzwanzig Meilen ab. Ich schaltete herunter. Die Lücken im vorschriftsmäßigen Verkehrsfluss waren ausreichend groß. Noch mit achtzig Meilen zog ich über die mittlere auf die rechte Spur und bremste dann ab.

Die Reifen rumpelten über den angerauten Beton der Parkplatz-Einfahrt. Die Abgrenzung war eine grüne Wand aus Buschwerk. Dahinter erhob sich das Hügelland, das für diese Gegend östlich des Hudson River typisch war.

Ich bremste stärker und brachte den roten Flitzer hinter den kreuz und quer abgestellten anderen Wagen zum Stehen. Phil meldete uns bei der Funkzentrale ab. Wir liefen nach vorn.

Stimmengewirr empfing uns.

Die beiden Lieutenants von der Kriminalabteilung der State Police versuchten, sich Gehör zu verschaffen. Doch immer wieder wurden sie von den ganz Empörten überbrüllt.

Phil und ich schlugen einen Bogen um die laute Versammlung. Thayer und Boswell atmeten auf, als sie uns sahen. Gebrüll und Gezeter der Sensationsgierigen gerieten ins Stocken.

»Neutrale Dienstwagen sind im Anmarsch«, erklärte Lieutenant Thayer halblaut, als wir uns neben den beiden aufbauten. »Den Parkplatz machen wir endgültig dicht. Wir haben natürlich nicht im Griff, was sich an den nächsten Highway-Auffahrten tut. Die Redaktionen können neue Reporter losschicken.«

Ich nickte.

Phil und ich hielten unsere Dienstausweise hoch.

»Die Special Agents Cotton und Decker haben die Einsatzleitung!«, rief Lieutenant Boswell. »Wenn Sie meinen, sich beschweren zu müssen ...«

Ich sah, dass ein paar Fotografen ihre Kameras hoben. Auch die Fernsehteams machten Anstalten, wieder aktiv zu werden.

»Keine Aufnahmen!«, rief ich schneidend. »Ich weise Sie darauf hin, Gentlemen, dass ich sämtliches Filmmaterial beschlagnahmen lasse, wenn Sie die Sicherheit der Geiseln gefährden. Und das tun Sie, wenn dieses Gespräch über Sender läuft!«

»Das ist doch an den Haaren herbeigezogen!«, schrie einer.

»Das ist unzulässige Zensur!«, brüllte ein anderer.

Und der Nächste: »Wir lassen uns nicht an der Ausübung unseres Berufs hindern! Damit kommen Sie nicht durch, Cotton!«

»Wenn sich der FBI mal wieder aufspielen muss«, tönte eine weitere Stimme, »heißt das noch lange nicht, dass wir es ausbaden.«

Immerhin reagierten sie auf meine Handbewegung und wurden ruhig. Von Berufs wegen hatten sie es gelernt, gut zuzuhören. Es konnte ja immer sein, dass sie etwas verpassten, was sie später zur Schlagzeile machen konnten. Etwa, wenn ich etwas sagte, was über meine Befugnisse ging. Doch den Gefallen würde ich ihnen nicht tun.

»Ich meine es absolut ernst«, sagte ich eisig. »Ich bin dem Special Agent in Charge des FBI-Distrikts New York und dem FBI-Direktor in Washington verantwortlich. Und unser Einsatzbefehl ist eindeutig: Das Leben der Geiseln muss unbedingt geschont werden!

Für diese Erkenntnis brauchte der normale Menschenverstand nicht einmal einen Einsatzbefehl. Deshalb: Wenn Sie als Reporter nicht einsehen können, dass Sie von den Geiselnehmern Abstand halten müssen, werden wir es eben durchsetzen. Notfalls mit Polizeigewalt.«

Sie starrten mich an. Sie starrten meine Kollegen an. Aber Phil und die beiden Lieutenants sahen nicht so aus, als ob sie das geringste Bisschen an dem zu beanstanden hatten, was ich gesagt hatte.

»Ich habe nicht vor, jemanden zu belehren«, fuhr ich fort. »Aber anscheinend ist Ihnen nicht ganz klar, wie sich die Dinge entwickeln können. Ich vermute, dass die Gangster ein Funkgerät in ihrem Wagen haben.«

»Haben sie«, bestätigte Derek Boswell und klopfte auf seine Kamera.

»Sehen Sie …« Ich nickte. »Damit ist die Gefahr bereits handfest. Es kann ja sein, dass die Geiselnehmer Verbindung zu Komplizen haben, die vor einem eingeschalteten Fernseher sitzen. Wenn die dann sehen, was sich hier abspielt – nun ich nehme an, ich brauche das nicht weiter zu erklären.«

In etlichen Mienen las ich Verständnis. Sehr viele unter den Reportern fingen an zu verstehen, zu welchem Wahnsinn sie sich hatten hinreißen lassen. Trotzdem gab es immer noch einige, die nicht aufhörten, wütend zu sein. Wenigstens hielten sie sich an das Film- und Fotografier-Verbot. Doch wir kamen nicht daran vorbei, den Parkplatz absperren zu lassen.

Hubschraubergeräusch hielt mich von einer Fortsetzung meiner Ansprache ab. Das Rotorklatschen schwoll an, und Sekunden später schwirrte die Riesenlibelle hinter der östlich gelegenen Hügelkuppe hervor und stieß auf uns zu.

Es war eine Maschine der State Police.

Sie landete auf dem freien Teil des Parkplatzes hinter unseren Rücken. Detective Lieutenant Boswell lief los, um seinen Film zu übergeben. Die Kollegen von der fliegenden Truppe würden die Filmpatrone auf dem schnellsten Weg ins nächste Labor bringen. Der Hubschrauber startete wieder, und dann ging es zum Glück Schlag auf Schlag.

Neutrale Dienstwagen der State Police erschienen vor der Parkplatz-Ausfahrt. Drei Limousinen waren es, die kurzerhand auf der Einfädelspur stoppten und zurücksetzten. Nebeneinander parkend versperrten sie die gesamte Breite der Fahrbahn. Verblüfft drehten sich die Reporter um und stellten fest, dass sich hinter ihnen exakt das Gleiche abgespielt hatte. Bevor sie herumschreien konnten, dass dies Freiheitsberaubung war, übergaben wir die Kontrolle über den Parkplatz den Kollegen, die die State Police zu unserer Entlastung geschickt hatte.

Der Jeep der beiden Lieutenants stand nicht weit von meinem Jaguar entfernt.

Thayer und Boswell begleiteten uns. Boswell berichtete, dass er alle Gangster zumindest im Profil oder im Halbprofil auf den Film bekommen hatte. Möglicherweise waren die drei Kerle im Inneren des Voyager weniger gut zu erkennen, aber die Aufnahmen würden auf alle Fälle zu verwerten sein.

Über Funk hatte Thayer erfahren, dass die BCI-Kollegen in Yonkers mit dem District Office des FBI in Manhattan zusammengearbeitet und die Herkunft des Chrysler Voyager aufgeklärt hatten. Die Großraumlimousine war völlig legal bei Hertz gemietet worden. Unter dem Namen Henry Vincent.

Phil und ich wechselten einen Blick.

Wir waren überzeugt, noch weitere Überraschungen zu erleben.

Als wir wieder in den Jaguar stiegen, flackerte das Lämpchen des Funkgeräts.

War die nächste Überraschung schon fällig?

Phil meldete sich.

Die Funkzentrale der State Police in Yonkers schaltete eine Direktverbindung mit einem Polizeihubschrauber. Für die Codierung nach dem Ziffernsystem war keine Zeit mehr.

»Eagle eins an FBI-Einsatzleitung. Hier setzt sich ein fremder Hubschrauber vor unsere Nase! Die Maschine ist schwarzgelb und mit STAR beschriftet. Diese Wahnsinnigen gehen im Direktanflug auf das Fluchtfahrzeug los. Im Himmels willen, wie sollen wir sie daran hindern?«

STAR – eines der übelsten Revolverblätter von New York. Es hieß, dass das Blut herauslief, wenn man es schräg hielt.

Ich hatte den Jaguar bereits angelassen und wendete rasant.

»Reagieren sie nicht auf Funk?«, fragte Phil rasch.

»Nein, keine Reaktion! Hölle und Teufel, wir können den Vogel doch nicht abschießen! Dann stürzt er auf den Highway, und es gibt eine Katastrophe!«

Ich jagte auf die Parkplatzeinfahrt zu. Ein Beamter der State Police lief los und rangierte die mittlere Dienstlimousine weg.

»Versuchen Sie, ihn mit Flugmanövern abzudrängen«, riet Phil.

»Leicht gesagt, G-man. Wir sind zu weit entfernt. Aber wir versuchen es. Hoffen wir, dass es nicht zu spät ist!«

Ich erreichte die Ausfahrt. Jetzt schaltete ich Rotlicht und Sirene ein und zog den Jaguar hart nach rechts auf den Seitenstreifen.

Ich ließ ihn lospreschen. Tief und kraftvoll grollte der Sechszylinder unter der langen Motorhaube. Ich schaltete zügig, stieß durch die Lücken und war gleich darauf auf der linken Spur. Keine ahnungslose Polizeistreife würde uns stoppen. Jeder Cop in den Countys nördlich von New York City war mittlerweile über die Geiselnahme informiert. Und alle wussten, dass der rote Jaguar nicht etwa unberechtigt mit Rotlicht und Sirene herumspielte.

Wieder trieb ich die Tachonadel hoch.

Das Betonband des Highways flog unter uns dahin. Dennoch konnten wir dieses elende Gefühl nicht verdrängen.

Es war das Gefühl, zu spät zu kommen.

Der Gangster im blauen Overall brüllte plötzlich los.

»Diese Schweine, diese gottverdammten Schweine. Ich hab es geahnt. Teufel, das musste ja so kommen!«

Laurie war neben ihm zusammengezuckt. Vor Schreck zog sie den Kopf tief zwischen die Schultern. Auch Marilyn spürte die neu aufkeimende Angst, die furchtbare Ungewissheit. Nichts war mehr von ihrer Zuversicht vorhanden, verflogen die Hoffnung, an den Gangstern eine menschliche Seite zu entdecken.

Der Grauhaarige war herumgeruckt. Der Fahrer hatte unwillkürlich Gas weggenommen, doch er trat sofort wieder drauf, als sein Nebenmann ihn anstieß. Auch die Haltung der beiden Kerle neben Marilyn spannte sich augenblicklich an.

Alle spähten zur Seite, nach links, wohin der Blick des Overallmanns gerichtet war.

Da drüben, über der Gegenfahrbahn, hing ein Hubschrauber, dick und fett wie eine Hummel. Schwarzgelb. Die Maschine schwebte in der Fahrtrichtung des Voyager, würde aber die geringere Geschwindigkeit nicht lange mithalten können.

Die großen schwarzen Buchstaben auf dem gelben Untergrund waren mühelos zu entziffern. STAR.

»Ganz ruhig bleiben!«, sagte der Grauhaarige mit warnendem Unterton. Er spähte am Nacken des Fahrers vorbei und beobachtete die Maschine. Deutlich konnte man im Passagierraum die glotzenden Kameraobjektive erkennen.

»Ruhig bleiben!«, äffte der Blaugekleidete den Anführer nach. »Wie soll man denn das machen, zum Teufel! Wir haben den Schwachköpfen klipp und klar gesagt, was Sache ist. Und jetzt …«

»Halt den Mund!«, fuhr der Grauhaarige dazwischen. »Es gibt immer Leute, die nicht begreifen wollen, was allen anderen klar ist.«

»Ja und?«, meldete sich der Hakennasige bissig zu Wort. »Soll das heißen, wir nehmen es hin? Einfach so?«

»Habe ich das gesagt?«, bellte der Anführer.

Die anderen schwiegen.

Er wandte sich nach vorn. Zum ersten Mal schaltete er das Funkgerät auf Senden. Bislang hatten sie nur abgehört. Aber mit dem codierten Polizeifunk hatten sie nicht viel anfangen können. Hingegen kannte er die Frequenz, auf der Privatmaschinen zu erreichen waren. Er rief die Journalisten direkt.

»Geiselfahrzeug Voyager an Hubschrauber des STAR! Bitte melden! Geiselfahrzeug Voyager an Hubschrauber des STAR! Meldet euch! Over!«

Tatsächlich waren sie sofort da.

»Hallo, wir hören euch, Freunde im Voyager! Ja, ist denn das die Möglichkeit? Wollt ihr per Funk über den Exklusiv-Vertrag verhandeln? Okay, okay, nichts dagegen einzuwenden! Wir sind flexibel, Freunde! Wir machen alles mit! Dann lasst mal hören, was ihr so fordert!«

Die Maschine zog in diesem Augenblick hoch, war schon ein Stück voraus. Elegant schwenkte sie nach links weg und setzte zu einem weiten Bogen auf Gegenkurs an. Vorübergehend war die schwarz-gelbe Hummel aus dem Blickfeld der Gangster verschwunden. Bis zum nächsten Anflug würden jedoch nur Sekunden vergehen.

»Verschwindet«, sagte der Grauhaarige. »Ich wiederhole: Verschwindet!«

»Aber, aber, Freunde! Das kann doch nicht euer Ernst sein! Wir wollen euch doch nichts Böses! Du liebe Güte, wenn ihr denkt, wir hätten was mit der Polizei am Hut, dann seid ihr auf dem total falschen Dampfer! Wir sind gewissermaßen unter uns, nachdem ihr freundlicherweise unsere Kollegen abgehängt habt! Also ...«

»Du redest zu viel, Mann.«

»Okay, okay, dann rede ich eben weniger. Nochmal: Wir sind für alle Verhandlungen offen.«

»Dann verschwindet. Auf der Stelle.«

»Also, nun lass doch mal den Blödsinn, mein Freund. Du willst uns doch nicht erzählen, dass ihr an einem Exklusiv-Vertrag kein Interesse ...«

»Ich sag es jetzt zum letzten Mal«, fauchte der Grauhaarige. »Wir haben hier eine Million in bar, und wir wollen nichts von euch. Ist das langsam klar?«

»Eine Million durch fünf ...«

»Verschwindet, oder es passiert was!«

»... da könnte man ganz gut noch was drauflegen, damit ...«

»Letzte Warnung, ich gebe euch fünf Sekunden. Einundzwanzig – zweiundzwanzig ...«

Die Männer im Voyager starrten nach draußen, wo der schwarz-gelbe Hubschrauber wieder aufgetaucht war. Erneut hing er über der Gegenfahrbahn wie diese fette Hummel die sich nicht abschütteln ließ.

Und der Grauhaarige zählte unerbittlich.

»Dreiundzwanzig ...«

Jetzt waren Hunde auf dem Fernsehschirm. Sie schmatzten in ihre Tröge, und die Schlappohren schlenkerten. Das Fleisch, das aus der Dose kam, sah so appetitlich aus wie ein Filetsteak. Die verfluchte Fernsehwerbung schien zu fünfzig Prozent aus Viehzeug zu bestehen.

Jemand hatte Nebel in die Dachwohnung geblasen. Es war ein Nebel von rötlich-goldener Farbe. Allan Fargo wusste noch, dass er sämtliche Fenster aufgerissen hatte. Die Luft war dadurch auch nicht viel besser geworden. Und dieser verdammte Nebel musste von der Sonne stammen.

Fargo begriff nicht, dass es eine Sehstörung war.

Er hing im Sessel. Arme und Beine hingen schlaff herab. Nur noch in seiner Gedankenwelt tobten Wirbelstürme. Sein Körper war ermattet. Er brachte nicht einmal die Energie auf, sich eine Zigarette oder etwas zu trinken zu holen.

Die fressenden Schlappohren und der Hinweis auf ihr angebliches Lieblings-Menü wurden ausgeblendet. Fargo sah es nur durch diesen goldgelben Nebelschleier.

Er blinzelte. Den Typ hatte er schon mal gesehen. Richtig. Der Moderator im Studio. Der, der die Zuschauer auf dem Laufenden hielt. Über das wahnsinnigste Geschehen des Tages – vielleicht der Woche, vielleicht des Monats, vielleicht des Jahres. So hatte er sich ausgedrückt.

Klar.

Es kam nur noch drauf an, was weiter passierte.

»... ist es uns nun doch noch gelungen, ihnen Bilder vom Saw Mill River Parkway anzubieten. Dort spielt sich bekanntlich dramatisches Geschehen ab ...«

Die Stimme drang wie durch langsam dünner werdende Watte in Fargos Gehör.

»... haben wir einen Übertragungswagen mit dazugehörigem Team aus Tarrytown postieren können – und zwar in der Nähe von East Irvington – in einer gut getarnten Parkplatzausfahrt. Das bedeutet also, dass unser Kamerateam dem Fluchtwagen der Geiselnehmer weit voraus ist. Jeden Moment müsste der Voyager auftauchen, wenn die Gangster sich nicht entschlossen haben, den Highway vorher zu verlassen. Wir halten uns nunmehr strikt an die Anweisungen des FBI, den Geiselnehmern auf keinen Fall zu nahe zu kommen – beziehungsweise von ihnen gesehen zu werden ...«

Ein paar Mal ging es hin und her zwischen Studio und Highway.

Fargo hörte das Gesprochene zeitweise nur wie ein

Rauschen. Manchmal waren die Stimmen erstaunlich klar. Er hatte alles schon einmal gehört. Er kannte die ganze Geschichte. Doch jedes Mal, wenn er Marilyns Namen hörte, traf es ihn noch immer wie ein Hieb.

Warum tat er nichts – wenn schon die Polizei nichts tat?

Es blieb bei der Frage, die dumpf in seinem Kopf nachhallte. Zu einer Antwort war er nicht fähig. Er wusste es, und es brachte ihn fast um den Verstand. Ein anständiger Kerl an seiner Stelle hätte etwas unternommen, um Marilyn zu retten. Irgendwie. Auch wenn es unmöglich erschien.

Der Typ im Fernseher schrie plötzlich.

»Da! Da! Da sind Sie. Sie kommen auf uns zu – und – mein Gott, Sie sind nicht allein …«

Fargo blinzelte und stierte, um das neblige Bild klarer werden zu lassen. Es half nicht viel. Aber immerhin konnte er den Highway erkennen, die eine Fahrbahnhälfte. Es regte ihn nicht mehr so sehr auf, den dunkelblauen Voyager kommen zu sehen – und den Hubschrauber, der den Wagen quasi begleitete. Schwarzgelb. Waren das die Farben der Polizei?

Der Fernsehmann schrie noch immer. »… das ist ein – ein Hubschrauber des STAR! Die Kollegen haben sich nicht an die Bedingungen gehalten! Um Himmels willen, da ist zu befürchten – und jetzt – auf einmal, ja, ich sehe sie! Zwei Polizei-Hubschrauber kommen aus größerer Entfernung. Anscheinend versuchen sie …«

Fargo schaffte es, sich im Sessel aufzurichten, als der Sprecher verstummte.

Auf dem Bildschirm rauschte der Voyager vorbei! Die Schiebetür an der Seite stand offen. Fargo sah es deutlich.

Auch der schwarz-gelbe Schwirrvogel war zu sehen.

Die Kamera schwankte hinter dem Voyager her.

Etwas flog aus der offenen Wagenflanke.

Ein Bündel.

Blondes Haar wehte.

Das Bündel rollte über die Fahrbahn und blieb plötzlich liegen.

Fargo schnellte senkrecht hoch. Etwas wie ein Stromstoß durchzuckte ihn. Sein Mund öffnete sich weit. Doch diesmal brachte er keinen Laut heraus. Der Schmerz war zu stark. Jeder Gedanke war ausgelöscht, ebenso die Wirkung von Alkohol und Beruhigungsmittel.

Er starrte und starrte.

Zwangsläufig blieb die Kameraeinstellung unverändert.

Eine Ewigkeit lang konnte er Marilyns leblosen Körper auf dem Beton sehen.

Ihr Blut.

Dass nur wenig weiter Mündungsblitze aus dem Schiebedach des Voyager zuckten, interessierte ihn nicht. Er sah es, und es kümmerte ihn nicht.

Er sah auch, wie der schwarz-gelbe Hubschrauber plötzlich wie ein Stein zu Boden stürzte. Der Flächenblitz, der da aufzuckte, ließ Fargo kalt. Ebenso das Schicksal der Menschen in der Maschine.

Für ihn gab es nur noch Marilyn.

Marilyn, wie sie dalag …

Sein Mädchen, sein totes Mädchen.

Er wusste, er würde den Verstand verlieren. Er merkte es auf einmal ganz deutlich. Wenn er nichts tat, verlor er den Verstand. Das war sicher. Und schlagartig löste er sich aus seiner Erstarrung.

Klar und deutlich stand es in diesem Moment vor seinen Augen.

Was er tun musste, stand unverrückbar fest.

Er schaltete den Fernseher aus, um Marilyn nicht mehr sehen zu müssen. Fargos Inneres war eiskalt. Marilyn gehörte ihm nicht mehr, sie war ihm genommen worden. Also war nichts mehr wichtig – bis auf das, was er tun musste.

Er musste sie töten. Jeden Einzelnen.

Von dieser Sekunde an erlebte er sich selbst wie einen Automaten. Er tat alles, was notwendig war, wie nach einem genauen Fahrplan. Dabei hatte er alles nur im Kopf. Die zwölftausend Dollar, die er gespart hatte, würden draufgehen.

Er nahm das Sparbuch aus der Schrankschublade und machte sich fertig. Er legte Kleidung und Schuhe zurecht, die er später mitnehmen würde. Essen konnte er unterwegs kaufen. Das Geld würde er in der Bankfiliale abheben, in der er Marilyn kennen gelernt hatte. Er brauchte das gesamte Geld, denn er brauchte einen geeigneten Wagen – schnell und geländegängig. Ihm war klar, dass die Bastarde spätestens nach Einbruch der Dunkelheit von den Highways verschwinden würden. Er stellte sich vor, an ihrer Stelle zu sein, und er wusste, was sie tun würden.

Dafür musste er gerüstet sein. Trotzdem konnte er nicht auf blauen Dunst fahren. Bis er aufschloss, brauchte er Anhaltspunkte. Dazu war ein geeignetes Funkgerät nötig. Er musste den Bullenfunk abhören.

Den Gesamtcode konnte man auf dem schwarzen Markt kaufen. Der Wälzer nützte nicht viel, aber wenn man clever war und sich einprägte, welche Zahlengruppen öfter vorkamen, hatte man schnell heraus, welchen Abschnitt sie gerade benutzten. Eine Waffe brauchte er nicht unbedingt. Trotzdem musste er eine haben. Es gab Situationen, in denen man ohne nicht zurechtkam.

Dennoch fühlte er sich stark genug, den Mördern mit bloßen Händen gegenüberzutreten. Jetzt, da er bei vollem Verstand war, entsann er sich all der Fähigkeiten, die er sich angeeignet hatte. Und Marilyn war es gewesen, die ihn dazu gebracht hatte, wieder zu trainieren! Ja, es hatte ihm gut getan. In dem Punkt hatte sie sich nicht getäuscht.

Vielleicht hatte sie es geahnt – geahnt, dass er seine Karatekenntnisse eines Tages wieder brauchen würde.

Er nahm das Sparbuch und verließ die Wohnung.

Er wünschte sich, dass Marilyn ihn sehen konnte – von dort, wo sie jetzt war. Dann würde sie wissen, dass er nur noch für sie gelebt hatte. Die Schweine, die ihm den Sinn des Lebens genommen hatten, hatten das Recht auf Leben verwirkt.

Murmelnd sprach er ihr Todesurteil, während er die Treppen hinunterlief.

Er war ihr Richter. Sie wussten es nur noch nicht.

Er würde ihr Henker sein. Und das würden sie erfahren. Sehr bald.

Alles stand. Auf beiden Richtungsfahrbahnen. Kein Auto bewegte sich mehr. Das Grauen hatte die Menschen gepackt. Beherzte Männer waren aus ihren Wagen gesprungen. Doch ihre Versuche, Hilfe zu leisten, endeten in entmutigtem Achselzucken.

Marilyn Barnetts zerschundener, lebloser Körper trieb selbst den härtesten Männern Tränen in die Augen.

Der Hubschrauber der Zeitungs-Haie war nur noch ein Feuerball. Dunkelrot und mit Rändern aus pechschwarzem Rauch loderten die Flammen aus dem Wrack. Es lag nur zehn Yards vom Highway entfernt auf einem Stück Brachland, neben der Fahrbahn, die nach Süden führte.

Ich stieg in die Bremse, blieb auf der linken Fahrspur. Die Sirene heulte sich aus. Autos standen mit gelb aufglühenden Warnblinkanlagen. Die Männer, die nicht mehr hatten helfen können, wichen zur Seite. Der Voyager war längst hinter der nächsten oder übernächsten Hügelkuppe verschwunden. Phil hatte die Kollegen in den Polizeihubschraubern hinterhergeschickt. Sie waren nicht rechtzeitig zur Stelle gewesen, um den STAR-Helikopter abzudrängen. Jetzt kam alles darauf an, dass sie die Geländevorteile des Hügellandes nutzten, um von den Geiselnehmern nicht gesehen zu werden.

Doch in dieser Hinsicht hatten wir keine Befürchtungen. Die Piloten der State Police hatten bewiesen, dass sie ihr Handwerk verstanden. Die Geiselnehmer hatten bislang überhaupt nicht mitgekriegt, dass sie aus der Luft beobachtet wurden. Davon konnten wir ausgehen. Denn sie hatten keine entsprechende Reaktion gezeigt.

Phil und ich stiegen aus. Beißender Brandgeruch wehte von dem Hubschrauber-Wrack herüber. Schwarze Rauchschwaden trieben über die Fahrbahn.

Schon während wir auf das tote Mädchen zugingen, hörten wir Sirenengeheul. Einsatzfahrzeuge der Polizei und der Feuerwehren aus den umliegenden Städten waren im Anmarsch. Auch Ambulanzwagen. Doch das, so wussten wir mittlerweile, würde nur der Ordnung halber geschehen sein.

Wir klemmten unsere FBI-Plaketten außen an die Brusttaschen unserer Jacketts. Und wir zeigten den Umstehenden unsere Dienstausweise, wie es Vorschrift ist. Jeder Bürger der Vereinigten Staaten hat ein Recht darauf, genau Bescheid zu wissen. Zu oft haben sich krumme Hunde mit nachgemachten Blechstücken getarnt.

Wir beugten uns über das Mädchen.

Mir drehte es den Magen um. Ich verspürte ein Würgen in der Kehle.

Und ich brauchte Phil nur anzusehen, um zu wissen, dass es ihm nicht anders erging.

Sie hatten Marilyn Barnett buchstäblich hingerichtet. Geopfert. Mit einem Feuerstoß von mindestens fünf Kugeln. Sie musste sofort tot gewesen sein. Aber wem konnte das einen Trost bedeuten! Von dem Sturz aus dem fahrenden Wagen und davon, wie ihr Körper auf dem Beton zerschmettert worden war, hatte sie nichts mehr gespürt.

Doch für uns änderte das nichts.

Wir hatten es mit skrupellosen Killern zu tun.

Sicher waren sie von den verantwortungslosen

Reportern zu dem Mord getrieben worden. Und dafür hatten die Männer in dem STAR-Hubschrauber ihren Preis gezahlt. Mit ihrem Leben. Wenn es denn ein Beispiel war, ergab es vielleicht noch einen Sinn – indem es andere Reporter davon abschreckte, zu rücksichtslos hinter Sensationen herzujagen. Aber das konnte das Verhalten der STAR-Leute trotzdem nicht im Geringsten rechtfertigen.

Phil und ich richteten uns auf und wandten uns ab. Das würgende Gefühl im Hals blieb. So schnell ließ es sich nicht verscheuchen.

Die ersten Einsatzfahrzeuge rauschten heran. Die ranghöchsten Beamten meldeten sich bei uns. Der Highway wurde in beiden Richtungen gesperrt. Wir liefen hinüber, um uns die Absturzstelle des Hubschraubers anzusehen.

Die Flammen züngelten weit verteilt, wie ein blutiger Flickenteppich. Beamte begannen, das Gelände abzusuchen. Die ersten Feuerwehr-Trucks jagten heran. Männer mit Helmen schleppten Schaumlöschkanonen und schwangen sich über die Leitplanke.

Phil und ich überließen den Kollegen von State Police, County Police und den Fire Brigades das Feld. Hier gab es für uns nichts mehr zu tun. Unsere Aufgabe lag vor uns. Im Norden des Bundesstaats. Dort, wohin die Gangster offensichtlich flohen.

Ohne Rotlicht und Sirene fuhren wir weiter.

Ich zündete mir eine Zigarette an. Der Anblick Marilyn Barnetts wollte mir nicht aus dem Kopf. Ich musste an Laurie Winslow denken, die andere Geisel. Musste sie nicht vor Angst halb wahnsinnig werden?

Phil meldete der Funkzentrale, dass wir wieder unterwegs waren. Das Gespräch lief jetzt über Zerhacker. Wir brauchten den Zahlencode vorerst nicht mehr anzuwenden.

»Bleib dran«, sagte der Kollege in der Funkzentrale des FBI-Distriktgebäudes. »Der Chef verlangt gerade eben eine Verbindung mit euch.«

Im Lautsprecher rauschte und schepperte es. Obwohl das Gespräch über mehrere Relaisstationen lief, war die Verständigung gut – besser, als es manchmal in den Straßenschluchten Manhattans der Fall war.

Phil berichtete kurz über die Lage.

»Ich verfolge die Fernsehsendung«, entgegnete Mr. High. »Es ist unfassbar, was mit der jungen Frau geschehen ist. Sie beide konnten es nicht verhindern. Niemand konnte es verhindern. FBI-Direktor Session wird nach New York kommen und die Führungskräfte der Medien einladen. Wir wollen Klartext miteinander reden. Was auf dem Saw Mill River Parkway passiert ist, darf sich nicht wiederholen. Die Reporter müssen das einfach einsehen.«

»Das Kind muss immer erst in den Brunnen fallen«, sagte ich gepresst.

Phil wiederholte es für den Chef.

»Leider ist das wahr«, antwortete John D. High. »Aber wir müssen zur Tagesordnung übergehen, so schwer es uns auch fällt. Zur Sache: Die Fotos der beiden BCI-Kollegen sind ausgewertet worden. Das Ergebnis wurde von NYSIS gleichzeitig an State Police und FBI übermittelt. Ich habe veranlasst, dass die Kollegen in Tarrytown Ihnen ein Telefax-Exemplar auf den Highway bringen. Funkbilder und Erkennungsdienst-Text werden zurzeit an alle Polizeidienststellen übermittelt, auch in den Nachbarstaaten.«

»Ist ein Motiv bekannt?«, fragte Phil.

»Nein. Die Täter sind alle mehrfach vorbestraft und haben längere Gefängnisstrafen abgesessen. Ich vermute einfach, dass sie auf schnelles Geld aus waren.«

»Das heutzutage in einer Bank zu suchen grenzt schon an Wahnsinn.«

»Vielleicht haben sie es gerade deshalb ausprobiert. Der Plan war nicht schlecht. Und die – hm – Arbeitsteilung mit fünf Mann hätte auch funktioniert. Vorausgesetzt, die Gangster hätten sich besser informiert. Darüber, was heute mit elektronischer Datenübermittlung alles möglich ist.«

»Hätte es die Scharfschützen nicht gegeben, hätte es keine Geiseln gegeben.«

»Hören wir auf damit, Phil. Den Kollegen von der City Police können wir keinen Vorwurf machen. Unter den gegebenen Umständen haben sie das Richtige gemacht. Das gilt auch für Lieutenant Marrow.«

»Auch er hat dazugelernt, Sir.«

»Sehen Sie es nicht so verbissen, Phil.«

»Sir, Jerry und ich haben vor der Toten gestanden.«

Sekundenlang schwieg der Chef. Nur das Rauschen war aus dem Lautsprecher zu hören. »Glauben Sie mir«, sagte John D. High, »dass ich gut nachempfinden kann, was Sie beide denken.«

Phil biss sich auf die Unterlippe. »Verzeihung, Sir. Natürlich wissen wir das.«

»Nun gut. Ich habe übrigens noch eine Nachricht vom Polizeirevier First Avenue South. Da ist ein anonymer Anruf aufgelaufen. Es muss der Freund Marilyn Barnetts gewesen sein. Er hat sich bitter beklagt, dass gegen die Geiselnehmer nichts unternommen würde.«

»Aus seiner Sicht verständlich.«

»Sicher. Wir versuchen, von den Bankangestellten zu erfahren, wie der Mann heißt. Schließlich müssen wir jedem noch so kleinen Hinweis nachgehen.«

Phil beendete das Gespräch, hängte das Mikro weg und steckte sich ebenfalls eine Zigarette an.

Vor dem nördlichen Horizont erhoben sich bewaldete Höhenzüge.

Die Hubschrauberpiloten meldeten, dass sie den Voyager noch im Griff hatten. Aber es würde bald schwieriger werden. Wegen der Landschaft.

Fargo war von vornherein auf der Westseite des Hudson gefahren. Auf den dortigen Highways war er zügig vorangekommen. Durch keinen Polizeirummel war er aufgehalten worden. Im letzten Tageslicht umfuhr er Albany, die Hauptstadt des Bundesstaats New York. Über den State Highway 50 kehrte er bei Saratoga Springs auf den Interstate 87 zurück. Das Bergland der Adirondack Mountains beherrschte den Horizont im Nordwesten und im Westen.

Das Funkgerät krakeelte neben ihm auf dem Beifahrersitz. Die Polizei im Saratoga County befand sich in höchster Alarmbereitschaft. Und die Hubschrauberpiloten, die da im Funkverkehr mitmischten, wurden langsam pessimistisch.

Fargo kannte den Grund.

Die Schweinehunde im Voyager würden den Tag nicht zu Ende gehen lassen, ohne von der Bildfläche zu verschwinden.

Logisch.

Wenn die Cops wussten, wo der Wagen stand, würden sie die Dunkelheit ausnutzen, um sich anzuschleichen. Das konnten die Bastarde nicht riskieren. Mit nur einer Geisel sahen sie da alt aus. Es sei denn, sie schnappten sich unterwegs noch eine neue. Aber das würden sie wahrscheinlich nicht tun. Denn es erhöhte das Risiko ebenso.

O ja, Fargo konnte sich gut in ihre Lage versetzen. Wenn er gewollt hätte, hätte er richtiges Mitgefühl für sie entwickeln können.

Sobald sie anhielten und einen neuen Überfall durchzogen – etwa auf eine Tankstelle oder einen Kiosk –, machten sie sich verwundbar. Denn sie konnten nicht von vornherein sicher sein, dass es glatt ablief. Im Fall der Chase Manhattan Bank hatten sie in dem Punkt ja auch ihren großen Reinfall erlebt.

Fargo ließ den Chevy mit sechzig Meilen pro Stunde auf der rechten Fahrspur dahinrollen. Mit dem Geld war er besser zurechtgekommen, als er gedacht hatte.

Achttausend für den grünen Chevy. Ein Pickup, der noch verdammt gut in Schuss war. Genau das Richtige, um in ländlichen Gegenden nicht aufzufallen. Mit einem Bullenschlitten würden sie den Pickup jedenfalls nicht verwechseln. Zweitausend waren für die Funkkiste und den Code draufgegangen. Und noch mal tausend für die Kanone. Eine FN Highpower, sogar mit Schalldämpfer. Er hatte das Ding im Werkzeugkasten hinter dem Fahrersitz verstaut, zwischen Schraubenziehern, Hammer und Zange. Die Funkkiste konnte er notfalls mit einem schnellen Handgriff unter dem Beifahrersitz verschwinden lassen. Als Antenne diente die Drahtpeitsche, die normalerweise das Radio versorgte. Er hatte das Ding kurzerhand umgepolt. Der Funkcode, dieser dicke Wälzer, lag unter dem Fahrersitz. Die bisherigen Fahrtstunden hatte Fargo genutzt, um sich die Zahlen einzuprägen, die sie am häufigsten benutzten.

Sechs-sechs-eins konnte alles Mögliche bedeuten – je nachdem, welcher Code gerade angewendet wurde.

Fargo lachte leise in sich hinein.

Aber hier und heute hieß das nichts anderes als ›Fluchtfahrzeug‹.

So nach und nach wusste er, wovon die Rede war. Einen absolut abhörsicheren Polizeifunk gab es eben noch immer nicht.

Er rechnete jedoch kaum damit, dass er angehalten wurde. Er hatte sich passend zu seinem fahrbaren Untersatz angezogen: abgewetzte Turnschuhe, seine älteste Jeans und eine speckige braune Lederjacke. Was sollten die Cops auch von ihm wollen? Er hatte kein Verbrechen begangen. Er nicht.

Die Stadtlandschaft von Saratoga Springs blieb zurück. Der Interstate Highway führte mittlerweile mit beträchtlichen Steigungen und Gefällstrecken durch das Bergvorland.

Fargo schätzte, dass er den Killerbastarden schon fast im Nacken saß. Mehr als zehn Meilen war er kaum noch hinter ihnen – wenn er die Positionsangabe im Funk richtig gedeutet hatte. Aber da war er ziemlich sicher.

Überhaupt fühlte er sich besser. Er hatte Verpflegung mitgenommen. Und dann noch ein Fernglas gekauft. Für schlappe hundert Dollar. Zusammen mit dem Geld, das er sowieso noch in der Tasche gehabt hatte, besaß er jetzt noch etwas mehr als tausend Bucks in bar. Damit ließ sich was anfangen. Damit konnte er sogar jemanden bestechen, wenn es sein musste.

Er hatte Marilyn nicht vergessen.

Beileibe nicht.

Schmerz und Trauer um sie waren das Schlimmste, was er jemals im Leben empfunden hatte. Doch er hatte es verdrängt, in den Hinterkopf zurückgeschoben. Seine Wut war stärker als alles andere. Seine Wut und sein Verlangen nach Rache. Beides zusammen machte ihn irgendwie unbesiegbar. Er fühlte es. Ganz deutlich.

Auf einmal klangen die Stimmen in der Funkkiste angespannter. Fargo hörte es deutlich. Er hatte sich schließlich in all den Stunden an die Stimmen gewöhnt. Die atmosphärischen Störungen waren nicht so stark, dass man sie nicht hätte auseinander halten können. Sogar ein G-man war darunter. Er gehörte zu einem Zweier-Team, das auf den Highways unterwegs war.

Der FBI hatte die Einsatzleitung, wie Fargo mitbekommen hatte. Es kümmerte ihn nicht weiter. Alle kochten nur mit Wasser. Vielleicht war er dem einen oder anderen neutralen Dienstwagen schon einmal begegnet, hatte einen überholt oder war selbst überholt worden. Jedenfalls waren sie alle bemüht, unauffällig hinter dem Schlitten der Geiselnehmer zu bleiben.

Die Drecksäcke hatten einen ziemlichen Umweg gemacht, musste Fargo feststellen. Okay, das war letzten Endes sein Vorteil.

Die Stimmen hörten sich immer noch angespannt an, wie sie ihre Zahlenkolonnen herunterbeteten. Fargo spitzte die Ohren.

Die Killerschweine verließen den Highway!

Abfahrt Wilton.

Den Ortsnamen konnten sie nicht codieren.

Fargo straffte seine Haltung hinter dem Lenkrad. Okay, es ging also los. Er war darauf vorbereitet. Er nahm die Straßenkarte aus dem Türfach und klappte sie auf dem Lenkrad auseinander. Das Saratoga County hatte er sich zurechtgefaltet. Er kannte sich schon ganz gut aus. Er achtete auf die Fahrbahn, lenkte mit der linken Hand und ließ den Zeigefinger der rechten auf dem rot eingezeichneten Highway entlangrutschen. Wilton, das war es.

Ein Stück links von der roten Linie. Fünfzehn Meilen nördlich von Saratoga Springs. Westlich des Interstate erstreckte sich das üppige Waldland. War auch eingezeichnet. Prächtig.

Vor Wilton gab es nur noch eine Abfahrt.

Schuylerville.

Fargo überlegte nicht lange. Er steckte die Karte weg. Jetzt hieß es aufpassen. Zwei und zwei zusammenzählen. Das erste Hinweisschild tauchte bereits auf. Kurz darauf scherte er auf die Abbiegespur aus und benutzte die Unterführung, um auf der angrenzenden Provinzstraße in das Gebiet westlich des Highways zu gelangen. Ein beträchtliches Stück konnte er hier abschneiden. Die Landstraße führte im Winkel auf Wilton zu, wie ein Stück Bogensehne des weit geschwungenen Interstate.

Das höher gelegene Band der Fernstraße bleib hinter ihm zurück. Dichter Nadelwald säumte die schmale Fahrbahn. Nur noch in Minutenabständen kamen dem schlanken, dunkelhaarigen Mann im Chevy-Pickup andere Wagen entgegen. Einmal überholte er einen Traktor mit Anhänger. Dann war wieder meilenweit Ruhe. Betrieben sie hier nur Forstwirtschaft? Oder hatten sie irgendwo ihre Äcker? Hölle und Teufel, was interessierte es ihn! Noch einmal nahm er die Karte zur Hand.

Der höchste Punkt im weiten Umkreis von Wilton war eingezeichnet, noch etwa drei Meilen vor dem Ort, nur ein kleines Stück von der strichdünnen Provinzstraße. Er war fest entschlossen, diesen Punkt zu erreichen. Und er würde es schaffen. Notfalls zu Fuß.

Als er nach zweieinhalb Meilen eine Schneise entdeckte, zögerte er keinen Atemzug lang, abzubiegen. Die Reifen des Pickup rumpelten über Baumwurzeln, die wie blank gewetzte braune Knochen aus dem Erdboden ragten. Also fuhren hier öfter Fahrzeuge. Kein schlechtes Zeichen.

Der Waldweg führte bald mit beträchtlichen Steigungen nach Nordwesten. Schließlich ging er in Serpentinen über. Fargo frohlockte innerlich. Was anders konnte diese Tatsache bedeuten, als dass er sich tatsächlich seinem höchstmöglichen Aussichtspunkt näherte!

Zehn Minuten später erreichte er eine Waldlichtung. Nach Westen hin wurde sie von Felsen begrenzt. Die Lichtung erwies sich als kleines Plateau. Von hier aus ging es mit dem Wagen nicht weiter. Bestenfalls zu Fuß konnte man in den Wald auf der anderen Seite vordringen. Fargo zog die Handbremse an und stellte den Motor ab. Der Chevy schüttelte sich bei der letzten Umdrehung.

Fargo erkundete den Felsen. Es war ein mächtiger Klotz mit zerklüfteten Spitzen. Dort oben leuchtete das Gestein rötlich im Licht der untergehenden Sonne. An der Südseite war der Fels abgeschrägt und schrundig. Fargo holte das Fernglas aus dem Wagen und machte sich sofort an den Aufstieg. Hölle und Teufel, besser konnte er es nicht treffen!

Oben, dreißig Fuß über den Baumwipfeln, fühlte er sich wie hinter den Zinnen einer Burg. Das Waldgebiet lag unter ihm wie ein Teppich, der Falten schlug. Er versuchte zunächst, sich mit bloßem Auge einen Überblick zu verschaffen.

Hubschrauber konnte er nirgends entdecken. Er spähte in die Richtung, in der er die Kleinstadt Wilton vermutete. Mehr als einen Fabrikschornstein und einen Sende- und Empfangsmast konnte er nicht entdecken. Wilton lag nordöstlich hinter einem Hügel. Deutlicher war die Trasse des Interstate Highways auszumachen, wie eine tief Furche, die in den Waldteppich geschnitten worden war. Wege und Schneisen bildeten schmalere Linien. Vereinzelt konnte Fargo hineinsehen, wenn die Blickrichtung stimmte.

Er schloss die Augen und konzentrierte sich.

Es war still, sehr still. Der Verkehrsstrom auf dem Highway verursachte nicht mehr als ein fernes Summen. In der unmittelbaren Umgebung, also auf der Provinzstraße, rauschte nur selten ein Wagen vorbei! Es war die Zeit fürs Abendessen, die Zeit, vor dem Fernseher die Beine lang zu machen.

Fargo benutzte nun das Fernglas, um das Waldgebiet außerhalb von Wilton abzusuchen. Wie es aussah, gab es dort eine ganze Reihe von Schneisen und Forstwegen – jedenfalls diesseits des Hügels, der den Ort selbst verdeckte. Man konnte sich keine bessere Gegend wünschen, wenn man vorhatte, sich den Blicken aus einem Hubschrauber zu entziehen.

Fargo hatte Geduld. Er würde stundenlang ausharren können, obwohl das bei Dunkelheit natürlich keinen großen Sinn ergab. Doch vorläufig dämmerte es noch nicht einmal richtig. Das Fernglas hatte ein erstklassiges Auflösungsvermögen, so viel konnte er schon jetzt feststellen.

Er brauchte nur auf Motorgeräusche zu achten. Die Schweinehunde würden auf keinen Fall an dem Fleck bleiben, wo sie aus ihrem Voyager in einen anderen Wagen umstiegen. Natürlich mussten sie ihn bereitgestellt haben, für alle Fälle. Und es musste ein geländegängiger Wagen sein.

Noch während er dies überlegte, hörte er das ferne Nageln eines Diesels. Dann jedoch, als es näher kam, ließ er das Glas wieder sinken. Es war der Traktor, den er schon gesehen hatte. Und er kam sowieso aus der völlig falschen Richtung. Es dauerte lange, bis das Dieselnageln verklang.

Deshalb hörte Fargo das Brummen erst spät.

Es war nicht einmal weit entfernt.

Die Dämmerung hatte eben erst begonnen! Fargo spähte zunächst mit bloßem Auge. Im nächsten Moment beschleunigte sich sein Herzschlag.

Da bewegte sich etwas!

Der Weg führte von Nordosten nach Südwesten, am Fuß des Berges entlang. Die Bewegung war schwach, denn die Baumkronen ließen nur wenig Raum. Doch eindeutig war es glänzender Lack, der da im versiegenden Tageslicht nach Südwesten glitt. Und der Brummton wurde immer stärker. Ein Benzinmotor.

Fargo setzte erneut das Glas an.

Er war versucht, einen Triumphschrei auszustoßen.

Ein grüner Jeep Cherokee, diese luxuriöse Kiste. Die Farbe etwas dunkler als bei seinem Pickup. Und durch die Windschutzscheibe konnte er die Körpermitte von Fahrer und Beifahrer erkennen. Der Beifahrer trug einen dunklen Nadelstreifenanzug!

Fargo rutschte mehr den Fels hinunter, als dass er stieg. Frohlockend schwang er sich hinter das Lenkrad des Pickup. Die zehn Minuten, die er bis zum Fuß des Berges brauchen würde, bedeuteten nicht viel. Er grinste. Etwas Vorsprung musste er den Drecksäcken ja lassen. Du lieber Himmel, er wollte doch nicht mit der Tür ins Haus fallen. Er pfiff ein Lied, während er den Pickup durch die Haarnadelkurven zog. Zweimal knallte die Ladeklappe hinten gegen einen Baumstamm. Es kümmerte Fargo nicht.

»Aber ich sag es Ihnen doch!« Der Mann ereiferte sich, gestikulierte mit beiden Händen. »Hab ich alles mitgekriegt im Fernsehen. Und als die über Saratoga Springs raus waren, hab ich gleich zu meiner Frau gesagt: Pass auf, ich wette, die kommen durch Wilton! Die kommen hier vom Highway runter! Hab ich gesagt! Und? Was ist? Erst die ganze Zeit in der Flimmerkiste, und dann seh ich doch plötzlich den Schlitten vorbeirauschen – in Wirklichkeit ...«

Er machte es nach, indem er zur Straße starrte und den Kopf bewegte. Dabei sah er aus wie ein Zuschauer beim Tennis, der einen in Zeitlupe fliegenden Ball beobachtet.

Phil und ich wechselten einen Blick. Mein Freund und Kollege nickte. Er machte kehrt und lief zum Funkgerät. Der Jaguar parkte mit offenen Türen und aufgepapptem Rotlicht unter dem geschwungenen Dach. Es schützte die Zapfsäulen vor Regen.

Unser wortreicher Gesprächspartner regierte über ein schrottreifes Reich. Hinter ihm türmten sich aufeinander geschichtete Autowracks, die darauf warteten, abgeholt zu werden. Gleich daneben standen die noch fahrbereiten Kisten mit ihren schief hängenden Stoßstangen und Preisschildern hinter der Windschutzscheibe. Der Inhaber des Ladens – Tankstelle und Werkstatt – sah aus wie ein Teil des Inventars. Wenn er seine Latzhose auszog, stand die wahrscheinlich von allein. Genug Öl und Schmierfett hatte sie jedenfalls aufgesogen. Die bessere Hälfte, der er prophezeit hatte, den Voyager zu sehen, hockte im Kassenhäuschen hinter dem Verkaufstresen. Dort lief auch der Fernseher.

Ich hörte, wie Phil die ersten Berichte der Kollegen abfragte.

In Wilton hatten wir insgesamt zwanzig Dienstwagen im Einsatz. Praktisch jede Haustür wurde abgeklappert. Das Gute war, wir brauchten niemanden erst umständlich zu erklären, worum es ging. Jeder wusste Bescheid. Und die meisten reagierten ähnlich aufgeregt wie unser Tankstellenmann. Es war die Sensation des Jahres, dass sich die Geiselnehmer ausgerechnet die Ausfahrt Wilton zum Abbiegen ausgesucht hatten. Ich konnte in diesen Minuten nachempfinden, weshalb die Fernsehleute so scharf darauf waren, live von den Tatorten zu berichten.

Prickelndere Spannung konnten sie ihren Zuschauern gar nicht bieten.

Es war zum Kotzen.

Von Marilyn Barnett redete kaum noch jemand. Wie ging die Jagd weiter? Das fesselte sie jetzt. Nicht wenige würden die ganze Nacht durch vor der Kiste hocken. Und hoffen, dass sie miterlebten, wie die Gangster im Kugelhagel zusammenbrachen.

»Was haben Sie sonst noch beobachtet?«, fragte ich.

Der Ölige sah mich ruckartig an, als hätte er die Szene mit dem vorbeifahrenden Voyager noch einmal durchlebt und erwachte jetzt. »War ein ziemlich neuer Voyager, Sir. Das Sechszylinder-Modell. Getönte Scheiben. Sehr sauber.«

»Ein Leihwagen«, nickte ich.

»Ach.«

»Ist er abgebogen?« Ich deutete auf die Provinzstraße, die in das Farmland hinausführte – meilenweit schnurgerade. Bevor das Waldgebiet begann, gab es verschiedene Feldwege, auf denen man verschwinden konnte.

Und jede Menge Farmen.

Also jede Menge Möglichkeiten, sich zu verschanzen. Und neue Geiseln zu nehmen.

»Abgebogen?«, wiederholte mein Gegenüber. Auch in den Gesichtsporen hatte er schwarzes Öl. Er schob die speckige Ledermütze nach vorn und kratzte sich am Hinterkopf. Meine Frage musste für ihn äußerst schwierig sein. »No, Sir«, meinte er schließlich. »Abgebogen ist der nicht. Glaube ich nicht.«

»Haben Sie nicht hinterhergesehen?«

»Doch, doch! Klar, natürlich. Aber ich hab mich ja auf den Wagen konzentriert. Hab mir noch das Kennzeichen aufgeschrieben …« Er fing an, in seinen ölverklebten Hosentaschen zu kramen.

»Das Kennzeichen haben wir seit Manhattan«, sagte ich und versuchte, geduldig zu bleiben. »Denken Sie bitte nach, Mister. Ist er da hinten im Wald verschwunden – oder vorher?«

»Vorher?« Er starrte mich an. »Vorher nicht. Nein, auf keinen Fall, Sir! Sonst hätte ich doch das Kennzeichen nicht – ich meine, ich bin doch noch reingelaufen und hab den Feldstecher …«

Ich gab es auf, bedankte ich mit einer Geste, die er nicht missverstehen konnte. Gern hätte ich ihm aufmunternd auf die Schulter geklopft. Aber mit Ölhänden fährt es sich nun mal schlecht.

Er rief mir nach, dass er mit seinem Feldstecher gesehen habe, wie sie im Wald untergetaucht seien.

Hm.

Phil war noch in seine Funkgespräche vertieft. Er zog die langen Beine in den Wagen, als ich mich hinter das Lenkrad schwang. Ich fuhr an. Der Tankstellenmann tauchte im Außenspiegel auf, kam fuchtelnd hinterhergerannt. Ich bremste, ließ die Scheibe herunterschnurren und schob den Ellbogen nach draußen.

»Ja?«, fragte ich ergeben.

»Mir fällt noch was ein«, keuchte er. »Ich dachte erst, die würden anhalten und tanken. Sah fast so aus. Aber dann sind sie durchgestartet. Einfach weiter. Hatten es doch wohl eilig.« Er sah traurig aus.

»Vielleicht wollten sie gar nicht tanken«, tröstete ich ihn. »Vielleicht wollten sie Coke oder Bier kaufen.«

Er riss die Augen auf. »Meinen Sie?«

»Klar. Die haben doch auch Durst.« Ich gab Gas.

Nun hatte er Gesprächsstoff für den Abend. Konnte all den Nachbarn und Kumpels erzählen, was er vom FBI erfahren hatte. Es wurde vermutet, dass die Gangster vorgehabt hatten, bei ihm Getränke einzukaufen. Offizielles Ermittlungsergebnis. Völlig klar. Die Jungs vom FBI wissen doch, wovon sie reden. Hölle und Teufel! Coke und Bier. In meinem Laden!

Mir wurde schlecht.

Phil beendete seine Funk-Sammelrufe.

Ich steckte mir eine Zigarette an. »Wie wenig doch ein Menschenleben bedeutet«, murmelte ich kopfschüttelnd. »Seit sie im Fernsehen zeigen, wie wirklich gestorben wird …«

»Wem willst du die Schuld geben?«, entgegnete Phil.

Er hatte Recht. Dieser Zündstoff ergab endlose Diskussionen.

Wir mussten an Laurie Winslow denken. Wenn die Gangster anfingen, sich sicher zu fühlen, wurde ihnen die Geisel unter Umständen lästig.

»Ergebnisse?«, fragte ich.

»Die Richtung stimmt«, antwortete Phil. »Die Kollegen sammeln noch weitere Zeugenaussagen. Ich habe einen geländegängigen Wagen angefordert, bei der State Police.«

Ich nickte nur. Alles, was zu tun war, wurde getan. Es würde keine Möglichkeit geben, die wir ungenutzt ließen.

Außer der einen: Die Gangster wurden nicht gestoppt, solange das Leben einer Geisel auf dem Spiel stand.

Deshalb mussten wir jetzt hinter ihnen herhecheln wie Spürhunde. Aber das nahmen wir in Kauf. Dafür konnten wir noch hoffen, dass sie Laurie Winslow verschonten. Wahrscheinlich wussten Zane und seine Komplizen aber auch selbst, dass in dem Moment, in dem sie die Bankangestellte umbrachten, eine gnadenlose Jagd beginnen würde.

Ich nahm Gas weg, als wir uns dem Waldgebiet näherten. Noch war es hell genug. Aber mehr als eine halbe Stunde blieb uns nicht.

Die Namen hatten wir. Sogar die Gesichter. Wie Mr. High angekündigt hatte, hatte uns ein Streifenwagen das Material gebracht. Funkbilder und Telefaxkopien der Personalien.

David Zane, zweiundvierzig Jahre alt und früh ergraut, war eindeutig der Kopf der Bankräuber-Gang. Er war darauf spezialisiert, hatte schon als Jugendlicher angefangen, kleine Bankfilialen in der Provinz auszurauben. Vermutlich war er von dem Ehrgeiz besessen, den perfekten Banküberfall durchzuziehen. Er hatte seine letzte Chance vertan. Denn einen weiteren Versuch würde es für ihn nicht geben. Wer lebenslänglich im Gefängnis sitzt, hat selten noch Gelegenheit, sich eine Bank auch nur von außen anzusehen.

Auch die Namen der anderen und die dazugehörigen Gesichter hatte ich mir eingeprägt. Henry Vincent war der Bursche im blauen Overall, mittelgroß, bartlos, dunkelhaarig. Seit das Polizeifoto aufgenommen worden war, hatte er sich nicht sehr verändert. Das wussten wir dank der Videoaufnahmen von der Canal Street. Gene Heppner war untersetzt und hatte ein kantiges Gesicht und kurzes blondes Haar. An Joe Lafferty fielen besonders die Hakennase und das strähnige schwarze Haar auf. Slim Keenes, der Mann mit dem rostroten Haar, war ein Muskelprotz. In Boxbuden auf Rummelplätzen hatte er als Schwergewichtler im Ring gestanden.

Alle waren einschlägig vorbestraft. Heppner war allerdings der Einzige, der schon bei Banküberfällen mitgemacht hatte. Die anderen hatten es aber auch nicht unter Tankstellen oder Supermärkten gemacht.

Wir erreichten den Waldrand. Phil beugte sich vor. Gemeinsam spähten wir nach Schneisen und etwaigen Einmündungen von befestigten Wegen. Ich übernahm die linke Straßenseite, mein Freund und Kollege die rechte. Ich fuhr im zweiten Gang. Besonders auffällige Reifenabdrücke würden Zane und seine Komplizen nicht hinterlassen haben. Andererseits hatten sie sich garantiert nicht die Zeit genommen, ihre Spuren zu verwischen.

Zane war ein regelrechter Serientäter gewesen. Immer wieder hatte er Komplizen gefunden und Schalterhallen gestürmt. Dann war er geschnappt und verurteilt worden und hatte fünf Jahre abgegessen. Erst vor einem halben Jahr war er entlassen worden. Konnte sein, dass er im Gefängnis keine Gelegenheit gehabt hatte, sich über die neuesten elektronischen Sicherheitseinrichtungen zu informieren.

Ich sah Schattenlinien am linken Straßenrand. Ausgerechnet dort war der Boden mit Tannennadeln übersät. Ich zeigte es Phil und hielt an. Wir stiegen aus.

Reifenspuren waren es auf jeden Fall, und sie führten in einen schnurgeraden Weg, der offenbar für Forstwirtschaftszwecke angelegt worden war. Aus unmittelbarer Nähe waren die Spuren noch schlechter zu erkennen. Der Schatten fehlte.

»Darauf haben sie also spekuliert«, sagte Phil.

»Und auf die Dunkelheit.«

»Hm. Wenn sie es überhaupt waren.«

Wir gingen in die Knie und sahen es uns genauer an.

»Die Reifenbreite passt«, murmelte Phil. »Und der Voyager hat ganz normales Profil.«

»Stimmt«, brummte ich. »Geländereifen hätten sich deutlicher abgedrückt.« Ich richtete mich auf. »Okay. Ich sehe mich schon mal um.«

Phil musste notgedrungen auf den Off-Road-Wagen warten, den er bestellt hatte. Er würde Waffen und Ausrüstung umladen und mir folgen.

Ich drang am Rand des Weges in den Wald vor und hielt mich dabei hinter der ersten Baumreihe.

Alle zehn Yards blieb ich stehen und horchte.

Wenn ich gedacht hatte, Motorgeräusche zu hören, hatte ich etwas zu viel erwartet. Nur aus Richtung Wilton wehte gelegentlich ein schwaches Brummen herüber. Die Gangster mussten längst im Bergwald verschwunden sein. Mit gutem Vorsprung.

Plötzlich hatte ich ihn.

Der Voyager stand einfach da – auf einer kleinen Lichtung.

Ich verharrte. Die Türen des Wagens waren geschlossen. Im Dämmerlicht war die Farbe des Lacks schon nicht mehr eindeutig als blau zu identifizieren. Durch die getönten Scheiben konnte man erst recht nichts erkennen.

Ich zog den Smith & Wesson und pirschte zügig von Baumstamm zu Baumstamm. Ich bewegte mich so geräuscharm wie möglich. Der Voyager war wie ein düsterer glänzender Kasten. Die letzten zwei Schritte bis zum Heck überbrückte ich mit einem federnden Satz. Geduckt verharrte ich.

Die böse Überraschung, die ich einkalkuliert hatte, ereignete sich nicht.

Vorsichtig kam ich hoch und spähte in den Wagen.

Da war nichts als gähnende Leere.

Ein rascher Rundgang bestätigte das. Ich zog mein Walkie-Talkie aus der Tasche und verständigte Phil. Das geländegängige Fahrzeug für uns war gerade eingetroffen. Phil versprach, ein Spurensicherungskommando anzufordern. Der Voyager musste vom Himmel bis zu den Felgen untersucht werden.

Ich nutzte die Wartezeit, um mich vorsichtig umzusehen.

Es gab nicht viel zu rätseln.

Sie hatten den fahrbaren Untersatz gewechselt. Die Geländereifen ihres bereitstehenden Wagens hatten sich in der Tat deutlicher abgedrückt. Zane hatte also auch die Möglichkeit der Geiselnahme und der Verfolgungsjagd von vornherein einkalkuliert. Vielleicht gab es irgendwo eine sandige Stelle im Waldboden. Dann konnte man das Profil deutlicher erkennen und den Wagentyp ermitteln.

Als mein Freund und Kollege zwei Minuten später mit einem braunen Dodge Ramcharger auftauchte, war es fast dunkel geworden. Der allradgetriebene Wagen hatte jedenfalls eine hervorragende Tarnfarbe.

Die Kollegen, die den Dodge gebracht hatten, blieben an Ort und Stelle.

Deshalb konnten Phil und ich sofort aufbrechen.

Fargo stellte den Pickup rechtzeitig ab. Die Möglichkeit dazu ergab sich, als er ungefähr drei Meilen südwestlich von dem Berg war. Ein tiefer Einschnitt wie eine Schlucht zweigte nach rechts vom Weg ab.

Der Pickup passte hinein. Weil der Geländeeinschnitt eine Biegung beschrieb, würde der Wagen vom Weg aus nicht zu sehen sein. Das spielte allerdings nur ab Tagesanbruch wieder eine Rolle.

Fargo nahm das Fernglas und die Waffe mit. Es konnte sein, dass das Glas in der Morgendämmerung nützlich werden würde. Schießen würde er allerdings nur im äußersten Notfall. Hier im Wald musste das unendlich weit zu hören sein. Selbst der schallgedämpfte Schuss. Er marschierte los. Es war bereits dunkel geworden, doch seine Augen hatten sich daran gewöhnt.

Seine Rechnung war einfach.

Die Bastarde würden nicht mit Licht durch die Nacht fahren. Ohne Licht aber war es in dem bergigen Waldgebiet zu riskant. Überdies würde das Motorgeräusch gerade in der Nacht überlaut zu hören sein.

Folglich würden sie irgendwo kampieren.

Möglich, dass sie das sogar eingeplant hatten – von vornherein vorbereitet.

Fargo erreichte den Weg und blieb stehen. Er horchte. Irgendwo in der Nähe raschelte es. Ein Tier. Eindeutig. Das leise Rauschen kam vom Highway, wo immer noch Betrieb war. Konnte gut sein, dass sich das die ganze Nacht nicht änderte. Die Cops würden ihren Großeinsatz so schnell nicht abblasen. Im Gegenteil. Vielleicht ließen sie da draußen eine komplette Armee aufmarschieren. In welche Richtung der Voyager verschwunden war, mussten sie ja mitgekriegt haben.

Fargo ging in die Knie und ließ sein Feuerzeug hinter der hohlen Hand aufflammen. Er bewegte es ein paar Mal über dem Boden hin und her. Es hatte keinen Zweck, die Reifenspuren zu verwischen. Auch die Bastarde hatten sich nicht die Mühe gemacht. Der Zeitaufwand wäre zu groß gewesen. Und die Kalkulation sah anders aus.

Ihr Vorsprung reichte.

Außerdem hatten sie die Geisel.

Fargo richtete sich auf und marschierte los. Er grinste beim Gehen. Natürlich kalkulierten die Schweinehunde nur das ein, was sie einkalkulieren konnten! Erstens, dass sie die Bullen abgehängt hatten. Zweitens, dass es sonst niemanden gab, der ihnen im Nacken saß. Drittens, dass sie Laurie Winslow im Notfall immer noch als Druckmittel einsetzen konnten.

Bestenfalls Punkt eins stimmte. Mit allen anderen verrechneten sie sich. Denn zwischen den Cops und ihm, Allan Fargo, gab es einen gravierenden Unterschied.

Er würde auf niemanden Rücksicht nehmen.

Auch auf Laurie Winslow nicht.

Der Fußmarsch strengte ihn kein bisschen an. Er war stolz auf seine Fitness. Die Zeit in der New Yorker Betonwüste hatte ihm nicht geschadet. Er spürte die federnde Kraft seiner Muskeln. Ja, er wünschte sich regelrecht, dass einer von den Typen ihm auflauerte. Als Nachhut sozusagen. Hölle und Teufel, er würde von einem Moment auf den anderen explodieren! Er würde alles zerschlagen, was sich ihm in den Weg stellte.

Die Dunkelheit machte ihm auch nichts aus. Es war keine wirkliche Dunkelheit mehr, wenn man nur lange genug darin herumspazierte. Von oben, aus dem Spalt zwischen den Baumwipfeln, sickerte ein bisschen von Mond und Sternen durch. Von Zeit zu Zeit verharrte Fargo und wendete seine Feuerzeugmethode an. Die Spuren des Jeeps waren da. Noch immer. Es klappte also. Fargo fühlte sich gut.

Er wusste, dass er sich in einen Rausch steigern würde.

Es würde ein Gefühl sein, das so stark sein konnte, dass er Marilyns Tod darüber vergessen konnte.

Er würde alles wie in einem Rausch erleben!

Ungefähr eine Stunde war er unterwegs, als er die Reifenabdrücke plötzlich nicht mehr sah! Er ging zurück bis zu der Stelle, an der er das Feuerzeug zum letzten Mal angeknipst hatte. Dann wieder vorwärts. Jetzt checkte er die Fährte in kürzeren Abständen.

Nach zwei, drei Minuten wusste er Bescheid. Sie waren abgebogen. Nach links. Der schmalere Weg, den sie benutzt hatten, führte auf einen Hügel. Sie kannten sich also aus in der Gegend. Und glaubten, dass sie das Richtige taten.

Fargo grinste wieder, als er den Weg hinaufstieg.

Jetzt war er bald am Ziel. Er wusste es.

Henry Vincent fröstelte. Diese Herbstnächte waren doch schon verdammt kühl. Doch das war es nicht allein! Er fühlte sich höllisch unwohl hier draußen, mutterseelenallein.

Wache schieben! So was kannte er nur aus dem Fernsehen. Er war nie bei der Army gewesen. Deshalb hatte er keine einzige Stunde seines Lebens im Freien zugebracht, geschweige denn in einer Bergwildnis wie dieser. Aber Zane hielt ihn wohl für einen guten Aufpasser, seit er an der Canal Street die Scharfschützen gesehen hatte. Okay, so einem Ruf musste man natürlich gerecht werden. Auch wenn es schwer fiel.

Er setzte seinen Rundgang fort. Immer ein paar Schritte, dann stehen bleiben und horchen. Dann weiter. Der Riemen der Maschinenpistole drückte auf der Schulter. Vincent hätte sich gern eine Zigarette angesteckt. Aber Zane hatte es verboten. Warum eigentlich? Wen störte es, wenn er hier draußen eine qualmte? Manche Sachen konnte man wirklich nicht begreifen.

Der Platz war so groß wie ein halbes Football-Feld. Auf der Südseite führte eine zwanzig Yards breite Verlängerung bis hinunter zu dem Bach. Oben stand die Hütte mitten auf dem Kahlschlag. Dem Eigentümer lag viel an seiner Sicherheit. Man musste alles sehen können, was um einen herum los war. Eben. Das konnte man aber auch von drinnen. Vincent wusste, dass er nicht aufhören würde, sich zu ärgern. Er musste sich hier draußen vier Stunden um die Ohren schlagen und bibbern, während sie sich da drinnen einen feinen Lenz machten. Hinter geschlossenen Fensterläden natürlich. Man konnte nicht mal ein bisschen von dem Spaß miterleben. Heppner hatte sich vorgenommen, das Girl zu befingern. Zane würde ihm da sicher wenig dreinreden. Wenn Heppner was sagte, hatte es für Zane irgendwie mehr Gewicht. Mehr als bei den anderen.

Die Hütte gehörte irgendeinem New Yorker Typ, den Zane kannte. Okay. Nichts daran auszusetzen. Aber diese Leute würden doch nicht jede Nacht eine Wache aufstellen, wenn sie hier draußen waren!

Egal. Es hatte keinen Zweck. Gegen David Zane kam man nicht an. Vincent hätte sich allerdings etwas Wärmeres gewünscht als den Overall. Dann hätte er nicht so verdammt gefroren. Das Einzige, worauf er sich freuen konnte, war der Augenblick, in dem er Joe Lafferty wecken würde. Zur Wachablösung. Aber bis dahin waren es noch drei Stunden. Leider.

Henry Vincent drehte seine Runden auf halber Entfernung zwischen der Hütte und dem Waldrand. Sehen konnte er genug. Der Himmel war wolkenlos. Mond und Sterne leuchteten ein bisschen.

Etwas knackte.

Vincent zuckte zusammen wie unter einem Peitschenhieb. Er stand wie festgenagelt. Eisig kroch es ihm den Rücken herauf. Er zog den Kopf zwischen die Schultern und stierte zum Wald. Was, zum Teufel, war das gewesen? Ein trockener Zweig? In Manhattan gab es keine trockenen Zweige, die zerbrachen, wenn man auf ihnen herumtrampelte. So was kannte er auch nur aus dem Fernsehen. Aus den Vorabendserien.

Vielleicht war es ein Tier gewesen? Gab es hier überhaupt Tiere?

Vincent überlegte, ob er Alarm schlagen sollte. Dabei riskierte er, dass sie ihn auslachten! Richtig. Waschbären musste es hier geben. Möglich, dass so einer durch den Wald schlurfte. Oder ein Opossum kroch durchs Unterholz. Vincent setzte seinen Rundgang fort und fing an, über weitere Tiernamen nachzudenken! Bestimmt fiel ihm noch was ein.

Zehn Yards weit kam er, und er dachte an Grizzlybären. Ausgerechnet. Himmel, die gab es hier ja nun wirklich nicht. Doch nicht im Bundesstaat New York!

Der Schatten kam von vorn, nicht heimtückisch von hinten.

Vincent war wie schockgefrostet.

Dieser Schatten war viel zu schnell für einen gottverdammten Grizzly. Und auch nicht groß genug. Dieser verfluchte Schatten hatte exakt die Größe eines Menschen. Und er fegte heran, als berührte er den Boden überhaupt nicht. So was Schnelles hatte Vincent noch nie gesehen.

Er schaffte es noch, seine Schrecksekunde zu überwinden.

Als er die Maschinenpistole hochreißen wollte, nur in Hüftanschlag, setzte der Unheimliche zum letzten Sprung an.

Etwas explodierte auf Vincents rechtem Unterarm. Es war, als würde ihm der halbe Arm abgehackt. Wilder Schmerz tobte bis in die Schulter hoch. Er riss den Mund auf, um zu schreien. Aber da traf ihn schon der nächste grausame Hieb. Er wusste nicht einmal genau, wo. Irgendwo am Oberkörper. Aber das Ergebnis brachte ihn fast um den Verstand.

Er konnte nicht schreien. Hölle und Teufel, seine Stimme war weg!

Er konnte sich auch nicht mehr bewegen! Da war nur noch der wahnsinnige Schmerz. Sein Brustkorb war voll davon. Das Höllenfeuer musste nichts dagegen sein, und er verlor das Bewusstsein nicht! Er kriegte alles mit! Alles. Er stand noch auf beiden Beinen. Verdammt, und er konnte seine Beine auch bewegen! Er konnte noch wegrennen.

Im selben Moment, in dem er das begriff, trafen ihn erneut zwei blitzartige Hiebe. Diesmal kam es ihm vor, als würden die Muskeln und Sehnen seiner Oberschenkel durchtrennt. Er sank zu Boden wie ein schlapper Sack. Und noch immer konnte er nicht schreien. Dabei wurden die Schmerzen unerträglich. Wenn nichts geschah, würde es seinen Körper buchstäblich zerreißen. Das schien ihm unabwendbar.

Dieser Mistkerl war auch jetzt noch wie ein Schatten. Vincent konnte ihn kaum sehen. Aber er spürte den eisenharten Griff, als er weggeschleift wurde, und dieser Hundesohn achtete auch noch darauf, dass die Maschinenpistole nicht über den Boden schepperte.

Im Unterholz, nur ein Stück vom Waldrand entfernt, gab es Ruhe. Henry Vincent fühlte sich etwas besser, als er auf dem Rücken lag und nicht mehr angefasst wurde.

Der Fremde riss ihm die Maschinenpistole weg. Dennoch fühlte Vincent Hoffnung aufkeimen. Wenn er nur einen Moment Zeit hatte, nur einen Moment. Er merkte doch schon, wie seine Kräfte zurückkehrten. Ganz ruhig liegen bleiben, sagte er sich, und dann gibt es gleich die ganz große Überraschung für den Hurensohn.

Abermals schien der Mann seine Gedanken lesen zu können.

Vincent sah ihn plötzlich über sich gebeugt. Das Gesicht war hell, die Augen voller Hass. Und Vincent spürte etwas Hartes, Kaltes auf dem Mund. Er blickte hoch und sah die Fäuste des Fremden, die das schimmernde Schwarz des Waffenstahls hielten. O Teufel, es war der Kolben der Maschinenpistole, den der Kerl ihm so hart auf den Mund gesetzt hatte, dass die Zähne knirschten. Vincent hörte sich vor Angst ächzen. Also funktionierte seine Stimme wieder.

Schwacher Trost.

Der Unheimliche beugte sich tiefer neben den Lauf der Waffe. Die hasserfüllten Augen waren jetzt ganz nah. »Du hast Marilyn getötet«, sagte er kalt. »Marilyn war mein Girl. Jetzt stirbst du dafür. Alles klar?«

Vincent zuckte vor Entsetzen. Doch er wagte nicht, den Kopf zu bewegen. Schon jetzt fingen seine Lippen unter dem verfluchten Kolben an zu schwellen. Er ließ ein protestierendes Gurgeln hören.

»Willst du was sagen?« Der andere klang beinahe höflich.

Vincent gurgelte zustimmend.

»Einverstanden. Fängst du an zu schreien, kriegst du deine Maschinenpistole zu fressen. Kapiert?«

»Ich war es nicht!«, krächzte Vincent. »Mein Gott, ich habe die Kleine nicht auf dem Gewissen. Ich doch nicht! Wie kannst du denn so was behaupten? Du kannst doch nicht einfach einen von uns rauspicken und …«

Der Fremde stoppte seinen Wortschwall mit dem Maschinenpistolen-Kolben, hatte seine Drohung nicht wahrgemacht. Vincent war regelrecht dankbar dafür.

»Ich picke keinen raus«, flüsterte der Schattenhafte. Er lachte leise. »Ich töte euch alle. Es ist mir egal, ob du es warst oder ein anderer. Schuld seid ihr alle.«

Vincent gurgelte heftiger. Er würde um sein Leben ringen mit allen Mitteln, und das ging nur dadurch, dass er den wahren Schuldigen nannte. Und der Unheimliche ließ ihn tatsächlich noch einmal reden.

»Heppner war es!«, wimmerte Vincent mit erstickter Stimme. »Heppner ganz allein. Er hat geschossen. Dafür kannst du mich doch nicht …« Vincent stockte. Er sah, was geschah, und das Grauen erfasste ihn.

Der andere legte die Maschinenpistole ganz zur Seite. »Ihr sitzt alle in einem Boot«, sagte er beinahe sanft. »Mitgefangen, mitgehangen.«

Vincent sah die herabsausende Hand. Die Handkante glich einem Fallbeil.

Vincent spürte keinen Hieb und keinen Schmerz. Der Übergang ins Nichts war ohne jedes Empfinden.

Als es zu dunkel wurde, ließen wir den Dodge stehen und bepackten uns mit Waffen und Ausrüstung. Auch ein tragbares Funkgerät mit hoher Reichweite gehörte dazu, die Walkie-Talkies sowieso.

Ich hatte eine kleine Akku-Taschenlampe, die sich mit einer zusammengefalteten Landkarte hervorragend abschirmen ließ.

Zu der Fährte des Geiselnehmer-Wagens gesellte sich eine zweite, die aus einem von Osten hereinmündenden Weg kam.

Wir fanden den versteckten Chevy-Pickup mit New-York-City-Kennzeichen. WXN 3411. Ein nagelneues Nummernschild. Immerhin. Das Fahrerhaus war völlig leer. Desgleichen die offene Ladefläche.

Ich berührte die Motorhaube und machte Phil darauf aufmerksam: Das Blech war noch warm.

»Sollte da jemand auf Mondscheinspaziergang gegangen sein?«, mutmaßte mein Freund und Kollege halblaut.

»Sieht ganz danach aus«, erwiderte ich und suchte den Geländeeinschnitt und den vorbeiführenden Weg noch einmal ab. Ich tarnte den schwachen Lichtkegel der kleinen Taschenlampe dabei so gut wie möglich.

Die Fußabdrücke folgten der Reifenspur des Geiselnehmer-Fahrzeugs.

Wir erklommen die nächste Anhöhe, und Phil setzte das Funkgerät ein. Wir stülpten beide Kopfhörer über. Der Lautsprecher des Geräts blieb ausgeschaltet. Zuerst nahm Phil Verbindung mit der State Police auf und gab das Kennzeichen durch. Die Kollegen ermittelten den Eigentümer des Pickup über eine Daten-Standleitung nach New York City. In Sekundenschnelle war das Ergebnis da.

»Der Wagen gehört einem gewissen Allan Fargo. Wohnadresse acht-sechs-neun Rivington Street, Manhattan. Interessant ist vielleicht, dass die Zulassung heute am frühen Nachmittag stattfand. Der Chevy ist ein Gebrauchtwagen, wurde von einem Händler an der Canal Street verkauft.«

Phil stieß einen leisen Pfiff aus. »Das ist in der Tat interessant. Schalten Sie mir eine Verbindung mit unserem Chef an der Federal Plaza?«

»Sofort. Augenblick bitte.«

Wir warteten. Sekundenlang war nur Rauschen aus den Kopfhörern zu vernehmen.

»Die Überraschungen reißen nicht ab«, murmelte ich.

»Ich bin sicher, es gibt noch mehr davon.«

»Um das zu ahnen, brauchst du nicht mal Wahrsager zu sein.«

Der Chef meldete sich. Er war tatsächlich noch in seinem Office.

Phil erstattete einen Lagebericht in Stichworten.

Wir hatten Mr. High selten entgeistert gehört. Diesmal war er es.

»Ich wiederhole zur Sicherheit«, stieß er hervor. »Der Pickup-Fahrer heißt wirklich Allan Fargo?«

»Ja, Sir.«

»Halten Sie sich fest. Der Mann ist der Freund der getöteten Geisel.«

Phil und ich starrten uns im Dunklen an. Was diese Nachricht bedeutete, konnten wir noch gar nicht abschätzen. Einfach unmöglich. Fest stand nur so viel: Von diesem Moment an mussten wir mit dem Schlimmsten rechnen.

»Wir haben die Bankangestellten befragt«, fuhr der Chef fort. »Marilyn Barnett war bei allen beliebt, und sie hat auch viel über sich selbst erzählt. Deshalb wissen die meisten von ihrer Beziehung zu Fargo.« Mr. High schilderte, was über den Lebenslauf des Mannes bekannt war. Immerhin gab es eine Polizeiakte über ihn. Auch die Personenbeschreibung vergaß der Chef nicht. Er fügte hinzu: »Ich habe Steve und Zeery zu der Adresse an der Rivington Street geschickt. Jetzt weiß ich, warum sie Fargo nicht angetroffen haben. Ich werde über die State Police in Albany veranlassen, dass jede nur mögliche Unterstützung für Sie verfügbar ist. Ich wünsche Ihnen und Jerry viel Glück.«

»Danke, Sir.«

»Retten Sie vor allem die Geisel – wenn sie noch am Leben ist.«

»Wir werden unser Bestes tun, Sir.«

»Davon bin ich überzeugt. Machen Sie es gut. Beide.«

Schweigend schoben wir die Antenne ein und verstauten die Kopfhörer. Wir wussten beide nur zu gut, was der Chef in diesen Stunden empfand. Das Geschehen musste ihn zwangsläufig an das Schicksal seiner eigenen Familie erinnern. Niemals würde er sich allerdings in dienstlichen Entscheidungen von persönlichen Gefühlen leiten lassen. Das änderte aber nichts daran, dass er ein Recht hatte, seine Anteilnahme zu zeigen.

Wir setzten unseren Nachtmarsch fort. Dabei hielten wir uns nahe am Rand des Weges – jederzeit bereit, blitzschnell ins Unterholz zu tauchen. Aber abgesehen von gelegentlichem Rascheln, das von Tieren herrührte, tat sich absolut nichts.

Dann fanden wir die Stelle, an der Reifen- und Fußspuren zu einem Hügel hinaufführten. Über den Baumwipfeln im Osten war bereits ein schwaches Grau zu erkennen. Die Nacht hatte die längste Zeit gedauert.

Marilyn schrie und weinte und flehte. Ihr Gesicht war tränenüberströmt. Sie rang die Hände und bettelte um Gnade. Aber die hässliche Waffe war schon nahe vor ihrem Gesicht. Eine Männerstimme brüllte voller Ungeduld. Marilyn schrie lauter, schriller. Der Mann überbrüllte sie.

Und plötzlich wurde Marilyn still, entsetzlich still. Es war der Moment, in dem sie sah, dass der Befehl befolgt wurde. Gnadenlos krümmte sich der Zeigefinger. Das Hämmern der Schüsse war ohrenbetäubend in dem engen Raum. Das Blut, das viele Blut in Marilyns Gesicht!

Laurie Winslow hörte sich selbst schreien.

Sie erwachte schweißgebadet. Sofort war die Furcht wieder da. Sie schien auf ihr zu hocken wie ein großes schwarzes Tier, das sich niemals abschütteln lassen würde. Nein, niemals. Sie wusste, dass dieser Albtraum sie bis an ihr Lebensende verfolgen würde.

Sie musste vor Erschöpfung eingeschlafen sein. Anders war es nicht zu erklären. Die ganze Zeit nach dem grauenhaften Geschehen in dem Voyager hatten ihre Nerven rebelliert. Sie war überzeugt gewesen, niemals wieder ein Auge zutun zu können.

Sie hatte die Lider vorsichtig geöffnet und schloss sie sofort wieder. In dem kleinen Zimmer herrschte Dämmerlicht. Helligkeit drang durch die Ritzen der Fensterläden herein. Es musste schon Morgen sein. Und da war auch wieder der Geruch der mit Holzschutz imprägnierten Wände.

Doch deutlicher als alles andere hörte Laurie die tiefen, rauen Atemzüge eines Mannes. Schlagartig setzte ihre Erinnerung ein. Dieser Kerl war wie ein Tier gewesen. Mit dem Mut der Verzweiflung hatte sie sich gewehrt. Es war ihr in dem Moment egal gewesen, ob sie lebte oder starb. Eine schlimme Art von Niedergeschlagenheit hatte sie befallen. Weshalb sollte sie noch leben? Weshalb sollte es ihr besser ergehen als Marilyn, und wenn sie, Laurie Winslow, starb, würde es die Polizei umso leichter haben, die Verbrecher unschädlich zu machen.

Laurie erinnerte sich sehr genau an diese bestürzenden Gedanken, die sie gehabt hatte. Es war ein fast aussichtsloser Kampf gewesen. Sie erschauerte, als sie daran dachte, wie der Kerl ihr die Kleidung vom Leib gerissen hatte. Aber dann waren Kräfte in ihr erwacht, die sie selbst nie für möglich gehalten hätte. Sie hatte ihn immer wieder von sich gestoßen, hatte ihn schließlich an der empfindlichsten Stelle getroffen. Sein Schmerzensgeheul hatte das Gelächter der anderen nebenan ausgelöst. Sie hatte geglaubt, dass es das Ende war. Aber der Mann mit dem kantigen Gesicht hatte zum Glück zu viel getrunken. Als er sich von seinen Schmerzen erholte, wurde die Wirkung des Alkohols stärker. Er schlief neben dem Bett ein.

Da lag er jetzt noch.

Laurie stellte es fest, nachdem sie die Augen wieder geöffnet hatte und sich vorsichtig bis zur Bettkante bewegte. Sie selbst hatte sich notdürftig angezogen, noch bevor der Schlaf sie übermannt hatte. Ihr Hosenanzug war robust, glücklicherweise. Nur ein paar Knöpfe fehlten.

Außer den Atemzügen des Kerls war nichts zu hören. Draußen, im Wald, schien es völlig still zu sein. Wie spät es war, konnte Laurie nicht feststellen. Ihre Armbanduhr lag irgendwo auf dem Fußboden. Der Mann hatte sie ihr im Handgemenge abgerissen.

Nebenan polterte es. Jemand fluchte. Irgendetwas war umgekippt. Ein Stuhl, ein Hocker.

Laurie hörte tapsende Schritte. Sie schob sich in den hintersten Winkel des Bettes, fand die raue Wolldecke und warf sie sich über, zog sie bis zum Hals. Laurie zitterte. Ihr Herz hämmerte.

Krachend flog die Tür auf. Der Grauhaarige stürmte herein. Zane. Breitbeinig blieb er stehen.

Neben dem Bett, auf dem Hirtenteppich, schrak Heppner hoch.

Laurie spürte Zanes Blick und staunte im selben Moment, dass er sie kaum beachtete. Stattdessen ging Zane auf Heppner zu, der gerade ein Krächzen von sich gab und versuchte, auf die Beine zu kommen.

Zane trat ihm in den Hintern.

Heppner brüllte vor Wut. Er schob sich zurück, wollte an die Wand.

Zane trat noch einmal zu.

»Bist du verrückt?«, schrie der Kantige. »Was, zum Teufel, fällt dir ein?« Dennoch riskierte er es nicht, sich zu wehren.

Zane blieb vor ihm stehen und blickte drohend auf ihn hinab. »Habe ich dir die Verantwortung für den Wachdienst übertragen oder nicht?«

»Ja, Mann!« Heppner heulte vor Wut. »Und?«

»Hast du mitgekriegt, dass Lafferty seelenruhig weiterpennt?«

»Was?« Heppner sperrte den Mund auf.

»Ja, was!« Zane äffte den Tonfall des anderen nach. »Und ist dir aufgefallen, dass Vincent draußen nirgends zu sehen ist?«

»O verdammt«, knirschte Heppner.

»Das kannst du laut sagen. Wenn du nicht in einer Minute draußen bist und ihn herbringst, gibt es hier einen Riesenzirkus. Darauf kannst du dich verlassen. Ich übernehme nicht Planung und Organisation, damit durch Schlamperei alles schief geht. Ist das klar?«

»Ja, verdammt«, knurrte Heppner und sprang auf. Hastig stieg er in seine Sachen. Er bemühte sich, Laurie Winslow nicht anzusehen. »Bestimmt liegt der Mistkerl irgendwo draußen im Gebüsch und pennt auch.«

»Wie alle hier«, fauchte Zane. »Bring ihn her, oder es passiert was!«

»Ich allein?«

Der Grauhaarige explodierte. »Ja, was glaubst du denn!«, brüllte er. »Denkst du, ich habe dieses Quartier besorgt, damit jeder nur seine eigene Faulheit pflegen kann?« Er machte kehrt und stapfte hinaus.

Heppner drehte sich nur kurz zum Bett um, ehe er loseilte. »Dich nehme ich mir noch vor«, knurrte er. »Darauf kannst du dich verlassen!«

Laurie Winslow erschauerte. Sie wusste, dass sie bei seinem zweiten Versuch nicht ungeschoren davonkommen würde.

Ich glaubte zu träumen.

Ich stand vor einem Hochsitz. Das Ding war aus ungeschältem Rundholz gezimmert und hatte eine stabile Leiter. Ich zögerte nicht, hinaufzuklettern. Es war hell genug, um den Ausblick zu nutzen. Langsam kam ich aus dem Staunen heraus. Der Eigentümer der Jagdhütte hatte es sich so bequem wie möglich gemacht. Egal, wann er seine Behausung verließ, um anzusitzen – er brauchte nur ein paar Schritte zu machen.

Das Gelände rings um die Hütte war so sorgfältig gerodet worden, dass nicht einmal ein Eichhörnchen eine Überlebenschance hatte, wenn es sich hier ins Freie wagte.

Lautlos erreichte ich den hölzernen Kasten mit den schießschartenähnlichen Öffnungen. Ich stellte die Maschinenpistole und das Präzisionsgewehr ab und ließ mich auf der Bank nieder.

Ich konnte sowohl den größten Teil des Hüttengrundstücks als auch den Hang überblicken, der zum Bach hinunterführte. Keine Menschenseele war zu sehen, kein Laut zu hören. Die Fensterläden der Hütte waren geschlossen und von dem geländegängigen Wagen der Geiselnehmer keine Spur.

Phil und ich hatten uns rechtzeitig getrennt, als wir den steil ansteigenden Weg erreicht hatten. In dem Nadelwald gab es großenteils kein Unterholz, und falls doch, war es selten sehr dicht. Ich wusste, dass mein Freund und Kollege sich irgendwo auf der anderen Seite des gerodeten Geländes befand. Nur im äußersten Notfall, so hatten wir vereinbart, würden wir uns per Walkie-Talkie in Verbindung setzen. Vorläufig durften wir kein Risiko eingehen. Die Reifenspuren führten eindeutig auf diesen Hügel. Die Gangster mussten in der Hütte sein. Garantiert hatten sie den Wagen irgendwo versteckt. Sie konnten nicht blauäugig genug sein, sich hier absolut sicher zu fühlen.

Ich hatte den Gedanken kaum zu Ende gedacht, als ein Schloss aufschnappte. In der Morgenstille war jedes Geräusch überdeutlich. Ich spähte zur Hütte und duckte mich dabei, sodass ich eben über den Rand der Schießscharte hinwegsehen konnte.

Die Hüttentür schwang auf.

Es war Heppner, der heraustrat.

Hinter ihm wurde die Tür sofort wieder geschlossen.

Er war früh auf den Beinen. Hatte er auf sein Frühstück verzichtet? Die anderen auch?

In dem einen Punkt täuschte ich mich nicht. Der Mann war eindeutig Gene Heppner. Ich hatte die Funkfotos gründlich genug studiert. Also musste sich auch Laurie Winslow in der Hütte befinden. Nur durfte ich vorerst nichts unternehmen. Wenn Heppner nicht in die Bude zurückkehrte, würden Zane und die anderen durchdrehen.

Der blonde Mann mit dem Kantengesicht ging ein paar Schritte und blieb unschlüssig stehen. Er schob die Hände in die Hosentaschen und sah sich nach allen Seiten um. In meinem Kopf formte sich eine Ahnung. Ich runzelte die Stirn. Etwas musste geschehen sein.

Fargo?

Phil und ich hatten von dem Mann weder etwas gehört noch gesehen. Das musste aber nicht bedeuten, dass er die Hände in den Schoß gelegt hatte.

Heppner zog die Schultern hoch. Ihm war kalt.

Ich lächelte.

Vielleicht fühlte er sich nicht wohl in seiner Haut.

Als er anfing, mit gesenktem Kopf über den Grasboden zu schleichen, wurde klar, dass er etwas suchte. Jemanden, besser gesagt. Also doch. Es war tatsächlich etwas passiert.

Heppner schien in dem flachen Gras keine brauchbaren Spuren entdecken zu können. Offenbar wollte er mit System suchen. Ich nahm an, dass er deshalb zum Bach hinunterging, um dort anzufangen. Am Fuß des Hanges, direkt auf der anderen Seiten des schmalen Wasserlaufs, begann dichtes Unterholz. Ich brauchte kein Fernglas. Der Bach war nur fünfzig Yards entfernt.

Kantengesicht kam unten an und blieb stehen. Wieder suchte er den Boden ab, vor allem das Ufer. Er schien nichts zu finden, was ihn weitergebracht hätte.

Jäh teilte sich das Dickicht.

Mir stockte der Atem.

Der Mann, der hervorschnellte, war dunkel gekleidet. Er überwand den Bach mit einem Riesensatz. Heppner sah aus wie von einem Peitschenhieb getroffen. Er duckte sich und warf sich zur Seite. Sein Instinkt rettete ihn. Die Handkante des Angreifers sauste ins Leere. Mir war auf Anhieb klar, dass dieser Hieb gereicht hätte, den Kantigen auf der Stelle zu töten.

Der Angreifer landete dennoch geschickt auf dem Boden. Er rollte sich ab. Ein schlanker, dunkelhaariger Mann. Die Personenbeschreibung stimmte. Es musste Fargo sein. Ein geübter Karatekämpfer. Das erkannte ich, ohne zweimal hinsehen zu müssen.

Heppner war schneller wieder auf den Beinen. Er war nicht mal richtig gestürzt, hatte sich mit den Händen abgestützt. Er stolperte nur kurz, kam hoch und drehte sich auf dem Absatz. Mit erstaunlichem Startvermögen katapultierte er sich aus dem Stand los.

Es überraschte Fargo. Er federte eben erst hoch. Ich konnte sein erschrockenes Gesicht sehen. Diesen Gegner hatte er falsch eingeschätzt.

Heppner stürmte auf ihn los und holte mit dem rechten Bein aus. Seine Schuhspitze erwischte Fargo in der Nierengegend. Der Karatespezialist knickte zusammen, bevor er sich zu voller Größe entfaltet hatte. Ich glaubte zu erkennen, wie sich sein Gesicht grünlich verfärbte. Doch er schrie nicht, gönnte dem Gangster den Triumph nicht.

Fargo stolperte und geriet ins Taumeln.

Mit verbissener Wut setzte Heppner nach, erwischte den Dunkelhaarigen zum zweiten Mal. Fargo segelte der Länge nach über den Erdboden am Rand des Baches und schlidderte noch zwei Yards weit.

Heppner stampfte auf ihn los.

Schlagartig wurde mir klar, was das für ein brutaler Kerl war.

Ich ruckte herum. Einen Mord musste ich verhindern, auch wenn es dann noch schwieriger wurde, die überlebende Geisel zu schonen.

Doch es kam alles anders.

In dem Augenblick, als ich auf die Leiter verzichten und hinunterspringen wollte, raffte Fargo seine ganze Zähigkeit zusammen und kam noch einmal auf die Beine. Buchstäblich im letzten Sekundenbruchteil.

Heppner geriet durch seinen Schwung ins Stolpern, als er ins Leere trat. Fargo entwischte wieselflink und verschwand im Unterholz. Heppner stürzte und fluchte. Knurrend vor Wut rappelte er sich wieder auf.

Ich blieb, wo ich war.

Der Kantige wirkte unschlüssig. Ich konnte es ihm nachempfinden. Den Mann im Wald zu verfolgen war aussichtslos. Und schließlich hockten in der Hütte noch ein paar Komplizen, die sich später an der Jagd beteiligen konnten. Heppner konnte noch nicht begreifen, worum es ging. Er hatte ja keine Ahnung, wer Fargo war.

Heppner setzte seine Suche fort. Doch er wirkte angespannter als zuvor. Natürlich rechnete er mit einem neuen Angriff.

Phil verharrte regungslos hinter dem Baumstamm.

Fargo war mindestens zweihundert Yards weit gelaufen. Jetzt krümmte er sich keuchend und presste sich die Arme in den Leib. Die Fußtritte mussten ihm enorm zu schaffen machen.

Phil war froh, seine Waffen und das Funkgerät schon vorher abgestellt zu haben. Er hätte es in diesem Augenblick nicht mehr tun können, ohne dass Fargo es gehört hätte. Denn der Mann war zum Greifen nahe. Höchstens zehn Yards entfernt.

Fargo lehnte sich an einen Baumstamm und senkte die Stirn gegen den Unterarm. Deutlich war zu sehen, wie heftig er atmete.

Phil zögerte nicht. Er trat aus seinem Versteck hervor und ging auf den Keuchenden zu. »Regen Sie sich nicht auf«, sagte er. »Es gibt keinen Grund …«

»Okay«, ächzte Fargo, ohne sich umzudrehen. »Komm schon her, du Schwein, hast es also geschafft. Mach mich fertig. Ich muss es meiner eigenen Blödheit zuschreiben.«

Phil begriff. »Ich bin nicht der, mit dem Sie rechnen. Ich bin …«

Fargo drehte sich um und blinzelte. Sein Brustkorb hob und senkte sich in schneller Folge. »Tatsächlich!«, murmelte er und zog die Augenbrauen hoch.

»… Special Agent Phil Decker, FBI-Distrikt New York«, sagte der G-man halblaut. Er hielt seinen aufgeklappten Dienstausweis hoch und steckte ihn wieder ein. »Wenn Sie einverstanden sind, sollten wir ein Stück von hier weggehen, damit uns keiner hört. Wir können dann in Ruhe über alles reden.«

Fargo nickte verständnisvoll. »FBI?«, staunte er im Flüsterton. »Ihr seid also schon richtig am Ball?«

»Die ganze Zeit«, nickte Phil und ging weiter auf ihn zu. Fargo sah hilfsbedürftig aus. »Kommen Sie.«

»Da bin ich aber froh«, hauchte Fargo. Er sah den FBI-Beamten mit großen Augen an. »Wissen Sie, wovor Sie mich bewahrt haben?«

»Nein.«

»Ich war drauf und dran, diese Schweine umzubringen. Einen nach dem anderen. Verstehen Sie, die kleine Niederlage von eben hätte mich nicht abgeschreckt.« Er vergrub das Gesicht in den Händen, und es hörte sich an, als ob er schluchzte. »Mein Gott, die Schweine haben Marilyn umgebracht. Ich wäre zum Mörder geworden! Das ist sicher. Ich weiß es! Sie haben mich …« Seine Stimme erstickte. Seine Schultern bebten.

»Schon gut«, sagte der Spezialagent beruhigend. »Machen wir erst mal, dass wir hier wegkommen. Dann können wir weitersehen und …«

Fargo explodierte regelrecht. Aus unmittelbarer Nähe zischte seine Handkante, bretthart und rücksichtslos.

Phil schaffte es nicht mehr, eine Abwehr aufzubauen. Zu heimtückisch hatte der Mann ihn überrumpelt. Die Schmerzen der Hiebe durchstießen den G-man wie Speerstiche. Er fühlte sein Bewusstsein schwinden und er konnte nichts dagegen tun. Hilflos sank er in sich zusammen.

Er spürte nicht mehr, wie der Mann ihn fesselte und knebelte.

Gene Heppner sah das Blau. Es war blauer Stoff, der durchs Unterholz leuchtete. Blauer Stoff eines Overalls.

Er erstarrte. Unwillkürlich tastete er nach der Automatik, die er unter dem Jackett trug. Ihm wurde mulmig. Hölle und Teufel, auf einmal wuchs in ihm die böse Ahnung, dass die ganze verdammte Lichtung umstellt war. Vielleicht hatten die Schweinehunde von Bullen auch den Cherokee schon entdeckt – und listig grinsend den Zündverteiler abmontiert.

Wenn es so war, hatte der Typ da unten am Bach nur einen Scheinangriff veranstaltet.

Heppner zog die Pistole, obwohl er wusste, dass er

damit gegen eine ganze Meute von Bullen nicht das Geringste ausrichten konnte. Vorsichtig setzte er einen Fuß vor den anderen. Dass das unsinnig war, wurde ihm bewusst, als er das Gestrüpp erreichte. Es prasselte und peitschte gegen seinen Anzug. Du Idiot, sagte er zu sich selbst, du brauchst hier nicht mehr den Schleicher zu mimen. Wenn sie dich gesehen haben, bist du sowieso erledigt.

Aber noch war alles ruhig. Vielleicht ein gutes Zeichen. Trotz allem.

Dann stand er vor Vincents Leiche.

Heppner fühlte sich wie vom Hammer getroffen.

Mit geweiteten Augen stierend, ging er neben dem Toten in die Knie. Der Kantige vergaß seine Umgebung. Vincents Gesicht sah fürchterlich verzerrt aus, überall Blutergüsse.

Henry Vincent war erschlagen worden! Verdammt, verdammt, das musste man erst mal verdauen!

Als Heppner spürte, dass er keinen klaren Gedanken fassen konnte, stieß er die Automatik ins Holster und packte den Toten unter den Armen. Wie von Furien gehetzt, schleifte er ihn zur Hütte.

Er ließ die Leiche zu Boden sinken und hämmerte gegen die Tür.

Sie wurde aufgerissen, und David Zanes wutverzerrtes Gesicht war zu sehen. »Hier war nicht abgeschlossen, du dämlicher …« Der Grauhaarige brach ab, als sein Blick auf den leblosen Körper zu Heppners Füßen fiel.

Heppner packte wieder zu und zerrte Vincent in die Hütte. In der Mitte des Teppichs ließ er die Leiche liegen. Zane war fassungslos zur Seite getreten und hatte die Tür geschlossen.

Lafferty und Keenes sprangen vom Tisch auf. Sie hatten angefangen zu frühstücken, als Heppner draußen gewesen war. Jetzt kriegten sie den Mund nicht wieder zu, und ihre Augen traten aus den Höhlen.

Heppner hatte den Kamin im Rücken. Er stemmte

die Fäuste in die Hüften und beugte sich vor. Er schrie: »Ja, da glotzt ihr, was? Auch du, Zane. Sonst bist du immer so schlau! Und jetzt? Was sagst du jetzt? Da fällt dir nichts mehr ein, was?«

»Halt den Rand, Gene«, knurrte der Grauhaarige. »Wir müssen nachdenken.«

»Nachdenken?«, höhnte Heppner. »Mann o Mann, auf den Arm nehmen kann ich mich selber! Wisst ihr, was mir da draußen passiert ist? He, wisst ihr das? Nein, natürlich nicht! Aber ich sag es euch! Und dann könnt ihr nachdenken!« Schnaufend holte er Luft. »Dieser Hurensohn, der Henry auf dem Gewissen hat, ist auch auf mich losgegangen! Jawohl! Ich hab ihn gerade noch verscheuchen können. Hab mächtiges Glück gehabt. Sonst würde ich jetzt auch mit gebrochenem Genick da draußen liegen! Wie Henry! Ich sage euch, der Wald ist voll von Bullen. Sie haben uns diese Karatejungs auf den Hals gehetzt. Damit alles schön leise läuft. Ist doch klar.«

»Vielleicht hast du Recht«, sagte Zane gedehnt.

»Klar hab ich Recht!«, ereiferte sich Heppner. »Und ich sag euch noch was! Ich will jetzt wissen, was Sache ist! Ich kriege das raus! Und dann setze ich durch, dass wir freien Abzug kriegen. Ich weiß auch verdammt genau, wie ich das machen werde!« Mit einem Ruck wandte er sich ab und stapfte nach nebenan. Ihm fiel nicht auf, dass die anderen keinerlei Versuch unternahmen, ihn zurückzuhalten. Ihm fielen auch die Blicke nicht auf, mit denen sich Zane, Lafferty und Keenes verständigten.

Laurie Winslow schrie vor Angst, als sie ihn sah.

Heppner machte kurzen Prozess, ging auf sie zu und versetzte ihr zwei gemeine Ohrfeigen.

Laurie wimmerte nur noch.

»Ich sag es dir nur einmal«, zischte er, »machst du Sperenzchen, gibt es schlimmeren Ärger – schlimmere Schmerzen, genauer gesagt.«

Sie verstummte.

Er holte ein Abschleppseil aus dem Nebenzimmer, einem Abstellraum. Mit der einen Hälfte des Seils fesselte er die Geisel. Mit der anderen Hälfte schnürte er sie sich dicht vor den Körper, mit ihrem Rücken vor seinem Brustkasten.

»So, Mädchen«, knurrte er und genoss ihr Zittern. »Wir beide sind jetzt eine verschworene Gemeinschaft – sozusagen. Wenn die Mistbullen auf mich ballern, treffen sie auch dich. Hundertprozentig. So eine Gewehrkugel geht nämlich glatt durch. Kapiert? Also sei schön brav und fang nicht an zu zappeln. Dann machst du es für uns beide nur noch schwerer.«

»Was …«, brachte Laurie mühsam hervor, »… wollen Sie denn – nur – erreichen?«

»Ganz einfach«, lachte Heppner, »ist doch nicht schwer zu begreifen, Menschenskind! Wir zwingen die blöden Bullen, uns endgültig abhauen zu lassen. Der Schreck wegen deiner Freundin hat ihnen wohl noch nicht gereicht. Kommt mir jedenfalls so vor.« Er schob sie aus dem Zimmer. »Los jetzt!«

Vorn, im Hauptraum, weidete er sich an den Blicken der anderen. Klar, damit hatten sie nicht gerechnet. Nicht damit, dass er die Sache mal an sich reißen würde. Zane musste kapieren, dass er zu lasch gewesen war. Von Anfang an. Den verdammten Reportern hätte man gleich ein paar Kugeln vor die Nase knallen müssen. Aber okay. Das war jetzt Schnee von gestern.

»Lasst mich mal machen«, sagte er beruhigend. »Gleich haben wir Ruhe. Darauf könnt ihr Gift nehmen.«

Laurie Winslow war zum Trippeln gezwungen. Er bugsierte sie an dem Toten vorbei und fing an, Vergnügen an der Nähe und an den Bewegungen ihres Körpers zu finden. Deshalb fiel ihm nicht auf, dass keiner der anderen etwas sagte. Und nicht mal Zane machte Anstalten, ihn aufzuhalten.

Gene Heppner wurde nicht misstrauisch.

Ich stieg hinunter. Die Maschinenpistole und das Gewehr legte ich unter dem Hochsitz auf den Boden. Allmählich wurden mir die Langwaffen lästig. Dabei konnte ich keineswegs sicher sein, dass ich sie nicht doch noch brauchen würde.

Ich hörte das Schlossschnappen. Mir blieb gerade noch Zeit, hinter den nächsterreichbaren Baumstamm zu huschen. Im nächsten Moment wurde das Blut in meinen Adern zu Eis.

Heppner schob Laurie Winslow vor sich her. Ich sah die Seilwindungen, mit denen er sie sich an den Körper geschnürt hatte. Und ich sah auch die Automatik. Eine Beretta 92F. Seine rechte Hand ruhte mit der Waffe auf Lauries Schulter, die Mündung in ihrer Halsbeuge.

Mir sträubten sich die Nackenhaare, als ich beobachten musste, wie Heppner die Geisel auf die Mitte des Platzes vor der Hütte schob.

Laurie Winslow lebte.

Doch es war unter diesen Umständen fast kein Trost mehr.

Zehn Schritte vor der Jagdhütte blieb er mit ihr stehen. Den linken Arm schlang er ihr zusätzlich um die Hüfte. Ruckartig blickte er in die Runde – wütend herausfordernd.

»Wo seid ihr?«, brüllte er. »Könnt ihr mich hören, ihr Drecksbullen? Und vor allem – könnt ihr mich sehen? Kriegt ihr mit, was läuft? Okay, dann richtet euch mal darauf ein, dass ihr ab sofort genau das tun werdet, was ich sage!«

Ich trat hinter dem Baumstamm hervor.

»Wir erfüllen alle Bedingungen«, sagte ich noch, während ich mich in Bewegung setzte. »Bleiben Sie ruhig. Es wird alles getan, was Sie verlangen.«

Er starrte in meine Richtung. Aus seinem kurzen Stirnrunzeln wurde siegessicheres Strahlen. »Das will ich aber auch meinen! Dann komm mal rüber, Amigo! Damit wir Klartext reden können!«

Ich faltete die Hände auf dem Hinterkopf. Nachdem ich ein paar Schritte gemacht hatte, runzelte der Gangster plötzlich erneut die Stirn.

»He, du bist doch der, der schon mal Geisel spielen wollte! Cotton, stimmt's? Der FBI-Mann!«

»Stimmt haargenau«, antwortete ich und setzte meinen Weg fort. In stumpfem Winkel ging ich aus der Richtung des Hochsitzes auf Heppner zu. Ich fragte mich, was sich in der Hütte abspielte. Hatten Zane, Lafferty und Keenes ihre Maschinenpistolen schussbereit? Würden sie gleich hervorstürmen und mich zum Sieb schießen? Ihre Wut angesichts des toten Komplizen konnte ich mir leicht vorstellen.

Doch sie wussten noch nicht alles.

Genau wie Heppner mussten sie vermuten, dass sie von FBI und Polizei umstellt waren. Davon, dass Allan Fargo mit seinem Rachefeldzug angefangen hatte, hatten sie nicht die leiseste Ahnung.

Ich war noch zehn Schritte von Heppner entfernt, als das Unvorhergesehene passierte.

»Stehen bleiben«, sagte der Kantige gerade. Sein angespanntes Gesicht war links neben Lauries erschreckender Blässe.

Ein Motor dröhnte los.

Heppner zuckte zusammen. Er sperrte die Augen weit auf. Er kannte den Klang des Motors. Eindeutig.

Schlagartig wusste ich, was lief.

Heppners Mundwinkel begannen zu flattern.

Ich stand breitbeinig und sicher. Mit meinem Blick versuchte ich, Laurie Mut einzuflößen. Natürlich war das ziemlich aussichtslos – nach allem, was sie durchgestanden hatte. Aber sie würde zumindest wissen, dass ich alles tat, was in meiner Macht stand.

»Sie lassen dich im Stich«, sagte ich laut und vernehmlich.

»Nein!«, schrie er. Alles in ihm drängte danach, sich umzudrehen und zu sehen, was los war.

»Natürlich tun sie das«, bekräftigte ich. »Sie haben

nämlich begriffen, dass es hier gar kein Großaufgebot an Polizei gibt.«

»Halt's Maul!«, brüllte Heppner. Er konnte sich nicht beherrschen. Sein Kopf ruckte herum. Zwangsläufig bewegte sich die Hand mit der Waffe. Von Lauries Hals weg. Das Motorgeräusch entfernte sich bereits mit hoher Drehzahl.

Ich ließ die Hände fallen und zog. Blitzartig.

Etwas weniger als eine Zehntelsekunde brauchte ich dazu. Alles geschah im nächsten Sekundenbruchteil.

Heppners Kopf ruckte zurück.

Ich hatte den Smith & Wesson in der Visierlinie und feuerte. Der schwere Magnum-Revolver wummerte und bäumte sich in meinen Fäusten. Laurie Winslow schrie gellend.

Der Schreck zeichnete sich wie durch einen Hieb in Heppners Gesicht ab. Reflexartig krümmte sich sein Zeigefinger. Ich sah den Feuerblitz haarscharf an Lauries Wange vorbeirasen. Im selben Moment traf meine Kugel seine Hand. Oder die Waffe. Oder beides. Das Schwarz der Automatik wurde hochgerissen und wirbelte davon. Heppners Hand schlenkerte blutend hoch. Er brüllte wie ein Stier.

Lauries Schrei endete.

Ich erstarrte.

Heppner brüllte noch immer. Seine Wut steigerte sich zum Wahnsinn.

Und deshalb, nur deshalb krallte sich seine linke Hand um den Hals der Frau. Ihre Augen wölbten sich. Das Entsetzen musste sie um den Verstand bringen.

Ich schnellte los.

»Zurück!«, kreischte Heppner mit sich überschlagender Stimme. »Zurück, du Hund. Oder sie stirbt!«

Im Sprung holsterte ich den Revolver. Heppner versuchte zurückzuweichen. Gleichzeitig verstärkte er den Druck seiner Krallenhand. Ich sah, wie sich Laurie Winslows Gesicht verfärbte. Ich hörte ihr Würgen. Es trieb mir die Haare zu Berge.

Noch drei Schritte.

Heppner kreischte weiter. Seine Worte waren schon nicht mehr zu verstehen. Seine Beine verhedderten sich mit denen der Geisel. Beide stürzten. Heppners Stimme schrillte vor Schmerz, weil er auf seine verwundete Hand gefallen war. Er wälzte sich hin und her, um sich Erleichterung zu verschaffen. Aber er lockerte seinen Griff nicht.

Ich überbrückte die letzte Distanz mit flachem Sprung.

Gnadenlos schlug ich mit dem Revolvergriff zu.

Ich riskierte es, ihn zu töten. Denn er bewegte sich zu heftig. Aber ich traf in der richtigen Gegend. Er erschlaffte, als hätte ihn ein Blitzschlag außer Gefecht gesetzt. Ich riss seine Klauenhand von Lauries Hals weg.

Röchelnd rang sie nach Atem.

Mit dem Taschenmesser durchtrennte ich die Fesseln an den verknoteten Stellen. Den Rest fetzte ich von Laurie weg. Ich half ihr, aus der Nähe des Gangsters zu gelangen. Einen Moment musste sie auf dem Gras sitzen bleiben. Sie hatte keine Kraft, ihre Beine trugen sie nicht. Ich strich ihr über das Haar. Sie weinte. Immer noch hatte sie Mühe mit dem Atmen.

Das Motorgeräusch war mittlerweile nicht mehr zu hören.

Mir war klar, dass Fargo möglicherweise irgendwo im Dickicht lauerte. Ich musste mich beeilen. Doch seine Reaktion und sein weiteres Verhalten waren nicht abzuschätzen. Ich musste mich darauf konzentrieren, Laurie Winslow in Sicherheit zu bringen. Und Heppner. Ja, auch Heppner. Ihn musste ich vor einem möglichen Angriff Fargos schützen.

Und wo, in aller Welt, steckte Phil?

Es war eine höllische Menge, die hier geklärt werden musste.

Ich beugte mich über den Gangster. Er atmete noch. Ich benutzte die Handschellen, um seinen gesunden

Arm und das linke Fußgelenk aneinander zu ketten. Dann half ich Laurie auf die Beine.

»Er hat sie umgebracht«, sagte sie tonlos und starrte auf den Mann, der sich nicht rührte. »Er hat Marilyn getötet. Lebt er?«

»Ja«, antwortete ich heiser.

»Dann ist es gut. Ich werde es vor jedem Gericht bezeugen. Und ich wünsche mir nichts mehr, als dass er den Rest seines erbärmlichen Lebens hinter Gittern zubringt.«

»Das ist garantiert«, bekräftigte ich. »Ich bringe Sie jetzt in die Hütte. Das ist im Moment der sicherste Ort.«

Laurie war tapfer. Sie konnte kaum gehen. Dennoch unterstützte sie mich mit ihren unsicheren kleinen Schritten. Drinnen setzte ich sie in einen Sessel. Den Toten schaffte ich nach nebenan, damit ihr der Anblick erspart blieb. In aller Eile überzeugte ich mich, dass die Hütte leer war.

Meine Vermutung stimmte. Zane und die beiden anderen hatten die Gelegenheit genutzt, um sich abzusetzen. Sie mussten endgültig begriffen haben, dass ihre Rechnung nicht aufging – bei aller Vorplanung nicht. Sie waren New Yorker, und sie fühlten sich hier draußen nicht mehr wohl. Ich glaubte zu wissen, dass sie in ihre vertraute Umgebung zurückwollten.

Ich nickte Laurie aufmunternd zu, als ich wieder nach draußen lief.

Heppner war noch immer bewusstlos. Aber keine Menschenseele tauchte auf, und nichts rührte sich. Meine Sorge um Phil wuchs. Wenn er die Gangster verfolgte, warum hatte er sich dann nicht kurz per Walkie-Talkie gemeldet? Er hätte es zumindest versuchen müssen. Wir waren lange genug Partner im Dienst. Deshalb wusste ich, dass etwas nicht stimmte.

Ich schleifte Heppner in die Hütte und brachte ihn ebenfalls ins Nebenzimmer. Ich musste davon ausgehen, dass Laurie Winslow einen schweren Schock erlitten hatte. So etwas konnte tödliche Auswirkungen auf den Kreislauf haben. Deshalb musste ich ihr jede weitere nervliche Belastung ersparen.

Ich schaltete das Walkie-Talkie auf Senden und rief Phil.

Keine Antwort. Nur Rauschen im Gerät.

Rasch sah ich mich um. Es gab kein Telefon in der Hütte. Ich hatte draußen auch keine Masten und keine Leitung gesehen. Also waren wir auf das Funkgerät angewiesen. Ich erklärte Laurie, dass ich meinen Kollegen suchen musste. Sie nickte, war erstaunlich gefasst. Ich versicherte ihr, dass ich so schnell wie möglich wieder da sein würde. In der Tür steckte innen ein Schlüssel. Laurie war einverstanden, dass ich von außen abschloss.

Ich folgte den Spuren, die ich unten am Bach fand. Meine Vermutung bestätigte sich. Phil hatte Fargo beobachtet. Und wie ich hatte er mit dem Eingreifen warten wollen, bis er sicher sein konnte, dass das Leben der Geisel nicht in noch größere Gefahr geriet.

Ich befreite ihn von den Fesseln. Er kam allein auf die Beine.

»Der Bursche ist heimtückisch wie eine Schlange«, knurrte Phil.

Während wir losliefen, um das Funkgerät und unsere Waffen zu bergen, berichtete er, wie Fargo ihn ausgetrickst hatte.

»Dagegen war kein Kraut gewachsen«, entgegnete ich.

»Schwacher Trost. Ich hätte mehr an Fargos Vergangenheit als an seine Gegenwart denken sollen. Dann wäre mir das vielleicht nicht passiert.«

»Es ändert alles nichts«, sagte ich. »Ab sofort geht es für uns nur noch um die Zukunft. Und zwar um die unmittelbare.«

Phil nickte. Natürlich war ihm klar, was ich meinte.

In der nahen Zukunft durfte es nach Möglichkeit nur Stunden dauern, bis wir die Gangster erwischten. Und Fargo. Wir ahnten bereits, in welcher Richtung sich das Geschehen entwickeln würde. Fargo hatte begriffen, dass er an Heppner nicht mehr herankam. Also würde er versuchen, sich auf Zane und die beiden anderen zu konzentrieren.

Wir erreichten das Funkgerät.

Ich übernahm es diesmal, die State Police zu rufen. In Stichworten gab ich durch, was sich ereignet hatte – vor allem, dass Laurie Winslow gerettet war. Dann fügte ich das Notwendige für die Fahndung hinzu. Bekannt waren die Personenbeschreibungen Fargos und der Gangster, außerdem Kennzeichen und Typ des Wagens, den Fargo aller Voraussicht nach benutzte.

Die wichtigste aller Anweisungen fügte ich klar und unmissverständlich hinzu: »Wenn die Fliehenden gesehen werden, darf nichts unternommen werden. Nur beobachten! Und zwar unauffällig.« Ich erklärte auch, weshalb. Die Kollegen, die möglicherweise betroffen sein würden, würden es besser verstehen, wenn sie über alles Bescheid wussten. Nämlich darüber, was Zane, Lafferty und Keenes sofort tun würden, wenn sie sich in die Enge getrieben fühlten.

Sie würden neue Geiseln nehmen.

»Verstanden, Sir«, antwortete der Beamte in der Funkzentrale der State Police. Er wiederholte meine Angaben in Stichworten. Dann sagte er: »Hier ist übrigens noch eine Nachricht von Ihrem Special Agent in Charge eingegangen, Mr. John D. High. Es handelt sich um die Jagdhütte bei Wilton.«

»Ja?«

»Der Eigentümer hat vor knapp einer Woche einen Einbruch in seine Wohnung gemeldet. Dabei wurden unter anderem beide Schlüssel für die Hütte gestohlen. Der Mann ist Grundstücksmakler in Manhattan, nicht vorbestraft, absolut rechtschaffen.«

So ähnlich hatte ich es mir vorgestellt. Ich bat den Kollegen, uns Verstärkung zu schicken. Dazu einen Leichenwagen. Und vor allem zwei Ambulanzwagen! Einen für Laurie Winslow, den zweiten für Gene Heppner. Denn der Mörder Marilyn Barnetts musste auf seinem Abtransport scharf bewacht werden.

Ich beendete das Gespräch. Wir nahmen Phils Waffen mit und sammelten auch meine ein. Dann beeilten wir uns, zur Hütte zu gelangen. Denn eines durften wir jetzt auf keinen Fall tun: Laurie Winslow allein lassen.

Wenn ihr Schock so schwer war, wie ich vermutete, dann konnte ihr Leben davon abhängen. Und das war vorerst wichtiger, als dass wir uns um den Rest der Gangster kümmerten. Und um Fargo, den Rächer von eigenen Gnaden.

Ich war erleichtert, als wir die Jagdhütte betraten. Laurie sah uns dankbar an und schaffte es sogar, ein bisschen zu lächeln.

»Ich glaube, er ist zu sich gekommen«, flüsterte sie und deutete mit einer Kopfbewegung zur Tür des Nebenzimmers.

In der Tat waren von dort matte Geräusche zu hören. Heppner stöhnte. Ich ging hinüber. Phil blieb bei Laurie. Ich hörte, wie er ihr behutsam erklärte, dass gleich ein Notarztwagen eintreffen würde. Von Allan Fargo erwähnte er nichts. Sehr vernünftig. Die Erinnerung an Marilyn Barnett und ihren Freund würde ihre Nerven unter Umständen zu sehr in Aufruhr bringen.

Ich zog mir einen Hocker heran und setzte mich so, dass Heppner zu mir aufblicken musste. Er tat es zwangsläufig, denn er lag auf dem Rücken und konnte sich kaum rühren. Ich fischte meine Zigarettenschachtel aus der Jackentasche und rauchte ihm etwas vor. Seine Augen funkelten.

»Sie haben dich im Stich gelassen, Heppner«, sagte ich. »Zane, Lafferty und Keenes.«

Trotz seiner Schmerzen sperrte er den Mund auf vor Überraschung. »Woher kennst du die Namen?«, ächzte er.

»Ihr habt die Journalisten zu dicht rangelassen«, erklärte ich. »Wir haben Beamte eingeschleust, die euch fotografieren konnten.«

»Zanes Schuld«, quetschte er hervor. »Ich hab es ja gewusst, verdammt. Was willst du von mir, G-man?«

»Den Wagentyp. Womit sind Zane und die anderen jetzt unterwegs?«

»Mit 'nem grünen Jeep Cherokee«, antwortete Gene Heppner, ohne zu zögern. Es hörte sich frohlockend an. Er war froh, seine Komplizen in die Pfanne hauen zu können. Dafür, dass sie ihn hereingelegt hatten.

Ich ließ ihn allein. Nebenan war alles in Ordnung. Das signalisierte Phil mir mit einem Nicken. Ich setzte mich noch einmal ans Funkgerät und gab der State Police den Fahrzeugtyp durch. Dabei erfuhr ich, dass die Fahrzeuge der Polizei und des Rettungsdienstes in wenigen Minuten eintreffen würden. Ich nutzte die Zeit, indem ich mich mit New York City verbinden ließ.

Der Chef hatte bereits erfahren, dass Laurie Winslow am Leben und in Sicherheit war. Trotzdem war er froh, von mir einen ausführlichen Lagebericht zu erhalten. Ich sagte ihm, dass Phil und ich am Ball bleiben würden.

Sie kamen sich schlau vor.

Aber darüber konnte Fargo nur grinsen.

Jetzt, wo es hell war, hatte er es leicht. Er lenkte den Pickup zügig durch die Waldwege. Dabei konnte er vorerst außer Sichtweite bleiben. Die frischen Reifenspuren der Bastarde konnte er aus dem Fahrerhaus deutlich genug sehen.

Sie fuhren weiter nach Südwesten, Richtung South Corinth. Das war so ein kleines Nest wie Wilton. Und es lag auf der Westseite des Hudson River. Auf dieser Seite würden sie bleiben. Damit, so meinten sie wohl, hatten sie eine Menge gewonnen. Aber in dem Punkt würden sie sich hundertprozentig verrechnen. Die Polizei war nicht so dämlich, dass sie ihnen nicht auf die Schliche kam, und wenn das Schwein Heppner noch am Leben war, würde er sowieso singen. Dann wussten die Cops auch, mit was für einem fahrbaren Untersatz Zane und Co. auf Achse waren.

So einfach war das. Nur waren die Jungs zu sehr in Panik, als dass sie auf die einfachen Sachen kamen.

Der Wald lichtete sich. Fargo stellte fest, dass der Weg in ein Tal führte. Erste Weideflächen unterbrachen das baumbestandene Land. Schließlich folgten Äcker, und eine Holzbrücke führte über einen Bach. Es mochte der sein, der da oben bei der Jagdhütte fast seinen, Fargos, Untergang miterlebt hätte. Farmgebäude duckten sich flach im saftigen Land. Aber selbst die Farmer, diese Frühaufsteher, waren noch nicht aus den Federn. Jedenfalls war außerhalb der Häuser keine Menschenseele zu sehen.

Dafür erblickte Fargo den Jeep Cherokee.

Weit entfernt, schon am südwestlichen Ende des Tals, kletterte die grüne Kiste wieder in bewaldetes Hügelland hinauf. Wie eine Bergziege.

Okay, dachte Fargo grimmig, selbst wenn sie dich gesehen haben, halten sie dich für einen Farmer. Der Pickup passt so prächtig in die Landschaft, dass ich mich für die Idee beglückwünschen darf.

Er würde sie erwischen. Garantiert. Als sie aus der Hütte abgehauen waren und den Jeep aus dem Versteck am Waldrand geholt hatten, hatte er nicht lange überlegt. Er musste Heppner sausen lassen. Er konnte an seiner Stelle nicht drei Bastarde ungeschoren davonkommen lassen. Anzunehmen war, dass sie Marilyn noch mehr gequält hatten als Heppner – bevor er die tödlichen Kugeln abgefeuert hatte. Und wenn der Grauhaarige der Anführer war, wie die

Fernsehtypen es vermutet hatten, dann war er sicherlich auch derjenige, der den Mordbefehl erteilt hatte. Also der eigentliche Schuldige.

Jenseits der Hügel mündete der unbefestigte Weg in eine feste Provinzstraße. Hier waren schon die ersten Pickups und Traktoren unterwegs. Fargo freute sich, dass er nun noch weniger auffiel. Er konnte etwas aufschließen und brauchte den grünen Cherokee nicht mehr aus den Augen zu verlieren.

Innerhalb der nächsten Stunde zeigte sich klar und deutlich, was die Mistkerle vorhatten.

Sie nahmen die Straße nach Skidmore College. Dort gab es eine Auffahrt auf den Interstate Highway 87. Fargo wusste jetzt, dass sie nach New York City zurückwollten. Sie würden nie dort ankommen. Dafür würde er sorgen.

Kurz vor der Highway-Auffahrt begegnete ihm der erste Streifenwagen. Ein Wagen der County Police. Die beiden Deputys fuhren mit mäßiger Geschwindigkeit und beobachteten ihre Umgebung aufmerksam.

Als er an dem Streifenwagen vorbei war und ihn im Spiegel kleiner werden sah, stimmte Fargo Freudengeheul an und trommelte auf das Lenkrad. Völlig klar, sagte er sich. Niemand kannte ihn, niemand wusste, was für einen Schlitten er fuhr. Den hatte er in dem schluchtartigen Einschnitt ja gut genug versteckt.

Auf dem Highway überholten erst die Gangster und dann Fargo einen ebenfalls langsam fahrenden Streifenwagen der Highway Patrol.

Nichts geschah. Kein Rotlicht glühte in den Spiegeln auf, keine Sirene übertönte das Motorbrummen.

Fargo gelangte zu der Überzeugung, dass die Cops ahnungslos waren. Vielleicht war das Heppnerschwein doch krepiert und Laurie Winslow hatte einen so gewaltigen Schock, dass sie nicht reden konnte. War ja alles möglich. Umso besser. Es vereinfachte die Rache. Fargo brauchte nur noch auf den richtigen Augenblick zu warten.

Bis zum späten Nachmittag zog es sich hin.

Phil und ich jagten auf dem Interstate nach Süden. Ich ließ den Jaguar Meilen fressen. Das Rotlicht genügte, um uns Platz zu verschaffen. Die Funkmeldungen waren bis jetzt immer die Gleichen gewesen.

Der grüne Jeep Cherokee hielt seine Fahrtrichtung. Und der Pickup folgte ihm mit wechselnden Abständen. Zane und seine Komplizen fühlten sich also sicher. Fargo sowieso. Davon gingen wir aus.

Die Sonne war längst auf dem Abstieg, als die entscheidende Nachricht kam. Über die Tappan Zee Bridge hatten wir inzwischen wieder die Ostseite des Hudson River erreicht.

Der Cherokee verließ den Highway bei Dobby Ferry. Das war nur ein paar Meilen von Yonkers entfernt. Und Fargo bog ebenfalls ab. Die Kollegen von State und County Police hatten inzwischen überall am Highway getarnte Beobachtungsposten eingerichtet. Nichts, was die Fliehenden taten, konnte uns noch entgehen.

Phil bestätigte die Meldung und klinkte das Funkmikro ein.

Ich trat das Gaspedal bis auf den Bodenteppich und ließ die Jaguarpferde galoppieren. Wieder einmal war ich gezwungen, bis an die Hundertzwanzig-Meilen-Marke des Tachos vorzustoßen. Fünf Meilen Vorsprung hatten sie noch. Den würde ich in Minuten aufholen.

An dem beklemmenden Gefühl hatte sich für uns nichts geändert. Wir wussten nur zu gut, dass Zane und Komplizen dazu neigten, ausweglose Situationen durch brutale Geiselnahme zu bewältigen. Ich war überzeugt, dass sie das immer wieder tun würden. Deshalb mussten wir sie in einem Moment erwischen, in dem sie sich absolut sicher fühlten.

Was Laurie Winslow betraf, konnten wir beruhigt sein. Sie war ins Hospital von Saratoga Springs gebracht worden. Dort würde sie ein paar Tage unter

Beobachtung bleiben. So lange, bis sie seelisch stabil genug war, um nach Manhattan zurückkehren zu können.

Gene Heppner war lediglich ambulant verarztet worden. Seine Schusswunde an der Hand würde im Gefängnishospital von Rikers Island, New York, weiter behandelt werden. Dorthin hatte ihn ein Polizeihubschrauber gebracht, mit vier schwer bewaffneten Cops an Bord. Das einzig Aufregende, was Heppner noch erleben würde, war der Prozess gegen ihn. Der lange Rest seines Lebens würde in der Eintönigkeit einer Gefängniszelle vergehen. Er hatte es nicht anders gewollt.

Wie sicher sich Zane, Lafferty und Keenes tatsächlich fühlten, erfuhren wir durch eine erneute Funkdurchsage, als wir die Highway-Ausfahrt Dobby Ferry erreichten.

Ihr Ziel war das RIVERSIDE, ein Motel der Sonderklasse. Neben der Übernachtungsmöglichkeit und dem Ausblick auf den Hudson River gab es dort einen speziellen Service.

Motelgäste mussten die Nacht nicht allein verbringen, wenn sie nicht wollten. Auch den Tag nicht.

Phil erneuerte meine Anweisung an die Kollegen, vorerst nichts zu unternehmen.

Bis zu der Kleinstadt Dobby Ferry war es vom Highway aus nur eine Meile. Ich schaltete das Rotlicht aus und fuhr zügig, blieb jedoch innerhalb der Geschwindigkeitsbegrenzungen. Außer Sichtweite, das wussten wir, schlossen sich uns die ersten Einsatzfahrzeuge von State Police und County Police an. Die Stadt durchquerten wir rasch. Die großen Hinweisschilder am Straßenrand waren nur Andeutungen, wie es die strengen Gesetze unseres Landes nun einmal vorschreiben.

RIVERSIDE – A MOTEL FOR PLEASANT NIGHTS

Womit nicht mehr gesagt wurde, als dass die Nächte in dem Beherbergungs-Unternehmen erfreulich waren.

Darunter konnte man sich wirklich eine Menge vorstellen.

Bis zu dem weitläufigen Motelbetrieb war es von Dobby Ferry aus noch einmal eine Meile. Die flachen Gebäudetrakte lagen in einer Parklandschaft, die bis an den Fluss hinunterreichte. Ein riesiger rosa lackierter Torbogen überspannte die Einfahrt und erläuterte noch einmal, dass die Nächte hier das reinste Vergnügen waren. Langsam glaubten wir daran.

Ich bog auf den Parkplatz ein. Die Leute, die schon vor uns fest an das Vergnügen im RIVERSIDE glaubten, waren verteufelt zahlreich. Ich hatte Mühe, eine freie Parkbucht zu finden. Beim Suchen passierten wir den grünen Chevy Pickup und den Jeep Cherokee in seinem etwas dunkleren Grün. Beide Fahrzeuge waren leer.

Ziemlich weit in einem hinteren Winkel des Parkplatzes ließen wir den Jaguar zurück, nachdem Phil unsere Position durchgegeben hatte. Die Kollegen in ihren neutralen Dienstfahrzeugen würden außerhalb des Geländes in Bereitstellung gehen und erst auf unsere ausdrückliche Anweisung hin eingreifen. Wir blieben neben meinem roten Flitzer stehen und machten eine Sprechprobe mit den Walkie-Talkies. Die Verständigung mit den Kollegen klappte.

Phil und ich marschierten los.

Ein kiesbestreuter Weg führte zwischen bunten Blumenrabatten zur Rezeption. Die war im Verwaltungsgebäude des Motels untergebracht.

Über den speziellen Service konnte man alles in der Bar erfahren, gleich neben der Rezeption. Darüber klärte uns eine hinreißende Blondine auf, die eigentlich besser in eben jene Bar gepasst hätte als in den Bürostaub des Empfangstresens.

»Wir waren schon ein paar Mal hier«, brummte ich mit wissender Miene. Aus den Augenwinkeln heraus sah ich, dass Phil zustimmend nickte. »Unsere Kumpels waren etwas schneller«, fügte ich hinzu. »Haben uns abgehängt, die Sauhunde. Möchte bloß wissen, ob die schon in ihren Buden sind oder noch in der Bar.«

»Wer sind denn Ihre Freunde, Sir?«

Ich beschrieb Zane, Lafferty und Keenes.

»Oh, da kann ich Ihnen weiterhelfen, Sir!«, strahlte die Blondine. »Die Gentlemen sind vor höchstens zwei Minuten von hier zu ihren Zimmern aufgebrochen. Haus B. Die Nummern zwo-drei, zwo-vier und zwo-fünf. Soweit ich es mitbekommen habe, werden sie von dort aus ihre weiteren Arrangements treffen.«

»Mal wieder typisch«, grinste Phil. »Die legen sich nicht gleich fest.«

»Vorfreude ist eben die beste Freude«, feixte ich und stieß ihm mit dem Ellbogen in die Seite.

Die Blondine lachte hochtönend. Man hörte heraus, wie viel Verständnis sie für die Männerwelt hatte. Phil und ich diskutierten noch einen Moment, ob wir erst einen Drink in der Bar nehmen sollten. Wir entschieden uns mit gespieltem Zögern dafür, lieber die Minibars in unseren Zimmern zu plündern.

Auch dafür hatte die blonde Empfangs-Lady volles Verständnis. Schließlich kannte sie all die wirklichen Beweggründe, die die Gäste des Hauses hinter Gerede verbargen. Geschäftstüchtig strahlend händigte sie uns die Schlüssel aus, von denen sie meinte, dass sie Phil und mir eine erfreuliche Nacht erschließen würden. Für die hinreißende Lady würde es die Überraschung ihres Lebens sein, wenn jemand von der Spesenabteilung des FBI anrief und darum bat, die Rechnung für die G-men Cotton und Decker begleichen zu dürfen.

Wir verließen das so genannte Verwaltungsgebäude, das von Hintergrundgemurmel und leiser Musik aus der Bar erfüllt war. Das Grün der Parklandschaft atmete Kühle aus. Auch die Nähe des Flusses war zu spüren. Feuchtigkeit senkte sich wie ein feiner Schleier herab, obwohl die Sonne noch da war. Der Herbst ließ sich nicht mehr leugnen, auch wenn die

Blätter noch nicht bunt geworden waren. Den Hudson River konnten wir nicht sehen. Das teure Ufergrundstück hatte seine wirkungsvollen Tupfer aus Laubbäumen und Buschzeilen. Wie dazwischen versteckt sahen die einzelnen Gebäude aus, alle im Bungalow-Stil und ziehharmonikaartig versetzt.

Wieder schlenderten wir einen Kiesweg entlang. Es herrschte Betrieb. Jede Menge Spaziergänger waren unterwegs. Wie im Central Park in Manhattan. Nur fehlten hier im RIVERSIDE etliche Bevölkerungsgruppen. Es gab keine Ehepaare, keine Kinder und keine alten Menschen. Nur Männer, die allein oder zu zweit unterwegs waren, seltener zu dritt, und andererseits gab es nur Girls, die den jüngeren Jahrgängen angehörten.

Die Ersten sahen wir kichernd auf Bänken an einem Springbrunnen. Die Nächsten in einem Gartencafé. Superkurze Röcke waren in, waren an diesem Ort wohl nie out gewesen.

Es herrschte diese lockere Atmosphäre, die den männlichen Gästen das Gefühl geben sollte, dass sie mit den Schönen des Tages und der Nacht wirklich anbändelten. Dass die langbeinige Weiblichkeit im Grunde aber nur den Dollar anhimmelte, wurde unterdrückt. Wer hierher kam, der hatte Geld in der Tasche, der redete nicht darüber.

Die so genannten Kontaktzonen lagen weiter unten am Flussufer. Kleine, dezente Wegweiser machten darauf aufmerksam. Pavillons, ein Tanzlokal und sogar ein Bootsverleih. Mit Ruderbooten konnten die handelseinigen Partner ein paar Runden in einer Bucht drehen, bevor es zur Sache ging. Für Leute, die so was mochten, alles in allem eine anheimelnde Atmosphäre.

Wenn ich an Zane und seine Komplizen dachte, gefiel mir die Kontaktlandschaft überhaupt nicht mehr.

Die Burschen hatten einen verdammten Hang nach Gegenden, in denen es von möglichen Geiseln nur so wimmelte.

Ich hoffte nur, dass sie nicht deswegen ins RIVERSIDE gekommen waren. Ich wünschte mir, dass sie hier waren, weil sie sich sicher fühlten und sich entspannen wollten – nach all den Stunden, die sie unbehelligt geblieben waren. Und ich stellte mir weiter vor, dass sie von dem Verfolger namens Fargo keine Ahnung hatten.

Fromme Wünsche.

Dass sie längst in Erfüllung gegangen waren, war nicht einmal abwegig. Doch geschafft hatten wir es damit noch lange nicht. Wie sich die Dinge weiter entwickelten, stand in den Sternen. Hundertprozentig.

»Unsere Richtung«, sagte Phil und zeigte auf ein rosa lackiertes Schild an einer Weggabelung. Rechts ging es nach Haus B.

»Nicht ohne Hindernisse«, entgegnete ich und zwinkerte nach links.

Blond schien hier die bevorzugte Haarfarbe zu sein. Die beiden langbeinigen Wesen, die wir hinter dem Springbrunnen erspäht hatten, sahen fast aus wie Zwillinge – echt oder gefärbt. Sehen lassen konnten sie alles, was sie da stramm verpackt hatten, in winzigen Lederröckchen und hellen Pullis. Wie sie es fertig kriegten, mit ihren Stöckelabsätzen auf dem Kies auch noch graziös zu gehen, war ihr Geheimnis.

»Vielleicht gar nicht mal schlecht«, murmelte Phil und blieb stehen.

Ich folgte seinem Beispiel. »Du meinst, weil wir drei Zimmer zu checken haben?«

»Exakt, Alter.«

»Hm.« Zu einem weiteren Kommentar reichte es nicht, denn Blondine Nummer eins steuerte schnurstracks auf mich zu. Die zweite zögerte etwas, schien den Erfolg des Anbändelversuchs abwarten zu wollen wie ein schüchternes Schulmädchen.

Nummer eins bedachte mich mit einem Blick, der Eisberge erweicht hätte. »Verzeihen Sie, Sir, wenn ich Sie so einfach anspreche …«

»Heutzutage dürfen Frauen alles«, antwortete ich rasch.

Beide lachten. Phil und ich lachten mit.

»Ich heiße Gwen«, sagte Nummer eins. »Richtig eigentlich Gwendolyn, aber …«

»Und ich bin Susan«, teilte die andere rasch mit, indem sie sich entschlossen näher schob.

»Okay, Girls!«, rief Phil lärmend. »Wir treffen uns mit Freunden. Haus B. Zwo-drei und zwo-vier. Ich wette, die Jungs haben längst ihre besseren Hälften auf Zeit.«

»Darauf kannst du Gift nehmen, Süßer«, antwortete Susan. Sie kicherte, und ihre Zwillingsschwester stimmte mit ein.

»Gute Idee«, brummte ich und nickte mehrmals. »Gar nicht schlecht, wenn wir nicht unbeweibt kommen. Da fühlt man sich nicht so nackt, was?«

Erneutes Gekicher.

»Wenn du vor solchen Gefühlen Angst hast«, prustete Gwen, »bist du hier an der falschen Adresse.«

Die Heiterkeit der beiden Girls wollte kein Ende nehmen. Wir nahmen sie einfach mit, und sie hängten sich zutraulich bei uns ein. Phil war sich genau wie ich darüber im Klaren, dass wir letztlich die Verantwortung für die beiden tragen würden. Wir mussten sie rechtzeitig abschütteln. Aber das war ohnehin Teil unserer Taktik. Wir verständigten uns mit unauffälligen Blicken darüber.

Auf dem letzten Stück Weg zum Haus B fingen Gwen und Susan vorsichtig mit den ersten Verkaufsverhandlungen an. Sie zählten einfach auf, was sie alles zu bieten hatten und wo ihre besonderen Fähigkeiten lagen. Es war verteufelt eindrucksvoll.

Zum Abschluss kamen wir aber nicht mehr. Das Haus mit den verschachtelt versetzten Eingängen hatte einen Vorplatz mit Rasen, Zierteich, Plattenwegen und Liegestühlen. Zum Glück war es nicht mehr so warm, dass sich hier noch jemand sonnte.

»Passt auf«, sagte ich und tätschelte Gwens hübschen Hintern, wie es sich gehörte. »Ihr beiden klingelt schon mal bei zwo-drei und zwo-vier und sagt Peter und Brad, dass es jetzt 'ne angenehme Überraschung gibt. Wir holen inzwischen Harry aus zwo-fünf und kommen dann rüber.«

»Warum denn so umständlich?«, entgegnete Gwen stirnrunzelnd. »Ich meine, wir können doch alle ...«

»Den Teil des Abends machen wir so, wie wir wollen«, sagte Phil mit befehlsgewohnt klingender Stimme. »Danach könnt ihr beiden Prachtgirls dann bestimmen, was läuft. Okay?«

Sie kicherten ihr Einverständnis.

Hüftenwackelnd zogen sie los. Phil und ich steuerten auf Nummer 25 zu. Die Eingänge der Motelzimmer waren so voneinander abgesetzt, dass keiner den anderen sehen konnte. Jeder sollte den Eindruck haben, dass er sein eigenes kleines Reich mietete. Phils und meinen Absichten kam das mächtig entgegen. Wir konnten zwei Fliegen mit einer Klappe schlagen. Während die Zwillings-Blondies ihr Ablenkungsmanöver bei den beiden Zimmernachbarn abzogen, konnten wir uns ganz dem einen in 25 widmen.

Er hatte etwas dagegen.

Wir waren noch drei Yards entfernt, als sich das Fenster neben der Tür in seine Bestandteile auflöste. Glasscherben, Gardinenfetzen und Holzsplitter des Rahmens wirbelten heraus.

Im Hinwerfen spürte ich einen sengenden Luftzug an der linken Halsseite. Die Schüsse klangen trocken hackend aus dem Raum. Eine ganze Serie, wie das Maschinenpistolen so an sich haben. Phil war nach rechts auf Tauchstation gegangen. Nebenan kreischten die Girls, unsichtbar für uns. Ich rollte mich auf dem Rasen neben dem Plattenweg ab. Auch im Zimmer 25 kreischte jemand. Eine weibliche Stimme. Der Feuerstoß endete. Ein Mann brüllte.

»Einen Schritt weiter und ihr seid ein Sieb!«

Ich erreichte den toten Winkel zwischen zwo-fünf und zwo-vier, nur eine handtuchbreite Mauerecke. Aber es reichte, um von beiden Zimmern aus nicht gesehen zu werden. Der Smith & Wesson glitt wie von selbst aus dem Holster. Beruhigend zu hören waren die Angstschreie der Zwillingsschwestern, wie sie davonrannten.

Niemand hinderte sie also daran.

Phil war noch in Bewegung, hatte die Ecke auf seiner Seite fast erreicht, als die Maschinenpistole drinnen von neuem loshämmerte. Ich sah die Fontänen aus Erde und Gras, die hochgerissen wurden, und stieß den 357er in Anschlag. Beidhändig.

Phil federte hoch, schnellte nach rechts, von dem Kugelschwarm verfolgt. Ich ließ den Magnum wummern. Zweimal hintereinander. Der schwere Revolver ruckte in meinen Fäusten und hieb sein machtvolles Blei durch das zerstörte Fenster ins Zimmer.

Die Maschinenpistole verstummte. Ich hörte einen Fluch. Drinnen schrie die Frau wieder. Phil war in Deckung und gab mir das Zeichen mit hochgerecktem Daumen. Ich nickte ihm zu. Eine klatschende Ohrfeige beendete den Schrei der Frau.

Von den beiden Nebenzimmern war nichts zu hören.

Auf dem Gelände hinter uns aber wurden aufgeregte Stimmen laut. Eine Schießerei mitten im Paradies für Freunde der Nacht war nicht gerade willkommen. Niemand wollte hier gern seine Personalien feststellen lassen. Wieder ratterte die Maschinenpistole.

Diesmal stanzte der Geschosshagel nur Luftlöcher.

Ein knappes Handzeichen genügte zur Verständigung mit Phil.

Ich duckte mich und schnellte los – haargenau in dem Moment, in dem der Feuerstoß endete.

Drinnen setzte der Schießer zu neuem Gebrüll an. »Verschwindet, ihr Bullenschweine, oder …«

Phils Magnumdonner ließ ihn verstummen.

Ich nahm die Tür mit vollem Schwung. Die linke Schulter als Rammbock. Wohlweislich. Den rechten Arm braucht ich zum Schießen. Berstend und splitternd gab das Holz nach. Ich segelte mit dem Türblatt ins Zimmer. Krachend schlug es auf den Boden. Halbdunkel herrschte. Geschrei und Gebrüll empfingen mich. Blitzartig nutzte ich den Schwung und rollte mich ab.

Phil war da.

Aus der Bewegung heraus sah ich seine Silhouette in der Tür.

Ich prallte gegen Beine, riss jemanden um. Das Schreien steigerte sich zum Schrillen. Trotzdem kam ich hoch, gleich vor der Bettkante.

Phils Dienstrevolver krachte.

Die Maschinenpistole hämmerte ohrenbetäubend.

Ich war auf den Beinen und sah Phil zurückwanken.

Mir stockte der Atem.

Halbrechts heulte der Hakennasige vor Triumph. Seine Augen glitzerten, als er die Maschinenpistole herumriss.

Ich war einen Sekundenbruchteil schneller.

Meine erste Kugel traf die Maschinenpistole. schmetterte ihm die Waffe ins Gesicht. In die zweite Kugel, die ich nicht mehr zurückhalten konnte, kippte er hinein.

Es war die tödliche Kugel.

Polternd fiel die Maschinenpistole auf den dünnbeinigen Couchtisch.

Das Girl schrie wie eine Sirene – immer noch.

Ich lief hinaus.

Phil stand da und grinste. Er hielt sich die linke Schulter und hatte den Smith & Wesson dabei noch in der Hand. Blut war nicht zu sehen.

»Erzähl mir nicht, dass es nur ein kleiner Kratzer ist«, knurrte ich.

»Noch weniger als das«, rief er, um das schreiende Girl zu übertönen. Er hob die Hand. Das Schulterpolster des Jacketts war weggerissen. Darunter hatte die Kugel eine rote Schramme verursacht. Ein gewaltiger Bluterguss würde daraus entstehen. »Wäre ja nicht so schlimm gewesen«, erklärte mein Freund und Kollege, »wenn es mich nicht aus der Visierlinie gerissen hätte. Dadurch habe ich den Kerl verfehlt.« Er klopfte mir auf die Schulter. Mit der Linken.

Ich lächelte, denn ich kannte seine wortlose Art des Dankes.

Wir stürmten ins Zimmer.

Lafferty hatte bis eben stocksteif dagestanden. Erst jetzt kippte er um. Die Tischbeine brachen unter seinem Gewicht. Er war schon in dem Moment tot gewesen, in dem ihn das zweite Magnum-Blei aus meinem Dienstrevolver getroffen hatte.

Das Girl, auch eine Blondine, wollte nicht aufhören zu schreien. Wir konnten uns nicht um sie kümmern.

Nicht, solange wir keine Ahnung hatten, was mit Zane und Keenes war.

»Wie nennt man so was?«, fragte Slim Keenes augenzwinkernd, während er ruderte.

»Was meinst du?«, entgegnete die Kleine. Sie saß hinten im Boot, und weil sie den gleichen kurzen Rock wie die meisten hier trug, ließ sie tief blicken. Im wahrsten Sinn des Wortes. Sie wusste, dass es ihre Kunden in Stimmung brachte. Und Kunden, die in Stimmung waren, griffen bereitwilliger zur Brieftasche.

»Na, die ganze Umgebung«, sagte der rothaarige Mann und deutete mit einer Kopfbewegung auf das weite Oval der Bucht. Trauerweiden wirkten wie ein grüner Vorhang. Keenes war auf die Nordseite der Bucht gerudert. Er hatte vor, dort unter den Weiden zu verschwinden und auszuprobieren, was man mit einem Girl im Boot anfangen konnte. Ungefähr ein Dutzend andere Ruderboote kreuzten auf der

Wasserfläche. Pärchen standen auf den Stegen, an denen weitere Nussschalen vertäut lagen. »So was sieht man doch sonst bloß in diesen alten Filmen«, redete Keenes weiter. »Ich meine, das ist irgendwie so – so …«

»Romantisch?«

»Genau!«, rief er und lachte.

In diesem Moment fielen die Schüsse. Keenes erstarrte. Wer nicht wusste, wie sich Schüsse anhörten, kriegte es nicht einmal sofort mit. Das Girl im Boot war das beste Beispiel. Sie musterte den Rothaarigen nur verwundert, weil sie nicht verstand, weshalb er plötzlich so verändert aussah.

Ein trockenes Tacken, weit entfernt – mehr war es nicht. Auch die Schreie hörten sich unbedeutend an. Nur Keenes wusste sofort, dass es ihn anging. Ihn, Zane und Lafferty. Panik packte ihn. Mit dem verdammten Ruderboot war er lahm wie eine Ente. Er musste raus, an Land, musste nachsehen, was los war.

Er packte die Riemen fest.

»He, was ist mit dir?«, rief das Girl.

Die Schüsse wurden heftiger – irgendwo dort an Land. Ein paar Typen in den anderen Booten wurden jetzt auch aufmerksam. Auch das Geschrei steigerte sich. Keenes kam nicht mehr dazu, eine Antwort zu geben.

Etwas flog durch die Luft. Mit einem dumpfen Laut traf es das Boot. Am Bug.

Das Girl riss Mund und Augen auf.

Als sich Keenes ruckartig umdrehte, wurde das Boot schon auf die Trauerweide zugezogen. Entgeistert starrte er auf den kleinen Anker, der sich da in den Bug gekrallt hatte. Das dazugehörige Tau war aus orangefarbenem Kunststoff und straff gespannt. Viel zu spät versuchte Keenes, sich mit den Riemen gegen den Zug des Ankerseils zu stemmen. Der unsichtbare Scherzkeks da unter den Trauerweiden war im Vorteil.

Das Girl nahm es tatsächlich als Scherz. Sie fing an

zu kichern. »Was das bloß soll? O Mann, o Mann! Will mich da vielleicht einer vergew …«

»Halt den Rand«, fauchte Keenes. Er wollte nicht, dass irgendjemand auf ihn aufmerksam wurde. Er ruderte mit aller Kraft, doch schon strichen die Hängezweige über ihn hinweg. Ein ekelhaftes Gefühl. Er knurrte vor Wut.

Und dann ging alles Schlag auf Schlag.

Das Girl war verstummt.

Auch die Schüsse auf dem Motelgrundstück hatten aufgehört.

Keenes ließ die Ruder locker. Im Halbdunkeln unter der Trauerweide drehte er sich um. Das Boot glitt auf einen mächtigen Baumstamm zu, der mit seinen Wurzeln halb im Wasser stand. Erst beim zweiten Hinsehen erblickte Keenes das Boot, das ein Stück weiter links lag.

Der Typ, der darin saß, zog und zog in aller Ruhe. Wegen des Halbdunkels war er nur als ein Schatten zu erkennen.

Das Seil lief über eine Umlenkrolle, die er an einem Strang der Baumwurzeln befestigt hatte.

Das Girl fing albern an zu glucksen. Jetzt hielt sie es erst recht für einen Scherz. Keenes wollte sie zusammenstauchen. Aber das Boot schob sich bereits mit der Nase zwischen die Wurzeln der Trauerweide.

Der Mann im Schatten ließ das Seil los. Er stieß sein Boot ab.

Keenes wollte den linken Riemen vom Dollbord heben. Aber er schaffte es nicht. Das Blatt lag zu tief im Wasser. Das andere Boot beschrieb einen eleganten Bogen, der Riemen wurde vollends unter Wasser gedrückt und Bordwand schlug gegen Bordwand.

Keenes wollte losfluchen. Aber jetzt sah er das Gesicht des Mannes. Und etwas in diesem Gesicht hinderte ihn am Fluchen. Etwas in diesen Augen. Mörderischer Hass. Dazu passte die freundliche Stimme überhaupt nicht.

»Hi! Ich bin Marilyn Barnetts Freund.«

»Hi!«, kicherte das Girl. »Was brauchst du ein Girl, wenn du hier bist? Ich bin Sandra, und ich hab jede Menge Freundinnen, die du …«

»Halt die Klappe!«, fuhr ihr der Rothaarige über den Mund. In seiner Wut dachte er nicht nach, als er den Fremden anherrschte. »Was fällt dir ein, Mann! Hier so einen Blödsinn zu veranstalten! Und außerdem kenne ich keine Marilyn Barnett. Was soll der Quatsch! Wenn du nicht sofort den gottverdammten Anker wegnimmst, passiert was!«

Als der Fremde nickte und sich über die Bordwand herüber in den Bugraum schwang, dachte Keenes, er würde die Aufforderung tatsächlich befolgen! Aber stattdessen drehte sich der Mann zu ihm um und richtete sich zu voller Größe auf.

»Das habe ich mir gedacht«, sagte der Fremde vorwurfsvoll. »Da bringst du einen Menschen um und vergisst ihn schon nach ein paar Stunden. Du bist wie die anderen Bastarde: schlimmer als ein Tier. Deshalb hast du auch nichts Besseres verdient.«

Keenes begriff in diesem Augenblick. Plötzlich sah er Henry Vincents Leiche vor seinem geistigen Auge, und er begriff. Er wollte hochkommen, ballte die Hände schon zu Fäusten.

Aber gegen die Schnelligkeit des anderen war er ein schwerfälliger Klotz.

Der erste Hieb traf ihn und beförderte ihn zurück auf die Ducht. Der zweite Hieb erstickte seinen Schmerzensschrei im Ansatz.

Der dritte Hieb tötete ihn.

Fargo zerrte den Toten zur Seite.

Die Augen des Girls waren vor Entsetzen geweitet. Sie wollte schreien, doch ihre Stimmbänder versagten.

»Tut mir Leid, Sandra«, sagte er sanft. »Du hast alles gesehen. Und ich will noch ein bisschen weiterleben. Ich habe nämlich noch nicht alle Schweine erledigt, die mein Girl auf dem Gewissen haben! Deshalb tut es mir

Leid um dich. Verstehst du? Ich erkläre es dir, damit du weißt, weshalb du stirbst.«

In diesem Moment bildete sich der Schrei tief in ihrer Kehle. Dieser Schrei rüttelte Fargo innerlich wach, und er ließ die Hände von ihr abfallen …

David Zane war aus der Bar gelaufen. Zusammen mit den meisten anderen in der Menschentraube, die sich gebildet hatte, konnte er ungehindert über das Gelände blicken. Er war nicht der einzige Grauhaarige hier. Männer, die sich einen Aufenthalt im RIVERSIDE leisten konnten, waren meist schon im gesetzten Alter.

Auf der anderen Seite der Rasenfläche hinter dem Zierteich stand Haus B. Die schräg zueinander gestaffelten Eingänge konnte man im spitzen Winkel erkennen. Jede einzelne Haustür.

Die Schüsse verstummten.

Zane erstarrte.

Es war die Nummer 25, vor der sich was abspielte.

Den Mann, der rückwärts herauskam, glaubte er zu kennen.

Bei dem zweiten Mann war er sicher.

»Cotton«, murmelte er fassungslos. Im nächsten Moment biss er sich auf die Unterlippe. Ein rascher Blick nach beiden Seiten zeigte ihm jedoch, dass die Umstehenden mit ihrer Sensationsgier voll zu tun hatten. Aufgeregtes Tuscheln und angestrengtes Starren herrschten vor.

Zane glaubte, seinen Augen nicht zu trauen.

Er zweifelte nicht daran, dass sie Lafferty erwischt hatten. Dabei hatte er geglaubt, sie abgeschüttelt zu haben. Alle. Das ganze verdammte Bullenpack. Und jetzt waren sie doch da. Er hatte das Gefühl, als stünde er auf einem Teppich, der ihm gerade unter den Füßen weggerissen wurde.

Wo zwei Bullen waren, waren auch noch mehr.

Hölle und Teufel!

Er musste weg.

Aber was war mit Keenes? Wo steckte der Himmelhund? In seinem Zimmer? Da konnte man jetzt am allerwenigsten hin. Irgendwo auf dem Gelände des RIVERSIDE also. Aber das war nicht mal sicher. Zane spürte, wie seine Kopfhaut zu kribbeln begann. Er musste zu einer Entscheidung kommen.

Keenes im Stich lassen?

Sich allein durchschlagen?

Zwei gefaltete Hände und zwei weiche Unterarme hängten sich an seine Schulter. Er zuckte zusammen.

»Nanu! So schreckhaft?«, säuselte eine Stimme, die er kannte.

Richtig, er hatte die Kleine in der Bar sitzen lassen. Samantha. So nannte sie sich. Er wandte den Kopf zu ihr. Sie hatte jettschwarzes Haar. Indianisches Blut in den Adern. Oder asiatisches. Mit ihren Wimpern klimperte sie ihn an.

»Wenn geschossen wird, muss man doch einen Schreck kriegen«, grinste er.

»Okay. Es ist dir verziehen. Was ist denn da los?«

»Keine Ahnung.«

»Und was machen wir jetzt? Hier rumstehen?«

Zane starrte zu der Tür Nummer 25. Gleich würde es da drüben von Cops wimmeln. Die beiden FBI-Beamten waren wieder ins Zimmer gegangen. Decker schien es an der Schulter erwischt zu haben, aber leider nicht nennenswert. Zane wusste jetzt, was er tun musste. Samantha war seine Entscheidungshilfe. Sie kam ihm gerade recht. Ihre Fragerei brachte ihn auf Trab.

»Wir fahren zu mir«, sagte er.

»Was?« Sie starrte ihn an.

»Zu mir«, wiederholte er. »Ist das so schwer zu verstehen? Ich meine, du kannst doch dein Geld verdienen, wo du willst, oder?«

»Ja, aber – ich hab doch hier meinen Vertrag.«

Er spürte, dass sie nicht abgeneigt war. »Ich lege

noch einen oder zwei Tausender drauf, Baby. Du meldest dich offiziell ab, und wir fahren los.«

»Hm, also – ich weiß nicht. Wo wohnst du denn?«

»New York City. Manhattan.«

»Hört sich interessant an. Tja, also, dann will ich mal sehen, dass ich unsere Firmenleitung rumkriege.«

Er tat, als freute er sich. Natürlich würde sie die Erlaubnis bekommen. Sie hatte ihre Taktik drauf. Sie spitzte sich längst darauf, dass sie eine Menge mehr als nur zwei Tausender aus ihm herausholen konnte. Keenes sollte sehen, wie er zurechtkam. Jetzt war sich jeder selbst der Nächste. Nur noch Cleverness zählte. Anders konnte man dem Spinnennetz von FBI und Polizei jetzt nicht mehr entwischen.

Zane war regelrecht dankbar für den entscheidenden Vorteil, den er dank Samantha hatte: Eine Geisel, die er nicht dazu zwingen musste, Geisel zu werden.

Wir wollten warten, bis die Spurensicherer und der Notarzt eintrafen. Vorher mussten wir das Gelände dichtmachen lassen.

Ich hatte das Walkie-Talkie schon in der Hand und wollte auf Senden schalten. Aber die Kollegen außerhalb des Grundstücks kamen mir zuvor.

»Alpha an Eagle! Eagle bitte kommen!«

»Hier Eagle«, meldete ich mich. »Ich höre Sie. Over.«

»Die beiden bekannten Fahrzeuge verlassen den Parkplatz. In dem Pickup nur ein Mann als Insasse. Im Cherokee ein Mann und eine schwarzhaarige Frau. Letztere auf dem Beifahrersitz.«

Phil und ich konnten uns nur fassungslos ansehen. Es war unglaublich.

»Ich brauche die Personenbeschreibungen«, sagte ich rasch.

»Der Mann im ersten Fahrzeug hat graues Haar, ist schlank, mittelgroß. Der andere ist dunkelhaarig, ebenfalls schlank …«

»Danke!«, stieß ich hervor. »Das reicht. Vorerst nur beobachten. Die Anweisung gilt für alle. Lösen Sie die Fahndung aus. G-man Decker und ich hängen uns selber dran.«

»Verstanden, Sir.«

»Keenes muss noch auf dem Gelände sein«, sagte ich. »Starten Sie eine Durchsuchung. Der Mann ist nach Möglichkeit festzunehmen.«

»In Ordnung, Sir!«

Das Girl war etwas ruhiger geworden, lag zusammengekrümmt auf dem Bett und schluchzte nur noch. Wir hatten Lafferty nicht angerührt. Das Spurensicherungskommando würde jedes Detail festhalten. Dass ich in Notwehr gehandelt hatte, würde sich einwandfrei feststellen lassen.

Ich schaltete das Gerät mit der Stummelantenne aus und steckte es in die Jackentasche. Dann wandte ich mich meinem Freund und Kollegen zu. »Wir müssen auf den Notarzt warten«, sagte ich. »Vorher kann ich mit dir nicht losfahren.«

Phil starrte mich an, als hätte ich vom Pferd oder anderen großen Tieren erzählt. »Bist du verrückt?«, protestierte er. »Mit der Schramme? Am besten lasse ich mich gleich einen Monat dienstuntauglich schreiben, was?«

»Hör mal, Alter«, sagte ich. »Die Kollegen haben Zane und Fargo unter Kontrolle. Wir brauchen uns nicht aufzuregen. Ein paar Minuten mehr oder weniger machen den Kohl wirklich nicht fett.«

Er drehte sich nach beiden Seiten um. »Steht hier irgendwo eine kranke Kuh, mit der du redest? Nein, ich sehe keine. Also, was soll der Unsinn?«

»Das ist kein Unsinn« entgegnete ich ernsthaft. »Mit so einer Sache ...«, ich deutete auf das zerfetzte Schulterteil seines Jacketts, »... ist wirklich nicht zu spaßen.«

Phil blickte demonstrativ auf seine Armbanduhr und marschierte los, an mir vorbei aus dem Zimmer.

»Dreißig Sekunden verplempert«, murmelte er. »Also leihe ich mir einen Wagen von der State Police und fahre selbst. Dann hole ich die Zeit schon wieder raus.«

Ich folgte ihm.

Ein Kastenwagen der State Police rollte den Kiesweg entlang auf uns zu. Die Spurensicherer. Uniformierte Deputys der County Police kamen zu Fuß und drängten die Neugierigen zurück.

Ich holte Phil ein. »Verdammter Dickschädel«, knurrte ich.

Er sah mich an und grinste. »Bei dir würde es auch nicht helfen, wenn ich dich an die eigenen Schrammen erinnere – die teilweise viel schlimmer waren.«

Ich seufzte. »Okay, verlieren wir keine Zeit«, sagte ich dann. Ich fühlte mich mehr in Alarmstimmung, als ich zugegeben hatte.

Wir wiesen uns den Kollegen gegenüber aus und erklärten ihnen in Stichworten, was in dem Motelzimmer fünfundzwanzig passiert war. Dann eilten wir im Laufschritt zu der Parkplatzecke, wo ich den Jaguar abgestellt hatte. Phil bewies mit seiner Kondition, dass ihm die Schramme wirklich nichts ausmachte.

Wir jagten in Richtung Highway.

Phil meldete uns bei der zuständigen Funkzentrale der State Police.

Wir erfuhren, dass Zane und sein Verfolger in Richtung New York City fuhren. Mir war klar, was das bedeutete. Zane wollte das Heuhaufen-Prinzip anwenden. In der Acht-Millionen-Stadt würde er die Stecknadel sein, die kein Mensch jemals finden konnte. Er stammte aus New York. Er musste begriffen haben, dass er außerhalb der Riesenstadt nicht so gut zurechtkam, wie er geglaubt hatte.

Wir erreichten den Highway. Anhand der Funkmeldungen stellten wir fest, dass Zane und Fargo ungefähr fünf Meilen vor uns waren. Ich fuhr trotzdem ohne Rotlicht und Sirene. Auf unserer Richtungsfahrbahn herrschte um diese Zeit wenig Verkehr. Dafür rollte es uns auf der Gegenfahrbahn dreispurig im Stop and Go entgegen. Feierabendzeit in Manhattan. In die Stadt würde es die Bewohner der Vororte erst wieder am Abend ziehen, wenn Theater, Konzerthäuser, Jazzkneipen und Restaurants lockten.

Auf der linken Fahrbahn störte uns niemand. Ich ließ den Jaguar frei marschieren. Weder Phil noch ich kümmerten uns um die vorwurfsvollen Blicke aus den Wagen, die mit ordnungsgemäßer Geschwindigkeit dahinrollten.

Als wir die nördliche Stadtgrenze von Yonkers erreichten, hatten wir den Vorsprung auf zwei Meilen verringert.

Gleichzeitig erhielten wir die nächste Funknachricht, die uns fast aus den Schuhen hob. In der Bucht des RIVERSIDE war ein Toter gefunden worden. Der Mann war allen Cops dank der Fahndungsunterlagen bekannt. Slim Keenes. Der Notarzt hatte festgestellt, dass Keenes durch mehrere Schläge mit einem harten Gegenstand getötet worden war. Wir wussten, was für ein harter Gegenstand das gewesen war.

Fargos Handkante.

»Wir müssen ihn jetzt erwischen«, sagte ich.

Phil gab meine Entscheidung durch. Wir erhielten daraufhin laufende Informationen über die jeweilige Position des Geiselnehmers und seines Verfolgers.

Fargo hatte mittlerweile dicht aufgeschlossen, und das blieb auch so, als Zane den Highway verließ und zur Kurverei im Stadtgebiet von Yonkers ansetzte. Uns war klar, was das bedeutete. Zane wollte sich Gewissheit verschaffen. Sicher hatte er die Gewissheit inzwischen. Was es mit dem Chevy Pickup auf sich hatte, würde er indessen kaum begreifen. Er hatte Fargo noch nicht kennen gelernt.

Wir mussten zur Stelle sein, bevor das geschah.

Das schwarzhaarige Girl neben Zane stammte aus dem RIVERSIDE und hieß Samantha Lansing, wie wir inzwischen über Funk erfahren hatten. Samanthas Leben würde keinen Penny mehr wert sein, wenn es Fargo gelang, Zane zu stellen. Der Grauhaarige würde das Girl als Geisel benutzen und nicht erfassen können, warum das auf einen Mann wie Fargo keinerlei Eindruck machen würde.

Ich ließ den Jaguar durch Yonkers preschen. In den meist vierspurigen Straßen war es wie auf den Highways, die aus New York hinausführten. Dicht waren hauptsächlich die Fahrbahnen in nördlicher Richtung. Wir kamen voran.

Zane hielt auf den Broadway zu.

Ich musste daran denken, dass es unten am Broadway angefangen hatte – im südlichsten Zipfel Manhattans. Die wenigsten wissen, dass sich die berühmte Straße über die ganze Länge Manhattans und anschließend durch die Bronx bis hinauf nach Yonkers zieht.

War das ein Omen?

Sollte es auch am Broadway enden?

Wie auch immer – noch ein Menschenleben durfte nicht geopfert werden.

Zane hatte mit dem Morden angefangen. Fargo, der Rächer, hatte es fortgesetzt, hatte sich von einem Opfer zum anderen vorgearbeitet. Wie bei einem Stafettenlauf. Es war Phils und meine Aufgabe, diesen Stafettenlauf des Todes zu beenden.

Denn Fargo kannte kein Maß mehr. Er hatte sich in einen Blutrausch gesteigert.

Nach einem endlos scheinenden Hin und Her bog ich von der Herriot Street auf den Broadway ein. Die Funkdurchsagen kamen jetzt am laufenden Band. Alles lief wieder über den Zahlencode.

»Sechs-sechs-drei hat aufgeschlossen – zwei Fahrzeuglängen hinter Sechs-sechs-eins – nähern sich der Kreuzung Radford Street – eine Ampelkreuzung …«

Ich zog an zwei Lieferwagen vorbei.

Phil beugte sich vor. Er klemmte das Funkmikro zwischen die Knie, um den Dienstrevolver überprüfen zu können. Es war eine Reflexhandlung. Die Trommelkammern waren nachgeladen. Natürlich. Trotzdem vergewissert man sich in Augenblicken, in denen sich die Dinge zuspitzen.

»... hundert Yards bis zur Kreuzung ...«, quäkte die Lautsprecherstimme.

Phil holsterte seinen 357er. Ich checkte meinen, indem ich das Lenkrad mit der Linken hielt. Ich ließ die Trommel ausrasten. Sechs blanke Patronenböden schimmerten messingfarben, mit dem kupfernen Punkt des Zündhütchens in der Mitte. Ein beruhigender Anblick.

»Ampel springt von Grün auf Gelb – jetzt Rot – sechs-sechs-eins muss stoppen!«

Ich ließ die Trommel einschnappen, holsterte den Smith & Wesson wieder und gab Gas. Mit einem wahren Satz zog der Jaguar an zwei behäbigen Lieferwagen vorbei. Ein Taxifahrer, der von rechts nach links ausscheren wollte, zog es vor zu bleiben, wo er war. Im Rückspiegel musste der rote Flitzer ziemlich angriffslustig aussehen. Auch ein Vorteil, wenn man die Sirene nicht einsetzen konnte.

Einen breiten Lincoln, der ebenfalls ausscheren wollte, scheuchte ich mit der Hupe zurück.

Und dann sahen wir den Pickup.

WXN 3411.

Ein alter Bekannter. Aber keiner von der guten Sorte.

Knapp hundert Yards war er vor uns. Und nichts zwischen uns, denn Fargo hatte auf die linke Spur gezogen. Vor dem Gelb zweier Taxis auf der rechten Spur konnten wir nun auch das hellere Grün der Cherokee-Karosserie sehen.

Zane war unmittelbar an der Ampel zum Stehen gekommen. Drei oder vier Wagen mussten vor Fargo halten. Das konnten wir nicht genau sehen.

Ich ließ den Jaguar preschen. Wir schlossen auf.

Die Bremslichter des Pickup glühten.

Noch fünfzig Yards.

Das Verhängnisvolle geschah in diesem Moment.

Ein Riesenbrocken schob sich von rechts aus der Radford Street auf die Kreuzung.

»Was ist da los, um Himmels willen?«, rief Phil in das Mikro.

Ich stieg in die Bremse. Die Reifen des Flitzers wimmerten.

»Moment ...« schepperte die Funkstimme. »Wir klären das – ja, ich höre gerade – ein Schwertransport – ein Transformator für ein Elektrizitätswerk in der Bronx! Die Ampel wird vorübergehend auf Dauer-Rot geschaltet ...«

Wir hörten schon nicht mehr hin.

Zehn Yards hinter dem Pickup kam der Jaguar zum Stehen. Phil und ich sprangen ins Freie. Im selben Moment flog die Tür an der Fahrerseite des Pickup auf. Ich sprintete nach rechts und flankte über den Heckkotflügel eines Taxis. Phil hielt rasant auf die rechte Seite des Pickup zu. Mein Freund und Kollege hatte ein begründetes Interesse, sich um Fargo zu kümmern.

Ich erreichte den Bürgersteig. Leute waren stehen geblieben, um das stählerne Monstrum zu betrachten, das da im Schneckentempo auf seinem Tieflader vorbeirumpelte.

Der Zwang-Stopp kostete Nerven – für alle, die im Stress standen.

Zane gehörte dazu, Samantha Lansing. Und Fargo.

Ich rannte mit Riesensätzen, hatte den 357er schon draußen.

Noch eine Fahrzeuglänge.

Samantha tat, was ihr der Mut der Verzweiflung gebot.

Die Beifahrertür des Cherokee flog plötzlich auf. Das schwarzhaarige Girl warf sich heraus. Ein Schuss bellte. Samantha schrie und kippte auf die Bordsteinkante. Passanten schrien und stoben auseinander.

Eine glühende Faust packte meinen Magen.

Jäh tauchte Zane hinter der Motorhaube seines Wagens auf. Er sah mich rennen, zuckte sichtbar zusammen – und brachte die Automatik hoch.

Menschen rannten auseinander. Schreie gellten.

Der Mündungsblitz zuckte in dem Moment, in dem ich mich hinwarf.

Ich spürte nicht einmal den Hauch der Kugel. Sie hatte hoch genug gelegen, um keinen Schaden anzurichten. Mit der linken Schulter prallte ich auf den Beton. Ich rollte mich ab.

Zane feuerte kein zweites Mal. Ihm war klar, dass er mich in dieser wirbelnden Bewegung nicht erwischen konnte.

Was er stattdessen tat, sah ich in dem Moment, in dem ich auf die Beine federte.

Er stürmte in einen Laden an der Ecke. Es war ein Friseurladen.

Fargo schwang sich über den linken Vorderkotflügel des Pickup. Haargenau in diesem Moment sah er den G-man. Fargos Vorwärtsdrall bremste sich reflexartig.

Denn der FBI-Beamte war schneller. Keine Chance, an ihm vorbeizukommen.

Jedenfalls nicht ohne zeitraubendes Geplänkel.

Fargo entsann sich der Waffe. Er wirbelte herum, zurück zur offenen Wagentür.

Phil wusste sofort Bescheid. Mit zwei federnden Sätzen erreichte er die andere Seite des Pickup. Blitzartig ruckte er herum und setzte zum nächsten Sprung an.

Fargo kam hinter der Tür hervor. Sein Gesicht war verzerrt. Eine Teufelsfratze. Die Morde, die er begangen hatte, schienen ihn gezeichnet zu haben.

Phils Sprung war panterhaft.

Fargo schrie vor Wut. Es half ihm nichts. Die Automatik kriegte er nicht mehr hoch. Der Rammstoß einer Faust traf ihn und trieb ihn rückwärts. Gleichzeitig stach brennender Schmerz in seinen rechten Arm. Zurückwankend stierte er fassungslos auf seine Hand, aus der sich die Pistole löste. Die Finger hatten keine Kraft mehr, vermochten den schweren Stahl nicht zu halten.

Er wusste nur zu gut, wie so eine Lähmung entstand. Und doch konnte er es nicht fassen. Nicht diesmal, wo es ihn selbst betraf.

Trotzdem gab er nicht auf, als der G-man schon wieder nachsetzte.

Das harte Lächeln im Gesicht des breitschultrigen Mannes trieb Fargo zu rasender Wut. Mit einem Schrei duckte er sich und schnellte gleichzeitig voran. Seine Linke war immer noch voll da.

Und Phil Decker bekam es zu spüren. Einen Sekundenbruchteil zu spät wich er aus. Die Handkante traf ihn links am Brustkasten. Keineswegs gezielt. Dennoch schmerzhaft. Er wankte nach rechts, musste erkennen, dass er es mit einem Top-Fighter zu tun hatte.

Die Verkehrsinsel in der Straßenmitte bremste Phil. Die Bordsteinkante brachte ihn zu Fall. Rücklings stürzte er in das kniehohe Ziergebüsch.

Mit einem Triumphschrei war Fargo zur Stelle.

Phil ruckte zur Seite.

Die herabsausende Handkante war wieder die Linke. Wie eine Machete schnitt sie ins Grün. Fargo landete ungebremst. Er heulte seine Wut ins immergrüne Laub. Jetzt fehlte ihm die Kraft des rechten Armes zum Abstützen.

Der G-man kam schneller auf die Beine, um Sekunden schneller.

Fargo gab dennoch nicht auf. Er schaffte es noch, sich herumzuwerfen. Und er warf sich nach vorn, wollte die Beine des FBI-Beamten umklammern.

Phil brachte sich mit einem fast lässigen Schritt außer Reichweite.

Fargos Schwung war ungebremst. Mit dem Oberkörper stürzte er über die Inselkante. Sein Gesicht schrammte über den Asphalt. Er schrie gellend.

Phil zerstörte seinen Kampfeswillen mit zwei endgültigen Hieben.

Der Mörder sackte bewusstlos in sich zusammen, mit den Beinen noch im Gebüsch.

Phil verpasste ihm Handschellen.

Mehr war nicht nötig. Dienstwagen der State Police und der Westchester County Police jagten bereits heran.

Die Lage musste eindeutig sein. Was Fargo betraf, sowieso. Der Mann würde den Rest seines Lebens hinter Gittern zubringen. Das stand fest.

Wie eindeutig die Lage ansonsten war, erfuhr Phil von den Kollegen.

Beim zuständigen Revier dieses Viertels war ein Notruf aufgelaufen.

Geiselnahme in ›Marthas Barbershop‹. Die Adresse: Broadway, Ecke Radford Street.

Der Schwertransport war gerade vorüber. Der Verkehr hätte weiterfließen können, aber die verlassenen Wagen auf den Fahrspuren verhinderten das. Ebenso die Absperrung, die von Beamten der County Police in Sekundenschnelle aufgebaut wurde. Unbeteiligte durften auf keinen Fall gefährdet werden.

Die Luft war von der schwülen Wärme der Trockenhauben erfüllt. Dazu der Duft von Lotionen und Packungen und wie all das Zeug heißen mochte.

Die sechs Kundinnen unter den Hauben starrten leichenblass in die Spiegel. Dort konnten sie alles sehen, was sich hinter ihnen abspielte. Jede Einzelheit des haarsträubenden Geschehens.

Zane hatte die Inhaberin gepackt. Sie hatte vorn am Eingang an der Kasse gestanden, war am schnellsten zu erreichen gewesen. Martha Almond. Eine vollschlanke Frau, brünett, sonst sicher resolut.

Ich hatte ihren Namen auf dem Türschild gelesen.

Ihre Augen flackerten mich an.

Ihre vier Friseusen knieten zu ihren Füßen – von Zane dort hinbefohlen.

Er hielt der Chefin die Pistolenmündung an die Schläfe.

Jede Bewegung in dem Laden war erstarrt.

Ich konnte nachempfinden, wie sich Martha Almond fühlte. Die Todesangst musste sie umbringen.

Denn zusätzlich blickte sie in die Mündung meines Dienstrevolvers.

Ich beobachtete Zanes Augen über der waagerechten Stahlkante des Pistolenlaufs. In diesen Sekunden lernte ich seine Augen kennen. In diesen Sekunden, die über Leben und Tod entschieden, musste ich das lernen. Denn von dem, was ich in seinen Augen las, würden meine Reaktionen abhängen.

Gleichzeitig musste ich versuchen, die Lage ohne Gewalt in den Griff zu bekommen.

»Zane«, sagte ich so leise und so behutsam wie möglich. »Ich übernehme die Verantwortung für die Frauen in diesem Laden. Für alle. Ich muss es tun, weil ich FBI-Beamter bin.«

»Klar!«, höhnte er. »Der große Held! Spiel dich ruhig auf, Bulle. Gleich wirst du sehen, wie klein und hässlich du bist. Ich habe hier genug Ladys zur Verfügung, wie du siehst.«

Mrs. Almond zitterte. Ihr Gesicht war weiß wie eine Wand. Tränen der Angst standen in ihren Augen.

»Du verstehst mich falsch«, entgegnete ich. »Ich will dich nicht herausfordern. Ich will nur sagen, dass niemand sterben soll. Niemand!«

»Okay, okay, okay. Ganz einfach. Lass die Kanone runter, lass mich raus mit ein paar von den Girls, dann ist alles klar.«

»Das kann ich nicht machen.«

»Warum denn nicht?«, fauchte er. »Ich denke, sie

sollen nicht krepieren! Wo ist denn da die Logik, Mann?«

»Ich bin bereit, dir die Logik zu ersparen.«

»Was?«, schrie er.

Die Frau zuckte wie unter einem Hieb. Aber Zane hielt sie eisern mit dem linken Arm.

»Ich erkläre es dir«, sagte ich immer noch ruhig. »Ich erkläre dir, weshalb du keine Chance hast. Du glaubst, du sitzt am stärkeren Hebel. Aber das ist ein Irrtum.«

»Quatsch mich nicht besoffen!«, schrie er.

»Tue ich nicht.«

»Was denn?«

Eine der jungen Frauen, die am Boden knieten, schluchzte auf, eine andere wimmerte leise. Martha Almond war noch ruhig. Noch.

Ich spürte, wie sich meine Nervenfasern anspannten. Die Lage wurde zum Pulverfass. Eine unbedachte Bewegung oder ein Laut von den Frauen, und Zane konnte in Raserei geraten.

Es musste Schluss sein.

»Es gibt nur zwei Möglichkeiten, Zane«, sagte ich so ruhig wie zuvor. »Entweder du gibst auf, oder ich muss dich töten. In Notwehr. Denn du bedrohst ein Leben.«

»Sehr richtig!«, keifte er. »Und die Tante stirbt, bevor du mich abknallst. Ist dir das denn nicht klar, Mann?«

»Sie wird nicht sterben. Ich verhindere es.«

»Ah, der Große-Töne-Spucker. Ich sag dir was, Bulle. Entweder du haust jetzt ab und gibst Befehl, dass ich mich verziehen kann, oder es gibt hier die erste Leiche!«

»Daraus wird nichts«, entgegnete ich kalt.

Auch er hatte gelernt, in meinen Augen zu lesen. Er wusste, dass ich sagte, was ich meinte.

Ich schickte ein Stoßgebet zum Himmel, dass die Ladeninhaberin durchhalten möge.

Ich hatte den Gedanken noch nicht zu Ende, als ich das winzige Blitzen in Zanes Pupillen sah. In derselben

Tausendstelsekunde begann sich sein Zeigefinger zu krümmen.

Ich schoss.

Dem Donner des Schusses folgte ein einziger gellender Schrei. Aus den Kehlen von elf Frauen.

Ich war mit einem Satz bei den Geiseln. Ich brauchte Zanes Waffenarm nur festzuhalten. Denn die brünette Frau sank ohnmächtig in sich zusammen.

Zane war bereits tot.

Ich sicherte die Automatikpistole in seinen Fingern, die nicht mehr in der Lage gewesen waren, einem Befehl des Gehirns zu gehorchen. Der Todesschuss, ausgeführt mit der ungeheuren Auftreffenergie eines Magnumgeschosses, bewirkte das. Die Notwehrbestimmungen hatten mir das Recht zu dieser Entscheidung gegeben.

Ich holsterte meinen Dienstrevolver, nahm die Pistole aus der Hand des Toten und zog ihn von den Frauen weg. Neben einem Schaukasten ließ ich ihn zu Boden gleiten.

Im nächsten Moment wimmelte es in dem Geschäft von Menschen. Notärzte kümmerten sich um die Frauen. Unformierte Beamte sicherten, Beamte in Zivil steckten ihre Smith & Wesson ein, als sie sahen, dass nichts mehr zu tun war. Auf einmal war auch Phil da. Er klopfte mir nur auf die Schulter. Es erinnerte mich an etwas.

»Lass dich jetzt verarzten«, sagte ich und deutete mit einer Kopfbewegung auf die Mediziner.

Phil nickte und sagte mir, dass er Fargo festgenommen hatte.

Ich fühlte mich auf einmal unendlich müde. Der Cop, der mir draußen vor dem Laden einen Becher Kaffee brachte, schien Gedanken lesen zu können. Ich konnte mich nicht entsinnen, jemals für etwas dankbarer gewesen zu sein.

ENDE

Jerry Cotton ist die erfolgreichste Kriminalromanserie der Welt. Die Gesamtauflage der Serie liegt bei über 800 Millionen Exemplaren und wird in über fünfzig Ländern der Erde gelesen
BASTEI-LÜBBE präsentiert für alle Freunde des Kriminalromans drei lange vergriffene Ausgaben der Jerry-Cotton-Taschenbücher in einer Sonderausgabe.

Dieser Band enthält die Romane:

Geheimagent der Mafia
Molotow lässt grüßen
Spezialist für Blut und Tränen

ISBN 3-404-31938–9

BASTEI LÜBBE

»sonst stirbt Phil Decker«

Unsere Kollegin Rose Warrington vom FBI District San Francisco, mein Partner Pil Decker und ich – der G-man Jerry Cotton – ermittelten gegen ein Verbrecherbande, wie man sie sich grausamer kaum vorstellen kann: Organhändler! Um an ihre kostbare ›Ware‹ zu gelangen, gingen sie buchstäblich über Leichen. Menschen verschwanden spurlos, doch ihre Organe tauchten auf dem Schwarzmarkt der Skrupellosen wieder auf.
Wir schlugen zu – und fast hätten wir gewonnen. Doch da fiel der Mörderbrut eine Geisel in die Hände: mein Freund und Kollege Phil Decker!

ISBN 3-404-31491-3

BASTEI LÜBBE

Die Rückkehr der alten Bosse

Damals, vor etlichen Jahren, teilten die alten Bosse von Little Italy und Chinatown ihre Reviere in New York untereinander auf und schlossen nach langer Zeit der Rivalität endlich Frieden. Ein Friede, der jetzt zu bröckeln scheint. Immer weiter dehnen sich die imaginären Grenzen Chinatowns ins Gebiet von Little Italy aus. Dann wird der Sohn eines mächtigen Triadenbosses kaltblütig umgebracht. Der brutale Mord ist gleichzeitig der Startschuss zu einem gnadenlosen Krieg, der New York City in den Abgrund zu reißen droht. Doch da mischen sich die alten Bosse wieder ins Geschehen ein …

ISBN 3-404-31492-1

BASTEI
LÜBBE

Der Killer mit meinem Gesicht

Als Jerry Cotton zu seinem Kollegen in den Dienstwagen stieg, berichtete ihm dieser: »Wir haben Victor Danton kassiert. Er wollte gerade zum Dealen aufbrechen.«
»Gute Arbeit«, lobte Jerry Cotton. »Das war übrigens dein letzter Fall.«
Der G-man sah Jerry Cotton verwirrt an. »Mein letzter Fall? Wie meinst du das?« Er lachte. »Ich gehe noch lange nicht in Rente.«
»Du wirst die Rente nicht erleben, mein Freund«, sagte Jerry Cotton frostig, griff in sein Jackett, holte seine Waffe hervor und schoss dem G-man aus nächster Nähe ins fassungslose, bleiche Gesicht …

ISBN 3–404–31493–X

BASTEI LÜBBE

Commissario Benedettis vierter Fall

Erpresser wollen den italienischen Staat um 150 Millionen Euro erleichtern. Ist die absurd klingende Forderung der Gangster wirklich ernst zu nehmen? Vieles spricht dafür, denn ihre Geisel ist kostbar und verletzlich. Sie heißt – Venedig! Täglich fahren Tanker an der Stadt vorbei nach Marghera, zum größten Ölhafen der Adria. Unvorstellbar, wenn eines dieser Schiffe durch Sabotage leck schlagen würde ...

Commissario Benedetti, wegen seiner bevorstehenden Versetzung nach Rom nicht offiziell mit der Aufklärung des Falls betraut, ermittelt auf eigene Faust. Sein Ziel: die Erpresser am schwächsten Punkt ihres Plans zu packen, bei der Geldübergabe. Aber genau dort scheint ihre Stärke zu liegen. Bewunderswert genial, was ihr Boss geplant hat. Er ist entschlossen, kompromisslos ins Ziel zu kommen. Nur eine geheimnisvolle Frau könnte ihn vielleicht noch daran hindern. Verzweifelt sucht Benedetti nach ihr …

ISBN 3–404–14688–3

BASTEI
LÜBBE

Inmitten der idyllischen Wälder der Cotswolds wird die Leiche der fünfzehnjährigen Lynne Wills gefunden. Chief Inspector Markby übernimmt den Fall – und weiß von Anfang an, dass er vor einem der schwierigsten seiner Karriere steht. Trotz seiner jahrelangen Erfahrung muss er feststellen, dass er so gut wie nichts über Lynne Wills und ihre Generation weiß. Da kommt ihm die Hilfe von Meredith Mitchell gerade recht, deren diplomatisches Geschick nicht nur bei den Jugendlichen, sondern auch in hohen aristokratischen Kreisen gefragt ist – denn genau dorthin führt die Sour des Mörders.

›Eine klassische Geschichte mit feinem Gespür für Humor und einer geschickten Hand für Dialoge.‹

The Times

ISBN 3–404–14696–4

BASTEI LÜBBE